プレミアリーグ
サッカー戦術進化論

The Mixer

The Story of Premier League Tactics, from Route One to False Nines

マイケル・コックス＝著
田邊雅之＝訳・文

二見書房

はじめに

〝Get it in the mixer!〟（ボックスの中に放り込め！）

これら5つの単語は、サッカーのもっとも簡単な戦術を表している。ペナルティエリアにボールを放り込み、続いて生じる混乱につけ込む。おそらくゴールマウス周辺は蜂の巣を突いたような騒ぎになるし、それに乗じて、なりふりかまわずゴールをもぎ取ろうとする方法だ。

このようなアプローチは今日では嘲笑されるようになったが、ごく最近——1980年代までのイングランドサッカー界では、もっとも一般的な戦術だった。

当時の戦術は、ＦＡ（イングランド・サッカー協会）でテクニカルディレクターを務めていた人物、チャールズ・ヒューズの大きな影響を受けていた。彼は統計データを無理やり用いながら、ボールをすぐに前線に放り込む戦術の有効性を主張。後にはイングランドサッカー界全体の指導要領を作成していく。同時にヒューズは、イングランド代表の監督であるボビー・ロブソンやグラハム・テイラーと組んで指導にもあたっていた。ロブソンはヒューズの方法について懐疑的だったが、テイラーはヒューズの方針にすっかりのめり込んでいくことになる。

ヒューズは、「もっともゴールが生まれる確率の高い場所（ＰＯＭＯ）——ペナルティエリア内でファーポストの延長線上に、できるだけボールを放り込んでいく発想に取り憑かれていた。実際には、もっと洗練されたアイディアも温めていたが、ＰＯＭＯに対するこだわりが勝った結果、この種の方法論を力説するようになり、イングランドのサッカーそのものに有害な影響を与えていった。彼が唱えた戦術は、相手が簡単に予測できるような単調な攻撃に終始するチームを生み出したばかりか、馬鹿の一つ覚えのように、同じプレーしかできない選手たちを生み出していったからである。

結果、1992年にプレミアリーグが結成された時点では、イングランドのサッカーと言えば、「ロングボール」や「ルート・ワン」と呼ばれる放り込みサッカー、POMOのデータばかりを意識した単純な戦術、そして荒っぽいプレースタイルが重視される代物だと見なされるようになっていた。

とはいえ、当時のイングランドサッカーが暗黒時代のただ中にあったのは、より重要な要因も関係していた。フーリガン問題の蔓延によって、イングランドサッカーは国内のメディアにおいてもヨーロッパの大陸側でも、嘲笑の対象となっていたのである。

イングランドサッカーがどん底に落ちたのは、1985年、ベルギーのヘイゼル・スタジアムでUEFAチャンピオンズカップの決勝がおこなわれた際だった。リヴァプールのサポーターがユヴェントスのファンに襲いかかった結果、スタジアムの壁が崩落して39人が犠牲になった。いわゆる「ヘイゼルの悲劇」である。

これを受けてイングランドのクラブは以降の5年間、ヨーロッパの大会から締め出しをくらう。もともとイングランドサッカー界は、海外で起きている革新的な戦術を導入するのが遅かったが、文化的な孤立傾向は以前に増して強まった。

イングランドサッカー絡みでは、他にもいくつかの悲劇が起きている。

「ヘイゼルの悲劇」が起きる2週間前には、ブラッドフォード・シティのスタジアム、ヴァリー・パレードで56人が死亡。スタジアムの一角から上がった火の手は、一瞬にしてテラス席全体を包んでいる。さらに4年後にはシェフィールドのヒルズボロ・スタジアムでも悲劇が起き、96人が帰らぬ人となった。原因となったのは、試合の主催者側が観客を誘導する際に致命的なミスを犯したことだったが、サポーターはその後も濡れ衣を着せられ続けた。

ブラッドフォードで火災が起きた際、『サンデー・タイムズ』紙は社説を掲載した。サッカーを「いかがわしいスタジアムでおこなわれ、より多くのいかがわしい人々が観戦するようになった、いかがわしいスポーツ」と断じている。

これは不愉快極まりない記事だったが、その後イングランドのサッカーが、いかにどん底から這い上がり、どのように発展を遂げていったかを推し量る上での基準になる。

まずはサッカーファンが、いかがわしい人種だという指摘についてはどうか？　フーリガン問題はサッカー界と政界が連携して対策を講じた結果、大部分が解消されていく。

いかがわしいスタジアムという指摘についてはどうだろう？　事故を調査したピーター・テイラーが発表した報告書、いわゆる「テイラー・レポート」は立ち見席を廃止し、全席着座型のスタジアム建設を提唱。プレミアリーグの草創期には、新たに建設されたスタジアムや、見違えるように改装されたスタジアムが大半を占めるようになる。

そして最後は、いかがわしいスポーツだとする指摘。イングランドサッカーは、プレミアリーグ時代に大きく変貌している。まずはイングランド国内で、次には全世界で圧倒的な人気を博すようになった。

たしかにプレミアリーグの基本構造は、前身となるファースト・ディビジョンと同じだったが、イングランドのトップクラブは、ある種の恩恵も受けていた。前述したような問題を踏まえ、サッカー界全体が自らのイメージを変えようと試みていたからである。

とはいえ1992年は、真の意味で現代サッカーの出発点になったわけではなかった。この点については、本書の第1章で説明する。

そもそもプレミアリーグは、トップレベルのクラブチームを、サッカー協会主導の古いリーグ組織から独立させ、収益性の高いテレビ放映契約やスポンサー契約を結べるようにするという発想から生まれている。

ここでもっとも重要な役割を果たしたのは、テレビの放映権だった。ＩＴＶとスカイが繰り広げた入札戦争では、最終的にスカイが勝利。この結果スカイは、赤字続きだった有料の衛星放送サービスを完全に黒字化することができた。新たなテレビ放映権の締結は、プレミアリーグそのものを潤しただけでなく、各クラブの資金繰りも大幅に改善していくことになる。

ただし当初は、このような認識が必ずしも共有されていたわけではない。

たとえばマンチェスター・ユナイテッドのアレックス・ファーガソンなどは、プレミアリーグの設立をもっとも手厳しく批判していた人物の1人だった。彼はリーグ設立の趣旨を「ナンセンスの典型」だと一笑に付し、「サポーターを裏切る行為だ」とこきおろしていた。

ところがファーガソンは、プレミアリーグの顔役にもなっていく。彼は２０１３年に監督を引退したが、プレミアリーグ発足から２０１３年までの21年間に、実に13回も優勝を果たした。

本書の目的は、プレミアリーグがいかに発展してきたのかを、スポーツビジネスの観点から説明することではない。だが放映権収入の高騰を無視することは不可能だ。

１９９２年から１９９７年までの間、プレミアリーグは1シーズン当たり５１００万ポンドの放映権料を受け取った。当時、これは天文学的な額だと思われていたが、放映権料は次の20年間でさらに飛躍的に増加する。２０１６年には、1シーズンあたり２７５億ポンドを受け取るまでになった。

これは１９９２年の50倍の額に当たり、スカイは1試合を生中継するたびに実質的に１１００万ポンド以上の額を払っていた計算になる。イングランドのトップリーグがファースト・ディビジョンと呼ばれていた頃、テレビの放映権料が1シーズン全体でも1500万ポンド以下だったことを考えれば隔世の感がある。もともとプレミアリーグは、テレビ放送向けのエンターテインメントを提供すべく新設されたリーグだが、誰もが夢想だにしなかったような成功をもたらした。

ただしこの種の契約は、しっかり算盤《そろばん》を弾かれた上で結ばれたことも忘れてはならない。テレビ局側が途方もない金額を払うことに同意したのは、巨大な需要が存在していることを認識していたからである。

プレミアリーグに対する巨大な需要は、かくもスペクタクルに富み、世界でもっともスリリングなサッカーが堪能できるリーグに成長するにつれて、さらに高まっていく。

これは1980年代の暗黒時代を考えれば、信じがたいような変化だった。マーケティングの担当者の表現を借りれば、サッカーという「商品」はいかにして、これほど魅力的な存在になったのだろうかという疑問は当然のように生まれてくる。本書は戦術の進化に焦点を当てて、その謎を解明することを目的としている。

私はプレミアリーグの25年を説明するために25章を割いたが、これは1シーズンごとに解説をおこなっていくためのものではない。むしろ各章はテーマごとに分かれており、戦術の革命をもたらした要素が考察されている。斬新なアイディアを持ち込んだ監督、サッカーという競技そのものを一変させた選手たち、インスピレーションを与えたチーム、新たな戦術コンセプト、プレースタイルに影響を与えたピッチ外での出来事といった要素が、その内訳となる。

また本書が検証していくのは、プレミアリーグが2つの意味において「ユニバーサル」――普遍的な存在になっていくプロセスでもある。

まず今日に至る過程では、戦術的なレベルでの普遍化が見られた。

1990年代序盤のサッカー界では、個々の選手に求められるプレーが非常に明確化されていた。ディフェンダーは守備だけをおこない、アタッカーは攻撃だけをおこなうという発想である。

　しかし各ポジションの選手が果たす役割は、徐々に包括的なものになった。ディフェンダーは攻撃の起点になることが求められたし、フォワードは守備に転じた際に、相手にプレッシャーをかける最初の選手になるように促された。結果、選手たちはスペシャリストではなく、徐々にオールラウンダーへと変化していった。

　またプレミアリーグは、地理的な意味でも普遍的な存在になった。イングランドのクラブチームは海外に目を向け、外国の選手と指導者を重用するようになっていった。

　プレミアリーグは１９９２年8月15日に記念すべき第1節を迎えたが、試合に先発した外国人選手の数は、全22クラブを合計しても11人に留まっていた。当時、外国人監督などは1人もいなかった。

　ところが発足から25シーズン目には、選手や監督の大半を外国人が占めていただけでなく、地球上のほぼすべての主なサッカー強豪国から人材が集うまでになっていた。２０１６／１７シーズン、ＦＩＦＡのランキングで上位25位に入った国々の中で、プレミアリーグに人材を送り出していなかったのはメキシコだけである。

　これら2つの要素が合わさった結果、プレミアリーグの各クラブは、かつてのような無様で、単純で、ダイレクトにゴールを狙っていくようなプレースタイルを放棄し、より洗練されていて、ヨーロッパ的で、テクニカルなサッカーを実践するようになった。

「ルート・ワン」と呼ばれた単純な放り込みサッカーから「偽の9番」へ、そして英国風の素朴なパイ料理から、手の込んだスペインのパエリア料理へ。

　これはプレミアリーグが遂げた、驚くべき戦術進化の物語である。

プレミアリーグ　サッカー戦術進化論　目次

第1部——草創期

第１章

生まれ変わったゲーム

「バックパスのルールは、今までのルール改正の中で一番いいアイディアだ。これがサッカーを変えたんだ」

（ピーター・シュマイケル）

■ １９９２年の衝撃

プレミアリーグを軸にサッカーの歴史を論じると、「サッカーは１９９２年に始まったわけじゃない」としばしば釘を刺される。

だが１９９２年は、現代サッカーが実質的に産声を上げる年となった。斬新で、エキサイティングで、もっと娯楽性に富むサッカーが堪能できる時代が始まったからである。１９９２年は、サッカーという競技そのものが、さらにテンポが速く、テクニカルなスポーツへ一気に移り変わっていく分水嶺となった。

ただし、このような変化はプレミアリーグの発足とは何の関係もない。むしろサッカーを進化させたのは、同じ１９９２年に導入された、ゴールキーパーへのバックパスを禁止するルールだった。

たとえば１９２５年には、オフサイドのルールが大きく改正されている。

以前、ボールを持ったアタッカーは、自分とゴールの間に３人の選手がいなければオフサイドを取られていたが、ルールの改正によって、この人数が２人に減らされている。

オフサイドの改正は、世界でもっとも人気のあるスポーツをさらに面白くする上で大きく貢献したが、１９９２年に導入されたバックパスのルール改正は、これに匹敵するようなインパクトを持っていた。

たしかにプレミアリーグが発足してからも、小さなルール改正は何度かおこなわれてきた。オフサイドを巡る小さな基準の変更や、危険なタックルをより厳しく取り締まる方針の導入、キックオフの手順の変更などがこれに当たる。今日ではボールを前に蹴り出さなくとも、試合を開始できるようにさえなった。

だが１９９２年に実施されたバックパスのルール改正こそは、文字どおりゲームを一変させる効果を持っていた。

ルール改正の中身自体は単純だった。

それまでゴールキーパーは、チームメイトが意図的にバックパスしたボールを手で処理することが許されていたが、これが禁じられたのである。むろんルールが変わっても、チームメイトがヘディングや胸のトラップ、あるいは膝を使って戻したボールは手で処理することができた。また１９９７年までは、スローイングから戻されたボールも拾い上げることが許されていた。

しかし大枠となるルールが改正された結果、ゴールキーパーはかつてないほど足を使うことを余儀なくされるようになり、徐々にパス交換の動きに組み込まれていった。

このようなルール改正がおこなわれたのには、きわめて正当な理由がある。

かつては試合をリードしているチームが、実に腹立たしい方法で時間稼ぎをすることができたからだ。ゴールキーパーが、まず味方のディフェンダーにそっとボールを渡し、受け取った選手がキープし続ける。敵にプレッシャーをかけられるとバックパスをし、ボールを拾い上げたゴールキーパーが、同じプロセスを繰り返すというパターンだ。

最たる例は１９８７年におこなわれた、ＵＥＦＡチャンピオンズカップの１回戦、スコットランドのレンジャーズ対ディナモ・キエフの試合である。

レンジャーズは2試合合計で、すでに相手を2－1とリード。このような状況の中で攻撃を組み立て始め、ミッドフィルダーのグレアム・スーネスにパスを渡す。スーネスはキエフ陣内の中間地点でボールを受け取ったが、なんと直後に自陣のゴールのほうを向き、ゴールキーパーのクリス・ウッズに70ヤードのバックパスを出したのである。皮肉なことにスーネスは、後にバックパスに関するルール改定の影響を、誰よりも手痛い形で味わうことになる。

このような展開はきわめて退屈だったが、時間稼ぎをしながらボールを奪われないようにするという意味では、非常に理にかなっていた。今から振り返って考えるなら、わざわざ相手にボールを渡し、同点に追い付かれてしまうケースがあったことのほうが信じられないほどだ。

■ルール改正に対して生じた懸念と効果

この種の消極的なプレーは、1990年のワールドカップではとりわけ顕著になる。この大会ではあまりにも消極的なプレーが増えたため、FIFAはなんらかの策を講じる必要があると判断。2年後に、バックパスを制限するルールを発効させる。

こうしてプレミアリーグは、新たなルールの下で開幕を迎えることとなった。

ルートン・タウンのデイヴィッド・プリートのように、一部の監督はルール改正に賛成したが、トップクラブのほとんどの監督は猛反発した。その中にはプレミアリーグ発足に先立つ2シーズン、イングランドのトップリーグを制した監督たちも含まれていた。

「ゲームのレベルアップに貢献するとはまったく思えない」

1990／91シーズン、アーセナルを率いてリーグ優勝を果たしたジョージ・グラハムは、このように不満を漏らしている。翌１９９１／９２シーズン、リーズ・ユナイテッドをディビジョン・ワン時代の最後の優勝チームに仕立て上げたハワード・ウィルキンソンは、新たなルールの導入は、ロングボールへの依存率を高めるだけだと指摘している。

「リーグの運営側は、より質の高いサッカーを育もうとして思いついたのかもしれないが、この実験は逆の効果をもたらすだろう」。ウィルキンソンは断言している。「新しいルールは、ロングボールを使っている指導者にとって、天からの恵みのようなものになるはずだ」

ディフェンダーがゴールキーパーにバックパスを出そうとしても、ゴールキーパーは手で処理することができない。このため、オフサイドポジションに残っていたセンターフォワードが、ディフェンダーがゴールキーパーの「ブロック役」としてバックパスのコースを遮《さえぎ》れば、相手はタッチラインに蹴り出させざるを得なくなる。多くのチームはそこに目をつけて、ロングボールを多用するようになるだろうというのがウィルキンソンの説だった。

「ＦＩＦＡは結果的には、ロングボールサッカーをさらに推奨してしまった」とウィルキンソンは主張している。「私は馬鹿げた妄想をしているわけでも、ＳＦ映画に出てくる悪夢のような世界を空想しているわけでもない。これは、世界のサッカー界を取り仕切る連中が突き付けてきた現実なんだ」

多くの同業者たちは、「ルート・ワン」式の単調な放り込みサッカーが支配的になってしまうというウィルキンソンの懸念に同調した。

事実、ルールが改正された直後は、ロングボールに関するウィルキンソンの予言が的中したケースも見られた。たとえばプレシーズンにおこなわれた親善試合のトーナメントで、リーズがシュツットガルトやサンプドリアと対戦した際には、ディフェンスラインの裏に幾度となくボールを放り込まれる格好になった。相手はリーズ側のエラーを誘おうとしたのである。

ところが改正されたバックパスのルールは、当初の狙いどおりに前向きな効果を与えていくことになる。もはや各チームは、あまりにも露骨に時間稼ぎをすることができなくなったからだ。

またウィルキンソンは、ゴールキーパーとディフェンダーが新たなルールに徐々に対応し、ボールをうまくキープしたりして、テクニックのレベルを高めていくことも予想できなかった。

ちなみにバックパスのルール改正は、いくつかの重要な波及効果をもたらしている。

まず各チームは、以前よりもピッチ前方の高い位置でプレスをかけるようになった。ディフェンダーにミスを犯させるためである。これと同時に、ディフェンダーがアグレッシブに高いラインを引く傾向も弱くなった。後方に広がるスペースをしっかりカバーしておくことが、トラブルを避ける手段になったためだ。この結果、チームがプレーするエリアは縦に広がり、中盤でより多くのスペースが生まれるようになった。

ただし、バックパスのルール改正がもたらしたもっとも大きな変化は、試合のテンポが変わったことだったとみて間違いないだろう。

ルールが改正される以前、選手たちは、ゴールキーパーがボールを腕で抱えている間に一休みするのに慣れていた。ところがルール改正により、試合は突然ノンストップで展開されるようになった

このような変化は、たった1つの簡単なルール改正によってもたらされたものだったが、プレミアリーグ側にとっては打って付けだった。そもそもプレミアリーグは、テレビ中継用のエンターテインメントを意識して結成されたリーグだったからである。

事実、プレミアリーグの放送を開始するにあたって、スカイスポーツは数多くの新機軸を導入している。それらの中には、画面の左上に得点と試合時間を表示するという、今や世界の常識になったアイディアも含まれる。

ただし、その他の仕掛けはあまり成功したとは言いがたい。

まず試合前に花火を打ち上げるという演出方法は、「ザ・デル」（サウサンプトンの旧スタジアム）から発射されたロケット花火が、近くのガソリンスタンドに飛び込むという事件が起きた直後に廃止されている。チアリーダーを起用するアイディアも短命に終わった。

むしろプレミアリーグが魅力的なエンターテインメントに発展していく上では、これらの人工的な演出よりも、バックパスのルール改正がはるかに決定的な役割を果たしている。その意味で１９９２／９３シーズンに先立って、ルール改正という英断が下されたのは、スカイにとって非常に幸運だったと言える。ルール改正によって試合そのものが非常に見応えのあるものになっていなければ、プレミアリーグは今日のように、数十億ポンドの価値を持つ商品に成長していなかったに違いない。

■ 右往左往した選手たち

話を進めよう。

サポーターたちは新たなルールのメリットにすぐに気が付いたが、逆に選手たちの多くは対応に苦慮した。ルール改正の影響が最初に明らかになったのは、マンチェスター・シティとアイルランドリーグの選抜チームが対戦した親善試合だった。

試合中にはシティのゴールキーパーであるアンディ・ディブルに、ゆっくりとバックパスが出される場面があった。ところがディブルは判断を躊躇。最終的には敵のストライカーにタックルを仕掛け、脚を骨折している。ディブルは「自分がルール改正の〝最初の犠牲者〟になった」と不平をこぼした。曰く。

「ボールを蹴るか手で拾うべきかを迷ったんだ」

ゴールキーパーよりも、さらに対応に手こずったのはディフェンダーだった。

現に1992年8月15日におこなわれた、記念すべきプレミアリーグの開幕戦では、コメディのようなエラーが続出した。

リーズがウィンブルドンに2-1で勝利した試合では、開始14分、ウィンブルドンの右サイドバックであるロジャー・ジョセフが、ペナルティボックスの中でパニックに陥っている。

「ゴールキーパーのハンス・セガースにバックパスを出すべきか、それとも簡単にボールをクリアすべきだろうか?」

ジョセフは2つの選択肢の板挟みになり、結局どちらの行動も取れなかった。代わりにおこなったのは、ボールをかろうじて2ヤード動かすことだけだった。結果、ジョセフはリーズのリー・チャップマンにボールを奪われて、ゴールを決められてしまう。

リーズの監督であるハワード・ウィルキンソンは、得点を喜ぶべきか、あるいは悲しげに首を振って見せるかどうか迷ったに違いない。このゴールは「世界のサッカー界を取り仕切る連中が突き付けてきた現実」なるものが、もたらしたものだったからだ。

ロンドンのハイバリーでは、ノリッジが0-2からアーセナルに追い付いて4対2で逆転勝利を飾ったが、この試合もバックパスのルール改正を巡る混乱の典型的なケースとなった。

ちなみにノリッジは、アーセナル陣内にハイボールを蹴り入れる戦法を採った。アーセナルのキャプテン、トニー・アダムスに処理させるためである。

アダムスはそわそわしながら後方を振り返り、ゴールキーパーのデイヴィッド・シーマンがボールを欲しがっていないことを確認すると、センターバックのパートナーであるスティーヴ・ボールドに横パスを出そうとする。ところがアダムスはボールを完全に蹴り損ね、マーク・ロビンスにボールを奪われてしまう。こうして合計4ゴールをあげたノリッジが、プレミアの記念すべき第1節で首位に立った。

チェルシーはスタンフォード・ブリッジにおいて、オールダム・アスレティックと1－1で引き分けたが、両軍のゴールはやはりバックパスのルール絡みで生まれている。

オールダムのセンターバックであるイアン・マーシャルは、ロングボールの処理に失敗。ゴールキーパーにうまくボールを戻すことができず、ミック・ハーフォードに先制点を許してしまう。

ところがその後、今度はチェルシーのゴールキーパーであるデイヴ・ビーサントが、ディフェンダーから受けたボールを蹴り損ね、逆にニック・ヘンリーに同点に追い付くチャンスを与えている。新しいルールは、いたるところで混乱を引き起こしていた。

とはいえバックパスのルール改正は、「好ましいゴール」も生み出している。

シェフィールド・ユナイテッドのブライアン・ディーンは、マンチェスター・ユナイテッドとの試合でヘディングゴールを決め、プレミアリーグの初得点を記録。さらにＰＫから追加点もあげて2－1の勝利を引き寄せた。

この2点目は、シェフィールドのミッドフィルダー、ジョン・ギャノンのプレーから生まれている。

彼は一瞬、ゴールキーパーにバックパスを出そうとしたが、相手の選手がパスを予想してインターセプトを狙っているのを察知。危険を回避するために前を向き、左足でユナイテッドのディフェンダーの間のスペースにボールを蹴り出した。

ボールを追走したストライカーのアラン・コークは、ギャリー・パリスターにファウルを受けて倒されてしまう。かくしてブライアン・ディーンが、ＰＫからゴールを決めたのだった。

ギャノンが体の向きを変えてボールを蹴り出してから、ＰＫが与えられるまでの時間はわずかに7秒。

新しいルールが導入されていなければ、ボールはごく当たり前のようにバックパスされ、シェフィールド・ユナイテッドのゴールキーパーが持ち続けていたはずだ。

当時「珍プレー集」のビデオを集めていたサッカーファンは、新たなルールの導入で起きた珍事に大喜びしたに違いない。もっともコミカルなエラーは、9月初めにおこなわれたトッテナム対シェフィールド・ユナイテッド戦で起きている。この一件はシェフィールド・ユナイテッドのゴールキーパー、サイモン・トレイシーが首を切られる事態にまで発展した。

彼は試合開始早々、ペナルティエリアの外でボールを手で処理したためにカードを受けていたが、試合終盤にバックパスが出された際には、さらにパニックに陥ってしまう。

トッテナムのポール・アレンがすぐに迫ってきたために、トレーシーはボールを横にドリブルで運び、直接タッチラインに蹴り出す。結果、トッテナムがスローインを得たため、トレーシーは相手のスローインの邪魔をしようと、広告看板の間に落ちていたボールを拾い上げようとした。

ところが頭の回転の速いボールボーイが、一足先にボールをつかみ、途中出場したトッテナムのアンディ・グレイに手渡そうとする。これを見たトレーシーは何を思ったか、アンディ・グレイにラグビー式のタックルを見舞い、グラウンドに倒してしまったのである。

かくしてトレーシーは解雇された。シェフィールド・ユナイテッドの監督、デイヴ・バセットは憤然として言い放った。「あいつの脳みそは木馬並みだ。私は本人にそう言ってやったよ」

■ヨーロッパでも起きた混乱

もちろん、このような現象はイングランドだけで起きたわけではない。むしろヨーロッパ中で似たような問題が起きていた。

10月、イングランドとスコットランドの国境にほど近い場所では、スコットランドのリーグカップの決勝がレンジャーズとアバディーンによっておこなわれた。

この試合ではレンジャーズが先制点をあげたが、きっかけとなったのは相手のゴールキーパーであるテオ・スネルデルスだった。チームメイトがクリアに失敗し、ボールはふらふらとスネルデルスのところに飛んでくる。すると彼は奇妙なことに、ボールをつかもうとせずに胸でトラップしてしまう。このボールはレンジャーズのスチュアート・マッコールの正面に飛び、マッコールはまんまと得点をさらっている。

チームメイトは意図的にバックパスを出したわけではなかったし、ゴールキーパーが手で拾ってもペナルティにはならなかった。だがスネルデルスは明らかに新しいルールを把握しておらず、味方のディフェンダーにこう怒鳴りつけた。

「手で触れないんだよ！」

バックパスのルール改定は、ヨーロッパ諸国の中ではイタリアにもっとも大きな影響を及ぼしている。セリエAは伝統的に、ヨーロッパでもっとも守備的なサッカーをするリーグだった。現に1992／93シーズンが開幕するまでの4シーズン、1試合あたりのゴール数は2・11、2・24、2・29、2・27に留まっていた。ところが1992／93シーズン、この数値は2・80と前例がないほど上昇している。

一方、プレミアリーグでは、ゴール数が急に増えるような現象は起きていない。ディビジョン・ワン時代の最後のシーズンは2・52だったものが、プレミアリーグの初年度に2・65に増えた程度である。だがバックパスのルールは、サッカーの質に明らかに影響を及ぼしたし、いくつかのチームは特に対応に苦慮している。

有名な被害者となったのは、リヴァプールだった。

リヴァプールは1970年代と1980年代に国内リーグを席巻したが、プレミアリーグではいまだに優勝を果たしていない。この理由をバックパスのルール改正に結びつける人は少なくない。

ちなみにリヴァプールはディビジョン・ワン時代の最後のシーズンと、プレミアリーグの最初のシーズンを、どちらも6位で終えるに留まった。リヴァプールの選手たちは、新たなルールが自分たちに悪影響を与えたことを認めている。

「ディフェンダーの頭の中に、いつも引っ掛かっていったんだ。ボールを後ろに戻しちゃいけないってね」。ディフェンダーのニック・タナーは振り返っている。「(ルールが改正される)前のリヴァプールなら、ただゲームを終わらせてしまえばよかった。1‐0でリードしたらボールをブルース・グロベラーに戻す。ブルースがちょっと弾ませたりしているうちに、今度はフィル・ニールが下がってくる。そしてブルースがボールを転がして渡す。こういうプレーが一切できなくなってしまった」

皮肉なことに、当時チームの監督を務めていたのはグレアム・スーネスだった。現役時代、ゴールキーパーへのあらゆるバックパスが禁止されるきっかけを作った、例のバックパスを出した張本人である。

アーセナルも苦しんだ。ちなみにアーセナルはブックメーカーが推す優勝候補になっていたし、1991／92シーズンには、ディビジョン・ワンでもっとも多くのゴールを決めていた。

ところが1992／93シーズンには、後方から攻撃を組み立てるのに苦しみ、逆にもっともゴールの少ないチームになってしまう。これもまた、バックパスのルール変更が与えた影響を示している。

アーセナルは守備の面では新たなルールにうまく対応し、ノックアウト方式のトーナメントでは卓越した強さを発揮。リーグカップとFAカップでは優勝を収めている。偶然にも試合で対戦したのはいずれもシェフィールド・ウェンズデイで、スコアも同じ2‐1だった。

ただし、リヴァプールやアーセナルにも増してルール改正の影響を被ったのは、ダイレクトな放り込みサッカーをするチームだった。ハワード・ウィルキンソンが率いていたリーズである。

リーズは前年、ディビジョン・ワン時代の最後の国内チャンピオンに輝いていたにもかかわらず、一気に後退していき、プレミアリーグの初年度をなんと17位で終えてしまう。しかもアウェーでは、シーズンを通して一度も勝てなかった。

ハワード・ウィルキンソンは、新しいバックパスのルールが導入されれば、「ルート・ワン」と呼ばれる単調な放り込みサッカーが主流になるだろうと予言していた人物だった。だが実際には、リーズの選手たちは、単調なサッカーを展開できなくなったために苦しむ形となっている。

たとえばジョン・ルキッチは、センターバックのクリス・ホワイトから出されたバックパスを手で拾い上げ、プレミアリーグで最初にペナルティを課せられたゴールキーパーとなった。クリス・ホワイトは前シーズン、ウィルキンソンがディビジョン・ワンで最高のセンターバックだと評した選手だったが、彼もまた新たなルールにかなり手を焼いている。

「僕たちは、バックパスのルールに特に影響を受けた」。ミッドフィルダーのギャリー・スピードも、後にその事実を認めている。「センターバックはゴールキーパーにボールをよく戻していたし、ジョン・ルキッチは、受け取ったボールを僕とリー・チャップマンめがけて放り込んでいた。なのにそういうプレーをすることが、もうできなくなったんだ」

同僚のミッドフィルダー、スティーヴ・ホッジも口を揃える。

「以前はジョン・ルキッチがボールを持ってから、ピッチのかなり前方にいる僕たちに蹴り出してきた」。彼はこうも説明している。「なのにルキッチは、グラウンドの上にあるボールを蹴らなければならなくなったから、ボールはピッチの前方までしっかり届かなくなった。

ボールが（前に）来なくなったり、頭でつなぐことができなくなったりしたせいで、僕たちは相手にとってそれほど怖い存在ではなくなってしまった。代わりにボールは、中盤をふらふら行き来するようになったんだ。しかも他のチームはかなり前までラインを押し上げて、ルキッチに急いでボールを蹴らせるように仕向けてきたからね」

注目すべきは、ゴールキーパーが遠くまでボールを蹴るという単純な発想が、かくも重視されていた点である。これは当時一般的だった、ゴールキーパーからのフィードの方法を象徴している。

リーズ同様、ノッティンガム・フォレストも、新しいルールのために大きな代償を支払う羽目になった。リーグを最下位で終えたのである。

チームを率いていた伝説の監督、ブライアン・クラフは、たしかにこの時点ですでに他の問題も抱えていた。特にアルコール禍は、後に本人が認めたように、彼の判断力をかなり鈍らせている。

だがノッティンガム・フォレストに関しては、そもそもブライアン・クラフが実践しているサッカーのスタイルそのものが、時代の流れにそぐわなくなったという問題が起きていた。ギャリー・バニスターは端的に語っている。

「僕たちはボールを持った時に苦しんでいたし、マーク・クロスレーに戻して、彼にクリアさせていた」。バニスターは述べている。「でもほとんどの場合、ボールはすぐに僕たちのところに戻ってきたし、それで相手にプレッシャーをかけられてしまった。マークがボールをフィールドの前方まで蹴り出さなければならないことも、僕たちにとってはまるでプラスにならなかった。

昨シーズンまでなら、僕たちはバックパスを使ってボールをキープすることができた。そしてスチュアート・ピアース、ブライアン・ローズ、ゲイリー・チャールズがキーパーからボールを受け取って、もう一度ゼロからやり直すことができたんだ」

ちなみにピアースは、セットプレーではいつもキッカーを担当していた。にもかかわらずルールが変わった後は、ボールを持った際に特に神経質になっている印象を与えている。事実、彼はイングランド代表でプレーした時に、当時もっとも有名になったバックパスのミスも犯した。

１９９３年11月、イングランドはワールドカップ予選で格下のサンマリノと対戦した。試合開始８秒過ぎ、ピアースはデイヴィッド・シーマンに向かって、まるで勢いのないバックパスを蹴ってしまう。これをダヴィデ・グアルティエーリが奪ったため、サンマリノは早々とゴールを奪うこととなった。最終的にイングランドは７‐１で勝利したが、一時は、０‐１でリードされるというショッキングな展開になったのである。

またこの試合は、フォレストでピアースとともにプレーしていたセンターバック、デス・ウォーカーが、イングランド代表としてプレーした最後の機会にもなった。

もともとウォーカーは５年間で59キャップを獲得。１年前には『ガーディアン』紙において「イングランド代表監督のグラハム・テイラーにとって、もっとも欠かせないフィールドプレーヤー」とまで評された選手だった。だが自分の才能がもはやモダンなサッカーに適していないことを悟り、わずか27歳で代表からの引退を決意している。ハリー・レドナップは、後にこう述べた。

「１９９２年にバックパスが廃止されたことで、彼は大きなダメージを受けてしまった。

彼はスピードが持ち味だったし、（敵の）ストライカーよりも一歩先に出てボールを拾い、ゴールキーパーに拾わせるプレーをしていた……ところが（バックパスのルールが改正されたために）自力でピンチから抜け出すようなプレーを突然求められるようになってしまった。これは彼のプレースタイルと、まったく合わなかったんだ」

事実、草創期のプレミアリーグでもっとも顕著に見られたシーンの１つは、ロングボールに追い付いたディフェンダーが、ボールを蹴り出してスローインにするプレーだった。これは先に述べた、ウィルキンソンの予言とも符合する。

「選手にはこう言ったんだ。『もし迷ったら、蹴り出せ』とね」。コヴェントリー・シティの監督だったボビー・ゴールドは述べている。「ちんたらしていないで、観客席の一番後ろの列に蹴り込めと」

当時、プレミアリーグのディフェンダーたちは、バックパスの対応に苦慮していた。

それを考えれば、アイルランド人のポール・マグラーが、PFA（プロサッカー選手協会）が選ぶ初代の年間最優秀選手賞に輝いたのは偶然ではない。アストン・ヴィラのセンターバックだったマグラーは、両足でうまくボールを扱える選手だったし、新しいバックパスのルールに誰よりもスムーズに対応。モダンなセンターバックのモデルとなっていった。

事実、各チームの監督たちは徐々に、荒っぽいプレーでゴール前を守るような古いタイプのセンターバックよりも、ボールが扱えるディフェンダーを求めるようになっていく。バックパスのルールが変更されていなければ、リオ・ファーディナンドなどはセンターバックではなく、ミッドフィルダーになっていたに違いない。

■ルール改正が、ゴールキーパーに与えた影響

新たなルールは必然的に、ゴールキーパーの役割も激変させている。

サッカーの歴史において前回、ゴールキーパーのプレースタイルが大きく変わったのは1912年だった。この際には自陣全体で手を使うことが禁じられ、ペナルティエリア内のみで特権が与えられる形になっている。それから80年後、ゴールを守る職人たちは再び大きな衝撃にさらされたのである。

各チームのゴールキーパーや指導者は、当然のようにルール改正に激怒した。

「新しいルールは、われわれの仕事を台無しにしている」。アラン・ホジキンソンは主張している。元イ

ングランド代表のシュートストッパーだった彼は、イングランド初のゴールキーパー専用コーチとして名声を博していた。

「世間の人たちは、私が偏った考え方をしていると思うに違いない。だがゴールキーパーが道化のように見える状況をつくることに、何の意味があるのだろうか。今では誰もが頭を抱えてしまっている。

これはサッカーにとって良いことなのだろうか？　キーパーは20年もかけて、ボールをキャッチする方法を覚えていく。そのことを思い出すべきだ。彼らにとってはボールをつかむことが習性になっている。対応するのは簡単じゃない」

なんとも気の毒な話だが、新たなルールは徐々に定着する。ゴールキーパーは、動いているボールを蹴るというまったく新しいスキルを、長い時間をかけて身に付けていくことを余儀なくされる。これはすなわち、ゴールキーパーというもっとも特殊な役割をこなす選手でさえもが、よりオールラウンダーとしてプレーすることが求められるようになったことを意味した。

ちなみにホジキンソンが残した実績の中でもっとも有名なものの1つとしては、マンチェスター・ユナイテッドの監督だったアレックス・ファーガソンに、デンマーク人のゴールキーパー、ピーター・シュマイケルを推薦したことがあげられる。ホジキンソンは、ユナイテッドでシュマイケルのコーチも務めるようになった。

やがてシュマイケルは、ゴールキーピングのスタイルを新たに定義していくことになる。プレミアリーグのゴールキーパーの中では、唯一、世界でもっとも優秀な選手にも選ばれた。

彼は体格に恵まれており、至近距離からのシュートをずば抜けた反応で止めることができた。また、すぐに立ち上がってリバウンドをカバーするという、「ダブルセーブ」の達人でもあった。

ただしシュマイケルのアプローチは、教科書どおりのものではなかった。また試合中のポジショニングも、ライバルであるアーセナルのシーマンほど完璧ではなかった。アーセナルの守護神は、物静かで堅実なプレーが特徴だった。対照的にシュマイケルは大声でがなりたてるタイプで、大胆で予測できないプレーをした。

ちなみにシュマイケルは、イングランドサッカー界に「スタージャンプ（星型のジャンプ）」と呼ばれる動作も紹介している。これは敵のストライカーに向かってジャンプしながら、両手と両足を広げてプレッシャーをかけていく方法で、ハンドボールの手法を取り入れたものだった。シュマイケルは10代の頃、ハンドボールを定期的にプレーしていた。

「ゴールキーパーは『フットボーラー』ではない。ゴールキーパーとは、手でボールを処理する『ハンドボーラー』なのだ」

マンチェスター・シティの元監督であるマルコム・アリソンは、1960年にこう宣言している。シュマイケルは、この予言をまさに成就させた格好になる。

ただしシュマイケルは、改正される前のバックパスのルールにかなり恩恵を受けていた選手でもあった。このためプレミアリーグが発足した当時は、ほとんど活躍が期待されていなかった。

たしかに彼はデンマーク代表として、EURO92で優勝を収めている。デンマークは本大会の予選さえ通過していなかったにもかかわらず、ユーゴスラヴィアが内戦の影響で出場を取り消されたために、出場資格を与えられていた。

だがシュマイケルのプレーは、必ずしも好意的に評価されたわけではない。

EURO92はバックパスのルールが改正される前に開催された最後の国際大会となったが、むしろデンマークは是が非でもルールを改正しなければならない理由を、周囲に知らしめるようなチームだった。センターバックのラルス・オルセンは、ひっきりなしにシュマイケルにバックパスを出し、ボールを拾わせていたからである。しかもこの方法は、徐々にチームの他のメンバーにも浸透していくようになる。

ドイツを2 - 0で降した決勝戦の後半などは、きわめて嘆かわしい、時間稼ぎの典型例のようなプレーも見られた。残り5分となったところで、デンマークのフォワードであるフレミング・ポウルセンは、自陣の中間でボールをピックアップ。相手のゴールに向かって、思い切りよくドリブルを開始したまではよかったものの、ハーフウェイラインで躓《つまず》いてしまう。立ち上がったポウルセンは土を払うと自陣のほうを向き、シュマイケルに50ヤードのバックパスを出した。

「ドイツ側のエリアに入ってもパスを出す相手が見つからない時は、うちの選手は必ず後ろを振り返ってバックパスを出した。それを僕が拾い上げていたんだ」。後にシュマイケルは、気まずそうな口調で振り返っている。「あんなプレーをされたら、どうやって試合に勝てっていうんだい？」

■シュマイケルが遂げた進化

新しいバックパスのルールにより、ゴールキーパーにはより足下でボールをさばけるようになることが求められた。シュマイケル自身も、積極的にプレースタイルを進化させようと試みる。

彼はバックパスのルールが改正される前年に、マンチェスター・ユナイテッドに加入。ルール改正を見越した上で、ゴールキーパーは練習でもっと積極的な役割を果たすべきだと主張するようになる。具体的には、フィールドプレーヤーと分かれて練習するのではなく、その中に加わってパス交換の練習をしたいと望むようになった。

これは戦術面においても、試合に臨むメンタリティに関しても重要な変化をもたらす。

現にシュマイケルは、やがて対戦相手を驚かせるようなプレーを披露していく。試合終了間際、ユナイテッドがリードを許している状況でコーナーキックを得た際に、ピッチの前方まで猛然と駆け上がってゲームに絡もうとしたのである。

この方法は何度か得点につながったし、最近ではサッカー関係者の間でも受け入れられるようになった。だが当初は大きな反響を呼んでいる。

シュマイケルが自らの攻撃の才能を初めて披露し、イングランドのサポーターに新しい発想を知らしめたのは、1994年のボクシング・デイ（12月26日に設けられる祝日）だった。

ユナイテッドは、ホームにブラックバーン・ローヴァーズを招いた試合で、0‐1とリードを許してしまう。残り時間3分となったところで、シュマイケルは相手のペナルティエリアに向かって猛然とダッシュ。敵の3人の選手を驚かせて、自分に注意を引き付けることに成功する。これによってフリーになったギャリー・パリスターがゴールに向かってヘディングを放ち、最後はポール・インスが同点弾を叩き込んだ。

そもそもシュマイケルは、デンマーク時代にも何度か得点を決めていた。ユナイテッドの一員として1995／96シーズンのUEFAカップに参戦した際には、ロシアのロートル・ヴォルゴグラード相手に強烈なヘディングシュートを決め、土壇場で同点に追い付いている。

さらに彼はウィンブルドン戦では、オーバーヘッドシュートまで放ってみせた。ちなみにこのシュートはオフサイドのために認められず、シュマイケルはプレミアリーグにおいて、オフサイドの反則を取られた初のゴールキーパーになっている。

ただし彼は、プレミアリーグで実際にゴールを決めた初のゴールキーパーにもなった。記念すべきゴールが生まれたのは、アストン・ヴィラで1シーズンだけプレーした際だった。

いずれにしてもシュマイケルは、真の意味でゴールキーパーのスタイルに革命をもたらした。敵の攻撃からゴールを守ることだけが、ゴールキーパーの仕事ではない。攻撃の起点になり、最後には自分でゴールを決めることとさえできる。シュマイケルは同業者に対して、こう確信させたのである。

とはいえシュマイケルは、オーソドックスにゴールエリア内で足を使うプレーに関しては、取り立てて安定感があったわけではない。

プレミアリーグの1年目、マンチェスター・ユナイテッドはホームでおこなわれた第2節の試合で、0－3でエヴァートンに敗れてしまう。シュマイケルはこの試合でミスを犯した。ボールを足でさばいていた時に、エヴァートンのモー・ジョンストンにタックルされて、シュートを決められてしまったのである。ある意味、これはバックパスの新たなルールが導入され、ゴールキーパーが足でボールをさばくようになった時代に起きた、最初のエラーだったと言える。

現にシュマイケルが犯したミスの大半は、足でボールをさばいたり、ペナルティエリア外でカバーリングをおこなったりした際に起きている。

たとえば１９９４年2月にウェストハム・ユナイテッドと対戦した際には、ウインガーのマシュー・ホームズに直接ボールを蹴り返してしまう。ホームズはこれに乗じてトレバー・モーリーにクロスを上げ、ゴールをお膳立てしている。またシュマイケルは、その3ヶ月後にはペナルティエリアの外でボールを空振りし、イプスウィッチのクリス・キウォムヤに先制点を与えている。ＦＡカップの準々決勝でチャールトンと対戦した際には、自陣のペナルティエリアを15ヤードも離れたところでボールを手で処理してしまい、退場処分を受けた。

逆に、それほど脚光を浴びなかった他のゴールキーパーたちは、新しい流れにうまく対応している。たとえばノリッジのブライアン・ガンなどは、チームが展開するすばらしいパスサッカーに貢献したし、アーセナルのシーマンも見事に対応している。

理由の1つは、当時のアーセナルが採用していたプレースタイルにある。シーマンは、アグレッシブなオフサイド・トラップをかけていく方法に慣れており、監督のジョージ・グラハムからも、積極的にカバーリングをするように指示されていた。

ジョージ・グラハムは、バックパスのルールが改正される以前から、シーマンに対して利き足でないほうの足でボールを蹴るスキルに取り組むことも命じていた。これは当時のゴールキーパーにとって、非常に稀《まれ》なスキルだった。

ただしシーマン本人に言わせれば、ルール改正は彼にとっても悩みの種になったという。

「新しいルールが導入された時は、まず何よりも安全策を取るようになったんだ」。彼は認めている。「もし誰かが自分にバックパスを出したら、それを思いっきり蹴るだけだったし、ボールにしっかりミートすることだけを考えた。それがうまくできるようになったら、少しだけボールの処理に自信が持てるようになるから、今度はボールをコントロールしようとしていく……回数を重ねれば、それだけうまくなるからね……そして今度は誰にパスをするのか、(フリーの)選手をどこで見つけるのかを覚えていくんだ」

ボールを単純に遠くに蹴り出すのではなく、パスでつないでいく回数が増えていくにつれ、ゴールキーパーは11番目のフィールドプレーヤーとして試合に絡んでいくようになる。これに合わせて、チームも後方から攻撃を組み立てていくようになった。

ちなみにシュマイケルは、ビルドアップの方法を巡って、ファーガソンと大喧嘩をしたこともある。1994年1月、マンチェスター・ユナイテッドはアンフィールドでリヴァプールと対戦。試合を3-0でリードするが同点に追い付かれ、最終的には3-3で引き分けてしまう。ファーガソンが激怒したのも無理はないが、彼は驚くべきことに、その矛先をシュマイケルに向けたのである。

シュマイケルはピッチの中央にボールを常に蹴り返していたが、リヴァプールのニール・ラドックはこれをヘディングで跳ね返し続けた。結果、リヴァプール側はユナイテッドの面々にプレッシャーをかけ続けることができたのである。

シュマイケルは批判を良しとしなかったし、ファーガソンが紅茶の入ったティーカップを投げつける素振りをして怒鳴りつけると、罵詈雑言を浴びせて反論した。

その後シュマイケルは、エージェントに電話をかけて移籍したいと直訴。ファーガソンも翌日シュマイケルを監督室に呼び寄せ、どのみち首だと通告したのだった。

最終的にシュマイケルはファーガソンとチームメイトの双方に謝罪し、ファーガソンも矛を収める。こうしてシュマイケルは、さらに5年間ユナイテッドに在籍することになる。そして1999年にはチームのキャプテンとして、チャンピオンズリーグのトロフィーを高々と掲げ、ユナイテッド時代の輝かしいキャリアを締めくくった。

ただしシュマイケルは、ボールフィードの問題を最後まで解決できたわけではなかった。ユナイテッドは1998年のFAカップでバーンズリーと対戦しているが、シュマイケルはひどい凡ミスを犯してしまう。結果、ユナイテッドは降格圏脱出に苦しんでいたチームに再試合に持ち込まれただけでなく、5回戦で苦杯をなめた。

たしかにシュマイケルはデンマーク代表でEURO92を制したが、それはバックパスのルールが改正される前のプレースタイルに依存したものだった。現にシュマイケル自身、後にはボールのフィードで苦しむことになる。これらの事実を考えても、次のように断言したのは印象的だった。

「バックパスのルールは、今までのルール改正の中で一番いいアイディアだ。これがサッカーを変えたんだ」

■プレーメイカーとしてのゴールキーパー

シュマイケルに関しては、「プレーメイカーとしてのゴールキーパー」という発想を定着させたことも忘れてはならない。しかも彼の場合は、足ではなく手を使ったボール処理、すなわちスローイングによって、新たなプレースタイルを実践していった。

彼はオーバースローで、信じられないほど遠くまでボールを投げることができたが、このようなプレースタイルは、かつてのイングランドではほとんど見受けられないものだった。シュマイケルのロングスローは、チームが攻撃を仕掛ける際の基本的な武器の1つにもなった。

当時、ファーガソンが率いるチームは、おもにカウンターアタックをベースにしたサッカーを展開していた。この戦術はウイングのコンビ、すなわちライアン・ギグスと、アンドレイ・カンチェルスキス、もしくはリー・シャープのドリブル突破に大きく依存していた。ギグスたちは走りながらボールを受けるプレーを頻繁に披露したが、シュマイケルはこれにタイミングを合わせて、センターライン付近までボールを正確に投げることができた。

「ボールを持った時は、カウンターアタックのチャンスを作ろうとしたね」。シュマイケルは解説している。「いつも成功したわけじゃないが、この戦術を使えば相手は後ろを向いて、自分のゴールに向かって走っていく羽目になる。これをやられると骨が折れるし、気持ちも萎えてくるんだ」

シュマイケルは、スローインからアシストさえ記録している。1994年2月、3-2で勝利したアウエーのクィーンズ・パーク・レンジャース（QPR）戦では、足の速いカンチェルスキスに一直線にボールを投じ、先制点をお膳立てしている。

2年後、サンダーランドを5-0で一蹴した試合も然り。この試合はエリック・カントナが、伝説的な

Man Utd for the 3-1 win over Norwich in 92/93

マンチェスター・ユナイテッド ◉ 1992/93 シーズン

大一番のノリッジ戦で、3－1の勝利を収めた際の布陣。フォーバックをベースに深く引いたFWが10番を務め、両ウイングがサイドを突破していく。ファーガソンが採用したこの方式は、初期のプレミアリーグにおいて、各チームが採用した戦術システムのモデルになった

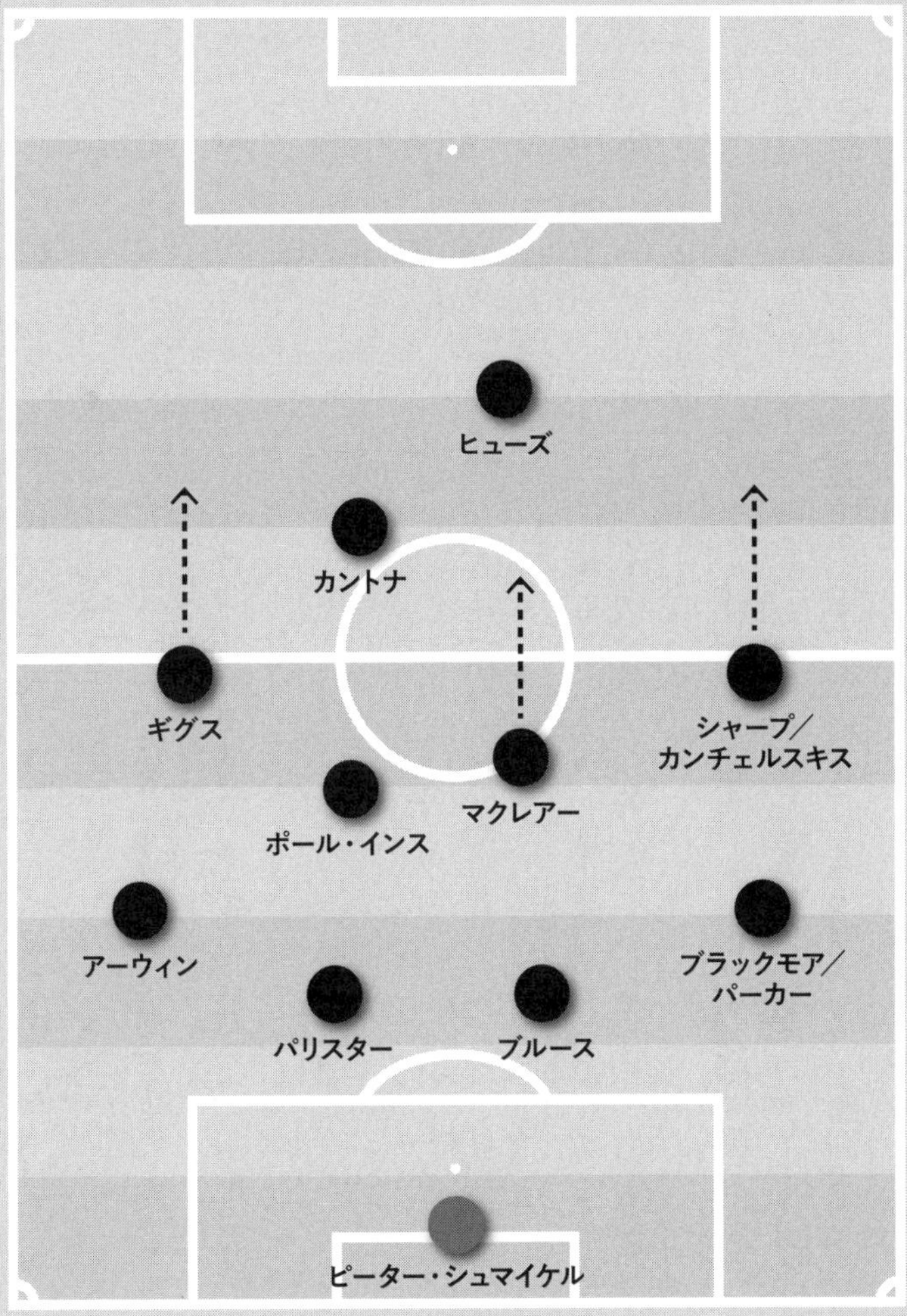

チップキックでゴールの上隅に得点を決めたシーンのほうが印象に残るが、シュマイケルはやはり似たようなプレーを披露している。力のないヘディングをキャッチするやいなや、敵陣にいたオーレ・グンナー・スールシャールめがけてボールを一気に投げ入れる。スールシャールはディフェンダーを振り切って、冷静にゴールを決めている。

このようなプレーは、シュマイケルが時代の一歩先を進んでいたことを物語る。

事実、2005年にペペ・レイナがリヴァプールに入団するまで、長距離の正確なロングスローから、かくも効果的にカウンターを展開できるゴールキーパーはプレミアリーグに存在しなかった。

ちなみにレイナが登場した頃には、ゴールキーパーたちは足でのボールさばきも非常にうまくこなせるようになっていた。これは彼らの多くが、改正されたバックパスのルールの下で育ってきたためである。

「バックパスのルールが変わった時、僕は10歳だった」。プレミアリーグのゴールデングラブ賞を3年連続で受賞したレイナは語っている。「ありがたいことに、僕はまだとても若かったんだ。自分のスキルを磨き始めるタイミングに、ちょうど間に合ったんだよ」

とはいえ2000年代半ばの時点でも、レイナに関してはキックの能力よりも、スローイングの能力のほうがはるかに高く評価された。これはプレミアリーグにおけるゴールキーピングのモデルを作り上げる上で、いかにシュマイケルが先導的な役割を果たしたのかを物語っている。

「シュマイケルのロングスローはとてもパワフルだったし、チームメイトはピッチの反対側でチャンスを作り出すことができた……彼のアプローチは、明らかに時代の一歩先を行っていた」。セリエAのベテランキーパー、サミール・ハンダノヴィッチは語っている。一方、ナイジェリアのヴィンセント・エニュアマは、ゴールキーパーの世代交代を、こう総括している。

「僕のお手本はエドウィン・ファン・デル・サールだったけど、シュマイケルは違う種類のゴールキーピングを持ち込んだんだ」

シュマイケルは単なるゴールキーパーというカテゴリーを超えて、世界中のサッカー界にインスピレーションを与えた、最初のプレミアリーガーにもなったのである。

ちなみにファン・デル・サールは、レイナがリヴァプールで活躍していた頃、マンチェスター・ユナイテッドにおいて卓越したプレーを披露していた。

もともとファン・デル・サールは、足下の技術の高さで有名だったが、これはおもに彼がアヤックスで育ったことに負うところが大きい。かつてのアヤックスでは、先見の明を持ったヨハン・クライフが、ゴールキーパーは11人目のフィールドプレーヤーでなければならないと常に主張し続けていた。バックパスのルールが改正される、はるか前の時代からである。

かくしてファン・デル・サールは、モダンなゴールキーパーのお手本として広く認識されることになった。ティボー・クルトワとマヌエル・ノイアーなどは、ボールさばきに関して、ファン・デル・サールに大きな影響を受けたとも述べている。現代のゴールキーパーにとって、足下の技術は必要不可欠な要素になっている。ボールをうまくさばけない選手は、逆に時代から取り残されるようになった。

■シュマイケルが先鞭をつけた、もう1つの変化

シュマイケルに話を戻そう。

彼はまったく別の面でも、プレミアリーグで起きた革命を促進している。

1992年にプレミアリーグが初めて開幕した際、第1節では242人の選手が先発しているが、外国籍の選手はわずか11人に過ぎなかった。

単純計算で言えば、11人のうちの1人はゴールキーパーだろうと考えたくなるが、実際にはゴールキーパーが4人を占めていた。シュマイケル、ウィンブルドンのオランダ人選手ハンス・セガース、イプスウィッチでプレーしていたカナダ代表のクレイグ・フォレスト、そしてQPRのチェコ人、ヤン・ステイスカルである。

1年後になっても、外国人のフィールドプレーヤーは依然として珍しかったが、ゴールを守るポジションでは、さらに6人の外国人選手が名を連ねるようになった。アストン・ヴィラのオーストラリア人、マーク・ボスニッチ、チェルシーのロシア人、ドミトリー・ハーリン、トッテナムのノルウェー人、エリク・トルストベット、ジンバブエ人でリヴァプールにおいて再び自分の居場所を確保したブルース・グロベラー、そしてさらに2人のチェコ人、ウェストハムのルデク・ミクロシュコと、ニューカッスル・ユナイテッドのパベル・スルニチェクである。

当時、アストン・ヴィラでゴールキーパーコーチを務めていたジム・バロンは、外国人のゴールキーパーが、いかに母国の同業者よりも積極的にプレーするか、ペナルティエリア内でいかに君臨し、ボールのフィードでもいかに勝っているかを指摘している。

イングランドは昔から、ゴールキーパーのレベルの高さを自負してきた。だが実際にその役割をさらに進化させたのは、外国から輸入された選手たちだったのである。

プレミアリーグ草創期の2、3年間、ゴールキーパーはきわめてシンボリックな存在になった。

1つ目の理由はオールラウンダー化である。

バックパスのルール改正により、ゴールキーパーにはスキルを広げ、スペシャリストではなくオールラウンダーになることが求められた。このような進化は、後にすべてのポジションで目撃されるようになっていく。

２つ目の理由は、海外の選手に目を向けさせたことである。

プレミアリーグでは、地元選手の出場機会を犠牲にしてまで、外国人選手を起用する傾向が一様に見られた。この変化もまた、ピッチのあらゆる場所で顕著になっていく。

これらの２つの流れを象徴していたのが、ゴールキーパーだった。

ゴールキーパーは昔から、ピッチ上のアウトサイダーと目されてきた。だが今や彼らは、サッカーそのものの近代化を促進する触媒となっていったのである。

第2章

カントナとカウンターアタック

「まず何を差し置いても、革命的な存在であること。それが私にとってのフランス人の定義だ」
（エリック・カントナ）

プレミアリーグが発足した当時、マンチェスター・ユナイテッドは四半世紀も国内リーグのトロフィーを手にしていなかった。その意味でも、ユナイテッドが草創期のプレミアを圧倒したのは、なおさら特筆に値する。アレックス・ファーガソンは、なんと最初の5シーズンのうち4シーズンでタイトルをものにしている。

この5年間はエリック・カントナが君臨した時期に重なり合う。ユナイテッドは1994／95シーズンだけは2位に甘んじているが、これはカントナが、シーズンの半分を出場停止で棒に振ったためだった。

彼がユナイテッドに与えた影響は絶大だった。カントナは栄光から縁遠かったユナイテッドをほぼ一夜にして常勝集団に仕立て上げたし、プレミアリーグ全体に対しても、比類なき影響を及ぼしている。カントナこそは、テクニカルなサッカーのスタイルを普及させた最大の貢献者だった。

イタリアとスペイン人の血を引くカントナは、外国人選手がまだ珍しい存在だった頃に、ブリテン島のスタジアムに降り立った。襟をピンと立てて、まさに自分こそがイングランドサッカー界の支配者だと言わんばかりにしてである。

しかもカントナは、イングランドのサッカー界が目撃してきた人物と明らかに異質だった。

彼は自分にインスピレーションを与えた人物として、ディエゴ・マラドーナとヨハン・クライフをあげたが、パブロ・ピカソ、ドアーズのジム・モリソン、アマデウス・モーツァルトの名前にも触れている。傑作なのは、カントナがフランスの詩人、ランボーについて言及した際の一件だ。イングランドのジャーナリストたちは、相手が1982年に公開されたアクション映画の主人公、シルベスター・スタローン演じる『ランボー』について語っていると思い込んでしまったのである。

またカントナは、独特な個性の持ち主だった。

フランスの哲学者のごとき人物は、ドレッシングルームに閉じ込められた時には、チームメイトの衣服をずたずたに切り裂いた。これは当時、気の利いた洒落だと受け止められたが、彼はピッチ上でも、明らかに自分が注目されていることを意識しながら、まるで俳優のように振る舞った。

メディアに対する対応も然り。チームメイトは彼が英語を流暢に話すと証言したが、タブロイド紙の記者に質問されると突然、英語の能力は落ちてしまう。こうして彼は、途方に暮れた「異邦人」を装い続けた。マンチェスター・ユナイテッドの選手たちが試合後に祝杯をあげる時にも、テーブルの上には17本のビールと1杯のシャンパンが置かれるのが常だった。

だが、このような独特な存在感は、彼が外国人だったことだけが原因でない。

それどころかカントナは、母国のフランスでも似たような存在感を放っていた。現に彼は驚くほど同じようなパターンで、リーグ・アンの様々なクラブを渡り歩いた。大抵の場合、移籍の原因になったのは重大な規律違反を犯したことだった。

カントナに関して示唆に富む伝記を記したフィリップ・オークレーは、1980年代後半、カントナが「フランスで初めて、有名人になったサッカー選手だった」と指摘している。その主な要因となったのは、サッカーの才能というよりも、もっぱら文化的な物事に対する独特なコメントを通してだったとも説明している。

もともとカントナは、フランスU‐21代表でのプレーを通じて国民の注目を集めた口だった。また後には、新たにサービスを展開した画期的な有料テレビチャンネル、カナルプラスのスポーツ番組でも大々的に取り上げられる。カントナは時代の先端を行くテレビ局が取り上げる主人公として最適だったし、スカイとプレミアリーグにとっても理想的な人物となっていく。

またカントナの場合は、１９９５年1月に起こした大事件を通しても、存在が知られるようになった。マンチェスター・ユナイテッドでの3シーズン目、アウェーのクリスタル・パレス戦に出場したカントナは、ディフェンダーのリチャード・ショウにファウルをして退場処分を受ける。その際、クリスタル・パレスのサポーターであるマシュー・シモンズに野次を飛ばされたのに腹を立て、セルハースト・パークの広告看板を飛び越えて、派手なカンフーキックを見舞ったのである。

この事件のために、カントナは8ヶ月間、世界中のありとあらゆる場所でおこなわれるすべての試合に出場することを禁じられ、フランス代表としてのキャリアにも事実上終止符を打つことになった。

たしかにこれは恥ずべき行為だったし、イングランドサッカーに対するネガティブな見方をさらに助長している。１９８０年代は、フーリガン問題がさかんに報じられていたからである。

だがプレミアリーグにとっては、まさに理想的なタイミングで起きた事件だったとも言える。

まずカンフーキックは、オーストラリアやニュージーランドのような遠く離れた国々でも繰り返しニュース番組で報じられている。この結果、イングランドに新たなリーグが誕生したことを世界中に知らしめるための、初の機会を提供する形になった。

またニュースでは、カントナの人柄についても当然、触れられることになる。こうしてイングランドのサッカー界でもっとも好奇心をそそられるキャラクター、サッカー選手のステレオタイプを明らかに打ち破るような人物像は、広く紹介されることになった。

むろんイングランド国内のメディアでも、この一件は徹底的に報じられている。『サン』紙は2日連続して1面で報道しただけでなく、2日目にはこんな見出しも掲げている。「カントナの恥辱：詳細は2面、3面、4面、5面、6面、22面、43面、44面にて」

このような状況は、イングランド国内においても、プレミアリーグそのものが大きな話題になったことを意味する。

しかもカントナは、一連の騒動に幕を引く際にも話題を集めた。

彼は傷害容疑で2週間の収監を命じられたが、控訴に成功するとしぶしぶ記者会見に登場。詰めかけた記者団に対して、実に味のあるコメントをゆっくりと口にしている。

「カモメが……トロール漁船を追いかけるのは……鰯が……海に投げ込まれるだろうと……思うからだ。どうもありがとう」

カントナはこう言って立ち上がると弁護士と握手し、すぐに立ち去っていった。

呆気に取られた記者団からは、やがて笑いが起きる。カントナは記者団をカモメに、有名選手を漁船に、そして有名選手が発するコメントを鰯にたとえながら、強烈に皮肉ってみせたのだった。

■カントナが与えた衝撃

ただしカントナは、キャラクターの点で際立っていただけではない。むしろ彼を語る上で決定的に重要なのは、実際のプレースタイルにおいても、プレミアリーグに所属しているあらゆる同業者と、まったく異なっていた点である。

彼はピッチ上でも機知に富み、創造的で、まるで予測できないプレーを披露する天才だった。その意味で、カントナ本人が哲学者や芸術家にしばしば言及するのは、きわめて理にかなっていた。

彼はディフェンスラインと中盤のラインの間に広がるスペースを巧みに活用してみせたし、ゴールスコアラーとしてだけではなく、チャンスを作り出すクリエイターとしても活躍した。事実、彼は1試合あたりの平均アシスト数に関しては、今もプレミアリーグで2位の記録を持っている。

また彼は、チップキックでゴールキーパーをかわすプレーを好んだだけでなく、PKでも実にさりげなく得点を決めてみせた。またアウトサイドでボールを叩いて相手の裏をかきながら、精緻なピンポイントのパスをチームメイトに幾度となく通し続けた。

それでいてカントナは、ひ弱な芸術家肌の選手などではまるでなかった。実際にはフィジカルの強さも抜きん出ており、荒っぽいイングランドのゲームにすぐに順応している。

カントナが母国のクラブにおいて行き場を失った際、フランス代表のアシスタントマネージャーを務めていたジェラール・ウリエが、イングランド行きを勧めた理由もそこにある。

そもそもウリエは、カントナをフランス代表で起用し続けるべく、トップレベルのクラブを必死に探し回っていた。プレミアリーグに目をつけたのは、フィジカルと空中戦の強さもあるカントナならば、生き残っていけるだろうと判断したからに他ならない。

カントナは上背が188センチあったが、それ以上に目についたのは、ぐっと張り出された分厚い胸板だった。彼はこの逞しい体と瀟洒《しょうしゃ》なテクニックを駆使しながら、ボールをキープするのが抜群にうまかったし、自分をマークしてくる相手も、いとも簡単に払い除けることができた。さらに彼は足下の技術に秀でているだけでなく、驚くほど多くのゴールやアシストをヘディングから決めている。また一般的に思われているより、スピードもあった。この事実については、やはり韋駄天《いだてん》で鳴らしたマンチェスター・ユナイテッドのチームメイト、ライアン・ギグスがしばしば証言している。

■マンチェスター・ユナイテッドまでの道程

ただしカントナは、フランスから直接マンチェスター入りしたわけではない。それまでは紆余曲折を経ていたし、イングランドでの選手生活もあまり幸先のいいものではなかった。

彼が最初に足を運んだのは、シェフィールド・ウェンズデイだった。

カントナはここで一週間チームに帯同するが、話がきちんと通っていなかったために、移籍は有耶無耶《うやむや》になってしまっている。カントナ本人は正式に契約を結ぶつもりだったものの、ジャーナリストたちは、あくまでテストを受けに来たのだろうと考えていた。一方、監督のトレバー・フランシスは、練習する機会を与えてやっているだけだと、主張するような有様だった。

事実はどうあれ、カントナはシェフィールド・ウェンズデイのユニフォームに一度しか袖を通していない。しかも出場したのは、「ボルティモア・ブラスト」というアメリカのインドアサッカーチームを招いておこなった、親善試合のみになってしまう。

この試合は6対6のミニゲーム形式で実施されたし、会場となったシェフィールド・アリーナは、サッカー専用のグラウンドでさえなかった。事実、監督のトレバー・フランシスは、親善試合がおこなわれる数日前、同じ場所でシンプリー・レッドのコンサートを堪能したばかりだった。

結局カントナは、シェフィールドから35マイル北上した場所に本拠を構えるリーズ・ユナイテッドと、1991／92シーズンの途中に契約を結ぶ。

これはプレミア開幕の前年、リーズがかつてのディビジョン・ワンで優勝を成し遂げたシーズンに当たる。だがカントナは15試合に出場して、わずか3ゴールを決めたに留まる。またこれらの得点は、いずれも勝利には直接結びついていない。

にもかかわらず彼は、リーズのサポーターの間で一種のカルト的な人気を博していく。ある時には、センターフォワードとしてプレーするフランス人を讃えるべく、リーズのサポーターが「ラ・マルセイエーズ（フランス国家）」の怪しげな替え歌を合唱したこともあった。

しかし、リーズの水はカントナに合わなかった。

そもそも監督のハワード・ウィルキンソンは、天才肌の選手を信頼していなかった。現に彼は、外国人のフォワードがイングランドで成功を収めた例はないと発言して憚《はばか》らなかった。

「エリックはイングランドでの生活に順応できるだろうか？　それともわれわれがエリックに合わせるべきなのだろうか？　私が彼にプレースタイルを変えてくれと頼むべきなのか、それともリーズの選手たちに、フランス風のプレースタイルに変えてくれと頼むべきなのか？」。ウィルキンソンはこう言って口をつぐみ、しばらく考え込んだ後に言い放った。「フランス革命は起きない。サッカー業界の用語で言うなら、そんなやり方は必ず負けにつながってしまうからだ」

翌1992／93シーズン、カントナは絶好調でスタートを切る。チャリティー・シールド史上、唯一となるハットトリックを決め、同じ8月にはプレミアリーグでも自身初のハットトリックを達成する。

にもかかわらず試合では、ピッチ上で蚊帳の外に置かれる場面がしばしばあった。当時のリーズは、延々とロングボールを放り込むサッカーをしていたためである。

いずれにしても、エランド・ロード（リーズのホームスタジアム）に未来が開けていないのは明らかだった。カントナはフランスでプレーしていた頃から、権威主義的な監督に反発してきた選手である。ましてやウィルキンソンとの関係がぎくしゃくしているとなれば、チームに留まる理由はなかった。

■生まれ変わったマンチェスター・ユナイテッド

かくしてカントナは、移籍を考え始めるようになる。そんな彼に食指を動かしたのが、アレックス・ファーガソンであり、マンチェスター・ユナイテッドだった。

カントナの移籍を巡る顛末は、よく知られている。

事の発端は、ハワード・ウィルキンソンがマンチェスター・ユナイテッドに一本の電話をかけたことだった。ウィルキンソンは電話口で、サイドバックのデニス・アーウィンを獲得することは可能かと打診。この千載一遇のチャンスに乗じたファーガソンが、逆にカントナ獲得の可否を尋ねた。

ただしカントナの移籍は、幸運な巡り合わせがもたらした偶然の産物ではない。ファーガソンはすでに、カントナの獲得に真剣に検討し始めていたからである。

事実、ファーガソンは、リーズをオールド・トラフォードに迎えた試合の後、センターバックのギャリー・パリスターとスティーヴ・ブルースに、カントナの印象を尋ねている。パリスターとブルースは、カントナが珍しいポジション取りをするので、対応するのが難しかったと説明している。

またカントナはユナイテッド戦で、派手なオーバーヘッドキックも放っていた。ピーター・シュマイケルによってセーブされたとはいえ、この際にはオールド・トラフォードに詰めかけたユナイテッドのサポーターから、敵であるはずのカントナに拍手が送られる場面もあった。

カントナの移籍絡みでは、もう1つ重要な伏線がある。

フィリップ・オークレーが伝記で明かしたように、ファーガソンはチャンピオンズリーグの一戦、レンジャーズ対リーズの試合を、ジェラール・ウリエとともに観戦したばかりだった。

試合中、カントナはベンチに下げられたために怒りを露わにする。それを見たウリエは険しい表情をしながら、他のクラブを見つけてやらなければならないと発言した。ファーガソンは、それを聞き逃さなかった。

かくしてファーガソンは、カントナにすぐに興味を示すようになる。

だが実際に獲得に動いたのは、カントナよりもはるかに正統派のセンターフォワード的なプレーをする選手、ディオン・ダブリンという若手ストライカーが脚を骨折してからだった。

またファーガソンは、他の選手の動向も嗅ぎ回っていた。その中には、マット・ル・ティシエやピーター・ベアズリーのような、創造性溢れるプレーをするフォワード、あるいはデイヴィッド・ハーストやブライアン・ディーンなどの、典型的なストライカータイプの選手も含まれる。

この事実からもわかるように、ファーガソンは獲得するフォワードのタイプについては、あまりこだわっていなかった。むしろ重視していたのは、いかに攻撃陣を機能させるかだった。ユナイテッドのレギュラーであるマーク・ヒューズは、2試合に一度必ずゴールを決めるというよりも、3試合で1点決めるようなタイプだったし、多くの人は、もっと容赦なくゴールを奪えるようなタイプと組ませなければならないと指摘していたからである。

結果、ファーガソンはアラン・シアラーに関心を寄せるようになる。

だがシアラーは、プレミアリーグが開幕する1992年の夏にブラックバーンへ移籍したため、ファーガソンの目論見は破綻してしまう。

そんな時に売りに出されたのがカントナだった。

最終的にカントナは120万ポンドという、信じられないほど少ない移籍金でユナイテッドに加入する。この額がいかに少なかったかは、ファーガソンが前述のハーストを獲得すべく、シェフィールド・ウェンズデイに300万ポンドを提示していたことを考えても理解できる。

カントナを獲得したことで、ユナイテッドの戦術は一夜にしてがらりと変わる。

むろんプレミア草創期にユナイテッドが成功を収めたのは、ファーガソンの手腕によるところが圧倒的に大きい。しかしカントナが加入するまでのユナイテッドは、確固たるプレースタイルを確立できていたわけでもなかった。

ファーガソンはユナイテッドの伝統に則って、ピッチをワイドに使った攻撃的なプレースタイルを目指していた。だがアタッキングサードにおける相手ディフェンスの崩し方に関しては、きわめてベーシックな方法を踏襲するに止まっていた。たとえばアンドレイ・カンチェルスキスが、延々とクロスを上げる練習をさせられるのに業を煮やし、「イングランドのサッカーはクソだ」と吐き捨てながら、トレーニンググラウンドを立ち去った一件などは象徴的だろう。当時の状況を考えれば、これは決して理不尽なコメントではなかった。

さらに述べれば、ファーガソンは自らのサッカー哲学を追求したり、戦術家として先見の明を発揮する指導者というよりも、マン・マネージメント（人心掌握術）で才能を発揮するタイプだった。

だがカントナの加入によって、ユナイテッドの状況は激変していく。

アウェーでの試合に臨む際に、カントナとホテルで同部屋となったシュマイケルは、カントナが与えたインパクトを簡潔に表現している。

「あの日から、マンチェスター・ユナイテッドのプレースタイルは変わった。カントナがやってきたことで、コーチングスタッフたちは、どんなプレーをしなければならないかということを突然、はっきりと悟ったんだ」

ユナイテッドのユースチームを指導していたエリック・ハリソンは、カントナが練習する光景を初めて目にした際の衝撃をこう述べている。「彼をつかまえて1週間、じっくりサッカーの話を聞いてみたい。

私はそう思ったね」

カントナに関しては、プロ意識を浸透させるという点でも、チームメイトに多大な影響を与えたことも指摘できる。

彼は自主練習の大切さを説き続けた。ウォームアップに参加する前に、自分なりのウォームアップを済ませておく方法を伝えたことなどはわかりやすい例の1つだが、ユナイテッドのチームメイトは、彼がトレーニングのレベルそのものを大幅に上げたと口を揃える。

カントナが見せたプロ意識は、クラブで頭角を現してきていた若手にも刺激を与えた。

その中にはいわゆる「92年組」――ギグス、デイヴィッド・ベッカム、ニッキー・バット、ポール・スコールズ、そしてギャリー&フィルのネヴィル兄弟など、イングランドのユースアカデミーが輩出した、もっとも優れた若手のグループが含まれていた。

「私がマンチェスター・ユナイテッドにいた頃、多くの選手たちはさらにうまくなるために、数え切れないほどの時間を追加練習に割いていた。そういう選手に恵まれたことはラッキーだった」。ファーガソンは自伝で述べている。「ギャリー・ネヴィルは一生懸命に練習を積んだ結果、月並みなサッカー選手からすばらしい選手に成長している。これはデイヴィッド・ベッカムも同じだ。

私はエリック（カントナ）が初めてやってきた日のことを覚えている。トレーニングセッションが終わった後、彼はゴールキーパー1人と、そこに残っていたジュニアチームの選手2人、そして何個かのボールを貸してほしいと言ってきた。

何のために必要なんだと尋ねると、彼は練習をしたいんだと言ってきた。その話が他の選手に伝わると次の日には1人か2人、追加練習にやってくるようになり、徐々に人数が増えていった。これはすべてカントナのプロ意識と影響力によるものだった」

カントナがユナイテッドに与えた衝撃は、かくも大きかった。

ただし、フィル・ネヴィルは少し違う見方をしている。彼や兄のギャリー、そしてベッカムなどがいかに練習に励んでいたかを物語るエピソードは山ほどある。それを考えれば、フィル・ネヴィルの話のほうが説得力がある。

彼によれば、カントナは若手に練習の大切さを教えたわけではなかった。実際に若手は、すでに練習に打ち込んでいたからだ。むしろカントナは、練習できるような「雰囲気」を作りだした。ファーガソンに気に入られるために練習をしている。ベテラン選手たちから、そんな風に見られない環境を作ったのがカントナだったという。

■4-4-2から4-4-1-1へ

カントナは具体的な戦術においても、ユナイテッドで起きた革命の触媒となった。

そもそもカントナは、正統派のセンターフォワードと、チャンスをお膳立てするプレーメイカーのどちらもこなすことができたし、様々なチームで両方の役割を受け持ってきた。

ちなみにユナイテッドでは、オーソドックスなストライカーの背後に控える「10番」として起用されるケースが大半を占めた。これは実質的にチームの戦術システムが、4-4-2から4-4-1-1に変わったことを意味する。

カントナを擁したユナイテッドは大きな成功を収め、ライバルチームに対して戦術進化の方向性を示唆する役回りも担った。従来、各クラブの戦術的な進化は、個々の監督が抱いていたサッカー哲学に影響されていた。だがカントナがユナイテッドに加入したのを境に、各チームの戦術的な進化は、むしろインスピレーション溢れる外国人選手によって加速していったのである。

ただし当時のプレミアリーグでは、カントナのような「ディープ・ライイング・フォワード（深い位置に引いてプレーできるアタッカー）」がきわめて少なかった。

トッテナム・ホットスパーでプレーしていたテディ・シェリンガムは、後にユナイテッドに移籍してカントナの後釜に座り、一流の「引いたフォワード」として知られていくようになるが、この時点ではターゲットマン（最前線でボールを受ける選手）的な傾向のほうが強かった。事実、プレミアリーグの1シーズン目、彼はノッティンガム・フォレストで3試合プレーした後にトッテナムに移籍。22ゴールをあげてプレミアリーグの初代得点王に輝いている。

一方、サウサンプトンのマット・ル・ティシエもカントナに似たタイプだったが、イアン・ブランフット監督が採用した戦術と反りが合わずに苦しんでいた。ブランフットはディフェンダーに対して、ロングボールを前方に放り込むことを要求したのである。ル・ティシエはシェリンガムと同様に、後にイングランド代表にも名を連ねるが、この時点ではまだキャップを獲得したことがなかった。

ファーガソンが獲得を狙っていたもう1人のフォワード、ピーター・ベアズリーは、カントナにもっとも近いタイプの選手だった。だがエヴァートンでは、しばしば先発から外されている。

またベアズリーには、カントナのような華もなかったし、スーパースターの資質もなかった。むしろ彼はイングランドのトップクラブに所属する選手たちの中で、もっとも静かで控えめな選手の1人だった。逆にカントナはもっとも尊大に振る舞う選手だったし、そうなって然るべき必然性も備えていた。

■イングランドサッカー界の10番候補とカントナ

話を戦術進化に戻そう。

昔からイングランドのサッカー界は、深い位置まで下がってプレーする「ディープ・ライニング・フォワード」に対して、懐疑的な見方をしてきた。代表チームは昔から、フェレンツ・プスカシュやディエゴ・マラドーナのような10番タイプの選手に、痛い目にあわされてきたにもかかわらずである。

イングランドのサッカー関係者の間では、「ディープ・ライニング・フォワード」は海外のチームが重用する選手だと見なされていたし、大抵の場合は、華麗なテクニックを駆使して1対1の勝負を仕掛け、相手を抜いていくウインガーこそが、花形として持てはやされてきた。トミー・フィニー、スタンリー・マシューズ、そしてジョージ・ベストなどは、もっとも人気のあった選手たちである。

後にイングランドでは、ポール・ガスコインが10番タイプに近い選手として注目を集めていく。

実際、彼はイングランドでもっとも才能に恵まれていた選手だったが、当時はむしろ中盤の深い位置から、一気に前線に飛び出してくる「8番」(セントラルミッドフィルダー)をこなしていた。

ちなみにガスコインは、選手としてもっとも脂が乗っていた時期を海外で過ごしている。全盛期の彼のプレーを、プレミアリーグで目撃できなかったのは不運だったとしか言いようがない。彼はまずラツィオで6年間を過ごし、それからレンジャーズを経て、ようやくイングランドに戻ってくる。だがミドルズブラとエヴァートンでプレーしたのは、30代になってからだった。

いずれにしても、若かりし頃のガスコインがいかに評価されていたかは、アレックス・ファーガソンが、1988年に獲得を試みたことからもうかがえる。だがガスコインはトッテナムを選択したために、ユナイテッドへの移籍は実現しなかった。ファーガソンはこの件に関して、監督人生においてもっとも後悔の残る出来事だったと語ったことがある。

後にガスコインは1995年の夏、ファーガソンに自ら電話をかけて、ユナイテッドに移籍させてほしいと直訴している。ちなみにこれは、カントナが例のカンフーキック事件で8ヶ月の出場停止処分を受け、イングランドを離れるつもりでいた時期に重なり合う。

しかしファーガソンは、首を縦に振らなかった。彼はかつて関心を寄せたガスコインを獲得するのではなく、あくまでもカントナを説得してチームに留まらせることに腐心していたからである。カントナに寄せる信頼は、かくも強かった。

カントナはオールド・トラフォードで5年間プレーしたが、この間、ファーガソンとは親しい友人同士のような関係を維持し続けた。毎日の練習が始まる前、カントナはファーガソンと紅茶を飲みながら会話をしていたのである。

そもそもファーガソンは、ほとんどの選手に対して学校の校長先生のような態度で接するタイプだったが、カントナだけは特別扱いしていた。カントナのような独特な個性を持つ人物を完全に理解できる人間がいたとは考えにくいが、ファーガソンはそれにもっとも近い存在になった。

むろん、スター選手との接し方は誰にとっても難しい。多くの監督たちは、他の選手の反発を招かないようにしながら、特別な選手を特別扱いしていくことが、監督業のもっとも難しい部分だとしばしば指摘している。

だがファーガソンに迷いはなかった。カントナは特別扱いすべき選手であり、「ヘアドライヤー」を浴びせるようなことも避けなければならないとすぐに悟っている（ヘアドライヤーとは、プレーが冴えなかった時に、選手に面と向かって怒鳴りつけるファーガソンの癖である。ユナイテッドの選手は、それをヘアドライヤーと呼んでいた）。

ウインガーのリー・シャープは、ユナイテッドが初めてタイトルを獲得した際の興味深い、そして示唆に富むエピソードを明かしている。

マンチェスター市内の大きな施設で祝勝会が開かれた際、選手たちはシックな黒のスーツ姿で出席したにもかかわらず、シャープはオリーブ色のシルクのスーツに、グリーンのネクタイという姿で駆けつけてしまう。

当然、ファーガソンはシャープを叱りつけたが、その時、まさにやってきたのがジャケットの中に、赤いナイキのトレーナーを着込んだカントナだった。その姿を見たファーガソンは、不満そうな声を漏らしただけで、部屋から出ていっただけだったという。

似たような出来事は、プレシーズンツアーの途中に、シャープがスキンヘッドにした時にも起きた。ファーガソンはシャープを咎めようとしたが、カントナが同じ髪型をしてきたのに気が付き、そのまま口をつぐんでしまう。

「エリック（カントナ）だけが、冗談みたいに特別使いされたことは時々あったよ」。シャープは不満を漏らしている。「彼のために用意されたルールと、僕たちに当てはめられるルールは別物なんだ」

セルハースト・パークで、悪名高いカンフーキック事件が起きた時も然り。

普通の監督は馬鹿げた行動を取った選手をいさめるが、ファーガソンが試合後、ドレッシングルームでまずおこなったのは、クリスタル・パレスが同点に追い付く原因を作った守備の緩さについて文句を言うことだったという。

ちなみにカントナは、ピッチ上でも特権を与えられていた。守備に関しては、ほとんどチームに貢献しなかったからである。

だがチーム内に特別扱いされたスター選手がいれば、まわりの連中は当然不満を抱くようになる。ロイ・キーンは、後にこう振り返っている。

「（カントナは相手がボールを持った時にも）追いかけようとしないから、大声で文句を言ったことはちょくちょくあった。その分だけ、こっちが走る距離が長くなるからな。ところがエリックは、こっちが腹を立てていることに気付くと、ちょっとした魔法をかけて、ゲームの流れを引き戻してみせるんだ」

ユナイテッドで起きた変化を目の当たりにした他のチームは、カントナのようなタイプは素直に受け入れるべきであり、守備の責任を免除してやるだけの価値があることを悟っていく。ある意味、カントナは、ハードワークと献身的なプレーを何よりも重んじてきたイングランドサッカーのカルチャーそのものに、一石を投じていったのである。

■カントナがもたらした違い

カントナがかくも存在感を発揮できたのは、当時のイングランドサッカー界における戦術にも起因している。単純な話、対戦相手はカントナを止められるようなシステムを採用していなかった。

通常、センターフォワードはセンターバックと鎬《しのぎ》を削り、セントラルミッドフィルダーは、相手チームの同業者と運動量を競い合う。

ところがカントナは、違う形でポジショニングを解釈してみせた。本来のフォワードの位置を離れ、敵のディフェンダーとミッドフィルダーの間に下がってプレーしたのである。結果、カントナはたっぷりと時間をかけてボールをさばくことができた。

「プレミアリーグのサッカーが、どんなにテンポが速かったり、バタついた展開になったりしても」とファーガソンは語っている。「エリックはボールを足下にしっかり収めて、パスを出せる能力を持っていた。このこと自体が奇跡に近かった」

ただし、カントナは奇跡を演じていたわけではない。ピッチ上で絶大な存在感を発揮できたのは、最初のポジション取りがよかったことと、敵のディフェンダーが近づいてきた場合にでも、体を張って相手をブロックできたという、2つの単純な要因に負うところが大きい。

そしてカントナは、自らの能力をチームのために活用していった。

かつてのユナイテッドは、タッチライン沿いを駆け上がって攻撃を仕掛けたり、センターフォワードのマーク・ヒューズにロングボールを当てたりするプレーに特化していた。ヒューズはハイボールをトラップして、チームメイトに出すのが抜群にうまかったためである。

だがカントナは、新しい形でユナイテッドの攻撃陣全体を統率していく。ディエゴ・マラドーナや、後にプレミアリーグに渡ってくるデニス・ベルカンプ、あるいはジャンフランコ・ゾラなどと同じように、ピッチ上で自分に与えられた自由をチーム全体のために活用すべく、トップレベルの「10番」として、献身的なプレーをしてみせたのである。

いずれにしても、カントナはすぐにチームに違いをもたらしていく。その事実はしばしば見逃されてしまいがちだが、何が起きたのかはデータを見れば一目でわかる。

彼が1992年の11月にオールド・トラフォードにやってきた時、ユナイテッドの順位は8位に過ぎなかった。首位に立って周囲を驚かせたノリッジ・シティには9ポイント差をつけられていたし、リーグ戦16試合を消化して、わずか17ゴールしかあげていないという悲惨な状態になっていた。

当時はタイトルを狙うことなどまるで考えられなかったが、カントナが加入すると、ユナイテッドの得点率は倍増。1月最初の試合が終わった時点では、リーグ戦でトップに立つまでになる。そしてそのまま、プレミアリーグの初代チャンピオンの座に邁進《まいしん》していったのである。

タイトルレースの大詰めで、もっとも重要な一戦になったのは1993年4月10日、オールド・トラフォードでおこなわれたシェフィールド・ウェンズデイ戦だった。ユナイテッドは残り5分の時点で0‐1とリードされていたが、センターバックのスティーヴ・ブルースが2本のヘディングを決めて試合をひっくり返すという、現実にはありえないような形で勝利をものにしている。

とりわけ2点目は、異様に長いアディショナルタイムからもたらされた。原因となったのは、審判が負傷したために交代を余儀なくされたことだった。ユナイテッドはプレミアリーグの歴史を通じて、終了間際の土壇場で重要なゴールを決めていくことになる。シェフィールド・ウェンズデイ戦は、いわゆる「ファーギー・タイム（ファーガソンの時間帯）」と呼ばれた勝負強さが発揮された最初のケースとなった。

決勝点が決まった瞬間、ファーガソンはピッチ上において全身で喜びを表現し、周囲の注目を集める。ユナイテッドはプレミアリーグの首位に返り咲いたが、シーズンが始まった頃は、このような結果などまるで期待できなかったからである。

ただし戦術的に見た場合、もっとも重要な勝利は5日前、アウェーのノリッジ戦でもたらされていた。ノリッジ戦でのパフォーマンスは、以降の数年間、ファーガソンが大一番に臨む際のアプローチを決定づけた。さらにはプレミアリーグの歴史を通じて、他のいかなる試合よりも戦術的に大きな影響を及ぼす一戦となった。ノリッジは、ユナイテッドと好対照なサッカーを展開していたためである。

■ノリッジが実践していたパスサッカー

1992／93シーズン、ノリッジはかなり長い間、タイトル争いをリードしている。

まずシーズンの開幕戦では、アーセナルを4‐2で破るという大番狂わせを起こし、第1節が終わった時点で首位に立つ。

これはまさに新リーグ発足初日ならではの珍事だった。

前シーズン、ノリッジは最終節でかろうじて降格を免れたばかりだったし、花形ストライカーのロバート・フレックをチェルシーに売却したこともあり、降格候補と広く見られていたからである。

ただし実態は異なっていた。ノリッジのキーマンは、むしろ監督のマイク・ウォーカーだった。人当たりがよくて冷静、銀色の髪をしたウェールズ人は国内でもっとも有望な監督だっただけでなく、プレミアリーグでは珍しい戦術家でもあった。

他の監督はマン・マネージメントを得意としており、チームを運営する際にもディシプリンを重視するケースが大半を占めた。対照的にウォーカーは戦術について議論し合うことを愛する人物で、前向きなサッカー哲学をはっきりと選手たちに伝えている。「ルート・ワン」と呼ばれる単調な放り込みサッカーが主流を占める中、パスサッカーを目指していったのである。

驚くべきことに、彼は監督を務めたことが一度しかなかった。それどころか前の職場であるコルチェスターでは解雇されていた。理由となったのは、クラブの会長がウォーカーが目指しているようなパスサッカーは、下位リーグで戦っていくには「ひ弱過ぎる」と考えたためだった。コルチェスターはディビジョン・フォー（4部リーグ）で、首位からわずか1ポイントしか離されていなかったにもかかわらずである。

当時、ノリッジがデフォルトで採用していたフォーメーションは4‐4‐2だったが、このシステムはフレキシブルに変化するもので、2人のサイドバック、マーク・オーウェンとイアン・カーヴハウスが高い位置取りをすることでも知られていた。

右ウイングのルエル・フォックスは、リーグ全体でもっとも足の速いウインガーの1人だったし、セントラルミッドフィルダーのイアン・クルックは、幅広いパスレンジを誇る選手だった。これらの選手がチャンスを作り出し、マーク・ロビンスがゴールを叩き込むというのが戦術になっていた。

ちなみにウォーカーは、「自分は4‐3ですべての試合を勝てれば満足だ」と語っていたし、現にひどい大敗を喫することもあった。プレミアリーグを最終的に3位で終えたにもかかわらず、得失点差がマイナス4になるという奇妙な結果になったのはこのためである。

とはいえノリッジは、草創期のプレミアリーグにおいて、クオリティの高いサッカーを展開した初のチームとなっていた。ウォーカーが率いる選手たちは、派手なゴールを決める場面が多かったし、懸命に戦うスモールクラブだということでも、中立的なファンに愛される存在になっていた。

さらに12月にウィンブルドンを2‐1で降した時点では、18節を消化して2位以下に8ポイント差をつけて首位を維持するという、信じられないような快進撃を続けていた。

たしかにノリッジは、そこからの5試合でなぜか点を取れなくなってしまう。英国には、冬が訪れてピッチがぬかるんだ時には、大陸型のパスサッカーが通用しなくなるという考えが色濃く残っていたが、それを裏付けるような状態に陥ってしまった。

それでも選手たちは態勢を立て直し、4月が始まった時点では再びプレミアリーグの首位に立つ。当時、1ポイント差で迫っていたのが、アストン・ヴィラとマンチェスター・ユナイテッドだった。

そのような状況の中、ノリッジが次に臨んだのが、ホームスタジアムのキャロウ・ロードでおこなわれたマンチェスター・ユナイテッド戦である。アストン・ヴィラの存在も無視することはできなかったが、ユナイテッド戦は事実上の優勝決定戦といった趣があった。またこの試合は、プレミアリーグの戦術進化を占う上でも、きわめて重要な天王山となった。

■ファーガソンの奇策と驚異的なカウンターアタック

この試合に興を添えたのは、ユナイテッドの状態である。

アレックス・ファーガソン率いるチームは、直近の4試合で1勝もできていなかったし、センターフォワードのマーク・ヒューズも出場停止になっていた。

このため巷では、ファーガソンがベテランのブライアン・ロブソンをセントラルミッドフィルダーとして起用し、カントナが加入する前にストライカーを務めていたブライアン・マクレアーを、以前のポジションに戻すだろうという声が強かった。

ところがファーガソンはマクレアーを中盤でそのまま起用し、ポール・インスとコンビを組ませる。それと同時に生粋のウインガーを3人、アンドレイ・カンチェルスキス、シャープ、そしてギグスを起用するという奇策に出た。しかもギグスはカントナよりも前のポジションに配置し、実質的にセンターフォワードとしてプレーさせている。

ファーガソンの大胆な采配は的中。ユナイテッドは、驚異的なカウンターアタックを繰り出していく。ノリッジはボール支配率で圧倒したにもかかわらず、最初の21分間で三度、速攻からゴールを奪われた。

それぞれのゴールは、きわめてダイレクトなプレーから生まれている。

まずは先制点。シュマイケルが左サイドにいたシャープに対して、いつものように40ヤードのロングスローを通す。これを受けたシャープは、左足のアウトサイドを使い、ディフェンスラインと敵のミッドフィルダーの真ん中で待っていたカントナにパスを叩く。カントナはボールをコントロールしながら一瞬間を置き、ミッドフィルダーが前線に駆け上がってくるタイミングを待った。

カントナは最終的にスルーパスを通したが、その時点ではなんとゴール前に3人ものユナイテッドの選手、シャープ、インス、そしてギグスが待ち構えていた。彼らはノリッジのオフサイド・トラップを同時に突破してみせたのである。

ボールを受け取ったギグスは、ゴールキーパーのブライアン・ガンをかわすことに成功。両脇のチームメイトにパスすることもできたが、自分でゴールを流し込むことを決断している。シュマイケルが自陣でボールに触れてから、ギグスがシュートを決めるまでの時間はわずか12秒、要したボールタッチは8回に過ぎなかった。

2ゴール目は、さらにレベルの高いコンビプレーから生まれた。

シュマイケルはペナルティエリアの中で、ルーズボールをカバーするために動き出す。だがセンターバックのスティーヴ・ブルースは、後ろにパスを出すのではなく、中盤の右サイドにいたカンチェルスキスに一気にボールを叩くことを選択した。

カンチェルスキスはボレーのパスで、センターサークルにいたインスにつなぐ。そして今度は、インスがやはりボレーからのワンタッチプレーで、ギグスにボールを折り返す。ギグスが後方にいたマクレアーにボールを戻すと、マクレアーはゴール前に抜け出そうとしていたカンチェルスキスに、やはりファーストタッチでスルーパスを供給した。

カンチェルスキスの左側からは、カントナも走り込んできていたが、カンチェルスキスはガンをドリブルで抜き去り、ゴールを決めている。自陣のゴール前でボールを動かし始めてから、得点に至るまでの所要時間は今回は14秒、要したボールタッチは9回だった。

わずか1分後、さらに3点目が生まれる。

今回、攻撃の起点になったのはインスだった。インスは5人のアタッカーの背後で、中盤のコントロール役を任されていたが、ミッドフィールドの真ん中でルーズボールを拾うと突然、怒濤のドリブル突破を開始する。敵を1人、2人、3人とかわしてガンに近づくと、右にいたカントナにパスを叩く。カントナは無人のゴールにボールを突き刺した。

3点目の攻撃はユナイテッドのゴール前からではなく、自陣内の中盤から始まったが，やはりシュートが決まるまでに要した時間は9秒。ボールタッチは6回足らずだった。

ユナイテッドが繰り出したカウンターアタックは、とてもシンプルだった。ノリッジの選手たちが攻め上がってくるのを待ち、ボールを奪うやいなや、敵のスペースを猛烈なスピードで攻撃したに過ぎない。ただし複数の選手が必ずディフェンスラインの裏に抜けていたし、ゴールキーパーのガンを引きずり出して、無人のゴールにシュートを決める形になった。

「僕たちはいいカウンターアタックをした。でも自分たちが予想していたよりもいいプレーができたね」。ブルースは試合後にまくし立てた。「スピードと動きの正確さ、パスのクオリティ、まさに最高のプレーができたし、ノリッジは対抗できなかった」

ファーガソンは、興奮をかろうじて抑えながらコメントしている。

「今日のわれわれは、何度か息を呑むようなプレーができた。信じられないようなプレーだ」

一方カントナは後に、ノリッジ戦の意義をもっとも的確に総括している。

「あれがターニングポイントだった。自分たちは完璧な試合運びをしたし、完璧なサッカーをした」

ユナイテッドはそのまま優勝へと邁進。プレミアリーグの顔役として第一歩を踏み出すことになる。さらにユナイテッドがノリッジ戦で披露したパフォーマンスは、プレミアリーグ全体に対して戦術進化の方向性を示唆した。

仮にノリッジがユナイテッドを破って、そのままタイトルを手中に収めていたならば、格下のチームが信じられないような快挙を成し遂げたということで、プレミアリーグではポゼッションサッカーが普及していただろう。だがサッカー関係者にインスピレーションを与えたのは、マンチェスター・ユナイテッドであり、スピーディーなカウンターアタックだったのである。

■さらに進化を遂げていったユナイテッド

バックパスルールの改正、シュマイケルの存在、カントナという触媒の加入。

マンチェスター・ユナイテッドが手にした、初代プレミア王座としての地位は、様々な要素が偶発的に重なり合ってもたらされたものだった。

だが翌1993／94シーズンは違っていた。ユナイテッドはまったく新たなレベルへとステップアップしたからである。

サッカー選手たちは、王座を守ることの難しさをしばしば口にする。一度、結果を出せば成功を収めたというモチベーションは弱まるし、逆に対戦相手は足をすくってやろうと意気込んでくる。

だがファーガソンには1980年代半ば、アバディーンの監督時代に、すでにスコットランドリーグを連覇している。この時の経験をもとに、選手たちが情熱を失わないように抜け目なく手を打った。

シーズン開幕前、ファーガソンはユナイテッドの面々に対して警告を与える。監督室の机の引き出しには、ハングリー精神を忘れた選手の名前を記した封筒が入っている。いずれはその中身のとおりになるだろうと挑発したのである。

この駆け引きは非常に効果的だった。選手たちは、自分たちが意欲を失っていないことをファーガソンに証明してやろうと、さらに意気込んでいく。

またファーガソンは、現有戦力だけで満足するような真似もしなかった。

Man Utd's 1993/94 double winners

マンチェスター・ユナイテッド ◉ 1993/94 シーズン

ファーガソンの下、プレミアリーグとＦＡカップの二冠に輝いたシーズンの基本的な布陣。カントナを軸に、両サイドにギグスとカンチェルスキスを配置する手法は前シーズンと同じだが、中盤にロイ・キーンが加わった結果、さらに両ウイングがワイドに張り出せるようになった

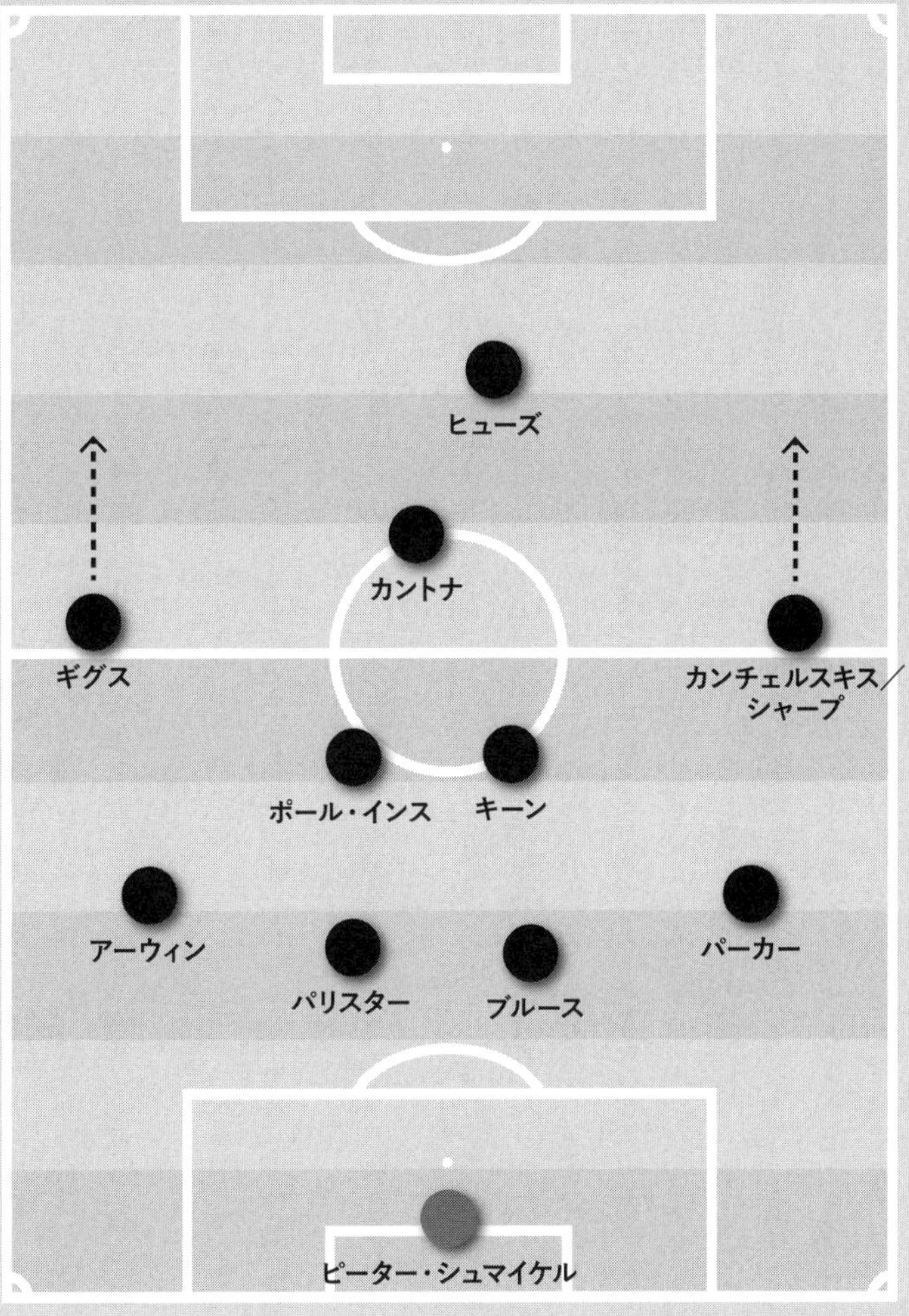

この時期のファーガソンは、補強の方針に関して、選手たちに意見を聞く方法を採っていた。ファーガソン自身が目をつけていたのは、ノッティンガム・フォレストに所属していたロイ・キーンだったが、キーンが一流のミッドフィルダーだという点で選手たちの意見も一致。ファーガソンは英国における移籍金の記録を塗り替えるオファーで、さっそく交渉を開始する。キーンの獲得はファーガソンにとって、もっとも重要な移籍の1つとなった。

キーンの獲得によって、ユナイテッドの布陣は変化する。

マクレアーはベンチに下がり、キーンはポール・インスとともにピッチの中央で、非常にアグレッシブで、闘争本能に溢れたコンビを組むことになる。

さらにはカントナの影響力も、当然のように高まっている。前シーズンと異なり、シーズンの最初からチームに名を連ねたためである。

一方、ギグスは左サイドからさらにゴールを脅かせるようになったし、前シーズンはあまり存在がなかったカンチェルスキスも、右サイドで卓越したプレーを披露するようになっていった。

戦闘能力の高いセントラルミッドフィルダー、そして電光石火の両ウイングを揃えたということで、ジャーナリストの中には、ユナイテッドのシステムは4-2-4になるだろうと予想する者もいた。

だが実際のシステムは、やはりカントナの能力をもっとも活用できる4-4-1-1になったし、10年後にプレミアリーグで一般的になるシステム、4-2-3-1のごときものにも変化した。

ユナイテッドは1993/94シーズンを通して、圧倒的な強さを見せつける。

開幕からの2週間で、前シーズンにタイトルを争ったライバルチーム、ノリッジとアストン・ヴィラにともにアウェーで勝利を収め、8月末からは首位を独走する。翌年の3月末になった時点でも、試合に敗れたのはわずかに2回に過ぎなかった。

苦杯をなめた相手はいずれもチェルシーだったが、ユナイテッドはFAカップの決勝戦では4‐0でリベンジを果たし、クラブ史上初の二冠を達成している。

当時のプレミアリーグでは、まだフィジカルなサッカーが支配的だった。荒っぽいタックルが見舞われるのは日常茶飯事だったし、ピッチコンディションは劣悪、しかも1シーズンに42試合もこなさなければならないという過酷な世界だった。ちなみに42試合という試合数は、リーグを構成するチームが22から20チームに減らされた1995／96シーズン以降に比べれば、4試合も多かった計算になる。

だがファーガソンの言葉を借りれば、ユナイテッドには、このような死闘を乗り越えていけるような「本当にタフな野郎ども」が揃っていた。事実、ファーガソンが重用した11人のメンバーがすべて揃った試合は13回ほどあったが、これらの試合は一度も落としていない。

しかもユナイテッドの陣容は、時間の経過とともにさらに充実したものになっていく。

とりわけポール・スコールズとデイヴィッド・ベッカムが頭角を現し、中盤から供給するパスの質を向上させたことは、ヨーロッパの大会でも勝ち進む上で大きな足がかりとなった。

ただし1993／94シーズンのチームは、歴代のチームと比べてもずば抜けた存在感を誇っていた。ファーガソンは、5年後に三冠を達成するチームに匹敵するとさえ語ったことがある。

またユナイテッドは、プレミアリーグの戦術全体にも大きな影響を及ぼしている。

戦闘能力の高いセントラルミッドフィルダーを中心に据え、スピードのあるウインガーを両サイドに大きく張り出させる。そしてセンターフォワードから少し下がった位置に、攻撃を司るキーマンを配置する。プレミアリーグ発足からの10年間、ユナイテッド流の4‐4‐1‐1は、各チームにとって事実上の戦術的なスタンダードモデルになっていく。だがユナイテッドのスタイルを踏襲しようとするチームは、1つの難題を抱え込むようになる。それは「自分たちにとってのカントナ」を探し出すという作業だった。

第3章

SASコンビと「ジ・エンターテイナー」

「率直に言おう。あいつらに勝ちたいんだ。絶対にな」（ケヴィン・キーガン）

■ユナイテッドの行く手に立ちはだかった2人の監督

アレックス・ファーガソンは、マンチェスター・ユナイテッドにおける最大の目標を「お高くとまったリヴァプールを叩き落としてやることだ」と表現して有名になった。

実際、彼はユナイテッドをイングランドサッカー界の支配者に変えたし、やがては国内リーグの優勝回数でもリヴァプールを追い抜くことになる。

だが1990年代中盤、ユナイテッドともっとも激しくタイトルを争ったのはリヴァプールではない。リヴァプールの元フォワードが率いる2つのチームだった。1994／95シーズンのブラックバーン・ローヴァーズと、1995／96シーズンのニューカッスル・ユナイテッドである。

ブラックバーンは1928年以来、ニューカッスルの場合は1927年以来、国内リーグのタイトルから遠ざかっていたが、ケニー・ダルグリッシュとケヴィン・キーガンを起用したのをきっかけに、一気に成長を遂げていく。

まずダルグリッシュは1991年、2部リーグに所属していたブラックバーンの監督に就任。1992年には昇格に導くと、ついにはプレミアリーグを制する。一方キーガンは、1992年にやはり2部にいたニューカッスルを率いるようになり、翌年にプレミアリーグ昇格を実現。そしてファーガソンをぎりぎりのところまで追い詰めていく。

ちなみにダルグリッシュとキーガンには、個人的な共通点もあった。

彼らは１９５１年、１ヶ月も違えずにこの世に生を受けた。しかもキーガンが１９９７年にリヴァプールを離れてハンブルクに加入した際、その後釜を務めたのがダルグリッシュだった。

また戦術的に見た場合、ブラックバーンとニューカッスルはともに４‐４‐２を採用し、ワイドからの攻撃、クロスボール、そして長身の９番を軸にしたサッカーを展開していた。

両チームは奇しくも、同じ守備的ミッドフィルダーを起用する形になる。ブラックバーンが優勝を遂げた１９９４／９５シーズン、そしてニューカッスルがタイトル争いを繰り広げた翌シーズンには、いずれのチームでも、守備的ミッドフィルダーのデイヴィッド・バッティが一時的にプレーしていた。

ただしブラックバーンとニューカッスルは、終盤に深刻なスランプに陥った点でも共通している。

むろん両チームを同じように論じるのは、奇異に響くかもしれない。

ダルグリッシュが最終的にファーガソンとの競り合いを制したのに対して、キーガンは12ポイントのリードをふいにし、「勝負弱さ」の典型のような存在になっている。

だがシーズンの終盤戦の崩れ方は、いずれも極端だった。

まずブラックバーンは、最後の5試合で3敗を喫している。その中にはシーズン最終日、アンフィールドで敗れた試合も含まれる。

しかもこの時はリヴァプールのサポーターでさえもが、ブラックバーンの勝利を望んでいた。

ライバルのマンチェスター・ユナイテッドが躓き、さらにはリヴァプールのレジェンドでもあるダルグリッシュが、トロフィーを掲げる場面を目撃したいと望んでいたからだ。にもかかわらずブラックバーンは勝利をものにできなかった。

左サイドバックのグレアム・ル・ソーは、シーズン終盤の数週間、ブラックバーンがどんな精神状態に陥っていたのかを説明している。彼は選手たちがマンチェスター・ユナイテッドのことで頭が一杯になっていたことを認めつつ、実はダルグリッシュも浮き足立っていたと主張している。

アンフィールドでおこなわれた最終戦では、ウインガーのスチュアート・リプリーが気弱な発言をする場面もあった。ハーフタイムにドレッシングルームに戻ってきたリプリーは、すぐに腰を下ろすと、緊張し過ぎているせいで、脚がうまく動かないと告白したという。

にもかかわらず、最終的にブラックバーンが優勝できたのは、マンチェスター・ユナイテッドがアウェーのウェストハム戦を取りこぼすという失態を演じたからに他ならない。

つまり「弱気の虫に憑かれた」点に関しては、1994／95シーズンのブラックバーンと1995／96シーズンのニューカッスルには、ほとんど差がなかった。

唯一違っていたのは、それぞれの監督が世間に与えたイメージだろう。

ダルグリッシュは、自分はしっかり状況をコントロールできていると冷静を装い続けたのに対して、キーガンは思い切り本音をぶちまけている。シーズン終盤、ファーガソンが執拗にマインドゲームを仕掛けてきたことに激昂し、テレビの生中継でこう言い放ったのである。

「率直に言おう。あいつら（ユナイテッド）に勝ちたいんだ。絶対にな」

■ 違いをもたらした、アシスタントの存在

ダルグリッシュとキーガンは、具体的な戦術を練ったり、トレーニンググラウンドで実際に指導に当たったりするというよりも、マン・マネージメントやモチベーターとして手腕を発揮するタイプだったとい

う点でも共通している。現役時代、リヴァプールのレジェンド的な存在だった両者は、自分の名声を利用して意中の選手を獲得することに精を出したが、手をかけるのはそこまでで、ほとんどの場合は自由放任主義を取っていた。

にもかかわらず最終的に明暗が分かれたのは、起用したアシスタントのタイプが異なっていたことにも起因している。

そもそもダルグリッシュは、リヴァプールで監督を務めたことがあるだけだったし、リヴァプール時代も前任の監督たちが導入した「パス・アンド・ムーブ」式のサッカーを踏襲するに留まった。

しかしブラックバーンの場合は、ゼロからチームを作る形になったため、はるかにシンプルなサッカーを志向するようになる。そんな彼を支えたのが、アシスタントのレイ・ハーフォードだった。

ハーフォードは、ダルグリッシュよりもはるかに監督としての経験を持っていた。フラムでアシスタントから監督に昇格し、次にはルートンでリーグカップを制覇。ウィンブルドンも指揮している。そして後には、ブラックバーンでダルグリッシュの後を継ぐことにもなった。

またハーフォードは、同世代のイングランド人指導者の中で、もっとも知的で創意に富む人物としても広く知られていた。現にハーフォードが率いたルートンとウィンブルドンは、ダイレクトな攻撃を展開するサッカーを展開して注目を集めた。

ハーフォードは、ダルグリッシュが持っていなかった専門的なノウハウを提供。ブラックバーンがシンプルながらも、効果的にクロスを活用するチームを作り上げていく上で、きわめて重要な役割を果たす。ほとんどすべてのトレーニングセッションを担当しながら、「パターン化されたプレー」を徹底的に教え込み、選手たちのパスと動きの質を高めていった。

おそらくハーフォードがいなければ、ダルグリッシュがブラックバーンの監督を引き受けることもなかったたろう。ダルグリッシュはハーフォードのことを、「コーチング、組織の作り方、そしてサッカーそのものについても深い知識」を持つ人物であり、完璧なアシスタントだったと発言している。

一方、キーガンがアシスタントに招いたのは、リヴァプール時代のチームメイトである、テリー・マクダーモットだった。

だがマクダーモットはキーガンと同様に、チームを率いた経験がまったくないばかりか、指導者のライセンスすら持っていなかった。そもそもマクダーモットは、現役引退後にサッカーに関わるつもりなど毛頭なかった。事実、キーガンに声をかけられた際には、競馬場のそばにバンを停め、ハンバーガーを売る商売をしたのである。

にもかかわらずキーガンは、自腹を切ってまでマクダーモットを雇った。曰く。

「彼を呼んだのは、クラブの雰囲気を良くする力を持っているからさ」

むろんマクダーモットは、指導をまったくしなかったわけではない。

ただし彼の場合は、チーム全体に戦術を教えるのではなく、練習が終わった後に選手をピッチサイドに連れ出し、細かなテクニックに磨きをかけさせただけだった。

ブラックバーンには、すべてのトレーニングセッションに目を光らせ、組織的なサッカーをするチームを作り上げていったアシスタントマネージャーがいた。これに対してニューカッスルのアシスタントマネージャーは、選手個々の指導に特化した。このような違いは、チーム作りの根本的な違いを象徴していたとも言える。

■ ジャック・ウォーカーと「SAS」コンビ

話を進めよう。

ブラックバーンはプレミアリーグでは新顔だった。イングランドのトップリーグに最後に名を連ねたのは、代表チームが1966年のワールドカップ、母国大会で優勝を収める直前だったし、1970年年代には3部リーグに降格するという憂き目にさえあっている。

そのようなクラブが突然伸し上がり始めたのは、地元出身の億万長者である、ジャック・ウォーカーの財力に負うところが大きい。ウォーカーは金属のスクラップ事業を営む「ウォーカー・スチール」社を父親から受け継ぎ、英国で最大手の鉄鋼関連会社に成長させていた。

2部のブラックバーンが、ダルグリッシュのような監督を呼び寄せることができたのも、ウォーカーが惜しみなく私財を投じたからに他ならない。ダルグリッシュは選手としても監督としても、リヴァプールでタイトルを手にしており、他のクラブにとっては手の届かぬ存在になっていた。

ジャック・ウォーカーの影響は、選手の顔触れにも反映される。

ブラックバーンがプレミアリーグの発足に間に合うように2部から昇格し、さらに1シーズン目は4位、2シーズン目は2位、そして3シーズン目には優勝と、トントン拍子に順位を上げることができたのは、移籍市場での大盤振る舞いを抜きにしては語れない。

むろんダルグリッシュは、ブラックバーンがタイトルを獲得できたのは、資金力だけによるものではないと力説している。この主張には幾ばくかの真実も含まれているが、ダルグリッシュ自身が、アラン・シアラーとクリス・サットンという2人のセンターフォワードを、それぞれ英国の移籍金の記録を塗り替える額でチームに招いたのも事実である。

シアラーとサットンはともにオーソドックな「9番」タイプで、クロスからゴールを決めるのを得意としていた。このようなプレースタイルは、ブラックバーンのシンプルなサッカーにマッチしていたし、彼らはすぐに「SAS」というニックネームで親しまれるようになる。「SAS」とは英国陸軍の特殊空挺部隊の略称でもあった。2人が容赦のなくゴールを決める様から、このようなニックネームがつけられたのである。

最終的に2人は、ブラックバーンが優勝を収めたシーズンに合計49ゴールを記録。プレミアリーグ史上、もっとも有名なストライカーのコンビとなった。

ただしピッチを離れたところでの関係は、それほど実り多いものではなかった。シアラーには、すでに他のパートナーがいたからである。

シアラーは1992年にブラックバーンと契約を結んだ際、スコットランドのプレシーズンツアーに帯同している。そこで親交を深めたのが、センターフォワードのマイク・ニューウェルだった。

2人はサッカー選手同士によく見られるような、わかりやすい形で友情を育んだ。一緒にゴルフをし、トレーニングに一緒に行き、アウェーの試合ではルームメイト同士になるといった類のものである。ちなみにシアラーは、妻がランカシャーに引っ越してくるまでの間、ニューウェルの家で寝泊まりするまでになった。

2人の友情はピッチ上の結果にも反映された。

かつてのニューウェルは典型的な点取り屋だったが、イングランドでもっとも勢いのある若手のゴールスコアラーを素直に受け入れる。それまでよりも深いポジションでプレーし、シアラーのサポート役を務めるようになった。

「彼は理想的なフォワードのパートナーだった。本当に献身的で、ピッチのあらゆるエリアを喜んでカバーしてくれた」。シアラーは語っている。「自分で得点を決めるよりも、僕にゴールをお膳立てしたほうがいいと思っているんじゃないかという印象を受けたこともあったよ……それに彼が後ろに下がれば、敵の選手はマークするためにディフェンスラインを上げてくる。そのおかげで、自分がプレーできるスペースがさらに増えるんだ。僕が成功を収めた大きな理由は、彼がいたからさ」

シアラーはプレミアリーグの最初の5シーズンで3回得点王に輝き、最終的には通算260得点という、プレミアリーグの記録を残して現役を終えることになる。

一方サットンは、ノリッジにセンターバックとして加入し、そこからセンターフォワードにコンバートされた選手だった。むろんフォワードとしての優れた能力を発揮したからこそ、ブラックバーンにも招かれたわけだが、彼の加入は2つの点ではチーム内の状況を変えてしまう。

まずはニューウェルが、レギュラーポジションを失うことになった。ブラックバーンがタイトルを獲得したシーズン、彼は2回しか先発していない。

しかもサットンはシアラーのお株を奪い、イングランドでもっとも高い値札のついた選手にもなっている。さらには短期間、ブラックバーン一の高給取りにもなった。ブラックバーン側はすぐにシアラーの給料も上げ、サットンよりも評価していることをアピールしたが、シアラーは釈然としないものを感じていたに違いない。

「アラン（シアラー）は突然、自分と同じぐらいゴールを決めたがっている選手とプレーしてくれと頼まれたんだ」。ブラックバーンでディフェンダーを務めていたグレアム・ル・ソーは語っている。「アランが乗り気でないことは、彼の顔を見た時にわかったよ。アランとマイクとの関係は、アランを中心にする形でうまく回っていた。クリスがそこに割って入った時には、アランもマイクも対応しなかった」

サットンは恐るべきストライカーだったが、繊細な性格の持ち主だったために自信をなくしてしまうこともたびたびあった。彼は後にシアラーは「温かさに欠けていた」と不満を述べ、ニューウェルと仲が良かったことが、その理由だと指摘している。

このようなぎくしゃくした関係は、ピッチ上の様子からも見て取れた。シーズン3試合目、ブラックバーンは4-0でコヴェントリーに完勝。サットンはハットトリックを達成してみせた。だがシアラーはサットンがハットトリックを決めた時にも、祝福しようとはしなかった。

監督のダルグリッシュは、2人の花形ストライカーの関係に一切問題は起きていないと主張し続けたが、ブラックバーンの攻撃は、シアラーを完全に軸にしたものではなくなっていたのである。

■ブラックバーンが駆使した戦術

シアラーはこの状況を全面的に歓迎しているわけではなかったが、サットンのコンビは驚くほど効率的にゴールを量産し続けた。タイトルを獲得したシーズンの初戦、アウェーのサウサンプトン戦で先制点を決めたシーンは、その後のプレーの方向性を決定づけるものともなっている。

まずキャプテンのティム・シャーウッドが、ロングパスをペナルティボックス内に放り込む。それをサットンが頭で落とし、シアラーがネットに叩き込んだ。

シンプルな攻撃だったが、これは実に効率的だった。かくしてブラックバーンは、状況さえ許せば2人のストライカーをペナルティエリア内に張らせておくようになる。またニューウェルがシアラーのパートナーとして、つなぎ役をこなすケースもなくなったため、選手たちはボールをワイドに叩き、そこからクロスを絶えず放り込むスタイルを駆使するようになった。

これはブラックバーンのサッカーが、SASのコンビだけではなく、2人のウインガーの出来に左右されるようになったことも意味した。

右サイドのスチュアート・リプリーと左サイドのジェイソン・ウィルコックスは、タッチライン沿いでプレーするオーソドックスなウインガーで、ゴールラインまでドリブルで駆け上がり、ペナルティエリアにクロスを入れるのを得意としていた。ダルグリッシュ曰く。彼らは「真っ当なウインガーであり、ワイドミッドフィルダーなどではない」。

ただしリプリーとウィルコックスのコンビは、ライアン・ギグスとアンドレイ・カンチェルスキスのように、得点を決められる選手でもなかった。

マンチェスター・ユナイテッドのコンビは、1シーズンで2桁の得点を決めることができたが、ブラックバーンのコンビは、ゴールをお膳立てするアシスト役に過ぎなかった。また多くのウインガーと異なり、ボールを持っていない時でもチームをサポートするために走り続ける、並外れたハードワーカーだった。

一方、中盤では、シャーウッドとマーク・アトキンスが、セントラルミッドフィルダーとしてコンビを組む。シャーウッドはボールさばきに優り、アトキンスはゴール前で冷静にプレーできる選手だったが、2人は前に出ていく役割と、守備をケアする役割を交互に受け持っていた。ダルグリッシュによれば、アトキンスはチーム内でもっともシュートがうまい選手だったという（ただしアトキンスはシーズンの大半の試合に出場した後、バッティにポジションを譲っている。バッティは怪我から復帰し、最後の5試合に出場する形になった）。

また、2人がスルーパスを出す場面はほとんどなかった。代わりに彼らは、ワイドに張ったウインガーに冷静にパスを送り続けた。シアラーが述べたように、これはまさに「センターフォワードがゴールを決めるために造られたシステム」だったのである。

ちなみに当時のブラックバーンのトレーニンググラウンドは、驚くほど質素だった。グラウンドの一角は犬の糞におおわれ、選手が着替えるドレッシングルームさえなかった。

このため選手たちはまず車で、ホームスタジアムのイーウッド・パークに直行して着替えを済まし、そこからトレーニングに向かうような有様だった。

それにもまして問題だったのは、トレーニンググラウンドが墓地に隣接していたことである。霊柩車が墓地内の私道をゆっくり進んでいく際には、弔意を表さなければならないということで、練習が中断することもしばしばあった。

だがハーフォードは、このような環境の中で「パターン練習」を徹底的に実施。選手を4‐4‐2の陣形に配置し、攻撃を組み立てる方法を身に付けさせていった。クロスを入れるまでのパターンはしっかりと確立されており、パスの出し方とピッチ上での動き方はきわめて明確になっていた。

ブラックバーンが採用していたアプローチには、おもに3つの方法があった。

もっとも理想的なのは、ウインガーにパスを渡し、前方にドリブルをさせていくパターンである。これは得点のチャンスを生み出すための、もっともわかりやすい方法だった。

それがかなわない場合には、ウインガーは後ろに下がりながら敵のサイドバックを引きずり出し、シアラーやサットンがサイドに流れてくるスペースを作り出す。シアラーはサットンに対して、自分がペナルティボックス内に残れるように、サイドへ流れるプレーを引き受けてほしいと頼んだが、実際にはシアラー自身が卓越したクロスの名手に成長。シーズンが終わった時点では、チーム内の得点王に輝いただけでなく、もっとも多くのアシストを記録した選手にもなっていた。

最後の方法はサイドバックに関連している。

当時、ほとんどのチームは4‐4‐2を採用していたが、4‐4‐2同士が対戦した場合には、ボールに触れている時間がもっとも長いのはサイドバックの選手になる。ダルグリッシュとハートフォードは、その事実に目をつけ、サイドバックを活用しようとした。

ただし右サイドのヘニング・バーグは生粋のサイドバックではなく、センターバックからコンバートされた選手だったため、おもに左バックのル・ソーがボールを持って攻め上がっていく形になった。現にル・ソーはウィルコックスやシアラーとうまく連動しながら、重要なアシストをいくつも決めている。中でも重要なのは、シーズン最終節の前節におこなわれたニューカッスル戦で、シアラーに上げたクロスだった。シアラーはしっかりシュートを決め、1-0の勝利をもたらしている。

ここで注目すべきは、ハーフォードがゴールラインから18ヤード内、ペナルティエリアをそのまま横に伸ばしたようなゾーンを「マジックボックス」と名付け、そこからクロスを上げるように指示していたことだ。

ちなみにシアラー自身は、この考え方に異議を唱えていた。もっと浅い位置からクロスを上げたほうが、自分はゴールを決められると確信していたためである。事実、後のイングランド代表では、デイヴィッド・ベッカムがこの種のアーリークロスを、幾度となくシアラーに供給していくことになる。

だがハーフォードは、もっと前に進んだ場所からクロスを上げたほうが、得点のチャンスが生まれると考えていた。かくしてウィルコックスとリプリーは、この「マジックボックス」に侵入していくパターンを、驚くほど多用するようになる。

当時、イングランドの批評家たちは、ブラックバーンのチャンスメイクがあまりにも予測しやすいと文句をつけたが、対戦チームは対策に苦慮した。

理由の1つは、ハーフォードがトレーニングセッションを通じて、連動性の高いコンビネーションプレーを叩き込んでいた点にある。彼の口癖は「壊れていない機械を、無理やり治そうとするな」というものだった。

ただしタイトルを獲得したシーズンの中盤、ダルグリッシュは攻撃の「プランB（オプション）」を編み出そうとも試みた。いずれ対戦チームはブラックバーンの攻撃パターンを分析し、対策を講じてくるだろう。具体的には、深い位置からクロスを上げさせないようにするために、リプリーとウィルコックスを、ピッチの内側に誘導しようとするはずだと踏んだのである。

万が一そうなれば、リプリーとウィルコックスはピッチを幅広く使うことができなくなるし、ゴールラインから40ヤードも離れた場所で、逆足でボールを蹴ることを余儀なくされる。そこでダルグリッシュはリプリーを練習中に呼び出し、深い位置からクロスを上げられなくなった場合には、シアラーたちにどこに立っていてほしいかと尋ねた。

ところがリプリーは、ぽかんとした表情を浮かべてダルグリッシュを眺めると、こう聞き返してきた。

「僕をからかっているんですか？」。違うとダルグリッシュが強調すると、リプリーはさらにしばらく考えた末に、結局こう述べただけだった。「わかりません」

リプリーは、オプションBなど考えたこともなかった。ブラックバーンのウインガーは、文字どおり1つのやり方しか知らなかったのである。

■ 明暗が分かれた、2つの大会

この種のエピソードに象徴されるような戦術的なナイーブさは、大陸側のチームと対戦した際に浮き彫りになる。1994／95シーズン、ブラックバーンは初のヨーロッパの大会、UEFAカップの1回戦に臨むが、そこでなんとスウェーデンのセミプロチーム、トレッレボリに敗れてしまっている。

そもそもトレッレボリは、絵に描いたような「スモールクラブ」だった。

サッカーを生業《なりわい》としているプロ選手は1人のみ。チームには大工や小売店の店主、保険のセールスマンも1人ずつ名を連ねている。トレッレボリは国内のカップ戦で3部のクラブに敗れたばかりで、UEFAカップの予選ラウンドを勝ち抜けたのも、フェロー諸島でチャンピオンになったチームに、さしてパッとしない内容で勝利をあげたからに過ぎなかった。

トレッレボリがいかにお粗末なチームだったかは、ブラックバーンのホームであるイーウッド・パークで起きた一件からもうかがえる。ファーストレグに臨むべく、スウェーデンから遠征してきたまではいいものの、持ち込んだユニフォームの色がブラックバーン側と似通っていることが判明。相手からアウェー用の赤いユニフォームを借りる羽目になっている。

当然、イングランドのジャーナリストたちは、試合開始前にはブラックバーンの大勝を予想していた。過去の試合記録を紐解き、今回は最多得点差が更新される可能性さえあるだろうと踏んでいた。当のトレッレボリ側も勝利などは期待していなかった。チーム関係者は後に、スコアを0‐2に抑えられれば上出来だろうと考えていたことを告白している。

ところが試合は、思いもかけぬ展開になる。トレッレボリのフレデリック・サンデルは、フォワードのパートナーであるヨアキム・カールソンが頭で叩いたボールに合わせて裏に抜け、この試合における唯一のゴールを決めたのである。

戦術的に見た場合、番狂わせが起きた原因ははっきりしている。

トレッレボリは、ブラックバーンがプレミアリーグで対戦したどのチームよりも深く引いて守りつつ、ブラックバーンの両ウイングに対して、2人でマークする方針を徹底していたのである。

「組織的に対抗すれば、彼らを止めることができるんだ」キャプテンのヨナス・ブローソンは試合後に指摘している。

一方、ブラックバーンのウインガーであるリプリーは、後にこう語っている。「僕たちのプレーの仕方は、少しナイーブだったかもしれない」

ディフェンダーのル・ソーは、ブラックバーンのプレースタイルそのものが、ヨーロッパの大会に適していなかったことを認めている。

「僕たちはイングランドでは、力ずくで押し切っていくようなサッカーをしていたし、同じことをやろうとした。でも相手は守備的なフォーメーションで臨んできて、勝利をかっさらっていった」

アウェーでおこなわれたセカンドレグは、2‐2の引き分けで終了。SASのコンビが、セットプレーからの混乱に乗じて至近距離からシュートを決めたものの、10人になった相手からそれ以上の追加点を奪えず、トレッレボリがトータルスコア3‐2で勝ち進んだ。

ブラックバーンがUEFAカップで早々に敗退したことは、イングランドのクラブが戦術的にいかに遅れていたかを浮き彫りにしている。だがシアラーたちはその代わりに、イングランド国内の試合に集中できるようになった。

結果、ブラックバーンは優勝を飾ることになるが、実際には決定的な勝利を一度ものにできなかった。優勝争いの直接のライバルであるマンチェスター・ユナイテッドにはホームでもアウェーでも敗れたし、シーズンの大詰めには突然調子を落とし、四苦八苦している。

にもかかわらず優勝を収めることができたのは、月並みなチームからコンスタントに勝ち星を重ねていく上では、シンプルな戦術でも事足りたからである。

ブラックバーンは、自分たちの方針を一切変えなかった。むしろ同じことを、きわめて組織的にやり続けたに過ぎない。それを支えたのが、ずば抜けた選手たちだった。

事実、先発11人のうち6人（ゴールキーパーのティム・フラワーズ、統率力のあるセンターバックのコリン・ヘンドリー、ル・ソー、シャーウッド、サットン、そしてシアラー）は、PFAの年間最優秀イレブンにも選ばれている。しかも栄えある受賞者の発表は、ブラックバーンがタイトルを確定する前におこなわれたほどだった。

また、ブラックバーンが優勝トロフィーを獲得した状況は、シーズンの流れという点でもドラマチックなものともなった。マンチェスター・ユナイテッドは、すでにプレミアリーグの初年度と2年目に王座に輝いていたが、いずれもライバルチームが最終節を待たずして自滅するという、興ざめな展開になっている。

だが1995年の5月14日は、強烈に記憶に残る1日となった。プレミアリーグ史上初めて、最終日に優勝が決着したからである。

アウェーのリヴァプール戦に臨んだブラックバーンは、試合を1‐0とリードする。例によってシアラーが、リプリーが右から上げたクロスを得点につなげている。このまま失点をゼロに抑えれば、ユナイテッドの結果にかかわらず優勝が決まるはずだった。

ところがリヴァプールは信じられないような反撃を展開。ジェイミー・レドナップが終盤に決めたすばらしいフリーキックなどで、2‐1の勝利をものにする。

ちなみにダルグリッシュは試合後半、ほとんどの時間をベンチのそばにあるテレビを見ながら過ごしていた。そこに映し出されていたのは、マンチェスター・ユナイテッドがアウェーで臨んだウェストハム戦の模様だった。

この試合、アレックス・ファーガソンはツートップをベースにした4‐4‐1‐1をなぜか放棄し、守備的な4‐5‐1を敷いている。この戦術は裏目に出ただけでなく、ウェストハムのルデェック・ミクロシュコが、プレミアリーグの歴史に残るようなゴールセービングを披露したため、1‐1で引き分けるのが関の山だった。

結果、リヴァプール戦での敗北は帳消しになり、ブラックバーンの優勝が確定する。ちなみにダルグリッシュはかつて寝食をともにした、リヴァプールのコーチングスタッフからも祝福を受けている。シアラーとサットンも相好を崩しながら抱き合い、最後はシアラーがトロフィーを高々と掲げた。

ブラックバーンはかくも劇的な形でタイトルを確定したが、プレースタイルや試合運びに関して述べれば、4月1日におこなわれたアウェーのエヴァートン戦のほうが重要だった。

ブラックバーンは試合開始直後から相手に襲いかかり、早々と2-0のリードを奪っている。最初のゴールは、ホイッスルが吹かれてから、わずか13秒以内に決まっている。これはプレミアリーグの当時の最短記録となった。ベルグのロングボールをサットンがヘディングし、次にはシアラーが同じくヘディングで折り返す。それをサットンが左足でゴールに叩き込んだ。

2点目はフリーキックから生まれている。グラウンダーのショートパスを受けたサットンはバランスを崩すが、こぼれ球をシアラーが右足で決めている。二度のゴールシーンには、ブラックバーンの典型的なプレースタイルが如実に表れていた。

ところがエヴァートンのグラハム・スチュアートが見事なチップキックを決めて、試合の流れを引き戻すと、ブラックバーンは露骨なまでに消極的なサッカーを展開し始める。試合の流れを切ってプレーを中断させ、時間稼ぎに集中したのだった。

その最たるものは、ブラックバーンのゴール前で混戦になったシーンである。

ゴールキーパーのティム・フラワーズの前では、両軍合わせて14人もの選手が入り乱れたが、これに終止符を打ったのがシアラーだった。シアラーは力任せにクリアしたため、ボールはグッディソンパークのスタンドを越えて、あわや場外に出そうになっている。

試合はその後も驚くほど荒れ模様で、殺気立った展開になった。試合が終了した際、エヴァートンのファンは、ブラックバーンの消極的な戦い方にブーイングを浴びせたほどである。

だがダルグリッシュは、相手サポーターの反応など気にもかけなかった。彼にとっては重要なのは、勝ち点3を確実に奪うことだった。ダルグリッシュはこの試合で、自らの仕事をきっちりとやり通したのである。

■稀代のエンターテイナー、ケヴィン・キーガン

ダルグリッシュと好対照を描いたのが、ニューカッスルのケヴィン・キーガンである。彼はタイトルを「手中に収めかけた」1995／96シーズンに関して、一番の思い出を尋ねられた際、終盤におこなわれたアウェーのリーズ戦とノッティンガム・フォレスト戦をあげている。この試合では選手が入場してくる際に、相手チームのファンから拍手を送られる場面があった。

前年にプレミアリーグを制していたダルグリッシュは、ブラックバーンを「大衆に愛されたチャンピオン」と呼んでいた。格下のチームが大番狂わせを演じていく様が、人々の心に訴えたからである。

しかしニューカッスルこそは、幅広い人から本当の意味でもっとも愛されたチームだったと言える。彼らは魅力溢れる攻撃的なサッカーを展開し、ファンの心をしっかりつかんだ。

その鍵を握っていたのがキーガンだった。

彼がチームや地元のコミュニティ全体に与えた影響は信じられないほど大きい。

もともとニューカッスルのユニフォームには、地元名産のブラウン・エール（ビール）のロゴと青い星印がプリントされていた。1995／96シーズンにゴールキーパーが身に付けたユニフォームには、街の輪郭があしらわれたこともある。

クラブと地域の絆はかくも強かったが、キーガンは2部リーグで中位以下に低迷していたクラブを、一気にプレミアリーグのトップにまで押し上げ、地域全体を活気づけた。

事実キーガンは、自分が率いるクラブが、地域全体の文化にとってもいかに重要な存在になっているの

かを語ったことがある。

その内容はスペインの名門、バルセロナの関係者が口にするコメントを連想させるものだった。またニューカッスルはサッカーの内容そのものに関しても、バルセロナにしばしばたとえられている。その事実は、ニューカッスルが「ジ・エンターテイナー」という、シンプルにして示唆に富むニックネームで呼ばれたことからもうかがえる。

さらに述べれば、キーガンが率いたチームは、ニューカッスル以外の地域に住む人々も魅了した。そもそもニューカッスルが、「ジ・エンターテイナー」というニックネームを授かったのは数シーズン前、シェフィールド・ウェンズデイに4-2で勝利した試合がきっかけだった。

だが1995／96シーズン、ニューカッスルは「エンターテイナー」としてさらにスケールアップを果たす。プレミアリーグのタイトルに果敢に挑戦していくことで、当時の英国における大衆文化をも体現するような存在になった。

1996年、イングランドではEURO96が開催され、代表チームが準決勝にまで進出している。ちなみにこの大会のテーマソングになったのは、コメディアンのデイヴィッド・バディールとフランク・スキナーが作詞した『スリー・ライオンズ』だった。

1996年は「ブリット・ポップ」と呼ばれる英国発のポップソングが圧倒的な人気を誇っていたし、クリス・エヴァンスの『TFIフライデー（ナンセンスな内容で人気を博したテレビ番組）』も始まっている。さらには「スパイス・ガールズ」もデビュー、ヘロイン中毒の若者たちを描いた映画、『トレイン・スポッティング』が上映された年としても知られる。

ところが1997年になると、時代の雰囲気はなぜか大きく様変わりしてしまう。映画なら『タイタニック』、音楽ではレディオヘッドの『OKコンピューター』がヒットし、ダイアナ妃が不慮の死を遂げるなど、陰鬱としたムードが国を包んでいくようになる。

であるが故にこそ、無秩序なまでに熱気に包まれた1996年のムードはなおさら際立つ。サッカー界において、その主役となったのがニューカッスルだった。キーガン率いる「エンターテイナー」たちは、試合結果などお構いなしに、とにかく全力で攻撃するサッカーを展開したからである。

■攻撃的サッカーというアイデンティティ

シーズン当初、ニューカッスルは、前年のブラックバーンと同じように、サイドからのクロスを軸にしたサッカーを展開していた。

パリ・サンジェルマンから招かれた左ウイングのダヴィド・ジノラは、持ち前のスピードと、両足でボールをさばけるテクニックを武器に相手を幻惑。ゴールに背を向けた状態でボールを受けてから、左右どちらかにターンしてインサイドに切れ込んでいくこともできれば、タッチライン沿いを駆け抜けていくこともできた。かくしてジノラは、月間最優秀選手賞をすぐに獲得している。

逆サイドでプレーしていたのは、キース・ギレスピーである。彼は当時の典型的なウインガーであり、常にゴールラインまでボールを運んでからクロスを上げ続けた。

キーガンがこれらのウインガーに与えた指示はシンプルだった。新たに契約したフォワードのレス・ファーディナンドは、サッカー界で最高のターゲットマンなのだから、常にクロスを上げ続けろというものだった。

「チームのプレースタイル、そして左サイドにジノラ、右サイドにギレスピーを置くやり方は、僕のようなストライカーにとっては理想的だったんだ」。ファーディナンドは振り返っている。「ダヴィド（ジノラ）

とキース（ギレスピー）は、ありとあらゆる場所から、ペナルティエリア内に雨あられとボールを入れてくれたからね」

ファーディナンドは非常に空中戦が強かったにもかかわらず、身長は180センチしかなかった。だがその代わりに、桁外れに高くジャンプする能力に恵まれていた。彼は2月の半ばまでにリーグ戦で21ゴールをあげるが、キーガンはさらにスキルを磨き、チームメイトをプレーに絡ませていくようにアドバイスしている。ファーディナンドの前任者であるアンディ・コールが、自分でゴールを決めることばかりを考えていたのに、不満を募らせていたのである。

ただしキーガンが率いたニューカッスルと、ダルグリッシュが指揮したブラックバーンには明らかな違いも見られた。ブラックバーンは2人のターゲットマン（シアラーとサットン）を前線に置いたのに対して、キーガンはピーター・ビアズリーを「ディープ・ライイング・フォワード」として起用し、攻撃のつなぎ役を担わせている。

これに並行して、セントラルミッドフィルダーのロブ・リーを猛烈な勢いで攻め上がらせたため、ニューカッスルはプレミアリーグが始まって以来、もっとも攻撃的なサッカーを展開するチームとなった。

事実、ニューカッスルは試合開始直後から、信じられないほどハイテンポな攻撃を展開。最初の30分間で、勝負に蹴りをつけようと試みた。現に1995／96シーズンは、スコアレスドローに終わった試合は一度もなかった。

しかし「エンターテイナー」というレッテルは、守備が脆《もろ》かった事実も物語っている。

キーガンは「相手に2点取られたら3点取り返すさ」と公言していたが、このような発想は優勝争いを決定づける大一番、4月におこなわれたリヴァプール戦で完全に裏目に出てしまう。ニューカッスルは「3点を取ったにもかかわらず、相手に4点取り返される」形で敗北を喫したのである。

ニューカッスルが最後の最後で涙を呑んだのは、ディフェンスの脆さが響いたからだ。巷ではこんな見方が強かった。だが現実はもっと複雑に入り組んでいる。

キーガンは攻撃的なサッカーを追求していることを一切、隠し立てしようとしなかった。

彼は積極的なサッカーを渇望していた「ジョーディーズ（ニューカッスルの人々）」を満足させようと心に決めていたし、自分自身がサッカーという競技を、もっとエキサイティングなものに変えていく使命を担っているとも考えていた。

これはサッカー界の風潮にも関係している。

当時のプレミアリーグでは、試合がスカイで放送される際に、様々な監督たちがいかに「見応えのある試合をした」のかをしきりに強調する傾向が強かった。

「フォワード出身の多くの人間が監督になったんだ」。キーガンは当時、こんなふうに述べている。「ブライアン・リトル、グレン・ホドル、そして僕がいい例だ。僕たちは全員フォワードだし、守備をどうやって教えればいいか、本当はわかっていないんだ」

とはいえ、これは全員に当てはまる議論ではない。

たとえばアーセナルのジョージ・グラハムはもともとフォワードで、その後は攻撃的ミッドフィルダーとしてプレーするようになった人物だった。しかも現役時代のグラハムは、自由にピッチ上を動き回るために「放浪者」なるニックネームで呼ばれている。だが監督に転身してからは、イングランドサッカー界で、もっとも守備の規律を重視する人間になった。

ただしキーガンは別だった。

彼がいかに攻撃サッカーを志向していたのかは、チーム構成からもうかがえる。ニューカッスルの守備陣には、本来ならミッドフィルダーやアタッカーを務めるような選手が名を連ねていたのである。

たしかに選手がキャリアアップする過程で、異なるポジションにコンバートされるのは珍しいことではない。だがそれを差し引いても、ニューカッスルの状況は極端だった。3人のセンターバックは、典型的な例だったと言える。

まずダレン・ピーコックは、ブリストル・ローヴァーズのユースチームで、センターフォワードを務めていたキャリアを持つ。一方スティーヴ・ハウイーは、ニューカッスルの下部組織で攻撃的ミッドフィルダーとして育てられた選手である。たしかに練習の際にはディフェンダーとして起用されることもあったが、キーガンはハウイーに対してセンターバックをやるか、さもなければチームを辞めろと告げている。

ベルギー人のフィリップ・アルベールも然り。

彼はミッドフィルダーとしてキャリアをスタートさせ、後に守備を担当するようになった。キーガンは1994年のワールドカップでテレビの解説者を務めていたが、オランダ戦とドイツ戦で彼がゴールを決めるのを目の当たりにして、契約を即断している。キーガンがもっとも評価したのは、常に後方から前方へボールを運び続ける力強いプレースタイルだった。

似たようなことは、サイドバックや守備的ミッドフィルダーにもあてはまる。

キーガンは、ウォーレン・バートンとジョン・ベレスフォードをもっぱらサイドバックに起用したが、同時に前に攻め上がっていくように指示を出していた。さらにシーズンの終わりには、地元出身のスティーヴ・ワトソンとロビー・エリオットまで起用している。両者はニューカッスルの下部組織では、フォワードとして育った選手だった。

キーガンは守備的ミッドフィルダーに、やはりニューカッスル出身のリー・クラークを抜擢したが、彼は前シーズン、攻撃的ミッドフィルダーを務めていたため、ユニフォームの背番号は10のままだった。簡単に述べるなら、当時のニューカッスルは多かれ少なかれ、チーム全体がフォワードの選手から構成されていたのである。キーガンは自伝でも、その事実をはっきりと認めている。彼の素直な物言いは賞賛に値するほどだった。

「サイドバックはあまりにも大胆にプレーをしていただろうか？ イエス！ センターバックはスキルがあり過ぎて、後ろに引くよりも前に行くほうが得意だっただろうか？ イエス！ それが僕たちの作ったチームだった」

しかもキーガンには、自らの方針を曲げるつもりなど毛頭なかった。

シーズンの終盤に向け、ディフェンスラインを構成する4人の選手、ワトソン、ハウイー、ピーコック、ベレスフォードはキーガンのもとを訪れ、自分たちは相手に走り負けてしまうのだから、もっと慎重なプレーをすべきだと直訴している。これに対してキーガンはきっぱりと言い放っている。

「君らは土曜日に試合に出たくないのか？」

データが示唆する奇妙な事実

キーガンは驚くほど守備を無視した。厳密に述べるなら、シーズン序盤の9月、アウェーのサウサンプトン戦に望む前に一度だけ守備の練習をしている。だが、この試合に0‐1で敗れた後は、わざわざ守備の練習に時間を割こうなどとは一切思わなくなった。

ちなみに翌シーズン、キーガンはリヴァプールの元ディフェンダーで、BBCの解説者をしていたマーク・ローレンソンを守備のコーチに任命している。

しかしローレンソンは一度も指導をさせてもらえないため、自分がどうして給料をもらっているのかわからないと、キーガンに直接相談する羽目になる。キーガンの目論見は明らかだった。彼はチームの問題を解決しようとしたのではなく、守備の練習をしないという批判をかわすために、ローレンソンを雇ったに過ぎなかった。

ただし意外なことに、１９９５／９６シーズンのニューカッスルの守備は、一般的な印象よりもはるかによかった。むしろシーズン終盤の大一番、アウェーのリヴァプール戦で３-４で負けたことによって、ことさら守備の弱さが誇張されたというのが実際に近い。

たとえばニューカッスルは38試合で37失点を喫したが、これは優勝を飾ったマンチェスター・ユナイテッドよりも、２点多いだけである。

またプレミアリーグは５シーズン目に突入していたが、過去の優勝チームが残した失点数は、44、33、37、45となっている。つまり失点だけに着目するなら、守備の脆さは優勝を狙う上で妨げにはならないはずだった。

真の問題は別のところにあった。

キーガンがあれだけ攻撃的なサッカーを標榜していたにもかかわらず、実はニューカッスルは、得点力に欠けていたのである。

１９９５／９６シーズンの総得点はわずかに66。これは過去のどの優勝チームよりも少ない。その意味では「エンターテイナー」という肩書きは、全面的に正しかったわけではないことになる。

原因は明らかだ。ニューカッスルはかくも才能に恵まれた選手を擁していながら、チームの連動性に乏しかった。単に守備の練習をしないというのではなく、攻撃に関しても戦術練習を一切おこなわない弊害が如実に現れていた。

フォーメーションを徹底させながら、ビルドアップやセットプレーの方法論を磨いていく。当時のニューカッスルでは、この種の当たり前のトレーニングさえおこなわれなかったため、才能ある選手たちは１

つのチームにまとまっていかなかった。

また当時のニューカッスルは、ダラム大学の施設を利用していた。

これはトレーニングセッションが、原則的に公開されることを意味した。チームが優勝争いを演じている最中には、数千人のファンが練習を見に来ることもしばしばあった。

そのような環境の中、選手たちは早めに到着して、まずはヘディングのテニスで肩慣らしをする。特にキーガンとマクダーモットは、このヘディングテニスでもっとも手強いダブルスのペアとなった。

ウォームアップが終わると、チームはインテンシティの高い、試合と同じペースのミニゲームをおこなう。ミニゲームの際には子供たちがよくやるように、お気に入りの選手をそれぞれ集めていく方法でチームが組まれることもしばしばあった。

そして最後は、スキルを磨くための練習とシュート練習をおこなってトレーニングは終了。何人かの選手はそのまま残り個々のテクニックを磨いたが、全体練習のメニューは驚くほどシンプルだった。

このような方法は選手たちに受けが良かったし、サポーターにとってもわかりやすかっただろう。だが選手を集めて、戦術システムが論じられるような機会は一度も設けられなかった。

キーガンの鷹揚としたアプローチは、実際の試合にも持ち込まれた。

たとえばアレックス・ファーガソンは、対戦相手に応じて戦術を微調整しつつ、相手の弱点を突くための具体的な情報を選手に与え続けた。

しかしキーガンは、練習でも対戦相手のことは口にしなかった。それどころか実際の試合でも、選手たちがウォームアップをする前に、ドレッシングルームで敵の先発メンバーを読み上げるだけだった。この際には、対戦相手をけなす台詞を付け加えることもあったという。たとえば「欲しい選手なんて1人もいない」、あるいは「狙っていた選手は、もう引き抜いたよ」といった具合である。

キーガンにとっては自分が率いるチームの戦い方、そして選手個々のプレーがすべてだった。全体の陣形や戦術システム、相手の出方など二の次だったし、具体的な攻略法や戦術の修正案を授けるケースはほとんどなかった。

とはいえ、よく知られる例外が一度だけある。

4月中旬、アストン・ヴィラとの一戦に先立ち、キーガンは、相手監督のブライアン・リトルが3人のセンターフォワード、ドワイト・ヨーク、サボ・ミロシェビッチ、トミー・ジョンストンを起用していることに着目。左のサイドバックであるベレスフォードに対して、中央寄りに狭く絞り込みながら守り、2人のセンターバックをサポートするようにと指示する。

ところがベレスフォードは、キーガンが玉突き効果を無視していると不満を唱える。ジノラは守備をしようとしないのだから、自分が内側に絞ったりすれば、アストン・ヴィラの右サイドバックであるゲイリー・チャールズが、どんどんオーバーラップしてくるはずだと述べたのである。

だがキーガンは耳を貸さなかった。しかも試合が始まり懸念されたとおりのことが起きると、守備をしないジノラではなく、警告を発していたはずのベレスフォードを怒鳴りつけた。

ベレスフォードはこれに激怒。セント・ジェームズ・パークのタッチライン沿いで、キーガンと激しい口論を演じてしまう。最後にベレスフォードは「ファックオフ（どっかに行っちまえ）」と発言。即座にベンチに下げられてしまう。

キーガンは試合後、「あんなことを言ってくる選手は必要ない」とコメントし、その言葉どおりの行動に出る。ベレスフォードはその時点まで34試合中32試合で先発していたが、最後の4試合は完全にメンバーから外されてしまったのである。

■失速を招いた2人の選手

対戦相手を度外視する方法は、特にアウェーの試合で問題を引き起こした。

実際、アウェーの試合におけるニューカッスルは、セント・ジェームズ・パークで試合をする時の半分程度の力しか発揮できていない。ホームでは52ポイントをあげたのに対して、アウェーではちょうど半分の26ポイントしか獲得できなかった。

だがニューカッスルが失速した原因は、年明けに2人の選手を新たに加えたことにも関連している。

1人目は予測不能なプレーをするコロンビア人フォワード、ファウスティーノ・アスプリージャである。アスプリージャは、ニューカッスルがミドルズブラに短時間の移動をする前日、雪の降る金曜日に契約が結ばれている。試合当日、キーガンはアスプリージャ本人に対して、試合では使わないと確約し、ランチタイムにはグラス一杯のワインも振る舞った。

ところがなんと数時間後、アスプリージャは試合後半に交代選手としてピッチに登場。その直後には、敵のセンターバックであるスティーヴ・ヴィッカースを鮮やかなターンとフェイントで幻惑しながらクロスを供給。ワトソンの同点弾をお膳立てしている。

ゴールを決めたワトソンは、アスプリージャを指差しながら喜びを表現したし、チームメイトもワトソンではなく、アスプリージャのもとへと集まった。

今から振り返ってみるなら、アスプリージャの加入はニューカッスルの崩壊を招いた要因の1つとなったことがわかる。だが少なくとも当初は、ニューカッスルの攻撃陣を一気に活性化させたし、シーズン後半戦はチームのベストプレーヤーとなっていった。

現に彼は、タイトルを狙う上では致命傷となった一戦、不運な形で敗れた3月のマンチェスター・ユナイテッド戦でもすばらしいパフォーマンスを見せた。ちなみにユナイテッドは、ピーター・シュマイケルのセーブと、エリック・カントナのゴールによってかろうじて1‐0の勝利をものにしている。そして最終的にはチャンピオンの座に輝くのである。

アスプリージャは、ウェストハムに3‐0で勝利した試合でも鍵となったし、リヴァプールに3‐4で敗れた一戦でも1ゴールと1アシストを決め、ニューカッスル側のMVPとなった。

では何が問題だったのか。

もっとも深刻なのは、彼の加入によってチームの布陣そのものががらりと変わったことだった。アスプリージャがメンバーに加わった結果、10番の役割を担っていたベアズリーは不慣れな右サイドのミッドフィルダーとして起用されるようになる。攻撃のサポート役を失ったレス・ファーディナンドも、当然のように途方に暮れた。アスプリージャはベアズリーとまったく異なるタイプだっただけでなく、すぐにメインストライカーになったからである。

しかもキーガンは選手の配置を換えただけで、どのように対応すべきかを説明しなかった。実際の練習においても、2人のフォワードのリズムを合わせるための策をまったく講じず、ファーディナンドに対して、ぶっきらぼうに告げただけだった。

「僕がアスプリージャを買ったのは、君をサポートさせるためじゃない。君に彼のサポートをさせるためだ」

さらにキーガンは、アスプリージャの「予測できないプレーを予測しろ」と命じたという。

たしかにこの台詞は、アスプリージャの特徴を的確に言い表しているが、具体的な指示としてはほとんど役に立たない。結果、1試合あたり1ゴールを決めるようなハイペースで得点を量産していたファーディナンドは調子を落とし、3試合でかろうじて1点決められるようなレベルに落ちてしまう。

このような状況はチーム全体にも深刻な影響を与えた。皮肉なことにニューカッスルは、アスプリージャが出場した試合では43％しか勝利を収められなかった。逆にアスプリージャが出場しなかった試合では、75％の勝率を記録しているのである。

■ さらに迷走したキーガンの戦術

またキーガンは、アスプリージャを初めて先発させたウェストハム戦（結果は0‐2で敗北）、あるいは非常に見応えのあったマンチェスター・シティ戦（結果は3‐3）では、これまでの4‐4‐2ではなく、3‐5‐2のように見える布陣に突然システムを変更して、関係者を驚かせている。

このシステム変更でもっとも恩恵に与ったのは、口ひげを蓄えたベルギー人のセンターバック、アルベールだった。彼はスウィーパーに起用され、一気に攻め上がることを許されたからである。

アルベールはシティ戦で二度ゴールを決めたし、アスプリージャのゴールも一度お膳立てしている。これらのゴールは、すべてオープンプレーからもたらされたもので、彼がいかに時代の一歩先を行くセンターバックであったかを物語っている。

ちなみにアスプリージャは、どちらの試合でも相手にとってもっとも危険な選手となっていたが、シティのセンターバックであるキース・カールに不用意に肘打ちと頭突きを食らわせたために、1試合の出場停止を受けてしまう。

ところがキーガンは「彼はラテンアメリカの出身だ。いかにも、あそこからやってきた選手らしいよ」と発言。新聞の見出しを賑わせることになる。

ニューカッスルが確固たる戦術を敷いていない事実は、時間の経過とともに明らかになっていく。

アウェーでのマンチェスター・シティを終えたニューカッスルは、次にはマンチェスター・ユナイテッドをホームに迎える。0-1と敗れたこの試合、キーガンはフォーメーションを4-4-2に戻しただけでなく、新たに契約した守備的ミッドフィルダー、デイヴィッド・バッティも起用している。

バッティが招かれた経緯は特殊だった。ニューカッスルの会長であるサー・ジョン・ホールは、チームの守備陣を梃入《てこい》れすべく、センターバックを獲得しようとしていた。だがキーガンにはそんなつもりは毛頭なかったため、妥協の産物として守備的ミッドフィルダーが獲得されたのである。

だがこのようなやり方は、補強の方法としてはお世辞にも筋が通っていない。バッティ本人でさえもが驚いていた。曰く。「彼らはリーグ戦で首位を走っていたし、どうしてやり方を変えたがっていたのか見当もつかなかったね」

結果、ニューカッスルの守備的ミッドフィルダーのポジションには、攻撃的なリー・クラークではなく、本職の守備的ミッドフィルダーであるバッティが起用されることになる。

一見、これは理にかなっているような印象を受けるが事実は異なる。キーガンはシステムを修正しなかったからである。簡単に述べれば、ニューカッスルは鍵を握るポジションにまったく違うタイプの選手を配置したにもかかわらず、従来とまったく同じようなサッカーを目指し続けるという、一種の迷走状態に再び陥ってしまった。

ここでも問題になったのは、個々の選手というよりも、全体的なチーム戦術の欠落だった。結局、バッティはニューカッスルが攻撃に転じる際のパススピードを遅くしただけでなく、守備的ミッドフィルダーとしての役割をしっかり果たすこともできなかった。

シーズンも押し迫った5月、1-1でノッティンガム・フォレストと引き分けた試合などは好例だろう。フォレストのイアン・ウォーンはドリブルで軽々とバッティを抜き去り、25ヤードの距離からゴール上隅にシュートを叩き込んでいる。

ところがキーガン自身は、このような状況を問題視していなかった。むしろバッティを獲得したのはすばらしい判断だったと考えていたし、将来的にはボールを深い位置から前に運んでいける、攻撃的なセンターバックさえ起用すべきだと考えていた。こうすれば、アタッカーを中盤に追加するのと同じ効果が得られるというのが彼の発想だった。とことん攻撃的なメンバーを揃えなければ、キーガンは満足できなかったのである。

■伝説となったリヴァプール戦

ひたすら攻撃的なサッカーを展開しようとするアプローチが端的に表れたのが、1996年の4月初旬におこなわれたリヴァプール戦である。

ニューカッスルは3‐4で敗れたが、この試合は当時のサッカー関係者の間で、プレミアリーグ史上、最高の一戦になったと見なされた。

そもそもニューカッスルは、直近の6試合でわずか7ポイントしか獲得しておらず、壊滅的なまでに調子を落とした状態でリヴァプール戦に臨んでいた。

このような状況を変えるべく、キーガンは1つの手を打っている。右サイドバックをバートンではなく、ワトソンに代えたのである。これはおそらく、ワトソンが同シーズン、ホームでおこなわれたプレミアリーグの試合だけでなくリーグカップにおいても、リヴァプールから決勝点を奪っていたからだろう。

この試合が異常なまでにオープンな展開になった要因は、ジノラのポジショニングにある。

ニューカッスルは4‐4‐2、ロイ・エヴァンスが率いるリヴァプールは3‐5‐2を採用。戦術的には、ジノラがリヴァプールの右のウイングバックであるジェイソン・マカティアーをいかにケアするかが最大のポイントになった。ところがジノラは、まったく守備をしようとしなかったのである。

この状況は、プラスの効果とマイナスの効果の両方をもたらす。

まずロビー・ファウラーが先制点をあげ、レス・ファーディナンドが同点に追い付いた後、ジノラは前に上がり、マカティアーの背後のスペースでプレーするようになる。

ましてやリヴァプールのセンターバックはゴール正面を固めていたため、ニューカッスルがカウンターアタックを仕掛けた際には、ジノラは左のウイングエリアを存分に活用しながら、冷静にゴールを決めることができた。

ところが後半になると、リヴァプールが逆手をとってジノラの背後に広がるスペースを突き始める。

特にスティーヴ・マクマナマンは、中盤からサイドにひっきりなしに流れるようになった。そこからクロスを上げてファウラーに同点弾を演出しただけでなく、再び危険なクロスを供給している。このクロスはスティーヴ・ハイウェイによって、ファーポストぎりぎりのところにそらされたが、マクマナマンはニューカッスルのゴールを脅かし続けた。

対するニューカッスルは、左サイドから攻撃を展開し、アスプリージャのゴールで再び得点を奪う。この一因となったのは、リヴァプールのセンターバック、ジョン・スケールズのポジション取りだった。彼は前に大きく張り出していたジノラに対応するために、非常に深い位置まで下がっていた。結果、アスプリージャはオフサイドを免れたのである。

だがリヴァプールも、右ウイングからのクロスを起点に二度も同点に追い付く。今回、美しいゴールを決めたのはマカティアーだった。かくして得点は3‐3となるが、両軍がそれぞれあげた2つのゴールは、

Newcastle for the 4-3 loss to Liverpool in 1995/96

ニューカッスル・ユナイテッド ◎ 1995/96 シーズン

シーズン終盤、リヴァプール戦で3－4で敗れた際の布陣。基本は4－4－2だが、左サイドのジノラはウイングポジションに張り出し、3人目のアタッカーとして機能している。キーガンは中盤や守備陣にも攻撃的な選手を多数起用し、独自のスタイルを追求し続けた

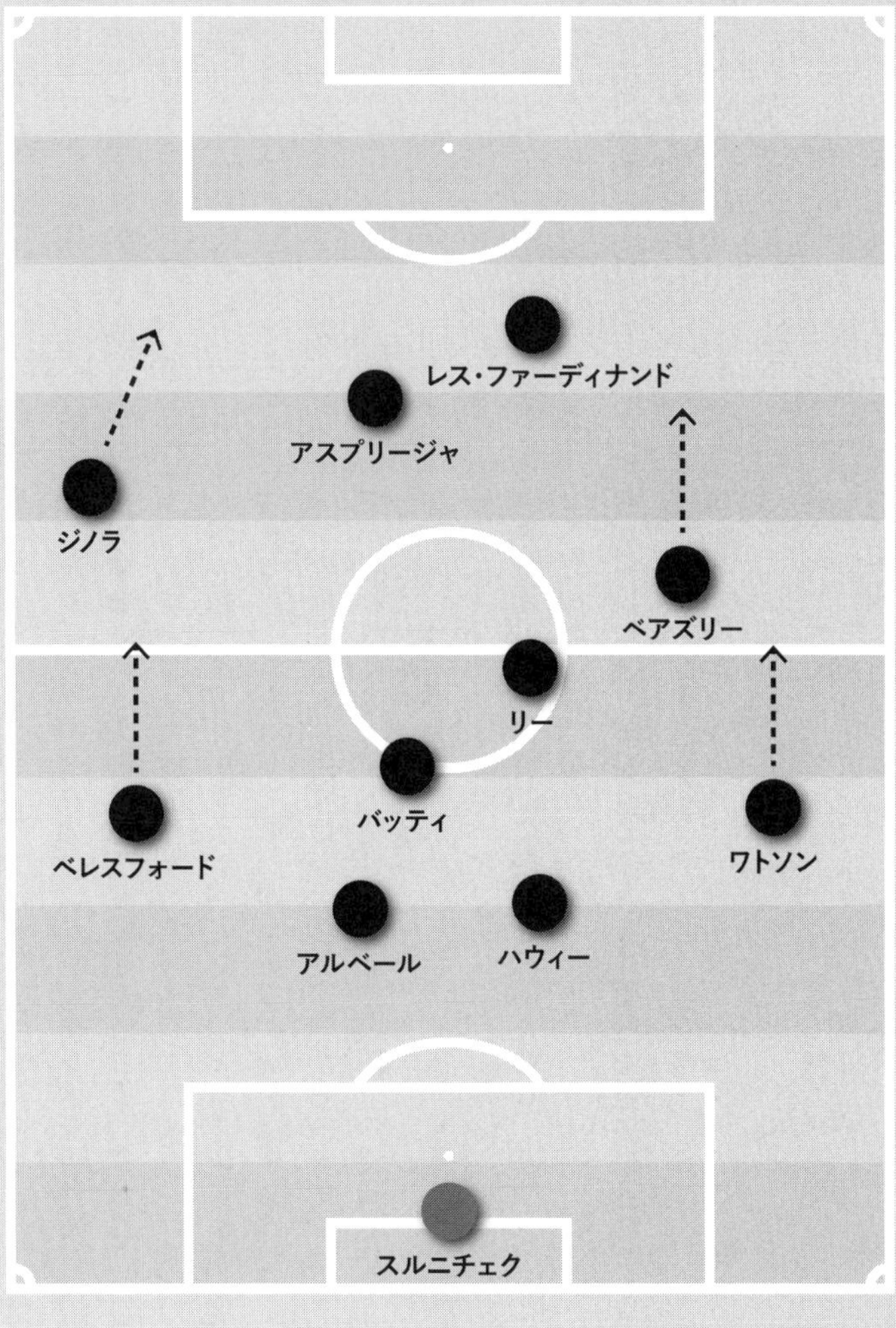

いずれもジノラのポジショニングに起因していると言っていい。ジノラは攻撃で起点になる代わりに、守備をまったくしなかった。

試合終盤、リヴァプールを率いるエヴァンスは、左ウイングバックのロブ・ジョーンズを下げて、ベテランのストライカーであるイアン・ラッシュを投入するという大胆な選手変更をおこなう。これに合わせてコリモアが左に移動すると、最後の5分間はさらにオープンな展開になった。

だが最終的に勝利を手にしたのはリヴァプールだった。イアン・ラッシュとジョン・バーンズが中央で絡んだ後、ボールはワイドにいたコリモアに送られる。これをコリモアが叩き込み、決勝点をあげた。

最初から最後まで、アクションに次ぐアクションが展開され、両軍は試合開始2分から92分までゴールを奪い続ける。ニューカッスルは2－1と追いすがられれば3－2と突き放すなど大部分の時間でリードを保ち続けたが結局は追いつかれ、土壇場で逆転を許したのである。

その瞬間、キーガンはピッチ脇の広告看板にがっくりともたれかかった。

皮肉なことに攻撃的なサッカーはキーガンを利さなかった。最終的に勝利を収めたのは、ギャンブルにも似た攻撃的な交代カードを切った、リヴァプールだったからである。

だがキーガンは相手の姿勢を絶賛したし、自らが後世に語り継がれるような攻撃的な戦いに携われたことを素直に喜んでいた。彼は後に振り返っている。

「試合の後、僕はテリー・マックのほうを向いて言ったんだ。『がっかりすべきなんだろうけど、気持ちが高ぶったよ。ぞくぞくしたよ』とね」

■ニューカッスルが残した真のレガシー

ニューカッスルの選手たちは、チームの調子が傾いた理由について、戦術的な観点から様々な説明をしている。

たとえばファーディナンドは、攻撃がアスプリージャを中心に組み立てられるようになったことに不満を抱いていた。ギレスピーは自分が外された結果、ボールをしっかり展開できなくなったと指摘。この点についてはリー・クラークも同意している。右サイドに回されたベアズリーは、ぎこちないプレーに終始したからである。

一方、ゴールキーパーのパベル・スルニチェクは、守備的ミッドフィルダーのバッティが加入したことによって、チームのリズムが狂ったと指摘している。ただし彼はシーズン後半、ニューカッスルが不調に陥ったのは、強豪チームに弱点を見破られたからだという見方にも賛成した。

またジノラが、シーズンの後半に調子を落としたことも目についた。たしかに守備における怠慢さは批判を浴びたが、シーズン序盤のように効率的に攻撃に貢献していたならば、守備の緩さは大きな問題になっていなかったはずだ。

とはいえ様々な問題にもまして命取りになったのは、チームそのものが組織性に欠けていたことだった。このような状況をもたらした原因が、トレーニングで組織的な練習をまったくしなかった事実にあるのは明らかだ。チームが、シンプルでクラシカルな4-4-2を採用しているなら、この方法でも大体の場合は機能する。どの選手も自分がどうやってプレーすればいいかを理解しているからだ。

だが自由放任主義を貫いた場合は状況が異なる。しかもキーガンは突然システムを変更し、従来とは異なるタイプのセンターフォワードや、それまでいなかったような守備的ミッドフィルダーを突如として起用したために、問題をさらに悪化させている。事実、シーズン中には3-5-2のようなシステムを採用し、アルベールをスウィーパーに起用することも二度ほど試みたが、思ったように勝ち点が取れなかったため、この方式もすぐに廃止されている。キーガンは、才能のある選手をそのつど買い漁ってピッチ上に送り出すだけで、あとは自由にプレーさせただけだった。そこには何らの戦術組織もなかったのである。

しかしニューカッスルの物語に、ここでピリオドを打つのは適切ではない。

たしかに彼らは、プレミアリーグ制覇にあと一歩及ばなかったが、敗れゆく過程でまばゆい輝きを放ったからだ。

選手たちは地元の英雄であり続けたし、チームそのものもイングランド全土で称賛され続けた。ニューカッスルを2部からプレミアリーグの2位にまで引き上げたキーガンの手腕も、過小評価されるべきではない。

戦術的なナイーブさのためにトロフィーを取り損ねたとはいえ、もっとも重要なのは当時、プレミアリーグのほとんどのクラブが採用していたようなオーソドックスな手法で、タイトル獲得の一歩手間にまで近づいたという事実なのである。

1995／96シーズン、プレミアリーグの優勝トロフィーは、イングランドの北東部で授与された。セレモニーがおこなわれたのはニューカッスルではなく、ミドルズブラにおいてだった。マンチェスター・ユナイテッドはアウェーで3‐0の勝利を飾り、優勝チームとしてシーズンを終えている。

だがキーガンは、タイトルを取り逃しても堂々と振る舞い、すぐにマンチェスター・ユナイテッドを祝福。さらに翌シーズンに向けて、こう宣言している。

「チャンピオンズリーグでは、プレミアリーグのすばらしさを表現するよ」

その言葉は、アスプリージャを獲得した際のコメントを連想させるものだった。

「プレミアリーグ、そしてニューカッスル・ユナイテッドにとっても、本当に貴重な選手になるはずだ。僕はそう願っているよ」

これらのコメントには、キーガンという人間の特徴がよく表れている。

アレックス・ファーガソンは「敵か味方か」という発想で考え続けていた。おそらくプレミアリーグ全体の発展など、さほど気にかけていなかっただろう。だがキーガンは異なる。彼は自分のことを、攻撃的サッカーを普及させるための伝道師として捉えていた。

タイトルを取り逃したニューカッスルは、悲願を叶えるべく劇的な策を講じる。移籍金の記録を塗り替えながら、地元出身のアラン・シアラーをブラックバーンから獲得したのである。

ところが翌シーズン、キーガンは半ばまでチームを指揮したところで突然辞任してしまう。その後任についたのは、予想どおりダルグリッシュとなった。

バッティ、シアラー、そしてダルグリッシュを揃えたニューカッスルは、明らかにブラックバーンと同じシナリオを再現しようとしていた。

だが、ニューカッスルの悲願は叶わぬままとなる。プレミアリーグの戦術は、すでに異なる方向へと進化し始めていた。

第2部——テクニックの進化

第４章

ラインの間を突け

「カントナはサポーターから愛された。それはメディアも同じだった。彼は外国から来た人間だし、他の連中と一味違う。誰もが彼に憧れたが、ああいう選手はなかなか手に入らない」

（ロイ・エヴァンス）

■続々と上陸する新たな10番

マンチェスター・ユナイテッドが、エリック・カントナの影響を受けてプレミアリーグに君臨すると、他のクラブも必死にカントナに相当する選手を探すようになった。かくして１９９０年代半ばからは、才能に恵まれてひらめきのあるプレーを見せるものの、調子に波がある「10番」がプレミアリーグに続々と上陸し、明暗を分けていく。

もともとイングランドが海外に目を向けたのは、この手のタイプの選手が国内にいないためだった。かくして、パッとしないプレミアリーグの中堅チームのサポーターも、エキゾチックで謎めいた「ディープ・ライニング・フォワード」の加入に沸き立つようになる。彼らの存在は、より美しく、魅力的なサッカーをチームに植え付けてくれるはずだった。

たとえばイプスウィッチ・タウンは、ブルガリアのボンチョ・ゲンチェフを獲得した。彼はブラックバーン戦ですばらしいオーバーヘッドキックを決め、最初の得点を記録。パスサッカーを浸透させるために、ディフェンスラインと中盤のラインの間にポジション取りをした。

だがプレミアリーグではコンスタントに結果を出すのに苦しみ、短期間、祖国に戻った後、最終的にノンリーグ（アマチュアリーグ）のヘンドンというクラブに移籍。数シーズンプレーした後に、現役を引退している。

その間にはサッカーを一時期離れ、ケンジントンに「ストライカーズ」というブルガリア風のカフェも経営した。ちなみにこのカフェも長続きしなかったが、ボンチョの性分にはあっていたと言えるかもしれない。彼はストライカーではなかったし、ピッチ上でも他の人々にお膳立てをしていたからだ。

サウサンプトンは、小柄ながら桁外れの才能に恵まれたイスラエル人選手、エヤル・ベルコヴィッチに目をつけた。

彼は1996年、マンチェスター・ユナイテッドを6‐3で降した試合でも決定的な仕事をしている。リーグ戦出場2試合目にして、2ゴールと3アシストを決めたのである。

その後もベルコヴィッチは様々なクラブを渡り歩きながら、プレミアリーグで成功を収めた。ただし彼に関してもっともよく知られているのは、ウェストハムの一員としてトレーニングセッションに参加していた際、チームメイトのジョン・ハートソンと喧嘩になり、顔面を蹴られた一件だろう。

ダービー・カウンティは左利きのすばらしいクリエイター、アリョーシャ・アサノヴィッチと契約を結んでいる。彼はクロアチア代表がEURO96で準々決勝に、続く1998年のワールドカップでは準決勝に進出する際にも重要な役割を果たした。またプレミアリーグの歴史の中で、もっとも過小評価された選手だったと言っても過言ではない。彼が10番のユニフォームを身に着けたいと主張したのは、何ら驚くべきことではなかった。

コヴェントリー・シティは、モロッコ人のムスタファ・ハッジと契約した。彼はダイレクトにドリブルを仕掛けていく選手で、見事なパスレンジを誇る選手だった。そしてやはり、10番のユニフォームを受け取っている。

ウェストハムを率いていたハリー・レドナップは、プレミアリーグでは初となる、2名のポルトガル人選手と契約した。ダニとパウロ・フットレである。

ちなみにフットレは、10番のユニフォームを支給されないことに腹を立て、一悶着起こしている。アーセナルとのシーズン開幕戦に先立ち、フットレはウェストハムのキットマン、エディ・ギラムからユニフォームを渡される。ところが16番の背番号を見て、すぐに相手の顔にユニフォームを投げ返した。

プレミアリーグでは、試合ごとに背番号を変更できるようなシステムが廃止され、年間を通して同じ番号を身に付ける方法が採用されていた。またウェストハムの場合では、10番はすでにジョン・モンカーに割り振られていた。

このことを知らなかったフットレは、レドナップに大声で文句を言った。

「フットレは10番！　16番じゃない。エウゼビオは10番！　マラドーナも10番！　ペレも10番！　フットレも10番だ！　16番なんてクソくらえだ！」

これに対してレドナップは、16番のユニフォームを着ろ、それが嫌なら家に帰れと発言。フットレはそのまま自宅に帰ってしまった。

後にフットレは、10番のユニフォームが支給されることは、契約書に明記してあったと主張。これに対してレドナップは、ウェストハムのクラブショップでは、フットレの名前と16番をプリントしたユニフォームを陳列してしまったため、背番号を変更することはできないと苦しい言い訳をする。するとフットレは、すでに16番のユニフォームを購入したサポーターに対しては総額10万ポンド分、自腹を切って返金しようと申し出たのだった。

結局ウェストハムは、背番号を変更する許可をプレミアリーグ側に申請する。一方、フットレは10番を譲ってくれたモンカーに対して、アルガルベにある別荘を2週間ただで提供した。

だが数年後、シェフィールド・ウェンズデイで同じような状況になった際には、似たような揉め事は起きなかった。シェフィールドは、2人のすばらしいイタリア人選手、ベニート・カルボーネと、パオロ・ディ・カーニオを獲得。2人は10番のユニフォームが支給されるべきだとアピールしたが、それぞれ8番と11番のユニフォームで妥協することを余儀なくされている。彼らが欲しがった10番のユニフォームは、さほど華のないアンディ・ブースという選手に与えられた。

■本物の10番が与えたインパクト

話を進めよう。

当時は、テレビで生中継される試合の数は比較的限られていた。BBCの『マッチ・オブ・ザ・デイ』も、いくつかのビッグマッチについては長めのハイライトを放映するものの、それ以外の試合に関してはゴールシーンや、目立ったプレーを紹介するだけだった。

そのため外国から招かれた10番の選手たちは、自分たちの真価を証明するためにも、ずば抜けた個人技を披露して、わかりやすく大衆にアピールしなければならなかった。

事実、1996年11月から1997年8月までの間に、BBCの月間最優秀ゴールに選ばれたのは、10番タイプの選手が決めたゴールばかりである。

その順番は、デニス・ベルカンプ、エリック・カントナ、トレバー・シンクレア、ジャンフランコ・ゾラ、ジュニーニョ、ゾラ、ジュニーニョ、ベルカンプとなる。ちなみにベルカンプは1997年8月に、ベスト3すべてに自分のゴールが選ばれるという記録もつくっている。

有名なオーバーヘッドキックを放ったトレバー・シンクレアを別にすれば、当時のプレミアリーグで最高の見所をつくっていたのは、魔法のようなボールタッチを披露する4人の外国人プレーメイカー、カントナ、ベルカンプ、ゾラ、ジュニーニョによってほぼ独占されていたのである。

これらの選手たちは、所属クラブのプレースタイルをがらりと刷新したが、力をフルに発揮するために、完全に自分たちを中心にした環境も必要としていた。これは各クラブにとって問題となっていく。イングランドのサッカー界にやってきたばかりの「新顔」に依存するのは、危険だと考えられたからである。まして外国から選手を招くこと自体が比較的最近の現象だったため、各クラブは彼らをイングランドに定着させるためのサポートを、極端なほど怠っていた。

道なき道を開拓した先駆者がカントナだとするなら、彼に先導されるように、その後ろに続いたのがベルカンプとゾラだった。

だがカントナと異なり、ベルカンプとゾラはタイトルを狙えるようなチームに加わったわけではない。ベルカンプは1995年の夏にアーセナルと契約を結ぶが、当時のアーセナルは、プレミアリーグを22チーム中12位で終えたばかりだった。ゾラも然り。彼は翌年チェルシーに加入するが、チームの成績は11位だった。

しかしカントナと同様に、ベルカンプとゾラは移籍先のクラブですぐにプラスの効果をもたらしていく。後にマンチェスター・ユナイテッド、アーセナル、チェルシーの3チームは、プレミアリーグの歴史においてもっとも成功を収めたクラブになっていくが、そのルーツの一端は、これら3名のディープ・ライニング・フォワードの獲得にまで遡ることができるのである。

ベルカンプとゾラが、トップクラスのサッカー選手だったことは疑う余地がない。

まずベルカンプは、1993年のバロンドールで2位に輝いていた。1位の座は、当時、世界最高の10番だったロベルト・バッジョに奪われたが、ベルカンプは3位のカントナさえ上回っている。一方、ゾラは1995年の投票で6位に入賞した実績を持っている。

ベルカンプとゾラがヨーロッパ中で高く評価されていたのは、創造性溢れるプレー、チームプレーに徹する無欲な姿勢、そしてラインの間を存分に活用できる空間認知能力の高さだった。

またベルカンプとゾラは、ともにセリエAからプレミアリーグに渡ってきたという点でも共通していた。

ベルカンプがアーセナルに与えた影響は後に明らかになっていくが、彼はなぜプレミアリーグの水が自分にあったのかを簡潔に述べている。

「イングランドの守備陣はいつもフォーバックを採用していたし、4人のディフェンダーが直線上に並んでいた。だから彼らは、背後のスペースを守らなければならなくなる。

イタリアではリベロ（ディフェンダーの背後をケアするスウィーパー）を使っていたけど、イングランドの場合は、2人のセンターバックが2人のストライカーとマッチアップする形になるから、実際には味方をサポートしきれなくなるんだ。

アタッカーの自分にとってはそこがよかった。ラインの間でプレーできることになるからね。相手は守備のラインを崩すことができない。僕はそこを利用したんだ」

■ジャンフランコ・ゾラが放った輝き

ゾラも、同じようなことに気が付いている。

「最初の頃は、イングランドのプレースタイルがオープンだったことがすごく助かった。僕はもっと相手からタイトにマークされる、セリエAからやってきたからね」

そもそもゾラがイングランドにやってきたのは、所属していたパルマの監督は頭が固く、4-4-2を崩そうとしなかったからだった。

なんと、その監督とはカルロ・アンチェロッティだった。アンチェロッティは後に、スーパースターを溢れるほど抱えたヨーロッパ各国のクラブから引っ張りだこになる。その中にはチェルシーも含まれていた。

アンチェロッティがかくも重用されたのは、頭が柔らかく、花形選手を軸にチームを作ることができたからに他ならない。しかし当時のスタンスは、かなり異なっていた。

アンチェロッティは、アリゴ・サッキの下で、イタリア代表のアシスタントコーチを務めたばかりだった。アリゴ・サッキは4‐4‐2でプレッシングをかけていく方法を普及させた、伝説的な指導者である。サッキの影響を受けていたアンチェロッティは、10番の存在を容認すること自体ができなかったし、似たような理由でバッジョの獲得を拒否していた。

結果、アンチェロッティはパルマの監督に就任した際にも、ゾラを10番ではなくワイドのポジションで起用しようとした。だからこそゾラは、ロンドンに到着した際にこう宣言したのである。「僕はイングランドで、本来の役割がこなせると思う」

もともとゾラは、ナポリで修行を積んだ選手だった。そこで彼にアドバイスを与えたのは、考え得る限り最高の師匠だった。ディエゴ・マラドーナである。ゾラ曰く。「僕はディエゴ・マラドーナからすべてを学んだんだ」

マラドーナは強烈なエゴの持ち主として有名だが、チームメイトをやたらと褒めちぎることでも知られていた。しかもゾラを非常にかわいがっていたため、コッパ・イタリアの試合でピサと対戦する際には、ゾラに10番のユニフォームを渡し、自身は代わりに9番を着たほどだった。

当時のチェルシーでは、マーク・ヒューズが10番のユニフォームを身に着けたため、ゾラは25番で手を打たなければならなかった。

だがこの番号は、やがて神聖な数字になっていく。クラブ側は正式に永久欠番にしているわけではないが、ゾラが２００３年にクラブを去って以来、同じ番号を背負った選手は１人もいない。

事実、ゾラのテクニックはずば抜けていた。彼は２‐２の引き分けに終わったエヴァートン戦で、プレミアにおける最初のゴールを記録したが、これも圧巻のフリーキックからもたらされている。プレミアリーグで、彼よりも多くの直接フリーキックを決めたのは、デイヴィッド・ベッカムのみである。

ちなみにゾラは、トレーニンググラウンドでデニス・ワイズと勝負をし、フリーキックのスペシャリストとしての立場を手にしている。

どちらも身長は１６８センチほどなので、おそらく肩車をしたのだろう。２人はクロスバーにソックスを巻き付け、ペナルティエリアの外側からシュートを命中させる競争をしたのである。結果は10対1でゾラの圧勝だった。

このようなテクニックを支えたのが豊富な練習量である。

チェルシーの昔のトレーニンググラウンドはヒースロー空港のそばにあったが、フリーキック練習用の道具がないことに戸惑ったゾラは、自腹を切ってダミーのウォールを購入。何時間もキックに磨きをかけ続けていく。

かといってゾラは、ひ弱なテクニシャンでもなかった。

たしかに彼は小柄で細く、体の作りも華奢だった。スパイクのサイズは23・5センチに過ぎない。身長が高く筋骨隆々としていたカントナとは好対照に思えるが、ゾラはサイズの割にフィジカルが強く、体の使い方も巧みだった。

チェルシーでチームメイトになったグレアム・ル・ソーは、ケニー・ダルグリッシュとともに、体全体を使ってボールをキープするのが一番うまいフォワードだったと証言している。

そしてゾラは何よりも、当時の選手の中でスペースを活用するのがもっとも巧みだった。代表的なのは1997年のFAカップ準決勝、ハイバリーでおこなわれたウィンブルドン戦で決勝点を奪ったシーンである。

もともとゾラは敵のディフェンスに対して高い位置をとっていたが、チームメイトのロベルト・ディ・マッテオがラインの間を移動するのを見ると、敵の右センターバックであるクリスペリーをピッチの手前におびき出す動きを始める。

こうして空いたスペースに走り込むと、今度は左のセンターバックであるディーン・ブラックウェルをカバーに回らせるように仕向ける。

そのうえでゾラは、ディ・マッテオからのパスを足下に受けると、すかさずバックヒールでスペースにボールを出す。そこからターンして自らボールを回収し、ゴールを奪ってみせた。

チェルシーの25番はわずか2、3秒の間にスペースを見つけ出し、活用し、さらに多くのスペースを作り出し、再び活用し、シュートを決めたのである。これは10番の選手が実現し得る、完璧なゴールだった。

「彼はクレバーで小柄で、厄介な相手だった……私が思っていたよりもいい選手だった」

FAカップの準決勝に先立つこと2ヶ月前、しぶしぶこう認めていたのはアレックス・ファーガソンである。ゾラはマンチェスター・ユナイテッドと対戦した際、開始2分で見事なゴールを決めている。右サイドからドリブルを仕掛けた後、左足でシュートを放ってみせた。

「サイドバックを前に押し上げることができるだろうと思っていたが、彼は賢くワイドに開いてプレーしてきた。彼についている頭は優秀だ」

後にライアン・ギグスは、ゾラはスペースを見つけるのがずば抜けてうまかったため、プレミアリーグの中で、唯一マンマークをつけなければならなかった選手だと述べている。

だが、この方法はしばしば失敗に終わっている。

1999年10月におこなわれたチェルシー戦、ファーガソンはギグスを起用できなかったために、フィル・ネヴィルを左ウイングで起用。中央に絞って、ゾラをマンマークしろという指示を出している。結果、ユナイテッドはゾラを封じ込めることができたが、代わりに左サイドに大きなスペースを空けてしまうことになった。

これに気付いたチェルシーの2人の右サイドバック、アルベルト・フェレールと右サイドバックのダン・ペトレスクは、深い位置からクロスを上げて最初の2ゴールをアシストする。試合は最終的にチェルシーの5－0に終わっている。

ここで重要なのは、ゾラがメインストライカーの後方で「自由に動き回る」プレーを許されていたことである。チェルシーはゾラの才能を引き出すため、特にこのようなフォーマットを採用していた。

センターバックのスティーヴ・クラークは、当時のチームトークを今も覚えている。選手たちに出された指示は、「ゾラにボールを預けろ」というシンプルなものだったという。

一方、デニス・ワイズは、ゾラが「サーカスの曲芸馬」だったとするなら、自分は「ロバ」だったと表現。ロバの仕事はただハードワークをすることと、曲芸馬にパスを出すことだったと述べている。

「伝統的に（イングランドのチームは）2人の力強いストライカーと、どっしり構えた2人のミッドフィルダー、そして2人のウインガーで構成されていた」

ゾラは引退後に改めて解説している。「だから、その真ん中にボールを通すようなプレーをまったくしていなかった。むしろやっていたのはボールをサイドに叩いて、背の高い選手にクロスを入れることだったんだ」

■ 4人目の10番、ジュニーニョ

ゾラはカントナやベルカンプと同じように、この悪しき傾向を修正するのに貢献した1人だった。

事実、プレミアリーグの評論家たちは、存在感に満ちていて、試合の流れを自力で変えられる外国産の10番に目を見張っている。

ただし彼らの中には、他に行く場所がなくなり、英国に渡ってきた人物も少なくなかった。

たとえばカントナは、事実上フランスから追放された口だったし、ベルカンプはインテル・ミラノでプレーしていた頃、イタリアのサッカーに馴染めず苦しんだ。ゾラは30歳になったばかりだったが、フォワードとしてのピークの時期が、あと2、3シーズンしか残されていないことを自覚していた。

言葉を換えれば、当時のプレミアリーグは、下り坂にさしかかったトップクラスの選手が向かう場所だというイメージが強かった。

その意味では、この時期にイングランドにやってきたもっとも重要な選手は4人目の10番、ミドルズブラに加入したジュニーニョだったとも言える。

1995年夏、ワールドカップ優勝国であるブラジルは、イングランド、スウェーデン、日本とともにアンブロカップに参加。翌夏に開催されるEURO96のプレ大会としておこなわれたトーナメントで、ジュニーニョは強烈な印象を与えていた。

彼はサッカー界でもっともシンボリックなブラジルの10番をまとい、自分を中心に作られた4－3－1－2システムで躍動する。イングランドに3－1で勝利した試合でも、神がかったプレーを見せた。

まずブラジルの伝統的な「フォルハ・セカ（枯れ葉シュート）」で、フリーキックから先制点を記録した。

トップスピンのかかったボールは突然下に落ち、ゴールキーパーのティム・フラワーズの度肝を抜いている。そもそも当時のブラジル代表では、サイドバックのロベルト・カルロスを差し置いてフリーキックを任されること自体、特筆に値する出来事だった。

一方、ブラジルが記録した2点目は、ジュニーニョのプレーメイカーとしてのスキルを申し分なく示すものとなった。

ラインの間でボールを受け取ったジュニーニョはちらりと顔を上げ、インサイドキックで将来有望なもう1人の若手、ロナウドが走り込むコースにスルーパスを通す。ブラジルの9番は落ち着いてティム・フラワーズをかわすと、無人のネットにボールを流し込んだ。これはロナウドがブラジル代表として記録する62のゴールのうち、記念すべき最初の得点となったが、同時にあらゆる人がジュニーニョのプレーを話題にしている。

この晴れた日の午後、ウェンブリーに設けられたホームチームの側のベンチに座っていたのが、ブライアン・ロブソンだった。

当時、彼はミドルズブラで選手兼監督として活動しながら、イングランド代表監督であるテリー・ヴェナブルズのアシスタントも務めていた。ブラジルの10番のプレーに心を奪われたロブソンは、ミドルズブラの取締役会を説得。アーセナル、インテル、ポルトなどのライバルを差し置いて、ブラジル人との契約にこぎつける。

ミドルズブラのCEOであるキース・ラムは、ジュニーニョを「世界中でもっとも引っ張りだこになっている選手」と評した。

たしかにこの発言は大仰だった。またジュニーニョの獲得に関しては、ミドルズブラが同年の夏に契約したもう1人の大物選手、ニッキー・バンビーよりも移籍金が少なかったというケチもついている。

だがジュニーニョの移籍は、プレミアリーグの歴史においても画期的な出来事だった。

当時のミドルズブラは新たに昇格したばかりだったし、小柄なブラジル人は下り坂どころか、年齢的にもまさにこれから脂が乗るところだったからである。上り調子の選手が、上り調子のリーグにおいて、上り調子のクラブに加入する。1995年に実現した移籍は、まさに一大事件だった。

■ 新天地での日々

ジュニーニョの顔見せは、ミドルズブラで大々的におこなわれた。

ファンはブラジルの旗を持って空港に殺到。新たに建造されたリヴァーサイド・スタジアムでは、さらに多くのファンが大喝采で迎えている。その光景は、ローマ法王の訪問さえ連想させたし、6000人もの人々がスタジアムの内部に移動し、ジュニーニョがロブソンとともに、全身を使いながら巧みにボールを操ってみせる様を堪能している。

彼が臨んだ最初の記者会見では、予想されたとおりの質問が投げかけられている。

「1月にミドルズブラがどれだけ寒くなるのか、彼は知っているんでしょうか?」。あるジャーナリストは、こんなふうに尋ねている。

ジュニーニョは通訳を介して、寒さはそんなにひどくないはずだと主張している。

だが実際には、手袋をしたままプレーする羽目になったためにしばしば批判を受けている。初めて迎えた冬の時期には、足を保温するために新聞紙をスパイクの中に敷き詰めることも余儀なくされた。

一方ロブソンは、同じ質問に対して「強い性格の持ち主だ」と答えている。

この指摘は正しい。

ブラジルサッカーに関しては、コパカバーナの海岸でプレーしながらサッカーを覚えたテクニシャンが、延々とサンバを演奏するような代物だというステレオタイプが根強い。

だが実際には、ブラジルのトップリーグでは恐ろしくアグレッシブなサッカーが繰り広げられている。ディフェンダーがアタッカーの足を残忍に削ってくるだけではない。審判もそれを許容するからだ。実際問題、このような修羅場をくぐってきたブラジル人のトップストライカーは、精神的な強さでもずば抜けている。ジュニーニョにとっても、イングランドに拠点を変えるのは、多くの人が予想したほど難しい仕事ではなかった。

かくしてミドルズブラに加入したジュニーニョは、ロブソンからピッチ上を自由に動き回る特権をすぐに与えられる。彼はリーズとのデビュー戦でも、この特権をフルに活用。右のウイングポジションで先発しながら、すぐに左サイドへと流れていく。さらに前半には2回のキラーパスを通し、ヤン・オーゲ・フィヨルトフトの先制点もお膳立てした。

リーズ側は、当然のようにジュニーニョの足を狙うことで対抗していく。カールトン・パーマーとジョン・ペンバートンは、警告を受けるようなファウルで止めようとしたが、ジュニーニョはひるまなかった。『インディペンデント』紙のマッチレポートは、ジュニーニョの「驚くべき勇気」に言及し、「彼は誰もが思っていたよりも、精神的にタフなのだろう」と締めくくっている。

事実、ジュニーニョはベンチに下がる前にさらに大きな仕事もしている。伝説的なストライカーで、プレミアリーグでもっともパワフルな選手の1人、アンソニー・イエボアに激しいタックルを見舞ったのである。

これでジュニーニョはカードを受けたが、その価値は十分にあった。ミドルズブラのファンもまた、ジュニーニョはガッツを持ち合わせている選手だという証拠を欲しがっていたからだ。

ジュニーニョはあどけない顔をしているだけでなく、細身で非常に小柄だったため、「小さな子供（ジュニア）」などという、重複したニックネームで呼ばれるようになった。彼はイングランドでは力を発揮できないだろうと思われていたが、確実に存在感を発揮していく。さらには荒涼としたイングランド北東部も愛したし、イングランドサッカーそのものも愛するようになった。

クラブ側がイングルビー・バリックという地区にある住居も確保したため、ジュニーニョは家族全員と暮らせるようになった。これも彼がイングランドに定着する助けとなっている。

ジュニーニョの自宅は地元の名所のような存在になり、子供たちはサインをもらうために列を作って外に並ぶようになる。ジュニーニョの母親は子供たちに手作りのクッキーを振る舞ったし、ジュニーニョは時折、ボールを蹴って遊ぶのにも喜んで付き合ってやった。

一方実際の試合では、テクニックをひけらかすのではなく、効率的にさばくことをこころがけた。ジュニーニョはテクニックに長けた選手だったが、ダイレクトにゴールを狙い続けている。

こうして彼はすぐに結果を出し始め、カントナやゾラ、ベルカンプたちと同じレベルの選手であることを証明していく。さらにジュニーニョはブラジルがワールドカップ２００２年大会を制する際にも、重要な役割を果たすことになる。

ジュニーニョがミドルズブラでプレーした2シーズン目、アレックス・ファーガソンは、プレミアリーグのベストプレーヤーだと形容している。後には契約を結ぶことも検討するようになった。

またジュニーニョは3月、ホームでチェルシーに１‐０の勝利を収めた試合では、イングランド時代の最高のプレーも披露している。ゾラをも上回る存在感を発揮し、数多くのチャンスを演出し続けたのである。しかもクレイグ・ハイネットとミッケル・ベックが得点機をふいにし続けたため、最終的にはジュニーニョ本人が勝負にケリを付けた。

ジュニーニョは左に大きく開いた場所でボールを受け取ると、デニス・ワイズとディ・マッテオの間をドリブルですり抜ける。チェルシーの3人目のセントラルミッドフィルダー、クレイグ・バーリーが必死に試みたタックルもかわし、左サイドのスペースにいたデンマーク人のストライカー、ミッケル・ベックにパスを通した。

ベックは一瞬ためを作ってから、チップキックでペナルティエリア内にボールを送り返す。これをダイビングヘッドで決めたのは、よりによって身長168センチのジュニーニョだったのである。

ブラジルからやってきた手品師は、いわゆる「10番」に期待される役割をこなし、対戦相手のミッドフィルダー全員を手玉に取っただけではない。チェルシーのセンターバックに競り勝ち、ヘディングゴールを決めるという「9番」の役割も全うしてみせた。さらにジュニーニョは、イングランドの「4番（守備的ミッドフィルダー）」としての資質も披露している。

「あの時は、何のためにジュニーニョが走っているのかわからなかったよ」

監督のロブソンは試合後に述べている。「でも彼は疲れているようには見えなかったし、ゲームの流れにずっと付いていった……そしてタックルをやり返したんだ！」

■ミドルズブラで起きた奇妙な現象

1シーズン目、ジュニーニョは25番のユニフォームを身にまとっていたが、この2シーズン目には10番を背負うようになった。さらにはプレミアリーグが選ぶ、年間最優秀選手賞にも輝いた。

たしかにこの賞は、PFAやFWA（サッカーライター協会）が選ぶ年間最優秀選手賞ほど権威はなかったかもしれない。だがジュニーニョが与えた影響の大きさを讃えたものだった。

ところがジュニーニョは、ピッチ上で嗚咽《おえつ》しながらシーズンを終えることになる。ミドルズブラは、なんと降格を喫してしまったからである。

皮肉なことに、これはジュニーニョの加入に深く関わっている。ミドルズブラはブラジルの10番を軸にチーム作りをおこなったが、期待されたような結果は得られなかった。

1995年11月、ジュニーニョがミドルズブラでデビューした時点では、チームは優勝候補の2チーム、マンチェスター・ユナイテッドとニューカッスルに敗れただけで6位につけていた。

ところが、ジュニーニョがあれだけ大きなインパクトを与えたにもかかわらず、チーム全体の調子は、急激に下向きになってしまう。シーズンの後半は惨憺たるもので、19戦して2勝しかできなかった。

最終的には12位でシーズンを終えたものの、内容的には中位グループになったというよりも、下位グループを脱したという印象のほうが強い。11位のチェルシーと勝ち点差が7も開いていたのに対して、18位で降格したマンチェスター・シティとの勝ち点差は5しかなかった。

翌1996／97シーズンも、ミドルズブラでは奇妙な現象が起きた。チームは結局、プレミアリーグから降格してしまうが、リーグカップとFAカップでは逆に決勝に進出したのである。

ちなみにミドルズブラは最終的にレスター・シティとチェルシーにそれぞれ敗れ、悲願のビッグタイトルを獲得できなかった。だがジュニーニョは7年後、ミドルズブラがリーグカップを制するのに貢献している。この頃、彼はすでに二度ほど他のクラブに移籍していたが、「ティーサイド」こと、ミドルズブラに戻ってきていた。彼はチームが無冠のままでいる状態に、見て見ぬふりができなかったのである。

たしかにミドルズブラが降格したのは、戦わずして敗れた試合があったことも影響している。12月には選手の半数がインフルエンザにかかり、ブラックバーン戦をキャンセルせざるを得なくなった。

だが戦術的に見た場合、真の要因は別のところにあると言わざるを得ない。

まずミドルズブラは守備がおろそかで、リーグ戦で最多の失点を喫していた。チーム内でも大きな問題が起きていた。特に花形ストライカーのファブリツィオ・ラヴァネッリが、チームの分裂をもたらしていたのである。

ラヴァネッリはクラブを辞めたいと、イタリア語で長々と不満をぶちまけてチームミーティングを中断させたこともあるし、FAカップの決勝前には、ニール・コックスと喧嘩もしている。きっかけとなったのは、右サイドバックのコックスが、ラヴァネッリは先発できるようなコンディションではないと指摘したことだった。

「チームの半数が彼を嫌っていたけれど、逆に半数は気に入っていたんだ」。クレイグ・ハイネットは証言している。「彼は自分が見た中では、トップクラスのフィニッシャーの1人だった。でも彼はまわりにいる人間の気持ちを逆なでしてしまう。やることなすこと、すべて自己中心的だった」

対照的にジュニーニョは、すばらしい才能の持ち主であるだけでなく、チームメイトからも非常に好かれていた。ところが彼もまた、ラヴァネッリとは違う形で問題を引き起こしていた。

カントナやベルカンプ、ゾラのように、彼は敵のディフェンスラインと中盤のライン間に生じるスペースを突くことで存在感を発揮したが、サッカー選手としてのタイプは異なっていた。

ジュニーニョは深い位置に引いたフォワードというよりも、高い位置まで上がるミッドフィルダーだった。またボールを受け取るために、中盤の深い位置まで思い切って下がる場面もしばしば見られた。これらの点で他の10番と異なっていたし、4‐4‐1‐1で深い位置まで引いてくる「ディープ・ライニング・フォワード」としては、必ずしも適していなかったのである。

しかもロブソンは、ジュニーニョがチームに加わった1年目には、ジュニーニョとニック・バーンビーを中心にチームを作るべく、4‐3‐2‐1や3‐4‐2‐1にシステムを変更している。

これは守備陣にとってプラスにならなかった。そもそもラインの間でプレーするのを得意とする選手を同時に起用して、最大限に力を発揮させようとすること自体に無理がある。現にジュニーニョとバーンビーは最高のコンビになるのではなく、過小評価されていたクレイグ・ハイネットという選手と、いいコンビネーションを築いていた。

案の定、バーンビーは18ヶ月後にエヴァートンに移籍してしまう。

結果、ジュニーニョはチーム内で唯一、クリエイティブな役割を受け持つようになり、当然のように調子を上げていく。ダービー・カウンティを6‐1で葬り去った試合などは、ミドルズブラが持っていたポテンシャルを示唆するものとなった。当時、ジュニーニョは次のように語っている。

「今の僕は、ブラジルにいた頃と同じようにいいプレーができている。でもこれは、ベストポジションを見つけたからだと思う」

かくしてジュニーニョは、2シーズン目にしてようやく、自分を完全に軸にしたシステムでプレーできるようになった。

だが彼は疲労の蓄積にも苦しむようになる。ミドルズブラが2つのカップ戦で勝ち進んだことも負担になったし、代表の試合のために南米に移動しなければならなかったことも響いた。ちなみにプレミアリーグのクラブが、この種のような問題に直面するのは初めてのケースだった。

ただしジュニーニョにとって最大の壁となったのは、対戦チームが仕掛けてきたマンマークだった。しかもミドルズブラは、ジュニーニョがマークされた場合の対抗手段、いわゆる「プランB」を用意していなかった。

典型例は、1998年のリーグカップ決勝でレスターに敗れた試合である。

2週間前におこなわれたプレミアリーグの試合では、ジュニーニョはいかんなく存在感を発揮。相手の守備陣を切り裂き、チームを3‐1の勝利に導いている。

これを踏まえ、レスターの監督だったマーティン・オニールは、ウェンブリーでのリーグカップ決勝に向けて、ポンタス・カマルクをマーカー役に起用。ジュニーニョに、徹底的につきまとえと指示している。

オニールは2011年におこなわれたインタビューで、自分は約25年間に及ぶ監督人生において、選手たちに一貫して積極的なサッカーをやらせてきたと述べた。ただしミドルズブラとのリーグカップ決勝だけは、例外だったとも認めている。ジュニーニョを、なんとしても止めなければならないと考えていたからだ。

「2週間前、フィルバート・ストリート（レスターのホームスタジアム）であれだけ好き勝手に走り回られたのだから、マンマークを付けないほうがどうかしているよ」

しかもプレミアリーグの多くの監督たちは、オニールと同じように、「ジュニーニョを止めれば、ミドルズブラを止められる」という発想をしていくようになる。このような戦術も、最終的にミドルズブラの降格を招く要因となった。

■チームの躍進につながらなかった、その他の10番たち

すばらしい才能を持った選手の獲得が、必ずしもチームの成功につながらない。このような現象は、プレミアリーグの中位以下のクラブでは、お馴染みのパターンになった。

たとえばボルトンは、クラブの新記録となる150万ポンドを投じて、ユーゴスラヴィアのプレーメイカー、サシャ・チュルチッチを獲得している。

彼はチェルシー戦で、5人のタックラーを幻惑するような動きで抜き去った後、アラン・トンプソンと

ワンツーを交わしてゴールを決めてみせた。このゴールは1995／96シーズンのベストゴールの1つとなったが、結局ボルトンはシーズンを最下位で終えている。

「僕のまわりにはいつも大勢の人が集まってきた。どこに行ってもファンに愛されたんだ」。チュルチッチは振り返っている。「でも僕の存在は、あまりチームのためにはならなかった。僕はチームプレーヤーじゃなかったからね」

同じ1995／96シーズンには、やはり独創性に溢れるプレーメイカーが、人々の記憶に残るゴールを個人技で決めている。マンチェスター・シティのジョージア人選手、ゲオルギ・キンクラーゼである。

ジュニーニョ同様、キンクラーゼは英国圏のチームとの試合でセンセーショナルなプレーを披露し、白羽の矢を立てられた。当時のプレミアリーグでは、各チームのスカウトが海外に目を向けて選手を発掘するケースはほとんどなかったため、国際試合は人材登用の貴重な機会になっていた。

キンクラーゼは1994年11月におこなわれたEURO96の予選、ウェールズ対ジョージア（当時グルジア）戦で神がかり的なプレーを披露。5‐0で完勝を収めるのに貢献している。

これは衝撃的な結果だった。

ジョージアは独立してからわずか3年しか経っていなかったし、ウェールズ戦の勝利は、同国代表が公式戦で記録した史上初の勝利となったからである。

ただし、それ以上に衝撃を与えたのは、キンクラーゼ個人のパフォーマンスだった。ジョージアは4‐3‐1‐2のシステムを採用し、テムリ・ケツバイアとショタ・アルヴェラーゼの後方に、キンクラーゼを配置。キンクラーゼは試合を牛耳り、国際試合における自身の初ゴールをもぎ取っている。

「こてんぱんにやられたよ」。ウェールズのゴールキーパー、ネヴィル・サウスオールは後に振り返っている。「特にキンクラーゼは別格だったし、ピッチ上の誰よりもはるかに図抜けていた」

翌年の夏におこなわれた同じカードで、キンクラーゼは再び相手を圧倒する。

この際には、25ヤードの距離からサウスオールの頭上を越えていく、信じられないようなチップキックを放ち、両軍を通じて唯一の得点をあげている。ちなみにこの試合がおこなわれたのは、イングランド対ブラジルの親善試合――ジュニーニョがウェンブリーにおいて圧巻のパフォーマンスを見せ、ミドルズブラの関心を射止める4日前のことだった。

かくしてジョージア出身の10番は、様々なクラブから注目されるようになる。

キンクラーゼ自身、レアル・マドリーとアトレティコ・マドリーでテストを受けたが、これが不調に終わると、10番の選手を世界でもっとも崇めるクラブ、アルゼンチンのボカ・ジュニアーズに1ヶ月間のローン契約で加入している。

ボカでは自身にとってのアイドル、マラドーナにも出会ったが結局、正式契約には至らず、最終的にマンチェスター・シティに腰を据えることになった。

■ジョージ・ベスト以来の「ジョージ」

当時、シティは監督がアラン・ボールに代わったばかりだったし、ボールにとってキンクラーゼは、自身が最初に契約を結んだ選手ともなった。

ところが両者は、壊滅的な形でシーズンをスタートしてしまう。

まずボールは一向にチームを勝利に導くことができず、最初の11試合を終えた時点で、勝ち点2、総得点はわずかに3という有様になった。

キンクラーゼ本人も苦しんだ。もともと英語が話せなかった彼は、マンチェスターのホテルで3ヶ月間も1人暮らしを余儀なくされたために、ホームシックにかかったのである。

たとえばジュニーニョの場合は、両親とともにミドルズブラに引っ越したことが功を奏している。事実、キンクラーゼもジョージアの友人2名と母親がマンチェスターに到着すると同時に、調子が上向きになった。母親はジョージア産のコニャックとクルミ、そしてスパイスを持ち込み、キンクラーゼが好きな料理を振る舞うなどして、精神的にサポートしている。

このような状況の中、キンクラーゼは11月にようやく初ゴールを決める。メイン・ロード（マンチェスター・シティの旧スタジアム）でおこなわれたアストン・ヴィラ戦では、終盤に決勝点をあげてチームを1-0の勝利に導いた。

「彼は最初、途方に暮れていたよ」。アラン・ボールは試合後に述べている。「英語はほとんど話せなかったし、イングランドのように相手をタックルでつぶして、やり合ったりするスタイルはまるで馴染みがなかったんだ。でも彼はものすごい才能を持っている」

プレミアリーグにおけるキャリアでもっとも記憶に残るのは、圧巻としか言いようのない2つのゴールシーンである。1つ目は1995年12月、ミドルズブラ戦で先制点を決めたシーンだった。

右サイドでボールを受け取ったキンクラーゼは、ドリブルでインサイド・レフト（ピッチ中央の左前方）のエリアに侵入。鋭い切り返しでフィル・スタンプの内側に切り込むと、細かくボールに触りながらゴール正面まで進み、インサイドキックでファー側のコーナーにボールを叩き込んだ。

ただしこの試合では、最終的に4-1でミドルズブラに軍配が上がっている。ちなみにダメ押しの4点目を決めたのはジュニーニョだった。

キンクラーゼは、3月のサウサンプトン戦でも圧巻のシュートを決めている。このゴールは、後に月間最優秀ゴールにも選ばれた。

すでに至近距離から1点目をもぎ取り、ペナルティエリア外からクロスバーを叩くシュートも放っていたキンクラーゼは、やはり右側でボールを受けると、ゴールに向かって真っ直ぐドリブルを開始。必死にタックルを仕掛けてくる4人の敵をするするとかわして、ペナルティエリアに入っていく。さらにはフェイントでゴールキーパーのデイヴ・ビーサントの姿勢を崩し、最後は軽やかなチップシュートでゴールを決めてみせた。

「これまで見た中では、マラドーナがイングランド相手に決めたにゴールに一番近かった！」。監督のアラン・ボールは熱弁を振るっている。しかもその後、余計な説明まで付け加えた。「手で決めたゴールじゃない。全員をかわして決めたんだ。世間の連中は、なぜわれわれがああいうタイプの選手を連れてきたのかと尋ねてくる。このゴールは最高の答えになったはずだ」

キンクラーゼのプレーは、シティのサポーターも当然のように熱狂させた。

彼らはユナイテッドが君臨する状況と、カントナがカルト的な人気を誇る状況にうんざりしていた。そこに現れたのがキンクラーゼだった。

かくしてシティのサポーターは、「ジョージ・ベスト以来となる、マンチェスターで最高の〝ジョージ〟（ジョージア人）だ」と崇め奉るようになる。

サポーターの愛情は報いられる。当初、キンクラーゼは異国の地に馴染めずに疎外感に苛まれたものの、やがてはマンチェスターの街を愛するようになり、地元の女性と結婚するまでになったのである。

「彼が強いチームでプレーしていたなら」

当時、シティでストライカーを務めていたナイアル・クインは述べている。「選手たちが選ぶ、年間最優秀選手賞を獲得していただろうね。彼はイングランドのサッカー界で、まさに息を呑むようなプレーをしたわけだから。それに彼は好感が持てる人間でもあった……たぶん、英語がまったく話せないことも原因なんだろうけど、親しみやすそうに見えたよ」

当時は「ブリット・ポップ」の最盛期だったし、すばらしいパフォーマンスを見せたキンクラーゼには、オアシスの『ワンダーウォール』という曲のメロディーに乗せたチャント（応援歌）も捧げられている。チャントは「キンキーが走る姿は眩し過ぎて」で始まり、最後はこんな気の利いた歌詞で締めくくられる。

「なんてったって……俺たちにはアラン・ボールがいるってことなんだ」

原曲を書いた人物——シティの熱狂的なファンで、オアシスのソングライターでもあるノエル・ギャラガーは、キンクラーゼを一言で表現してみせた。「自分が見た中でもっとも度肝を抜かれた選手か、もっともすばらしい選手のどっちかだ」

■キンクラーゼが突きつけた戦術的な問題

ちなみにギャラガーは、キンクラーゼはシティを欧州のカップ戦に導くか、さもなければ逆に4部に突き落とす存在になるだろうと予言している。

彼の予言は、ほぼ的中した。キンクラーゼは1997／98シーズンまでシティでプレーしたが、この間チームは、プレミアリーグからディビジョン・ワン（2部）、そしてディビジョン・ツー（3部）へと降格していくからである。

シティが2部へ降格した原因ははっきりしている。監督のアラン・ボールが、完全にキンクラーゼを中心にしたチームづくりをしたことだった。

ウインガーのニッキー・サマービーは、その事実を端的に説明している。

「ボールは彼を愛していたし、ゲオルギ（キンクラーゼ）も間違ったことを一切しなかった。自分自身、

Man City at points in 1995/96 as they attempt to fit in Kinkladze

マンチェスター・シティ ◉ 1995/96 シーズン

監督のボールはキンクラーゼの能力を引き出すべく、ツートップの下に配置。基本システムは4－4－2でありながら、中盤の左サイドが不在になってしまう。外国出身の10番タイプを起用するために、当時は変則的なフォーメーションが採用されるケースが多数見られた

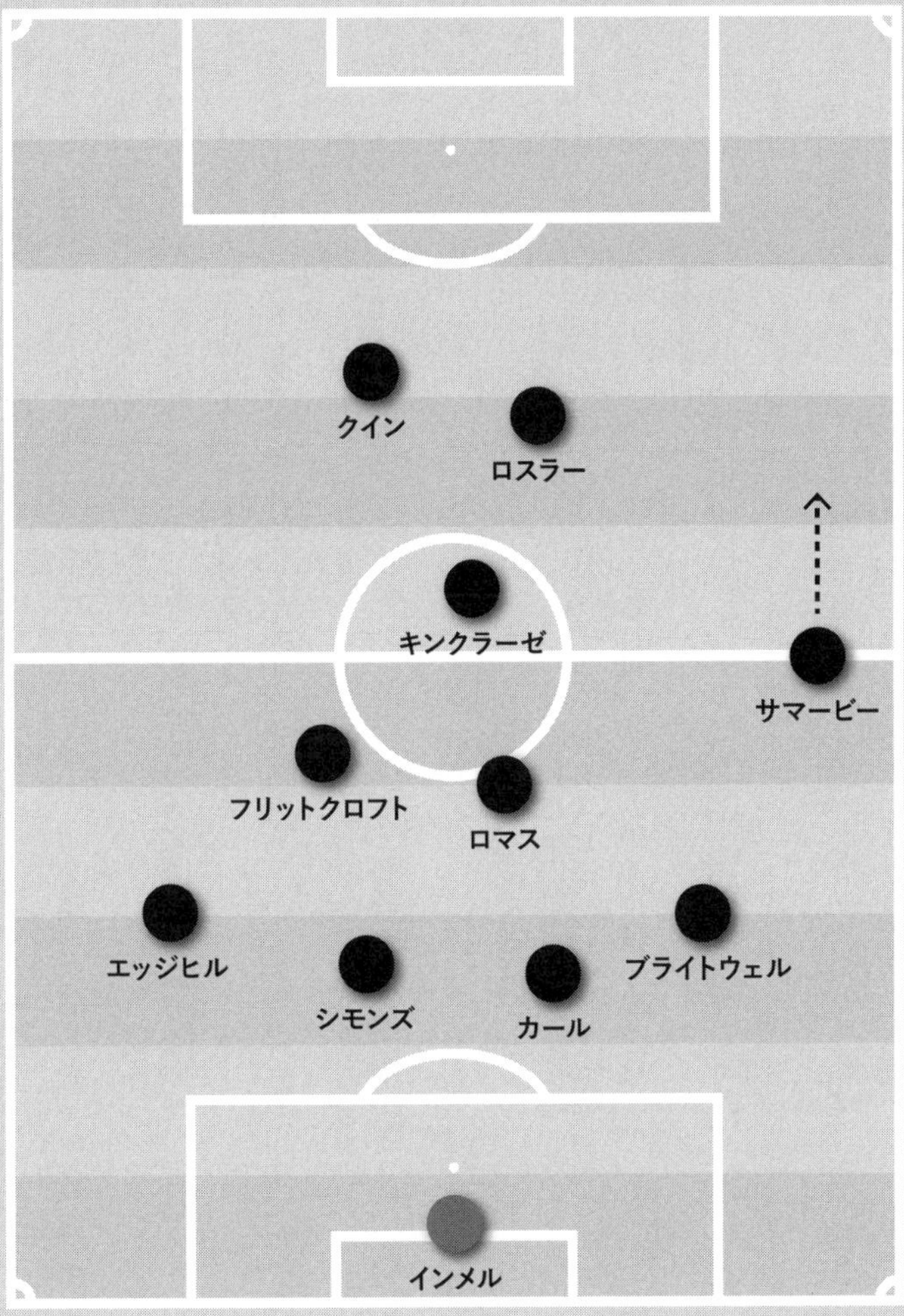

彼とすごくうまくやっていたし、チームメイトも嫉妬したりしなかった。彼がどのくらい才能があるかってことは、誰の目にも明らかだったからね。

でも中には（キンクラーゼを軸にチーム作りをしたことで）アラン・ボールを嫌っている者もいた。ゲオルギ自身は別だけどね。彼は褒められるのが好きだったから。

ゲオルギに関して問題なのは、彼を使うと4-4-2でプレーできなくなることだった。彼の力を最高に引き出すためには、もちろん中盤を走り回せたりすることはできない。

でも（キンクラーゼを10番に起用した状態で）ワイドに2人の選手を配置すると、中盤の真ん中には1人の選手しかいなくなってしまう。

実際、アラン・ボールはひっきりなしにフォーメーションを変えていたよ。自分が何をやっているのか、把握できていなかったのはたしかさ」

シティのキャプテンだったキース・カールは、キンクラーゼがどれほど自由にプレーすることを許されていたのかを、後に証言している。

「あのシーズン、アウェーでアーセナルに負けた試合のことは覚えている。自分たちが奪われた失点の1つは、ゲオルギが相手を追いかけなかったせいで決められた。チームの連中は不満を感じていたし、試合の後で監督に文句を言いにいった連中もいた。

でも監督は『お前たちもゲオルギと同じくらい才能があったら、相手を追いかけ回さなくて済むのにな』と言い返したんだ」

シティが2部に降格した後、アラン・ボールは3試合、指揮を執っただけで解任される。その後任に就いたのはフランク・クラークだったが、クラークも同じようなアプローチを試みてしまう。

「僕はキンクラーゼを中心にチームを作りたかった。彼の才能をもっとも引き出すためには、それが理想的なやり方だからね。彼は信じられないような才能の持ち主だった……ただし彼はボールが足下にない時には、たしかに走りたがらなかった。チーム内には、それなりに反感を持っている者もいたと思う」

結果、クラークもキンクラーゼを活用しようとするあまり、フォーメーションをいじり続けるような状態に陥ってしまう。当初は4‐4‐2を採用として、キンクラーゼをディープ・ライイング・フォワードとして起用したが、次には4‐3‐1‐2に変更し、ツートップの背後に置くようになった。

「キンクラーゼに対応しようとして、自分たちはがんじがらめになってしまった」。クラークは告白している。「あの（4‐3‐1‐2の）システムは、キンクラーゼにぴったりだった。とても自由に動き回れるようになったわけだからね。でも他の選手には合わなかったし、機能しなかった」

彼がチームの主軸になっていったことは、背番号からもうかがえる。

キンクラーゼは当初は7番を着用していたが、皮肉なことにシティが降格した後は、10番を着用するようになっていたのである。

結局、クラークは首になり、今度はジョー・ロイルがチームの指揮を執る。ロイルは前任の監督たちほど夢を追い求めなかったし、現実的な考え方をする人物だった。事実、チームのあり方について取締役会に最初に提言した内容も、きわめて単刀直入なものだった。

「われわれはキンクラーゼを売却すべきだ」

これはキンクラーゼが、もはや特権を与えられた存在ではいられなくなることを意味した。

「キンクラーゼはチームプレーヤーではなかったし、試合中のかなりの時間、プレーに絡まなくなってしまう悪い癖があった」。ロイルは指摘している。「キンクラーゼの存在は、サポーターにとって唯一の明るい材料になっていたかもしれない。だが自分にとっては大きなマイナスだったんだ」

結局、キンクラーゼはヨーロッパ大陸側のビッグクラブ、オランダのアヤックスに売却されるが、それも本人にとっては奏効しなかった。

たしかにアヤックスはテクニックのある選手を好むクラブだが、システムは4‐3‐3を採用している。監督のヤン・ボウタースにしてみれば、ジョージア出身の10番を起用できるスペースなど、ピッチ上にはどこにも残っていなかった。

「僕はマラドーナのような選手にだってなれたのに、彼は僕に合わせてシステムを変更してくれなかった」。キンクラーゼは、不満を口にしている。

いずれにしても、キンクラーゼを巡る一件が示唆するものは明らかだ。

彼は自分の扱いに欲求不満を抱え続ける天才プレーヤーの典型だったたし、10番を軸にチーム作りをする危険性も示したと言える。

事実、この頃になると各クラブの監督たちは、キンクラーゼのようなタイプと付き合うのに疲れ果ててしまっていた。才気あふれる10番がが活躍するためには、シティのアラン・ボールのような監督こそが必要だったのである。

■イングランドにすでに存在していた、希少な10番

もともとアラン・ボールは、甲高い声と赤毛の髪、平たいハンチング帽、そして何よりも、1966年のワールドカップ決勝で大活躍した選手として有名だった。

現役時代の彼は、イングランドで白いスパイクを最初に履いた選手としても知られていた。これは彼が才気溢れる選手だったことを、何よりも雄弁に物語る。

アラン・ボールは明らかに、現役時代の自分と似たような選手を欲しがるタイプだった。

現にシティの監督としてキンクラーゼを獲得する以前、サウサンプトンを1シーズン半にわたって率いていた頃には、当時のイングランドサッカー界が擁していたもっとも正統派の10番、マット・ル・ティシエも絶賛していた。

優勝を狙えるチームでプレーしている選手は憎しみの対象ともなるが、ル・ティシエはこのようなしがらみとも無縁だったため、イングランド国内でもっとも人気のある選手になっていた。また彼は月間の最優秀ゴールでも、コンスタントに1位に輝いていた。

事実、彼は信じられないようなゴールを、しかも様々なパターンで決めている。ウィンブルドン戦でフリーキックを与えられた場面では、味方が戻したボールを軽く蹴り上げてから、ボレーシュートを叩き込んでみせた。

ニューカッスル戦でのゴールも、語り草になっている。

この際には味方のパスを踵の後ろでトラップしながら前に進み、次に足先で2回連続してボールを浮かせながら2人のディフェンダーを抜き、やはりボレーシュートを放っている。

ブラックバーン戦では35ヤードの距離から、ゴールキーパーのティム・フラワーズをループシュートでかわしたこともあったし、マンチェスター・ユナイテッド戦では、25ヤードの距離からピーター・シュマイケル相手にチップシュートを決めている。

これらの例からもわかるように、ル・ティシエはイングランド代表でもレギュラーに定着できるだけの天性の資質を十分に持っていた。

だが彼は、一種の異分子的な扱いを受けていた。

ガーンジー島（イギリス海峡にある英国領の島。地理的にはフランスに非常に近い）で生まれた彼は、名字そのものも明らかに英国風ではなかった。現に若い頃には、フランスのサッカー界が興味を示してきたこともある。当時、フランス代表のアシスタントマネージャーを務めていたのは、カントナのようなタイプの選手を高く評価していたジェラール・ウリエだった。ウリエは父親にコンタクトし、フランス系の親戚はいないかとわざわざ尋ねてきたという。

話をアラン・ボールとル・ティシエに戻そう。

ボールは降格圏で苦しんでいたサウサンプトンの監督に就任すると、すぐにル・ティシエに対する思い入れを公言するようになる。

最初のトレーニングセッションでは、アシスタントマネージャーのローリー・マクメネミーとともに、トレーニングピッチにル・ティシエ以外の10人の選手を集め、守備の陣形に配置している。

この時ル・ティシエは、前監督のイアン・ブランフット時代にしばしば経験したように、また自分が邪魔者扱いされるのだろうかと不安に感じたという。ところが次に起きた出来事は真逆だった。

アラン・ボールは最後にル・ティシエを連れていくと、他の10人の選手に向かって、こう宣言したのだった。

「彼は君たちのチームにいる最高の選手だ。できるだけボールを渡すんだ。そうすれば勝利をプレゼントしてくれる」

謙虚なル・ティシエは、自分が持ち上げられたことに少し居心地の悪さを感じたというが、監督に重用されたことで一気に自信を深める。現にボールの下で出場した最初の4試合では、6ゴールを決める活躍を見せた。

このような厚遇は、個人的な関係にも及ぶ。たとえばファーガソンが、ピッチを離れたところでもカントナの行動を大目に見たように、ル・ティシエは特別扱いを受けた。

北アイルランドに遠征したプレシーズンツアーの途中、サウサンプトンの選手たちはゴルフを予定していたが、アラン・ボールは地元のパブに行くように指示する。

だが、これは誤った判断だった。ボールが先にホテルに戻ると、選手たちは延々と酒盛りを始め、やがてはナイトクラブにも繰り出していく。

選手たちがホテルに戻ってきたのは午前2時。翌日の午前中におこなわれたトレーニングセッションでも、二日酔いの状態だった。ボールは激怒し、デイヴ・ビーサント、イアン・ダウィー、そしてジム・マギルトンを怒鳴りつけ、部屋に帰って寝ろと送り返した。この際ボールはル・ティシエをピッチ脇に連れ出し、こう告げたのだった。

「あのざまを見るといい。うちのベテラン連中は悪い見本になっている……君はすばらしいプレーをしているんだから、好きなようにしていいぞ！」

ちなみにル・ティシエは、酒の好みを巡ってチームメイトにいつもからかわれていた。彼はビールを嗜まず、代わりにコーラとリキュールを合わせたカクテルを好んでいたからである。

ただしこれは彼が画期的な、一歩進んだ食事を実践していたからではない。現に彼は、トレーニングセッションの前にソーセージとエッグ・マックマフィンを頬張っていたことや、ナイトゲームの前にはフィッシュ・アンド・チップスを腹に詰め込んでいたことを認めている。

またル・ティシエは体力があるほうでも、ハードワークをするタイプでもなかった。このためアラン・ボールに代わって、ゴードン・ストラカンが監督に就任すると、特別扱いを許されなくなっている。

ル・ティシエは、キャリアの後年に起きた一件を覚えていた。ストラカンは、攻撃から人一倍のろのろと歩いて戻るル・ティシエに腹を立て、テクニカルエリアから怒鳴りつけたという。

「マット！　エンジンをかけろ！　ベンチに下げるぞ！」

■破れたイングランド代表の夢

「ボールがいた18ヶ月は、僕のキャリアの中で一番いい時期だった」。ル・ティシエは当時をこんなふうに振り返っている。「彼は僕を中心にしてチームを作ってくれたんだ。僕をチームの中に組み込もうとする代わりにね」

ル・ティシエはフォワードというよりも、攻撃的なミッドフィルダーとしてプレーしていた。だがアラン・ボールの下で出場した試合では、すべての大会を通算して64試合に出場し、45ものゴールを記録している。しかもその大半は、見事なゴールだった。

またアラン・ボールは、シーズン途中から指揮を執った1年目には、チームを最終的に降格圏から脱出させている。続く2シーズン目は、浮き沈みはあったものの10位でシーズンを終え、マンチェスター・シティに迎えられていく。

この間、攻撃陣の中軸となったのがル・ティシエであることは繰り返すまでもない。

当然、サッカー関係者の間では代表入りも噂されたが、不運なことにイングランド代表を率いていた監督たちは、アラン・ボールと異なり、ル・ティシエの能力を絶賛したわけではなかった。当時は彼のような10番タイプそのものが、まだ疑いの目で見られていたからである。

しかも、このような傾向は、才気溢れる選手を評価したテリー・ヴェナブルズや、グレン・ホドルのような監督にさえ見られた。今やイングランドのサッカー界は、外国からやってきた10番を崇めるようになったにもかかわらず、「国産の10番」は信頼していなかったのである。

かくしてル・ティシエは、1990年代に10番の選手たちがこぼしたのと同じような不満を口にすることになる。「イングランドの代表監督たちは、僕に合わせてフォーメーションを変えるような勇気を持っていなかったんだと思う」

とはいえル・ティシエが少年時代に憧れたグレン・ホドルは、彼にチャンスも与えている。現に1997年のワールドカップ予選でイタリアと対戦した際には、流動的な3-4-2-1を採用。アラン・シアラーの後ろに、ル・ティシエとリヴァプールのスティーヴ・マクマナマンを配置する形を採っている。

ところが試合は0-1に終わり、イングランドはウェンブリーでおこなったワールドカップ予選で、史上初となる敗戦を喫してしまう。

この試合は、ル・ティシエという謎めいた選手の特徴が端的に表れた内容となった。

彼はルーズボールへの対応でも相手に出遅れたし、絶えずボールを奪われ続けた。またプレーそのものからも、躍動感が感じられなかった。これは同じ役割をイタリアで受け持ったゾラが、常に走り回りながらすばらしいプレーを披露したのとは対照的である。ゾラはフォワードのパートナーよりも一歩前に走り込み、両軍を通じて唯一のゴールも決めている。

ただし、このような不甲斐ないプレーにもかかわらず、ル・ティシエがイングランド代表に得点をもたらしかけた場面もみられた。このようなシーンは、ホドルの起用にも応えるものだった。

「(ル・ティシエを起用するのは) ギャンブルじゃない。厳しい試合になるという予感があったし、(守備の)鍵をこじ開けなければならないと思っていたんだ」。ホドルは試合後に述べている。「ル・ティシエには才能があるし、そういうプレーができるはずだった」

ところがホドルは、本当の意味では才能を評価しなかった。おそらく彼が信を寄せる占い師も、助言を与えなかったのだろう。最終的にホドルは、1998年のワールドカップに向けた30人の予備招集メンバーから、ル・ティシエを外すことを決断する。

しかも１９９０年代のプレミアリーグが輩出した国産の最高の10番は、衝撃的な一報をまさに１９９０代らしい方法で知ることになった。彼は携帯電話のＳＭＳで落選を知らされたのである。ル・ティシエは、この痛手から精神的に立ち直れなかったことを認めている。

イングランドサッカー界は、10番の選手がもたらすクオリティを評価する術を知るようになっていた。だが戦術的には、大部分のチームがいまだに様々なスタイルの４‐４‐２に固執していた。10番の選手はフォワードでもなければミッドフィルダーでもなく、中間にいるタイプとして位置づけられる。だが実際には、そのいずれかに分類されていた。このような状況も、４‐４‐２へのこだわりがもたらした結果だった。

カントナ、ベルカンプ、ゾラのようなフォワード出身の10番は、深く引いてくることで活躍し、チームのシステムを４‐４‐１‐１に変更させている。

だがジュニーニョ、キンクラーゼ、そしてル・ティシエのような攻撃的ミッドフィルダータイプの10番は、チームを戦術的に発展させるというよりも、むしろ戦術的な問題を招いてしまった。彼らはイングランドの選手が慣れていないような、より特殊なフォーメーションを必要としていたからだ。

プレミアリーグは、個々の人材のレベルでは進化を続けていた。だが戦術そのものに関しては、まだ進化を遂げていなかったのである。

第5章

Arsènal（アーセンナル）

「ヴェンゲルはイングランドのサッカーについて何もわかっていない。彼はビッククラブ――まあ、アーセナルは昔のビッグクラブだが――にやって来たわけだが、いかんせん素人だ。意見するのは、日本サッカーのことだけにしておいたほうがいい」

（アレックス・ファーガソン）

■アーセナルの革命を先導したデイヴィッド・ディーン

草創期のプレミアリーグにおいて起きた革命の大きさを、もっとも象徴するのはアーセナルである。新たなリーグが結成された際、アーセナルはイングランドサッカー界でもっとも伝統的にして、保守的なクラブだった。

会長はクリケットを愛する家庭の出身で、イートン校の卒業生。ハイバリースタジアムの美しく、クラシカルな大理石のホールは、紛れもなくビッククラブであることを示す一方、前時代的な体質も浮き彫りにしていた。

サッカーも然り。チームは古い世代のイングランド人選手から構成されていたし、オフサイド・トラップを駆使することと、1‐0で勝利するパターンでもっともよく知られていた。試合の際には敵のファンから、「退屈な、退屈なアーセナル」と野次られるのがお決まりになっていた。

ところが、プレミアリーグが始まってからわずか6年後には、アーセナルは未来のサッカーを体現するモデルとなっていた。彼らはリーグでもっとも魅力的なサッカーをするチームとなったし、生理学的にももっとも先進的な手法を採用したクラブとなった。

さらに移籍市場においては、他人の手垢がついていなかったヨーロッパの周辺国から選手を集めただけでなく、外国人（非英国圏）監督を擁して、イングランドのトップリーグを制した最初のクラブともなる。その人物こそアーセン・ヴェンゲルだった。

だがアーセナルで起きた革命は、ヴェンゲルだけがもたらしたものではない。

もともとアーセナルは、前任のジョージ・グラハムが指揮した8年間も絶大な成功を収めていた。グラハムは二度のリーグタイトルと、一度のヨーロッパ・カップ・ウィナーズ・カップ優勝を含め、ビッグタイトルを六度も制した。

ところが彼は1994／95シーズンの途中で、エージェントから不正な金を受け取ったことが発覚し、突如として解任されてしまう。そこでアーセナルの副会長であるデイヴィッド・ディーンが白羽の矢を立てたのが、かつてモナコを率いたヴェンゲルだった。

そもそもディーンは6年前、ハイバリーで偶然にヴェンゲルと出会っていたし、改革の必要性を認識していた。その意味で彼は、イングランドのクラブで要職を務めるほとんどのディレクターと一線を画していたとも言える。他の同業者は、自分と同じような考え方をする人間ばかりでまわりを固め、非常に小さな世界に閉じこもっていたからだ。

またディーンはサッカー協会でも要職に就いていたため、頻繁に海外も視察に訪れていた。そしてそのたびに、イングランドのサッカーがいかに時代遅れになっているのかを痛感するようになった。

ただし、ジョージ・グラハムが解任された直後は、革命を実行に移すことができなかった。ヴェンゲルは日本に渡り、名古屋グランパスエイトを率いることを決断したからである。

当時の日本はサッカー界では完全な後進国であり、ワールドカップの本大会に出場した経験もなかった。

だが日本のサッカー界は、壮大な100年計画を立ち上げたばかりだった。ヴェンゲルは、未来を見据えたこの長期的なプロジェクトにも深く結びついていた。

■影のキーマン、ブルース・リオック

ヴェンゲルをすぐには監督に起用できないことがわかると、ディーンは代わりにブルース・リオックを任命する。

これはきわめてリスクの少ない選択肢だった。リオックには、ジョージ・グラハムを幾分連想させるところもあったからである。両者は現役時代、ともに元スコットランド代表としてもプレーしたミッドフィルダーだったし、厳格なディシプリンを重視することでも共通していた。

リオックは1年間しか指揮を執らなかったが、ベテラン選手に冷や飯を食わしたため、チーム内部でトラブルを抱えることになる。だが1995／96シーズンのプレミアリーグは見事に5位で終え、つなぎ役をしっかりと果たしている。

それ以上に重要だったのは、ヴェンゲル革命への布石を築いたことである。

リオックはチームにパスサッカーを導入している。これはジョージ・グラハムのアプローチと明らかに異なっていた。グラハムはアーセナル監督時代の晩年、ますますダイレクトなプレースタイルを好むようになっていたからだ。

対照的にリオックは、2つの大きな目標を掲げている。

1つ目は（ロングボールを放り込むのではなく）バックラインから攻撃を組み立てていくこととこと。2つ目はイアン・ライトの得点力に依存した状態を軽減していくことだった。

「（リオック）ブルースは、もっと中盤でパスをつなげさせようとしたんだ」。ゴールキーパーのデイヴィッド・シーマンは語っている。「もしもっと長く監督をしていたら、チーム全体のプレーの仕方を徐々に変えていったはずさ。後でアーセン・ヴェンゲルがやったようにね」

イングランド代表キャプテンのデイヴィッド・プラットも、リオックを讃えている。

彼はベルカンプが加入した直後にアーセナルにやってきた選手で、セリエA時代はジョバンニ・トラパットーニとスヴェン＝ゴラン・エリクソンのような、名だたる監督の下でプレーした経験を持っていた。だがリオックについても、「いかなるプレーをすべきかというビジョンに関して深く感銘を受けた」と評している。

一方、ディフェンダーのマーティン・キーオンは、ジョージ・グラハムとの違いを強調している。

「ジョージ（グラハム）の下では、ボールを奪い返すことが重視されていた。チーム全体でプレスをかけ、相手のスペースを消し、できるだけオフサイドを取ることが重視されていた……でもブルース（リオック）は、パスサッカーを導入するところから始めたんだ。ジョージの時には、ボールを奪い返すための練習をしていたけど、今度はボールをキープするための練習をするようになったんだ」

■デニス・ベルカンプの加入

リオックはひらめきのあるプレーをする選手を絶賛していたし、クラブの取締役会もこれに応えて、選手の補強をおこなう。アーセナルが是が非でも必要としていた、サッカーのスタイルを根本から変えていける選手を獲得したのである。それがデニス・ベルカンプだった。

エリック・カントナ同様、ベルカンプはプレミアリーグのプレースタイルに、もっとも大きな影響を与えることになる。

興味深いことに、状況がほんの少しだけ違っていたならば、カントナとベルカンプはそれぞれ逆のクラブに加入していた可能性もある。アレックス・ファーガソンは、最終的にカントナを獲得したが、その前にはベルカンプ獲得の可能性を探っていたからである。逆にカントナはリーズを去る際に、マンチェスター・ユナイテッドやリヴァプールと並んで、アーセナルへの移籍も希望していたとされる。

カントナとベルカンプは、別の縁でも結ばれていた。

カントナは1993年のバロンドールで3位に輝いたが、その際にロベルト・バッジョに次ぐ2位となったのがベルカンプだった。カントナは、アヤックスに所属していたベルカンプをわざわざ讃えている。それはカントナが、自分に近いものをベルカンプに見ていたからに他ならない。

この年、ベルカンプはアヤックスを離れて、インテル・ミラノに加入している。

ベルカンプの獲得は、クラブ側にとって特別な意味を持っていた。当時、インテルは守備的で魅力のないサッカーをするチームから、より美しく、魅力的なサッカーをするチームへの脱却を必死に図っていたからである。

インテルは同じ街のライバル、ACミランばかりが称賛を浴びる状況にうんざりしていた。

当時のミランは、アリゴ・サッキが導入した革命的なプレッシング戦術と、3人のすばらしいオランダ人選手（マルコ・ファン・バステン、フランク・ライカールト、ルート・フリット）の存在によって、ヨーロッパでもっとも有名なチームに成長していた。

たしかにインテルもドイツ人トリオ（ユルゲン・クリンスマン、アンドレア・ブレーメ、ローター・マテウス）を起用して、ACミランに対抗することを試みた。

だが当時、オランダ人のサッカー選手とドイツ人のサッカー選手が醸し出すイメージには、相当な違いがあった。前者が知的で、クリエイティブでダイナミックなプレーを連想させたのに対して、後者は効率の良さや容赦のなさ、退屈なプレーをする選手というイメージが強かったからである。

かくしてインテルは、より洗練されたチームを目指すべく、自分たちもオランダ人の選手と契約を結ぶことを決定する。そこで迎えられたのがベルカンプであり、アヤックスのチームメイトであるヴィム・ヨンクだった。

だがインテルでは、期待されたような革命は一切起きなかった。

しかも期待はずれの結果が続くと、チームは一転してさらに守備的な戦い方をするようになり、ついには監督も解任してしまう。

結果、ベルカンプは攻撃陣を結びつけるという、本来の役割が果たせなくなっていく。事実、彼は2シーズン、セリエAに在籍したが、合計して11得点しか奪うことができなかった。

そのような経緯を考えれば、テクニカルなサッカーへの脱皮を図っていたチームと再び契約したのは非常に興味深い。現役を引退後、ベルカンプはアーセナルにおいて革命の旗手になろうと、決意を抱いていたことを告白している。

「ミランやバルセロナではなく、インテルを選んだ時と同じように、僕はこう思ったんだ。『自分のようなタイプの選手はアーセナルにいない。だからこれが僕のプレースタイルだと、世間の人たちにアピールできるかもしれない』とね」

むろん、アーセナル側にも心に期するものがあった。

以前のアーセナルは、選手の獲得に高額を投資するのを渋る傾向が強かった。このためプレミアリーグ発足からの最初の3シーズンは、トップクラスの選手の獲得に失敗している。

だが今回は、クラブの記録を3倍上回る額でベルカンプの獲得に踏み切る。さらにポール・マーソンが着用していた10番のユニフォームを、ベルカンプに支給することまでおこなった。

ちなみにベルカンプの獲得契約が決まった際、『インディペンデント』紙は次のような見出しを打っている。「リオックはベルカンプと契約し、新時代の到来を告げた」

今にして思えば、この見出しは非常に先見の明があったが、当時は懐疑論も存在した。イングランド代表の左サイドバックであるスチュアート・ピアースは、「とんでもないギャンブルだ」と発言。評論家たちは、ベルカンプが初得点をあげるまでに7試合もかかったことを踏まえて、獲得に疑問を投げかけた。一方、トッテナムの会長であるアラン・シュガーは、アーセナルにとって「整形手術」のようなものに過ぎないと腐している。

だが実際には、ベルカンプの移籍は「脳移植」のような効果をもたらしていく。

「トレーニングに対する、チーム全体の姿勢を変えてくれたのは彼だった」

レイ・パーラーは証言している。「1日目の態度から、まさに目からウロコが落ちるようだったよ。『待てよ、自分もここでもっと努力しないと』と、思わせてくれたんだ」

中でもリオックは、とりわけベルカンプを手厚くサポートした。

アーセナルで試合に出場し始めたばかりの頃、ベルカンプが批判を受けた際には断固として擁護したし、チームメイトに対しては、彼をラインの間でプレーさせろと指示している。当時のアーセナルでは、ベルカンプ、デイヴィッド・プラット、そしてポール・マーソンが似たような役割をこなしており、ラインの間のスペースが混み合うことも、しばしばあったにもかかわらずである。

ベルカンプの加入は、戦術面でも大きな転機となった。

以前のアーセナルは、フォワードのイアン・ライトめがけて、ひっきりなしにロングボールを放り込むようなサッカーをしていた。それがついに変わり始めたからである。

たしかに1シーズン目のベルカンプは、調子が安定しなかったたし、前評判の高さに比べれば、ごくごく控えめな成績に終わっている。

だが彼は間違いなく、アーセナルのサッカーを変え、チームメイトの力を最大限に引き出していく触媒となった。そこで彼がこなしたのが「10番」の役割だった。

もともとベルカンプは、エールディビジ（オランダリーグ）で三度、得点王に輝いた実績を誇っていたが、プレミアリーグに来たことで、自分の役割が点取り屋からアシスト役に変わったと述べている。事実、彼はプレミアリーグで通算87ゴールを決めたが、アシスト数は93で上回っている。

ベルカンプを除けば、プレミアリーグで50得点以上を記録した選手の中で、アシスト数がゴール数を上回ったのは、いずれもミッドフィルダーである（ライアン・ギグス、デイヴィッド・ベッカム、ダミアン・ダフ、ガレス・バリー、ダニー・マーフィー）。このような事実は、カントナと同様に、ベルカンプがいかにチームメイトのアシスト役をこなしたかを物語る。

ベルカンプとカントナには、他にも多くの共通点があった。

ベルカンプもまた完璧主義者でもあり、全体練習が終わった後、飽きることなく自分のテクニックを磨き続けた。一見、シンプルなパスを繰り返し練習し続けることによって、自分たちが目指すべきテクニックやプロ意識の基準を、チーム全体に示していったのである。

サポーターはすぐにベルカンプの能力の高さに気が付いたが、チームメイトはスタンドからは見えにくい要素についても熱っぽく語っている。具体的には、味方が走り込むコースを的確に読んだ上で出されるパスのコースやタイミング、そしてボールの回転といった要素である。

またカントナと同様に、ベルカンプは身体能力も高かった。

この事実はしばしば見落とされるが、彼は密かに足も速かった。

現に2003／04シーズンの開幕前、練習で60メートルのスプリント走をおこなった際には、チーム内で3位になっている。ティエリ・アンリやジャーメイン・ペナントにこそ及ばなかったものの、ベルカンプはアシュリー・コール、ロベール・ピレス、ガエル・クリシー、シルヴァン・ヴィルトールといった面々を上回った。しかもこの時、すでに33歳になっていた。

またカントナやゾラと同様に、ベルカンプは創造的なプレーを持ち味としていたにもかかわらず、驚くべき体の強さも兼ね備えていた。このためアグレッシブにプレーしてくる敵のセンターバックに対しても、しっかり対抗することができた。ベルカンプと対戦した選手たちは、しばしばこの点について触れている。

「世間の人たちは、デニス（ベルカンプ）があんな強さを持っているとは思っていない」

後にチームメイトとなるソル・キャンベルは述べている。「真面目な話、彼は僕が対戦したり一緒にプレーしたりした中で、もっともフィジカルが強い選手だった」

1997／98シーズン序盤、ベルカンプはサウサンプトン戦で、敵の左サイドバック、フランシス・ベナリを腕で払い除けてから鮮やかなロングシュートを決めている。ちなみにベナリは、プレミアリーグでもっとも汚いプレーをするディフェンダーと見なされていた。

さらにベルカンプは、あれだけのテクニックを持っているにもかかわらず、頭に血が上りやすいところもあった。アーセナル時代には4回退場処分を受けたが、そのすべてが一発レッドカードだった。内容は肘打ちと相手を突き飛ばしたファウルが1回ずつ、危険なタックルが2回である。

その意味で「アイスマン」というニックネームには、いつも違和感がつきまとった。むしろニックネームに関して言えば、「空を飛ばないオランダ人」に優るものはないだろう。彼は飛行機嫌いで有名だったからである。

プレーの美しさに関して言えば、ベルカンプはプレミアリーグで最高の選手の1人だったし、アーセナルに在籍していた11年間には、いくつかのすばらしいゴールを決めている。

ベルカンプの十八番は、ペナルティエリアから少しだけ離れたインサイド・レフトのポジションでボールを受け、体を開きながら、ファー側のゴール隅にシュートを決めるプレーだった。彼は18ヶ月の間に、サンダーランド戦、レスター戦、そして1997／98シーズンにおこなわれた二度のバーンズリー戦（ホームとアウェー）で、このパターンから4回得点を記録している。

ベルカンプは、プレミアリーグでもっとも有名な2つのゴールも決めている。

最初のゴールは1997年のレスター戦で記録されたもので、ロングボールを鮮やかに右足のアウトサイドでトラップしてみせると、今度は左足で浮かせながら相手をかわし、冷静にネットを揺らしている。このゴールは翌年夏のワールドカップで披露するプレー、アルゼンチン戦で決勝点を決めたシーンを予感させるものだった。

また2002年のニューカッスル戦では、まさに度肝を抜かれるような先制点を決めている。まずグラウンダーのパスを左足のインサイドでトラップし、敵ディフェンダーのニコス・ダビザズの横をすり抜けるようにボールを出す。次の瞬間にはダビザズに背中を向けるようにしてターンし、相手の脇を抜けてボールを拾い、今度は右足でゴールを奪って見せた。

このゴールがいかに圧巻だったかは、ベルカンプのボールさばきが意図的なものだったか否かというテーマが、長年、議論されたことからもうかがえる。またアーセナルが、エミレーツ・スタジアム（アーセナルの現本拠地）に飾る銅像の制作を依頼した際には、あのゴールシーンを表現することなど不可能だと、彫刻家が愚痴をこぼしたほどだった。

むろん、ファンがこのようなゴールを目撃できたのは、リオックの下でアーセナルへの加入が実現したからに他ならない。

だがベルカンプとリオックは、わずか1年間しか一緒に組めなかった。しかもリオックは1996／97シーズンが開幕する直前、契約更新の2週間前に解任されるという、異例な形でチームを去ることになった。

アーセナルの副会長であり、以前に一度ヴェンゲルの起用を試みたデイヴィッド・ディーンが、ついに意中の人物を招聘したのである。

ただしアーセナルの会長であるピーター・ヒル・ウッドが認めたように、ヒルウッドとディーンは、すでに定期的にヴェンゲルと連絡を取っていた。それどころかヴェンゲルは後に口を滑らせ、自分がベルカンプの獲得に関しても相談を受けていたと発言している。

その意味でリオックは、自らは預かり知らぬまま、監督代行のような役割を務めていたことになる。

だがリオックの貢献は、高く評価されて然るべきだろう。彼はまったく異なる2つの時代、守備的で退屈な試合をするアーセナルと、魅力的なサッカーをするモダンなアーセナルの橋渡し役をこなし、アーセナルで起きた革命の発火点となったからだ。

■ヴェンゲルの前に立ちはだかった、目に見えぬ壁

とはいえ1996年当時、外国人の指導者を起用するのは、きわめてリスクが大きいと考えられていた。たしかにプレミアリーグには、すでに外国人監督が1人指揮を執っていた。オランダ人のルート・フリットが少し前に、チェルシーの監督兼選手に任命されていたのである。

だが、ヴェンゲルとフリットを同列に論じることはできない。

もともとフリットは世界的に名を知られたサッカー選手だったし、プレミアリーグですでにプレーした

経験も持っていた。

だがヴェンゲルの名前は、当然のようにイングランドでは知られていなかった。当時、海外のサッカーが中継される機会はごくわずかで、チャンネル4が『フットボール・イタリア』という番組を放送しているだけだった。インターネットなど普及していなかったことは、指摘するまでもない。

外国人監督に対する警戒心が強かった背景には、別の要因も絡んでいる。

ヴェンゲルが赴任する6年前、アストン・ヴィラは、トップクラブの中で初めて外国人監督を起用している。ドクター・ジョゼフ・ヴェングロシュという、スロバキアの謎めいた人物である。

だがこの試みは惨憺たる結果に終わっている。ヴィラは前年2位でリーグ戦を終えていたにもかかわらず、成績が急降下してしまう。降格した2チームを除けば、下から数えて二番目という順位でリーグ戦を終えている。サッカー関係者の脳裏には、この一件が刻まれていたのである。

そもそもヴェングロシュが採ったアプローチは、イングランドサッカーにはそぐわなかったような印象を受ける。だが実質的には、ヴェンゲルの先駆者ともいうべき存在でもあった。

その理由は、ヴェングロシュが単に外国人監督だったからではない。体育学で博士号まで持っていた彼は、イングランドサッカーそのものを、真にプロフェッショナルなものに変えようと試みたからだ。

「人間がこれほどビールを飲めるとは、想像したことさえなかったよ」

ヴェングロシュは、イングランドにやってきた直後に驚きの言葉を漏らしている。数年後、彼はより示唆に富むコメントを口もしている。「トレーニングの方法論、栄養学、休養のとり方、体の回復のさせ方、そして試合に向けた生理学的なアプローチ。当時、(イングランドでまかり通っていた)いくつかの方法論は、中央ヨーロッパでわれわれがやっていたこととは少し違っていたね」

当時、プレミアリーグの各クラブは、近代的な方法論をうまく導入するために、外国人指導者を喉から手が出るほど必要としていた。

これはアーセナルも例外ではなかった。そこで招かれたのがオランダ人の10番であり、フランス人の指導者だった。デイヴィッド・ディーンは述べている。「アーセン（ヴェンゲル）とデニス（ベルカンプ）のコンビが、アーセナルのカルチャーを変えたんだ」

ヴェンゲルは、プレミアリーグのどの監督ともまるで違っていたし、サッカーの監督というよりは、学校の教師のようだとしばしば評された。現に彼は5つの言語を操り、経済学の学位を持ち、短期間、医学を学んだこともある。

そして何よりも、ヴェンゲルは並外れて冷静な性格の持ち主だった。

最近は短気なところを見せる場面もしばしばあるが、当時の彼は異彩を放っていた。そもそもサッカー監督は、大声でわめき散らし、やたらと熱弁を振るい、年がら年中、腹を立てている人種だと相場が決まっていたからである。

アレックス・ファーガソンなどは、選手に猛烈な「ヘアドライヤー」を吹きかけることで知られていたし、ヴェンゲルが赴任する1年前、チャンネル4は、レイトン・オリエントの監督であるジョン・シットンのドキュメンタリー番組を作ったことさえある。

シットンはドレッシングルームで、自分が率いる選手たちに異様なほど怒鳴り散らすことで有名だった。その様子は番組の中で紹介されている。

「俺がお前らに何かをやれと言ったら、そのとおりにやるんだ。もし文句があるなら、ここで今すぐ片を付けようじゃないか」。彼は2人の選手にわめき散らしている。「わかったか？　なんなら、お前らがタッグを組んでもいいし、誰か別の奴に助っ人を頼んでもいい。それと夕飯を持ってきておいてもいい。ケリがつくまでは日が暮れても帰さないからな」

これが1990年代のサッカー監督だった。だがヴェンゲルは真逆で、ハーフタイムの際には、まず完全に口をつぐみ、静かに気持ちを落ち着かせる時間を設けるようにと命じ、選手たちを仰天させている。

■アーセナルに導入された科学的手法

さらに述べれば、彼は選手たちに夕飯を持ってこいなどと命令することも決してなかった。

ヴェンゲルが与えた大きなインパクトの1つは、選手の食生活を根本的に変えたことだった。

フランス人監督が赴任する前、アーセナルの面々はプレミアリーグの大半のチームと同じように、パブの草サッカーチームが口にするような料理を好んでいた。

トレーニングの前には、フル・イングリッシュ・ブレックファストに舌鼓を打つ。試合前に出される食事には、フィッシュ・アンド・チップス、ステーキ、スクランブルエッグ、トーストにビーンズを載せたメニューが含まれていた。

試合後になると、食事の内容はさらにひどいものになった。

たとえばニューカッスルで試合を終え、長い時間をかけてバスで戻ってくる際には、複数の選手が大食い競争をしたこともある。ダントツで優勝を収めたのは、1人で9人分の夕食を平らげたセンターバックのスティーヴ・ボールドだった。

またトニー・アダムスとレイ・パーラーは、自分たちを野次ってきたトッテナムのサポーターに消火器を噴射して警察沙汰になったこともあるが、この事件はなんとピザハットで起きている。

それ以上に驚きだったのは、2人が口にする食事の量だった。警官がトニー・アダムスの家の外側に車を止めた際、2人はピザだけでは食い足らず、中華のデリバリーも注文していた。

対照的にヴェンゲルは、日本食のヘルシーさに感銘を受けていた。日本のどこにいっても、肥満の人の割合が少ないことに気が付き、日本食を参考にするようになったのである。

彼はアーセナルの監督に就任すると、トレーニンググラウンドにある食堂のメニューの見直しにすぐに着手。スナックやチョコレート、コカコーラを禁止し、選手たちに蒸し魚、茹でた鶏肉、パスタ、そして多くの野菜を摂るように勧めている。

ヴェンゲルの方法は、アウェーの試合に臨む際にも徹底していた。

試合前日にホテルに泊まる際には、ルームサービスの利用を禁じ、ホテル側にはミニバーも空にしておくように依頼している。さらにヴェンゲルは、チームに栄養士を招聘。選手に栄養学を教えたり、食べたものをきちんと消化するために、ゆっくり噛むことのメリットを何度も伝えたりしている。

もちろんヴェンゲルは、選手たちが反発することも予想した上で、賢い対策を講じている。

シーズンが開幕する週には、特に薄味で風味のない料理をわざと用意させたのである。そこで選手たちが不平を言ってくると、ヴェンゲルは譲歩して、トマトケチャップのような調味料を使うことを許可する。こうすれば、いかにも自分が妥協したような印象を与えることができるという計算だった。ちなみにヴェンゲルは常に選手たちとまったく同じものを口にし、自ら手本を示してみせた。

■ 悪名高き「火曜クラブ」

ちなみにこの分野で以前に革新を起こした人物としては、オーストラリア人のクレイグ・ジョンストンもあげることができる。１９８０年代にリヴァプールでプレーしたジョンストンは、サッカー界におけるもっとも知的で、革新的な発想をする人物の1人である。彼は引退後にアディダスのプレデターというスパイクをデザインしたことでも知られる。

ジョンストンはロバート・ハースによって書かれた『イート・トゥ・ウィン（勝利のための食事）』という書籍に触発され、チーム内で出されていたステーキを避けるようになる。代わりに米や、大豆のベーコン、卵を好んで摂るようになった。当初、チームメイトたちは彼をからかったが、やがてジョンストンの驚異的なスタミナに気付き、徐々に同じような食事に切り替えていくことになる。

興味深いことにトニー・アダムスは、自分はアーセナルの2名のチームメイトとともに、ヴェンゲルが赴任する約10年前に前に同じ本を読んだと述べている。

だがアダムスたちは、ヘルシーな食事のメリットに気が付いても、その恩恵に与ろうとしなかった。ピザや中華のテイクアウトも食べていたからである。

しかしヴェンゲルが変えたのは食事だけではなかった。彼は選手たちに、サプリメントを摂るようにも勧めている。これも当時としては異例な発想だった。

かくしてアーセナルでは、トレーニングの前に、テーブルの上にビタミンの錠剤が置かれるようになり、多くの選手たちは筋肉をつけてスタミナを高めるために、クレアチンを摂取するようになった。

ここでもヴェンゲルは専門家を雇って、選手たちに効能を説明させている。

ただし食事の改善はヴェンゲルが課した義務だったのに対して、サプリメントの摂取は選手たちの意思に委ねられた。このためサプリメントに懐疑的だったベルカンプは、何も摂らなかったし、シーマンは食事の改善にだけ取り組み始めた。ただしシーマンも、チームメイトの運動能力が上がってきたのに気付き、後に考え方を改めている。

一方、レイ・パーラーは、ヴェンゲルから与えられたものを、ためらわずに飲むだけだったと認めている。いずれにしてもアーセナルの選手たちのフィジカルが向上しているのは明らかだったため、他のクラブに所属している選手たちは、代表チームに招集された際に、アーセナルの面々にどんな食事をしているのかと尋ねるようになった。

かくしてヴェンゲルが導入した方法は、すぐに模倣されていくことになる。

これで戸惑ったのがヴェンゲル本人だった。彼はアーセナルの選手たちだけに、アドバンテージを維持させたいと考えていたからである。いずれにしてもヴェンゲル発のフランス革命は、自分が率いるクラブだけでなく、こうしてプレミアリーグ全体に伝播していく。

ちなみにヴェンゲルはストラスブール近郊で、両親がパブを営む家庭で育っている。そんな彼が、アーセナルでは当たり前になっていた、パブのメニューのような食事を変えさせたというのは興味深い。

またヴェンゲルの監督就任は、アーセナルに蔓延していた飲酒癖が一掃される時期とも一致していた。プレミアリーグのクラブでは、定期的に酒を呑む習慣が広まっていたが、アーセナルは特に顕著だった。キャプテンのトニー・アダムスは、有名な「火曜クラブ」の座長を務めていた。翌日は休養日だということで安心し、火曜日の練習が終わると大勢の選手が酒を痛飲していたのである。

しかも選手が酒を呑むのは、必ずしも休養日の前だけではなかった。

練習日の前夜に酒を飲むのは当たり前だったし、トレーニングをきちんとやり通すことができれば、二日酔いで姿を現しても、チームメイトから咎められることはなかった。

現にベルカンプは、初めて参加したプレシーズンツアーでスウェーデンを訪れた際に、チームメイトの姿に幻滅したという。夕方、妻と一緒に街を散歩していると、チームの他のメンバーが地元のパブで酒を飲んでいる光景を見かけたからである。

ところが、ヴェンゲルが到着する2週間前に状況は一変する。「火曜クラブ」の座長だったアダムスが、アルコール中毒だと告白したのである。

チームメイトはショックを受けたし、2人の選手はアダムスがアルコール中毒ならば、自分たちも同じ問題を抱えているのではないかと疑念に駆られるようになった。

これはヴェンゲルにとって、願ったり叶ったりの展開だった。さもなければ、飲酒を許容するカルチャーをクラブから一掃するのに、かなり手を焼くであろうことは目に見えていた。

現にアレックス・ファーガソンが、マンチェスター・ユナイテッドから飲酒癖を一掃させようと試みた時には、最終的には2人の首謀者を放出せざるを得なくなっている。チームのスター選手であり、ファンのお気に入りでもあったポール・マグラーと、ノーマン・ホワイトサイドである。

ところがヴェンゲルの場合は、チームのキャプテン自らが旗振り役を務める形になった。ちなみにレイ・パーラーは、自分のキャリアにとってもっともプラスになったのは、アダムスが酒を断ったことだったと述べている。アダムス本人にとっていかに意義深い決断だったかは、改めて指摘するまでもない。

ヴェンゲルには別の幸運も舞い込んでいた。監督に就任する前年の夏、ベルカンプの加入から程なくして、アーセナルはデイヴィット・プラットとも契約を結んでいたのである。

ミッドフィルダーのプラットは、イタリアで4シーズンを過ごした経験に基づき、チームに新たな習慣を持ち込んでいた。マッサージ師に体をケアしてもらう方法などは、その1つだった。

アダムスが飲酒癖を一掃するきっかけを作ったのと同じように、ヨーロッパ大陸側の近代的な方法論は、またもやイングランド人選手を介してもたらされた。

これは他の選手たちが、新たなアイディアを受け入れる素地を作る上でも大きかったと言える。プラットは、イングランド代表のキャプテンを19回も務めたことがある。これに対して当時のヴェンゲルは、日本で監督をしていた、見知らぬフランス人という域を脱していなかった。

ベルカンプが示したプロ意識、トニー・アダムスが取り組んだ生活習慣の改善、そしてプラットが持ち込んだイタリア式のコンディション管理は、幸運な形で偶然に重なり、新たなアーセナルを築き上げる土台となった。

ただしヴェンゲルは他の要素も加えている。たとえば彼はストレッチを練習に取り入れたが、これはプラットでさえも難色を示した。

ちなみにヴェンゲルはアーセナルの監督として初めて臨む試合、アウェーでのブラックバーン戦に先立って、ホテルのダンスホールで早朝のミーティングを実施。選手たちに、ヨガとピラティスを組み合わせたストレッチをさせている。

やがてストレッチは選手たちに受け入れられ、試合当日以外はトレーニングの定番メニューになっていく。アーセナルのベテランのディフェンダーたちは、この習慣が身に付いたことによって、自分の選手生命を伸ばすことができたと証言している。

■アーセナルが遂げた進化と変貌

コンディショニングに関して導入された、これらすべての新たな方法論は、チーム戦術にも決定的に重要な影響を及ぼしていく。

ヴェンゲル指揮下のアーセナルは、後にテクニカルなサッカーをすることで知られていくが、1997／98シーズンの二冠達成はフィジカルの強さ、特に中盤を構成する選手たちの身体能力に負うところが大きかったからである。

ディフェンスラインとフォワードの組み合わせは、リオック時代のままだったが、ヴェンゲルは中盤の選手をほぼ全面的に入れ替えていた。

フランス人の守備的ミッドフィルダーであるエマニュエル・プティとパトリック・ヴィエラを獲得し、アヤックスからは左のウインガー、マルク・オーフェルマルスを呼び寄せる。一方レイ・パーラーも選手としてスケールアップし、右サイドでプレーするようになった。

4人が構成するカルテット（四重奏）は、この時点におけるヴェンゲルのチーム作りを象徴している。チーム全体としてはテクニックの高さを誇りながらも、純粋なプレーメイカーは起用しない。この役割は本来はフォワードである、ベルカンプが担っていた。

一方、ヴィエラとプティは強靭なフィジカル、オーフェルマルスは一気に加速できるスプリント能力、そしてパーラーは運動量の豊富さでチームに貢献していく。こうしてアーセナルの中盤は、屈指の強さとスピード、そしてスタミナという3つの特徴を備えるようになった。

ちなみにヴィエラは、ヴェンゲルがまだ日本で指揮を執っている頃に連絡を取り、アーセナルに招き寄せた選手だった。彼は後に、アーセナルが遂げた進化を端的に説明している。

「あの結果は、テクニックや攻撃の戦術によってもたらされたものではなかった」

彼は1998年に達成した二冠についてこう述べた。「クオリティを生み出していたのはベルカンプのような個々の選手だったし、オーフェルマルスが貢献することもあった」

対照的に2001／02シーズンの二冠達成については、次のように表現している。

「2回目の二冠を達成した方法は、1998年の時とかなり違っている……ロングボールを使わなくなり、その代わりにクイックで正確なパスを選手の足下に出すようになったんだ」

ヴィエラの指摘は非常に興味深い。

1997／98シーズンのアーセナルは、他のクラブに比べれば、明らかにグラウンダーのパスを多用しようと試みていた。だがヴィエラは、むしろロングボールを駆使していたことを匂わせている。これはヴェンゲル革命が始まったばかりの頃のアーセナルが、フィジカルの強さと決して相手に屈しようとしないタフな姿勢を売り物にしていたことを物語る。

それは関係者のコメントからも明らかだ。レイ・パーラーやリー・ディクソンなど多くのOB選手や、お馴染みのライバルチーム、マンチェスター・ユナイテッドのギャリー・ネヴィルやライアン・ギグスなどは、1997／98シーズンの戦いぶりには、当時のアーセナルの特徴が何よりもよく表れていたと証言している。

事実、ヴェンゲルが監督に就任した頃のアーセナルは、カードを受ける回数が非常に多いということでも有名だった。

たとえば1997／98シーズン、アーセナルよりもカードを多く出されたクラブは3チームしか存在しない。アーセナルの選手たちが受けるレッドカードの多さは、新聞の紙面を絶えず賑わせていたし、とりわけヴィエラとプティは、審判としょっちゅう揉めることでも知られていた。

このような実情は、アーセナルがじっくり時間をかけながら、真に美しいサッカーをするチームに進化していったことを示唆している。

フィジカルの強さを主な武器にしたチームから、テクニックを重視したチームへ。プレースタイルの変化は、審判に対するヴェンゲル自身の態度の変化が何よりも象徴している。アーセナルで指揮を執り始めた頃、ヴェンゲルはファウルに関する基準が厳し過ぎると文句を言っていたが、後には判定が甘過ぎると抗議するようになった。

■ついに確立された、勝利の方程式

ヴェンゲルは名将の誉れ高いが、戦術面で鋭い手腕を発揮するタイプではない。監督生活を通じて、相手の意表を突くような選手を選んだり、フォーメーションを定期的に変更して、プレースタイルを変えたことも滅多になかった。

とはいえ初期の頃は4‐4‐2を好んで採用したし、正式に監督に就任する直前に指揮を執った試合では、チームの布陣を変更して選手たちの怒りを買ったこともある。

アウェーでおこなわれるUEFAカップの一戦、ボルシア・メンヒェングランバッハ戦に向けて、ヴェンゲルはチームに同行する。

当初ヴェンゲルは、正式に監督に就任する前に、チームの試合を視察するという話になっていた。ところが前半が1‐1で終わると、ヴェンゲルはドレッシングルームに姿を現し、システムを3‐5‐2から4‐4‐2に変更するように命令する。前年、アーセナルは3‐5‐2でプレーしていたにもかかわらずである。

しかし、この決断は完全に裏目に出る形となり、アーセナルは2‐3で試合を落としてしまう。トニー・アダムスは、ヴェンゲルが突如として現場に介入したことに激怒し、自分たちはスリーバックでプレーしたほうがやりやすいのだと相手を説き伏せている。

結果、1996／97シーズンの大半は、そのままの布陣で試合に臨む形になった。

たしかにアーセナルがスリーバックでプレーするのは珍しい光景だったが、選手たちとの相性は良かった。当時のチームはトップクラスのセンターバックを3名擁しており、アダムスが中央、その両脇にボールドとマーティン・キーオンが並ぶ形になっていたからである。

また1990年代中盤には、イングランドでも突然3-5-2が流行している。得られた成果は様々だがリヴァプール、ニューカッスル、トッテナム、アストン・ヴィラ、レスター、コヴェントリーなどは、スリーバックをごくあたり前のように採用していた。

これには然るべき理由がある。

当時のイングランドでは、4-4-2がまだ主流を占めていたが、3-5-2を採用すれば、4-4-2に効果的に対応することができたからだ。

守備では敵の2人のセンターフォワードに対して、1人ディフェンダーを余らせることができるし、ミッドフィルダーが1人増えるため、中盤でも数的優位に立つことができる。ウイングバックには非常に広いエリアをカバーすることが求められたが、ピッチをワイドに使って攻撃するオプションを提供しつつ、守備の際にも5人で守ることが可能になった。

もちろん、フォーバックに対してスリーバックを採用した場合には、相手のサイドバックが自由に動けることになってしまう。だが1990年代中盤は、さほど深刻な問題になっていなかった。サイドバックがチームの飛び道具として攻撃を繰り出すような状況は、まだ訪れていなかったからである。

ただし3-5-2を採用しているチーム同士が対戦した場合には、絶望的なほど退屈な試合になるケースが多かった。どちらも守備に関しては1人ディフェンダーを余らせることができるし、中盤は両軍の選手でごった返してしまう。そしてウイングバックは、タッチラインに沿いに上下運動を繰り返しながら、相手のウイングバックを追いかけ続けるだけになるためだ。

たとえばアーセナルは1997年2月、リーズとトッテナム相手に2試合連続で0-0の引き分けを演じるが、これも3-5-2同士が対戦した典型的なケースだった。

「なんとも皮肉だね」。当時、ヴェンゲルは語っている。「ヨーロッパの他の国々はフラットなフォーバックに移行しているのに、イングランドではスウィーパーとウイングバックを使う、大陸側の古いアプローチ（スリーバック）を採用するチームがどんどん増えている」

このような状況もまた、イングランドのサッカー界が戦術的に遅れていたことを物語る。

事実、アーセナルが常勝軍団に進化したのも、1997／98シーズン中に、ヴェンゲルがシステムを4‐4‐2に変更してからだった。

シーズン開幕時、ヴェンゲルは選手に対して、高い位置でプレスをかけるように指示している。だが、これはさしたる効果をもたらさなかった。かくして、きわめて重要な戦術変更がなされていくことになるが、きわめて興味深いのは、そのきっかけを作ったのはヴェンゲル自身ではなく、むしろ選手たちだった点である。

もともとアーセナルは、ずば抜けて守備が固いチームのはずだった。にもかかわらずシーズン前半は、本来の強みをさほど発揮できなくなってしまう。このような状況の中、ホームでリヴァプールに0‐1と敗れたことを受けて、チームミーティングが急遽開催される。

ミーティングの席上、ヴェンゲルは選手たちが気の入らないプレーをしていないことが問題であり、十分にハードワークをしていないと指摘し始めたが、アダムス、ボールド、プラットの3人は相手の話を遮り、より具体的な提案をおこなう。ディフェンスラインをしっかりガードするためには、プティとヴィエラがより深いポジショニング取りをしなければならないと発言したのである。こうしてついに、4‐4‐2が採用されたのである。

たしかに新たな方式は、すぐには機能しなかった。現にホームでおこなわれたブラックバーン戦は、1‐3で敗北。ヴェンゲルはアダムスを6週間休養させ、踵の怪我をしっかり治すように命じている。

だがシーズン後半になると、アーセナルは見事な守備力を発揮し始める。2月中旬から3月末にかけては、合計13時間も失点をゼロに抑え続けたこともあった。

ちなみに試合の結果は、1-0、0-0、1-0、1-0、1-0、1-0という内容だった。この段階では「1-0でアーセナルの勝利」という、数年前までの守備的な戦い方が続いていたわけだが、選手たちは4月に入ると、3試合で一気に12ゴールを奪ってみせた。

これを受けて、アーセナルのファンは、かつて自分たちを野次っていた相手チームのファンに対して「そうさ、俺たちは退屈でたまらない試合をするアーセナルさ」と皮肉り返すようになる。かくして生まれ変わったアーセナルは、ついにはプレミアリーグで10連勝を飾った、初のチームにまで上り詰めていくのである。

■オーフェルマルスの存在感

タイトルを獲得した1997／98シーズンの後半、ヴィエラとプティはずば抜けたプレーを披露している。ヴィエラは前線に一気に攻め上がることもあったし、プティは左足を駆使して、広い範囲にすばらしいパスを供給している。だが2人はしっかりコンビを組み、ボールを奪うことに集中していた。

またシーズン後半は、ベルカンプとイアン・ライトがしばしば故障を抱えたため、アーセナルは若い控えのフォワード、クリストファー・レと、ニコラ・アネルカの得点力に大きく依存するようにもなった。特にアネルカは、プレミアリーグの戦術が進化していく過程で重要な役割を担っていく。

ただし優勝が間近に迫ってきた頃、一貫して攻撃のキーマンとなり続けたのはオーフェルマルスだった。アーセナルのフォーメーションは4-4-2だったが、彼は左サイドに自由に攻め上がることが許されていたからである。

一方、反対サイドにいるパーラーは、より中央に絞りながら右サイドを上下にダッシュし続ける役割をこなしていた。さらにプティがカバーリングのために少し横にずれた際には、パーラーは内側に絞り込む役割も担っている。

当時、この陣形は攻撃の局面で左右がアンバランスになる、4－3－3の一種だと見なされていたが、今日における4－2－3－1に近い特徴も持っていた。中盤を2人で固めつつ、攻撃陣の1列目と2列目が自由に連動したからである。

キーマンとなるオーフェルマルスは左右どちらの足も使える選手だったが、クリエイターというよりも、おもに右足でゴールを脅かすタイプだった。

3月中旬、アーセナルはマンチェスター・ユナイテッドに1－0で勝利し、優勝争いをぐっと引き寄せる。とりわけオーフェルマルスは、チームが繰り出すほとんどの攻撃の起点になるなど圧巻のプレーを披露。それを支えたのが、攻撃的なポジション取りだった。

ちなみにオーフェルマルスにマッチアップしたのは、ユナイテッドの若手右サイドバック、ジョン・カーティスだった。彼は当時、将来を有望視されていたものの、オーフェルマルスに完全に翻弄されてしまう。そしてこの試合を機に、キャリアも下り坂をたどっていくことになる。

試合序盤、オーフェルマルスはベルカンプから浮き球の長いパスを受けると、ピーター・シュマイケルをかわしてシュートを放った。だが難しい角度からのシュートだったため、ボールは少しだけ横にそれている。

その直後、オーフェルマルスは、再びディフェンスラインの裏側に走り抜ける。この時、カーティスに明らかに足をかけられて倒されたにもかかわらず、ＰＫは与えられなかった。

続いてオーフェマルスは、今度はカーティスと右側のセンターバックとして先発したギャリー・ネヴィ

Arsenal's double winners in Wenger's first full season, 1997/98

アーセナル ◉ 1997/98 シーズン

ヴェンゲルの下で、初の二冠を達成した際の布陣。ベルカンプが深く引いて攻撃陣を指揮しつつ、2列目のオーフェルマルスやパーラーがサイドを攻め上がる。一方、中盤ではヴィエラとプティが攻守に存在感を発揮。基本は4－4－2だが、4－2－3－1的な特徴も持っていた

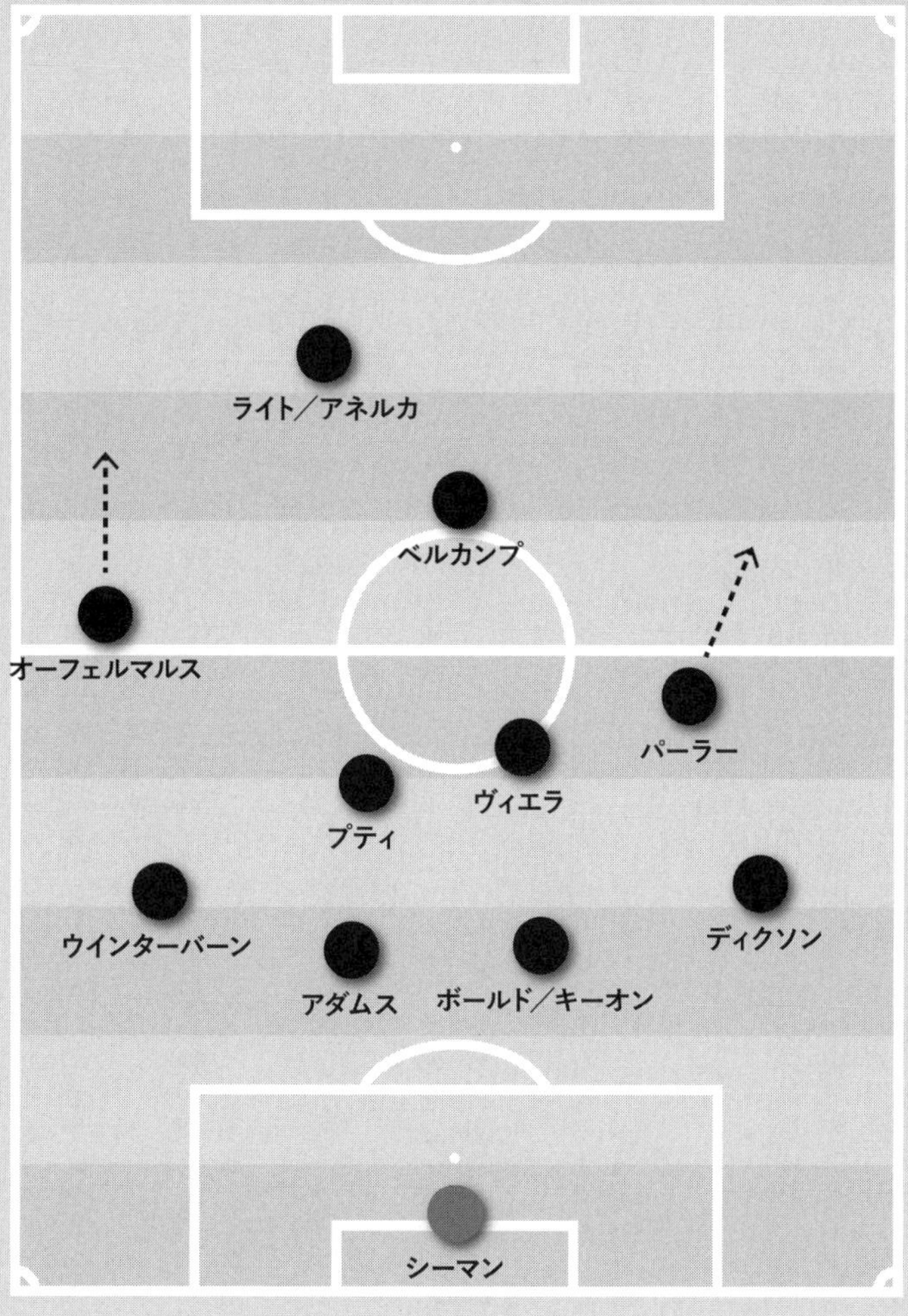

ルをかわしてシュートを打ったものの、ボールはサイドネットに飛んでしまう。

だが試合終了10分前、オーフェルマルスはついに決定的な働きをする。ロングボールをまずベルカンプ、次にはアネルカがそれぞれ頭で叩き、裏に抜けたオーフェルマルスへとつなぐ。そしてオランダ人のウインガーは、シュマイケルの股を抜く、グラウンダーのシュートを決めたのだった。

アーセナルがタイトルを獲得する上で、この試合は決定的に重要な一戦になった。その事実を考えれば、オーフェルマルスが演じたワンマンショーは、プレミアリーグ史上、1人の選手がもっともレベルの高いパフォーマンスを披露したケースの1つだったと言える。

オーフェルマルスは、ハイバリーでエヴァートンを4‐0で破り、タイトルを確定した試合でも、すばらしい個人技から二度ゴールネットを揺らした。

またウェンブリーにおいておこなわれたFAカップの決勝において、ニューカッスルを2‐0で降した際にも先制点をもぎ取っている。かくしてヴェンゲルは、シーズン当初から指揮を執った初のシーズンに、いきなり二冠達成を成し遂げた。

ちなみにウェンブリーでのFAカップ決勝は、ヴェンゲルが対戦相手に合わせて策を練るような、リアクション型の監督とは程遠かったことも示している。彼は試合前、ニューカッスルのことを一言も口にしなかった。

ヴェンゲルは同じ方針を、プレミアリーグの大半の試合で貫いていく。

だが、このような戦術的ナイーブさは、翌シーズン以降、ヨーロッパの大会における敗退を招く原因ともなった。事実、アーセナルはチャンピオンズリーグに初めて参戦した頃には、2年続けてグループステージを勝ち上がることさえできなかった。またヴェンゲル配下のアーセナルは、後にプレミアリーグにおいても、より戦術に長けたチームに苦しめられることになる。

プレミアリーグに革命をもたらした多くの人々がそうであったように、アーセナルを変えたフランス人も、自らがもたらした成功の犠牲者となっていく。

他のクラブを率いる同業者たちは、ヴェンゲルがイングランドサッカーを大きく変革した3つの分野——フィジカルコンディショニングの改善、海外における選手発掘、そしてテクニカルなサッカーの追求などに関して、斬新な手法をすぐにコピーしていったからである。

結果、ヴェンゲルの独自性は徐々に弱まっていくことになる。

だが彼が最初に与えたインパクトは、絶大な影響を及ぼし続けた。ヴェンゲルはその事実を、誰よりも巧みに表現している。

「世界の他の国々に対して、（イングランドサッカー界の）門戸を開いているような気がしたね」

彼の言葉は正しい。アーセナルにおいて始まったフランス革命とは、プレミアリーグが世界でもっとも国際色豊かなリーグに発展していく幕開けでもあった。

第6章

スピード化の流れ

「オーウェンのプレーを見て、私はよくこう思ったよ。『待てよ。そこそこの選手が同じポジションでプレーしたら、あんな芸当ができただろうか?』とね。答えはいつも同じだった。『いや、他の選手にはあんな速さはない』」

(グレン・ホドル)

■進化するフォワードと、2人の神童

プレミアリーグの草創期における「9番」、つまりセンターフォワードのイメージとは身長が高く、逞しいターゲットマンと相場が決まっていた。ペナルティボックスの中に常に留まり、クロスから得点を狙うのを得意とするようなタイプである。

ディオン・ダブリン、ダンカン・ファーガソン、クリス・サットンは典型的な例だった。彼らは敵のセンターバックを力にまかせて封じつつ、空中戦でも優位に立つことができたが、スピードで置き去りにされるのではないかという恐怖感を与えることは滅多になかった。

しかしプレミアリーグは、今やテクニカルなサッカーを志向するようになった。また深い位置に下がり、創造的なプレーができるフォワードが登場したことによって、従来とは違うタイプのストライカーが不可欠になっていった。

具体的に述べるなら、各クラブの監督たちは、敵のディフェンスラインの裏に抜けてスルーパスに追い付けるようなストライカーを、ますます探し回るようになった。つまりストライカーに対しては、空中戦

の強さではなく、スピードが何よりも求められるようになったのである。

事実、1997年のプレミアリーグにおいて記録されたもっとも印象的な2つのゴールは、足の速いストライカーがディフェンスラインをドリブルですり抜け、単独で決めたものだった。

4月、ダービー・カウンティのパオロ・ワンチョペが決めたゴールと、12月にコヴェントリーのダレン・ハッカビーが奪ったゴールである。対戦相手は、いずれもマンチェスター・ユナイテッドだったし、格下の相手がプレミアリーグの王者に3‐2で勝利したということで、この2つの試合は世間を驚かせている。

これらのゴールは、センターフォワードに求められる資質の変化を象徴しているが、さらに革命的な変化をもたらしたのは、2人の神童だった。当時まだ10代だった、アーセナルのニコラ・アネルカとリヴァプールのマイケル・オーウェンである。

アネルカとオーウェンには、驚くほどの共通点があった。ともに1979年生まれで、デビューを飾ったのは1996／97シーズンの後半。そして1997／98シーズンには、サッカー界にきわめて大きなインパクトを与えている。

このシーズン、アネルカはアーセナルでタイトルを獲得。オーウェンはプレミアリーグの得点王と、PFAの年間最優秀若手選手賞に選ばれている。オーウェンは翌シーズンも得点王に輝いたが、アネルカもわずか1ゴール差まで迫り、前年のオーウェンと同じように優秀若手選手賞に選ばれている。ただしアネルカは授賞式に出席するよりも、ナイトクラブに遊びにいくことを優先したために物議を醸した。

オーウェンとアネルカを結ぶ、不思議な運命の糸は他にもある。

2人はともにプレミアリーグのクラブを離れて、レアル・マドリーに向かっている。アネルカは1999年、オーウェンは5年後にチームに名を連ねた。しかも、どちらの場合もスペインの首都では1シーズンプレーしたに留まり、キャリアの大半をイングランドで過ごす形になった。

ちなみに2人はいささか他人行儀で、あまり他人と打ち解けるタイプではなかったという点でも共通している。また、これほどの実績を誇るにもかかわらず、所属したいずれのクラブでも、レジェンド的な存在としては扱われていない。

だが、これらの様々な要素にも増して似ていたのは、きわめてシンプルな特徴だった。2人は驚くほど足が速かったのである。

たしかに足の速さは、ストライカーの強力な武器の1つになってきた。

アンディ・コールやイアン・ライトは、187ゴールと113のゴールを決めるなど、プレミアリーグの最初の5年間で得点を量産している。また両者は明らかに、伝統的なターゲットマンタイプの選手ではなかった。

ただしコールやライトは、基本的にゴール前で最後の仕上げをする「フィニッシャー」であり、たまたまスプリント能力に恵まれていたに過ぎない。

これに対してアネルカとオーウェンは、本質的にスプリンターであり、たまたま得点を決める能力も持っていたというのが実際に近い。当時のセンターバックは、あくまでも空中戦の要員として位置づけられていたため、2人は地上戦における相手の緩慢な動作を突いて、たやすくゴールを奪うことができた。

■孤独な天才、ニコラ・アネルカ

アネルカはすばらしい才能の持ち主であり、スピードとトリッキーなテクニック、そしてゴールキーパーと1対1になった際の冷静さが特徴だった。プレミアリーグに限って言えば、同胞のフランス人ストライカー、ティエリ・アンリの先駆けとなるようなタイプだった。
ちなみにアンリはアネルカ以上に有名になり、セオ・ウォルコット、ダニエル・スタリッジ、ダニー・ウェルベック、アントニー・マルシャルなどのお手本になっていく。ただし運動能力が高く、電光石火の速さを誇るアスリートタイプのストライカーは、アーセナル時代のアネルカまで、その源流を遡ることができる。

アネルカは1997年2月にチームに加入し、1997／98シーズン、初めてシーズン序盤から試合に臨むようになった。

当初、アネルカはアーセン・ヴェンゲルが定めた序列に従い、イアン・ライトの後ろでプレーし始めたが、アーセナルが二冠を達成する過程において、きわめて大きなインパクトを与えている。

アーセナルにおける初ゴールは1997年11月、最大のライバルであるマンチェスター・ユナイテッド戦で記録された。アーセナルは優勝争いの動向を占う上で、非常に重要な3‐2の勝利をものにしたが、ここで先制点を奪ったのがアネルカだった。

またアネルカは、FAカップの決勝でニューカッスルに2‐0の勝利を収めた際には、チームの2点目をもたらしてシーズンを首尾よく締めくくっている。

彼の持ち味がもっともよく発揮されたのは、イースターの月曜日、アウェーのブラックバーン戦で、ダメ押しのゴールを決めたシーンだった。

チームは4‐1で勝利を飾るが、アネルカは、ナイジェル・ウィンターバーンからの長い浮き球のパスに合わせて敵のディフェンダーを振り切り、フェイントでゴールキーパーのアラン・フェティスを先にダイブさせることに成功。そのままドリブルで横をすり抜けると、必死にシュートブロックを試みるディフェンダーも抜き、ゴールネットにボールを叩き込んでいる。

かくしてスコアは、前半を終えた時点で4‐0となる。ブラックバーン戦の展開は当時のアーセナルがもっとも得意としていた戦い方、すなわち試合序盤からスピードにものを言わせて、相手に一気に襲いかかるスタイルを象徴するものとなった。ちなみにこの試合では、アーセナルのプレーに魅了されたブラックバーンのサポーターから、多くの拍手が送られる場面も見られた。

もともとアネルカは1997年2月、パリ・サンジェルマンからわずか50万ポンドで獲得した選手だった。当時のフランスサッカー界は若手選手の契約に関して、制度上の不備を抱えていた。ヴェンゲルは、この盲点を突いたのである。

アーセナルに招かれたアネルカは、ヴェンゲルの期待に応えて見事なプレーを披露していくが、プライベートな部分では友人ができずに苦しむことになる。

また彼は驚異的な速さを誇っていたにもかかわらず、最初の頃はぎこちないフォームで走っていた。前かがみになって下を向いて走っていたため、周囲の状況をほとんど把握することができなかった。

このようなランニングフォームは、彼の内向的な性格や、チームメイトとコミュニケーションを取れない状況も反映していた。チームメイトは彼の人柄を理解するのに手を焼いていたのである。

彼は、他人を楽しませることに喜びを覚えるタイプではなかった。むしろスタジアムが閑散としていても、平気でプレーするような人物だったし、アーセナル時代にはこんなふうに語ったこともある。

「ロンドンにはうんざりだ。ここには知り合いも1人もいないし、誰かと知り合いになりたいとも思わない」

アネルカは決して笑顔を見せなかった。ゴールを決めた後や、トロフィーを掲げた時にさえもである。結局、彼は2シーズンフルに出場しただけで、チームを去ることになる。

だが移籍金は2年間の間に、2300万ポンドに跳ね上がっていた。こうしてヴェンゲルは、ティエリ・アンリの獲得費用と、新たなトレーニンググラウンドの建設費用をうまく捻出している。

ところがアネルカの移籍話は、夏の間、もつれにもつれていく。ラツィオ、ユヴェントス、そしてレアル・マドリーに、様々なタイミングで入団の口約束をしていたからである。後年、アネルカは様々なクラブを放浪していくことになるが、この一件は予兆ともなったと言える。

移籍騒動の最中には、馬鹿げた話も出てきている。彼の兄弟の1人でエージェントも務めている人物が、ラツィオ行きを決めたと主張した際、そこで理由にあげられたのはユニフォームの色だった。ラツィオのユニフォームは、アネルカにとっての最終目標であるレアル・マドリーの白と、フランス代表の青が組み合わされたものだから理想的だというのである。

最終的にアネルカは、レアル・マドリーを選択。ラツィオを率いていたスヴェン＝ゴラン・エリクソンは、意中のストライカーを獲得し損ねたため、今度はマイケル・オーウェンに関心を示すようになる。

これは当時10代だったアネルカとオーウェンが、いかに同じようなタイプとして受け止められていたのかを物語る。２人はそのまま入れ替えることさえできると考えられていた。

ちなみにアネルカの兄弟たちは、舞台裏から主人公を操る悪役の如き存在になっていく。定期的に移籍させることで、契約金を稼いでいったからである。事実、アネルカはフランス、スペイン、イタリア、トルコ、中国、インドといった国々を渡り歩きながら、最終的に12回もクラブを行き来した。

しかも当初は、あれだけイングランドを毛嫌いしていたにもかかわらず、常にサッカーの母国に舞い戻り、リヴァプール、マンチェスター・シティ、ボルトン、チェルシー、そしてウェスト・ブロムウィッチ・アルビオンに名を連ねた。

幕切れも実に後味の悪いものだった。アネルカは初ゴールから16年後、プレミアリーグにおける最後のゴールを決めるが、この際にも物議を醸している。

ゴールが決まった後、彼は手の平を胸のところにあてる仕草をしたからである。この動作は、ナチス式の敬礼をアレンジしたとされるものだった。

事態を重く見たサッカー協会が5試合の出場禁止処分を課すと、アネルカはすぐにウェスト・ブロムを退団すると宣言。一方のクラブ側は、どのみち自分たちは解雇するつもりだったと反論している。プレミアリーグでアネルカがたどった実に奇妙な足跡を考えれば、これは相応しい幕切れでもあった。

■ヴェンゲルが打った大芝居

ピッチ上に話を戻そう。

アネルカは非常に印象に残るゴールを何度か記録している。キャリアの初期においてはフランス代表の一員としても、その1つに数えられるプレーを披露した。

1999年2月、ウェンブリーでイングランドを2‐0で破った試合である。アネルカは両得点をあげただけでなく、ゴールバーを直撃するシュートも放った。ボールはゴールラインを越えていたが、ラインズマンには認められなかった。このシュートが認められていれば、ハットトリックを達成していたことになる。

奇妙なことにアネルカは、2月におこなわれるナイトゲームの寒さをしのごうと、ゴールキーパー用のグローブを手にはめたままプレーしている。このような奇妙な出で立ちで、バロンドールを獲得したジネディーヌ・ジダンの前で躍動し、彼から供給されるスルーパスを追いかけ続けた。

この試合に関しては、イングランド代表の守備陣にも注目すべきだろう。

ゴールキーパーのデイヴィッド・シーマンの前に並んでいたのは、リー・ディクソン、トニー・アダムス、マーティン・キーオン、グレアム・ル・ソーという面々だった。チェルシーのル・ソーを除けば、守備陣は全員、アーセナルの選手たちで構成されていたのである。彼らはアネルカのプレースタイルを知り尽くしていたにもかかわらず、まるで相手を止めることができなかった。

「僕たちもロナウドを見つけたよ」。フランス代表のキャプテンであるディディエ・デシャンは、アネルカのプレーをこう表している。デシャンの発言は示唆に富む。

ちょうど1年前、フランス代表は母国で開催されたワールドカップを制している。その勝因の1つとされたのは、ブラジル代表のロナウドが決勝前日に発作で倒れたことだった。ロナウドは試合に出場したものの、発作の影響で本来の力を発揮できず、チーム全体に影響を及ぼしている。

この一件を巡っては、フランスを除く世界中のサッカーファンが肩を落としたし、ロナウドさえいればと噂しあった。対照的にフランス代表は、チームに一流のストライカーがいないという欠点を、かろうじて補うことができた。その意味でアネルカが頭角を現したことは、世界王者のフランスにとって何よりの吉報だったのである。

一方、所属先のアーセナルでは、アネルカがデニス・ベルカンプにとっての理想的なパートナーであることが明らかになっていく。ベルカンプはイアン・ライトやティエリ・アンリともすばらしいコンビネーションを築き上げたが、自分にとってはアネルカこそが理想的なパートナーだったと考えていた。

「意思の疎通という点で言えば、ハイバリーで組んだストライカーの中では、たぶんアネルカが最高のパートナーだったたと思う」。ベルカンプはアンリと一緒にプレーしていた時にさえ、こんなふうに語ったことがある。「ニコラ（アネルカ）のプレーの仕方は、僕に完璧に合っていたんだ。彼はいつもゴールに向かって走っていこうとしたからね。

僕は彼が何を望んでいるのかが簡単にわかったし、ピッチのどこに行くのかも直感的に予測することができた。あのダイレクトなプレースタイルは、まさにぴったりだったんだ。ティエリ（アンリ）は（スルーパスを追いかけるというよりも）自分でボールを受けたり、もっとサイドに流れたりするのを好む傾向がある。でもニコラは、ゴールに真っ直ぐ向かっていくことと、点を取ることに集中していた。彼は自分の前にボールを出してもらい、それに追い付いてからキーパーと1対1に持ち込んでいくのが好きだった」

アネルカとベルカンプが、最高のコンビネーションプレーを披露したケースとしては1992年2月、レスター・シティを5‐0で破った試合の一コマをあげることができる。

この試合でアネルカは、前半だけでハットトリックを記録している。レスターのディフェンス陣、なかでも背が高く、古いタイプのセンターバックであるマット・エリオットは、アネルカのスピードにまったく付いていけなかった。

試合の流れを変えるべく、レスターを率いていたマーティン・オニールは、ハーフタイムにいくつかの変更を指示する。その中にはセンターバックのエリオットを、センターフォワードに起用するという策も含まれていた。

オニールが下した決断は、2つの事実を浮き彫りにしている。

レスターの守備陣がアーセナルの速さに手を焼いていたこと。そしてプレミアリーグの多くのチームが、上背とフィジカルの強さを誇るポストプレーヤー、空中戦を得意とするようなタイプをいまだに攻撃の軸に据えていたという事実である。

ベルカンプはハイバリーでおこなわれたこの試合で、なんと4回もアシストを記録している。2回はアネルカ、残りの2回は前線に勢いよく飛び出してくるレイ・パーラーに対して、ゴールをお膳立てしたものだった。

特にアネルカが先制点を決めたシーンからは、ベルカンプとアネルカが連動しながら、いとも簡単に敵のディフェンスラインを間延びさせていく様子がうかがえる。

まずベルカンプは自陣に15ヤード下がったところで、バウンドするボールに向かっていくと、肩越しにちらりとアネルカの位置を確認。敵の左サイドバックとセンターバックの間のスペースに向かっていることを確認すると、40ヤードの浮き球のパスをさりげなく送る。アネルカはレスターのディフェンスラインを勢いよく突破すると、ベルカンプから出されたボールにタイミングを合わせて胸でトラップし、右足でファー側のコーナーに蹴り込んでみせた。

一連のプレーは、とても簡単に思える。当時のプレミアリーグでは、空中戦に強いストライカーをできるだけゴールから遠ざけようと、多くのディフェンダーがラインを高く上げていたからだ。

しかし時が経つにつれ、ディフェンダーたちは足の速いストライカーに対抗するために、深く守る方法を覚えていく。これに並行してゴールキーパーは、裏に抜けてくるスルーパスを積極的にクリアするようになっていった。

とはいえ新しい守備の方法論はまだ浸透していなかった。だからこそアーセナルは、レスターのディフェンスラインの裏側に広がるスペースを、存分に活用することができたのである。

このような状況は、アネルカにとって理想的だった。

事実、アネルカは2点目も同じような形で決めている。違っていたのはベルカンプがトーキックで、もっと狙いすまされたスルーパスを出したことだった。

ゴールを決めたアネルカは、右腕を上げてベルカンプを指差し彼のアシストを讃えている。

だがマルク・オーフェルマルスに3点目をお膳立てしてもらい、ハットトリックを決めた際には、感謝を示すような仕草をしていない。むしろベルカンプを交えて、気持ちのこもっていないハグを交わしただけだった。つまりベルカンプはゴールを祝う場面でも、攻撃陣の「つなぎ役」を務めたことになる。

オーフェルマルスとアネルカは、最初から関係がぎくしゃくしていた。現にシーズンの序盤、アネルカは他のチームメイトがパスを出さないと不満を述べたし、オーフェルマルスが同郷のオランダ人であるベルカンプのからのパスを、独り占めしているとも思い込んでいた。

「十分にボールがもらえないんだ」。彼はフランスの報道陣につぶやいている。「オーフェルマルスはわがまま過ぎるから、すぐに監督と話をするつもりだ」

ヴェンゲルは感心させられるほど考え抜かれた方法で、このいがみ合いを解決する。当事者同士を自分のオフィスに招き、直接話し合いをさせたのである。

ただし、この仲介策には裏があった。アネルカはほとんど英語が話せなかったし、オーフェルマルスはフランス語を理解できなかったため、ヴェンゲルは通訳を担当しながら一芝居打ったのである。

まず彼はそれぞれに、自分の不満を洗いざらい話すように促す。アネルカはフランス語でヴェンゲルに何度も不満を訴えた。一方のオーフェルマルスは英語で、自分はいつもアネルカが走り出すタイミングを見計らっているし、何が不満なのかがわからないと主張した。

しかしヴェンゲルは2人の言い分を正確に訳す代わりに、オーフェルマルスに対しては「アネルカはもう不満を持っていない」と伝えるだけに留まる。次にアネルカに対しては、オーフェルマルスがパスをもっと出すことを約束したと説明した。どちらも事実ではなかったが、これでひとまず場を収めたのである。

ところがアネルカは、もう1つの大きな不満材料を抱えていた。より根本的な、アーセナルの戦術システムについてである。当時は明らかになっていなかったものの、実はアネルカ自身は、最前線でプレーするのが好きではなかった。

「僕はアーセナルではセンターフォワードとしてプレーしたし、多くのゴールも決めた。だから世間の連中は、それがベストポジションだと思うようになった。でもそうじゃないんだ」。彼はキャリアの後年に告白している。「もっと深い位置でプレーしたほうがしっくりくる。ベルカンプのようにね」

アネルカは自分が果たすべき役割を巡って、フランス代表でもトラブルを起こした。監督のレイモン・ドメネクは、アネルカを純然たるストライカーとして起用したが、本人は「キャスティングミス」だと指摘。別の機会には、自分の本音をさらにはっきりと語っている。さらにあけすけに語っている。「僕にとって一番の目標は、いいプレーをすることだ。そこが本当のストライカーと違うところなんだ」

■オーウェンはストライカーだったのか？

おそらくアネルカが思い描く「本当のストライカー」とは、アンディ・コールやイアン・ライトのように、ゴールを決めることだけに集中する選手だったに違いない。

これはある意味では、マイケル・オーウェンのケースにも当てはまる。オーウェンの場合は、イングランド代表監督のグレン・ホドルから、「天性のゴールスコアラーではない」と評された。

この発言は当然のように波紋を呼んでいる。ホドルは例によって、彼なりの不器用なやり方でオーウェンを讃えようとしただけだったし、後で本人に電話をかけ発言の真意を説明している。

ホドルに言わせれば、「天性のゴールスコアラー」とはペナルティエリア内に立ち、ボールが来るのを待っているだけの選手にあたる。これに対してオーウェンは、深いポジションからディフェンスの裏に走り抜け、スルーパスに追い付くプレーをしているはずだというのがホドルなりの説明だった。

ホドルの指摘は正しい。オーウェンは基本的にはスプリンターであり、その結果としてストライカーとしての役割もこなしていたからだ。

とはいえオーウェンは、ストライカーとして華々しいデビューを飾っている。

1997年5月初頭、英国には革命を思わせる空気が漂っていた。トニー・ブレアが首相に当選し、初めて10番地（ダウニング街10番地にある首相官邸）に引っ越したからである。

その3日後、イングランドのサッカーファンは、やがて代表で「10番」を背負うことになる選手を、ピッチ上でも初めて目にすることになる。オーウェンがリヴァプール対ウィンブルドン戦において、初めてピッチに立ったのである。

あいにくリヴァプールは1－2で敗れたが、一矢報いたのがオーウェンだった。

ちなみにオーウェンが試合に出場したのは、後半13分からだった。

ロビー・ファウラーが出場停止中だったため、監督のロイ・エヴァンスはスタン・コリモアを最前線に据え、その後方にパトリック・ベルガーを配置する形で試合に臨んでいた。ところがオーウェンは、交代出場から16分後にいきなりゴールを決めてみせる。

このゴールは、いかにもオーウェンらしかった。まずスティグ・インゲ・ビョルンビーが、インサイド・レフトのコースにスルーパスを出す。オーウェンは快足を飛ばして追い付くと、体を開きながら、右足でファー側のコーナーにボールを流し込んでいる。スピードを活かして走り抜け、ゴールを決める。このパターンはその後、幾度となく目撃されていくことになる。

「彼は敵の選手をうまく振り切りながら、相手の裏を突いた」。ロイ・エヴァンスは語っている。

しかもオーウェンはこの時点で、まだ17歳だった。

さらに驚くべきことに、オーウェンはプロデビューからわずか18ヶ月後には、ジネディーヌ・ジダン、ダヴォール・シューケル、そしてブラジルのロナウドに次いでバロンドールで4位に選ばれる。

その大きな要因は、1998年のワールドカップで有名なゴールを決めたことだった。アルゼンチン戦に臨んだオーウェンは、敵のふいを突いて2人のディフェンダーの後ろに飛び出す。次の瞬間には追走してくる相手を振り切りながら、ゴール前にいた2人の選手の右側に回り込み、ファー側のコーナーにボールを叩き込んでいる。

当時はどの国においても、海外の試合が中継される機会は比較的少なかった。であるが故にこそ、大舞台で鮮やかなゴールを決めたオーウェンは、一気に名声を高めていく。

リヴァプールでプレーし始めた頃、オーウェンはいかにも若者らしい、はつらつとしたプレーをしていた。これは彼がプレミアリーグにおいても、U‐11の試合と同じようなスタイルでプレーしていたからに他ならない。

ちなみに彼は小学生時代に参加していたU‐11の試合を、こんなふうに振り返ったことがある。

「あの頃決めていたゴールは、本質的にはまったく同じパターンになっていたと思う。自分の上を越えていくボールにダッシュで追い付いて、シュートを決めるんだ。

あの頃の僕は他の誰よりも足が速かったから、最後は（ゴールキーパーと）1対1の場面を作ってフィニッシュに持ち込んだ。U‐11の試合ではクロスを入れたり、ダイビングヘッドをしたりする場面は多くない。いつもスルーパスに走って追い付く形になるんだ」

このプレースタイルは、リヴァプールの1軍に昇格してもほとんど変わらなかった。

驚異的なスピードがもっともいかんなく発揮されたのは、1997／98シーズン、オールド・トラフォードでおこなわれたマンチェスター・ユナイテッド戦で、1‐1の引き分けに持ち込んだ場面である。オーウェンは味方の選手がダメ元で出したバックヘッドに向かって走り始めると、相手のディフェンダーを振り切り、そのままの勢いでピーター・シュマイケルを浮き球で抜くゴールを決めてみせた。

バックヘッドが出された時点では、オーウェンはシュマイケルとセンターバックのギャリー・パリスターよりもボールから離れた位置にいた。

しかもパリスターは、かつてアレックス・ファーガソンが、自分が指揮したマンチェスター・ユナイテッドの選手の中で、一番足が速かったと述べて周囲を驚かせたこともある選手だった。ところがオーウェンは一気に加速して、最初にボールに追い付いたのである。

ところがゴールを決めた直後、オーウェンはロニー・ヨンセンにひどいタックルを見舞い、退場処分を受けてしまう。この事実は忘れられがちだが、プロにデビューしたばかりの頃、オーウェンのファウルの多さはかなり問題視されていた。現に彼はイングランドU-18代表の試合でも、ユーゴスラヴィア代表のディフェンダーに頭突きを見舞い、退場処分を受けている。

■オールラウンダーへの成長

1シーズン、初めてフル出場を果たした1997／98シーズン、オーウェンは開幕日にPKを決めたのに皮切りに18ゴールを記録。ディオン・ダブリンやクリス・サットンとともに、得点王に輝いている。

だがオーウェンは、彼らとまったくタイプが異なっていた。ダブリンとサットンは偶然にも同じノリッジでキャリアをスタートさせた選手で、センターバックからセンターフォワードにコンバートされている。また空中戦の強さ故に、センターフォワードとセンターバックをどちらもこなすことができた。

これに対してオーウェンは、高さや強さではなくスピードこそがすべてだった。

現に1997／98シーズン、PK以外から決めたゴールの50％は、敵のディフェンスの裏に走り抜けるプレーからもたらされている。まだ17歳だったことを考えればやむを得ないとはいえ、当時の彼はテクニックの面でも、いささか単純なプレーをしていた。

ちなみにオーウェンは自伝を出版しているが、マンチェスター・ユナイテッドとのライバル関係について触れた箇所では、サー・アレックス・ファーガソンのコメントが引用されている。とても若い頃から、非常に多くの試合に出場することを余儀なくされたことは、オーウェンのフィジカルコンディションに害に及ぼしただけでなく、テクニックの発達にも妨げとなったというのが、ファーガソンの主張である。引用された箇所には次のようにある。

「(オーウェンを) チームから外して、テクニックを磨かせるような機会は、まったく与えられなかった」

この指摘は示唆に富む。事実、1997／98シーズンに関して述べれば、オーウェンが左足で得点を決めた場面は、コヴェントリー戦の1回しかない。しかもこのゴールは、ファーポスト側にスライディングし、無人のネットを揺らしたに過ぎなかった。ヘディングによるゴールも、サウサンプトン戦の1回のみ。2ヤードの距離から、リバウンドを決めた場面だけだった。

これは18点中16点が、すべて右足で決められたことを意味する。

しかもオーウェンはほとんどの場合、利き足である右側にボールを運ぼうとした。その結果、シュートを打つのが難しくなったとしてもである。またゴールに向かって左側に進まざるを得なくなった場合でも、彼は右足でシュートを狙い続けた。

オーウェンが初めてハットトリックを記録したのは、1998年のバレンタインデイにおこなわれた一戦、アウェーでのシェフィールド・ウェンズデイ戦だった。右足しか使わない独特なプレースタイルは、この試合からも見て取れる。1点目と3点目はゴール中央よりも左側からシュートを狙う形になったために、右足のアウトサイドでボールを蹴るという珍しい形になった。

やがて対戦チームのディフェンダーたちは、オーウェンが左足を使えないことに気付くようになっていく。マンチェスター・ユナイテッドのヤプ・スタムは、オーウェン対策はゴールに向かって左側に追い込んでいくことだと公言して憚らなかった。

結果、オーウェンは以降の数年間、左足とヘディングのシュートを磨くことを余儀なくされた。

この努力は劇的なまでの成長をもたらす。2000／01シーズンが始まる頃には、どのような形からでもゴールを決められるオールラウンダーに成長。自らのゴールを祝う際には、その事実をアピールするようにもなった。

8月、サウサンプトンと3‐3で引き分けた試合では左足で2点を記録したが、2点目を記録した後には2本の指を立てつつ、もう片方の手では左足を指差してみせた。

1ヶ月後サンダーランドと対戦した際には、強烈なヘディングシュートも叩き込んだ。クリスティアン・ツィーゲが、フリーキックから左足でハイボールを入れると、なんと身長193センチのナイアル・クインに競り勝ったのである。オーウェンはこの際には、自分の頭を叩きながらゴールを祝っている。

オールラウンダーに成長したオーウェンは、FAカップの決勝戦では、ほぼ1人で勝利を引き寄せるような活躍さえ見せた。内容的にはアーセナルに圧倒されていたにもかかわらず、後半に二度の得点を決めて試合をひっくり返してみせたのである。特に決勝点を決めた場面では、驚異的なスピードの持ち主であることを改めて印象づけた後、またもや左足でファー側のコーナーにシュートをねじこんでいる。

リヴァプールはこの2000／01シーズン、リーグカップとUEFAカップでも優勝。翌2001／02シーズンの開幕時にはチャリティー・シールド（現在のコミュニティシールド）と、ヨーロッパ・スーパーカップも制した。

これらの実績に加え、オーウェンは同年秋におこなわれたドイツ代表との試合でハットトリックを達成して、有名な5‐1の圧勝に貢献。2001年のバロンドールを獲得している。ちなみにプレミアリーグに所属していた選手が、栄えある賞に輝いたケースは過去2回しかない。オーウェンと2008年のクリスティアーノ・ロナウドのみである。

■ワンダーボーイが抱き続けていた違和感

ところがオーウェン自身は、2001年ではなくその数年前のほうが、いいプレーをしていたと語っている。これは彼の背番号に関連してくる。

オーウェンはリヴァプールでもイングランド代表でも、一貫して10番を背負い続けた。実際には9番(センターフォワード)だったことを考えれば奇妙だが、ある意味、非常に示唆的だったといえる。彼は点取り屋として、ゴールを狙うことだけに専念させてもらったわけではないからだ。

この事実は、過去にコンビを組んだパートナーを考えるとわかりやすい。

もともとオーウェンは、ロビー・ファウラーがリヴァプールに君臨していた頃にチームに加入している。オーウェンはチームの下部組織でキャリアを積んでいく過程においても、常にファウラーに憧れ続けた。だがファウラーとオーウェンのコンビは、うまく機能しなかった。ストライカーとしてのタイプが似過ぎていたためだ。

またオーウェンは後に、アネルカと同じような不満も口にしている。リヴァプールでチャンスメイクをおもに受け持っていたスティーヴ・マクマナマンが、親友であるファウラーにばかりパスを出そうとすると語ったのである。

これはイングランド代表では、さらに大きな問題となった。

イングランド代表の場合は、アラン・シアラーがキャプテンであり、チームの大黒柱であり、9番だった。ブラックバーンでコンビを組んだクリス・サットンが思い知らされたように、シアラーは別のゴールスコアラーと一緒にプレーするのを嫌がり、むしろ自分のために「つなぎ役」をこなしてくれる選手の前でプレーするのを好んだ。

シアラーがテディ・シェリンガムと、抜群のコンビネーションを築き上げた理由はここにあるが、シアラーのプレースタイルは、イングランド代表監督のグレン・ホドルにも影響を及ぼしている。

1998年のワールドカップに臨んだ際、ホドルは最初の2戦ではオーウェンを先発させず、シアラーとの相性を見極めようとした。

ホドルの後任となったケヴィン・キーガンも、シアラーを非常に高く買っていた人物だった。現にキーガンはニューカッスルの監督時代、当時のサッカー界における移籍金の記録を更新する額で、シアラーをチームに招いている。そしてイングランド代表監督を率いるようになってからも、シアラーを最前線に残し、オーウェンにはもっと深いポジションでプレーしてほしいと頼んでいる。

だが、このような方式はオーウェンに合わなかった。

後にオーウェンはキーガンが代表監督だった頃の状況に関して、「自分のサッカー選手としての才能に初めて疑問を持った」とさえ語っている。

むろんオーウェンは2000年以降、イングランド代表でよりコンスタントに結果を残すようになる。これはシアラーが代表を引退しただけでなく、キーガンも監督を辞任し、スヴェン=ゴラン・エリクソンが指揮を執るようになったためである。

同じ年、リヴァプールでも大きな変化が起きた。

長身で逞しいフォワード、エミール・ヘスキーが加入したのである。ヘスキーはオーウェンと古典的な凸凹コンビを結成。オーウェンにとって、もっともよく知られたパートナーになっていく。

「調子のいい時の彼は、本当にすばらしかった。2人とも調子が良かった時には、本当に力強いプレーができたんだ」。オーウェンはかつて、こう語ったことがある。「でもエミール（ヘスキー）には調子の波が

Liverpool during Michael Owen's first full season, 1997/98

リヴァプール ◎ 1997/98 シーズン

マイケル・オーウェンが初めてフルシーズン出場した際の基本システム。オーソドックスな4－4－2で、左サイドのマクマナマンが攻撃にアクセントを加えていく。だがファウラーとオーウェンはFWとしてタイプが似すぎていたため、ユニットの完成度は高くなかった

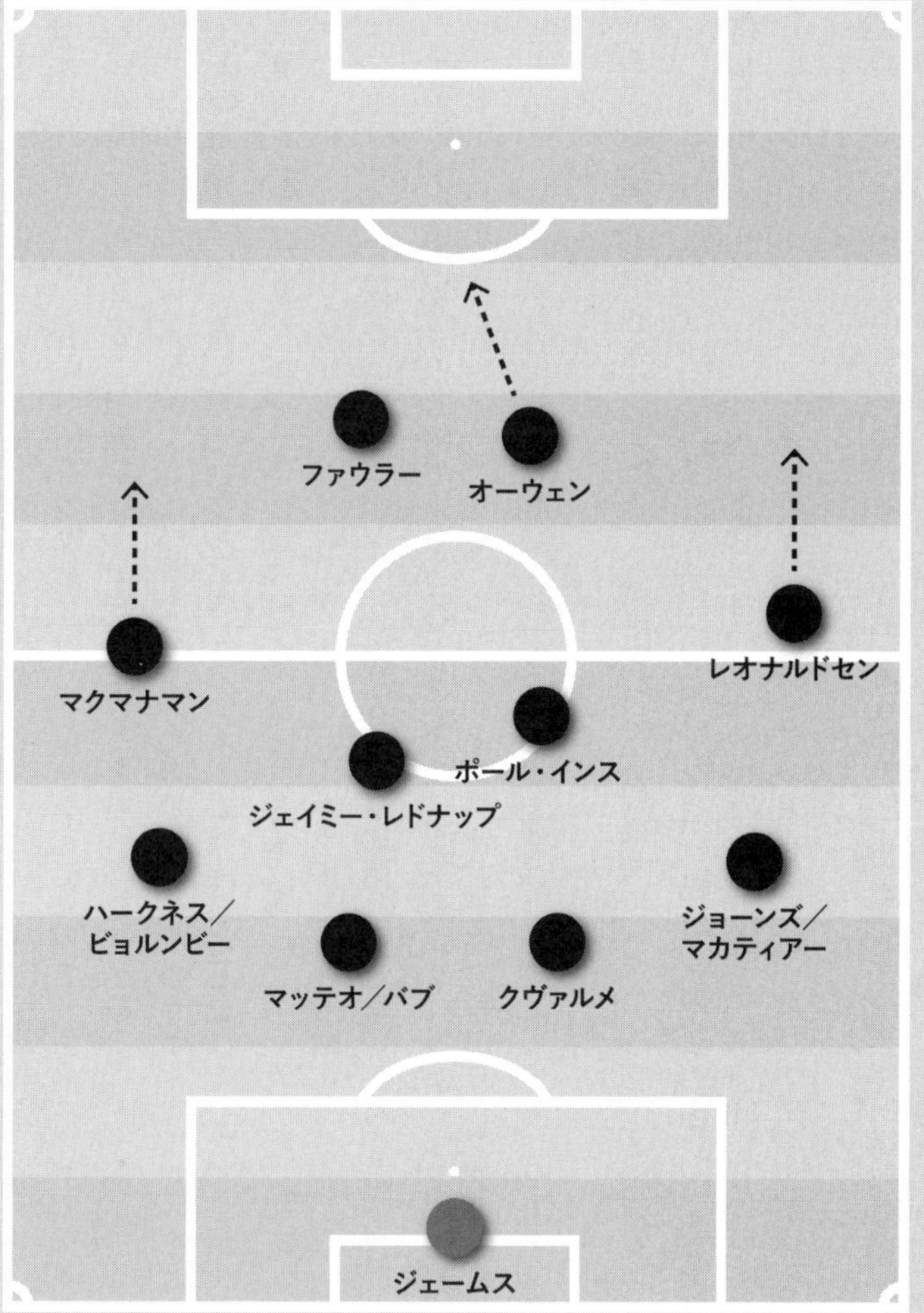

ありがちだったし、僕も時々、故障に悩まされた。だから僕たちのコンビは、すごく大きな成功を収めたとか、コンスタントに結果を出していたとは言えないと思う」

ちなみにオーウェン自身は、深く引いて10番の役割を務めるような「ディープ・ライイング・フォワード」と組むよりも、本職のストライカーと組むほうが好きだったと述べたことがある。

だが全体的に見るならば、オーウェンがまさに必要としていたのは、この手のサポート役だった。たとえばアネルカの場合は、ベルカンプという天才プレーヤーと組む特権に恵まれていた。だがリヴァプールには10番の選手が欠けていたし、チームの面々はそのことを盛んに嘆いてもいた。

現にファウラーは、自分がクリエイティブなプレーができるパートナーと一度も組んだことがないと不満を漏らしている。1990年代後半、チームがシェリンガムの獲得に踏み切らなかったことや、アヤックスのヤリ・リトマネンに、より魅力的な条件を提示しなかったことに落胆したとも述べた。

結果、フィンランド出身のすばらしいアタッカーだったリトマネンは、子供の頃からリヴァプールファンだったにもかかわらず、一旦、バルセロナに移籍する。そこで2シーズンを過ごした後、2001年にようやくリヴァプールに加わる形になった。

「ヤリ（リトマネン）は、僕たちが必死に探していた選手だった。彼は前にいるフォワードの後ろに、うまくハマるんだ」。リヴァプールのディフェンダー、ジェイミー・キャラガーは述べている。「一流のチームには、必ずそういう選手がいる。ユナイテッドはエリック・カントナを呼んでからタイトルを取り始めたし、アーセナルはデニス・ベルカンプを連れてきた。だから夏が来るたびに、リヴァプールが移籍市場で、同じようなフォワードを探してくれることを願っていたんだ」

ところがリトマネンは、期待されたようなインパクトを与えることができなかった。この頃には、すでに故障の問題を抱えていたためである。

リトマネンがリヴァプールに加入するのが4年早ければ、チームを取り巻く状況、そして何よりもオーウェンの境遇は、かなり違うものになっていた可能性がある。

■ ついにオーウェンが巡り合った理想的なパートナー

結局、オーウェンにとって理想的なパートナーとなったのは、ピンポイントのスルーパスを出せるスティーヴン・ジェラードだった。

オーウェンは2003/04シーズンの最終日、ニューカッスルと1-1で引き分けた試合で、リヴァプール時代の最後のゴールを決めている。これもジェラードの見事なパスからもたらされている。オーウェンはゴールを祝いながら、すぐにジェラードを讃えてみせた。

ただしこの時点では、ジェラードは中盤の比較的深い位置でプレーしており、オーウェンとダイレクトなコンビプレーを展開することはできなかった。ジェラードがもっと高い位置にポジション取りをし、ストライカーの背後でプレーするようになったのは数年後になる。

仮にオーウェンがリヴァプールに留まっていたなら、あるいはジェラードがもっと早い時期から前のポジションでプレーしていたならば、2人は完璧なパートナーになっていたはずだ。

またオーウェンは、イングランド代表では短期間ながら、ウェイン・ルーニーといいコンビネーションを披露している。ダイレクトにゴールを狙うルーニーのほうが、相手チームに脅威を与えていたとしてもである。

ただし、オーウェンがもっとも心惹かれたパートナーは、ジェラードでもなければルーニーでもない。その選手とは、リヴァプールに短期間所属したストライカー、なんとニコラ・アネルカだった。

オーウェンとアネルカは同時に頭角を現しただけでなく、いずれもゴールスコアラーとして、同じような役割をこなしていた印象を与える。

だが先に述べたように、アネルカ自身は最前線でプレーするのを嫌っていたし、むしろ引いたポジションで、チャンスメイクをするのを好んだ。この役割を全うできたのが2001／02シーズン、ローン契約で半年間だけリヴァプールでプレーした時期だった。

「リヴァプールでは一番いいプレーができた。自分が一番好きなポジションでプレーしていたからね」現にアネルカは、このように述べている。「おもに点を取っていたのはオーウェンだったし、彼ならどんな形でもゴールを決めてくれる。オーウェンがいたからこそ、僕は最高のプレーができた」

オーウェンも、アネルカとプレーした経験を楽しげに振り返っている。

「彼は多くのゴールを決めてくれたわけじゃない……でも、すばらしい才能を持った一流の選手であることはわかったよ。トレーニングではすばらしいボールタッチを披露してくれたし、深く下がってつなぎ役をこなすこともできた。それでいて足も速かった」

オーウェンが足の速さではなく、つなぎ役としてプレーする能力を指摘したことは、アネルカにとって大きな喜びだったに違いない。

だがアネルカは期限付きのローン契約が終わると、リヴァプールから去っていく。監督のジェラール・ウリエは、エル＝ハジ・ディウフを獲得したからである。

セネガル出身のディウフは、能力的にはアネルカよりも劣っていたにもかかわらず、アネルカと同じようにトラブルを起こす選手だった。

似たような補強の失敗は、ジブリル・シセの獲得に関しても指摘できる。2004年に加入したフランス人のシセは、オールラウンダーというよりも、純粋にスピードで勝負するタイプのフォワードだった。

■ オーウェンの行く手を阻んだ2つの要素

リヴァプールを離れたオーウェンは、レアル・マドリーに移籍する。

だがこの頃には、選手としてのピークをすでに過ぎてしまっていた。事実、レアル時代は故障も災いし、控え要員として大半を過ごしている。

その根因となったのは、1999年4月のリーズ戦で負った怪我だった。例によってオーウェンは、スルーパスめがけてディフェンス陣の裏に飛び出すが、その際に深刻なハムストリングのダメージを負ったのである。この時オーウェンは、まだ19歳だった。

しかもオーウェンは、十分に回復しないまま試合に戻っている。要因の1つは、リヴァプールのフィジオセラピスト（理学療法士）であるマーク・レザーが反対したにもかかわらず、ジェラール・ウリエが復帰を急がせたことだった。

結局、オーウェンは2013年に現役を引退することになる。その際に発表したコメントは、実に物悲しいものだった。

「『怪我のせいで自分にとってのもっとも強力な武器——スピードが失われなかったら、どんなふうになっていただろう』僕はそういう気持ちをずっと抱き続けている。

自分が脚光を浴びたシーンの多くは、現役生活の最初の頃に生まれたものだった。自分の体が負荷に耐えることができていたなら、さらにどんなに多くのことを達成できていたのだろうと、想像することしかできない。

自分には、スピードがあり過ぎたと言ってもいいと思う。19歳の時、リーズ戦でハムストリングがだめになった瞬間から、僕はプロのサッカー選手として妥協を余儀なくされてきた……それは間違いない。もし『スピードを奪われる怪我』をしていなかったら、今頃はもっとたくさんのトロフィーや新記録を手にしていたと思う」

時計の針を少し戻そう。

持ち前の足の速さに陰りがさしたオーウェンは、引いたポジションでプレーすることで対応していくようになる。

ニューカッスル時代の2007／08シーズンには、マーク・ヴィドゥカとオバフェミ・マルティンスの後方でプレーし、存在感を発揮した。ちなみに当時のニューカッスルは、再び監督に復帰したケヴィン・キーガンが率いていた。すでに指摘したように、キーガンはオーウェンのようなセンターフォワードに、深いポジションでプレーさせるのをためらわない人物だった。

ただしオーウェンが、かつてのような輝きを真の意味で取り戻すことは一度もなかった。

その事実はニューカッスルを自由契約で退団することになった際、彼のマネージメント会社が34ページに及ぶパンフレットを、わざわざ作成したことからもうかがえる。

このパンフレットはオーウェンを獲得するメリットを、他のクラブにアピールするためのものだった。内容的には、怪我が多いという噂を統計データで否定しつつ、タブロイドで報じられてきた内容を否定するための箇所も含まれている

このパンフレットがどこまで役に立ったのか否かは知る由もないが、最終的にオーウェンはプレミアリーグで何度も王座に輝いてきた、マンチェスター・ユナイテッドに移籍を果たす。しかも与えられたのは、クリスティアーノ・ロナウドが身に付けていた伝統の背番号「7」だった。

オーウェンは2010／11シーズン、ユナイテッドの一員としてプレミアリーグ優勝を経験する。リ

ヴァプール時代には無縁だった栄冠を、ついに手にしたのである。だが本人は「少し虚しさを感じた」とも述べている。優勝にはほとんど貢献できなかったからだ。

やがてユナイテッドを退団したオーウェンは、最後にストーク・シティで1シーズンだけ過ごした後、ユニフォームを脱ぐ。ストーク時代はシーズンを通して、プレミアリーグの試合に先発することはおろか、勝利をあげることも叶わなかった。

ゴール数もわずかに1点に留まる。1‐3で敗れたスウォンジー戦で、91分にヘディングからかろうじて一矢報いただけだった。華やかなキャリアを締めくくるゴールとしては、あまりに似つかわしくない幕切れだった。

ただし、その原因は怪我だけではない。

たしかに一番の武器である足の速さは衰えていったが、要因は他のところにもあった。対戦相手、とりわけ残留争いを繰り広げるようなスモールクラブが、対策を練り始めたのである。

1990年代のプレミアリーグでは、どのチームでもディフェンスラインを上げるのが一般的になっていた。空中戦で圧倒的な強さを誇るストライカーを、ペナルティエリアからできるだけ遠ざけておくためである。

しかしストライカーが駆使する武器は、「高さ」から「速さ」へと変化。足の速いフォワードを最前線に2人並べる手法が徐々に普及していく。

このような戦術は、21世紀が幕を開ける頃になると、トップクラブの試合で頻繁に見かけるようになる。現にアーセナルでは、アンリとシルヴァン・ヴィルトール、リヴァプールでは、オーウェンとディウフがコンビを組んでいる。

ただし、対戦相手も当然のように策を練る。ディフェンダーは自陣のゴールに引いて守るようになっただけでなく、徐々にスピードを身に付けていった。これがオーウェンにとっては致命傷となったのである。「トップクラスのディフェンダーと戦う時には、スピードが鍵だった」。オーウェンは証言している。「僕の場合、相手の体のサイズは問題にならなかった。一番の武器はスピードだからね。厄介なのは足の速い相手、僕の持ち前の武器であるクイックさに対抗してくる連中だった」

皮肉なことに、新世代のディフェンダーを生み出したのは、オーウェン自身だった。彼らはまさにオーウェンのような選手に対抗するために、スピードを身に付けていったからだ。

アーセン・ヴェンゲルは、かなり後にこんなふうに解説している。「サッカーは常に進歩していく。攻撃陣が新たな難題を突き付ければ、守備陣はそれに対応していく。この10年間に起きたのは、ストライカーの足がどんどん速くなるという現象だった。それに対して何が起きたか？　守る側も、どんどん足の速いディフェンダーを揃えていくことによって対応していったんだ」

オーウェンの前に立ちはだかったのは、オーウェン自身に他ならない。稀代のスピードスターもまた、自らが収めた成功に押しつぶされていったのである。

第3部——勢力拡大

第7章

ヨーロッパへの進出と、ローテーション制

「シーズンが進んでくると、監督の試合前のミーティングもどんどん長くなっていくみたいだ。ヨーロッパの大会では、いつも徹底的に相手を調べてくるんだ」

（アンディ・コール）

■マンチェスター・ユナイテッドが打ち立てた金字塔

マンチェスター・ユナイテッドの1998／99シーズンは、イングランドサッカー界にとって、金字塔であり続けている。プレミアリーグ、FAカップ、チャンピオンズリーグの三冠を制したチームは、それ以前にもそれ以降にも存在しない。

しかもユナイテッドは、5月16日から26日にかけて、プレミアリーグ最終節、FAカップ決勝、そしてチャンピオンズリーグファイナルの3連戦に臨み、3つの栄冠を立て続けにものにしてみせた。この功績が讃えられ、監督のアレックス・ファーガソンは、1ヶ月も経たずして「サー」の称号まで手に入れている。

しかもユナイテッドは、到底考えられないような状況から、しばしば勝利をもぎ取った。リーグ戦の最終戦では、トッテナムに逆転勝利し、FAカップの準決勝では、10人になりながらもアーセナルを破っている。この試合は事実上の決勝戦のような雰囲気も醸し出していたし、サッカーファンの間で語り継がれている。ユナイテッドに勝利をもたらしたのは、ライアン・ギグスの伝説的なゴールだった。

だがもっとも記憶に残るのは、チャンピオンズリーグ決勝である。

ユナイテッドはサッカー史上、もっとも奇跡的な逆転劇の1つを演じている。バイエルン・ミュンヘンに0-1とリードされたまま、アディショナルタイムを迎えたにもかかわらず、土壇場で2ゴールを奪い返した。

評論家たちは当然のように、ユナイテッドの「不屈の精神力」を絶賛するようになった。

だが驚異的な勝負強さを支えたのは、心理的な要因だけではない。ファーガソンは自らの戦術を進化させ、プレミアリーグのライバルチームよりも、はるかに洗練されたアプローチを取るようになっていた。

このような進化は、チャンピオンズリーグでも当然のように発揮されている。また、ユナイテッドが王座に輝いたことは、イングランドサッカー界全体にとっても特別な意味を持っていた。プレミアリーグ自体が、欧州の強豪に伸し上がったことを高らかに告げたからである。

1990年代にも、イングランドのトップクラブはヨーロッパの大会に参戦していたが、そのほとんどは赤面するような内容に終わっている。ユナイテッドはロシアのロートル・ヴォルゴグラードというクラブに敗退したこともあるし、ブラックバーン・ローヴァーズはスウェーデンのトレッレボリ、アーセナルはPAOKテッサロニキという、ギリシャの名もないクラブに大恥をかかされた。

ところが1998／99シーズン、ユナイテッドはバイエルン・ミュンヘン、バルセロナ、インテル・ミラノ、ユヴェントス相手に戦い抜き、最後は再びバイエルンを破ってトロフィーを手にした。

「ヨーロッパの大会で勝つことは私の悲願だった」。ファーガソンは後に述べている。「ヨーロッパのカップ戦で優勝を収めるまでは、自分が決して偉大な監督として評価されないことはわかっていたんだ」

■コール&ヨークの新たなコンビ

ファーガソンは1990年代、ヨーロッパの頂点に少しずつ近づいていく。そのプロセスは、長い時間をかけながら戦術の知識を蓄えていく、学習曲線の如きものだった。

たしかに基本フォーメーションに関しては、ほとんど変化が見られていない。ファーガソンは4-4-2を採用し続けていたからである。エリック・カントナの加入は戦術システムを4-4-1-1に変質させたが、ファーガソンはよりクラシカルな、4-4-2に近いシステムを敷いていたと見ていいだろう。

ちなみにカントナは1997年に現役を引退。テディ・シェリンガムが後釜を務めることになったが、当初は期待はずれに終わってしまう。これを受けてユナイテッドは、三冠を達成したシーズンの初めにドワイト・ヨークと契約を結ぶ。

かくしてチームは、シェリンガム、アンディ・コール、オーレ・グンナー・スールシャール、そしてドワイト・ヨークと、トップクラスの純然たるストライカーを4人も揃える形になった。

これはチーム作りの観点から述べればきわめて異例だった。

スールシャールは1996/97シーズンにチーム得点王になったばかりだったし、翌1997/98シーズンには、コールが同じ栄誉に浴している。一方、シェリンガムはトッテナムのチーム得点王を4回も経験した実績を誇る。ヨークの場合、アストン・ヴィラで三度チーム得点王となっていた。

普通に考えれば明らかにフォワードが2人余るだけでなく、これらの選手たちは控えに回ることにも慣れていなかった。たしかにヨークは、カントナのように敵のディフェンスラインと中盤の間に下がってプレーする選手だったが、カントナよりもオーソドックスなタイプのストライカーだった。

ちなみにファーガソン自身はヨークを獲得する際に、誰と誰を組み合わせようという明確なアイディアを持っていなかったことを認めている。また評論家たちも、ファーガソンがいかに全員を満足させるつもりなのかと思案に暮れていた。

アラン・シアラーとクリス・サットンの例が示したように、ストライカーは必ずしもプライベートでは仲が良くなくとも、ピッチ上で結果を出せることもある。現にコールとシェリンガムは互いを毛嫌いしており、何年も口さえ聞かなかったにもかかわらず、2人のコンビはそれなりに機能していた。

だがシーズン2戦目、ヨークがコールと初めて組んだウェストハム戦では0‐0の引き分けに終わるなど、2人を組み合わせた布陣は何の成果ももたらさなかった。

ところがコールとヨークは、やがてすばらしいコンビを組むようになる。

これはまさに驚きだった。多くの人々はヨークの加入によってコールは苦しむことになると指摘していた。それどころかヨークと入れ替わる形で、アストン・ヴィラに移籍するという説が、盛んに噂されていたからである。

しかしヨークとコールは親友同士になっていく。コールはユナイテッドがクラブの記録を塗り替えて獲得したヨークを自宅に招いただけでなく、夕食を振る舞いながら、マンチェスターでの生活に馴染めるように手を差し伸べた。

「僕は自分が孤独だったことを覚えている。世捨て人のような生活を送っていたからね」。コールは語っている。「同じような思いは、他の誰にもしてもらいたくない。彼が（新しい生活に）馴染むのを、手伝ってやれることに気が付いたんだ」

2人はいつも行動をともにするようになり、まるで兄弟のようだと評されるようになった。まったく同じ紫色のベンツを購入し、ナンバープレートまでほとんど同じ番号にしたほどだった。

2人が親交を深めたことは、ユナイテッドの戦術的な進化にもつながる。

そもそもかつてのコールは、気難しい人物だと考えられていた。気分屋で口数も少ない、一匹狼のようなキャラクターの持ち主だったからである。

このような性格は、ストライカーとして限界があるのではないかという懸念も生んでいた。ニューカッスルを率いていたケヴィン・キーガンが、コールを売却したのもそのためだった。コールは自分で点を取るだけの選手で、チームメイトと連動することができない。キーガンはこう判断を下して三行半を突き付けた。

ところが陽気なヨークが加入したことで、コールの印象は変わる。さらに2人はピッチ上でもコンビプレーを駆使したため、コールはユナイテッドの戦術システムにレギュラーとして組み込まれるようになっていった。

ヨークとコールは、自分たちは特にコンビネーションを練習したわけではないと主張したが、テレパシーでつながっているのではないかと思わせるようなプレーも何度か披露している。もっとも印象的なのはチャンピオンズリーグの一戦、カンプ・ノウでおこなわれたバルセロナ戦において、コールが伝説的なゴールを決めたシーンである。

ヨークは深い位置まで下がってくると、右サイドからのパスを受けるふりをしてそのままスルーし、ゴール前に近づいてきていたコールに渡す。コールはヨークに折り返し、ヨークはためらわずにワンツーパスを送る。こうしてコールはバルセロナのディフェンダーをかわし、スマートにゴールを決めたのだった。

■ ユナイテッドを支えた5つのユニット

ストライカー同士が、これ以上見事に連携した例を思い出すのは難しい。だが2人が見せた阿吽の呼吸は、1998／99シーズンにおけるユナイテッドも象徴していた。

4‐4‐2のフォーメーションでは、各ポジションのコンビプレーが鍵を握るが、ユナイテッドはバランスの取れた、5組のペアを擁していた。

まずピーター・シュマイケルの前では、ヤプ・スタムとロニー・ヨンセンがセンターバックのコンビを組んでいた。スタムは当初、イングランドサッカーのペースの速さに対応できずに苦しんだものの、すばらしい連携を誇るようになっていく。ヨンセンは怪我が多かったために欠場したこともあるが、スタムが強固な壁として立ちふさがり、ヨンセンはより冷静沈着で、クレバーなプレーをするコントロール役として対応。2人はともに非常に足も速かった。これもファーガソンに好都合だった。彼は1対1に強いディフェンダーを起用しようとしていたからである。

ピッチの右サイドでは、デイヴィッド・ベッカムとギャリー・ネヴィルが息の合ったプレーを披露した。2人は親友同士であり、ネヴィルはベッカムの結婚式で花婿の付添人まで務めている。もともとベッカムは、前任のアンドレイ・カンチェルスキスのように、スピードが持ち味のウインガーというよりも、ワイドに開いたミッドフィルダーであり、深めにポジションを取っていた。結果、右サイドバックのネヴィルを巧みにカバーすることができた。さらにベッカムの場合は、カンチェルスキスよりも狭めのポジション取りをしていたため、ネヴィルはオーバーラップしてクロスを狙うことも可能になっていた。

またベッカムはスター選手でもあると同時に、プレミアリーグの選手の中で誰よりもクロスを得意とする人物だった。ワールドカップフランス大会のアルゼンチン戦で退場し、イングランド代表敗退の原因を作った張本人だとやり玉にあがった直後のシーズンは、もっとも多くのアシストを記録している。

ピッチの反対側では、ライアン・ギグスとデニス・アーウィンが、長年にわたって卓越した連携プレーをを披露していた。ギグスはベッカムよりもかなり頻繁にドリブルを仕掛けたため、アーウィンはネヴィルほどオーバーラップしなかった。そもそもアーウィンは利き足が右だったため、大外を抜けてくるパターンが少なかった。またすでに33歳になっていたこともあり、より控えめな役割を喜んでこなしていた。

最後は、ピッチ中央のロイ・キーンとポール・スコールズである。

キーンが深めのポジションで、より守備的な役割をこなすようになっていたため、スコールズは逆に前に出てビルドアップを担当する。スコールズはベッカムにパスを散らしながら、ペナルティエリアの中に攻め上がり、ゴールを脅かすこともできた。

彼ら4人は単に中盤に並んでいたというよりも、見事にバランスの取れたカルテットのように機能していたと捉えられるべきだろう。ベッカムはクロッサー、キーンはタックラー、スコールズはパサー、そしてギグスがドリブラーという組み合わせである。

ただし4人が、たどってきた道程は微妙に異なる。

たとえばキーンとギグスは1993／94シーズン、ユナイテッドが初めて二冠を達成した際にすでにファーガソンに重用されていたが、ベッカムとスコールズはまだレギュラーにもなっていなかった。

またベッカムとスコールズは、4人で中盤を構成していく場合の一般的なパターンと異なり、より多くのオプションを提供していた。

スコールズはボールを奪い返すタックラーというよりも、むしろクリエイターだったし、ベッカムは速さで勝負するスピードスターではなく、ボールを持ちたがるタイプだった。

このような特徴は、ヨーロッパの大会ではきわめて重要になっていく。プレミアリーグの試合よりも、ボールをキープすることが重要だったからである。ファーガソンが1990年代半ばに常に語っていたように、ヨーロッパの試合では、一旦ボールを失うとすぐに奪い返すことはできない。ベッカムとスコールズは、チームにとって貴重な戦力となった。

Manchester United's treble winners in 1998/99

マンチェスター・ユナイテッド ◉ 1998/99 シーズン

三冠を達成したシーズンの基本布陣。カントナはチームを去ったが、ギグスのドリブル突破とベッカムのクロスからチャンスを演出。中盤のスコールズとキーンも攻撃に参加していく。当時のユナイテッドでは、さらにシェリンガムとスールシャールもFWに名を連ねていた

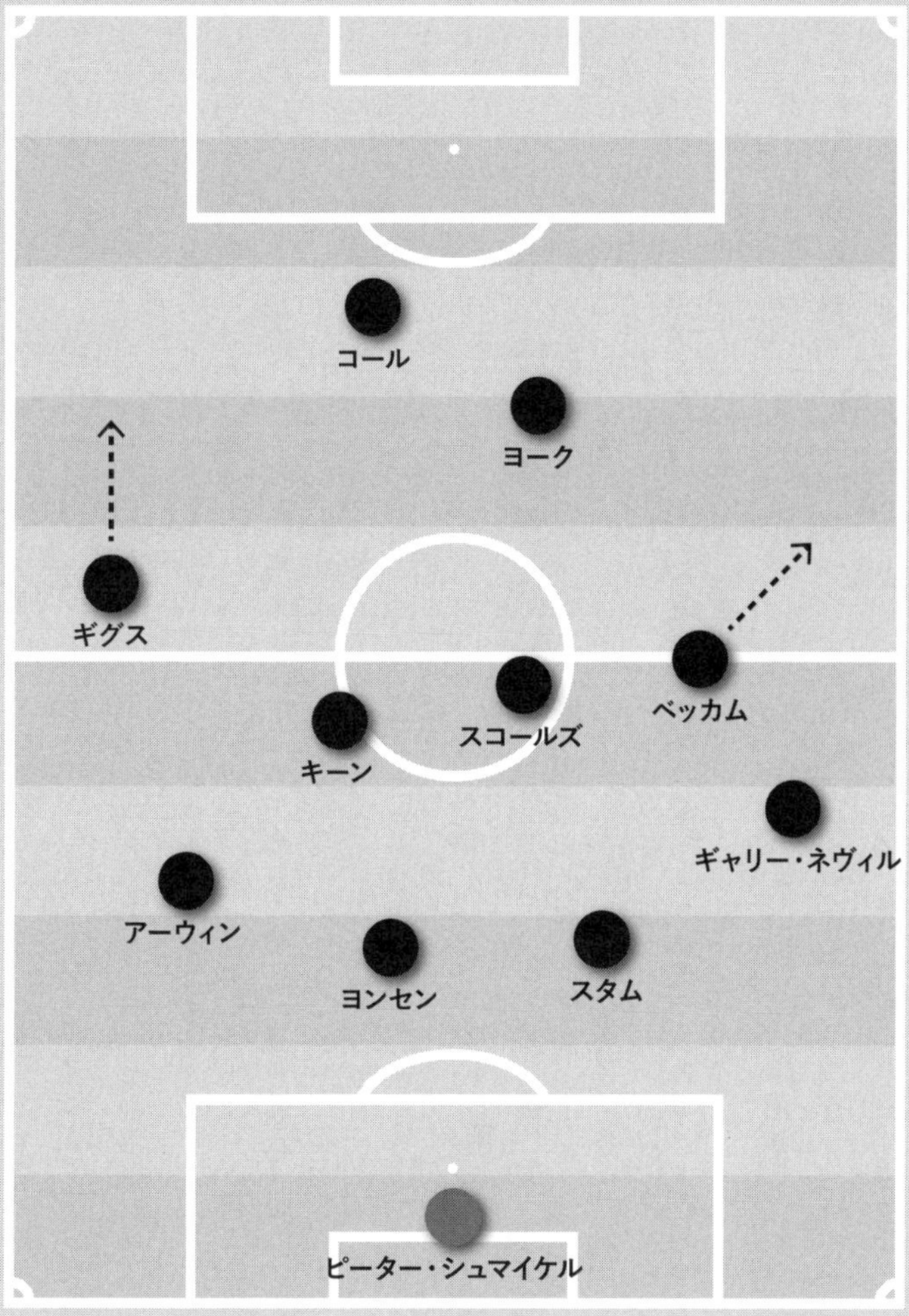

またユナイテッドの「92年組」は、カントナのプロフェッショナリズムに薫陶を受けていたことで知られるが、スコールズとベッカムは、カントナの引退によってもっとも恩恵を受けた選手でもあった。ファーガソンの言葉を借りれば、スコールズは「カントナタイプ」のディープ・ライニング・フォワードとして頭角を現している。ファーガソンは、フランス人の10番が去った際のレギュラー候補として、スコールズに大分前から目をつけていたとはっきり述べている。

一方、ベッカムは有名な背番号7を引き継ぎ、ユナイテッドの主なアシスト役に成長していく。ゴールをお膳立てする方法はカントナと異なっていたが、彼もまたチームでもっとも注目される選手となった。

ただし先にも述べたように、スコールズとベッカムはカントナ時代には見られなかった要素も、ユナイテッドのサッカーに加えている。

カントナはチャンピオンズリーグの試合に臨んだ際、存在感を発揮できないこともしばしばあった。ヨーロッパの対戦相手は、カントナのようなディープ・ライニング・フォワードに対処する術に、もっと長けていたからである。ロイ・キーンは歯に衣着せず述べている。「ヨーロッパの大切な試合で、彼が流れを変えてくれたケースは1つも思い出せない」

三冠達成に至る過程では、ユナイテッドの指導陣にも大きな変化が見られた。ファーガソンのアシスタントだったブライアン・キッドが、ブラックバーンを指揮するためにチームを去り、スティーヴ・マクラーレンが後任に就いたのである。

マクラーレンは、ダービー・カウンティにおいてコーチとして活動。もっとも将来有望な、イングランド人の若手指導者として評価を得ていた。

彼はブライアン・キッドのように、ユナイテッドのトレーニングセッションの大半を受け持つことになるが、選手たちは彼の革新的な方法と、魅力的な練習内容に大いに感動することになる。

彼は練習にラップトップコンピューターを持ち込み、ＰｒｏＺｏｎｅというソフトウェアを用いて試合を分析。ドレッシングルームにコンピューターが置かれている光景など、ほとんど見られなかった時代に、試合の映像をダウンロードして、特定の場面ごとに編集した資料を選手に見せた。

キーン、ベッカム、ギグスは、マクラーレンについて一様に同じことを述べている。曰く。彼はイノベーターであり、常に新しいノウハウを試そうとしている、と。マクラーレンは試合前におこなう準備や対戦相手の分析のレベルを高め、ユナイテッドの近代化に貢献したのである。

■ファーガソンに訪れた覚醒

事実、戦術に関しては、ユナイテッドはプレミアリーグの他のいかなるチームよりも洗練されたチームになっていく。これはファーガソンがヨーロッパでの試合経験を通して、教訓を学び続けていたことも大きい。

たしかにプレミアリーグには、海外から多くの外国人選手が流れ込むようになっていたが、当時のイングランドサッカー界は、ヨーロッパの他の国々から孤立したままだった。海外サッカーのテレビ放送もほとんどなければ、外国人の指導者も皆無に近い。そしてヨーロッパの大会に参戦した回数も、決して多いとはいえなかった。

１９９９年、ユナイテッドは五度目の挑戦でチャンピオンズリーグを制したが、大会に2回以上参戦したことがあるチームは、プレミアリーグではゼロだった。このためプレミアリーグのクラブは、ヨーロッパのトップクラブに戦術のレベルでまったく歯が立たなくなっていた。

ところがファーガソンにとっては、このような状況がきわめて大きなアドバンテージとなった。ヨーロッパで新たなアイディアを吸収し、国内の試合で活用することができたからである。

「ありとあらゆるシステムを眺めるのに夢中になったよ」

ファーガソンは1990年代中盤、自分がヨーロッパの戦いで得た貴重な経験について語っている。彼はアヤックスのスウィーパーの使い方、ミランのコンパクトな布陣、バルセロナのポゼッションサッカーに目を見張ったし、頻繁に海外を訪れ、対戦チームをスカウティングし続けた。

ちなみにファーガソンは1990年代初めから中盤にかけて、ユナイテッドの一部のファンから「ティンカーベル（気まぐれを起こして、チームをいじるのが大好きな人間）」というニックネームで呼ばれていた。大一番では、一見、不要に思えるような戦術変更をおこなう癖があったからである。

事実、1994／95シーズンの最終日には、ウェストハム戦でいきなり4‐5‐1を採用。これが裏目に出て致命的な引き分けを喫し、ブラックバーンに優勝を奪われたこともある。

だがファーガソンはためらわなかった。チャンピオンズリーグで格上のチームと対戦したり、より進化した戦術に対抗したりする際には、「チームをいじる」ことがますます必要になってきていたからである。

ファーガソンは、ヨーロッパでの大会を通じて常に教訓を学び続けた。とりわけ1994年、カンプ・ノウでバルセロナに0‐4で一蹴された際には、戦術面でも大陸側のチームに追いつく必要性を痛感したという。

「戦術でしてやられた時には、両手を上げて降参するしかない」。彼は語っている。「問題なのは、イングランドでは戦術的な試合ができないことだった……ましてやユナイテッドには実績を持った選手が多いし、彼らは自分なりのやり方でプレーしてしまう。だが、それではヨーロッパで通用しない。われわれが思い知らされたようにね。もっとレベルの高い、戦術的なディシプリンが必要になる……自分たちなりのプレーをしているだけではだめなんだ」

ファーガソンの「覚醒」は、プレミアリーグ時代に突入したイングランドのサッカー界が、戦術を真剣に学び始めるきっかけとなった。対戦相手の出方に応じて、自分たちのプレースタイルを調整していく。この作業がきわめて重要であることに気付き始めたのである。

ある意味、ファーガソンがこのような認識を抱くようになったのは、自然な流れだったともいえる。バルセロナに完敗するわずか4日前、ユナイテッドはプレミアリーグにおける最大のライバルだと睨んでいたニューカッスルと対戦。オールド・トラフォードで見事なプレーを披露し、2‐0で勝利したばかりだったからである。

これら2つの試合は、イングランドのサッカーと、ヨーロッパのサッカーに横たわるレベルの差を浮き彫りにした。

ニューカッスル戦は非常にオープンな展開となった。試合は、両軍が2つのゴールの間を常に行き来しているような、いかにもイングランドのサッカーらしい内容となり、最後はユナイテッドに軍配が上がっている。

だがバルセロナ戦では、たやすくボールを奪われただけでなく、相手が実に効果的にボールをキープしたために、ユナイテッドはボールを奪い返すこともできなかった。ファーガソンは、この現実に衝撃を受けたのである。

■チャンピオンズリーグにおける思考実験

以降、ユナイテッドはボールポゼッションを基盤にしたプレースタイルを、ひたすら磨いていくようになる。

「ヨーロッパのチームは、中盤で互いにパスを出すんだ」

ファーガソンはこの単純な方法論を、まるで驚くべき発見でもあるかのように語っている。「小さなトライアングルを作ってキープするし、中盤でワンツーを仕掛けてくる。だがわれわれのミッドフィルダーは、ワイドに開いた選手やサイドバック、前線のフォワードにパスを出している」

ファーガソンの発言は至極当然のように聞こえるが、実はきわめて重要なポイントを突いている。以降の10年から20年間、ヨーロッパのサッカー界では、中盤でいかにボールをキープするかが一大テーマとなっていくからである。

ところがプレミアリーグの場合、中盤は昔ながらの「戦場」のままだった。激しいタックルでボールを奪い返し、すぐさま他のエリアにボールを叩くことばかりが重視されていた。この時点では、中盤でゲームを組み立てていくという発想自体が、皆無に等しかったといえる。

ファーガソンはまた、守備に柔軟性を持たせることの大切さも認識していた。ヨーロッパで広く採用されていたような、ディフェンダーを1人余らせる方法に感心していたのである。

事実、ファーガソンは1996／97シーズン、プレミアリーグの試合で、チャンピオンズリーグに向けた戦術のテストをしばしば実施している。一連のテスト項目の中には、守備の方法論も含まれていた。たとえばダービー・カウンティ戦では、珍しくスリーバックのシステムを採用。これはユヴェントス戦を想定したものだった。

しかしユナイテッドのシステムはうまく機能せず、ベースボール・グラウンド（ダービーの旧スタジアム）で1‐1の引き分けに終わってしまう。かくしてファーガソンは、スリーバックに見切りをつけた。

とはいえこのようなケースは、ファーガソンがいかに地道に戦術の実験を重ねていたかを物語る。現にチャンピオンズリーグのユヴェントス戦で、フォーバックのシステムを用いて敗れた後には、再び戦術テストに集中。「選手たちは、戦術の意味（文脈）をもっと知っていく必要がある」と不満を漏らしたこともある。

このような経験を通して、ユナイテッドは着実に進化を続けていく。

やがてファーガソンは、「10番」の選手をマンマークする必要性を認識するようになる。プレミアリーグでチェルシー（ジャンフランコ・ゾラ）、ミドルズブラ（ジュニーニョ）、リヴァプール（スティーヴ・マクマナマン）と戦う際には、守備を重視した戦術が用いられるようになった。ましてやチャンピオンズリーグで対戦するようなチームは、すでにこの手の選手を擁していたからである。

1996／97シーズン、ラピド・ウィーンと対戦した際には、ロイ・キーンが敵の10番、ディートマー・キューバウアーを見事にマークしている。またロニー・ヨンセンがフェネルバフチェ戦で中盤に起用され、ジェイ＝ジェイ・オコチャを封じる役割を担ったことなどは注目に値する。

さらにファーガソンは、中盤を補強するためにワントップも使い始めるようになる。

ただしスリーバックは、依然としてほとんど機能しなかった。1997年におこなわれたトッテナム・ホットスパー戦などは2‐1で勝ちこそしたものの、スリーバックによる守備はひどい内容に終わったため、ファーガソンはヨーロッパでスリーバックの採用を、再び思いとどまるようになった。

むろん、ファーガソンの戦術実験が実を結んだこともある。

2ヶ月後、チャンピオンズリーグの準々決勝でポルトと対戦した際、ファーガソンは珍しく中盤をダイヤモンド型に構成するシステムを採用。4‐0で完勝を収め大喜びしている。この試合でライアン・ギグスはインサイドでプレーしたが、本人の言葉を借りれば、ギグス自身にとっても「キャリアにおいて最高のパフォーマンス」を発揮することができた。

こうしてユナイテッドは、徐々に戦術的な柔軟性も備えるようになっていた。

たしかに1996／97シーズンのチャンピオンズリーグ準決勝では、ボルシア・ドルトムントに合計スコア0‐2で敗れたものの、ユナイテッドは1戦目、2戦目ともに相手を圧倒。最終的に優勝を収めるドルトムントよりも、多くのチャンスを作り出していた。

■モデルとなったユヴェントス

ユナイテッドは翌1997／98シーズンもチャンピオンズリーグに参戦。この際には準々決勝でモナコに不甲斐なく敗れたが、グループステージでは見事なプレーを繰り広げ、イタリアのチャンピオンであるユヴェントスに3‐2の勝利を飾っている。

これはきわめて重要な意味を持つ勝利だった。前シーズン、ユナイテッドはバルセロナ、ユヴェントス、ドルトムントにことごとく敗れている。ところが今回はユヴェントスに雪辱を期すことができた。

この試合はファーガソン率いる選手たちにとって、ヨーロッパの真の強豪を初めて倒した記念すべき一戦にもなった。

ましてや相手はユヴェントスである。

たしかにユヴェントスはアヤックスやACミラン、あるいはバルセロナのようにロマンを掻き立てるサッカーはしていなかったかもしれない。だがその代わりにずば抜けて効率的なサッカーをするプロの集団であり、戦術的にもきわめて柔軟だった。

マルチェロ・リッピが率いる集団は、ユナイテッドの面々がもっとも畏敬の念を抱いていたチームだった。現にユナイテッドは、ユヴェントスにもっともプレースタイルが似たチームに成長していく。

「1990年中盤、チームとして成長しながら、チャンピオンズリーグで結果を出すために必要なことを学んでいた頃、ユヴェントスは僕たちにとって1つの基準になっていた」。ギャリー・ネヴィルは振り返っている。「自分たちも身に付けたいと思っていた要素を、すべて持っていたからね」

ファーガソンも同じ意見を持っていた。「私はユヴェントスを非常に尊敬するようになった。どこをとっても超一流のチームだ」。ファーガソンは語っている。「リッピもすばらしい監督だ」

当時のユヴェントスはヨーロッパのサッカー界において、もっともレベルの高い戦術を駆使するチームだった。その1つの要因は、多芸で、規律が徹底していて戦術的にクレバー。しかも労を惜しまずに、与えられた役割をこなすことができるハードワーカーを起用できたことだった。

事実、1997/98シーズンのチームも4人のハードワーカーを擁していた。モレノ・トリチェッリ、アンジェロ・ディ・リーヴィオ、ジャンルカ・ペッソット、アレッサンドロ・ビリンデッリである。

彼らはディフェンダーとしてもミッドフィルダーとしてもプレーできたし、左右どちらのサイドもこなすことができた。当時のユヴェントスには、将来、チェルシーで監督を務めることになるアントニオ・コンテも所属していたが、個々の選手は非常に適応能力が高かったため、先発メンバーのリストを見ても、誰がどこで起用されるのかがわからないほどだった。

「ポイントは、ジダンやデル・ピエロのような本当のクオリティの持ち主、想像力を掻き立てるような選手がいたことだけじゃない」。キーンは後に述べている。「むしろタフでずる賢いディフェンダー、誰も名前を聞いたことがないような選手たちだった。こういう連中がスペースをつぶし、完璧なタイミングでタックルを仕掛けてくる。そして試合の流れを読みながら、とっさに正しいポジションに移動してスペースをカバーしていくんだ」

これらの選手たちは、非の打ち所がないほど機能的にプレーした。テクニックは限られていても、リッピが試合中「仕事をこなしてほしい」と頼んだ時には、誰もがきっちりと役割を全うしてみせた。

「仕事をこなす」という表現は、当時のイタリアサッカーに、まさにぴったりあてはまる。

イタリアのサッカーとイングランドのサッカーの違いを解説した名著、その名もずばり『イタリアン・ジョブ（イタリア人の仕事ぶり）』（邦題『理想のために戦うイングランド、現実のために戦うイタリア、そしてイタリア人とともに戦う日本人』田邉雅之監訳／学研教育出版／2013年）と題された書籍において、ジャンルカ・ヴィアリはいくつかの結論を導き出している。その1つは次のようなものだった。

「イタリア人にとって、サッカーとは仕事だ。イングランド人にとってのサッカーはゲーム（スポーツ）なのだ」

ファーガソンはこの頃、イタリアサッカーに明らかに畏敬の念を抱いていた。現に彼はイタリアのサッカー関係者が持つ、「職務意識の高さ」について述べている。「ゲーム」ではなく、あえて「職務」という単語を使っている点からは、ファーガソン自身のサッカー観がうかがえる。

■ファーガソンが重用した「職人」たち

ではいかにして、ユヴェントスに追い付くか。

ファーガソンに求められていたのは、配下の選手たちにディシプリンを徹底させることだった。大一番に臨んだ場合には、少々面白みに欠けていても、戦術的な役割をしっかりこなしていかなければならないからである。

1997年、ユヴェントスに3-2で記念すべき勝利を収めた試合は、このような戦い方をした完璧な例になった。

まずファーガソンは、本来はディフェンダーであり、守備的ミッドフィルダーもこなせるヨンセンに重要な役割を与える。彼はヨーロッパでもっとも絶賛されていたプレーメイカー、ジネディーヌ・ジダンに対してすばらしいマンマークをおこなう。ヨンセンが発揮した戦術的なディシプリンは、この時期のマンチェスター・ユナイテッドをまさに象徴するものとなった。

ファーガソンはまた、機能的なプレーができる選手を徐々に重用するようになっていった。機能的なプレーができる選手とは、ポリバレント（複数のポジションをこなせること）で、ハードワークを厭《いと》わず、戦術的な意識が高い選手たち、すなわち安心して「仕事を任せられる」メンバーを意味する。

その代表格としては、フォワードのブライアン・マクレアーをあげることができるだろう。

カントナがチームにいた頃、ファーガソンは重要な試合で敗れるたびに、ブライアン・マクレアーを起用しなかったことを悔やんだ。ファーガソンの言葉を借りれば、マクレアーは控えめながらも、適応能力の高い「頭のいい選手」であり、攻撃陣の一員としてだけでなく、中盤においてもあらゆるポジションをこなすことができたからである。

事実、マクレアーは、１９９４／９５シーズン序盤におこなわれたリヴァプール戦でも存在感を示した。試合に先立ち、ファーガソンはフォワードにマーク・ヒューズを選ぶか、マクレアーを起用するかで揺れ動き続けた。リヴァプールの危険なフォワード、ジョン・バーンズを封じる上で、どちらがより戦術的な役割を全うできるかを判断しかねていたのである。

結局、ファーガソンはヒューズを選んだが、これは裏目に出てしまう。ユナイテッドは自らの陣形を維持できず、バーンズを自由に走り回らせたために劣勢に立たされた。

これを見たファーガソンは後半早々、スコアが０‐０の時点でマクレアーをピッチに送り出す。

マクレアーはしっかり期待に応えてみせた。味方の選手がバーンズを封じ込めるのをサポートしただけでなく、ゴールに向かって走り込み、相手を脅かしていったのである。結果、リヴァプールの監督であるロイ・エヴァンスは、機動力に劣るデンマーク人のミッドフィルダー、ヤン・モルビーをベンチに下げざるを得なくなった。

こうしてユナイテッドは流れを変えることに成功し、最終的に2‐0で勝利を収める。2点目を決めたのが、マクレアーだったことは指摘するまでもない。戦術的に述べれば、彼は相手の強みを消しただけでなく、弱点も剥き出しにしたのだった。

ファーガソンにとって必要なのは、マクレアーのような選手——自分に与えられた役割をしっかりこなしながら、戦術的な判断ができる選手だった。逆にこのような仕事をこなさなかった選手には、当然のように激怒した。

たとえばファーガソンは、ミッドフィルダーのポール・インスが戦術的な指示に従わないことに憤慨したし、ディフェンダーのギャリー・パリスターとポール・パーカーに対しては、さらに怒りを露わにしたこともある。1994／95シーズン、チャンピオンズリーグのグループステージでバルセロナ戦に臨んだ際、ファーガソンはロマーリオをマンマークするように命じている。ところが2人はこれを無視し、通常のようなゾーン・ディフェンスで守り続けたのだった。

対照的に、ファーガソンが高く評価したのはロイ・キーンだった。ユナイテッドに加入した頃のキーンはまだ20代の初めだったが、戦術的に様々なポジションをこなすことができた。ファーガソン曰く。「彼は頼んだことをなんでもこなせる。非常にディシプリンを守る意識が強いからだ。『Xという選手をマークしろ』と言えばそれをやるし、『センターハーフでプレーしろ』と言っても、何の問題もなくこなす。『ライトバックをやれ』と言っても、何の問題も起きない」

ただしキーンは、チームの中盤であまりにも重要な役割を担うようになったため、頻繁にポジションを変更するのが難しくなっていく。そこでファーガソンは1999年までに、「仕事をこなせる」他の選手を揃えるようになった。

まずフィル・ネヴィルはサイドバックと中盤の両方をこなせたし、ヨンセンはセンターバックと中盤を兼務できた。ニッキー・バットなら、中盤で相手の流れを妨げる「スポイラー」として投入することができた。イエスパー・ブロンクビストとジョルディ・クライフは4‐4‐2の枠に縛られずに、中盤の役割をこなすことができるような使い勝手のいい選手だった。

このような面々を揃えたファーガソンは、縦横無尽に采配を揮っていく。1998年12月、トッテナムと2‐2で引き分けた一戦などは、とりわけ興味深い。

ユナイテッドは、スールシャールが序盤に早々と決めた2ゴールにより、試合を2‐0とリードする。ところがハーフタイムの直前、ギャリー・ネヴィルは敵の左ウイング、ダヴィド・ジノラを引っ張り倒して、レッドカードを受けてしまう。ジノラはファウルを受けたことを大げさにアピールし、ネヴィルを退場させたのである。ちなみにジノラは、後にPFAの年間最優秀選手に選ばれている。最終選考に残った6人のうち、ユナイテッドに所属していないのはジノラだけだった。

その後、試合は荒れ模様になり、両軍併せて8枚のイエローカードが乱れ飛ぶようになる。これを見たファーガソンは、退場者がさらに出て9人になるのを避けるべく、選手の役割を次々に入れ替えていく。キーン、ヨンセン、ベルグ、そして最後にフィル・ネヴィルに対してジノラのマーク役を命じ、退場したギャリー・ネヴィルまで含めれば、90分間に5人の選手をローテーションさせ、厄介な相手を封じ込めていったのである。

たしかに試合そのものは、ソル・キャンベルが決めた2つのゴールによって引き分けに持ち込まれている。だがこのような戦い方は、当時のユナイテッドの大きな特徴となっていた。プレミアリーグの中で、戦術的なディシプリンが徹底した選手を、かくも多く揃えたチームは他になかったからである。

ユナイテッドとアーセナルは激しいライバル争いを繰り広げていくが、戦術的な対応能力は両チームの大きな違いももたらしている。

アーセナルはほとんどの場合、ユナイテッドのスーパースター軍団に匹敵する選手を起用することができた。カントナに対してはデニス・ベルカンプ、シュマイケルにはデイヴィッド・シーマン、ロイ・キーンにはパトリック・ヴィエラ、ヤプ・スタムにはトニー・アダムス、そしてギグスにはマルク・オーフェルマルスといった具合である。

ただし、控えメンバーの充実ぶりには明らかな違いが見られた。

確実に勝利を引き寄せていくためには、様々な戦術に対応できるような控え選手の存在が不可欠になる。ユナイテッドはこの種の選手を豊富に揃えていたのに対して、アーセナルの控え組には、先発メンバーと似たようなタイプの選手ばかりが揃っていた。アーセナルは「プランA（自分たちが採用している基本戦術）」に特化していたため、時と場合に応じて「仕事をきっちりこなす」ことができるバックアップメンバーがいなかったのである。

■インテルのスリーバックを攻略せよ

1998／99シーズンのチャンピオンズリーグに話を戻そう。

ファーガソンはトロフィーを手中に収める過程において、優れた戦術的洞察力も発揮している。とりわけインテルとユヴェントス相手に、ホーム・アンド・アウェーの2戦を通じて勝利をつかんでいく際には、その手腕が輝いた。

まずはインテル戦。ミルチェア・ルチェスク率いるインテルは、オールド・トラフォードでおこなわれたファーストレグで3‐4‐2‐1を採用。イバン・サモラーノの後ろで、ロベルト・バッジョとユーリ・ジョルカエフが自由に動き回る布陣で臨んできた。

このようなシステムに、4‐4‐2で対抗するのは難しい。バッジョとジョルカエフは、ユナイテッドの守備ラインと中盤の選手たちの間に生じるスペースを動き回る形になるし、ピッチ中央でもしばしば数的優位を作り出すからだ。

そこでファーガソンは配下の選手に対して、それぞれが複数の役割をこなすような、高度な戦術を課している。「われわれは中盤において、中央のエリアを守りながら、同時にクロスも入れていかなければならなかった」。ファーガソンは解説している。「彼らの試合は何回か見ていたし、センターバックから得点を奪えると確信していたんだ」

ファーガソンの対策は、実に理にかなったものだった。

まずサイドバックのネヴィルとアーウィンに対しては、極端なまでに中央に絞らせ、インテルの2人の10番タイプ、バッジョとジョルカエフを封じ込めさせる。

これに並行してベッカムには、敵の左ウイングバックであるアーロン・ウィンターと、左利きのセンターバック、フランチェスコ・コロンネーゼの間のスペースに攻め上がり、クロスを入れるように命じる。こうしてインテルのスリーバックの外側に広がるスペースを、容赦なく突いたのである。

この戦術はずばりと的中する。ドワイト・ヨークは、ベッカムのクロスからヘディングを2回決めて2‐0の勝利をもたらした。むしろ試合の流れを考えれば、同じ攻撃パターンから、さらに1点もぎ取っていて然るべきだった。

続くセカンドレグ。インテルのルチェスク監督は、左サイドで守備を担当する選手を、当然のように2人とも代えている。そのうえで、体調が回復したブラジル人フォワード、ロナウドを最前線に起用した。

インテルの陣形そのものはファーストレグと似ていたが、これを見たファーガソンは、今回は攻撃ではなく守備を重視する。具体的にはスコールズを外し、代わりにヨンセンをディフェンスラインから中盤に移して、キーンとコンビを組ませた。さらにヨンセンが抜けた穴にはヘニング・ベルグを配置し、スタムのパートナーに起用したのである。

ヨンセンとキーンのコンビは、バッジョとジョルカエフのマークに集中。これは守備を固めるだけでなく、攻撃のオプションも与えることにつながった。両サイドバックのギャリー・ネヴィルとアーウィンは、ファーストレグでは内側に絞り込んでインテルのプレーメイカーをケアしている。だがセカンドレグではピッチをワイドに使いながら、攻め上がることができるようになった。

「戦術的な鍵は……」。ファーガソンは後に解説している。「サイドバックにボールを渡すことだった。そうすればギャリー・ネヴィルとデニス・アーウィンが、試合をコントロールできるようになる」

インテルのフォワード陣は、ほとんど守備をしようとしなかったため、ギャリー・ネヴィルとアーウィンはたっぷりボールに触ることができた。しかもオールド・トラフォードでの苦い経験があっただけに、インテルの両ウイングバックは攻め上がることを恐れ、本来カバーすべきエリアをがら空きにしている。これもギャリー・ネヴィルとアーウィンにとって追い風となった。

ユナイテッドは試合のペースを巧みにコントロールしながら、敵地での試合を1 - 1の引き分けで終えることに成功する。同点弾を決めたのは、途中出場したスコールズだった。

こうしてユナイテッドは2試合を通じてインテルを下し、ベスト4に勝ち上がる。ファーガソンはインテル戦の勝利を、「私が率いるようになってから、(チームが) もっとも大きく成長した瞬間だった」と振り返っている。

■ユヴェントスとの死闘

インテル戦に比べれば、続くユヴェントスの準決勝は、はるかに厳しい内容となった。だがこの試合でも、ファーガソンの采配が勝利を引き寄せていく。

ファーストレグはやはりオールド・トラフォードでおこなわれたが、ユナイテッドは中盤を丸裸にされてしまう。

ユヴェントスは中盤をダイヤモンド型に組んだ布陣を採用。ディディエ・デシャンは深い位置で守備をケアしつつ、コンテとエドガー・ダーヴィッツが両サイドで上下運動を繰り返す。そしてダイヤモンドの頂点に配置されたジダンが、10番としてプレーする方式を採った。

一方のユナイテッドは、ベッカムとギグスがサイドに張り、キーンとスコールズが中央に構える形になったが、ベッカムとギグスが攻め上がったために数的不利に陥り、中盤を圧倒されている。

しかもキーンとスコールズは、ジダンによって本来のポジションから引きずり出され、空いたスペースをコンテとダーヴィッツに突かれる。最後はダーヴィッツがチャンスをお膳立てし、コンテに先制点を決められてしまった。

これに対してファーガソンは、ハーフタイムに戦術を変更する。

まずベッカムを内側に移動させ、実質的に3人目のセントラルミッドフィルダーとして起用する。中盤の数的不利を解消していくためである。代わりに右サイドバックのネヴィルにオーバーラップを命じ、ピッチを幅広く使った攻撃のオプションを確保する。ファーガソンはこれに並行して、ギグスに対しては、より前のポジションで攻撃に絡んでいくように指示した。

ファーガソンの策は奏功する。ユナイテッドは試合の流れを引き戻し、逆にユヴェントスにプレッシャーをかけていく。試合は0‐1でリードされたまま進んでいくが、後半、見違えるようなプレーをしていたギグスが、アディショナルタイムにきわめて貴重な同点弾を叩き込んだ。

しかもギグスは、ゴールを喜ぶ仕草をほとんどしなかった。ボールのほうを指差しながらチームメイトに自陣に戻るように促し、2点目を取って勝ちに行くぞとアピールしただけだった。このような貪欲な姿勢は、チャンピオンズリーグの大詰め、バイエルン・ミュンヘンとの決勝戦でも、きわめて重要な要素となっていく。

アウェーでおこなわれたユヴェントスとの第2戦、ユナイテッドは慎重なゲームの入り方を心がけた。怪我をしたギグスに代わって起用されたブロンクビストとベッカムは、内側に絞ったポジション取りをしている。これはファーストレグの後半、試合の流れを引き戻していった時と同じ方法である。

結果、ユナイテッドは最初からポゼッションで圧倒していくが、試合開始から15分も経たないうちに、スコアは0‐2となってしまう。その要因となったのはフィリッポ・インザーギが、いかにも彼らしいやり方で奪った2つのゴールである。

まずインザーギはネヴィルともつれ合いながらも、ジダンのクロスに足を合わせ、ゴール前の至近距離から1点目を押し込む。2点目はインザーギ本人が中央に折り返したボールがスタムに当たり、そのままシュマイケルを越えてゴールに飛び込むという、実に幸運な形でもたらされた。

だが、そこからユナイテッドはすばらしい攻撃を展開していく。

プレミアリーグで実践しているような戦術に回帰し、3‐2の逆転勝利へとつなげていったのである。ファーガソンの言葉を借りれば、配下の選手たちが「私が指揮を執るようになってから、もっともすばらしいパフォーマンス」を披露した試合となった。

まず24分、ロイ・キーンがヘディングを決めて反撃の狼煙《のろし》を上げ、チームを蘇生させる。これを後押ししたのが、ファーガソンの選手起用だった。

ファーガソンは再びスコールズを先発から外し、より守備を意識しながら戦術的なプレーができるニッキー・バットを起用していた。結果、キーンは思う存分、力を発揮できたのである。

ロイ・キーンは後にイエローカードを受け、決勝に出場できないことが決まるが、その後もチーム全体を牽引し続ける。このような状況の中、34分にはヨークが同点弾を決め、83分にはコールがこぼれ球を流し込んで、ついに勝ち越しに成功する。序盤にリードこそ許したものの、セカンドレグでは逆にユナイテッドが、自分たちのゲームプランを相手に強いたような内容となった。

■ 奇跡の逆転優勝へ

迎えた決勝は、真逆の展開となる。ユナイテッドはバイエルンに完全に圧倒されている。またファーガソンの戦術にも疑問が残った。

スコールズは、ユヴェントスとのセカンドレグで後半から出場していたものの、イエローカードを受けてキーンとともに決勝に出場できないことが決まってしまう。

これを受けてファーガソンは、ベッカムをバットとともに中央で起用する。代わりに右サイドにギグスを回し、左サイドにブロンクビストを配置するという、苦渋の決断を余儀なくされた。

ベッカムはゲームのテンポをコントロールするという点ではいいプレーを披露したが、代わりにユナイテッドは、右サイドからのクロスを活用できなくなってしまう。

これはチームにとって大きな痛手となっただけでなく、バイエルン側も利した。

バイエルンは、ピッチを幅広く使ったユナイテッドの攻撃を、とりわけ警戒していたからである。その事実はバイエルンの関係者がＵＥＦＡを説得し、横幅の広いカンプ・ノウのピッチを、４ヤード狭めさせていたことからもうかがえる。

しかも右サイドに起用されたギグスは、バイエルンのミヒャエル・タルナトに手を焼いた。左サイドのブロンクビストも存在感を発揮して、ゲームに影響を与えることができなかった。

対照的にバイエルンは、試合開始６分でゴールをあげて１‐０のリードに持ち込む。さらにその後もゴール枠を二度シュートで直撃するなど、早々と勝負にケリをつけていてもおかしくなかった。

一方ユナイテッドは、ベッカムを右サイドに戻してからようやく攻勢に出始める。ベッカムはネヴィルとコンビプレーを展開しながら、前方へ攻め上がっていくようになった。

しかし真の意味で試合の流れを変えたのは、やはり二度にわたるファーガソンの選手交代だった。ファーガソンは67分、ブロンクビストに代えてシェリンガムを投入。さらに81分にはコールをベンチに下げて、スールシャールをピッチに送り出している。ベッカムのコーナーキックから、アディショナルタイムに立て続けにゴールを奪ったのは、彼ら２人の選手だった。

まずベッカムが左のコーナーから蹴り込んだボールは、バイエルンのディフェンス陣にクリアされる。ギグスが右足で放った当たり損ねのシュートがゴール前に飛ぶと、そこに待ち構えていたシェリンガムが、インサイドキックでゴール隅に流し込んだ。

これでユナイテッドは、土壇場で１‐１の同点に追い付く。ところがその直後に、今度は逆転弾まで決めてみせる。再びベッカムがインスウィングのコーナーキックを入れると、シェリンガムが頭で方向を変え、スールシャールがとっさに足を合わせたのだった。

かくしてユナイテッドは、まるでドラマのような劇的な展開で、歴史的な勝利を収めた。だがこれはある意味、然るべくして決まったシュートでもあった。

そもそもファーガソンは、生粋のセンターフォワードを4人も揃えるという画期的なチーム作りをおこなっていたし、控えに回っていた選手が決定的な働きをしたからである。これこそがまさに1998／99シーズンのマンチェスター・ユナイテッドだった。

たとえばスールシャール本人は、スーパーサブという呼ばれ方を嫌っていたが、途中交代してチームを勝利に導く選手として、知られるようになっていた。

現に2月初めにおこなわれたノッティンガム・フォレスト戦では、70分過ぎからピッチに登場したにもかかわらず、そこから4ゴールを奪っている。このような特徴はバイエルン戦などでも存分に活かされている。クレバーで研究熱心だった彼は、タッチライン沿いから対戦相手の弱点を分析し、そこを突いてみせたのだった。

■ 三冠達成を支えた「ローテーション制度」

三冠を達成したこのシーズン、ユナイテッドがきわめて重要な勝利を飾ったほとんどの試合では、スーパーサブの投入や選手のローテーションがおこなわれている。

たとえば2－1でアーセナルに勝利したFAカップの準決勝では、ファーガソンはヨークとコールを休ませ、代わりにシェリンガムとスールシャールを先発させるという驚くべき決定を下した。

ちなみにファーガソンはギグスも先発から外していたが、年齢が高いアーセナルのディフェンス陣が疲れ始めたのを見ると、満を持してギグスを投入。フレッシュなギグスは、選手キャリアで最高のゴールを決めている。

一方、プレミアリーグの最終節でトッテナムに勝利した試合では、ファーガソンはシェリンガムを先発で起用し、後半からコールを投入している。

その際、トッテナムのセンターバックであるジョン・スケールズを、スピードで翻弄するように指示している。スケールズは試合に復帰したばかりで、スムーズに動けなかったためである。

ユナイテッドは0－1でリードされていたが、前半終了直前にベッカムがすばらしいシュートを決めて、すでに同点に追い付いていた。そして後半開始直後には、起用されたコールが期待に応え、決勝点を奪う形になっている。

ファーガソンの采配は、FAカップの決勝でも冴え渡った。

この試合ではキーンが故障のためにピッチを離れ、早々とゲームプランが狂ってしまう。するとファーガソンは、なんと交代要員としてミッドフィルダーのバットではなく、フォワードのシェリンガムを投入したのである。

これは奇策に思えたが、ファーガソンにはしっかりした読みがあった。

4日後、ユナイテッドはチャンピオンズリーグの決勝に臨む予定になっていた。ただしキーンとスコールズがカードの累積で欠場することが決まっていたため、バットを先発させざるを得ない。ファーガソンはこれを見越した上で、バットの体力を温存したのである。

しかもファーガソンは、シェリンガムをセンターフォワードとして起用するのに合わせて、スールシャールを中盤の右サイドに回し、ベッカムを内側に絞らせていくこともおこなった。この采配は、得点にもつながった。シェリンガムはファーストタッチでゴールを決めると、スコールズが決めた2点目も演出している。

ウェンブリーでおこなわれたFAカップ決勝では、さらに大胆な采配が見られた。

ファーガソンは驚くべきことにスタムとヨーク、つまり守備と攻撃の大黒柱をチャンピオンズリーグに備えて先発から外し、体の切れを保つために後半、短時間プレーさせるに留まったのである。

「（クラブの）取締役の中には、私がおこなった選手起用が理解できないと、さじを投げてしまった連中もいたよ」。ファーガソンは認めている。『一体全体、あいつは何をしているんだ？』――こう顔に書いてあった」

イングランドサッカー界でもっとも権威ある大会の決勝戦で、2人の主力選手を休ませる。そんな発想自体が信じられないが、ファーガソンは常に時代の一歩先を行っていた。現に数年前からはリーグカップの試合は主力選手を休ませ、若手に刺激を与える機会として活用するようにもなっていた。この種のやり方はビッグクラブに定着していくが、先鞭をつけたのはファーガソンだった。

国内のリーグ戦とカップ戦、そしてチャンピオンズリーグのような大会を並行して戦っていくために、選手を入れ替えていく。

この種の「ローテーション制」は、チェルシーのクラウディオ・ラニエリや、後にリヴァプールを指揮するラファエル・ベニテスなど、外国人監督に結びつけて論じられることが多い。イングランドのサッカー界では、監督は「固定メンバー」を起用し続けるべきであり、「勝っているチームには、絶対に手を入れるべきではない」とする信念が残っていたからである。

現にアストン・ヴィラはタイトルを獲得した1980／81シーズン、年間を通して14人の選手しか起用しなかった。そのうちの7人は全試合出場である。

逆に1998／99シーズンのファーガソンは、プレミアリーグの監督の中で、シーズンを通して「同じメンバーを起用し続けなかった」唯一の指導者となった。その代わりに1軍メンバーを定期的に休ませながら、控えメンバーを試合に絡ませ、絶えずチーム内をフレッシュに保ったのである。

これはシーズン終盤に大きな差を生んでいる。タイトル争いを繰り広げる他のチームがしばしば調子を落としたのに対して、ユナイテッドは常に調子を維持することができた。

ユナイテッドの快進撃を支えたのは、イングランドのサッカー界でもっとも評価される要素、すなわち「勝負強さ」に負う部分も大きい。だが実際にはフィジカルコンディションという、きわめて単純な要素によるものでもあった。

ユナイテッドの面々は、特定の選手に負荷がかかり過ぎないように配慮したし、ファーガソンは1軍のメンバーに匹敵するような能力を持った、控えメンバーも起用することができた。

「同じ選手たちで、非常に多くの試合をこなせるだろうと期待してはいけない」。ファーガソンは述べている。「少なくともチームを勝たせ続けようとするなら、そんなことはすべきではないんだ」

■アーセナルにも影響を及ぼした発想

ローテーション制がいかに重視されるようになったかは、6年前に初めてプレミアリーグを制した時と比べるとわかりやすい。

1992／93シーズンには全42試合がおこなわれたが、このうち40試合で先発した選手の数は8人にも上る。ところが1998／99シーズンになると、全38試合中、34試合以上に出場した選手は1人もいなかった。

またファーガソンは、こうして選手たちのコンディションを維持しながら、個々の才能も伸ばしている。フィル・ネヴィル、ニッキー・バット、ブロンクビストの3人は、当初はレギュラー格と見なされていなかったが、最終的にはプレミアリーグで半数以上の試合に先発している。さらに要所要所ではレギュラーに定着していない控えの選手が、存在感を示すケースもあった。

たとえばセンターバックのデイヴィッド・メイは、シーズンを通じて7回しか先発していない。にもかかわらず、チャンピオンズリーグの表彰式では主役のようにはしゃいだとして、しばしば物笑いの種になった。

だがチャンピオンズリーグの予選やグループリーグでは何度かベンチに入り、万が一の場合に備えたオプションを提供している。その意味ではメイも、当時のユナイテッドを象徴する選手の1人だった。三冠を達成する過程では、控えメンバーも常に重要な役割を果たしていたからである。

ユナイテッドが金字塔を打ち立てた後、プレミアリーグの他のトップクラブも、少しずつローテーション制を採用するようになっていく。

この傾向は特に攻撃陣で顕著に見られた。ライバルチームは、4人の一流ストライカーを確保したユナイテッドの手法を模倣しようと試みたのである。それはアーセナルも例外ではない。

たしかに1997／98シーズンに二冠を達成した当時のアーセナルも、ニコラ・アネルカとクリストファー・レを、バックアップメンバーとして擁していた。

だがユナイテッドの三冠制覇を目にするやいなや、ヴェンゲルはさらにフォワードを補強。ティエリ・アンリとデニス・ベルカンプの控えに、代表での経験も豊富なヌワンコ・カヌーとダヴォール・シューケルを揃えるようになる。

アーセナルは2001／02シーズンに再び二冠を制するが、この際にはさらにローテーション制を活用するようになっていた。

事実、オールド・トラフォードでおこなわれたプレミアリーグの一戦、マンチェスター・ユナイテッドとの直接対決では、控えのストライカー2名を先発させている。アフリカの年間最優秀選手に選ばれていたカヌーと、EURO2000の決勝でゴールを決めたフランス人、シルヴァン・ヴィルトールである。

ヴィルトールはこの試合で、唯一のゴールももたらしている。

むろん名のあるレギュラー陣は、ローテーション制を嫌がる傾向が強かった。ベルカンプはこの方式を「忌ま忌ましい」と表現している。だが選手たちの気持ちをよそに、ビッグクラブはトップクラスの人材を以前にも増して多く抱え込むようになっていく。これは格下チームとの差が拡大する要因ともなった。

その先鞭をつけたのがファーガソンであることはすでに指摘したとおりだが、彼は単に選手の頭数を揃えたり、コンディションを保ったりするためにローテーション制を採用していたわけではない。

ファーガソンのチーム運営に批判的な評論家たちは、選手を定期的に入れ替えたいだけなのだろうと示唆したが、真の狙いは別のところにあった。

彼は特定の対戦相手に対抗するために、特定の選手を起用し、特定の役割を授けるということをおこなっていたからである。その意味でローテーション制の採用は戦術的な必然でもあったし、ファーガソンが様々な戦術を駆使できるようになった、成長の証しでもあった。

そして選手たちもローテーション制度を受け入れた。彼らはユナイテッドの戦術が進化し、ヨーロッパの大会で実際に結果が出ていることを認識していたからこそ、ファーガソンの新たな流儀を受け入れたのである。

第８章
海外発の革命

「プレミアリーグで見られる新しいアイディアの99％は、外国から導入されたものなんだ」（マイケル・オーウェン）

■チェルシーが送り出した傭兵軍団

１９９２年８月15日、記念すべきプレミアリーグの第１節で先発した外国人選手は、リーグ全体でわずか11人だった。

ところがその７年後、時代の変化を象徴するような衝撃的な出来事が起きる。１９９９年のボクシング・デイで、とあるチームが先発11人すべてに外国人選手を起用したのである。それがチェルシーだった。

クリス・サットンとデニス・ワイズがともに負傷していたため、チェルシーはエト・デ・フーイ（オランダ）、アルベルト・フェレール（スペイン）、フランク・ルブーフ（フランス）、エマーソン・トーメ（ブラジル）、セレスティン・ババヤロ（ナイジェリア）、ダン・ペトレスク（ルーマニア）、ディディエ・デシャン（フランス）、ロベルト・ディ・マッテオ（イタリア）ガブリエレ・アンブロセッティ（イタリア）、グスタボ・ポジェ（ウルグアイ）、トーレ・アンドレ・フロー（ノルウェー）を起用。アンドレ・フローが２ゴールを決め、サウサンプトンを２－１で下している。

しかもチェルシーでは監督も外国人が務めていた。イタリア人のジャンルカ・ヴィアリである。このような状況は、まさに隔世の感があった。１９９２／９３シーズン当時は、外国人選手そのものがきわめて少なかったし、監督ともなれば外国人など一人もいなかったからだ。

ヴィアリと選手たちにとって、このような布陣で臨んだのはごく自然な流れだったし、メンバー選考に関しても、誰一人として違和感を抱いていなかった。

しかし彼らはドレッシングルームから姿を現した瞬間、自分たちがいかに大きな衝撃を与えたかを思い知らされる。異常な数のカメラマンが殺到し、次々にシャッターを切り始めたからである。

「(そんなに話題にされるとは)思ってもみなかったよ」。後にヴィアリは語っている。「ピッチ上で意思の疎通ができているなら、何の違いもないわけだから。何人かの選手は試合に出せなかったし、残念ながらそこにはイングランド人の選手も含まれていた。でも国籍は重要じゃない」

だが英国の新聞記者にとっては一大事だった。この一件はスポーツ面だけでなく、各紙の一面で報じられるような事件にまでエスカレートしていく。

たとえば『ガーディアン』紙は、文化的な意義を論じた社説を掲載。サッカー以外の分野にまで話題を敷衍させようと試みている。

「かつてのチェルシーは、外国人をもっとも毛嫌いするクラブの1つだった。これはそれほど昔の話ではない。サポーターは外国人選手がフィールドに立つと、ブーイングを浴びせていたし、自分たちのクラブの選手を標的にすることもあった」。社説にはこうある。「英国、つまりヨーロッパの他の国々と単一通貨を共有することにかくも難色を示してきた国が、いかにして大陸側や非ヨーロッパ圏の選手を迎え入れるようになったのか。このテーマは好奇心をそそられる」

ただしメディアの中には、はるかに過敏な反応を見せたところもある。

チェルシーは3ヶ月後の2000年3月、ラツィオに1-2で敗れたチャンピオンズリーグの試合でも、全員外国人選手で臨んでいる。この際、『インディペンデント』紙は、11人の先発メンバーの写真を掲載し「イングランドサッカーを侮辱する一枚」と一文を添えている。

Chelsea's first all-foreign XI in 1999

チェルシー ◉ 1999/2000 シーズン

1999年、ヴィアリが先発11人にすべて外国人選手を選び、物議を醸した際のメンバー構成。チームをまとめていたのはデシャンだが、後にはデサイーなども名を連ねていく。当時のチェルシーはカップ戦で存在感を発揮する、異色の傭兵軍団というイメージが強かった

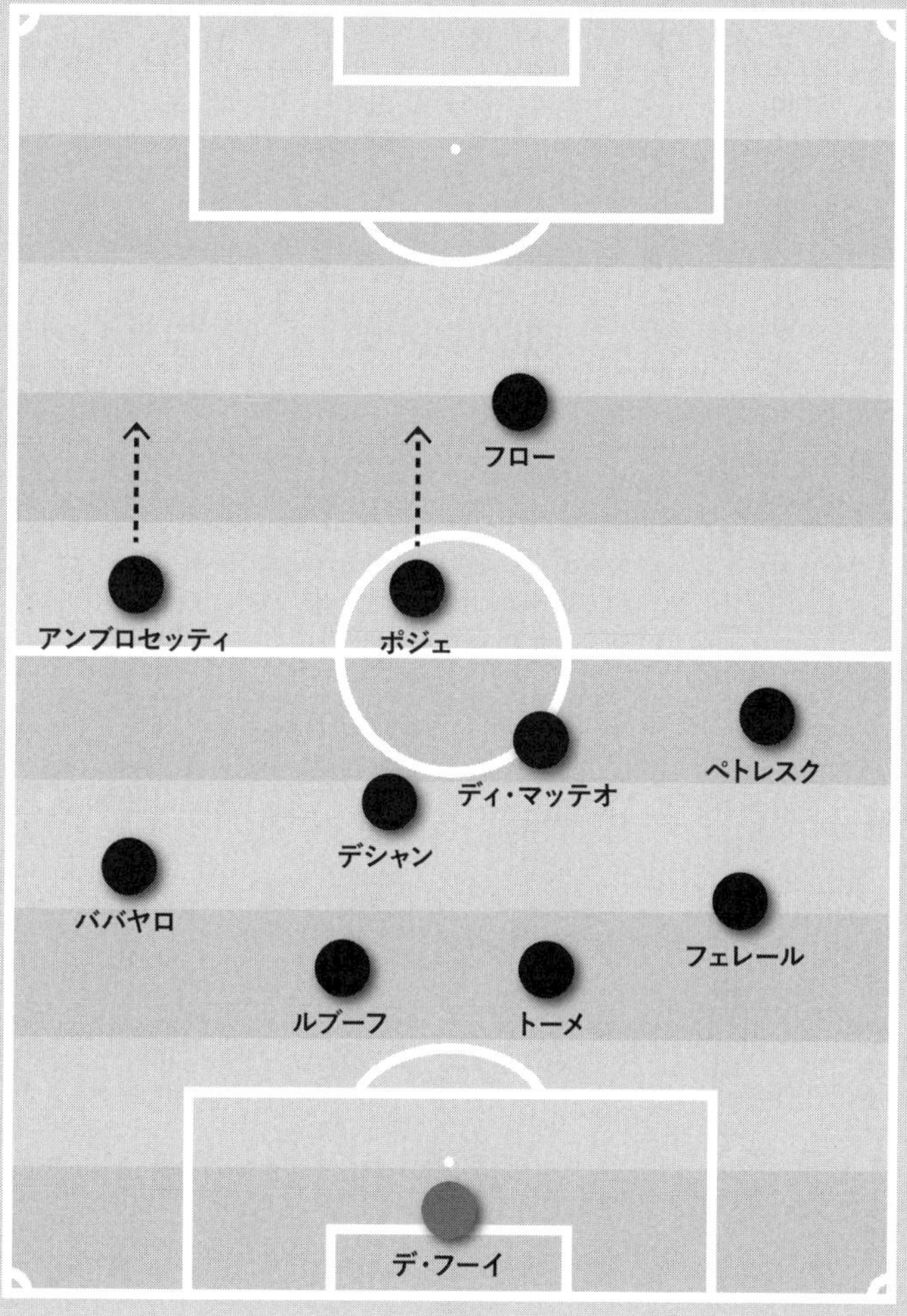

とはいえ、この手の論調は極論ではない。むしろ数年前までのイングランドサッカー界では、外国人選手を複数起用するだけでも、チームは轟々《ごうごう》たる非難を浴びていた。それどころか、英国以外からやってきた選手を4人以上ピッチに送り出すのは、ルールそのものに抵触する行為と見なされていたのである。

もともとイングランドサッカー界は、外国のサッカーに根深い不信感を抱いていることで知られていた。これは戦術だけに留まらない。巷ではしばしば忘れられがちだが、イングランドは20世紀を通じて、外国人選手そのものも排除しようとしてきた。

たとえば1930年、ハーバート・チャップマン率いるアーセナルが、オランダ人ゴールキーパーのジェリット・カイザーと契約を結ぶと、サッカー協会は外国人選手に対する2年間の「居住ルール」を即座に導入している。これはイングランドのクラブが、外国人選手と実質的に契約を結べないようにするものだった。

このルールは驚くべきことに、1970年代まで適用され続けた。ようやく廃止されたのも、英国が欧州経済共同体に加盟し、大陸側のルールに従うことを義務付けられたからに過ぎない。

■イングランドなのか、英国なのか

しかも、この話には続きがある。サッカー協会は1976年にヨーロッパ大陸側の規定を受け入れるが、フットボールリーグ側は独自の方針を貫いたのである。

フットボールリーグの会長だった、アラン・ハーデカー曰く。

「監督たちが、外国の選手と契約を結ぶのを阻止することはできないが、われわれが運営する大会でプレーさせないようにすることはできる」

欧州経済共同体は2年後、このような方針は「ローマ条約」（1957年に制定された基本条約）違反だと、わざわざ見解を表明している。欧州経済共同体では雇用の平等が謳われており、雇用の差別に当たるからだ。

にもかかわらずイングランドのサッカー界は、11人の先発メンバーに関する国籍の枠組みを維持することに成功。以降、この状況は20年近くも続いていくことになる。たしかにプレミアリーグが開幕した時点では、各クラブは外国人選手を好きなだけ雇えるようになっていた。だが同時にピッチ上に立てる外国人選手は、いかなる場合でも3人までに制限されていたのだった。

ただしこの問題は、実際にはさらに複雑に入り組んでいた。原因は「イングランド」と「英国」を巡る政治体制と複雑な歴史、そしてサッカーの世界における独特な立場である。

プレミアリーグでは、ウェールズ、スコットランド、北アイルランドの選手は外国人選手とは見なされなかった。法律上は、すべて「英国国民」となるからである。

アイルランド共和国は別の国に当たるが、英国と自由に行き来できる協定を以前から結んでいた。このためアイルランド共和国の選手も、外国人とは見なされなかった。英国のサッカー界で「外国人選手」という場合には、英国とアイルランド共和国以外の選手を指すのはこのためである。

ところがUEFAの解釈は異なっていた。

UEFA側から見れば、イングランドはウェールズ、スコットランド、北アイルランド、アイルランドとは別個の国となる。現に国際大会にはそれぞれの協会が代表チームを送り込んでいたし、国内リーグも別々に存在していた。各国リーグで上位になったチームは、UEFAが主催するヨーロッパの大会に参戦していたからである。

このためヨーロッパの大会では、イングランドの各クラブは3人の「外国人」選手と、2人の「同化した」選手（該当国に居住している選手）しか、試合当日のメンバーに加えることが許されなくなった。

このような状況は、マンチェスター・ユナイテッドにとって特に問題になった。

もともとユナイテッドには、英国圏の選手（UEFA側が定めるところの「外国人選手」）が数多く名を連ねていたからである。事実、1994年にバルセロナに遠征した際、アレックス・ファーガソンは外国人選手の3枠をウェールズとアイルランド出身の選手に割り当てるべく、ピーター・シュマイケルを外したこともあった。結果、試合では控えのキーパーであるギャリー・ウォルシュを起用する羽目になり、4失点を喫してしまっている。

驚くべきことにサッカー協会は、外国人を3人だけに制限する独自の方式を維持しつつ、UEFA側と歩調を合わせることも真剣に検討していたという。アイルランドやウェールズなど「イングランド以外の」国の選手も、外国人として扱う可能性を探っていたのである。

この事実は、サッカー協会の会長チーフ・エグゼクティブであったグラハム・ケリーも認めている。曰く。「現在の規定を検討する必要があると思う。ヨーロッパと同じような枠組みを採用することが、イングランドサッカーや母国出身の選手にとってプラスになるかどうかを、見極める必要がある」

だがファーガソンは、当然のように憤慨している。

「そんなことをすれば、すばらしい選手たちに実質的に門戸を閉ざしてしまうことになる。ジョージ・ベスト、ダニー・ブランチフラワー、デニス・ロウ、こういう連中がいなかったら、イングランドのサッカーはどうなっていただろうか？」

■ボスマン判決が与えた衝撃

ただしファーガソンの懸念は杞憂に終わる。1995年には、国内リーグでもヨーロッパの大会においても、外国人選手に関する制約が撤廃されたからである。きっかけとなったのは、様々なクラブを渡り歩くベルギー人選手、ジャン＝マーク・ボスマンが風穴を開けたことだった。

ボスマンは、ベルギーの1部リーグに属するRFCリエージュにおいて、ミッドフィルダーとしてプレーしていた選手だった。彼は1990年に契約が満了した際、フランスのダンケルクというクラブに移籍することを望んでいた。

だが当時のサッカー界では、契約が終了しても選手が自由に移籍することはできなかった。事実、リエージュ側は、大幅に水増しした移籍金を要求。ダンケルクが首を縦に振らなかったため、ボスマンの放出を拒否したのである。

さらにこの時点では、ヨーロッパ各国間で、移籍に関するルールが異なっているという問題も存在していた。たとえばボスマンがイングランドのクラブ間に所属していた場合には、イングランドの他のクラブに移籍することができたし、移籍金は裁判所によって決定されることにもなっていた。

ただしベルギーでは、クラブ同士が金額面で合意に達しなかった場合、配下の選手が移籍するのを阻止できるようになっていた。このためボスマンはリエージュに飼い殺しにされたばかりか、もはや1軍の選手ではないということで、給料が減額される状況にも陥ったのである。

ボスマンは苦境を打開すべく裁判に訴える。すると欧州司法裁判所は、至極当たり前の判断を下した。当時、ベルギーのサッカー界でまかり通っていた慣習は、EU加盟諸国間で認められている労働者の自由な移動を妨げるものだとして、ボスマンの主張を認めたのだった。

この画期的な判決は、2つの大きな影響をもたらした。

まず契約が切れた選手たちは、自由契約という立場で他のクラブに移籍できるようになった。

それと同時に各国リーグは、他のEU諸国からやってくる外国人選手に対して、外国人枠を適用することができなくなったのである。枠を課すことができるのは、非EU諸国から来た選手だけになった。

むろんイングランドサッカー界の上層部は、この判決にいい印象を抱かなかった。事実、サッカー協会は、自分たちは法律の制約を受けない超越的な存在だと主張し、独自の方針を貫こうとしている。

とはいえ外国人選手に枠を課す発想など、論理的にも正当化できるはずがない。このため妥協を強いられ、4年後にチェルシーで起きるような出来事を懸念するような状況に追い込まれた。

「1つのチームで非英国籍の選手が11人もプレーする。こんな日が本当に来るどうか、様子を見てみるしかない」。サッカー協会のグラハム・ケリーは、肩を落としながらコメントしている。

ところが当のボスマンの弁護団は、そのような状況が生まれる可能性を軽視していた。各クラブはサポーターに愛想を尽かされないようにするために、地元出身の選手を起用し続けるだろうと主張していたのである。

弁護団の予想が、まるで見当外れだったことは指摘するまでもない。ボスマン判決はサッカー界の構造を一変させることになるからだ。そもそも今にして思えば、あれほど公平性に欠けたシステムが見直されるまで、かくも長い時間がかかった事自体が驚きだったといえる。

ともあれ、ボスマン判決がサッカー界に深刻な影響を及ぼすことは火を見るよりも明らかだったし、当時は移籍市場そのものが崩壊するのではないかと思われた。現に様々な新聞は、サッカー界が「危機に陥った」という見出しを一様に打っている。

中でも特に懸念されたのは、下位リーグに所属する小さなクラブの動向だった。これらのクラブはめぼしい選手を上位リーグのクラブに売ることで、活動資金を捻出していたからである。

はたして選手たちは、契約が切れる前に他のクラブに鞍替えするのか、あるいは単純に契約が切れるのを待って、移籍金ゼロで移ろうとするのか。世間では憶測が乱れ飛んだ。

特に後者のシナリオが実現した場合には、移籍先のクラブは選手獲得の際に支払う移籍金を節約できるようになる。新たなクラブに移った選手は、移籍金がかからなかったということで、より多くの給料を受け取ることができるようにもなるはずだった。いずれにしても、サッカー界の実権はクラブ側から選手側へと劇的な形で移行したのである。

■劇的な変化が起きたイングランド

ボスマン判決は、サッカー界における契約の概念を根本から変えたが、もっとも大きな影響は別のところに出ていた。選手が自由に移籍できるような環境を、実際に作り出したことである。外国人枠が撤廃され、各国のクラブチームは好きな選手を好きなだけ雇えるようになった。

しかも欧州司法裁判所の判決は12月に下されて即時発効となったため、各国リーグはシーズン途中で対応に追われている。

たとえばドイツでは、ブンデスリーガのクラブが紳士協定を結び、現行のシーズンが終わるまでは外国人選手の枠を3人に制限することで合意している。

対照的にイングランドでは、状況が一気にがらりと変わっている。

まず判決から2週間も経たないうちに、マンチェスター・シティは1試合で4人の外国人選手をピッチ上に送り込む。1995年12月26日におこなわれたブラックバーン戦で、ミッドフィルダーにはジョージア人のゲオルギ・キンクラーゼと、デンマーク人のロニー・エーケルンド、そしてゴールキーパーとストライカーには2人のドイツ人、アイケ・インメルとウーヴェ・ロスラーを起用したのである。これはイングランドのクラブチームとして初のケースとなった。

ただし効果はすぐに得られなかった。シティは前年の優勝チームに０-２で敗れている。奇しくもこの「ボクシング・デイ（クリスマス明けの26日）」は、プレミアリーグにおける外国人選手問題で、歴史的に重要な日になっていく。

冒頭で述べたように、シティが初めて４人の外国人選手を起用したちょうど４年後、つまり１９９９年のボクシング・デイは、チェルシーが11人の先発メンバーにすべて外国人を起用した、初めての瞬間になったからである。

とはいえ、すべてのクラブチームや選手たちが、新たな時代の流れに対応できたわけではない。ノッティンガム・フォレストの元監督であるフランク・クラークは、UEFAカップにおいてリヨンと対戦する直前、自らが目撃したシーンを記憶していた。「サイコ」の異名をとったキャプテンのスチュアート・ピアースは、例によって拳《こぶし》を突き上げながら、チームメイトにこう檄《げき》を飛ばしたという。

「俺たちが勝つさ、俺たちはイングランド人のチームだからな！」

この発言は明らかに間違っていた。クラークは述べている。

「スチュアートは、自分が間違っているかもしれないなどと思ってもみなかっただろう。チームにはノルウェー、オランダ、イタリア、スコットランド、ウェールズ、アイルランド人のチームメイトたちがいたわけだから。こういう連中が間違いに気付いたかどうかはわからない。仮にそうだったとしても、彼のミスを慌てて指摘した選手は１人もいなかった」

■ボスマン判決によって加速された、戦術の進化

外国人選手の突然の流入は、他のいかなる要素にも増して、イングランドサッカーの戦術に大きな変化をもたらしている。

とりわけ1990年代を通じて、イタリア、フランス、オランダの選手が加入したことは、以前と異なる役割やポジション、プレースタイルを取り入れるきっかけとなっただけでなく、様々な監督が旧来の4-4-2に囚われず、柔軟にフォーメーションを検討していく縁《よすが》となった。

かつてヨーロッパ大陸側からやってきた「10番」の選手たちは、ピッチ上で展開される攻撃に創造性を加えたが、今や各チームは文字どおりピッチ上のあらゆる場所で、戦術を進化させ始めたのである。

これを促進したのが、世界の様々な国が持つ独自のサッカー文化だった。ポジションこそ同じでも、イングランドとまるで解釈が異なる国も存在するからである。

たとえばブラジルは、攻撃的なサイドバックを輩出してきたことで知られている。

現にブラジル人選手の加入は、アーセナルに劇的な変化をもたらした。強烈なタックルを得意とする左サイドバック、イングランドのナイジェル・ウィンターバーンはポジションを失い、代わりにダイナミックなプレーと、オーバーラップが持ち味だったシルヴィーニョに取って代わられる。

シルヴィーニョは短期間ながらすばらしいプレーを披露し、アーセナルの攻撃サッカーの進化に貢献、PFAの年間ベストイレブンにも選ばれている。その後、偽造パスポートの疑惑が高まってスペインに移籍したが、再び自らの実力を証明し、バルセロナでは充実したシーズンを過ごしている。

1990年代、最高にエレガントなプレーを見せたセンターバックも、やはり外国人選手だった。

ベルギーのフィリップ・アルベールは、ニューカッスルが1995／96シーズンにプレミアリーグ制覇に挑んだ際に、主力メンバーの1人として活躍している。1996年、マンチェスター・ユナイテッドを5-0で一蹴した有名な試合では、シュマイケル相手に圧巻のチップシュートを決めてみせた。

トッテナムのゲオルゲ・ポペスクも然り。彼はセンターバックでありながら中盤でもプレーすることができたし、必要とあらば怒濤の勢いで攻め上がることもできた。

事実、アーセナルとの「ノース・ロンドン・ダービー」では、センターフォワードのポジションに姿を現して決勝点を奪ったたし、ニューカッスル戦でも見事なゴールを決めている。ポペスクはボールを受け取ると、実に落ち着き払ってまず相手を1人かわす。さらにワンツーで敵の間をすり抜けながら、グラウンダーのシュートを放った。ただしポペスクは、イングランドではわずか1年間しかプレーせず、やはりその後にバルセロナに移籍した。

この頃イングランドにやってきた、生粋の「ディープ・ライイング・プレーメイカー」の1人としては、ミドルズブラでプレーしたブラジル人、エメルソンもあげることができる。

ミドルズブラではジュニーニョと同じ時期にプレーしたが、エメルソンも途方もない才能に恵まれた選手だった。ボールを持った時の存在感は抜群で、射程の長い対角線上のパスを両ワイドに散らしていくことができた。

ただしジュニーニョと違い、エメルソンはイングランドでの生活に馴染めず苦労している。主な原因は妻がブラジルに帰国し、ミドルズブラに戻ってくることを拒否したことだった。

結果、エメルソンはシーズン中にもかかわらず、リオ・デ・ジャネイロで過ごすことを余儀なくされている。さらにエメルソンは妻と一緒にブラジルにいるためなら、喜んでサッカー選手を辞めるとまで発言したが、最終的にチームに復帰。その後、彼もまたバルセロナから秋波を送られることになる。バルセロナの監督を務めていたボビー・ロブソンは、ポルト時代にエメルソンと仕事をしたことがあったからだ。しかしエメルソンはテネリフェに移籍し、次にラ・リーガで優勝を収めていた、デポルティボ・ラコルーニャへと渡っている。

結局、エメルソンはミドルズブラで41試合に出場するに留まったし、長く語り継がれるようなインパクトを与えることはほとんどできなかった。だが彼が誇るパスレンジの広さは、当時のイングランドサッカーでは、他に類を見ないものだった。

■ 先駆者、ルート・フリットのバックグラウンド

とはいえ、海外からやってきた選手が斬新なプレースタイルを披露した例としては、やはりオランダ人のルート・フリットをあげなければならない。

フリットは同世代の選手の中で、間違いなくもっとも才能に恵まれていた。現に1987年にはバロンドールを獲得したし、翌年にはオランダ代表のキャプテンとしてEURO88で優勝を経験している。

1995年にチェルシーに加入したフリットは、もっとも脂が乗った状態でプレミアリーグにやってきた、2人目のスーパースターだったといえる。その1人目は、前年の1994／95シーズンに1年だけトッテナムでプレーした選手、ドイツ人のユルゲン・クリンスマンである。

フリットは信じられないほど多彩なプレーヤーで、ディフェンダーやミッドフィルダー、そしてフォワードも難なくこなすことができた。たしかにこの手の選手は、オランダではさほど珍しくない。オランダのサッカー界は、個々の選手がすべての役割をこなす「トータルフットボール」、ヨハン・クライフが掲げたビジョンに強く影響を受けていたからである。だがこの事実を差し引いても、フリットほどあらゆるポジションを完璧にこなせる選手は、ほとんど存在しなかった。

フリットは10代初めの頃、アムステルダムの西にある、DWSという小さなクラブでディフェンダーを務めていた。当時はスウィーパーとしてプレーしていたが、ボールを受け取ると1人で攻め上がり、守備

の局面を一気に攻撃へと変えていく、独特なプレースタイルで名を知られるようになる。

当時、アムステルダムにあるユースチームでは、ショートパスをつなぐスタイルが浸透していた。クライフを輩出したアヤックスが、圧倒的な強さを誇っていたためである。だがフリットのプレースタイルは、アヤックス流の発想と明らかに異なっていた。

そもそもフリットには、昔からアウトサイダー然としたところがあった。

これは彼がアムステルダムに住みながら、アヤックスで一度もプレーしなかったことだけが要因ではない。スリナム系の血を引く、長身でドレッドヘアのフリットは、プロのサッカー選手になってからも、絶えず人種差別に悩まされ続けた。現にバロンドールに輝いた際には、受け取ったトロフィーを獄中のネルソン・マンデラに捧げるともコメントしたこともある。

時計の針を戻そう。

フリットは1979年、ハールレムというクラブでプロに転向。最初はセンターバックでプレーしていたが、2年目にはフォワードにコンバートされる。そして1982年にフェイエノールトに移籍すると、ほとんどの場合は右ウイングをこなすようになった。

このフェイエノールト時代には、サッカー界に未来への方向性を示唆した人物、例のクライフとも短期間プレーしている。クライフは正式に監督を務めていたわけではなかったが、実質的にチームの戦術を決め、選手たちの指導もおこなっていた。

ある試合で遠征した際、フリットとクライフはホテルの部屋に戻るエレベーターの中でサッカー談義を始め、ともに深夜まで語り合ったという。

後にクライフの姪はフリットと結婚することになるが、その際クライフはフリットに対して、キャリアメイクに関するアドバイスも与えている。

クライフが与えたアドバイスとは、いずれフェイエノールトを去って、ビッグクラブに移ることになるだろうが、移籍先ではチームを仕切らなければならない。類い稀な才能を活かすためには、自分を中心したチームを作るべきだというものだった。

「彼は指導や独特なサッカー論を通して、新しい戦術の見方を教えてくれたんだ」

フリットはクライフから受けた影響について、こう証言している。

事実、1985年にPSVに加入する際には、フリットはクライフのような雰囲気を醸し出すようになっていた。まずチーム側に対しては、ユニフォームを変更するように求めている。赤いユニフォームとソックス、そして黒いパンツという組み合わせは心がときめかない。代わりに白いパンツと白いソックスを合わせるべきだと主張している。

またフリットは、右サイドバックのエリック・ゲレッツと右ウイングのレネ・ファン・デル・ハイプが連動できていないことに気が付くと、コンビプレーの質を高めるべく指導にも取り組んでいる。監督とは別に、個人的にである。

だが何より注目すべきは、選手の起用方法や戦術を変更するように要求したことだった。

自分にとってもっとも相応しいのは、一気に攻め上がっていく「攻撃的スウィーパー」という役回りであり、経験豊かなミッドフィルダーのウィリー・ファン・デ・ケルクホフが、カバー役に回るべきだと主張したのである。フリット曰く。「自分はセントラルディフェンダーをしながら中盤に移動したり、そこから攻撃的なポジションに走り込んでいったりすることができたからね」

PSVはフリットが在籍していた2シーズン、国内リーグを制覇している。フリット自身はリーグ戦において合計46ゴールを決めている。時折、より攻撃的なポジションにコンバートされたとはいえ、このゴール数は、おもにディフェンダーとして起用された選手としては驚異的なものだった。

やがてフリットは25歳から33歳までセリエAでプレーし、選手としてのピークを迎える。所属していたのはおもにACミランで、この間には国内リーグを3回、ヨーロッパのチャンピオンズカップ（チャンピオンズリーグの前身となる大会）を二度制した。

当時、チームを率いていたのが、ゾーンプレスでその名を轟かせたアリゴ・サッキだった。サッキはマウロ・タソッティ、フランコ・バレージ、アレッサンドロ・コスタクルタ、パオロ・マルディーニを組み合わせ、サッカー史上、もっとも強力なフォーバックを築き上げていた。

これはフリットの居場所が、ピッチ上になかったことを意味する。そこでサッキはフリットがオランダ代表でプレーするときと同じような役割を担わせることを決断。フリット本人は、かつてのスウィーパーに戻ることをいつも望んでいたが、攻撃的ミッドフィルダーやフォワードとして、ミランにおいても存在感を発揮するようになっていった。

■ディフェンダーの概念を変えたオランダ人

1995年、そんなフリットに転機が訪れた。チェルシーで2年間、選手兼監督を務めていたグレン・ホドルが、声をかけてきたのである。

ホドルはしばしばスウィーパーとしてプレーしていたが、現役選手としてのキャリアに終止符を打つべき時が来たことを悟り、監督業に専念したいと望んでいた。

もともとホドルは進歩的な発想をする人間で、イングランド国外にも目を向けて新たなアイディアを常に取り入れようとし続けていた。そんなホドルが自分の後継者を探していて思い出したのが、フリットの存在だった。フリットはPSV時代、スウィーパーとして活躍していたからである。

ホドルはフリットに対して、プレミアリーグに来て昔と同じ役割をこなしてほしいと説得。フリットにとっては、何にも増してこの一言がチェルシー行きの決め手となった。

「僕はスウィーパーをやったほうが、スキルを発揮できるんだ」。チェルシーと契約を結んだフリットは、記者会見でこう発言し、イングランドの記者たちを仰天させている。

イングランドの記者たちは、フリットが攻撃的ミッドフィルダーとして君臨する様を、幾度となく目の当たりにしている。さらにスウィーパーなどのディフェンダーとは、ひたすら相手のフォワードをつぶす守備の人間だという発想に慣れてしまっていた。

このような認識の違いは、フリットが加入したシーズンに発売された、プレミアリーグのステッカーアルバム（選手のシールを貼っていくファングッズ）にも反映されている。他の選手はすべて「ゴールキーパー」、「ディフェンダー」、「ミッドフィルダー」、「フォワード」とカテゴリー分けしてあったのに対して、フリットだけは「リベロ」と記されていた。

フリットはかくも独特な存在だと見なされていたし、実際にチェルシーにおいても攻撃的なスウィーパーという役回りをこなしていく。

しかしテクニックにおいても、戦術的なノウハウにおいても限界のあったチームメイトたちは、フリットが繰り出す攻撃的なプレースタイルを理解するのに苦しんだ。

フリットは当時の状況を今も覚えていた。自陣のペナルティエリアで空中戦に競り勝ち、胸でボールを受けてから、横にいたマイケル・デュベリーに渡した瞬間、彼の耳には2種類の音が聞こえたという。まずは、あっけにとられたチェルシーファンが漏らすどよめき。次にはデュベリーがスタンドにボールを蹴り込みながら、こう怒鳴る声だった。「おめえ、ふざけてんのか？」

このような状況の中でも、フリットは驚くべきプレースタイルを披露し続けた。スウィーパーとしてボールを持った際には、世界でもっとも優れたテクニックを誇る選手として本領を発揮。プレミアリーグの他のいかなるセンターバックよりも、卓越したプレーを見せつけた。このポジションは、テクニックなど度外視して、反則で相手をつぶすような選手がひしめいていた。

さらに当時のフリットは、ディフェンスラインでボールを受け取ると、自分で前に運んでミッドフィルダーとワンツーパスを交換。敵のディフェンス陣と中盤の間に移動して、10番をこなすという芸当まで披露している。

「まるで12歳の子供の試合に、18歳の選手が1人だけ混じっているようだった」。監督としてチェルシーを率いるようになったホドルは、フリットのプレーをこう評している。

この種のプレーが、対戦相手にさらに大きな衝撃を与えたことは指摘するまでもない。

そもそも他のチームの選手たちは、「敵のディフェンダーが仕掛けてくる攻撃に対処する」などという発想そのものがなかった。

フリットはボールに触ると常にこのようなプレーを試みたし、チェルシーではミッドフィルダーのナイジェル・スパックマンが後方に下がってカバーに回り、ファン・デ・ケルクホフ（PSV時代のチームメイト）と同じ役割をしばしば引き受けた。

フリットがデビューを飾ったエヴァートン戦は0‐0の引き分けに終わったが、試合のレポートは、彼がいかに大きなインパクトを与えたかを物語る。

「ルート・フリットは、オランダとイタリアで身に付けたスキルをプレミアシップに持ち込んだ。このリーグではレーダーで制御されたパスではなく、力任せに長弓から放たれたようなパスがいまだに幅を利かせている」。デイヴィッド・レーシーは『ガーディアン』紙で熱っぽく論じている。「フリットは、チームメイトがその存在さえ気付いていない角度に、パスを出したこともしばしばあった……彼はスウィーパーとしてイングランドのサッカー界にやってきたが、このような単語では彼のプレーを表現しきれない」

フランク・マギーによる『オブザーヴァー』紙のレポートは、フリットのポジショニングについて、もう少しだけ踏み込んだ分析をおこなっている。

「スウィーパーの役割に関する一般的なイメージを完全に覆した」。レポートにはこうある。「イングランドのサッカー界ではタックルが少しだけできて、ボールを強く蹴ることができさえすれば、どんなに年季の入ったディフェンダーでも職にありつける。だがフリットは、ディフェンダーはチーム内でもっとも完成された選手でなければならないことを証明した」

■ 選手兼監督への転身

現実的な話をすれば、1995／96シーズンのチェルシーは、それほど大きな成功を収めたわけではない。FAカップでは準決勝まで進出したものの、リーグ戦は11位で終えている。フリットも故障を抱えたため、すべての大会を合わせても21試合に出場するに留まっている。さらに3ヶ月が過ぎると、たいていの場合はミッドフィルダーを務めるようになった。

理由の1つはチーム事情にある。周囲の選手たちは、フリットのプレーを理解できなかったのである。

「僕は難しいボールをコントロールして、スペースを作り、右サイドバックの前にいいボールを出した」。フリットは振り返っている。「相手がそういうパスを嫌がらない限りはね。最終的にグレン（ホドル）はこう言ってきたんだ。『ルート、そういうプレーは中盤でやったほうがいいぞ』」

やがてフリットは、二度目の大きな転機を迎える。

チェルシーを率いていたホドルはEURO96の終了後、イングランド代表を指揮するためにスタンフォード・ブリッジを去ることになる。そこで会長のケン・ベイツは、後任にフリットを選んだのである。かくしてフリットは選手と兼任する形でプレミアリーグ初の、そして唯一の外国人監督となった。これはアーセン・ヴェンゲルがアーセナルにやってくる、数ヶ月前の出来事だった。

監督を兼任するようになったフリットは、戦力の補強にも関わっていく。

最初に契約を結んだ選手の1人は、スキルの高いフランス人ディフェンダー、フランク・ルブーフだった。ルブーフはイタリアの『ラ・ガゼッタ・デッロ・スポルト』紙が選ぶ「年間最優秀リベロ」――驚くほどニッチで、いかにもイタリアらしい賞に輝いた選手であり、チェルシーにおいても、後方から攻撃を組み立てていくスタイルを貫いた。

以降の18ヶ月の間、フリットは1997年にはチェルシーをFAカップ制覇に導き、イングランドでビッグタイトルを獲得した初の外国人監督、そして初の黒人監督にもなった。

この際、彼が駆使した戦術のいくつかは、実に見事なものだった。

4回戦で臨んだリヴァプール戦は、ハーフタイムの時点で0‐2とリードを許す展開となる。ここでフリットは、左サイドバックのスコット・ミントに代えて、ストライカーのマーク・ヒューズを投入。それと同時にフォーメーションをラディカルな3‐3‐1‐3に変更し、最終的に4‐2の逆転勝利をものにしている。

ウィンブルドンとの準決勝において採用した戦術も鮮やかだった。フリットは極端なまでにアグレッシブにオフサイド・トラップをかける方法を用い、ウィンブルドンのロングボールを封じている。

ところがフリットは翌年2月、少々、異様な形で解任されてしまう。

原因となったのはフィールド上の結果というよりも、会長のケン・ベイツと個人的に衝突したことだった。チェルシーはリーグ戦で2位に付けていたし、国内のリーグカップにおいてもヨーロッパのカップ・

ウィナーズ・カップ（現在のUEFAヨーロッパリーグの前身）でも、順調に勝ち進んでいたからである。

ケン・ベイツはフリットの後任として、イタリア人のフォワードであるジャンルカ・ヴィアリを抜擢。選手と監督を兼任するようになったヴィアリは、チェルシーをリーグカップとカップ・ウィナーズ・カップ優勝に導いていく。

ヴィアリはもともと、フリットが契約した3人のイタリア人選手の1人だった。残る2人はジャンフランコ・ゾラと、ロベルト・ディ・マッテオである。

ちなみにゾラは、チェルシーがテクニカルなサッカーをするチームに変貌していく上で、もっとも重要な役割を担うことになる。一方、ディ・マッテオは1997年と2000年のFAカップ決勝で決勝点をあげただけでなく、後にはチェルシーの監督に就任。暫定監督として臨んだ2012年には、チームをFAカップ優勝とチャンピオンズリーグ制覇に導いた。

これらの事実は、フリットの「選手を見る目」が、いかに確かだったかを雄弁に物語る。彼は従来の外国人枠が撤廃されると、新たな制度を誰よりも早く活用した人物だった。

たしかに1999年のサウサンプトン戦において、先発メンバー11人をすべて外国人選手で構成し、大きな注目を集めたのはヴィアリだが、フリットこそはその素地を作った人物だったともいえる。ピッチに立った11人の外国人選手のうち、フリットが契約した選手は6人にも及ぶからだ。残る5名のうち、ペトレスクはホドル時代から名を連ねていた選手だったし、ヴィアリは4人と契約したに過ぎない。フリットがチェルシー時代に契約した14人の選手のうち、英国籍の選手は2人に留まっている。

フリットはチェルシーを去った後、ニューカッスルの監督に就任している。残念ながらニューカッスルでは満足できるような成績を残せなかったものの、やはり契約を結んだ選手の大半は外国人で占められており、英国籍の選手は12人中5名に留まっている。

フリットは一部の人間から、外国人選手に依存し過ぎだと揶揄されたが、この手の批判に真っ向から反論している。「外国人選手」という単語を、新たに定義付けるような台詞まで口にした。

「イングランドは、まだヨーロッパ的な発想をしていないと思う」。フリットは断言している。「フランスからやってきた選手は、もう外国人選手じゃないんだ。この島国でも、そういう考え方に慣れていく必要がある」

■外国人たちが愛した、イングランドサッカー

ただし、この話にはさらに続きがある。

たしかにチェルシーでは急ピッチで多国籍化が進んでいたし、フリットはその旗振り役となった。だが同時に彼は、かなりの英国贔屓《びいき》だったのである。

フリットは、プレミアリーグが持つバラエティの豊かさを愛した。パスサッカーの重要性を説きながらも、ウィンブルドンが展開する、効果的なロングボール戦術にも驚嘆していた。フリットは、これこそイングランドの典型的なスタイルだと、好意的にさえ捉えていた。

「イングランドの連中が絶対にやってはいけないことがある。それはヨーロッパ式のプレーをすることだ」。フリットは指摘している。「ただし、チェルシーでもイングランドサッカー界全体でも、何かが変わってきているのは感じるけどね」

フリットは、キャプテンのデニス・ワイズを特に高く買っていた。

ワイズはまるで先祖返りしたような、典型的なイングランドのサッカー選手だった。最終的にフリットを受け入れるようになったものの、一時期はかなり懐疑的な見方をしていたし、ワイズは「イングランド

的」なメンタリティをチームに注入し続けた。

当時のチェルシーでは、チームに外国人選手が加入すると、ワイズが一冊の本を手渡すのが慣習になっていた。コックニー訛りのスラングを解説した本である。

「ドレッシングルームには、まだ（昔の）イングランド的な雰囲気がすごく残っていた。その雰囲気は、おもにデニス（ワイズ）が醸し出していたよ。彼は骨の髄までイングランド人だったからね」

チームメイトだったディ・マッテオは、後にこんなふうに語っている。「彼はまさにチームのリーダーだった。プレミアリーグでプレーすることの意味を、他の連中に教えていたんだ」

とはいえ、この時期のチェルシーは、きわめて特殊なチームにもなっていた。

トレーニンググラウンドの一角には、選手が6人ずつ入れるほどの部屋がいくつも用意されており、イングランド人選手用、イタリア人選手用、フランス人選手用、そして「その他の国々」からきた選手用と分かれていたのである。当時、チェルシーに所属していた選手たちは、チームの一体感を高める上では、ひどい環境だったと口を揃えている。

フリットとヴェンゲルは、イングランドで最初にトロフィーを手にした2人の外国人監督となった。また
プレミアリーグに外国人選手を導入していく上で、もっとも貢献した人物にもなっている。

ところが興味深いことに、やがて2人は急速に進んでいく多国籍化に対して懐疑的な見方をするようになっていく。

「（ボスマン判決の前は）本当に一流の選手だけが、海外に移籍していた」。フリットは語っている。「しかし（判決の後は）、誰もがどこにでも行けるようになったし、結果的には並レベルの選手で溢れかえるようになってしまった……でもボスマン判決をひっくり返すことはできない。仮にできたとしても、ヨーロッパ全域のルールを、書き換えなければならなくなるだろうね」

ちなみにヴェンゲルは、１９９６年にアーセナルの監督に赴任する前、チームに外国人選手が２人もいるような状況をサポーターは受け入れるだろうかと、取締役会に質問したほどの人物だった。現にヴェンゲルは、海外の無名な国々でダイヤモンドの原石を発掘し、チームの戦術を進化させていくことになる。

ところがヴェンゲルは２００１年、移籍市場で思いもかけぬ行動を取る。

ライバルのトッテナムからソル・キャンベルを引き抜くという、前代未聞の移籍を実現させる一方、エヴァートンのストライカーであるフランシス・ジェファーズと、イプスウィッチのゴールキーパー、リチャード・ライトも獲得したのである。

とりわけ興味深いのは、ジェファーズとライトを招き寄せたことだった。

たしかにキャンベルは、ヨーロッパのサッカー界において、もっとも優れたセンターバックの一人となっていた。戦力補強という意味で、チームに加えるのは何の不思議もない。だがジェファーズとライトは、ヴェンゲルのお眼鏡に適うようなプレーを一度もしたことがなかった。現にアーセナルに加入したまでは良かったものの、２人併せて16試合、リーグ戦で先発したに留まっている。

ヴェンゲルはヨーロッパの名も知れぬ国々から、若手を発掘することに関しては名人の域に達していた。そんな人物が、なぜ及第点にも満たないような選手に触手を伸ばしたのだろうか。

ヴェンゲル本人の言葉を借りれば、それはアーセナルを「もう一度英国化」するためだった。曰く。

「英語がドレッシングルームで使われる第一の、そして唯一の言葉であり続けるようにするためさ」

フリットやヴェンゲルの言葉は示唆に富む。

プレミアリーグは、外国から訪れた選手や監督とともに進化し続けていた。

だがあまりに急激に進む多国籍化は、外国人監督が「イングランドサッカーのアイデンティティ喪失」を懸念するような状況さえ、もたらしていたのである。

第9章

ビッグサム＆ロングボール

「私は1980年代にウィンブルドンの試合をテレビで見ていた。だから、こういうスタイルのサッカーには驚かなかった。イングランドでロングボールが多用されることはわかっていたよ」
（ラファエル・ベニテス）

■ 放り込みサッカーと言う名の悪しき伝統

プレミアリーグが発足する直前の10年間、イングランドサッカーはダイレクトにゴールを狙うサッカーに特化していた。

１９８０年代にもっとも成功を収めたリヴァプールは、たしかにパスサッカーを進化させてヨーロッパ中で称賛されたが、やがてイングランドのサッカー界は徐々にパスサッカーを忌避し、「ルート・ワン」と呼ばれる単調なスタイルを重視するようになっていった。

ゴールキーパーとディフェンダーは、空中戦に特化した長身のターゲットマン（センターフォワード）にボールを放り込み、フォワードのパートナーを務める選手とミッドフィルダーが、「セカンドボール」を獲得しようとこぼれ球を漁る。辛抱強くビルドアップしていくようなスタイルは、時間の無駄だと考えられていた。

この種のスタイルを象徴するのが、チャールズ・ヒューズが掲げていた信念である。ヒューズは１９８０年代の大半を通じて、サッカー協会のコーチングディレクターを担当。同時にチャールズ・リープという人物とタッグも組んでいた。

リープは英国空軍の元中佐であり、サッカー界に初めて統計分析を持ち込んだ人物の1人としても知られる。彼はロングボールを放り込み、ダイレクトにゴールを狙っていくことこそが、もっとも効果的な攻撃のアプローチだと証明しようと試みた。

ただしリープが用いたデータは誤解を招くようなものが多かったし、論理性に欠けるデータや、恣意的に選択したデータが用いられることもしばしばあった。

だがヒューズはリープの理論を援用しながら、もっとも有名な指導マニュアル、『ウィニング・フォーミュラ（勝利の方程式）』をまとめあげる。

これはボールポゼッションを基盤にしたサッカーを真っ向から否定するもので、得点の85％は5回、もしくはそれ以下のパス交換から生まれていると強調。試合に勝とうとするならば、ボールを「もっとも多くのチャンスが生まれるポジション（POMO）」に、すぐさま放り込むべきだと主張するものだった。

ヒューズに賛同した監督はごく限られていたし、大半の指導者はこの種の戦術と距離を置こうとした。だがロングボール戦術は1980年代を通じて、イングランドサッカー界全体に幅広く浸透していく。事実、様々な格下チームが、ダイレクトにゴールを狙うプレースタイルで、信じられないような成功を収めていった。

その好例が、ウィンブルドンとワトフォードである。両チームは放り込みサッカーを武器に、わずか5シーズンで4部リーグから1部リーグに上り詰めた。ちなみにウィンブルドンはFAカップで優勝を果たし、ワトフォードもリーグ戦で2位、FAカップで準優勝している。

ワトフォードの監督だったグラハム・テイラーは後にイングランドの監督に任命され、プレミアリーグ設立の責任者にも収まっている。だが彼が率いる選手たちは、ワトフォードの面々と同じように、単純でロングボールをひたすら駆使することで知られていた。

■ウィンブルドンからボルトンへ

たしかにプレミアリーグが発足して間もない頃には、「ルート・ワン」式のダイレクトな放り込みサッカーが著しく下火になっていった。各種のルール変更により、パスサッカーが発展していく余地が生まれてきたからである。

バックパスのルール改正は、明らかにその要因の1つだったし、タックルに対するルールもはるかに厳格になっている。後方からのタックルが全面的に禁止された結果、フォワードの選手は相手にすぐに削られる心配をせずに、足下でボールを受けられるようになった。

ピッチが大幅に改善された影響も軽視されてはならない。泥舟のようなピッチ上ではパスを交換するのは難しいが、ローンボウリング（芝生の上でボールを転がす競技）の試合会場のような場所なら、パスサッカーははるかに簡単になる。

とはいえ「ルート・ワン」式のスタイルにこだわり続けたチームも存在した。先にあげたウィンブルドンなどは、1990年代になっても古色蒼然としたプレーをするチームの代表格だった。

ウィンブルドンの面々は「クレイジー・ギャング」の異名で呼ばれたし、荒っぽいプレーをすることとアマチュア的な戦術を使うことで知られていた。実直なアイルランド人監督であるジョー・キニアーの下、選手たちはひっきりなしにロングボールを放り込む戦法で、格上のチームに挑み続けた。

1999年3月、キニアーが心臓発作を起こして辞任すると、ウィンブルドンはノルウェー人のエギル・オルセンを監督に任命して独自路線を貫いていく。

オルセンはことさらダイレクトな戦術を用い、ノルウェー代表をFIFAランキング2位に導いた実績を持っていた。さらには先ほど述べたチャールズ・リープと親しくなり、ウィンブルドンのデータアナリストにも任命している。この時リープは、すでに95歳になっていたにもかかわらずである。

だが彼らが追求したサッカーは、モダンなものでもなければ、先進的なものでもなかった。結局ウィンブルドンは、1999／2000シーズンに、プレミアリーグからの降格が決まってしまう。奇しくも同じシーズンには、グラハム・テイラーが指揮を執っていたワトフォードも、プレミアリーグからディビジョン・ワン（当時の2部リーグ）に転げ落ちていた。

ウィンブルドンとワトフォードの降格は、イングランドのトップリーグにおいても、旧態依然としたサッカーがついに息絶えたかのような印象を与えた

ところが事実は思わぬ方向へと展開していく。2001／02シーズン、代わりに新たなロングボールの担い手が浮上してくるのである。それがサム・アラダイスの率いるボルトン・ワンダラーズだった。

■ボルトン&サム・アラダイス

プレミアリーグに昇格した頃のボルトンは、半ば存在を無視されたようなチームだった。同時に昇格を果たした他の2チームは、もっと人気があったからである。

まず、かつてプレミアリーグを制したブラックバーンが、2シーズンぶりに復帰していたし、ロンドンのフラムも注目を集めていた。ハロッズなどを経営していた会長のモハメド・アル＝ファイドは大金を注ぎ込み、「（イングランド）南部版のマンチェスター・ユナイテッド」を作り上げると公約していた。

これに対してボルトンは、過去に2回プレミアリーグに昇格した際にも、1シーズン限りで2部に逆戻りした苦い経験がある。今回も降格チームの最有力候補だった。

ところがボルトンは、ブラックバーンやフラムとともに歴史に名を刻むことになる。プレミアリーグにおいて、昇格した3チームがすべて降格を免れた最初のケースを作ったのである。

しかもボルトンはシーズン開幕早々、3チームの中でもっとも大きなインパクトを与えている。

2001／02シーズン、ボルトンが最初に臨んだのはアウェーでのレスター・シティ戦だった。ここでボルトンは前半をいきなり4‐0で折り返し、最終的には5‐0で勝利を収めてみせる。さらにはミドルズブラとリヴァプールにも連勝し、第3節が終了した時点ではなんと首位に立った。ボルトンがイングランドの1部リーグでトップになるのは、1891年以来の快挙だった。

もちろん当初の勢いは維持できなかったが、ボルトンは2006／07シーズンまでの6年間、もっとも存在感のあるスモールクラブとしての地位を確立。チャンピオンズリーグの出場権を常に狙いながら、ビッグクラブ相手に番狂わせを演じる存在となっていく。こうして彼らは、ダイレクトにゴールを狙うような戦術が、いまだにプレミアリーグで通用することを証明していったのである。

そのキーマンこそ、監督のサム・アラダイスだった。

当時のプレミアリーグでは、分析能力に長けた外国人監督が増えていたが、アラダイスは明らかに古いタイプのイングランド人指導者と目されていた。

選手時代のアラダイスは、ボルトンの育成組織でキャリアを積んだ後、フィジカルは強いものの、片足しか使えないセンターバックとして9年間プレーし続けた。その後1部リーグから4部リーグまで、すべてのディビジョンを渡り歩きながら39歳まで現役を務めた。アラダイスは空中戦の圧倒的な強さで名を馳せたが、20年間もボールをヘディングし続けたため、現役生活の晩年は試合前に2錠、アスピリンを服用する羽目になっている。彼は現役引退後も、ずっと首に痛みを抱え続けた。

またアラダイスは若い頃から、強いリーダーシップの持ち主としても名を知られていた。ミルウォールでプレーしていた際には、なんと28歳だったにもかかわらず、監督就任を打診されたという。ただしアラダイスは、自分がまだ若過ぎるという理由でオファーを辞退したため、代わりにクラブ側はジョージ・グラハムを起用している。強烈な個性を持つ2人はすぐに衝突したが、アラダイスはグラハムから守備のノウハウを吸収している。

アラダイスのキャリアに関して同じように注目すべきは、指導者として歩み始めたばかりの頃、プレストン・ノース・エンドにおいて、ジョン・ベックの下でコーチを務めたことである。

ジョン・ベックという人物は、チャールズ・ヒューズの方法論を、もっとも忠実に踏襲した指導者だったと言っていい。ジョン・ベックはチャールズ・ヒューズと同じようにサッカーに統計を持ち込み、ゴールを決めるためには、いかにパスの数を少なくすべきかを説いている。さらには敵陣にロングボールを放り込んだ際、ボールがタッチラインを割らないようにするために、コーナーフラッグ付近の芝生を刈るなと、グラウンドキーパーに命じるような人物だった。

ベックは指定した場所にボールを放り込めと、驚くほど厳格に命令し続けた。選手たちは反発したが、最初にケンブリッジを率いた際には、この方法で大きな成功を収めている。わずか3シーズンで、チームを4部から2部に引き上げたばかりか、1部昇格をかけてプレーオフに進出するレベルにまで成長させている。当時のケンブリッジは、ワトフォードやウィンブルドンのような快進撃を再現するかに思われた。

ただしベックは、ワトフォードの監督時代はあまり成功を収められなかったし、アラダイスも彼と組むことを嫌がっていた。現にアラダイスは、ベックの戦術を「頭を使わない、無能なサッカー」と酷評していたほどである。

だがアラダイスは、プレミアリーグ版のジョン・ベックと目されていくことになる。サッカーのスタイルそのものは、よりモダンで洗練されたものになっていたとしてもである。

■アメリカ発の画期的なノウハウ

アラダイスは当初から、自分はプレミアリーグのアウトサイダー的な監督だと主張。ヨーロッパ大陸側からやってきた同業者たちとは、あえて一線を画そうとした。曰く。

「私はプレミアリーグのトップクラブから声をかけられたことは一度もない。理由は簡単さ。私はそれほど有名じゃないし、外国訛りの英語で話したりもしないからね」

彼はボルトンがプレミアリーグに昇格する1年前、2000年の時点で、すでにこんなことを述べている。


この種の台詞はアラダイスの決まり文句になっていくが、当時のプレミアリーグの状況を考えれば、いささか時期尚早な感は否めない。プレミアリーグで外国人監督を起用しているのは4チームしかなかった。しかもそのうちの3チームは上位5位以内に入るなど、一部の例に限られていたからである。

にもかかわらずこのような発言をしたのは、彼がまるでドラマに出てくる悪役のような役回りを演じ、高名な監督たちの感情を逆なでしようとしたからに他ならない。

一方でアラダイスは、自分が醸し出している雰囲気にも明らかに不満も抱いていた。

「自分のイメージをいかに演出して維持していくか、世間の連中にどう自分を見せるかというのが、今日の（監督の）仕事の大半を占めている。実際の姿とは関係なしにだ」。アラダイスは後に、こんなふうに語っている。「残念ながら、私は自分の生まれや外見を変えることはできない」

アラダイスは失読症にひどく悩まされていたし、文字を書くのに苦労することも認めていた。また文章を読むのが極端に遅かった。

だが本人は、そのようなハンディを耳から入る情報や、聞いた内容をすぐに覚えられる記憶力の良さでカバーできると考えていた。

またアラダイスは厚かましい性格の持ち主だったが、実際には真に革新的な発想をする監督であり、イングランドサッカーを舞台裏で進化させる役割も担っていく。

プレミアリーグの最初の10年間に限れば、アラダイスよりも大きく貢献した人物はアーセン・ヴェンゲルしか存在しないと言っていいだろう。しかもアラダイスのアプローチは、ヴェンゲルと比べてもきわめて独特だった。

ヴェンゲルの場合、かくも進んだ発想ができたのは、日本で監督をしていたことによるところが大きい。日本はサッカーそのもののレベルにおいては後進国だったが、フィジカルコンディションの調整方法に関しては、他の国々をリードしていた。ヴェンゲルはこれを積極的に取り入れている。

一方のアラダイスも時代を先取りする発想をしていたが、アイディアの源となったのは意外な要素だった。アメリカン・フットボールである。

1983年の夏、アラダイスはNASL（かつて存在した北米のサッカーリーグ）に短期間所属し、タンパベイ・ローディーズというチームで11試合プレーしている。

サッカーのレベル自体はあまり高くなかったが、チームがおこなっていたフィジカルコンディションの調整方法は、イングランドよりもはるかに進んでいた。ローディーズは、NFLのタンパベイ・バッカニアーズと、施設やチームスタッフを共有していたからである。

ローディーズの選手たちは、バッカニアーズの選手たちと同じ複合施設に寝泊まりし、トレーニング施設やホームスタジアムも共用。さらにNFLで採用されていた、先進的な生理学のトレーニングやコンディショニングもしっかり実践していた。

「彼らが平日におこなっている準備方法は、まさに目を見張るものがあった。私の人生を変えてくれるような経験の1つにもなったんだ」。アラダイスは述べている。「コンディショニングに関しては、イングランドで考えられていたよりも、はるかに多くの要素が関係していることもわかった。すべての選手を、本当に細かなディテールまでチェックしていく。あの姿勢には圧倒されたね」

選手が怪我をした際には、小型の機材を持ち込んですぐに負傷部位をチェックする。クラブにマッサージ師や栄養学士、精神科医を常駐させる。さらにはデータ分析官やアナリストも重用して、巧みに勝機を見出していく。アラダイスはこのようなノウハウに感嘆した。イングランドのサッカー界にとって、まったく無縁のものばかりだったからである。

アラダイスが指導者として歩み出すのは10年近く後だったが、アメリカでの体験は決定的な影響を及ぼすことになる。事実、1990年代後半にノッツ・カウンティを率いた際には、自分が契約した人物の中でもっとも重要なのは、新しいフィジオセラピストだと語ったこともあった。

■ヴェンゲルに匹敵する改革者

アメリカでの経験はアラダイスの視野を広げただけでなく、サッカーに革新をもたらすために、他のスポーツをチェックする習慣を身に付けさせた。

たとえばボルトンの監督時代、アラダイスはデイヴ・アルレッドという人物をコーチに雇っている。彼はラグビーの指導者であり、ジョニー・ウィルキンソンをラグビー・ユニオンを代表するキッカーに育て上げた人物だった。スタンドオフのウィルキンソンはイングランドチームをほぼ一手に担い、2003年のラグビーワールドカップで優勝に導いている（ただし、アルフレッドの指導によって、ウィルキンソンは両足を使えるようになったため、「一手」にというよりは「両足で」と表現したほうが正確かもしれない。これはラグビーでは、きわめて稀である)。

後にアラダイスは、統計学を利用した「マネー・ボール」というアプローチで、アメリカの野球界に革新をもたらしたビリー・ビーンや、「マージナル・ゲイン(1%の改善)」という発想で、英国の自転車競技チームを変貌させたデイヴ・ブレイルスフォードにも知遇を得ている。

ボルトン側は長期的なチーム改造を進めていくべく、アラダイスと10年の契約を締結。アラダイスはチームスタッフの充実に着手したため、選手よりもコーチングスタッフが多い状況が生まれる。これは当時のサッカー界ではきわめて稀だった。ましてやボルトンのようなスモールクラブとなれば、なおさらである。

ちなみにアラダイスは、後にボルトン大学から、名誉博士号を授与されている。その際にも誇らしげに述べている。「私たちがボルトンで成し遂げたこと、そして私が取り組んだのは『チームを支えるチーム』を導入することでした」。アラダイスは学習熱心な人物だが、失読症のために苦労しただけに、ことさら嬉しかったに違いない。

アラダイス指揮下のボルトンでは、食事や生理学も進化している。チームではエナジードリンクや電解質を含んだ飲み物、そして栄養士や生理学者が以前よりも活用されるようになっている。

アラダイスが特に注視したのは、選手の回復時間だった。たとえば2003年のボクシング・デイで、ボルトンはリヴァプールに遠征。47分を過ぎた時点で0-2とリードされる展開となった。ところがアラダイスは思いもかけぬ手段を取る。2点差を追いかけようとするのではなく、逆にチームの主軸3人、ユーリ・ジョルカエフ、ジェイ=ジェイ・オコチャ、イバン・カンポをすぐに交代させたのである。

これは2日後に控えた、レスターとの試合を意識していたからに他ならないアラダイスは、ベテランの選手たちが短期間内に2試合をフルにこなすのは不可能であることを悟っていた。そこで実質的にリヴァプール戦を途中で諦め、勝てる見込みのある相手との試合に傾注することを選んだのだった。残念ながらレスター戦は2‐2の引き分けに終わったが、アラダイスはここまで割り切った発想をしていた。

またアラダイスは、ヴェンゲルと違った形で、イングランドサッカー界に新たなアイディアをもたらしている。科学的なアプローチや新たな視点の導入という点で、真に革命をもたらしたのはヴェンゲルだったが、アラダイスは物理的な意味でもサッカーの見方を変えている。他の監督のように、テクニカルエリアに立って指示を出すのではなく、観客席の高い場所に陣取り、戦術的な攻防をもっともよく見通せるように工夫したのである。

そのうえでアラダイスは、無線を使ってベンチのアシスタントに連絡し、具体的な戦術変更を選手たちに伝えさせている。奇妙なことに、この方法は他の監督にコピーされなかった。ただしアラダイスは、その後ベンチに座り、ピッチサイドで自ら指示を出すようになっていく。タッチライン沿いで自分の存在をアピールし、かつ第4審判に文句を言うことのほうが重要だと考えたためである。

■最新鋭のデータ分析と、もっとも時代遅れなサッカー

アラダイスが観客席の高い場所から指示を出したことなどは、やはりアメリカの影響を連想させるエピソードだが、マンチェスター・ユナイテッドのアレックス・ファーガソンは、アラダイスがアメリカなどから先進的なノウハウを取り入れる様子も目の当たりにしている。

ボルトンとの試合終了後、ファーガソンは例によって対戦相手の監督とワインを酌み交わすために、リ

ーボック・スタジアムにあるアラダイスのオフィスを訪れた。その際にはコンピューターに向かい、データを入力している「専門家」が非常に多いことに仰天したという。

アラダイスにとって、統計データは欠かせない要素の1つとなっていた。現にシーズンが始まる前には、無得点で抑えるべき試合の数や、各ポジションの選手が奪うべきゴール数を選手たちに明示していたし、データ分析用のソフトウェア（ＰｒｏＺｏｎｅ）も一早く導入していた。

このような分析方法は、試合中にも駆使された。ハーフタイムになると、アラダイスはドレッシングルームに前半45分間の試合映像を映し出し、選手たちに指示を与えていたのである。

アラダイスが率いる分析スタッフは、ポジションごとに常時データを分析し、たとえば右サイドバックには、どんなプレーが必要かといったことも正確に把握していた。アラダイスはこの情報を基に、選手の役割を安心してコンバートすることができるようになっていた。

データに裏付けられたポジション変更は、一種の専売特許にもなっていく。

現にアラダイスは、ストライカーのヘンリク・ペデルセンとケヴィン・デイヴィスを、左サイドバックと右のミッドフィルダーにコンバートし、リカルド・ガードナーも左ウイングから左サイドバックへ移している。さらに正統派のセンターバックであるイバン・カンポとフェルナンド・イエロを中盤に回し、よりボールに絡ませようともした。

一方、アラダイスはセットプレーのデータも精査し、選手たちがどこにポジション取りをすべきかも正確に割り出していた。

ある意味、アラダイスはかつてチャールズ・ヒューズが提唱したような、「確率論的サッカー」を現代に蘇《よみがえ》らせたと言ってもいい。

ただしアラダイスは自らの直感を優先し、意図的にデータを無視することもあった。

たとえばイバン・カンポの獲得は、ボルトンの分析チームから受けが良くなかったというが、結果的には吉と転じている。またアラダイスは2003/04シーズンの終盤にかけては、試合に勝った後は4日間、選手を休ませるというアイディアを思いつきで実施する。これもまた分析チームから猛反対されたものの、チームはコンディショニングを優先することで5連勝を収めた。アラダイスは統計データを熱心に分析したが、その奴隷にはならなかったのである。

当時のボルトンがいかにデータを重視していたかをもっとも物語るエピソードとしては、トレーニンググラウンドに「作戦司令室」が設けられていたこともあげられる。

アラダイスはプラズマモニターをぐるりと並べた上で、腹心のスタッフと中央に陣取り、選手のフィットネスレベルや、パス成功率、走行距離、ダッシュやタックル、インターセプトの回数などのデータに常に目を光らせていた。

これは戦術を練るだけでなく、フィジカルコンディションの管理という点でもきわめて有効だった。事実、アラダイスは選手が深刻な怪我をする前に、たくみに休養を取らせている。

たしかにプレミアリーグの他のクラブも、同じような手法を取り入れ始めていたが、アラダイス本人はボルトンのシステムこそが、ヨーロッパ全体でも先進的だと自負していた。これはチームのパフォーマンス・ディレクターを務めていた、マイク・フォードの存在に負うところが大きい。

フォードはその手腕を非常に高く評価されたため、後にチェルシーに引き抜かれ、さらには自転車競技やNBA、そしてアメリカのNFLにもコンサルタントとして関わるようになる。アラダイスはかつてNFLを参考にして新たなアイディアを導入したが、今やNFLのチームが、アラダイスの下でパフォーマンス・ディレクターを務めた人間に助言を求めるようになったのである。

とはいえ、これらの科学的なデータ分析は、すべて「舞台裏」でおこなわれていた。サポーターは「作戦司令室」の中など覗いたこともなかったし、アラダイスが導入した統計モデルのことも知らなかった。彼らにとっては、ピッチ上で実際に展開されるプレーがすべてだった。

またアラダイスは、データ分析やコンディショニングの分野では紛れもなくイノベーターだったが、実際に選手たちに授ける戦術は、きわめて古風なものだった。

当時のボルトンは、後方から攻撃を組み立てていくような発想とは一切無縁だった。ゴールキーパーのユッシ・ヤースケライネンは、前線のストライカーに向けて高々とボールを蹴り上げ続けたし、フリーキックの場面になると、ボールは敵陣のペナルティエリア内に直接放り込まれた。

ボルトンの試合では、ロングスローも頻繁に用いられたし、アラダイスは、ピッチの幅をレギュレーションで認められているぎりぎりの範囲にまで狭めることまでおこなった。ロングスローの威力をさらに高めつつ、対戦チームがピッチを幅広く使いながら、パスサッカーを展開するのを防ぐためである。

このような方針は、選手の起用方法でも一貫していた。

たとえば当時のボルトンをもっとも象徴する選手としては、ケヴィン・ノーランがあげられる。ノーランはボルトンのアカデミーから1軍に上がってきたセンターバックだが、当初アラダイスはプロとして通用するかどうかを疑問視していたという。アラダイスの言葉を借りれば、「ヘディングもタックルもできない」ような、凡庸な選手だったからである。

ところがノーランはミッドフィルダーにコンバートされると、得点を奪うための便利な武器に変貌する。それはひとえに「セカンドボール」を奪取する、驚くべき才能によるものだった。ノーランはヘディングでつながれたボールや、味方が頭で落としたボールを奪い、近距離からゴールに叩き込むことができた。

当時のボルトンでは、このような泥臭い戦い方こそがすべてだった。

プレミアリーグに昇格した直後の数シーズン、ボルトンは見事なまでに単純化されたサッカーを展開し、独特な存在感を示していく。その戦術は、ボールを放り込んでセカンドボールを狙うという、サンデーリーグ（日曜日におこなわれる草サッカーのリーグ戦）の発想と大差なかった。

■チームにアクセントを加えた外国人選手たち

プレミアリーグに昇格した2001／02シーズン、ボルトンはスタートダッシュにこそ成功したものの、以降は苦戦を余儀なくされる。春になってから突然調子が上向き、かろうじて降格を回避したに過ぎなかった。

そこで非常に重要な役割を果たしたのが、新たに獲得された2人の外国人選手、ローン契約で加入したドイツ代表のストライカー、フレディ・ボビッチと、フランス代表の一員として活躍していたチャンスメイカー兼アタッカー、ユーリ・ジョルカエフである。

ボビッチは、2002年4月におこなわれたイプスウィッチ戦でハットトリックを達成し、4-1の勝利に貢献する。だが残る1点をあげたジョルカエフの加入は、それ以上に重要だった。

ちなみにアラダイスは、自らが実現させた選手契約の中では、ジョルカエフの獲得こそがもっとも実りあるものだったと語っている。ジョルカエフはフランス代表の一員として、1998年のワールドカップ母国大会とEURO2000の制覇にも大いに貢献した選手だった。

たしかに以前所属していたカイザースラウテルンでは、ファウルの多さが問題になっていたが、アラダイスは意に介さなかった。

「ユーリ（ジョルカエフ）の性格や、ドイツでプレーしていた頃の評判については心配していない」。アラダイスは契約の際に断言している。「むしろ私は評判が悪かったり、他のクラブで揉めたりしてきた選手と契約を結ぶのをこれまでも楽しんできた。これは自分にとっての挑戦だし、私は選手の性格を見極めるのがうまいんだ」

アラダイスはその後も似たような選手——外国出身でテクニックに優れ、豊富な経験を持っている代わりに、リスクも抱えている面々と次々と契約を結んでいくことになる。ジョルカエフの獲得は、独特な補強方針の皮切りとなったに過ぎない。ちなみにアラダイスは、ジョルカエフはボルトンを世界中に知らしめる「アンバサダー」だったと、冗談めかしに述べたこともある。彼の加入によって、様々な人たちがボルトンという街を知ることになったからだ。

アラダイスは経験豊かなベテラン選手を好んで招き寄せたが、この点に関して興味深い説明をおこなっている。ＰｒｏＺｏｎｅを駆使して、過去数年間分のデータを分析すれば、どんなプレーをするのかを正確に予測できるのだという。いわゆる「経験値」は、選手が蓄えた目に見えぬ要素として捉えられるケースが多い。だがアラダイスは経験値を可視化し、選手の特性を把握する有効なツールにできると考えていた。

事実、アラダイスは、同世代のアフリカ人選手の中で、もっとも才能に恵まれていたプレーメイカーであり、トリッキーなプレーで観客を沸かせたジェイ＝ジェイ・オコチャ、あるいはワイドに開いた場所から、スピーディーな攻撃を展開するフォワード、エル＝ハッジ・ディウフを起用したこともある。

とりわけディウフは、リヴァプール時代は信じられないほど評判が悪かったため、チームに招くのはリスキーだとする声もあった。だがアラダイスの賭けは実を結び、ボルトンでは何度かすばらしいパフォーマンスを見せるまでになった。

これはアラダイスが、マン・マネージメントの分野で卓越したスキルを持っていたことを物語る。ディウフはアラダイスを「親父」と呼ぶまでになったし、あの気難しいニコラ・アネルカでさえも、ボルトン加入をきっかけに選手として立ち直っていく。

やがてアネルカはチェルシーに引き抜かれ、2008／09シーズンのプレミアリーグで得点王に輝くことになる。ボルトン側も、アネルカをトルコのクラブから獲得した際の2倍の値段で売却したため、しっかり元を取ることができた。

一方でアラダイスは、才気溢れるアタッカーばかりではなく、計算され尽くしたプレーができる高名なディフェンダーも、算盤《そろばん》を弾いた上で海外から招いている。たしかにボルトンは放り込み式のサッカーを展開していたが、フェルナンド・イエロやイバン・カンポの加入は、後に世界中で絶賛されることになるスペイン流のパスサッカーを、チームに加える効果ももたらした。

むろん、この種の補強はいつも成功裏に終わったわけではない。

ブラジル人のフォワードであるマリオ・ジャルデウは、ポルトガルでは驚くほどゴールを量産していたにもかかわらず、調子を取り戻せないまま、あっという間にクラブを去っている。日本サッカー界が生み出した最初のビッグスター、中田英寿もボルトンがロングボールを採用していたために、本来の実力を十分に発揮できなかった。彼は1シーズン、リーボック・スタジアムでひっそりと過ごした後に、29歳にして現役を引退している。

ただしこれらの選手に関しては、自由契約で短期の契約を結んだケースが大半を占めていたため、チームにとっては得られたもののほうが大きかった。

またアラダイスは、マン・マネージメントだけではなく、選手の具体的な起用方針に関しても優れた手腕を発揮していた。契約を結ぶ際には、その選手が持つストロングポイントに着目し、持ち味を常に発揮できるポジションで起用するというスタンスを取っていた。

これは簡単に聞こえるかもしれないが、当時のプレミアリーグでは異彩を放っていた。

当時のプレミアリーグでは、進歩的な考え方をする監督たちが、選手により多くの要素を求めるようになっていたからである。ディフェンダーに攻撃の起点になることを求め、アタッカーには最初のディフェンダーになることを望むようになったのは、典型的な例だと言える。原点回帰とも言えるアラダイスのアプローチは、その意味でもベテラン選手たちに受けが良かった。彼らはビッグクラブにおいて、慣れない役割を担わされるのに辟易していたのである。

■弱小チームを伏兵へと押し上げた要素

話を進めよう。

プレミアリーグ昇格直後の2シーズン、ボルトンは16位と17位でシーズンを終えている。これは本来の目的である残留をかろうじて果たしたというレベルだったが、3シーズン目からは一挙にジャンプアップし、8位、6位、8位、そして7位に食い込むまでになる。

かくしてボルトンは、アーセナル、チェルシー、リヴァプール、マンチェスター・ユナイテッドの「4強」を除けば、4シーズン連続で中位以上の成績を収めた唯一のチームになった。特に2004／05シーズンには、チャンピオンズリーグを制することになるリヴァプールとさえ勝ち点差で並び、クラブ史上初めてヨーロッパの大会（UEFAカップ）への出場権も確保している。2年後の2006／07シーズンには、新年を迎える時点でなんと3位につけ、チャンピオンズリーグの出場権確保を目指せるところまで順位を押し上げた。

ならばボルトンのどこが変わったのか。アラダイスはテクニックのある選手を増やしただけでなく、ダイレクトなサッカーを完成の域にまで高めたのである。

その1つの呼び水となったのが、4‐5‐1へのシステム変更だった。

以前のアラダイスは4‐4‐2を基本フォーメーションに据えており、4‐5‐1は時折、代替案として用いるに過ぎなかった。しかし2003／04シーズンからは、デフォルトのシステムに採用。セカンドストライカーをワイドなポジションに配置し、テイラーやオルセンのようなイデオローグが提唱した「ルート・ワン」の典型的なやり方で、ゴールをこじ開けることをやってのけた。

この方式は、戦術論的に見た場合にもきわめて興味深い。ボルトンは空中戦でボールを放り込むターゲットを2つ（センターフォワードと、ワイドに開いたセカンドストライカー）に増やすだけでなく、中盤の中央付近で、数的優位を確保することもできるようにもなったからだ。

むろん当時は、ワントップに変更したチームなどほとんどなかった。しかも先に述べたように、そもそもボルトンがワントップに踏み切ったのは、中盤を恥じらいもなく省略したサッカーをするためだった。にもかかわらず結果的には、後に多くのチームが、中盤におけるボール支配率を高めるために採用した4‐5‐1を、他に先駆けて用いる形になったのである。

ただし、この新たなシステムを機能させるためには、1つの問題をクリアしなければならなかった。アラダイスは「ルート・ワン」式の放り込みサッカーを志向していたにもかかわらず、最初の2シーズンは適切なターゲットマンに事欠いていたからである。

たしかに2000年に加入したマイケル・リケッツは、ターゲットマンをこなせるだけの体格にも恵まれていた選手だった。またボルトンに移籍した1シーズン目にはゴールを量産して、プレミアリーグ昇格にも大きく貢献している。

だがリケッツ本人はディフェンスラインの裏に走り抜けるプレースタイルを好んでいたし、プロ意識に欠けており、アラダイスにとって頭痛の種になっていた。逆に2001年に加入したデンマーク人のヘンリク・ペデルセンは、ハードワーカーだったが、必ずしも空中戦で競り勝てるほどの強さを持っていなかった。

業を煮やしたアラダイスは2003年、自由契約選手になっていたケヴィン・デイヴィスをチームに加える。

たしかに彼は、ボルトンが獲得するようなタイプの選手ではなかった。身長は180センチほどしかなかったし、セカンドボールに反応する能力も高くなかったからである。だがセカンドボールではなくファーストボール、まさに空中戦の強さでボルトンのキーマンになっていく。

またデイヴィスは、キャリア的にもいかにもアラダイスが好みそうなタイプだった。彼は才能に恵まれていたし、かつてはブラックバーンにクラブの新記録となる移籍金で入団したこともある。ところが2、3シーズン、不甲斐ない成績に終わったためにお払い箱になり、サウサンプトンへの移籍を余儀なくされる。そしてサウサンプトンでもシーズンを通じて1試合、出場したに留まっていた。

■選手を蘇らせた肉体改造

事実、ボルトンに迎えられた時点では、デイヴィスのコンディションはお世辞にもいいとは言えないものだった。彼はプレシーズンのトレーニングキャンプからチームに参加したが、本来の体重を約6kgもオーバーしていたのである。

デイヴィスが後から語ったところによれば、このような状態を危惧したアラダイスはある晩、ホテルの部屋に招き入れ、彼は自分のコンディションを管理しないことや、「バドワイザー・キング」というニックネームで呼ばれていたことなどを指摘し、生活習慣を変えるように促したという。アラダイス自身はバスローブ姿でベッドに座り、赤ワインを嗜みながら、シガーを口にしていたにもかかわらずである。

アラダイスはデイヴィスを始めとして、コンディションの整っていない選手たちを「肥満クラブ」と呼び、低糖質ダイエットを明示する。さらにはフィットネス強化のために厳しいメニューを課し、毎朝、マウンテンバイクで70キロ走るようにも指示した。

ちなみに選手たちがマウンテンバイクを終えて戻ってくると、当のアラダイスはフル・イングリッシュ・ブレックファストにむしゃぶりついていたという。このようなエピソードは、選手と同じ食事をし、自ら見本になろうとしたヴェンゲルと好対照だったし、アラダイスの矛盾した性格もよく示している。

しかしフィットネス強化のメニューは、明らかに効果をもたらした。

ボルトンでの1シーズン目、デイヴィスは時にフォワード、またある時には右ワイドのプレーヤーとして、リーグ戦38試合にすべて先発出場を果たすようになる。これを皮切りに、最終的にはボルトンで10シーズンプレーし続けた。

むろんゴールを量産したことはなかったし、得点数は1シーズンあたり8ゴールに留まったが、空中戦では見事な強さを発揮した。身長が180センチそこそこしかなく、プレミアリーグのターゲットマンとしては、小柄な部類に入るにもかかわらずである。

これを支えたのがハードワークだった。

ボルトン時代のデイヴィスは、プレミアリーグでもっともファウルを受け、かつ自らもファウルを与えた選手としてシーズンを終えるのが常だった。そのほとんどは、ハイボールを巡って相手とやり合う際のものだった。

デイヴィスを加えたボルトンでは、ファウルによるゲーム中断と、セットプレーからのプレー再開を繰り返すような試合がさらに増えていく。だがこのような変化は、チームにとって願ったり叶ったりだった。

そもそもアラダイスはボール支配率はおろか、ボールがどこにあるのかさえ、まるで気にしなかった。現にデイヴィスめがけて最初にボールを放り込むパターンも、およそ洗練されていたとは言いがたい。

だがデイヴィスは、プレミアでもっともエキサイティングなプレーができる選手たち、最初はジョルカエフやオコチャ、後にはディウフやアネルカのようなチームメイトのために空中戦に挑み、ボールを頭で競り落とし続けた。

一方中盤には、ウェールズ代表のミッドフィルダーであるギャリー・スピードや、ギリシャ代表でEURO2004優勝を果たしたメンバー、ステリオス・ギアンナコプーロスも名を連ねるようになる。ギャリー・スピードは、試合の舵取りを安心して任せられる選手だったし、ギアンナコプーロスは相手のマークをすり抜けながら、ゴールを狙える位置にするすると入ってくる選手として知られていた。

簡単に言うならば、2003/04シーズン以降のボルトンには、体を張った愚直なプレーで、ダイレクトにボールを放り込むサッカーを支えられる選手と、テクニックに優れ魔法のようなプレーができる選手たちが、理想的な形でブレンドされていた。だからこそ彼らは格上のチーム相手にしばしば番狂わせを演じ、プレミアリーグの第2グループでトップにまで上り詰めることができたのである。

■ルールの盲点を突き続けたアラダイス

関連して指摘できるのは、アラダイスのしたたかなアプローチである。彼は相手を出し抜くための材料を、常に探し続けた監督だった。

一例をあげよう。たとえば2003年4月には、オフサイドの解釈が少し変わり、ゴール前での判断基準が緩められている（オフサイドポジションにいる選手も、プレーに関与しなければオフサイドは取られず、オフサイ

Allardyce's Bolton during 2004/05, their best season

ボルトン・ワンダラーズ ◉ 2004/05 シーズン

アラダイスの下、放り込みサッカーで好成績をあげたシーズンの基本フォーメーション。深めのDFラインとワントップが特徴的。ただしチームにはジョルカエフ、カンポ、中田英寿といった選手もシーズンごとに名を連ね、フィジカルなサッカーにテクニカルな要素を加えていた

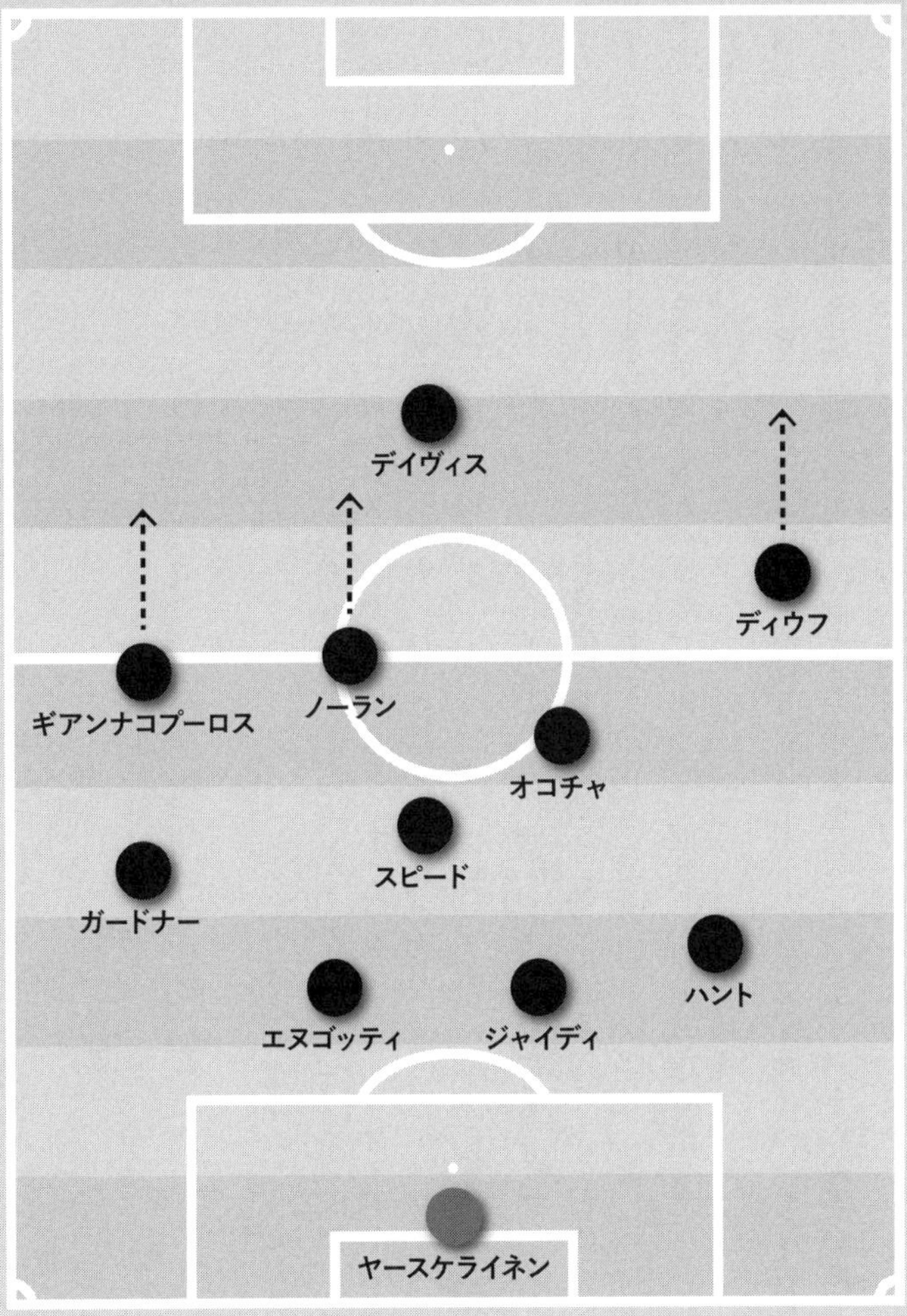

ドポジションに戻った後ならば、攻撃にも参加できるとするもの）。

アラダイスはこのチャンスを見逃さず、2人のフォワードに対して、あえてオフサイドポジションに立つように命令している。フリーキックの場面でファーストボールを競り合うためではなく、セカンドボールに対応するためである。最初からオフサイドポジションに立っていれば、ディフェンダーがマークできない場所から走り出して、すぐにシュートを狙えるというのがアラダイスの言い分だった。

この戦術がもっとも有名になったのがレスター戦だった。

ペナルティエリアにボールが放り込まれた瞬間、ケヴィン・ノーランを含む2名の選手はゴールポスト脇からペナルティエリアの外に向かって勢いよく走り出す。これと入れ替わりに、ゴール前にはケヴィン・デイヴィスが飛び込んできた。ところがレスターのゴールキーパーであるイアン・ウォーカーは、ノーランたちの動きに気を取られたために、ゴールライン上でボールをファンブルしてしまう。

しかもここから取った行動が、いかにもアラダイスらしかった。彼はルール改正の盲点を突き、選手たちに奇策まで授けたにもかかわらず、新しいオフサイドのとり方に頑として反対してみせたのである。

「（今回のルール改正は）間違っていると思うが、私にはどうしようもない。私にできるのは（新しいルールを）自分たちに有利になるように活用することだけだ」。アラダイスはしたり顔で述べている。「新しいルールは好きじゃないし、試合に何のプラスの効果ももたらさないと思う……混乱した状況を作り出して、われわれに何度かいいチャンスを与えてくれたがね」

レスターの監督を務めていたミッキー・アダムスも、やはりオフサイドの新たな解釈については否定的な見方をしている。ただし彼の場合は、被害を受けた側として不満を述べた。「キーパーの視界を横切ったりしているのに、どうしてプレーに絡んでいないなんて言えるんだ？」

ちなみにアラダイスは、ルール改正にさらにつけ込むことまでやってのける。

プレーにさえ絡まなければ、オフサイドポジションにいた選手たちは、ゴールキーパーの視界を妨げても反則を取られない。これを踏まえた上で、２００５／０６シーズンにはもっと露骨な策を授ける。シーズン最初のホームゲーム、０－１でエヴァートンに敗れた試合では、ケヴィン・ノーランに対して敵のゴールキーパーであるナイジェル・マーティンの正面に立ち、顔を突き合わせるようにしろと命じたのである。

当然、マーティンはまわりをよく見るために移動するが、ノーランもそれに合わせて移動し、相手の視界を遮り続けた。この方法が物議をかもしたことは指摘するまでもない。だがアラダイスは、レスター戦の時と同じようなコメントを残しただけだった。

「あのやり方は、自分でも好きじゃない」。彼はしおらしく認めた上で、こう言い張った。「そもそもレギュレーション自体が良くないし、解釈の仕方も間違っていると思う。私はああいうやり方をすることで、ルールが間違っていることを証明したんだ。こちらは（新しいルールを）フルに活用しようとしたがね。ルールが採用されている限りは、自分たちのために利用するつもりだ」

ルールの盲点まで突きながら、ライバルを出し抜く方法を考え続ける。これこそがサム・アラダイスという監督だった。しかもアラダイスには、やり合う相手が山ほどいた。リヴァプールの監督、ラファエル・ベニテスと長く反目し合ったことなどは、特によく知られている。

「ボルトンのプレースタイルと、監督の振る舞い方は、世界中の監督にとってお手本になると思う」。ベニテスはかつて、こう皮肉を述べたことがある。「あらゆる子供たちにとっても理想的なお手本になるし、すべての保護者が受け入れて、自分たちの子供にも同じようにしろと勧めるだろう。ああいうスタイルのサッカーは、バルセロナも模倣しようと考えていると思う」

■アーセナルの天敵としての存在感

ただしボルトンが、もっとも多く番狂わせを演じた相手はリヴァプールではない。当時のプレミアリーグにおいて、テクニカルなサッカーをもっとも象徴しているチーム、アーセナルだった。

アラダイスとヴェンゲルは、選手のコンディショニングなどの分野に、最新の生理学的な理論を持ち込んだという点で共通している。

だが実践したサッカーは、水と油のように別物だった。現にボルトンはアーセナルとの直接対決を通じて、プレミアリーグでもっともダイレクトなサッカーをするチームとして知られていくようになる。

その皮切りとなったのが2003年4月、リーボック・スタジアムでおこなわれた一戦だった。アーセナルは2-0でリードしていたが、ボルトンが展開するハイブリッドサッカーに対抗できず、最後の20分間で総崩れになってしまう。ヴェンゲル率いる選手たちはオコチャのスキルにも、ボルトンが仕掛けてくる空中戦にも対応できなくなったのである。

アーセナルはまずジョルカエフに1点返されると、その後もクロスの対応に苦しみ、結局はマーティン・キーオンがオウンゴールを献上してしまう。ボルトンは引き分けに持ち込むことに成功し、逆にアーセナルは事実上、タイトル獲得の望みを奪われてしまった。

その後、2005年1月から2006年11月まで、ボルトンはリーボック・スタジアムで4回アーセナルと対戦している。この間、ヴェンゲル率いるチームはFAカップで優勝し、チャンピオンズリーグの決勝にまで駒を進めたが、ボルトンはアーセナルをことごとく下してみせた。しかもいずれの試合においても、ヘディングから先制点を奪っている。

最初の試合では、アーセナルのゴールキーパー、マヌエル・アルムニアが容赦なく空中戦にさらされている。

ボルトンのゴールシーンは、まずヤースケライネンがロングボールを蹴り込むところから始まった。チームメイトはセカンドボールも奪い、ディウフがクロスを上げる。それをギアンナコプーロスがヘディングで決めてみせた。アルムニアは放り込みサッカーに対する準備がまったくできていなかった。試合後ヴェンゲルは珍しく、ゴールキーパーの判断ミスを指摘している。

ただしボルトンは、攻撃でアーセナルを脅かしただけではない。守備もきわめて安定していた。

「われわれは相手のフォーメーションを調べていたし、初歩的なミスを犯す状況に追い込んだ」。アラダイスは自慢げに語っている。

ヴェンゲルはその後におこなわれる一連の試合では、ボルトンが仕掛けてくるフィジカルなサッカーに不満を述べることになる。だが最初の対戦では、戦術面でも屈したことを素直に認めた。

「われわれはボルトンに有利な試合をさせてしまった。相手が理想的な状況を作り出し、自由にプレーするのを許してしまったんだ」。ヴェンゲルは述べている。「向こうは自分たちのペースに巻き込もうと。ロングボールを使ってきた。それがボルトンのやり方なんだ」

もっともモダンなサッカーを展開するチームが、古色蒼然とした戦略を駆使するチームに足をすくわれる。この試合はそんな印象を与えている。

ボルトンは、2005年12月にもアーセナルと対戦。アラダイスは、不慣れな左サイドバックに起用されたパスカル・シガンを攻略し、2-0の勝利を収めている。

アーセナルはボルトンのようなチームを苦手としている。ヴェンゲルはこの事実を、再び思い知らされる格好になった。

「われわれのパフォーマンスは自信と力強さに欠けていた。ボルトンが強みを発揮したのに対して、われわれわれは弱さを露呈してしまったんだ……彼らはわれわれを倒すために、どんなサッカーをすればいいかということを見せつけている」

ヴェンゲルの指摘は正しい。アーセナルがフィジカルなサッカーをするチームに脆いことは、誰もが気付き始めていた。

ただしボルトンほど、アーセナルの攻略法に精通したチームはいなかった。

1ヶ月後、ボルトンはFAカップでも1‐0とアーセナルを破っている。この時、アラダイスが標的にしたのは、本職のセンターバックではなく、左サイドバックとして起用されたフィリップ・センデロスだった。ギアンナコプーロスは、本来センデロスがカバーしているはずのエリアに走り込み、ヘディングで決勝点をあげている。

2006年11月、ボルトンが3‐1で勝利を収めた試合の場合は、少しだけ運にも恵まれていた。アーセナル側のシュートは、3回もゴールの枠を直撃したからである。

結局アーセナルは、リーボック・スタジアムで4連敗を喫する形になった。ボルトンとの対戦は、それまでさほど大きな問題だとは考えられていなかった欠陥、フィジカルの弱さを浮き彫りにする形にもなった。そしてそのたびに、ヴェンゲルは不満げなコメントを口にしている。

「自分たちはボールを好きなだけ触れて、われわれがタックルを仕掛けるのは禁止される。ヴェンゲルはこんなルールを設けたがっているらしい」。アラダイスは皮肉を込めて語っている。さらにアラダイスは、メディアの論調に対しても注文を付けている。「われわれはスキルに優る相手を封じ込め、セカンドボールを取らせないようにする方法を1週間かけて研究する。これは相手の弱点を見つけて、そこにつけ込んでいくというスキルなんだ。だが、その事実を（メディアは）まったく評価しようとしなかった」

このようなアプローチは、アラダイス流ゲームプランの真髄をなしていた。もともと彼は研究熱心な人物であり、対戦相手を徹底的にスカウティングした上で、配下の選手に攻略法を授け続けた。

アラダイスはプレミアリーグの歴史において、相手の出方に柔軟に対応するのがもっともうまい監督だったし、同じアプローチに固執する同業者をとりわけ格好の標的にした。すでに方法論が確立されていているほうが、対策を練りやすくなるからである。2014年におこなわれたインタビューで、彼が口にしたコメントは示唆に富む。

「指導者には2種類いる。まずは私のように相手を分析して、選手たちに対応させていくタイプだ。ファーギー(アレックス・ファーガソン)は似たタイプだし、ジョゼ(モウリーニョ)も然りだ。

一方では、アーセン(ヴェンゲル)のような監督もいる。彼は相手の出方に合わせようとしない。ブレンダン(ロジャーズ)も、相手に対応するタイプだとは思えない。マヌエル・ペレグリーニも同じ印象を受ける……こういう監督は、われわれとは違うサッカー哲学を持っているんだ。

われわれは(自分たちのことよりも)、むしろ対戦相手のことを考える。だが彼らの発想は、『自分たちはこういうプレーをする』というものに近いし、やり方を変えずに同じことを続けようとする。だからこそわれわれは、彼らを倒すことができるんだ」

ある意味、アラダイスは「バランス」を見出す名人だったとも言える。

フィジカルに頼った放り込みサッカーと、テクニックを駆使したひらめきのあるプレー、自分自身の持つ昔気質《かたぎ》の性格と、革新的なアイディア、そして首尾一貫したチーム作りと、相手に合わせて戦術を変化させる柔軟性。彼はこれらの要素を巧みに配合して、ボルトンで化学変化を起こし続けた。

プレースタイルの美しさに関しては、ボルトンは一般のサッカーファンの間で、ほとんど評価されなかった。

だが当時のボルトンには、ワクワクさせられるようなプレーをする選手が、常にいたのも事実である。

そしてアラダイスは様々なアイディアをひねり出し、対戦相手ごとにがらりと戦い方を変えながら、ビッグクラブに果敢に挑み続けた。

アウトサイダーであり続けたアラダイスは、ますますヨーロッパ大陸的な匂いを強めていくプレミアリーグにおいて、イングランドの伝統的なサッカーを復活させた人物だった。しかも舞台裏では革新的なノウハウや、大陸側のベテラン選手たちを巧みに組み合わせ続けた。だからこそ彼が率いるボルトンは、独特な存在感を放ち続けたのである。

第4部——オールラウンダーの時代

第10章

ワントップの到来

「ティエリのプレーには誰もが見惚れる。でも俺のプレーは特に美しいわけでもない」
（ルート・ファン・ニステルローイ）

■ファーガソンが決意した4‐4‐2からの脱却

プレミアリーグの草創期に見られたシステムの変化は、チーム全体の戦術が進化した結果というよりは、個々の選手を軸にもたらされたものだった。

たとえば4‐4‐2の変化も、ほとんどの場合は、外国からやってきた選手たちに対応すべく生まれている。これらの選手たちは、イングランドサッカー界ではかつて見られなかったようなプレースタイルと、ポジション取りを特徴としていたからである。

ところが21世紀の初めには、戦術進化のメカニズム自体が変わり始める。単に4‐4‐2を改良するのではなく、ストライカーの数そのものを2人から1人に減らした、新しいワントップシステムが支配的になっていく。

この流れを作ったのは、マンチェスター・ユナイテッドのアレックス・ファーガソンだった。彼はチーム作りの際にも、まずはフォーメーションをワントップに変えることを決定し、そのうえで新たな人材を探していくようになる

選手ありきではなく、まずはシステムありき。これは画期的な変化だったし、戦術そのものが以前にも

増して重視されるようになったことを物語る。

ファーガソンは1990年代、ヨーロッパでの大会を通じて常に戦術を進化させてきたが、彼は同じアプローチを2000年代以降も貫いた。

まずユナイテッドは2000年、チャンピオンズリーグの準々決勝でレアル・マドリーに2-3と敗れている。サッカー関係者の間では、この敗戦がきっかけとなって4-4-2との決別に踏み切ったとされることが多いが、事実は異なっている。

実際問題、プレーの内容自体は悪くなかったし、ユナイテッドの選手たちは得点を狙うチャンスも作っている。むしろレアルの若きゴールキーパー、イケル・カシージャスにゴールを阻まれ続け、最後に苦杯をなめたと捉えるべきだろう。またレアルは決勝でバレンシアを下し、1999/2000シーズンの欧州王者にも輝いている。このようなチームに惜敗したのは、恥ずべきことでもなかった。

ところがユナイテッドは翌シーズンのチャンピオンズリーグでも、PSVとアンデルレヒトに、グループリーグでそれぞれ一度ずつ敗れてしまう。

PSVはオランダ伝統の4-3-3で試合に臨み、ユナイテッドに3-1と土をつけた。一方、ベルギーのチャンピオンチームだったアンデルレヒトは、フレキシブルに対応できるダイヤモンド型のシステムを駆使して2-1の勝利を引き寄せている。

ユナイテッドはどちらの試合でも、ボールを長い間キープすることができず、敵のカウンターにさらされている。かろうじて決めた1点もPKによるものだった。ファーガソンを翻意させたのは、むしろこれらの敗戦によるところが大きかった。

「われわれは滅多打ちにされた」。ファーガソンは後に、2つの試合を振り返っている。「われわれはユナイテッドの伝統的な4-4-2でプレーしたが、こてんぱんにやられてしまった。私は選手とスタッフにこう言ったんだ。ボールを相手よりもキープしつつ、中盤をしっかり固めなければならない。それができなければ、逆に同じようなやり方で相手に苦しめられてしまう、とね。相手はこっちを徹底的に研究している。だから中盤に3人を使う方式に切り替えたんだ」

ファーガソンの決断が意味するものは明らかだった。ツートップからの脱却である。

これはきわめて大きな方針転換だった。ましてやユナイテッドは両サイドにウインガーを配置していたため、中盤を3枚にすればセンターフォワードは1人しか起用できないことになる。

だがファーガソンは2000／01シーズンの途中から、4－5－1の実験に着手する。主な要因となったのは選手の怪我だったが、翌シーズンが幕を開ける時点ではワントップがデフォルトの戦術システムになっていた。

■放出された三冠達成の立役者

とはいえ、この決断はマンチェスター・ユナイテッドのファンの間で物議を醸した。多くのファンは4－4－2をクラブの伝統の一部だとみなしていたし、1999／2000シーズンと2000／01シーズンには、同じシステムでプレミアリーグを楽々と制していたからである。

しかも当時のユナイテッドでは、三冠を達成した4人のフォワード、ドワイト・ヨーク、アンディ・コール、テディ・シェリンガム、オーレ・グンナー・スールシャールを軸にしたローテーション制度が機能し続けていた。とりわけシェリンガムは、攻撃陣の屋台骨に成長。2000／01シーズンには、10番的な役割をこなしながらもチーム最多となる得点を記録し、PFAとFWAの年間最優秀選手にも選ばれていた。

ところがファーガソンは驚くべき行動を取る。なんとシーズンが終わった直後にシェリンガムの放出を決意し、元の所属クラブであるトッテナムに復帰させたのである。

公式の説明では、35歳のシェリンガムが2年契約を望んだのに対して、チーム側が単年契約しか提示しなかったことが、退団の原因になったとされている。

だがよくよく考えてみれば、これはおかしな話である。契約期間が折り合わないという理由だけで、プレミアリーグのトップストライカーを手放した格好になるからだ。またシェリンガムは高さで勝負するクラシカルなセンターフォワードであり、スピードで勝負していたわけでもない。30代後半になっても、十分に第一線で活躍できるはずだった。

にもかかわらずユナイテッドが契約を更新しなかったのは、ファーガソンの意思を反映したものだった。彼は4-5-1へのシステム変更を考えていたが、ワントップはシェリンガムのようなタイプ——がむしゃらに点を取ろうするのではなく、ポストプレーなどを通してチャンスメイクもできる、セカンドストライカー的な特徴を持ったフォワードとは、必ずしも相性がよくなかったのである。

関連して述べれば、4-5-1で戦おうとする場合には、別のタイプの選手も必要になってくる。現にファーガソンは、シェリンガムを放出する一方で2件の大型補強をおこなった。

まず英国における移籍金記録を更新する額で、PSVのセンターフォワードであるルート・ファン・ニステルローイを獲得。その直後には、ラツィオに所属していたミッドフィルダー、アルゼンチン代表のファン・セバスティアン・ベロンを招き、再び移籍金の記録を更新している。

「たった1人の選手に、これほど多くの金を使うことになるとは思ってもみなかった」。ファーガソンは後に振り返っている。「だがユナイテッドにとっては必要だった」

ファーガソンの狙いは明らかだった。

まず戦術的に見るなら、ファン・ニステルローイは最前線において、ワントップとして起用することができる。さらにベロンを獲得すれば、ユナイテッドはロイ・キーンやポール・スコールズに続き、トップレベルのセントラルミッドフィルダーを3人、中盤に揃えられるはずだった。

ファーガソンには別の思惑もあった。

当時、ファーガソンは1年後の2001/02シーズン限りで、監督を引退する意向を表明していた。また同シーズンのチャンピオンズリーグ決勝は、ファーガソンの故郷であるグラスゴーで開催されることも決定していた。会場のハンプデン・パークで二度目のチャンピオンズリーグ制覇を成し遂げられれば、理想的な形で監督生活に終止符を打つことができる。

ファーガソンにとって4-5-1への変更は、有終の美を飾るための布石であり、この方式を機能させるために招かれたのが、ファン・ニステルローイとベロンだったのである。

■新たなシステムを巡る混乱と疑念

ところが4-5-1の戦術実験は、のっけから波乱含みだった。

理由はいくつかある。まずヤプ・スタムがファーガソンと揉め、チームを去るという衝撃的な事件が起きた。ユナイテッドは後任にフランス代表のセンターバック、ローラン・ブランを据えたが、ブランはペースの速いイングランドサッカーに苦しむことになる。

一方、ファーガソンは引退をあらかじめ宣言したのが、大きな過ちだったことも認めている。引退表明をきっかけに、選手たちのタガが緩んでしまったからだ。

とはいえ新たな布陣も、当然のように批判を浴びている。4-5-1を採用してベロンを起用したまで

Man Utd's 4-5-1 after Van Nistelrooy arrived

マンチェスター・ユナイテッド ◉ 2001/02 シーズン

ファン・ニステルローイを獲得し、4－5－1に移行した直後の布陣。スコールズのポジション取りの高さや、ベロンを加えて中盤が3枚になった点も目を引く。ただし中盤における役割分担が明確ではなく、攻撃も単調になったため、期待されたほどの効果は得られなかった

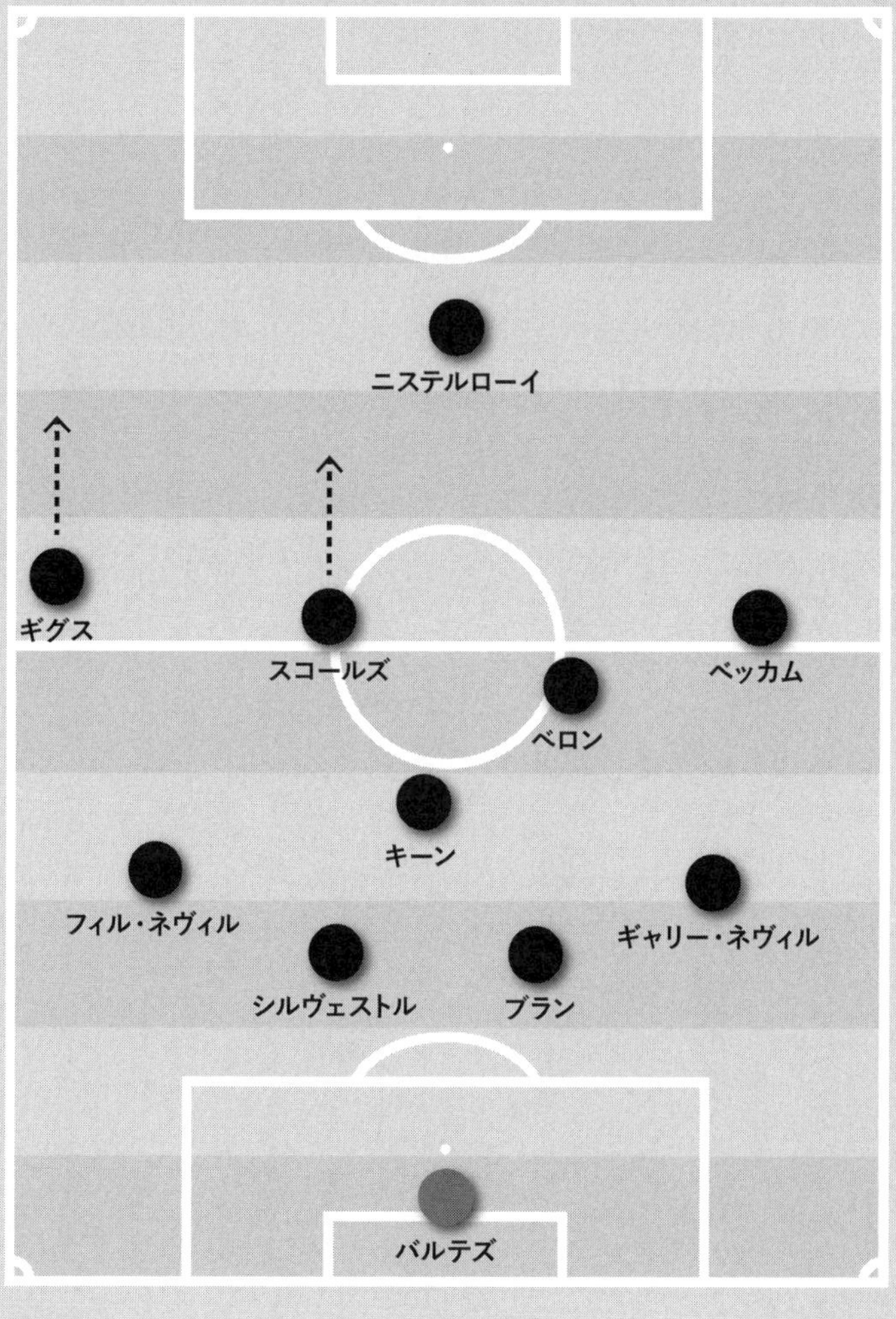

はよかったが、ユナイテッドのビルドアップは、目に見えて遅くなってしまっていた。

かくしてベロンはやり玉にあがったが、この手の批判はいささか公平性に欠けていたと言わざるを得ない。ベロンは新たな環境に対応している途中だったし、システムの変更はプレミアリーグでの豊富な経験を誇る他の選手たちにとっても、逆効果をもたらしていた。

その原因の1つとなったのが、役割分担の混乱である。

とりわけベロンに関しては、どのポジションが最適なのかという議論が常に起きていた。そもそもベロンはアルゼンチンの古典的な「10番」でもなければ、中盤の深い位置に構えるプレーメイカーでもない。かといってイングランドの伝統的なミッドフィルダーのように、ボックス・トゥ・ボックス的なプレー(2つのゴールの間を精力的に走り回るスタイル)を期待するには、あまりにもスピードに欠けていた。

「彼と一緒にプレーしたけど、どのポジションがいいのかわからなかった」。ライアン・ギグスは素直に認めている。ベロンはピッチ上をふらふらと移動しながら、時折、見事なロングパスを出すことができたが、決定的なプレーをする場面はほとんどなかった。

たしかにチームメイトたちは、ベロンが練習で垣間見せるクオリティの高さを口にしていた。またファーガソンも、ベロンを「腹立たしいほどうまい選手」と形容する一方、才能を評価しないジャーナリストたちを「腹立たしい馬鹿ども」とこきおろしている。

だがベロンは移籍金の記録を塗り替えただけでなく、当時のプレミアリーグの中で一番の高給取りにもなっていた。それを考えれば、やはり期待はずれに終わった感は否めない。

ベロンはイタリアやアルゼンチンで展開されていたような、スローペースの試合では活躍できたが、イングランドでは存在感を発揮できなかった。言葉を換えれば、かつてのエリック・カントナのようなタイプとも異なっていた。カントナは新たな環境に対応し、サポーターが試合を見る際の基準さえ変えていったからである。

おそらくベロンに関しては、ユナイテッドに加入するのが数年早過ぎたのかもしれない。当時のイングランドサッカーは、優雅にプレーするミッドフィルダーを受け入れ、存分に活用できるようなレベルに達していなかった。似たようなことは、中盤に3人のミッドフィルダーを起用する戦術そのものに関しても指摘できる。

話を2001／02シーズンに戻そう。

ユナイテッドは12月の時点では9位まで順位を落としていたが、以降の16試合で14勝をあげリーグのトップに立つ。

チームの流れを変えたのは、やはりファーガソンの決断だった。ファーガソンはヨーロッパの大会では4-5-1を使い続けていたにもかかわらず、プレミアリーグの試合では、フォーメーションを4-4-2に戻したのである。長年親しんできたシステムへの回帰は劇的な復調を促したし、ファーガソンはこの頃になると、引退宣言を撤回するようにもなっていた。

しかしユナイテッドは、プレミアリーグを制覇するまでには至らなかった。

シーズン終盤の3月には、元アシスタントマネージャーのスティーヴ・マクラーレンが率いるミドルズブラに、0-1で敗れてしまう。決勝ゴールを決めたのはアレン・ボクシッチだったが、失点のきっかけとなったのは、ベロンがディフェンス陣の前で不用意にボールを奪われたことだった。

ユナイテッドは、この敗戦が響いて首位から陥落。逆にアーセナルにタイトル争いの主導権を握られ、そのまま優勝をさらわれている。

■ オランダから招かれた点取り屋

ただしユナイテッドがタイトルを取り損ねたのは、ベロンというよりも実はファン・ニステルローイと、シーズン途中まで採用していた4‐5‐1のシステムに関連している。

以前のプレミアリーグでは、ワントップは守備的な戦術だと考えられており、スモールクラブが、アウェーの試合に臨む際に採用されるのが一般的だった。

ところが今やワントップは中盤で数的優位を確保し、攻撃的なサッカーを展開するための布陣として位置づけられるようになった。にもかかわらずユナイテッドでは、ファン・ニステルローイのようなワントップに、どのような役割を担わせるべきかという方針が明確になっていなかったのである。

もともとファン・ニステルローイは、オランダの2部リーグに加盟するデン・ボスというクラブの育成組織で、攻撃的ミッドフィルダーとして育った選手だった。そんな彼をセンターフォワードにコンバートしたのが、エールディビジのヘーレンフェーンを率いていた監督、フォッペ・デ・ハーンである。

ファン・ニステルローイがマンチェスター・ユナイテッドに移籍した後、デ・ハーンはミッドフィルダーとしてプレーしていた頃の教え子を、こんなふうに振り返っている。

「本当のチームプレーヤーではなかったね。テクニカルにプレーするという意味もまるでわかっていなかった。彼はとにかくボールを欲しがる選手だったし、ボールさばきもとてもうまかった。だが自分のためだけにプレーしていた」

ファン・ニステルローイの限界を見抜いたデ・ハーンは、彼をフォワードに回すことを決断。と同時にボールを欲しがって走り回るのではなく、むしろ前線で待つことの必要性を教えていく。プレミアリーグ史上もっとも純粋な点取り屋は、こうして育て上げられていった。

またファン・ニステルローイがプレミアリーグで活躍できたのは、ファーガソンの尽力に負うところも大きい。

実はファーガソンは、前年の２０００年の夏にも契約寸前までこぎつけている。だが十字靭帯に問題を抱えていることが発覚し、ユナイテッドへの入団は実現しなかった。

当時、ＰＳＶ側は膝の故障は軽いものだと主張。ファン・ニステルローイ自身もアイントホーフェンに戻ってトレーニングを再開する。クラブ側はコンディションに問題がないことをアピールするために、その模様を撮影し始めた。

ところが、そのトレーニングセッションの最中にファン・ニステルローイは倒れ込み、膝を抱えながら苦悶の声を上げる。ユナイテッド側が懸念したとおり、靭帯が断裂してしまったのである。

しかしファーガソンは諦めなかった。病床のファン・ニステルローイを訪ねて、怪我が完治すれば、来年の夏に契約すると約束。その言葉どおりに、ストライカーを招き入れた。

晴れてユナイテッドに加入したファン・ニステルローイは、最初からゴールを量産し、ファーガソンの信頼に応えてみせる。オールド・トラフォードで初めてプレーしたフラム戦において、２ゴールを奪ったのを皮切りに、最終的にはプレミアリーグの1シーズン目に23得点を記録し、ＰＦＡの年間最優秀選手に輝いた。

ユナイテッドの新たなセンターフォワードは、イングランドで5年間プレーすることになるが、あらゆる状況下でコンスタントにゴールを量産し続けた。

その事実は、数々のデータからもうかがえる。

たとえばプレミアリーグでは通算95点を記録したが、内訳はホームゲームでの得点48、アウェーでの得点が47ときわめて均衡している。時間帯別のゴール数も然り。試合前半の得点が48、後半の得点が47と、これまた見事にバランスが取れていた。

ほとんどのストライカーは、自分のチームが優勢に試合を進められるホームゲームでの得点が多い。また相手の選手が疲れてラインが間延びしてくる後半のほうが、ゴールを奪う傾向が強くなる。ところがファン・ニステルローイは、ユナイテッドファンの「ルーッット！」という大声援を受けながら、いつでもどこでも、シュートを力強くゴールに叩き込み続けた。

ファン・ニステルローイに関しては、もう1つの示唆に富むデータもある。これはチームにおいて、いかなる役割を担っていたかを物語るものだ。

プレミアリーグであげた95ゴールのうち、ペナルティエリアの外側からシュートを決めたのは一度に過ぎない。集計の対象をプレミアリーグ以外にまで広げると、総得点数は150に増えるが、やはり遠距離からのシュートからゴールを奪ったケースは1回に留まる。最後のシーズンに、チャールトン・アスレティック戦で決めたゴールのみである。

これは、きわめて異例な傾向だと言わざるを得ない。

ファン・ニステルローイのような点取り屋タイプではなく、純粋なターゲットマンタイプの選手でさえ、ペナルティエリアの外側からはるかに多くのゴールを決めているからだ。

リヴァプールなどでプレーしたエミール・ヘスキーの場合は、プレミアリーグで記録した111ゴールのうち11ゴール、ニューカッスルでシアラーとコンビを組んだクリス・サットンは83点中9点、ボルトンのケヴィン・デイヴィスは83ゴール中7ゴールが、ペナルティエリア外からのシュートだった。

ちなみにウェイン・ルーニーは2004年、チャンピオンズリーグのフェネルバフチェ戦で初めてユナイテッドの一員としてデビューし、54分間でいきなりハットトリックを決めてみせた。

これらの3ゴールは、すべてペナルティエリアの外から決められたものだった。ロングシュートの本数に限れば、ルーニーはファン・ニステルローイが5年かけて築いた記録を、わずか1試合で塗り替えたのである。

■諸刃の剣としてのファン・ニステルローイ

誤解のないように述べておくと、ファン・ニステルローイはすばらしい点取り屋だった。クロスに合わせるのが抜群にうまかったし、リバウンドがどこに落ちるのかを予測し、ゴールキーパーが前に出てくるコースを見極めながら、相手をかわして得点を奪うことができた。

彼が決めたゴールは至近距離からのものばかりだったが、その何本かはまさに見事なものだった。とりわけ処理の難しいハイボールを出された時には、信じられないような才能を発揮している。ボールを柔らかくトラップしながらシュートを打てる位置に運び、常に強烈な一撃を叩き込んだ。

サッカーの究極の目的は、敵のゴールにボールを入れることになる。プレミアリーグでは数え切れないほど多くのフォワードがプレーしてきたが、パスを受けてシュートを決めるという単純動作のうまさにかけて、ファン・ニステルローイを上回る選手はいまだにいない。

ただしファン・ニステルローイというストライカーは、起用の仕方が難しい選手でもあった。チームにとっては諸刃の剣だと言ってもいい。

たとえば彼が加入するまで、マンチェスター・ユナイテッドはプレミアリーグを3連覇していた。ところが彼がオールド・トラフォードでプレーした5年間、優勝を飾ったのは一度だけである。逆に2006年にファン・ニステルローイがチームを退団すると、再びチームは息を吹き返し、3シーズン連続でリーグ優勝を果たしている。

もちろん、ファン・ニステルローイだけに非があるわけではない。彼の加入とともにチームがタイトルと縁遠くなったのは、他の巡り合わせも影響している。ロマン・アブラモヴィッチの買収によって、チェルシーの金回りが突然良くなったこと、無敗優勝に象徴されるように、アーセナルのサッカーが進化を遂げたこと、ファーガソンが効果の疑わしい選手補強を何度かおこなったことも、ユナイテッドにとって逆風となった。

だが結局のところファン・ニステルローイは、優れたチームプレーヤーではなかったし、「非常に優れた1人のストライカー」という枠を出なかった。

チームメイトたちは、自分がこれまで一緒にプレーした中で最高のフィニッシャーだとお決まりのように繰り返したが、ファン・ニステルローイはプレースタイルにおいても、ゲームに臨む姿勢という点でも、一種の限界を抱えていたのは明らかだった。

「チームが3‐0で勝利を収めたとしても、自分が絶好のチャンスでミスをしていたりすると、試合の後、ドレッシングルームの隅に座って悲しそうな顔をしていたよ」。ライアン・ギグスは証言している。

ギグスはファン・ニステルローイが加入した1シーズン目、アウェーのボルトン戦で4‐0の勝利を飾った際の出来事も覚えていた。この試合では、スールシャールがハットトリックを達成。1人で勝負に片をつけただけでなく、ファン・ニステルローイのお株を奪って注目を浴びている。

試合終了数分前、ギグスはそんなファン・ニステルローイのために、ただボールを流し込めばいいだけの絶好のチャンスをお膳立てする。すると得点を決めた相手は、「ありがとう、ありがとうな！」と叫びながら走ってきたため、ギグスは仰天したという。自分がゴールを決めぬまま、試合が終わる状況を避けられたということで、大喜びしていたのである。

スールシャールとのコンビはゴールを生み出したが、全体的に見るならば、ファン・ニステルローイは他の選手と連動するのがうまくなかった。同僚のストライカーたちは、彼が時々、非常にイライラした様子を見せることに気付いたという。

たとえば2002年には、ユナイテッドにディエゴ・フォルランが加入している。彼はウルグアイ代表でも活躍するが、ユナイテッドでは初ゴールをあげるまで27試合もかかってしまった。

試合途中から起用されるケースが多かったとはいえ、後に「ヨーロッパ・ゴールデンブーツ賞」（ヨーロッパの各国リーグを通じて、1シーズン中にもっとも多くのゴールを決めた得点王）に輝くほどの逸材がかくも苦しんだのも、ファン・ニステルローイが攻撃陣を牛耳っていたことと無縁ではない。ファーガソンはその事実を認めている。曰く。「ディエゴ（フォルラン）のデータは、ルート（ファン・ニステルローイ）のレーダーに登録されていなかったんだ」

ファン・ニステルローイは、オランダ代表でも似たような立場に立たされていた。とりわけパトリック・クライフェルトとは不仲で、個人的にもいがみ合っていたため、効果的なコンビプレーを見せる場面はほとんどなかった。

■アンリかニステルローイか

ファン・ニステルローイが抱えていた問題をもっとも的確に指摘したのは、2004年にユナイテッドに加わったルイ・サハだった。フランス代表のサハは、ユナイテッドの同僚であるファン・ニステルローイと、代表のチームメイトであるティエリ・アンリの違いについて質問された際、アンリとプレーするほうが肌に合うと明言している。

「ルート（ファン・ニステルローイ）は18ヤードエリア（ペナルティエリア）の外側からゴールを決めないし、

フリーキックも絶対に蹴らない」。サハはこう述べた後、さらに手厳しいコメントを付け加えた。「彼はチームの組織プレーにあまり加わろうとしない。自分でゴールを決めることだけを考えているんだ」

逆にサハはアンリと一緒にプレーすることを「マイヨジョーヌを身に着けた選手に導かれていくようだ」と表現している。いかにもフランス人らしい美しい表現だが、こんな台詞1つを取ってみても、ファン・ニステルローイとアンリの違いは明らかだった。

アンリの存在は、ファン・ニステルローイにとって、目の上のたんこぶ以外のなにものでもなかった。たしかにファン・ニステルローイは、オールラウンドにプレーできる能力にいささか欠けていたが、1990年代ならば、このような問題は指摘されなかっただろう。

だがプレミアリーグにおいては、アンリと必然的に比較されることになる。当時のメディアではアンリとファン・ニステルローイという2人の両雄がひっきりなしに比べられていた。

数年後、ヨーロッパ大陸側ではクリスティアーノ・ロナウドかリオネル・メッシかというテーマが論じられるが、同じような議論がプレミアリーグでも起きていたのである。

しかもファン・ニステルローイは、明らかに分が悪かった。アンリはゴール数で上回っていただけでなく、はるかに多彩なプレーをこなすことができた。しかも相手は、センターフォワードのプレースタイルそのものを新たな方向へと進化させつつあった。

アンリがメッシのような存在だったとすれば、ファン・ニステルローイは以前のロナウドと同じような立場に立たされたと言ってもいいだろう。その点で、後にアンリはバルセロナにおいてメッシと、ファン・ニステルローイはレアル・マドリーでロナウドと一緒にプレーするようになったのは、不思議な巡り合わせさえ感じさせる。

ファン・ニステルローイは、ライバルであるアンリの存在を必要以上に意識していた。ポール・スコールズは、その事実を認めている。

「得点を決められなかった時は、バスの後ろの席に座ってむくれていたよ。試合に勝ったとしてもだ」。スコールズの証言は続く。「そして他の試合の結果を見て、たとえばアンリが点を決めたことがわかると、さらに怒り出すんだ。彼はアンリを個人的なライバルとして見ていたし、自分が誰よりもゴールを決めるんだとムキになっていた」

ファン・ニステルローイはプレミアリーグに5年間在籍したが、この間アンリと得点王のタイトルを独占し続けた。とはいえ両雄の対決は、4対1でアンリの圧勝に終わっている（24対23、24対25、30対20、25対6、27対21）。ファン・ニステルローイが得点王に輝いたのは、2002／03シーズンのみ。これは彼がプレミアリーグのトロフィーを手にした、唯一のシーズンともなった。

だがアンリは得点王こそ逃したものの、代わりにPFAとFWAの年間最優秀選手賞を確保し、相手を存在感で上回り続ける。しかも得点王争いが決着したプロセスそのものも、ファン・ニステルローイの名声を高めるものにはならなかった。

2002／03シーズンの最終日、ユナイテッドはすでに優勝を確定していたため、周囲の関心はアンリとファン・ニステルローイの得点王争いに向けられることになった。

まずサンダーランド戦に臨んだアンリは7分過ぎにゴールをあげ、合計24得点でライバルに並ぶ。これに対してファン・ニステルローイは、エヴァートン戦で遅い時間帯にPKから得点を決めゴール数を25に伸ばした。ちなみファン・ニステルローイはPKを蹴る瞬間、得点王争いのことしか頭になかったと認めている。

ところがアンリは、得点王争いにはほとんど興味を示していなかった。事実、サンダーランド戦では、アーセナルがさらに三度もゴールを奪ったが、これらはすべてアンリがフレディ・ユングベリにアシストしたものだった。しかもアンリは、サンダーランド戦の直前におこなわれたサウサンプトン戦で、ピレスとジャーメイン・ペナントのハットトリックをお膳立てしていた。得点王を争っているにもかかわらずである。

アンリはゴールスコアラーであると同時にアシスト役であり、このシーズンも最終的に20ものアシストを決めている。これは今日でもプレミアリーグの最多記録となっている。

「ラストパスを出してくれる選手がいなければ、ゴールスコアラーなんて何もできないからね」。アンリはかつて、こんなふうに語ったことがある。「それに僕は自分が点を決められなかったからといって、へこむようなタイプじゃないから」

アンリが言うところの「点を決められずにへこむようなタイプ」の典型例の1人が、ファン・ニステルローイであることは指摘するまでもない。

関連して注目すべきは、2人が試合中によく見せた反応の違いである。ファン・ニステルローイは簡単なシュートを思いっきりゴールに蹴り込んだ際にも大喜びしていたが、アンリはゴールを決めても、まるで他人事のように平然としていた。これは彼が憧れていたヒーローの1人、バスケットボール界のレジェンドであるマイケル・ジョーダンを真似たものだった。

それどころかアンリは、アーセナルが試合に負けた場合、自分が決めたゴールはカウントされるべきではないと示唆したことさえある。チームが負けたのでは、いくらゴールを決めても無意味だからだ。

このようなスタンスからもうかがえるように、アンリは真のチームプレーヤーだったし、チームメイトが出したパスが頭上を越えていっても、そのアイディアを積極的に讃えようとした。

たとえばアーセナルが無敗優勝を達成した2003/04シーズンには、こんな場面も見られた。アンリはボールをキープするのも抜群にうまかったが、ボールを奪われた際には目の色を変えて相手を追いかけ、敵の選手に次から次へとプレッシャーをかけていったのである。

プレミアリーグでもっとも運動能力に優る選手が、ピッチ上を走り回りながら守備の起点となる。これは壮観であると同時に、きわめて珍しい光景でもあった。そして何よりもチームメイトにとって理想的なお手本となった。アンリにハードワークができるなら、自分たちも当然そうすべきだ。アーセナルの選手たちの間では、こんな心理が働いていったのである。

■アンリが体現した美しさと強さ

アンリはこの間、プレミアリーグの得点王争いをリードし続けただけでなく、イングランドサッカー全体に対して、まったく新しいプレースタイルを示唆する役割も果たした。

彼は芸術的な美しさと高い運動能力を併せ持つ稀有の選手であり、ファン・ニステルローイとは違って観客を魅了し、ファンを喜ばせるエンターテイナーであり続けた。亡きジョージ・ベストの言葉を借りれば、まさに「ショーマン」だったと言っていい。

アンリの「ベストゴール」を集めた映像集などは、バリエーション豊かなシュートを眺めているだけでも圧巻だ。ロングレンジから強烈な一撃を放ったかと思えば、ドリブルで相手をきりきり舞いさせる。さらにはチームメイトとのコンビプレーから、最後のとどめを刺す場面も当然のようにある。

またアンリは、相手を挑発するようなプレーもたびたび披露した。バックヒールでゴールを流し込み、PKではパネンカ（キーパーの裏を突き、ゴールの中央にふわりとシュートを放つプレー）も蹴ってみせる。フリーキックの際には、敵のゴールキーパーが壁を作っている間に助走を始めて得点を奪ったこともある。

かくしてアンリは、敵味方を問わずに人気を集めるようになる。事実、プレミアリーグの歴史において、アンリほど幅広い層から称賛された選手はいなかった。

たとえば2004年、アーセナルはFAカップにおいてポーツマスと対戦。アウェーにおいて相手を5-1と一蹴している。

ところがフラットン・パーク（ポーツマスのホームスタジアム）では、試合後も歓声が鳴り止まなかった。ポーツマスのサポーターは、アンリをはじめとするアーセナルの面々が繰り広げた攻撃的サッカーに、称賛を惜しまなかったのである。

「あんな光景は、これまでの人生で初めて見たよ」とアンリが発言すれば、ヴェンゲルも喜びを隠さなかった。「すばらしい結果になった」。ただしアーセナルの指揮官は、こうも付け加えている。「でもそれ以上にすばらしかったのは、相手チームのファンがわれわれの選手を応援してくれたことだった」

同シーズンの終盤、すでに優勝を確定していたアーセナルは、プレミアリーグの試合で再びフラットン・パークを訪れている。試合後半、ポーツマスのファンはほとんどの時間帯でアンリの名前を合唱し続けた。

試合終了後、アンリは相手の選手と交換したユニフォームを身に付けたまま、スタンドに沿って走り始める。こうしてポーツマスのファンを讃えてから、ピッチ上から姿を消していった。まるでアンリはアーセナルの一員というよりも、プレミアリーグそのもののイメージリーダーになったような感さえあった。

プレースタイルに話を戻そう。

仮にファン・ニステルローイが、われわれが想像し得るもっとも純粋なストライカーだったとするなら、逆にアンリは、純粋なストライカーとももっとも縁遠いタイプの選手だった。

もともとアンリは1994年8月、モナコでプロデビューしている。これを実現させたのがヴェンゲルだった。ヴェンゲルは翌月に職を解かれたものの、アンリはその後も順調にキャリアアップを果たしていく。

ただしアーセナルに加入するまでのアンリは、ワイドなポジションでプレーしていた。

たしかにユース時代はフォワードを務めていたにもかかわらず、モナコでは4－3－3のワイドのポジションでもっぱらプレーした。彼はフランス代表が1998年、母国で開催されたワールドカップで優勝を飾る際にも、このポジションをこなしている。当時の彼は抜けた速さの持ち主ではあっても、クロスからゴールを狙うようなタイプではなかったからである。

その後、アンリは半シーズンだけユヴェントスに所属している。たしかにフォワードとしてプレーするチャンスも与えられたが、ウイングバックを任されることも時折あったという。当時のユヴェントスはワイドに開いたフォワードを起用していないだけでなく、3－5－2を採用することもあったためだ。アンリはチームがボールをキープしていない時には、実質的にサイドバックに変わるポジションもこなした。

これは明らかに才能の無駄遣いだったし、アンリにとってはアーセナルへの移籍が大きな転機になった。だがアンリ自身は、セリエAでの日々が不毛だったという指摘には過敏に反応している。自分は何の問題もなくプレーしていたし、キャリアを考えた場合には、アーセナルに移籍するのがベストだと思っただけだと、相応に説得力のある反論をしている。

アンリが稀代のゴールスコアラーとして名を残したのは、ヴェンゲルが純粋なセンターフォワードにコンバートしたことによる部分が大きい。

またヴェンゲルは4－4－2のワイドでプレーさせ、そこからセンターフォワードに据える形を取っている。アンリの特徴を考えれば、これは十分に理解できるアプローチだった。ただしイングランドの批評家は当然のように混乱した。4－4－2でサイドに張った役割をこなしていた選手を、フォワードに起用するなどというケースはなかったからである。

この事実はしばしば見落とされがちだが、アーセナルに加わったアンリには、2つの役割をこなす可能性があった。4－4－2の左のミッドフィルダー、もしくはフォワードである。

現に当初はフォワードよりも、左のミッドフィルダーを担当するケースが多かった。1999／2000シーズンのプレミアリーグに関して述べれば、最初の15試合では左のワイドで起用されたケースが5回あったのに対して、フォワードとしての起用はわずか3回に留まっている。それ以外の7回は、先発から外されている。逆にデニス・ベルカンプは12回、ヌワンコ・カヌーは10回、ダヴォール・シューケルは5回フォワードとして先発するなど、この時点でのアンリはチーム内で4番目のフォワードに過ぎず、自分にチャンスが来るのをじっと待つことを余儀なくされた。

またヴェンゲルが大きな期待を寄せていたとはいえ、センターフォワードにコンバートすることは既定路線でもなかった。むしろマルク・オーフェルマルスが復調し、本来の左ウイングでプレーするようになった結果、アンリはフォワードに押し上げられたというのが実情に近い。

ただし、これはアンリにとって理想的な展開だった。そもそも彼はユース時代、フォワードとしてプレーしていたし、勝手がわかっていたからである。アンリはヴェンゲルへの感謝を口にしている。「自分が昔、いつもプレーしていたポジションでやっていける。そう自信をもたせてくれたんだ」

アンリは1999年9月、プレミアリーグのサウサンプトン戦に途中出場。試合で唯一のゴールをあげて初得点を記録した。

だがアンリがゴールスコアラーとしての才能を披露し、アーセナルの歴代最多得点選手に変貌していく突破口となったのは、11月後半のダービー・カウンティ戦だった。ちなみにこの試合では、ともにオーフェルマルスのアシストを受けながら2ゴールをあげて、0－1から2－1の逆転勝利へとチームを導いている。

アンリはここから爆発的な勢いでゴールを量産していく。リーグ序盤は8試合に出場して1ゴールしかあげていなかったにもかかわらず、以降の19試合で16ゴールを記録する。この間、ウイングとして先発したのは一度のみだったし、試合後半からはフォワードをこなしている。

かくしてアンリは、押しも押されもせぬアーセナルのエースストライカーになった。

とはいえ彼のプレースタイルは、オーソドックスなフォワードとかけ離れていた。左のワイドに開いたポジションでプレーしていた影響も明らかに残っていたからである。この傾向はアーセナル時代のキャリアを通じて、一貫して見て取ることができた。

対戦チームの右サイド（自軍にとっての左サイド）のタッチライン沿いでボールを受け取り、そこからインサイドに切れ込み相手をかわす。そして最後は、右足でファーポスト側のコーナーにカーブのかかったシュートを入れる。アンリはトレードマークというべき得点パターンを常に踏襲していた。

これは10代の頃、モナコで積んだ練習に負うところも大きい。

現にアンリは2006年のワールドカップ予選、アウェーのアイルランド戦で十八番のパターンから得点を決めた際、このゴールをモナコのユースチームのコーチだったクロード・ピュエル、後にサウサンプトンの監督になる人物に捧げている。ピュエルは全体練習が終わった後、この崩し方を毎日練習するように勧めた人物だった。

「僕は生まれつき、ゴールを決める才能に恵まれていたわけじゃない」。アンリは数年後に語っている。「足は速かった。でも1点決めるのに、10回もチャンスが必要なタイプの選手だったんだ。そういうチャンスを自分でも作り続けていたけどね。だから自分に言い聞かせたんだ。『こういうチャンスはいつももらえるわけじゃないから、ゴールネットに確実に刺さなきゃならないぞ』とね」

■アーセナルが体現した未来のサッカー

センターフォワードでありながら、サイドに張った位置から内側に切り込んでゴールに迫っていく。アーセナルと対戦したチームは、この独特なポジション取りとプレースタイルに手を焼いた。マンチェスター・ユナイテッドのアレックス・ファーガソンは、アーセナルと対戦する際には右サイドバック、たいていの場合はギャリー・ネヴィルに対してオーバーラップせずに、本来のポジションを常にキープしろと命じたことを認めている。

ちなみにアンリ自身は、独特なプレースタイルを確立していく上では、3人の選手からも影響を受けたと語っている。1人目はジョージ・ウェア（時代は異なるものの、彼もまたヴェンゲル指揮下のモナコでプレーした選手である）、残る2人はロマーリオとロナウドである。

アンリはこれら3人のフォワードを、次のように讃えている。「（3人は）センターフォワードというポジションを、もう一度発明し直したんだ。ペナルティエリアから中盤に降りてきてボールをピックアップし、そこからサイドに流れる。さらに中央のディフェンダーを引き付けた上で、スペースへの走り込みやダッシュ、ドリブルで相手を混乱させていく。こういうプレーをしたのは彼らが最初だった」

だがアンリが、新しいプレースタイルをさらに進化させたのは間違いない。

アンリが讃えた3人は、たしかに機動力のある選手たちだったが、基本的には「9番」の枠に留まっていた。

ところがアンリは、自分のことをストライカーだとはまるで思っていなかった。

しかも当時のアーセナルでは、ベルカンプが深い位置にまで下がり敵のディフェンスラインと中盤の間に広がるスペースを突いたため、対戦相手のセンターバックは、マークする選手が誰もいない状況に追い込まれた。

ヨーロッパのサッカー界では、センターフォワードが本来の場所から離れる方法論、いわゆる「偽の9番」や「ゼロトップ」と呼ばれる戦術が、数年後に流行することになる。

しかしアーセナルはすでにこの時点で、実質的に正規のセンターフォワードがいないゼロトップシステムを採用していた。先発リストにポジション名こそ記されているものの、ピッチの前方には深い位置に下がった10番の選手と、左サイドで構えるアタッカーしかいなかったからである。

このような戦術進化は、マンチェスター・ユナイテッドと比較するとなおさら興味深い。

アレックス・ファーガソンはベーシックな4‐4‐2に見切りをつけ、意図的にワントップシステムへの移行を図った。対照的にヴェンゲルはベーシックな4‐4‐2を維持したまま、その枠内で微妙にゼロトップシステムに移行していたことになる。

アーセナルがかくも特徴的なプレースタイルを実践できたのは、チーム自体の特徴にも起因している。アンリはファン・ニステルローイよりも多くのゴールを決めることができたが、アーセナルでは他の様々なポジションの選手が得点を奪うことができた。

たとえばプレミアリーグを制した２００１／０２シーズン、フレディ・ユングベリはわずか25試合にしか出場しなかったにもかかわらず、12ゴールを記録している。

逆サイドにはロベール・ピレスが控えていた。彼は膝に重傷を負ったために最後の数ヶ月を欠場したが、FWAの年間最優秀選手に選ばれている。しかもピレスは怪我から回復すると、２００２／０３シーズンから2004／05シーズンにかけて、3年連続で14得点をあげた。これは怪我からの復帰という点だけでなく、ワイドに開いたミッドフィルダーがゴールを量産したという意味でも衝撃的だった。

さらに実際の試合では、各ポジションの役割分担が逆になる場面もしばしばあった。フォワードがチャンスを作り出し、ワイドに開いたミッドフィルダーが点取り役として機能するような関係である。

当時のアーセナルに関しては、ベルカンプとアンリのコンビが牽引したチームという印象が強い。実際、2人は意思を通わせながら、すばらしいコンビプレーを披露している。

だが戦術的に見るなら、アンリにとってのベストパートナーはピレスだった。2人は電光石火のワンツーを繰り出しながら、左サイド沿いで敵のディフェンダーを幾度となくかわしてみせた。逆にベルカンプは、ユングベリと最高に息のあったコンビを披露している。ベルカンプがスルーパスを出すタイミングと、ユングベリがゴール前に走り込むタイミングは見事にマッチしていた。

「もっとも美しいプレーは、ゴールを決められるポジションにいる時に、あえて味方にパスを出す形なんだ」。アンリは語っている。「自分でも十分に点が取れることがわかっているのに、そこでボールを譲って相手と（チャンスを）分け合う。そうすれば喜びが共有できる。自分も相手も、誰もがね」

このような発想こそは、ファン・ニステルローイにもっとも欠けていたものだろう。かつてスコールズはアストン・ヴィラ戦で、6ヤードボックス（ゴールエリア）の中で簡単なシュートを決めたことがある。その際には、ニステルローイに謝らなければならないような気がしたという。相手はスコールズのすぐ後ろに構えながら、シュートを打とうと身構えていたからだ。

2016年、ヴェンゲルがアーセナルでの監督就任20年目を迎えた際、アンリはかつての監督とともにテレビのインタビューに出演している。その際には自分たちが採用していたシステムについて、ヴェンゲル本人に解説を求める場面もあった。

「われわれは4‐4‐2でプレーしたし、デニス・ベルカンプが単独でストライカーを務めていた。でも君が一緒にプレーした時には、少し4‐2‐3‐1的になった」。ヴェンゲルは説明している。「それに当時は、フレディ・ユングベリのような選手もいた。彼は深いポジションから走り込んでくることができた。だからストライカーが2、3人いるような状況になることも時々あったんだ」

この発言が示唆するものは大きい。

当時のプレミアリーグでは、4‐4‐2のようなツートップ型の戦術システムから、いかに脱却するかが大きなテーマになりつつあった。

だがユナイテッドのようにワントップを採用し、センターフォワードにゴールを量産させる方式だけが正解なわけではない。むしろ実際には、様々なポジションの選手がゴールを決めていくことが望ましい。アーセナルはその模範解答を、すでに提示していたのである。

■ファン・ニステルローイの苦悩

アレックス・ファーガソンは、アーセナル的な攻撃の発想がユナイテッドに欠けていることを徐々に認識していく。ファン・ニステルローイが2シーズン目を迎える頃には、公の場で驚くほど批判的なコメントを口にするようになった。

「ルート（ファン・ニステルローイ）は少し、自分本位なプレーをし過ぎると思うことが時々ある」。ファーガソンはメディアに語っている。「もちろん、多少は自己中心的でなければ、昨シーズン36ゴールも決めることはできなかっただろう。だがボールをもっといい形で、味方に出せるような場面も何度かあった。私はそう彼に言ったんだ。

ルートは、自分が点を取らなければチームに貢献していないと思っている。私はその点について彼と話をしたよ。それにルートは点を決められなかった時には、自分に腹を立てながらベンチに下がって落ち込んでしまう。ルートはまだ若い。もし（他の選手を活かすような）プレーを身に付けられれば、本当に偉大な選手に変われるだろう」

ユナイテッドに加入した2シーズン目、ファン・ニステルローイはワントップとしてプレーし、プレミアリーグのタイトルと得点王の称号を手に入れている。

だがファーガソンは、その後方にスコールズを起用。ピッチ前方でプレーするようになったスコールズは、自身のキャリアにおいて最多得点を記録している。ところがファン・ニステルローイは、スコールズのことを「アシスト役」としてしか見ていなかった。

またファン・ニステルローイ本人は、自分にオールラウンダーとしての能力が欠けていることに常に不安を覚え続けていた。

「（旧西ドイツ代表のストライカーである）ゲルト・ミュラーは、単なる点取り屋だった。僕はああいうのは嫌だったんだ。彼はものすごく多くのゴールを決めたけどね」。ファン・ニステルローイは２００３年末に告白している。「僕はもっと完成された選手になるために、常に努力してきた。自分が目指しているのは、9番と10番の一番いいところを組み合わせた選手、ストライカーでありながらチームプレーヤーでもあって、チャンスも作り出せる選手になることなんだ」

しかし背番号を別とすれば、「10番」的な要素を感じさせる場面ほとんどなかった。イングランドでプレーした5年間、1シーズンあたりの平均アシスト数は3回以下だった。アンリの平均アシスト数は10以上である。

またファン・ニステルローイをワントップに据えた場合のユナイテッドは、攻撃パターンが単調になり、相手に先を読まれてしまうケースが多いことが徐々に明らかになっていく。

これはファーガソンにとって実に皮肉な現象だった。そもそも彼が4‐4‐2から4‐5‐1にシステムを変更したのは、攻撃のオプションを増やし、相手に予測されにくくするためだった。ところが実際には、真逆の現象が起きていたのである。

ファーガソンは、その事実を後に認めている。「最初は、ルートがもっと様々な形でチームに貢献できると思っていた。でも、そうはならなかった」

ファン・ニステルローイは、モダンなストライカーというよりも、1990年代のストライカーに近かった。ロビー・ファウラーやアンディ・コールのような、純粋な点取り屋タイプだったと言っていい。ところが21世紀の監督たちは、もっと幅広くチームに貢献することを望むようになっていた。そこで色褪せぬ実績を残したのが、ライバルのアンリだったのである。

ただしこのような解釈は、今だからこそ可能になった後知恵に過ぎない。現に当時は、多くの解説者がファン・ニステルローイのほうが優れたストライカーだと考えていた。

センターフォワードは依然として昔ながらの文脈で捉えられていたし、空中戦に強いファン・ニステルローイのほうが、ゴールを脅かす力は上だと見なされていた。その事実は、アーセナルの元ストライカーで、『テレグラフ』紙の記者に転身したアラン・スミスでさえも、こんな記事を記していたことからもうかがえる。「オールラウンドな能力の面では、オランダ人のほうがわずかに上かもしれない」

現在の感覚からすれば、このような評価基準はまるで意味をなさない。今日ではセンターフォワードといえども、パスを出す能力が非常に重視されている。

しかし当時は、パスを出す能力よりも空中戦の強さが強調されていたし、アンリがヘディングでゴールを決められないことは、大きな欠点だと考えられていた。

アンリに関しては、ペナルティエリアの中央でコーナーキックが放り込まれるのを待つのではなく、コーナーキックを自分でちょくちょく蹴るのも言語道断だとされていた。チームメイトにPKを譲っていたことも然り。アンリ自身がファウルを受けてPKを獲得した場合などは、なおさらフォワードらしくないという批判を受けた。

■エースストライカーを待ち構えていた顚末

一方、ファン・ニステルローイは、自分がチームのメインストライカーとしてプレーする状況にさらに慣れていった。このためファーガソンが、自分の立場を脅かすようなアタッカーと契約した際には、苛立ちを覚えるようになった。

2003年、ファーガソンは、ファン・ニステルローイが欲しがっていたようなクロスを供給していたデイヴィッド・ベッカムを売却し、代わりにクリスティアーノ・ロナウドを迎える。ロナウドはクロスを上げるのを嫌がったため、ファン・ニステルローイは不満を募らせるようになった。

さらにその1年後には、ウェイン・ルーニーが加入。この結果ユナイテッドでは、ファン・ニステルローイが出場しない試合のほうが、質のいいプレーを展開できるような状況が生まれてしまう。ファン・ニステルローイ自身、2004／05シーズンはなかなかエンジンがかからなかった。9試合中、流れの中から得点を決めたのは一度だけに留まる。あとはPKから3点を奪っただけだった。このような状況の中、ファン・ニステルローイはさらに苦しい立場に追い込まれる。

故障のために11月末から2月半ばまで欠場すると、逆にチームは最高のパフォーマンスを発揮したのである。この間、全勝を収めた場合は36ポイントが手に入るはずだったが、ファン・ニステルローイ抜きのチームは、満点に近い32ポイントを稼ぎ出す。さらにはリヴァプールとアーセナルを、それぞれアウェーでも下してみせた。

これは1つの事実を突き付けていた。今やマンチェスター・ユナイテッドはファン・ニステルローイを軸としたチームではなく、ルーニーとロナウドが牽引するチームに変わり始めたのである。

しかもファン・ニステルローイは、現実を受け入れる代わりにルーニーやロナウドと衝突し、チーム内でさらに孤立していく。

まずルーニーとの関係について言えば、ファン・ニステルローイとのコンビがうまく機能したことは一度もなかった。むしろルーニーは相手が退団した後、プレースタイルを酷評している。

「俺たちがやっているサッカーのスタイルが、自分に合わないことはわかっていたと思う」。ルーニーは語っている。「今も点取り屋としてはすごいけど、ロナウドやルイ（サハ）、そして俺のように監督が新しく連れてきた連中は、もっとクイックなカウンターアタックをするのに向いている。

俺たちはスピードに乗ってプレーするけど、ルートはプレーのテンポをスローダウンさせるのが好きなんだ。俺がユナイテッドと契約した瞬間から、彼は面白く感じてなかっただろうな。ルートとはうまくやってたけど、親友ってわけでもなかったと思う。トレーニンググラウンドで一度か二度、言い争ったこともあるし、ロニー（クリスティアーノ・ロナウド）が思いどおりにすぐにボールをパスしなかった時は、死ぬほど腹を立てていた」

「チームメイトがボールを持ち過ぎる」という不満は、ファン・ニステルローイの口癖になっていく。特にロナウドに関しては、一緒にプレーできないと公然と抗議したこともあった。ポルトガルからやってきた若いウインガーはボールをキープする傾向が強く、クロスも決して上げようとしなかったからである。

公平に見るなら、この時点ではファン・ニステルローイの言い分が正しかった。だがロナウドとの不仲は、チーム全体にとって深刻な問題になっていく。

ファン・ニステルローイは、ポルトガル人のアシスタントマネージャーであるカルロス・ケイロスに、ロナウドに対する不満を絶えずぶちまけた。

だがケイロスは耳を貸そうとしなかった。同じ国からやってきた若いウインガーを、常に守ってやろうとしたのも理由の1つだった。ファン・ニステルローイはこのような状況に幻滅し、さらにフラストレーションを募らせていく。そしてとうとう、取り返しのつかない事件が起きてしまう。

トレーニングラウンドでの練習中に、ファン・ニステルローイはロナウドにタックルを見舞う。例によってロナウドが大げさに痛がってみせると、こう怒鳴りつけたのだった。「さあ、どうする？　パパに泣きつくのか？」

ファン・ニステルローイは、ケイロスのことを皮肉ったつもりだったが、ロナウドの父はアルコール依存症で長年苦しんだ末に、他界したばかりだった。ロナウドがショックを受けたのは無理はない。

ただしある意味では、これはファン・ニステルローイにとっても不幸な出来事だったと言える。もともと彼はピッチの内外を問わず、他のアタッカーといい関係を築くのに苦労してきた人物だった。

結局、ファン・ニステルローイはファーガソンに対し、2005年にクラブを去りたいと訴える。ロナウドやルーニーが、チャンピオンズリーグで優勝を狙えるようなレベルに成長するまで、自分は待ちたくないというのが言い分だった。

ファーガソンは、突然の申し出に仰天する。彼はファン・ニステルローイこそが、攻撃陣のリーダー役になるべきだと主張していたからである。

ファーガソンはファン・ニステルローイを慰留したが、翌シーズンになるとチーム内の対立はさらに深刻になる。それと同時にピッチ上では、ファン・ニステルローイ抜きのほうが、いいプレーを展開できることがますます明らかになっていった。

ファン・ニステルローイは当然のように不満を募らせる。2006年のリーグカップ決勝、ウィガンに4-0で完勝した試合で、自分が途中出場の機会さえ与えられないことに気付くと、今度はファーガソンを面と向かって中傷する。この事件はすぐに周囲に伝わり、様々な新聞に「F＊＊＊」や「S＊＊＊＊」といった伏せ字の記事が躍るようになった。

2005/06シーズンの最終節、ユナイテッドはチャールトンと対戦することになっていた。試合に先立っておこなわれた練習では、ファン・ニステルローイがロナウドを蹴りつける場面があった。これに腹を立てたリオ・ファーディナンドが蹴り返すと、ファン・ニステルローイはファーディナンドにも殴りかかった。

たしかに熱くなった選手同士が喧嘩をするのは、練習では珍しくない。またファン・ニステルローイのパンチは、かろうじて相手に当たらなかった。

だが、この一件は致命傷となった。ファーガソンはオールド・トラフォードに到着するやいなや、荷物をまとめて家に帰れとはっきり命令する。こうしてファン・ニステルローイは同年の夏に、レアル・マドリーへと移籍していった。

穿った見方をすれば、ファン・ニステルローイは、自分を放出せざるを得ないような状況を意図的に作り出そうとしたのかもしれない。ユナイテッドと契約を結んだ際には、レアル・マドリーへの移籍に関する項目を設けるよう、わざわざ要求していたからだ。

とはいえ、プレミアリーグでもっとも多くのゴールを量産した選手の1人が、このような形でユナイテッドでのキャリアに終止符を打つのは、見るに堪えなかった。

ちなみにニステルローイは、かつての友人だったベッカムとレアル・マドリーで再びコンビを組み、効率よくゴールを決めていく。だが２００９年、ロナウドが自分の後を追ってきてからは、１試合しか出場していない。ピッチを離れたところでは関係を修復していても、ピッチ上で両者がコンビネーションを披露することはできなかった。

後にファン・ニステルローイは、ロナウドの驚くべき成長ぶりを素直に讃えている。またファーガソンにも電話をかけ、ユナイテッドでの最後のシーズンに自分が取った行動を詫びている。

だが振り返って見るなら、ファーガソンが下した決断は正しかった。ファン・ニステルローイが２００６年にチームを去った後、ユナイテッドは再びプレミアリーグに君臨。リーグ３連覇を果たし、チャンピオンズリーグも制するからである。

ファン・ニステルローイが去ったユナイテッドでは、ルーニーが10番のユニフォームを引き継ぐ一方、ロナウドは爆発的な成長を遂げ、攻撃陣の大黒柱としてゴールを量産していく。

しかもファーガソンは、ファン・ニステルローイの代わりになるような選手どころか、センターフォワードと呼ばれる選手とも、２年間も契約を結ぼうとしなかった。

もはやストライカーは、ゴールを決めるだけでは十分ではない。ファーガソンはこのきわめて重要な教訓を、ファン・ニステルローイを通じて学んでいたのである。

第11章

インヴィンシブルズ（無敵のチーム）とコンヴィンシブルズ（説得力）

「サッカーを始めた時は、誰もがセンターフォワードになりたがる。僕もその1人で、結局はディフェンダーになった口だ」
（マーティン・キーオン）

■三度目の挑戦で実現した無敗優勝

2003／04シーズン、アーセナルは38試合を無敗のまま乗り切るという歴史的な偉業を達成。プレミアリーグ史上、もっとも名の知られたチームとなった。

ただし無敗優勝は、3段階で進んできた進化の総仕上げに過ぎない。

事実、アーセナルは2年前にも、似たような形でプレミアリーグを制覇している。その過程においては、2つの大記録も密かに達成した。

1つ目の記録は、アウェーの試合で一敗もせずにシーズンを乗り切ったことである。これはイングランド国内のトップリーグでは100年ぶりの快挙だったし、2003／04シーズンの無敗優勝の前触れにもなった（前回に同様の記録を樹立したのは、1888／89シーズンのプレストン・ノース・エンド）。

この記録が樹立された背景には、然るべき要因がある。

当時のアーセナルは、ホームよりもアウェーで存在感を発揮していた。ハイバリーはプレミアリーグのスタジアムの中でもっともピッチが狭かったため、ヴェンゲル率いる選手たちは、アウェーに出向いたほうが、より効果的にパスサッカーを展開できたのである。

しかも対戦チームは、自分たちのホームゲームだということで攻めざるを得なくなるため、アーセナルの面々は、ピッチ上の到るところに生じたスペースを突き、カウンターから攻撃を仕掛けることができた。

2つ目の記録は、さらにすばらしいものだった。アーセナルはイングランドのトップリーグ史上、リーグ戦のすべての試合でゴールを奪った最初のチームになっている。この記録は2年後に達成された無敗優勝の陰に隠れ、正当に評価されなかった。だが当時のアーセナルが持っていた大きな特徴、コンスタントに攻撃力を発揮できたという事実を端的に示している。

翌2002／03シーズンの開幕に先立ち、アーセン・ヴェンゲルは驚くべき予言をしている。「リーグ戦が終わった時には、われわれよりも上位にいるチームは1つもないだろう」。彼はこう記者団に語っている。「1シーズンを通して無敗を維持したとしても、私は驚かないね」

ヴェンゲルが口にした傲慢とも言えるコメントに対しては、驚きの声が上がる一方、否定的な意見も数多く聞かれた。ところがヴェンゲルは2002年9月初め、リーズを4－1で一蹴した際にも似たような発言を繰り返すことになる。

「私は今も、シーズンを無敗で乗り切ることを期待している」

これは1888／89シーズンのプレストン・ノース・エンド以来、いかなるチームも再現できていない特別な目標だった。

しかしヴェンゲルは、翌月に恥をかくことになる。それまで30試合を負けなしで乗り切っていたものの、エヴァートンに土をつけられたからである。連勝をストップさせたのは、この試合でプレミアリーグのデビューを飾ったウェイン・ルーニーだった。試合終了直前、ルーニーが25ヤードの距離から放ったシュートは、クロスバーに跳ね返ってゴールラインを越えている。

「彼は16歳のはずだ」。シーズン無敗の夢を打ち砕かれたヴェンゲルは、試合後、ため息混じりに述べた。

しかもこの敗戦は、選手たちに心理的なダメージも与えている。チームはエヴァートン戦から4試合立て続けに連敗し（プレミアリーグのブラックバーン戦と、チャンピオンズリーグ2試合）、1983年以来のワースト記録を作ってしまう。

たしかにアーセナルは、シーズン途中でプレミアリーグの首位に返り咲くが、終盤にはマンチェスター・ユナイテッドがタイトル争いをリードし始める。ライバルの優勝が濃厚になると、ヴェンゲルの「無敗」予想は、様々な人々から物笑いの種にされた。

「時計の針を6ヶ月前に戻したいと思っているに違いないさ」。アレックス・ファーガソンは語っている。「自分たちの発言が裏目に出たわけだから」

2003年4月16日、アーセナルはホームのユナイテッド戦で引き分けに終わる。さらに5月4日には、再びホームで今度はなんとリーズ相手に2－3の敗北を喫してしまう。リーズはこの勝利でプレミアリーグ残留を決めたが、代わりにアーセナルはユナイテッドに優勝を確定されている。

ベテランのセンターバックであるマーティン・キーオンは、タイトルを取り損ねたのはヴェンゲルに原因があると批判している。シーズン前の予言のせいで、選手たちにプレッシャーがかかってしまったというのが言い分だった。

ところが、このリーズ戦こそはターニングポイントとなった。

以降、アーセナルはリーグ戦で驚異的な無敗記録、しかも今回は49戦無敗という大記録を打ち立てていく。この無敗記録には、2003／04シーズンの全試合が含まれていた。

ヴェンゲルが口にした、非現実的な予言は成就した。そのタイミングが、たまたま予想よりも1年遅れたに過ぎなかったのである。

■1997年と2003年の違い

2001／02シーズンのチームと、2003／04シーズンに無敗優勝を遂げたチームは、選手の顔触れという点ではきわめて似ていた。

事実、11人の先発メンバーの中で、入れ替わったのは2人だけだった。中盤ではジウベルト・シルバがパトリック・ヴィエラと組むようになり、レイ・パーラーとエドゥが控えに回る。一方、センターバックは、コロ・トゥーレがマーティン・キーオンに代わったに過ぎない。

戦術的に見るならば、2003／04シーズンの無敗優勝チームは、ヴェンゲルがアーセナルでいきなり二冠達成を果たした1997／98シーズンのチームとも、同じような構造になっていた。実質的には4‐4‐2だが、2人の抑え役のミッドフィルダーと1人のディープ・ライニング・フォワードを起用し、後の時代には4‐2‐3‐1の一種として捉えられるような陣形である。

ヴィエラは中盤に残り、デニス・ベルカンプもやはり10番を務めていたが、前線ではティエリ・アンリが、イアン・ライトやニコラ・アネルカをさらに洗練させたようなプレーを披露。ロベール・ピレスは、かつてのマルク・オーフェルマルスと同じように点の取れる左のミッドフィルダーを務め、右サイドでは、ハードワークと鋭い飛び出しが持ち味のフレディ・ユングベリが、パーラーの後継者となっていた。

さらに中盤では、ジウベルト・シルバが加わっていた。シルバはエマニュエル・プティに似たタイプで、やはり守備的ミッドフィルダーとしてワールドカップを制した経験を持っていた。結果、ヴィエラはプティと組んでいた頃と同じように、積極的に攻撃に参加することができた。

こうして見てくると、攻撃陣と中盤では必ずしも革命的な変化が起きたわけではないことがわかる。むしろヴェンゲルが最初にもたらした変化を、そのまま引き継いだような布陣になっていた。

Arsenal's Invincibles, 2003/04

アーセナル ◉ 2003/04 シーズン

無敗優勝達成時の基本フォーメーション。DFラインの高さと、アンリの独特なポジショニングが目を引く。ライバルのマンチェスター・ユナイテッドがワントップを固定する方向に向かったのに対して、逆にゼロトップに近い発想をすでに実践していたことが見て取れる

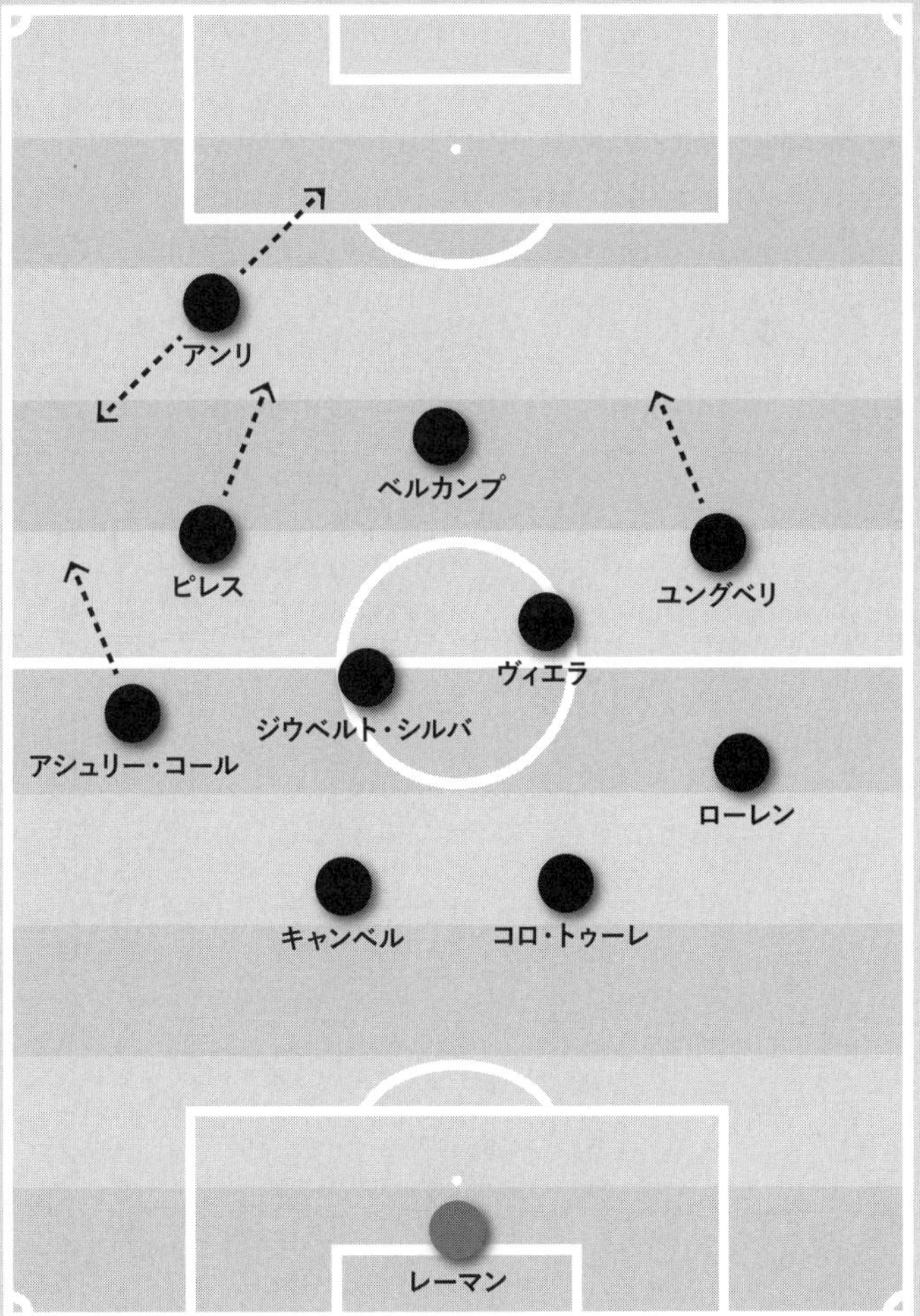

逆に劇的な変化が見られたのは守備陣だった。アーセナルのディフェンスラインでは、ゴール前を固めるほとんどすべての選手が入れ替わっていた。

1997／98シーズン、ヴェンゲルはジョージ・グラハムが重用していたフォーバックを、そのまま受け継ぐ形でリーグ戦を戦っている。右サイドにリー・ディクソン、1人目のセンターバックにはマーティン・キーオンまたはスティーヴ・ボールド、その隣にトニー・アダムス、そして左サイドにナイジェル・ウィンターバーンを組み合わせた形である。

彼らは古い世代に属する正統派のディフェンダーであり、タックルやタイトなマークを特徴としていた。とりわけオフサイド・トラップをかける際には、きわめて連動性の高いプレーをすることでも有名だった。ただし1997／98シーズンの優勝を決めた、伝説的なゴールシーンに象徴されるように、彼らはボールをしっかり扱うこともできた。この際にはボールドが、敵のディフェンス陣を越える浮き球のパスを供給。センターバックのポジションから猛然と走り込んできたアダムスが、利き足ではない左足でシュートを叩き込んでいる。

ヴェンゲルはフィールドプレーヤーたちに攻撃参加を求めていたが、同じことを年齢が高く、古い世代に属するディフェンダーたちにも求めていた。

■鍵を握ったディフェンダーの変化

ところが無敗優勝を飾ったチームの守備陣は、本来はアタッカーであり、ヴェンゲルによってディフェンダーにコンバートされたような面々から構成されていた。

特にわかりやすいのは、サイドバックである。

かつてジェイミー・キャラガーが述べたように、ディフェンスラインの両脇を固めるサイドバックは、2つのタイプに大別できる。センターバックとしてものにならずサイドに回された選手と、ウインガーとしての道を絶たれ、後方にまで下がってきた選手である。

後者のようなサイドバックが姿を現したのは、比較的最近の出来事だった。彼らは21世紀の初めに起きたもっとも顕著な戦術進化、すなわちサイドバックの攻撃参加をもたらした。

そこには然るべき理由もある。当時はまだ4-4-2のフォーメーションが支配的で、ワイドな位置に開いた敵のミッドフィルダーは、セントラルミッドフィルダーとともに中盤の深い位置で横に並ぶ傾向が強かった。このため試合中には、サイドバックの前にもっともスペースが空くケースがしばしば見られた。新世代のサイドバックは、このスペースを効果的に活用。タッチライン沿いを駆け上がり、チームにとってきわめて重要な攻撃の武器になっていった。

アーセナルの左サイドバックを務めていたアシュリー・コールなどは、この種の典型的な選手である。もともと彼はアーセナルのユースチームにおいて、フォワードとして将来を嘱望された選手だった。だが10代後半に守備的なポジションにコンバートされ、世界トップクラスの左サイドバックに成長していくことになる。

たしかにディフェンダーに鞍替えしたばかりの頃は、頻繁にポジショニングのミスを繰り返していた。だがヴェンゲルはコールが持つ加速力、スタミナ、そしてボールを持った際に披露するクオリティの高いプレーに惚れ込んでいた。またヴェンゲルはコールの真面目な性格を見抜き、守備のスキルを高めようと練習に取り組んでいくはずだとも考えていた。

「本当はディフェンダーになりたくなかったんだ。ディフェンダーとか、ディフェンスなんて全然好きじゃなかったからね」。コールはイングランド代表として参加した、ＥＵＲＯ２００４の後に認めている。

この大会を通して、世界最高のサイドバックの1人としての地位を確立したにもかかわらずである。

「僕は昔からゴールを決めたり、攻撃したりするのが好きだった。でもアーセナルのユースチームで左サイドにいってくれと頼まれた時には、それを受け入れるしかなかった。

自分がストライカーとしてものにならなかったというのは今ならよくわかる。こうして左サイドバックになったことにも、がっかりしたりはしていないんだ。でも最初は落ち込んでいたと思う。前に出ていってチームのためにゴールを決める。僕はそんな活躍をいつもしたいと思っていたからね」

右サイドバックのローレンも、本来はディフェンダーではなかった。彼は当初、ポジションをコンバートされることに懐疑的だったという。

「初めにチームに来た時には、右のウインガーとしてプレーしていたんだ。ヴェンゲルは、僕が右のサイドバックとしてプレーできると思っていたけれど、最初、僕自身は（プレーできるかどうか）自信が持てなかった。でもアーセンは自信を持たせてくれて、新しいポジションでもプレーできることに気づかせてくれたんだ」

■センターバックにまで及んだ変化

ただしもっとも注目すべきは、ヴェンゲルがセンターバックに関しても、本来はディフェンダーではない選手をレギュラーに据えたことだろう。コロ・トゥーレである。

もともとアーセナルに加入した頃のトゥーレは、様々なポジションができるユーティリティプレーヤーだった。運動量が多い代わりに、少しプレーがぎこちないきらいはあったものの、彼は中盤において効果的なバックアップメンバーを務めていた。

　またトゥーレは2002年、PSVと0‐0の引き分けに終わったチャンピオンズリーグの試合では、サイドバックとしても起用されている。ところがこのポジションはしっくりこなかったらしく、二度の警告によって、ハーフタイムを待たずに退場処分を受けた。

　だがヴェンゲルは2003／04シーズンの開幕前、さらに大胆な起用を試みる。オーストリアにおいて、ベジクタシュに1‐0で勝利を収めたフレンドリーマッチでは、トゥーレを中央に起用。センターバックとしてプレーした経験などなかったにもかかわらず、ソル・キャンベルと組ませたのである。

　するとトゥーレは、実に堂に入ったプレーを披露してみせた。その事実は、対戦チームの監督であるミルチェア・ルチェスクが、アーセナルのセンターバックコンビが展開する、力強いプレーを讃えたことからもうかがえる。この試合で手応えをつかんだヴェンゲルは、トゥーレをセンターバックで定期的に起用するようになった。

　最後の1人はソル・キャンベルである。

　キャンベルは4人のディフェンダーの中では、もっとも守備に安定感がある選手だった。ところが彼も若い頃は、ピッチの前方でプレーした経験を持っていた。

　たとえばイングランド中西部、リルシャルにかつて存在した「スクール・オブ・エクセレンス（サッカー協会が運営するユースアカデミー）」に所属していた頃は、しばしば右のミッドフィルダーをこなしていたし、トッテナムで頭角を現し始めた際は、センターフォワード候補と見なされていたこともある。

　またキャンベルは最終的にディフェンダーに定着するが、なんと当初はヘディングが得意ではなかったため、改善しなければならなかったとも認めている。これは驚くべき告白だった。2001年、トッテナムに所属していたキャンベルは、ロンドン北部のライバルチームであるアーセナルに移籍して大きな物議を醸すが、その頃には圧倒的な空中戦の強さを誇るようになっていたからだ。

これらのエピソードからもわかるように、アーセナルの4人のディフェンダーは、いずれも攻撃的サッカーの素地を持っていた。そしてヴェンゲルは彼らをレギュラーに据えることにより、チーム全体をさらに進化させていったのである。

「私はすべての選手を、よりテクニカルなメンバーに変えていった」。後にヴェンゲルは、ディフェンス陣について語っている。「最初は、チームに所属している選手を成長させていく。そして彼らを入れ替えざるを得なくなった時には、より攻撃のクオリティを高められる選手を起用するようにした。コロ・トゥーレ、ローレン、アシュリー・コールがやって見せたように、後方からビルドアップしていくためにね」

ちなみにヴェンゲルは、モナコ監督時代にも同じことをおこなっている。若きリリアン・テュラムを、右のウインガーから右サイドバックにコンバートしたのである。この試みは奏功する。やがてテュラムは、ヨーロッパ最高の右サイドバックと目されるようになった。

穿った見方をすれば、ヴェンゲルは個々の選手にとって最適なポジションを見抜き、新たな役割を与えてやることが、自分の使命だと思っていたのかもしれない。ヴェンゲル自身、現役時代は似たような経験をしている。彼はもともと地味なミッドフィルダーだったが、キャリアの晩年にかけては、ディフェンダーを務めるようになった。

■ 明暗を分けたユナイテッドとアーセナル

攻撃的な選手をディフェンダーにコンバートするのは、決して簡単な作業ではない。監督は守備の組織をしっかり維持しながら、選手たちを新たな役割に慣れさせていかなければならないからだ。

だがヴェンゲルは、前任者のジョージ・グラハムのように、自らが陣頭指揮を執って守備を徹底的に練習させるようなタイプではなかった。

むしろ守備の指導をみっちりおこなったのは、経験豊かなベテラン選手たちだった。アシュリー・コールが躍進できたのは、トニー・アダムスの指導によるものだったし、トゥーレはキーオンが手塩にかけて育て上げたからこそ才能を伸ばしていった。そしてローレンの場合は、リー・ディクソンが良きお手本となっている。

この点において、ヴェンゲルが率いた無敗優勝チームは、ケヴィン・キーガン時代のニューカッスルと決定的に異なっていた。

たしかにどちらのチームも、守備陣に数多くのアタッカーを擁していた。だがキーガン指揮下のニューカッスルでは、組織的な守備のメソッド自体がなきに等しかったのに対し、アーセナルのディフェンダーたちは、守り方もしっかりと身に付けていた。だからこそ無敗優勝は可能になったのである。

「世間の人たちは、私がここにやってきた時に引き継いだディフェンダーのことを、いつも話題にする。たしかにあのディフェンス陣は、ずば抜けていた」。ヴェンゲルは2013年に語っている。「ところが無敗優勝を成し遂げたディフェンス陣のことは、ほとんど覚えていないし、話題にも取り上げない。あの守備陣がまったく評価されないというのは、信じがたいものがある。ローレン、コロ・トゥーレ、ソル・キャンベル、アシュリー・コール、彼らは本当にずば抜けていた。1試合も落とさなかったのに、誰も彼らについて語ろうとしない。

コロとソルは、どちらも非常にスピードのある選手だったし、驚くべきフィジカルの強さも持っていた。敵のストライカーがどちらか一方を抜くと、すぐに戻ってきて相手に追い付いた。2人は相手の出方を読むというよりも、身体能力で勝負するタイプだった。

そして両サイドには、ボールを扱える選手がさらに2人いた。ローレンはかつてミッドフィルダーだったし、コールも（元フォワードとしての経験を土台に）すばらしいキャリアを築き上げている」

フォワードの動きを先読みして対応するのではなく、足の速さを頼りに相手を「捕まえていく」。

こんなコメントを耳にしたなら、かつてアーセナルの守備を支えた選手たちは激怒するに違いない。

とはいえ彼らは、敵のフォワードに追い付けるような速さが欲しいとも思っていたはずだ。アーセナルは2001年のFAカップ決勝でリヴァプールと対戦したが、マイケル・オーウェンのスピードに対応できずに勝利をさらわれている。

ヴェンゲルが見抜いていたように、スピードで勝負するタイプのストライカーが増えたことは、守備陣に求められる要素も変えていった。高さや強さだけを重視するのではなく、今やディフェンダーにも、スピードが要求されるようになったのである。

事実、20世紀末から21世紀の初めにかけて、海外から輸入されたディフェンダーたちは、新しい特徴を兼ね備えているタイプが多かった。

マンチェスター・ユナイテッドのフランス人選手、ミカエル・シルヴェストルやチェルシーのウィリアム・ギャラスなどは、わかりやすい例となっている。両者はそれほど背が高くなかったし（183センチと181センチ）、空中戦もさほど強いわけではないが、その代わりに驚くほど足が速かった。ちなみにシルヴェストルとギャラスは、後にアーセナルと契約を結ぶことになる。

逆にローラン・ブランのような選手は、マンチェスター・ユナイテッドで非常に苦しんだ。同じフランス人でも、絶望的なほどスピードがなかったためである。

フランス代表の一員としてワールドカップを制したブランは、攻撃的なミッドフィルダーとしてキャリアをスタートした選手であり、モンペリエ時代は1シーズンに18ゴールをあげたこともある。また非常にクレバーで、テクニックにも恵まれていた。だが35歳でユナイテッドにたどり着いた頃には、スピードのなさを幾度となく露呈するようになっていた。

これはファーガソンにとって誤算だった。ブランはヤプ・スタムの後釜として迎えられたが、その穴を埋めることができなかったからである。

結果、２００１／０２シーズンのユナイテッドは小さな危機に直面し、クリスマス直前に中盤まで順位を落としてしまう。皮肉なことに、12月初めまでにユナイテッドを降したクラブの頭文字を少し並び替えると、チームが抱えている問題が浮き彫りになるとさえ噂された。ボルトン、リヴァプール、アーセナル、ニューカッスル、チェルシー、つまりセンターバックの「ＢＬＡＮＣ（ブラン）」である。

■ 救世主、リオ・ファーディナンド

事態を重く見たファーガソンは翌年の夏、思い切った手を打つ。英国の移籍金記録を塗り替える額で、リーズからリオ・ファーディナンドを招いたのである。

もともとファーディナンドは、ウェストハムのアカデミーにおいて、フランク・ランパードとともにミッドフィルダーとしてプレーしていた。その頃から将来を嘱望されており、１９９６年のＦＡユースカップではチームを決勝に導いている。残念ながら試合では、マイケル・オーウェンとジェイミー・キャラガーを擁するリヴァプールに敗れたものの、ファーディナンドはマン・オブ・ザ・マッチにも選ばれた。

同年の夏、イングランドの有望な若手選手たちは、イングランドのフル代表チームとの合同トレーニングに参加。ＥＵＲＯ96に向けて、練習相手などを務めている。

当時、代表監督を務めていたテリー・ヴェナブルズは優れた洞察力を発揮し、ファーディナンドとランパードはもっとも将来性があると早くも指摘している。事実、ファーディナンドとランパードは、２人合

わせて代表キャップを２４７回獲得していくことになる。さらにクラブチームにおいてはプレミアリーグを計９回制覇し、キャプテンとしてチャンピオンズリーグのトロフィーも手にした。

だが２人がたどった道は、かなり異なったものになる。ランパードがそのままミッドフィルダーで才能を伸ばしていったのに対して、ファーディナンドはディフェンダーに転向し、世界クラスの選手に成長していったからである。

ファーディナンドは、１９８６年のワールドカップにおいてディエゴ・マラドーナが披露したプレーに触発され、サッカーに夢中になった口だった。現に最初の頃は中盤に構え、積極的なドリブルとボールを持った際の大胆なプレーを持ち味としていた。

ところが、そんなファーディナンドに転機が訪れる。ウェストハムのチームメイトが試合会場にやってこなかったため、急遽、ディフェンダーを務めることになったのである。

これは初めての経験だったが、ファーディナンドは見事に代役を務め上げたため、やがてコーチたちは将来的にディフェンダーを目指すべきだと説くようになっていく。

「ディフェンスは自然に覚えたと思うけど、楽しくなかったのは事実だね」。ファーディナンドは後に振り返っている。「自分たちが勝っても、試合の後でなぜか満たされない気分になった。『よし勝ったぞ。でも自分は何もしなかった』と思ったんだ。

たしかにフォワードと競争して、スピードで競り勝つのは楽しかった。それは認めなきゃならない。でもディフェンスは、自分の気持ちをまるで掻き立ててくれなかった。イングランド代表でプレーしている時でさえ、守備が本当に楽しいとは思っていなかったんだ」

だがファーディナンドは、センターバックのイメージを大きく変えている。似たようなキャリアをたどった同業者と同じように、ファーディナンドも守備の能力というよりは、持ち前のスピードとボールさばきのうまさが買われて、ディフェンダーにコンバートされた1人だったからである。

中盤でプレーしていた選手が、ディフェンスラインに主戦場を移していく。このようなパターンは、イングランドに登場し始めた、新世代のセンターバックに共通する要素となった。

たとえば1999年にトッテナムでデビューし、後にクラブのキャプテンになったレドリー・キングも、ファーディナンドと同じようなキャリアの持ち主だった。

「自分はディフェンダーですと言って、楽しい気持ちになったことは一度もなかった」。キングは10代の頃を振り返っている。「バックラインに固定されているのは本当に嫌だった。自分はもっといろんなことができると思っていたからね。中盤からもっと試合を動かせると思っていたし、ディフェンダーなんて研究したことも注目したこともなかった。僕は攻撃的な選手、ひらめきのあるプレーをする選手が好きだったんだ」

キングは、ロンドン東部のセンラブFCというユースチームでプレーしていた。若き日のジョン・テリーが所属していた同じクラブである。案の定、チェルシーのセンターバックを務めることになるテリーも、ピッチの前方でプレーし始めた選手だった。

「彼（テリー）はあの頃中盤でプレーしていたし、すごく背が低かった。でもジャンプ力があって、空中戦がとても強かったんだ」。キングはこのように証言している。「中盤の仕切り役として、すごく存在感を発揮していたよ」

キングやファーディナンドほど、足下の技術があるとは見なされていなかったものの、テリーも卓越したパス能力を誇る選手だった。この事実は、サッカー関係者の間では常に見過ごされてきた。

ただしテリーは、ファーディナンドやキングのようなスピードがなかったため、守備をする際にも深い位置で守ることを好むようになる。

逆にファーディナンドはずば抜けて足が速く、100メートルを12秒で走ることができた。このため敵のフォワードに積極的にスピード勝負を挑み、相手を「捕まえる」ことができるような、新世代のディフェンダーの象徴的存在となった。

ただしファーディナンドは、あくまでも例外的な存在だと見なされていたし、「集中力に欠ける傾向がある」という批判が常につきまとった。これはセンターバックにとって、かなり由々しき問題になる。事実、ファーディナンドはイングランドのサッカー界において、「守備の弱さが最大の弱点」だと指摘された初のセンターバックにもなっている。

とはいえ時間が経つにつれて、ファーディナンドのようなディフェンダーは珍しくなくなっていく。たとえば同じような選手としては現在、マンチェスター・シティに所属しているジョン・ストーンズをあげることができる。彼はファーディナンドを手本にしながら、プレーを磨いてきた選手である。

またファーディナンドは、「ボールを扱える」センターバックだと考えられていたが、実際には「ボールを運べる」センターバックであり、前方にドリブルしていくプレーを好んだ。本人曰く。

「中盤で1人選手が増えると、相手はまるで『こいつはどこからやってきたんだ?』というような顔をするんだ。それに他の選手がマークされている時には、自分をマークする相手がもういない状況になっている場合が多い」

厳密に述べれば、ファーディナンドはパサーとして際立っていたわけではない。むしろ強みとなっていたのは、ピンポイントのパスを出す能力よりも、ボールを持った際に冷静に判断できる点だった。

ファーディナンドは身のこなしもしなやかだったが、このような優雅なプレースタイルは、幼少期の経験にも由来している。

ファーディナンドは、ペッカムという場所にある集合住宅で育っている。彼自身は、このようなルーツを常に誇らしげに語ってきたが、幼い頃にはおよそ住んでいる地域には似つかわしくない物事にも興味を持っていた。週に4回、バレエのレッスンを受けていたのである。本人によれば、バレエのレッスンを受けていたからこそ「体は柔らかくなったし、体の動かし方やコーディネーション、そしてバランス感覚」を磨くことができたのだという。

彼はドラマも好きで、13歳の時に学校が制作した『ダウンタウン物語』という映画で「フィジー」という人物の役もこなした。禁酒時代の潜り酒場で床を掃いていた（スウィープ）していた人物である。その意味ではピッチを離れたところでも、スウィーパー的な役割をこなしていたことになる。

■非イングランド的なディフェンダー

1990年代中盤から後半にかけて、イングランドのサッカー界では、したたかさと賢さ、そしてボールをさばける能力を持った、国産のセンターバック発掘が急務になる。3‐5‐2の戦術システムを機能させるためである。

当時、3‐5‐2は4‐4‐2の代替案として見なされていたが、しっかりと機能させるためには、ディフェンスラインから一歩前に出てプレーできる、「エクストラ」の選手が必要になる。

この種の選手の必要性は、マティアス・ザマーがドイツ代表のスウィーパーとして熟練の技を披露したことにより、さらに強調されるようになっていく。ザマーはイングランドで開催されたＥＵＲＯ96で、大会のＭＶＰに選ばれていた。

このような状況の中で、注目を集めたのが10代後半のファーディナンドだった。若き日の彼は3‐5‐2との相性のよさだけを買われて、将来を期待されるようになったといっても過言ではない。ましてや当時のファーディナンドは、4‐4‐2でセンターバックを務めるだけの強さや、マンマークを展開できるスキルの有無については未知数だった。

またファーディナンドにとっては、グレン・ホドルがイングランド代表監督を務めていたことも幸いした。ホドルという監督は、スウィーパーの採用を昔から試みてきたからである。

現にホドルはチェルシーを率いていた頃にも、ルート・フリットを短期間、スウィーパーに起用している。彼は「ドイツのザマーのように、ボールを持って（ディフェンスラインから）出てくることができる、本当のスウィーパー」を起用しなければならないと、口癖のように述べていた。

後に代表監督に就任したホドルは、リヴァプールのミッドフィルダーだったジェイミー・レドナップを、スウィーパーとして起用するアイディアをさかんに口にするようになる。ところがレドナップは、スウィーパーを務めたことが一度もないという問題を抱えていた。

そんなホドルが、頭角を現してきたファーディナンドに興奮したのは指摘するまでもない。ホドル曰く。

「彼は右から左に60ヤードのパスを出せる。逆方向はわからないがね」

この発言からもうかがえるように、ホドルはファーディナンドの守備能力は、あまり重視していなかった。むしろボールを持った時のプレースタイルに、本能的に惹かれたのである。

ファーディナンドは、他の監督からも高く評価された。ホドルの前任者だったテリー・ヴェナブルズは、ファーディナンドとソル・キャンベルを例に出して、従来いなかったタイプの選手だと絶賛している。

「リオ（ファーディナンド）とソル（キャンベル）を見ると、イングランドから生まれた新しいタイプのディフェンダーだということがわかる」。ヴェナブルズは語っている。「彼らは若いディフェンダーの育成方針が、いい方向に代わってきたことの証拠だ。われわれはボールをディフェンスラインから運べるような選手を育てようとしてきたが、延々と失敗を繰り返してきた。リオとソルが同時に頭角を現したのは、本当にありがたい」

ところがホドルの後継者であるケヴィン・キーガンは、新しい世代のディフェンダーを評価しなかった。なんとファーディナンドをEURO2000の招集メンバーから外しただけでなく、本人に対して、もし君がフランスやブラジル、オランダ人だったら、もっと代表キャップを獲得できただろうと告げたのである。

この一件が象徴するように、ファーディナンドに関しては、「明らかにイングランド的ではない」プレースタイルが幾度となく取り沙汰されていく。クラブチームにおいては、英国圏の監督の下でしかプレーしてこなかったことを考えれば、これは奇妙な出来事だった。

■リーズ・ユナイテッドの野望

EURO2000の数ヶ月後、ファーディナンドは1800万ポンドという、驚くような移籍金でリーズに加入。英国だけでなく世界的に見ても、もっとも高い値札のついたディフェンダーとして注目を集めた。それまでのサッカー界では、ミッドフィルダーやアタッカーに札束が積まれるのが常識だったからである。

記者会見の席上では、リーズの監督であるデイヴィッド・オリアリーでさえ、移籍金がかくも跳ね上がったことに驚いているような印象を与えている。オリアリーは、どんなに高くても1200万ポンドから1500万ポンドの範囲に収まるだろうと踏んでいた。

奇怪なことにオリアリーは、記者会見の席上において、「自分の妻も移籍金が高過ぎると思っている」と発言している。クラブ史上、かつてないほどの大金を積んで獲得した選手を迎える際に、監督がこのような発言をするというのは異例である。

いずれにしても、リーズが思い切った決断を下したのは明らかだった。ましてやこの時点では、欧州連合側が、選手の移籍システムそのものを違法だと見なす可能性が浮上してきていた。その根拠とされたのは、移籍市場が選手の自由な就労を妨げているという解釈だった。

仮に移籍システムそのものが違法だと見なされた場合には、ボスマン判決以上の衝撃がサッカー界を見舞うはずだった。選手たちは移籍金ゼロで他のクラブに鞍替えできるばかりか、それまで選手に付けられていた値札が、一夜にしてゼロになる可能性さえあった。

ところがリーズは、欧州連合の動向など意に介さずに、ファーディナンドを獲得するという賭けに出た。巨額の借金をしながらである。

これは、当時のリーズというクラブを象徴している。

たしかにリーズは、すばらしい育成システムを誇るチームだった。ハワード・ウィルキンソンが1990年代始めに基礎を築いたことも実を結び、ハリー・キューウェル、ジョナサン・ウッドゲイト、イアン・ハート、アラン・スミス、ポール・ロビンソンなどの若手が続々と頭角を現すようになる。

ちなみにオリアリーは、これらの選手たちを「自分の赤ん坊たち」と厚かましく呼んで憚らなかった。育成システムの土台を築き上げたのは、ウィルキンソンだったにもかかわらずである。

ともあれオリアリーが率いるリーズは、若手を主体にしたチームとして注目されるようになる。1999／2000シーズンには、11人の先発メンバーの平均年齢が24歳と162日となり、プレミアリーグが始まってからもっとも若いチームにもなった。

リーズの成績は、若手が台頭するのに並行して向上。同シーズンにはプレミアリーグで3位に食い込むなど、タイトルを真剣に狙えるチームになったと目されていた。さらにファーディナンドが加入した1シーズン目には、チャンピオンズリーグで準決勝に進出するまでになった。
ただし、リーズの躍進を支えた要因は他にもあった。巨額の先行投資である。
1960年代初め、チームを率いたドン・レヴィーは、ホームユニフォームを黄色と青を主体としたものから、白一色のものに変更したことで知られている。これはレアル・マドリーを真似たものだが、2000年代初頭のリーズは、チーム作りの点でもレアルを模倣したふしがある。本家本元には及ばないにせよ、イングランド番の「銀河系集団」を作り出そうとしたからだ。

事実、チームが躍進したのは、ユース育成の成功というよりも、必要以上に金を注ぎ込み、必要以上に多くの選手を買い揃えたことが大きな要因となっている。

結果、クラブは財政破綻の危機に直面するようになったが、オリアリーはユース出身組に加えて、マーク・ヴィドゥカ、ロビー・ファウラー、ロビー・キーン、マイケル・ブリッジズなどのアタッカーを、自由に起用できるようになった。

しかもレアル・マドリーがアタッカーばかりをかき集め、守備の問題を放置したのと対照的に、リーズはセンターバックの補強も試みた。その目玉となったのが、ファーディナンドの獲得だったのである。

厳密に言えば、ファーディナンドの獲得は必ずしも必要だったわけではない。だがチーム側は、センターバックを務める花形選手、ジョナサン・ウッドゲイトの代役を確保しようとしていた。

ウッドゲイトは、やはりユース時代にミッドフィルダーとしてプレーしていた選手だが、かなり長い間、裁判所に出頭する羽目になっていた。チームメイトのリー・ボウヤーとともに、リーズ市内の中心部で深夜に学生と喧嘩沙汰を起こし、暴行の疑いで告訴されていたためである。

ちなみにボウヤーとウッドゲイトは、傷害罪と騒乱罪が問われていた。ボウヤーはどちらの件でも無罪となったが、ウッドゲイトは騒乱罪で有罪となる（ちなみにリーズでは別のセンターバック、マイケル・デュベリも、司法妨害のかどで告訴されたが最終的に無罪となっている)。

ボウヤーはこの間、自身のキャリアにおいてもっとも充実したプレーを披露し続けたが、ウッドゲイトは公判の影響でひどく調子を落としてしまう。かくしてクラブ側は、センターバックの補強に踏み切ったのだった。

■ついに破綻した放漫経営

ファーディナンドは選手登録が遅れ、アーセナルをホームに迎えた11月の試合でも出場できなかった。このためウッドゲイトとキャプテンのルーカス・ラデベが失点を抑え、アーセナルに見事に1‐0で競り勝った後に、エランド・ロード(リーズのホームスタジアム)で紹介されている。

ファーディナンドにとっては、翌節におこなわれたアウェーのレスター戦が、リーズにおけるデビュー戦となった。

この試合に臨むに当たり、監督のオリアリーは4‐4‐2を放棄し、3‐5‐2を初めて採用している。ファーディナンドを起用する以上、3‐5‐2に変更しなければならないと考えたオリアリーは、ウッドゲイトとラデベの中央にファーディナンドを配置した。

ところがこの方式は、ものの見事に破綻する。リーズは最初の30分間だけで三度、ヘディングゴールを決められたのである。結果、オリアリーはハーフタイムを待たずに4‐4‐2に戻し、ウッドゲイトをベンチに下げている。ところがラデベも後に退場になったため、1‐3で苦杯をなめた。

次の試合はチャンピオンズリーグ、アウェーでのラツィオ戦だったが、ファーディナンドは規定によって出場できなかったため、オリアリーは再びウッドゲイトとラデベを起用している。2人は今度はずば抜けたプレーを披露し、1‐0の勝利に貢献した。

かくしてオリアリーは、大きな問題に頭を悩ませるようになった。ファーディナンドの起用方法である。移籍金の記録を塗り替えてまで獲得した選手を、ベンチに下げておくことなど不可能に近い。またファーディナンドは、ラデベ、ウッドゲイト、ドミニク・マッテオのいずれかと組んで、センターバックをこなせるだけの力は確実に持っていた。

結局ファーディナンドは、最終的に自らの力でレギュラーの座を勝ち取っていく。これはオリアリーから受けた指導も大きい。

そもそもオリアリーは現役時代、傑出したセンターバックだった。指導者に転身してからは、ジョージ・グラハムのアシスタントを務めたこともある。グラハムは守備的なサッカーを徹底させるノウハウに関しては、当時のイングランドにおいて右に出る者がいなかった。オリアリーは自らが学んできたエッセンスをファーディナンドに伝授し、ポジショニングに徹底的に磨きをかけていったのである。

さらにオリアリーはファーディナンドに対して、ヘディングの練習に懸命に取り組むようにも命じている。これはプレーに力強さを加える効果ももたらしした。

ちなみにファーディナンド自身は、自分の集中力が高まったのは、スポーツ心理学者のキース・パワーのおかげだと述べている。パワーは試合の前に、自分がこなさなければならない守備の役割をイメージする方法を勧めた。

かくしてファーディナンドは、完成されたディフェンダーに成長。プレミアリーグだけではなく、イングランド代表でも押しも押されもせぬ存在になっていく。

新たにイングランドの代表監督に就任したスヴェン＝ゴラン・エリクソンは、ファーディナンドに対して、ボールを持った時にドリブルで前に運んでいかないように厳命。やたらと攻撃に絡みたがる癖も改善されたファーディナンドは、2002年のワールドカップで堂々たるプレーを披露した。

選手として一皮むけたファーディナンドは、今度はアレックス・ファーガソンに迎えられる。マンチェスター・ユナイテッドは、この際、英国の移籍金記録を再び更新する3000万ポンドをリーズ側に支払った。これはディフェンダーに支払われた移籍金としても世界最高で、ファーディナンドはユヴェントスのリリアン・テュラムが更新した記録を、すぐに塗り替えている。

ただしファーディナンドにとっての新たな門出は、リーズにとって終わりの始まりとなった。チームが売却益を手にした、数少ないケースの1つになったとしてもである。

ファーディナンドに代わってキャプテンを務めるようになったマッテオは、次のように述べている。

「彼の移籍は大きな分かれ目になった。チーム内に、リオの代わりになれる選手がいなかったからじゃない。チームにいたすべてのトップレベルの選手に対して、自分たちのクラブは傾いているというメッセージを発信する形になったからだ」

事実、もはやリーズは今や選手を買い漁るクラブではなく、選手を売り出すクラブに堕していた。その意味においてファーディナンドの獲得と売却は、リーズの躍進や没落とまさに符合していたとも言えるだろう。

また苦しい台所事情は、指導陣の対立ももたらす。監督のオリアリーは、ファーディナンドの放出を巡って、クラブの会長であるピーター・リズデールと延々と議論を続けていたが、結局はリズデールと口論となり職を解かれてしまう。その後任にはテリー・ヴェナブルズが就くことになった。

当時、会長のリズデールは、「ファーディナンドの売却は大きな痛手ではない。彼は短期間、ウッドゲイトの代わりを務めたに過ぎない」と主張している。このようなコメントからは、実はリーズがファーディナンドよりも、ウッドゲイトのほうを評価していたことがうかがえる。だが、やがてはウッドゲイトも運営資金を捻出するために、ニューカッスルに売却されることになる。

リーズの関係者にとって、ウッドゲイトはもっとも売却したくない選手だった。事実、会長のリズデールはリヴァプールにコンタクトし、代わりにハリー・キューウェルの売却を必死に試みている。当時のキューウェルは、リーズが抱えている花形選手の1人だったからである。だがリヴァプール側は夏まで獲得を待たざるを得なかったため、ウッドゲイトが身代わりになった。

このような状況は、クラブにさらなる混乱を招いていく。

監督のヴェナブルズは、ウッドゲイトを必ず残留させるという言質を反故《ほご》にされたため、監督辞任をちらつかせるようになった。クラブ側は必死に慰留したものの、数ヶ月には彼もまたクラブを去ることを余儀なくされた。

ウッドゲイトの売却が発表された際、ヴェナブルズは憮然とした表情をしていた。記者会見に同席したリズデールは、次の有名な台詞を吐いている。

「われわれは、あれほど金を使う必要があったのか？　たぶん、そうではないだろう。だがわれわれは夢に生きたのだ」

チーム生え抜きの大黒柱が移籍したことを告げる会見は、まるでリーズというクラブが自らに死刑を申し渡す裁判のようだった。現にリーズは、プレミアリーグにもう1シーズン名を連ねただけで、下位のリーグへと転がり落ちていく。そして二度と戻ってこなかった。

■新世代のセンターバックが迎えた終焉

ただしリーズの没落は、別の文脈からも読み解くことができる。それはセンターバックが、今や高値のつく商品に変わったということである。

とりわけファーディナンドはマンチェスター・ユナイテッドで、ヨーロッパ最高レベルの選手の1人に成長していく。ファーディナンドを起用する場合には、3-5-2に変更しなければならないなどという意見は、もはや過去のものとなった。

ただし彼自身は、古いタイプのセンターバックと組んだ時のほうが、優れたパフォーマンスを発揮したのも事実である。たとえばイングランド代表では、キャンベルやジョン・テリーが良きパートナーになったし、ユナイテッドでもネマニャ・ヴィディッチと組んだ際に、プレミアリーグの歴史に名を刻むようなプレーを発揮している。

タイプの異なるパートナーと組むことによって、ファーディナンドはきわめて冷静に、落ち着いてボールを奪い返せるストッパーとして存在感を示すことができた。彼は焦ってタックルを仕掛けるような真似を絶対にしなかったし、ファウルの判定を巡って、審判と揉めるケースもほとんどなかった。

事実、ファーディナンドは、ファウルの少ないディフェンダーとして同業者の手本となっていく。イエローカードどころか、28試合もの間、ファウルを一度も犯さないという記録さえ作った。

ちなみにジミー・フロイド・ハッセルバインクは、プレミアリーグでもっとも手強いと感じたディフェンダーを2人あげてほしいと尋ねられた際、マーティン・キーオンとファーディナンドの名前を口にしている。しかもハッセルバインクは、両者のタイプはまったく異なっていたとも証言している。キーオンは自分を青あざだらけにするようなタイプだったのに対し、ファーディナンドは「(体が触れていることさえ)わからないような」選手だったという。

ただし現役晩年のファーディナンドは、最大の武器であるスピードの衰えに苦しむことになる。

たとえば2009年9月、マンチェスター・ユナイテッドはマンチェスター・シティとのスリリングな打ち合いを4‐3で制しているが、ファーディナンドはミスを犯し失点のきっかけを作った。センターライン付近で不必要な浮き球のパスを試みた結果、相手選手の正面にボールに飛び、そこからクレイグ・ベラミーにパスが渡る。ファーディナンドは必死にカバーリングを試みたが、ベラミーは楽に相手を振り切り、3‐3に追い付いてみせた。

公平な見方をすれば、プレミアリーグのセンターバックの中で、ベラミーのスピードに付いていくことができる選手などほとんどいなかった。

だが、ファーディナンドが相手に振り切られる場面自体、かつては見られなかったものである。また不用意なミスを犯すというのも、彼には似つかわしくなかった。

「われわれのチームに加わって以来、彼はすばらしく安定感のあるプレーをしてきた。トップクラスの選手だ」。アレックス・ファーガソンは2011年に述べている。「ボールさばきのうまさに関しては、いまだにこの国で最高レベルの選手の1人だ。それに今でもタックルやヘディングがこなせるし、大きな存在感を示している。

むしろ変わったのは、数年前のような電光石火の足の速さがなくなったことだ。だから彼は少しだけプレーの仕方を変える必要がある。

彼はもう33歳になろうとしている。30代になれば、自分のプレーの仕方を変えて対応しなければならない。われわれは皆、そういう分かれ目を体験してきた。昔の自分にできていたはずのことが、もうできなくなっていることを突然思い知らされ、プレースタイルを変えていかなければならなくなるんだ。私もシャープな動きができなくなった時には、対応しなければならなかった。このクラブにいる他の選手たちも然りだ。リオにも同じことが求められている」

その年、ユナイテッドはチャンピオンズリーグの決勝でバルセロナと対戦。1‐3の敗北を喫している。

この際、ファーディナンドとヴィディッチは、ラインを上げてリオネル・メッシを追い詰めていくのではなく、深く引いたまま裏のスペースをケアする方法にこだわった。

ファーガソンは、この姿勢に不満を覚える。

バルサに対抗するための具体案がなかったのも事実だが、ファーガソンはディフェンスラインのスピードの欠如が、のっぴきならない問題になっていると確信するようになった。

数ヶ月後、ユナイテッドはアウェーのニューカッスル戦で0‐3と完敗する。とりわけファーディナンドのプレーは、憂慮すべきものだった。スピードの衰えを隠そうとした結果、ディフェンスラインから1人だけ出遅れてしまう場面が何度も見られたし、足の速いアタッカーに対応するのにひどく手こずるようになっていたからである。

現にファーディナンドは以降、イングランド代表でも一度キャップを獲得しただけだった。ただし、これはいささか疑問の残る判断だったと言わざるを得ない。ジョン・テリーは2012年、ファーディナンドの弟であるアントンを人種差別したとして告発され、サッカー協会から出場停止処分と罰金を科される。テリーは最終的に無罪判決を受けたが、ファーディナンドはこの一件絡みで、意図的に招集メンバーから外されたふしがあったからだ。

ちなみにファーディナンドは2012／13シーズンに復調し、すばらしいプレーを再び披露するようになる。だが大抵の場合は、ジョニー・エヴァンスやクリス・スモーリングのような、ヴィディッチよりも若くて足の速いセンターバックとコンビを組んでいた。

またこの頃には、ファーディナンドが誇っていたボールさばきの巧みさも、特筆すべき要素ではなくなっていた。

「リオ・ファーディナンドが、いかにエレガントなパスを出せる選手で、後方から攻撃を組み立てていくことができるか。僕は10年間、そういう話を聞かされてきた」。リヴァプールのジェイミー・キャラガーは、不満を述べたことがある。「17歳の頃なら、彼は60ヤードのパスが出せたんだろうさ。でも実際には、そんな場面を大して見ていない」

■プレミアリーグの進化を支えたイングランド人

とはいえファーディナンドはキャリアを通じて、センターバック像の変化を体現した選手だった。彼はイングランドのサッカー界全体に、もっとも大きな影響を与えたディフェンダーでもあり続けた。しかも彼の影響は、しっかりと受け継がれている。現在のプレミアリーグでは、マンチェスター・シティのジョン・ストーンズと、チェルシーのダヴィド・ルイスにもっとも高い値段がついているが、両者はともに当初は守備力が弱いと考えられていた。

にもかかわらず、かくも高く評価されるようになったのは、ファーディナンドがセンターバックに求められる条件を変えたからに他ならない。今日では「ディフェンダーとしてもプレーできるオールラウンダー」こそが、センターバックとして捉えられるようになったのである。

２０１４年にマンチェスター・ユナイテッドを退団した後、ファーディナンドは一度現役引退を考えている。だが関係者に説得され、最後に1シーズンだけＱＰＲでプレーした。そこでは10歳の少年だった頃と同じような体験をしている。

チームを率いていたハリー・レドナップは、ファーディナンドがウェストハムで最初に師事した監督だった。しかもレドナップはグレン・ホドルを招いて、トレーニングセッションを担当させている。ホドルはファーディナンドが初めてイングランド代表に招集された際、、チームを率いていた人物である。

巡り巡ってキャリアが一周りしたような印象さえ受けるが、興味深い出来事はこれだけに留まらなかった。QPRはファーディナンドをスウィーパーとして起用するため、3-5-2のフォーメーションでシーズンを戦い始めたのである。

結局、QPRは降格してしまうが、これはファーディナンド本人とのプレーとはほとんど無関係だった。リーグ戦の出場は11試合に留まったし、シーズンの終盤には妻のレベッカが他界したため、試合に集中できるような状況にもなっていなかったのである。ファーディナンドは妻の死の約1ヶ月後、静かにスパイクを脱ぐことを発表。彼の心境を慮って、派手な引退セレモニーもほとんどおこなわれなかった。

ファーディナンドは、本来あって然るべき称賛を受けなかったが、彼がイングランドのセンターバックに対する認識そのものを変えたことは忘れてならない。

センターバックは、タックルとヘディングをこなすだけの地味な選手である必要はない。むしろ足が速く、クレバーで、ボール扱いがうまく、国内でもっとも高い値段がつく選手にもなり得ることを証明したのである。

プレミアリーグでは、外国人選手たちが戦術進化の牽引役を務めてきた。そのような状況の中、ファーディナンドはサッカーの進化にもっとも大きな影響を与えた、稀有なイングランド人選手だった。

第12章

マケレレ役

「僕は何も新しいことをしていない……サッカー選手として、もっと完成されているだけなんだ」（クロード・マケレレ）

■2強構造を支えた2人のキーマン

プレミアリーグの最初の7年間は、2つのクラブによって支配されていた。アーセナルとマンチェスター・ユナイテッドである。プレミアリーグ史上、2つのチームだけがかくも長くタイトルを争い続けた時期は他に存在しない。

たしかに完全な2強体制にはならなかったが、ほとんどの場合、毎シーズンの優勝争いは一騎打ちとなった。また両者のライバル関係には、2つの要素が完璧なバランスで配合されていた。強烈な敵意と、否が応でも相手の存在を認めざるを得ないという、かすかな敬意の念である。

ところが2003年、ロマン・アブラモヴィッチがチェルシーを買収したことにより、プレミアリーグの状況は大きく変わり始める。アブラモヴィッチの富を背景に、絶えず戦力補強を続けた結果、チェルシーはほぼ一夜にして優勝を真剣に狙えるチームに変貌する。それまでの数シーズンは、タイトルレースの脇役に過ぎなかったにもかかわらずである。

以降、アーセナルとマンチェスター・ユナイテッドが、プレミアリーグの1位と2位を占めたケースは一度もない。赤を基調とする2つのチームによって塗りつぶされていたプレミアリーグの勢力図は、青をチームカラーとする集団によって塗り替えられることになる。

戦術的に見た場合、この巨大な変化は新たな守備的ミッドフィルダーの登場を反映していた。

たとえばアーセナルとマンチェスター・ユナイテッドが覇を競っていた頃は、パトリック・ヴィエラとロイ・キーンが、両チームのライバル関係を象徴する存在となっていた。強靭な肉体と闘争本能を持つ2人のキャプテンは、事あるごとにぶつかりあった。2強支配の構造と同様に、プレミアリーグの歴史において、パーソナルなライバル関係が、これほど大きな影響を及ぼしたケースもかつてない。

ヴィエラとキーンは、今や語り草になっているような激しい喧嘩を繰り広げたし、ユナイテッドとアーセナルによる頂上対決の結果にも決定的な影響を及ぼした。ちなみに両者は、一連のやり合いを懐かしむように振り返っている。

「あいつがいたから、自分はいい選手になれた」。キーンがフランス代表のキャプテンについてこう語れば、ヴィエラもまたアイルランド出身のライバルを「最高の宿敵（ベスト・オブ・エネミー）」と評している。

ヴィエラとキーンは、ピッチ上で鎬《しのぎ》を削っただけではない。

2人が演じたもっとも有名なつばぜり合いは、2005年2月、マンチェスター・ユナイテッドがアーセナルを4‐2で降す直前、ハイバリーの選手トンネルで起きた。

まずヴィエラが、ギャリー・ネヴィルにつっかかる。これをネヴィルから告げられたキーンは、相手が自分を標的にしなかったことに激怒し、狭い通路を戻ってヴィエラの前に立ちはだかる。

そして、お前は誰もが思っているような「ナイスガイ」などではないという独特な言い回しで、真っ向から批判したのだった。

これをきっかけに2人は、子供同士の喧嘩のような口論を演じる。

キーンはヴィエラに対して、母国のセネガル代表ではなく、フランス代表を選んだ理由を問いただす。するとヴィエラは、キーンが2002年のワールドカップ本大会直前に、アイルランド代表を離脱したことを指摘。キーンが後に認めたように「まさに大人同士が悪口を言い合った」のである。

テレビカメラが収めたこの映像は、凄まじい視聴数を記録している。トンネル内でのいざこざなどは、一般の観客が絶対に目にすることができない舞台裏そのものだったからだ。

■ヴィエラとキーンが直面した、真の敵

当時のメディアは、アーセナルとマンチェスター・ユナイテッドのライバル関係を、ヴィエラ対キーンという文脈で報道していた。この日の試合ではユナイテッドが勝利を収めたが、現に多くの人々はキーンがヴィエラを威嚇したことが、決定的な影響を及ぼしたのだろうと思い込んだ。

ただし事実に照らし合わせれば、このような解釈は筋が通らない。ヴィエラは先制点を叩き出したし、アーセナルは前半戦を圧倒し、2－1でハーフタイムを迎えているからだ。キーンの「恫喝」がかくも重要だったとするなら、効果が現れるまでに1時間もかかってしまったことになる。

あまりドラマチックではないが、このような試合展開は別の真実を物語る。ユナイテッドは前半こそリードを許したものの、後半はアーセナルをテクニックの面でも戦術においても単純に上回り、4－2の逆転勝利をものにしたに過ぎない。

また両者はトンネル内での一件を通して脚光を浴びたものの、もっとも激しく角突き合わせた時期は、すでに過去のものとなっていた。

ヴィエラとキーンは選手としてのピークを過ぎており、この試合がプレミアリーグにおける最後の直接対決となってしまう。アーセナルは同年の夏にヴィエラを売却。その数ヶ月後には、ユナイテッドもキーンとの契約を解除することとなった。

放出の理由はどちらも似ている。能力の衰えである。

両者はともに守備的ミッドフィルダーと見なされていたが、全盛期には守備的ミッドフィルダーとボックス・トゥ・ボックス型のミッドフィルダーをかけ合わせたようなタイプとして、ピッチ上に君臨した。ちなみに2人が自由に攻撃に絡むことができたのは、自分よりも慎重なプレーをするパートナーと組んだからに他ならない。

たとえばヴィエラは、1997年から2000年まではエマニュエル・プティ、2002年から2005年にかけてジルベルト・シウバとコンビを組んだ頃に、最高のプレーを披露している。この間の2年間も、ヴィエラはエドゥやレイ・パーラーのように攻撃的な選手よりも、限られた役割を効果的にこなすジル・グリマンディと組んだ場合のほうが、チームに貢献することができた。

キーンも然り。彼は自分にとって一番相性が良かったのは、ポール・インスだと語っている。たしかにキーンは、インスがチームを去った後も何度かすばらしいプレーを披露している。1998／99シーズンのチャンピオンズリーグで、ユヴェントスに3－2で勝利を飾った試合で見せたプレーなどは典型だが、この試合でコンビを組んでいたのは、創造的なプレーをするポール・スコールズではない。キーンは守備的なプレーをするニッキー・バットを従えた時のほうが存在感を発揮できた。

2人が持っていたこのような特徴は、やがて諸刃の剣となっていく。時間の経過とともにフィジカルの能力は落ちていったが、かといって中盤の抑え役に専念することもできなかったからである。

結果、アーセン・ヴェンゲルは、ヴィエラを2005年にユヴェントスに売却することを決定する。アーセナルの中盤には、もっとクリエイティブなプレーができるミッドフィルダーが登場してきていたため、その選手に攻撃を担当させようと判断したのである。

「私は4－4－2で、セスク・ファブレガスをパトリック・ヴィエラと組み合わせてみたが、そのやり方は機能しなかった」。ヴェンゲルはこう語っている。「だからパトリック（ヴィエラ）を放出する決断を下さなければならなかった。ジルベルト（シウバ）とヴィエラのコンビは機能していたし、ジウベルトとファブレガスを組み合わせたパターンも悪くはなかった。だがファブレガスとヴィエラを一緒に起用することはできなかった」

当時のアーセナルは、ファブレガスを軸とした新たなチーム作りを進めるために、守備をカバーできるミッドフィルダーを必要としていた。ヴィエラはその適任ではなかったのである。

似たようなことは、キーンに関しても指摘できる。

世間一般では、キーンがチームを去ったのは、ファーガソンと反目したことが原因だったとされている。だがファーガソン本人の解釈は微妙に異なる。彼はキーンに対して自由にプレーするのではなく、もっと限られた役割をこなすように指示したことが、口論を招いたと考えていた。

「怪我と年齢のせいで、彼の強みは少しずつ失われてきていた。われわれはそう確信していたからこそ、違う役割を与えようとした……ピッチ上を駆け回り、敵のゴールに向かって走るのを思いとどまらせようとしたんだ」。ファーガソンは語っている。「われわれはその解決策として、ミッドフィールドの中央で、同じ場所に留まってくれと頼んだ。そのポジションなら、試合をコントロールすることができる。

本音の部分では、彼は（新たな役割をこなさなければならないことを）誰よりもよくわかっていたと思う。だが彼は、チーム全体の守護神的な役割を諦めることを単純に拒んだ」

ちなみにキーン本人は、以前ほど走り回る必要がなくなって「安心した」と言い張っている。だが公平に見るならば、ファーガソンのコメントのほうが説得力がある。ピッチ上における実際のパフォーマンスと、自分が心で思い描くプレーの間には、ギャップが生じていたからである。

とはいえキーンやヴィエラが第一線から退いていったのは、本人たちの体力の衰えだけが理由ではない。

そこには戦術の進化も絡んでいる。

プレミアリーグの各クラブでは中盤を支配すべく、セントラルミッドフィルダーを3人に増やし、代わりにフォワードをワントップにするケースが増えていく。このような変化は、各ポジションの役割が変わることも意味した。とりわけ中盤のもっとも深い位置では、ディフェンスラインの前から絶対に前に上がってこない、抑え役としてのミッドフィルダーが求められるようになった。

事実、2003年頃からは、新たなタイプの守備的ミッドフィルダーが頭角を現してきていた。チェルシーのクロード・マケレレである。レアル・マドリーから招かれたマケレレは、守備的ミッドフィルダーのカテゴリーにおいて、プレミアリーグでもっとも有名な選手となっていく。守備的な戦術への変化を象徴していたと言ってもいい。

事実、キーンはマケレレを引き合いに出しながら、自伝で次のように述べている。「俺はクロード・マケレレのように動かない選手、同じ場所にじっとしている古典的なミッドフィルダーには絶対になれなかっただろう」

一方のヴィエラはマケレレの例を引きながら、チームメイトのジルベルト・シウバについてこんなふうに語っている。「彼はマケレレのような抑え役のミッドフィルダーだった……彼がいたからこそ、自分は前に上がっていくことができたんだ」

ヴィエラやキーンは、マケレレほど守備的なプレーができるタイプではない。マケレレのプレースタイル自体、「守備的ミッドフィルダー」という従来の単語で簡単にくくれるものでもなかった。

現に彼は「抑え役のミッドフィルダー」、「動かないミッドフィルダー」、「スクリーンを張る選手」などと評されるようになる。

これらすべての単語は、独特なポジショニングに起因しているし、単にタックルをこなすというよりも、むしろ中盤の深い位置に居座り、ディフェンスラインをガードする役割をこなしていたことを示唆する。さらに時間が経つと、この種の役割は「マケレレ役」と呼ばれるようになった。

■レアル・マドリーを支えたキーマン

特定のポジションに個人の名前が冠せられるというのは、サッカー界ではきわめて稀なケースであり、名誉なことだと言える。

だが驚くべきことは他にもある。中盤を逆三角形やダイヤモンド型に組んだ場合の「底」にあたるポジション、いわゆる「マケレレ役」を本人がこなすようになったのは、かなり遅い時期になってからだった。本来のポジションとはかけ離れた場所に降りていき、チームのために自分を犠牲にする。しかもキャリアの晩年に新たな役割を引き受けるというのは、ヴィエラやキーンでさえもなし得なかった。

そもそもマケレレはナントで現役生活をスタートし、1995年にはリーグ・アンで優勝を収めた選手だった。若かりし頃の彼は、相手のタックルをスラロームでかわしていくウインガーとして知られていた。また後には勤勉なミッドフィルダーとして、中盤のダイヤモンドで右サイドを務めるようになった。当時の彼は、戦術的なディシプリンというよりは運動量の豊富さを特徴としており、後のチェルシーのミッドフィルダー、ラミレスにも似たタイプだった。

若き日のマケレレは、狭いアングルから見事にシュートを決めるプレーを時折披露し、169試合に出場して9ゴールを記録している。ただし当時のナントでは、フランス代表のウインガーとしてワールドカップを制する、クリスティアン・カランブーが右のサイドバックを務めていた。カランブーはコンスタントに攻撃に参加したため、その際にはマケレレがカバー役を務めることになっていた。

やがてマケレレはマルセイユにステップアップ。1シーズンだけ在籍して同じような役割をこなした後、1988年にスペインのセルタ・ビーゴに移籍した。

セルタではワールドカップを制したブラジル代表のミッドフィルダー、マジーニョとともに中央で起用されている。マジーニョは戦術的なディシプリンの意識が強いだけでなく、守備の能力も高かったため、マケレレは前に攻め上がる回数が増えていく。だがマジーニョからは、中盤の抑え役をこなす技術も教わったという。

「新しい役割について開眼させてくれたのは、マジーニョだった」。マケレレは振り返っている。「マジーニョとは何時間も練習したし、彼は正しいポジション取りを教えてくれたんだ。ワンタッチ、そしてツータッチでボールに触るタイミングもね」

ただしマジーニョは現役生活の最後に差し掛かっていたため、マケレレは2シーズン目は、おもにスペイン人のアルベルト・セラーデスと組むようになる。この年、セルタはUEFAカップにおいて驚異的なプレーを披露。ベンフィカには7-0で圧勝し、ユヴェントスも4-0で一蹴する。対戦相手を率いていたのが、ヨーロッパの大会を制したことがあるユップ・ハインケスとマルチェロ・リッピだっただけに、なおさら関係者の度肝を抜いている。

ちなみにマケレレは、どちらの試合でも得点を決めている。特にユヴェントス戦では、開始わずか27秒でゴールを奪ってみせるなど、この時点では純粋な抑え役のミッドフィルダーとしてはプレーしていなかった。

2000年、そんなマケレレの運命を大きく変える出来事が起きる。レアル・マドリーが、同世代の中では卓越した守備的ミッドフィルダーだったフェルナンド・レドンドを、なんとACミランに売却する。代わりにセルタの中盤でコンビを組んでいたマケレレとセラーデスを同時に獲得し、さらにはデポルティーボの守備的ミッドフィルダー、フラビオ・コンセイソンをチームに迎えたのだった。

以降、マケレレはレアル・マドリーで3シーズンを過ごしながら、チームでもっとも重要な選手に成長していく。大枚を叩いて買い集められた銀河系集団、ジネディーヌ・ジダン、ルイス・フィーゴ、ロナウド、ラウル・ゴンザレスといった面々の後方に構え、中盤の守備を支え続けた。

ちなみにレアルを率いていたビセンテ・デル・ボスケは、マケレレに関して「1人目のディフェンダーと、1人目の攻撃的ミッドフィルダー」の両方をこなせるような、完璧なスキルを持っている選手だと指摘。彼が担っていた戦術的な役割を、的確に表現している。

ただしマケレレは、必ずしも1人で中盤を支えていたわけではない。

世間一般では、レアル・マドリーでは7人の選手が攻撃に関わり、マケレレが2人のセンターバックとともに守備を担当していたというイメージが強い。

これは誤謬に過ぎないし、現実とかけ離れていると言わざるを得ない。事実、マケレレはレアル・マドリーの一員としてリーグ戦に95試合先発したが、そのうち76回は戦術的なディシプリンの高い、別の守備的ミッドフィルダーと組んでいた。

その内訳は、イバン・エルゲラ（36回）、コンセイソン（19回）、エステバン・カンビアッソ（12回）、セラーデス（7回）、フェルナンド・イエロ（2回）となる。逆に守備的ミッドフィルダーの役割をマケレレだけが担当したのは、17回のみに留まる。これらの試合に関しても、格下チームをホームに迎えたために、グティやスティーヴ・マクマナマンのような、クリエイティブなプレーができる選手が起用され、結果的にマケレレが守備を担当したケースが含まれていた。

関連して注目すべきは、マケレレがもっとも好きなチームメイトとして名前をあげているのが、イバン・エルゲラだった点である。エルゲラは非常に守備の意識が強いミッドフィルダーで、センターバックとして起用されることもあるような選手だった。

「彼は僕がピッチのどこにいくかを知っていたし、僕も彼が攻め上がって、いつ得点を狙うのかをわかっていた」。マケレレは後に語っている。「僕たちは話をする必要さえなかった。パッと見るだけで、相手が何をしようとしているかがわかったんだ」

この発言からもうかがえるように、マケレレは自分と同じような発想をするパートナーと組むのを好んだ。だが時間の経過とともに、ディフェンスラインの前を1人で守る機会が増えていく。

たしかにサンティアゴ・ソラリとペアを組むこともあったが、ソラリはもともと左サイドでプレーするのを得意とする選手で、ロベルト・カルロスが攻撃に参加した際には、左のスペースを埋めていた。このような場合には、マケレレは中盤の中央に1人で残る形になった。ただしこの時点でも、マケレレは「マケレレ役」としてのプレースタイルを確立していたわけではなかった。

■銀河系集団の終わりの始まり

次にマケレレの運命が大きく変わったのは、2003年だった。レアル・マドリーを離れ、チェルシーへの移籍が決まったのである。

これはスーパースターを買い漁ってきたレアルの方針が、コントロール不能に陥った瞬間だった。マケレレは高名なチームメイトたちに比べて、自分の給料はかなり安いと不満を述べたが、会長のフロレンティーノ・ペレスは、マケレレを慰留するつもりなど毛頭なかった。それどころかマケレレがクラブを去る際には、こう記者団に言い放った。

「マケレレは惜しくない。テクニックは人並みだし、相手を抜いていくスピードやスキルもない。それに彼が出すパスの90％は、バックパスか横パスだ。ヘディングも得意でなければ、3メートル以上のパスを出すこともほとんどない」

ペレスの発言は興味深い。彼はマケレレが持っていた本当のスキル、つまりナント時代、オールラウンダーとして活躍していた頃の特徴については言及しなかったが、銀河系集団で担っていた縁の下の力持ちとしての役割を、知らず知らずのうちに説明する形になったからである。

事実、チームメイトたちはマケレレが移籍し、代わりにデイヴィッド・ベッカムが加入したことに戸惑いを覚えていた。「ベントレーに、どうして金色の塗料を重ねて塗るようなことをするんだ？」。ジダンは疑問を投げかけている。「(チームを動かす) エンジンそのものが、なくなろうとしているのに」

マケレレが在籍した最後のシーズン、レアルはラ・リーガを制したが、彼が売却されたのを境に銀河系集団はスランプへ陥っていく。

マケレレが移籍したことも痛手だったが、同様に問題となったのは中盤の構成ががらりと変わってしまったことだった。たとえば2002／03シーズンのチームは、抑え役のミッドフィルダーを2人起用し、マケレレをフラビオ・コンセイソンかカンビアッソと組み合わせていた。ところが2003／04シーズンには、抑え役のミッドフィルダーをまったく起用しないケースがしばしば見られた。

マケレレを売却してしまったとはいえ、クラブの首脳陣がカンビアッソの能力を把握していれば、これほど大きな問題にはならなかっただろう。だが新たに加入したベッカムを、クリエイティブなプレーができるグティと組み合わせたため、チームは徐々に機能不全に陥る。

結果、慌てたレアルは2004年にはヴィエラ、そして2005年にはキーンと契約を結ぼうと試みる。その狙いは明らかだった。闘争本能に優れ、運動量の豊富なミッドフィルダーを獲得しようとしたのである。

しかし奇妙なことに、レアルはエヴァートンのトーマス・グラヴェセンと契約してしまう。グラヴェセンの獲得は、2つの点で異例だった。まずグラヴェセンは、レアル・マドリーの一員としてプレーできるようなレベルに遠く及ばなかったし、そもそも抑え役のミッドフィルダーでもなかった。むしろ本人は、より前のポジションでプレーするのに慣れていた。

「エヴァートン時代の役割とまったく違うね」。レアル・マドリーに加入し、中盤の一番深い位置でプレーするようになったグラヴェセンは素直に語っている。「(エヴァートンでは)この役割を、リー・カーズリーが受け持っていたんだ」

ちなみにカーズリーは、グラヴェセンと同じように頭がツルツルで、背格好もよく似た選手だった。ポジションもセントラルミッドフィルダーである。当時のレアルは、カーズリーを獲得すべきところを、誤ってグラヴェセンと契約してしまったような印象さえ与えていた。

■一瞬にして解決された、チェルシーの問題

レアル側はマケレレを放出してしっぺ返しを食らったが、逆にチェルシーは大きな戦力を手に入れた。とはいえマケレレは30歳になっていたし、すでに第一線で11シーズンもフルにプレーしていた。若いころには運動量の豊富なミッドフィルダーとして、長い距離を走り続けることもあったが、同じ役割を再現しろというのは無理がある。

その意味でマケレレには、中盤の底で守備に徹するという、新たな役割を受け入れる素地があった。またこのような役回りをマケレレが引き受けることは、チーム全体にとっても好都合だった。

2003年の夏にチェルシーを買収したアブラモヴィッチは、その直後からダミアン・ダフ、ジョー・コール、ファン・セバスティアン・ベロンなどの攻撃的選手を次々に獲得。ストライカーのエイドリアン・ムトゥと、エルナン・クレスポにも手を出している。

たしかにチェルシーには、グレン・ジョンソンやジェレミ、ウェイン・ブリッジなど、効果的に守備をこなせる選手たちも揃っていたが、真っ当な中盤の抑え役は1人もいなかった。

ちなみにノッティンガム・フォレストを率いて一時代を築いたブライアン・クラフは、当時のチェルシーが置かれた状況を巧みに言い表している。「派手で高い値段のついた代表クラスの選手たちは、前に行って攻撃を仕掛けるのが大好きだ。だが自分一人では、食事の準備もできない。ボールを奪い返せないことなど指摘するまでもない。一体誰が彼らのために（ボールを）取って運んできてやるのか、それをぜひ知りたいね」。クラフはこうも続けている。「ベロン、コール、ダフ。こういう選手は自分の手を汚してまで、地味で骨の折れる仕事をしたりはしない」

そこに現れたのがマケレレだった。彼はチェルシーが抱え始めた問題を、一夜にして解決してしまったのである。その事実は、新たに監督に起用されたクラウディオ・ラニエリのコメントからもうかがえる。「私は高級な時計（チーム）を持っているが、時計を動かしているバッテリーはクロード（マケレレ）だ」

さらにラニエリは、マケレレのことをこんなふうにも評している。「頂点に立っているわけじゃないにせよ、世界最高クラスのプレーメイカーの1人だ」

この発言は注目に値する。マケレレのことを、純粋に守備をするだけの選手として見ていなかったことを示唆しているからだ。

マケレレは、ウルヴァーハンプトンにアウェーで5‐0の勝利を収めた試合において、プレミアリーグにデビューしている。この試合では、4‐4‐2の中央でマケレレとフランク・ランパードがコンビを組み、両ワイドにイェスパー・グロンケアとダミアン・ダフが張る形になっていた。

ただしマケレレが、守備を意識したポジション取りをしていることは明らかだった。

事実、チェルシーが同じ布陣でミドルズブラに2－1で辛勝した後には、とある新聞が4－4－2ではなく、4－1－1－2－2とフォーメーションを記している。要はマケレレがディフェンスラインの前に構え、ランパードが前方に走り込むイメージである。

ただし、この方式には欠陥があった。4－4－2をベースとしているため、ランパードは必要以上に長い距離を走る形になってしまう。また中盤に4人の選手をフラットに並べる方式は、マケレレのプレースタイルにも合っていなかった。

むしろチームは、中盤をダイヤモンド型にした場合のほうがスムーズに機能していた。

この陣形ならば、マケレレはダイヤモンドの底に位置するガード役として、ディフェンスラインの前に留まることができる。一方、ランパードも、マケレレよりも相性のいいミッドフィルダーと、コンビを組むことができた。

2004年1月、球際に強いセントラルミッドフィルダー、スコット・パーカーがチャールトンから加入すると、ラニエリはしばしば彼を右サイドで起用している。中盤を4人で構成するというアイディアは同じだったが、パーカーは内側に絞り込み、マケレレやランパードとトライアングルを組むようになる。結果、右サイドはがら空きになったが、このいびつなシステムも4－4－2よりはるかに機能した。マケレレは深い位置に、どっしり構えることができたからである。

Ranieri's Chelsea for the 2-1 win at Arsenal in the Champions League 03/04, showing Makelele's deep role

チェルシー ◉ 2003/04 シーズン

ラニエリ指揮下のチェルシーが、チャンピオンズリーグのアーセナル戦においてアウェーで2－1で勝利した際の布陣。本来は4－4－2をベースにしているが、マケレレは中盤の底でプレー。「抑え役」の存在をアピールし、MFというカテゴリーそのものを刷新していく

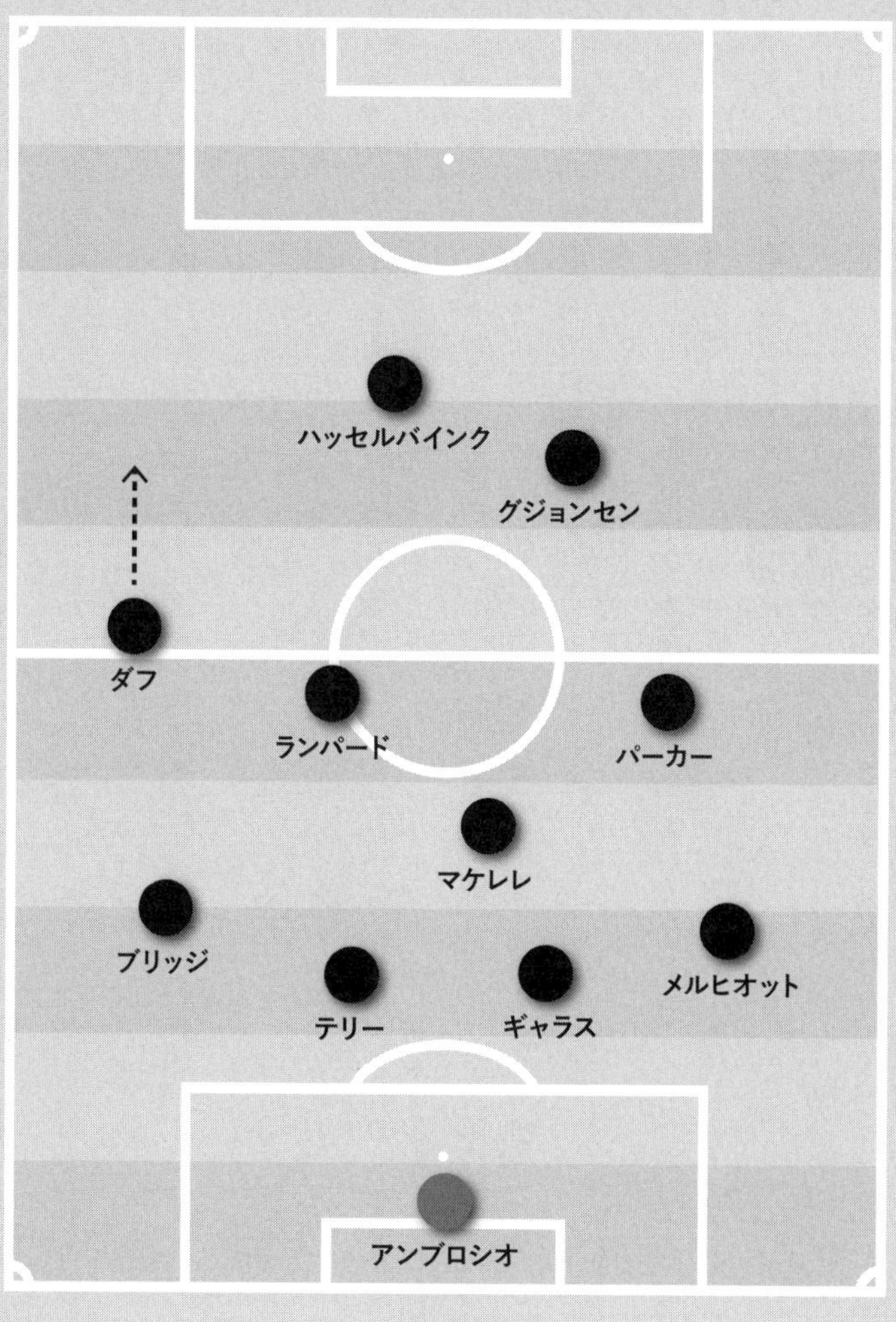

■モウリーニョが重用した片腕

同じ年の夏、ジョゼ・モウリーニョがラニエリに代わって監督に就任すると、マケレレはさらに存在感を強めていくことになる。

モウリーニョは休暇中のマケレレにわざわざ電話をかけ、彼の存在が自分のチーム作りにとっていかに重要かを熱っぽく説いた。

ちなみにモウリーニョはポルトの監督時代、2つのシステムを駆使していた。4‐4‐2で中盤をダイヤモンド型に組む方式と、中盤を逆三角形にする4‐3‐3である。いずれのシステムにおいても、まさにマケレレのようなタイプの中盤の抑え役は必要不可欠になっていた。

マケレレはモウリーニョの下で真価を発揮。対戦チームのミッドフィルダーは、対策に苦慮することになる。マケレレにプレッシャーをかけようとすれば、ピッチの前方にいる別のミッドフィルダーがフリーになってしまうからだ。その意味ではマケレレに関しては、彼自身の才能というよりも、独特なポジション取りそのものが大きな武器となっていた。

またマケレレは、実はチェルシーの攻撃にも貢献している。

たしかにマケレレは、プレミアリーグの試合に144回出場して、わずかに2ゴールしかあげていない。そのうちの1点は、自らが蹴ったPKのリバウンドを決めたものだったし、アシスト数も4に留まる。だが彼は明らかに、チームが攻撃を組み立てていく際の起点になっていた。

レアル・マドリー時代のマケレレは、純粋に守備的な役割を請け負っていた。彼に求められていたのは中盤をひたすら走り回ってカバーし、ディフェンス陣をガードする役割だけだった。

だが、このような役割分担は、チェルシーでは影を潜める。

そもそもモウリーニョ指揮下のチェルシーは守備に人数を割き、コンパクトにラインを保ちながらカウンターを狙うサッカーを実践していた。マケレレは中盤の底で大きな存在感を発揮したが、チームの守備を一手に担っていたわけではなかった。

むしろモウリーニョ時代のマケレレは、実際にはボールを持った際に重要な役割を果たしている。マケレレは、技巧を凝らしたプレーをしていたわけではない。突然ドリブルを開始して攻撃を仕掛けることもなければ、対角線上にパスを叩いたり、キラーパスを通したりするシーンもほとんどなかった。むしろ自分のポジションを守りながら危険な場面を回避し、味方に横パスを出すだけだった。

だがチェルシーにとっては、このようなシンプルなプレーこそが鍵となっていた。モウリーニョは端的に説明している。

「いいかね、私が中盤をトライアングルにして、クロード・マケレレを底に、その少し前方に2人の選手を起用したとする。こうすれば、セントラルミッドフィルダーが横に並ぶような純粋な4‐4‐2に対して、いつも有利に立てる。(中盤の中央で)常に1人、選手が余る形になるからだ」。モウリーニョは次のようにも語っている。「こういう状況はマケレレから作り出される。彼はラインの間にいるため、相手が誰もプレッシャーをかけてこなければ、ピッチ全体を見渡しながら時間をかけて状況を判断できる。

もし彼が相手に詰め寄られれば、今度は味方のセントラルミッドフィルダーが1人か2人、フリーになれる。仮にわれわれのミッドフィルダーが相手に詰め寄られ、さらに敵のウインガーがサポートのためにインサイドに流れてくれれば、今度はわれわれのウインガーかサイドバックのいずれかが活用できるようなスペースが、サイドに生まれることになる。純粋な4‐4‐2では、こういう状況が生まれるのを絶対に阻止できない」

モウリーニョの説明はかくも簡潔だが、やはりここでもポイントになっているのはマケレレ個人の能力というよりは、彼が与えられた役割やポジションだったと言っていい。

■マケレレ役が意味するもの

ただしマケレレ本人は、自分が存在感を発揮できたのは、ポジショニングだけに負うものではないとも主張している。自らが磨き上げてきたテクニカルなスキルと、攻撃的ミッドフィルダーとしてプレーした経験値があるから、深い位置に下がった他のミッドフィルダーと一味違うタイプの選手になっているのだと述べた。「僕は元ウインガーだから、アタッカーに自信を持たせる方法を知っているんだ」

マケレレはさらに、かつて存在していた抑え役と違うのは、ボールをさばく能力の違いだけだとも指摘している。

「世間の人たちは、ボールを奪い返すようなミッドフィルダーを表現するのに『マケレレ役』という言葉を使うようになった。でも実際には、僕は何か新しいことを発明したわけじゃない。80年代や90年代の守備的ミッドフィルダー、昔のルイ・フェルナンデスやフランク、フランク・ソゼー、あるいはディディエ・デシャンに比べれば、技術的にも戦術的にも上かもしれないけど、ものすごく違ったプレーをしているわけじゃない。僕のほうが単純に（古い世代よりも）サッカー選手として完成されているというだけなんだ」。マケレレの主張は続く。「（自分が守備的ミッドフィルダーの役割を変えたというよりも）、むしろサッカーそのものが変わったんだと思う。

トップレベルの選手になろうと思うなら、今はどんなポジションでもボールをキープしたり、正確なパスを出したり、（チームの）1つ1つの動きのフェーズに貢献する方法を把握しておかなければならない。ミッドフィルダーとしてやっていこうとするなら、空中戦が強いとか、タックルが強いとかだけじゃ、もう十分じゃない。いろんなことができるサッカー選手にならなければいけないいんだ」

この分析は興味深い。多くの人はマケレレのことを守備の職人的な選手として捉えたからだ。オールラウンドなプレーができるタイプとは、対極にあるイメージである。

たとえばACミランを率いた伝説的な監督、アリゴ・サッキなどは様々なプレーをこなせる選手を重用したが、マケレレのことを明らかに違うタイプだと指摘している。「私が追求するサッカーでは、ボールを持っているすべての選手がプレーメイカーになる」。サッキはこうも語っている。「ところがマケレレはそれができない。たしかにボールを奪うことには秀でているが、組み立てていくためのアイディアがない。今日のサッカー界では、スペシャリストばかりが増えてしまった」

サッキの発言は、マケレレが果たしていた役割を過小評価している。

たしかに彼はアンドレア・ピルロやシャビ・アロンソのように、対角線上のパスをピンポイントに供給していたわけではない。むしろ攻撃の際の動き方は黒子に近かった。対戦相手の中盤と攻撃陣の間でプレーしながら、まずはスペースを見つけてチームメイトを密かに操り始める。そして切れのいい、効果的なパスを攻撃的選手にシンプルに出し続けた。だがチームにとっては、このような存在が不可欠になっていた。

マケレレが与えた影響は、同郷のカントナと比較してみると興味深い。

たしかに攻撃側と守備側で立場は真逆になるし、プレーの美しさはかなり異なっている。

だが、かつてカントナが敵のディフェンスラインと中盤の間でプレーすることによって、フォワードの役割そのものを再定義したように、マケレレもミッドフィルダーのイメージを刷新している。中盤の深い位置に構え、相手の攻撃陣と中盤の間でプレーすることにより、モダンな守備的ミッドフィルダーの有効性を、イングランドの人々に教えたとも言えるからだ。

その意味でマケレレは、カントナと同じような難題を対戦相手に突き付けた人物だった。たしかに普通に考えれば、物事はそれほど複雑にはならないように思える。基本的には守備的ミッドフィルダーが、相手の攻撃的ミッドフィルダーをマークするのであって、その逆の関係にはならない。ところがマケレレは、あまりにも大きな影響をピッチ上で及ぼしたため、チェルシーの試合ではしばしば逆転現象が起きた。対戦相手の監督は、自らの攻撃的ミッドフィルダーに敵の守備的ミッドフィルダーをマンマークさせるという、ねじれ現象が起きたのである。

典型例は、2006年3月におこなわれたフラム戦である。この試合ではフラムが1‐0の勝利をものにするが、監督のクリス・コールマンは、プレーメイカーのスティード・マルブランクを中盤のダイヤモンドの頂点に起用した上で、マケレレをマークしろと命じている。

「チェルシーと対戦して相手のプレーを見るたびに、すべてのプレーがマケレレを経由していることがわかったんだ。彼は攻撃の起点になっていた」。コールマンは語っている。「マルブランクは、あのポジションでプレーするのが好きだった。だからボールを持った時には好きなところに行ってもいいが、ボールを失った時には、マケレレをマークしろと言ったんだ。われわれは（マケレレから）パスを出させるよりも、ペトル・ツェフにボールを蹴らせたかった。このやり方は非常にうまくいった」

フラムはルイス・ボア・モルテが早々とあげたゴールで先制。その後も試合の流れを見事なまでに掌握したため、モウリーニョはわずか25分の時点で、2人の選手を交代させざるを得なくなる。フラムのシステムに対抗すべく、ウインガーのジョー・コールとショーン・ライト・フィリップスをベンチに下げ、ダミアン・ダフとディディエ・ドログバを投入したのである。ちなみにこれは、プレミアリーグでもっとも早い時間帯に、2人の選手が交代した記録となった。

「ジョゼは4‐3‐3でスタートしたが、とても早い時間帯に（4‐4‐2に）システムを変えてきた」。

コールマンの説明は続く。「彼はドログバを入れることで、クレスポをもう少しだけサポートできるようにしつつ、ダフを入れて中盤でマッチアップしようとしてきた。こっちはそれだけうまく戦えていたわけだから、戦術を変更する必要がなかった」

チェルシーは後半、システムをさらに3‐5‐2に変更して反撃を試みる。簡単に述べれば、モウリーニョは二度も戦術システムを変更することを余儀なくされた。その理由はひとえに、マケレレが封じ込められたからだったと言って過言ではない。

試合後の話題は、クレイブン・コテージ（フラムのホームスタジアム）で起きた事件のことで持ち切りとなった。両軍のサポーターが試合終了直後に、ピッチ上で乱闘を繰り広げたのである。

だがフラムが地元のライバルに、1979年以来となる勝利を収めたことは戦術的に大きな意味を持っていた。本来、攻撃的な選手であるマルブランクが、守備的な役割をかくも忠実にこなしたからだ。これは守備と攻撃、両方の局面における貢献という意味でも、サッカー選手たちがオールラウンダーになっていかなければならないことを強烈に印象づけた。

破綻した、独自のマケレレ探し

カントナの活躍によって、他のチームがこぞって10番タイプの獲得に動いたように、マケレレの存在感に着目したプレミアリーグのトップチームは、こぞって中盤の抑え役を探し始めるようになる。

しかもマケレレがもともと攻撃的な選手だったことはすでに知られていたため、各クラブは当然のように攻撃的なミッドフィルダーに触手を伸ばした。

結果、2000年代中頃のプレミアリーグでは、実に奇妙な現象が起きる。いわゆる「4強」と呼ばれるチームでは、将来有望な若手の攻撃的ミッドフィルダーを獲得したにもかかわらず、守備的ミッドフィルダーにコンバートしていくケースが相次いだ。

代表的な例は、リヴァプールのブラジル人ミッドフィルダー、ルーカス・レイバである。

彼は2007年にグレミオから移籍してきたが、本来はエキサイティングなプレーができるオールラウンダーで、ゴールも狙える存在として知られていた。事実、彼は「ボーラ・ジ・オーロ」（ブラジルのサッカー雑誌が主催している賞で、ブラジル全国選手権の最優秀選手を選定するもの）を最年少で獲得している。また同年におこなわれたU‐20の南米選手権では、9試合に出場して4ゴールをあげ、ブラジル代表の優勝にも貢献している。

「彼は中盤の抑え役をこなせるが、ボックス・トゥ・ボックスタイプのプレーもできる」。リヴァプールの監督、ラファエル・ベニテスはレイバが加入した際に述べている。「だから将来的には、チームのために得点をあげてくれることを期待している」

ところがレイバは、思いもかけぬ方向でキャリアを築いていく。プレミアリーグに200試合以上出場したが、ゴールを決めたのは一度のみだった。この事実は、彼が実際には守備的な役割だけを任されたことを如実に示している。

もともと南米のサッカーは、プレーのテンポが速くはない。このためルーカスは、プレミアリーグで攻撃的なミッドフィルダーをこなせるだけのスピードがないだろうと判断されたのである。

「より守備的にプレーするというのは、自分にとってもっとしっくりきた」。レイバは説明している。「それは僕の特徴に合っていたし、プレミアリーグのサッカーにも合っていた。もちろん攻撃にもっと関わったほうがクールだけど、守備的な役割をこなしたほうが、チームにさらに貢献できると思うんだ」

しかしレイバはボールを持った時に、あまりにも無難なプレーをし過ぎると強く批判されることになる。

また中盤の抑え役にコンバートされた結果、クリエイティブな才能も失われていった。かつて攻撃的なポジションでプレーしていたことが感じられるのは、ボールを受け取るためのスペースを必死に探し続ける場面だけになってしまっている。

一方、アーセナルとマンチェスター・ユナイテッドも、リヴァプールと同じような実験をしている。2005年、ブラジルを南米U‐17選手権の優勝に導き、U‐17の世界選手権でも決勝にまで押し上げた中盤のコンビをそれぞれ獲得したのである。

まずアーセナルは、キャプテンのデニウソンと契約を結んでいる。

デニウソンを獲得した際、ヴェンゲルは「ジルベルトとトマーシュ・ロシツキーの中間のようなタイプだ」と表現。中盤ならばどこでもこなせる人材としてチームに加えたが、結局は純粋に守備的なミッドフィルダーとして起用するようになった。レイバ同様、デニウソンも無難なパスを出すことでサポーターの不評を買ったが、彼は守備のスキルが欠けているという指摘も受けている。

片やマンチェスター・ユナイテッドは、デニウソンと中盤でコンビを組んでいたアンデルソンと契約を結んでいる。

アンデルソンは、相手を圧倒するようなパワフルなプレーメイカーで、中盤からボールを持って一気に走り込んでいくようなプレーが持ち味だった。事実、FIFAが提出したU‐17世界選手権のレポートには次のような一文がある。「無尽蔵に思えるほどのトリックを駆使できるプレーメイカー」。またFIFAの技術委員会は「ずば抜けた個の才能を持つ選手。スピードがあり、ゲームを仕切ることができ、チームと巧みにリンクし、カウンターアタックでも非常に効果的なプレーができる選手」と絶賛していた。

ところが彼もまた、中盤の深いポジションにコンバートされてしまう。

BBCで南米サッカーの通信員を務めていたティム・ヴィッカリーは当時、次のように記している。

「彼の母国の指導者なら、そんな役割を与えることは一瞬たりとも考えなかっただろう」。ヴィッカリーはこう続けている。「アンデルソンは本来得意とするプレーを、かなり犠牲にすることを強いられた。この新しい役割にそれほどの価値があるのだろうか？」

■マケレレがもたらした功罪

レイバやアンデルソンにも増して典型的なのは、チェルシーでマケレレの後釜を務めることになったジョン・オビ・ミケルの例である。ミケルにまつわる話は、非常によく知られている。

若い頃のミケルは、すばらしい才能に恵まれた攻撃的なミッドフィルダーで、ナイジェリアを２００５年のＵ‐20ワールドカップの決勝まで導いた選手だった。

決勝ではアルゼンチンに敗れたものの、ミケルは大会の準ＭＶＰにも選ばれている。ちなみにこの時ＭＶＰに輝いたのが、若きリオネル・メッシだった。

ミケルを巡っては、マンチェスター・ユナイテッドとチェルシーが熾烈な獲得競争まで繰り広げている。ミケルはユナイテッドと契約を結んでいたが、チェルシー側は自分たちがすでに移籍手続きを済ませたと主張。まだユナイテッドに加入していなかったにもかかわらず、チェルシーは補償金として１２００万ポンドを支払っている。

チェルシーに加わったミケルは、ほとんど間を置かずに新たなマケレレとして起用され始める。本物のマケレレが欠場した際には、中盤の抑え役として代役をこなしたし、マケレレが２００８年にフランスに帰国した後は、同じポジションをコンスタントに務めるようになった。

ところがミケルのコンバートも、最終的には失敗に終わってしまう。彼は相手を潰すことばかりを得意とするアグレッシブな守備的ミッドフィルダーに成り下がり、下手なタックルを仕掛けて、ひっきりなしに審判と揉めるようになった。さらにサポーターからは、横パスしか出さないと揶揄されるようになる。ちなみにミケルの得点記録は、リヴァプールのルーカス・レイバ並みにひどかった。プレミアリーグに249試合出場して、わずかに1ゴールである。

「ミケルは自分を世界の舞台に押し上げてくれたはずの、クリエイティビティを失ってしまった」。ナイジェリアのU‐20代表やフル代表でミケルを指導した監督、サムソン・シアシアは嘆いている。「チェルシーはミケルの才能を台無しにして、以前とは違う選手にしてしまったんだ」

その点については、ミケル本人も自覚している。

「チェルシー時代、僕は自分がチームプレーヤーなんだといつも言ってきた」。彼は10年に及ぶチェルシーでのキャリアが終わりに近づいた際に、告白している。「僕は道を誤った。チームのために良かれと思って、自分に枠をはめてしまった」

プレミアリーグの監督たちは、「マケレレ役」のポジションに、クリエイティブな選手を起用すれば、どんな効果が期待できるかを認識していた。だが守備を教え込もうとするあまり、エキサイティングなプレーメイカーたちを、単なる潰し屋に変えてしまったのである。

2014年、トッテナムのコーチに就任していたレス・ファーディナンドは、マケレレがイングランドのサッカー界に与えた影響を酷評している。

「ウィリアム・ギャラスがこのクラブにいた時、僕は彼にこう言ったんだ。プレミアリーグで起きた最悪の出来事は、クロード・マケレレが影響を与えたことだとね」。ファーディナンドは、その理由を詳述している。「この国に来た頃の彼は、中盤の抑え役じゃなかった。むしろ実際には、こんなことが言えるぐらいクレバーな選手だった。『フランク（ランパード）、君は俺よりもゴールが決められる。だから俺は君のためにここに残る。君はどんどん前に行けばいい』とね。

ところが、それからは誰も彼もが『よし、うちにも抑え役のミッドフィルダーが必要だ』と言い始めた。結局、自分たちがやったのはセンターラインを越えたがらず、センターラインを越えるパスも出したがらないような選手、フォーバックの前に構えているだけで喜ぶような選手を大量に生み出したことだった」

ファーディナンドは、このコメントのせいで様々な人々から批判されたが、彼が口にしたマケレレの「遺産（レガシー）」なるもの内容は、1つの真実を含んでいる。

マケレレ自身はきわめて効果的なプレーができる選手だったし、それ自体は何の問題もなかった。だが、彼がイングランドのサッカー界に多大な影響を及ぼしたのは、4-3-3の戦術システムにおいて中盤の底をこなしたことに負う部分が大きい。モウリーニョが説明したように、4-3-3は4-4-2を封じることができるシステムだったし、マケレレはベーシックなパスを出す役割を任されていた。

これが結果的には、攻撃の起点になっていたことは指摘したとおりである。

ところが他のチームがチェルシーの手法を見習い、4-4-2から4-3-3へと移行していけば、4-3-3の優位性は当然のように失われてしまう。それと同時にマケレレのクローンのような選手たちは、攻撃のチャンスも作り出さずに、中盤の深い位置でボールを奪い返すだけになってしまった。

皮肉なことに、プレミアリーグにもっとも大きなインパクトを守備的ミッドフィルダーは、守備的な影響だけを与える格好になってしまった。

とはいえ、これは驚くべきことではない。当時のプレミアリーグでは、あらゆるチームがかつてないほど慎重な戦い方をするようになってきていた。

第5部——守備的戦術

第13章

イベリア半島の影響、パート1

「もし君がフェラーリに乗っていて、私が小さな車に乗っていたとする。レースで君に勝つにはタイヤをパンクさせるか、ガソリンタンクに砂糖を入れなければならない」

（ジョゼ・モウリーニョ）

■ 2004年の衝撃

重要な出来事が起きた瞬間、あるいは歴史が変わったターニングポイントを見極める。後知恵に頼れば、これは簡単な作業になる。だが2004年に起きた現象に関しては、すでに当時でさえも一種の分水嶺のような雰囲気が漂っていた。

21世紀の最初の4年間は、おもに攻撃的なサッカーが支配的だった。

EURO2000はクリエイティブで、テクニカルなサッカーの祝祭となったし、2002年のワールドカップでは、凄まじい破壊力を持ったブラジル代表の攻撃的トリオ、ロナウド、ロナウジーニョ、リヴァウドがトロフィーを勝ち取っていた。

クラブサッカーも然り。アーセナルは攻撃的なサッカーを展開して、マンチェスター・ユナイテッドと常に優勝争いを繰り広げる。一方レアル・マドリーは、2000年と2002年に銀河系集団を擁して、チャンピオンズリーグを制覇した。しかもヨーロッパでもっとも守備的なサッカーをすると見なされてきたセリエAは、衰退しつつあった。当時のヨーロッパでは、攻撃的なサッカーが君臨していたのである。

ところが、そこで訪れたのが2004年だった。この年はクラブレベルにおいても代表レベルにおいても、サッカーの歴史に大きなインパクトを与えている。

まずチャンピオンズリーグの檜舞台では、ポルトがセンセーショナルな優勝を飾っている。ジョゼ・モウリーニョは格下のチームを鍛え上げ、決勝でモナコを3‐0と下してみせた。

その39日後におこなわれたEURO2004の決勝では、チャンピオンズリーグと同じように、およそ起き得ないような出来事が起きてしまう。優勝確率80分の1と目されたギリシャがトロフィーを掲げ、ヨーロッパ中にショックを与えたのである。

たしかにポルトとギリシャの優勝は見事だったが、両チームの戦い方は疑う余地のないほど守備的だった。ポルトがずば抜けていたのはあくまでも守備的陣形の作り方であり、信じられないほど効果的に、オフサイド・トラップを駆使したことだった。

しかもモウリーニョは、ポルトを守備的なチームへと意図的に作り変えている。ポルトはポルトガルリーグで優勝を収めたが、過去9シーズンで得点数、失点数ともに最少を記録している。これはモウリーニョが、ヨーロッパの大会で勝つためには、より慎重な戦い方をしなければならないと見抜いていた証拠に他ならない。

一方のギリシャは、守備の局面でマンマークを採用した。これは現代のサッカー界、トップクラスのチームが試合をする際には、ほとんど目にしなくなったレトロな戦術である。

またギリシャは、相手の出方をうかがうリアクション型の戦術に終始しつつ、ゴールを狙う際にはセットプレーにもっぱら依存した。決勝トーナメントの3試合はすべて1‐0で、前回優勝チームのフランス、もっとも優れた攻撃的なサッカーを実践していたチェコ、そして開催国のポルトガルをそれぞれ破ったが、そのいずれの試合においても、ヘディングでゴールを決めている。

かくしてポルトとギリシャは、成功をもたらすための新しい方法論を、とりわけ格下のチームに例示するような存在となった。そのエッセンスは、守備的なプレースタイルである。

ちなみに2004年には、UEFAカップも重要な影響を与えている。大会を制したのは、ラ・リーガでも優勝したバレンシアだったが、このチームもまた攻撃よりは、守備の組織づくりに重点を置いたチームだった。

監督のラファエル・ベニテスは、緻密な組織を作り上げることで知られていた。

たしかに彼が率いた2003／04シーズンのチームは、非の打ち所がないほど魅力的だったが、ベニテス自身は守備的なサッカーをする監督だった。たとえば2001／02シーズンにはラ・リーガを制した際、チームが記録したゴール数は38試合で56点に過ぎない。これは優勝チームの記録としては驚くほど低い。ベニテスはバレンシアを3シーズン率いたが、この間チームはラ・リーガでもっとも失点の少ないチームとなっていた。

2004年の夏、チェルシーとリヴァプールでは監督の座が空席になる。そこでクラブ側はモウリーニョとベニテスに目をつけた。その意味では2人の赴任先が、入れ替わっていた可能性もある。そもそもモウリーニョはリヴァプールの大ファンだったし、3月には彼のエージェントがクラブ側に接触し、次のシーズンの契約をまとめようとしたことさえあった。まだジェラール・ウリエが、チームの指揮を執っていたにもかかわらずである。

リヴァプール側はウリエを裏切るのを嫌がったが、チェルシーはもっとドライだった。

監督のクラウディオ・ラニエリも、自らが置かれた状況をわきまえていた。チャールトンのファンが「夏にはお前は首になる」と合唱した際、ラニエリは例によって、品良く対応してみせた。後ろを振り返ると「いや、私は5月に首になるさ！」と答えたのである。

ラニエリの予言は正しかった。彼はチェルシーを解雇され、ベニテスの後釜としてバレンシアに向かうことになる。彼がプレミアリーグに再び戻ってきたのは、その11年後だった。

もしリヴァプールがもっと大胆に振る舞い、モウリーニョを確保していたならば、この時点でベニテスに触手を伸ばしていたはずだ。だがベニテスがチェルシーの監督に就任し、ヨーロッパリーグのタイトルを手にするのは２０１３年のことである。

■ スペシャル・ワンを育んだもの

契約を結んだクラブの違いはともあれ、２００４年にモウリーニョとベニテスが揃って監督に就任したことは、大きなターニングポイントになった。ヨーロッパの大会をともに守備的なサッカーで勝ち抜いた人物は、プレミアリーグそのものを戦術的によりクレバーで、ヨーロッパの大会にさらに適していて、そしてより慎重な戦い方をするリーグへと変貌させていった。

しかも両者は、監督就任からほとんど間を置かずに、プレミアリーグ全体に大きなインパクトを与えている。１試合あたりの平均得点数は、２００４／０５シーズンには2・66から2・57へと減り、２００５／０６シーズンには2・48へと下がる。さらに２００６／０７シーズンには、なんと2・45まで落ちた。これはプレミアリーグ史上、もっとも低い数値だった。１試合あたりのゴール数が３シーズン続けて減ったのも、モウリーニョとベニテスが揃い踏みした、この時期だけである。

両者が与えた影響は無視できないほど大きい。

だが、より多くの注目を集めたのは、当時41歳のモウリーニョだった。

イングランドのサッカー界が彼の存在を初めて知ったのは、２００３／０４シーズン、マンチェスター・ユナイテッドとポルトが対戦した、チャンピオンズリーグの試合だった。

コスティーニャが遅い時間帯に同点ゴールをあげ、ポルトの準々決勝進出が決まった瞬間、モウリーニョはオールド・トラフォードのタッチライン沿いを走り、選手たちと喜びを分かち合ってみせた。

彼はプレミアリーグに、かつて存在しなかったタイプの監督だった。若く、ハンサムで、過激な発言で非常に物議を醸すが、どことなく惹かれてしまう魅力も持ち合わせる。

モウリーニョはチェルシーの監督に就任した際、お披露目となる記者会見で自らを「スペシャル・ワン（特別な存在）」と評した。実際には「特別な存在の1人」だと語ったに過ぎないが、このフレーズは以降の数年間、新聞の見出しを独占することになる。

モウリーニョは監督に就任した直後から、記者会見で驚くほど多くの話題を提供した。だがピッチ上で駆使した戦術は、それほどエンターテインメント性に溢れるものではなかった。これは彼が歩んできた道程にも関係している。

当初、モウリーニョに関しては、至極普通のキャリアを重ねてきた人物かに思われていた。ベンフィカを短期間指揮し、それからウニオン・レイリアを半シーズンほど率い、ポルトで成功をつかんだというルートである。しかし時間が経つにつれ、実はベンフィカの監督に就く前のキャリアこそが、もっとも興味深いものであることが判明していく。

モウリーニョはコーチングライセンスを獲得すると、ポルトガルの様々な小クラブで働き始めたが、非常に稀な形でステップアップを果たした。元イングランド代表監督のボビー・ロブソンが、スポルティング・リスボンの監督に就任した際、通訳の職を得たのである。

以降、モウリーニョはロブソンとともに1994年にはポルトに、そして1996年にはバルセロナへと移っていく。

■名将を魅了した分析能力

初めの頃、モウリーニョは文字どおり単なる通訳に過ぎず、ロブソンの指示をチームに伝える役割しか担っていなかった。

だがロブソンは徐々に、モウリーニョがサッカーに関する洞察力を持っていることを認識し、重要な役割を与えていくようになる。かくしてモウリーニョは最終的にロブソンの右腕となり、バルセロナで彼の後任に就いたルイ・ファン・ハールのアシスタントも務めるまでになった。

そのきっかけとなったのは、練習メニューの立案を依頼されたことだった。命を受けたモウリーニョは、ロブソンが無視しがちだった分野にスポットライトを当てている。ディフェンスの問題である。

「試合を3つの部分に分けるとするなら、ボビー・ロブソンはおもに最後の部分に集中していた。フィニッシュとゴールを決める作業だ」。モウリーニョは後に説明している。「だから私は一段階、前に戻ろうとした。つまり攻撃的なサッカーを最優先しながらも、より組織的な攻撃をさせようとした。この組織的なプレーは守備から直接生まれてくる」

ただし他のいかなる要素にも増してロブソンとファン・ハールを感心させたのは、対戦相手のスカウティング（分析）能力だった。

「（対戦相手の視察から）戻ってくると、彼はいつも資料を手渡してくれた。その内容はまさに超一流のものだった」。ロブソンは証言している。「まさにトップクラスだったし、私がそれまで受け取った資料の中でもっとも優れていた。彼は30代初めで、サッカー選手としての経験もなかった。コーチの経験さえまるでなかったんだ。なのにそんな人物が、ワールドカップで私のスカウトを務めてくれたプロのスタッフに、まったく見劣りしないレポートを渡してくれる……そこには彼が視察した試合で、両チームがどうプレーしたのかが詳細に説明されている……しかも両チームの守備と攻撃が、非常に的確に網羅されていた。プレーのパターンも、フォーメーション図とともにきれいに説明され、チームごとに色分けまでしてあったから、手に取るように相手のことがわかった。私は彼によくこう言ったのを覚えている。『君はいい仕事をするな』とね」

モウリーニョはバルセロナで、さらに伸び伸びと活動していく。ポルトガル時代よりも、はるかにレベルの高い選手と仕事ができたからである。攻撃陣のスーパースターの中には彼の存在にほとんど関心を示さない者もいたが、モウリーニョは代わりに2人の選手ととりわけ親しくなった。ローラン・ブランとペップ・グアルディオラである。

ブランとグアルディオラは、後にトップクラスの監督になっていく。そしてグアルディオラは、モウリーニョの最大のライバルにもなった。

ロブソンはシーズン終了後にクラブのジェネラル・マネージャーに昇格し、代わりにファン・ハールが後任の監督になることが決定する。その際ロブソンは、モウリーニョを起用し続けるようにファン・ハールを説得したという。ファン・ハールが口にしたモウリーニョ評は、よく知られている。

「当初は1年間だけの契約だったし、ただの通訳だった。だが彼は徐々に、他のアシスタントと同じように重要な存在になっていった。彼は試合の流れを読むことができたし、対戦相手の分析がとてもうまかった。だから（監督）一年目が終わった後、スペインのリーグ戦とカップ戦で優勝した後に、私は喜んで、さらに3年残ってもらうことにしたんだ」

まずは敵を徹底的に分析して勝機を見出す。

このようなアプローチは、モウリーニョという指導者の最大の特徴となった。彼はアーセン・ヴェンゲルのように、サッカーの哲学を追求するタイプではなかった。ヴェンゲルが美しいサッカーと一貫性を重視するタイプだったとするなら、モウリーニョは筋金入りの戦術家だったと言える。彼は毎週のように戦術を変えることも辞さなかったし、相手を封じ込めることにひたすら集中した。

２０００／０１シーズン、ベンフィカの監督として最初の試合に臨む際、モウリーニョはスカウティングレポートの提出をスタッフに命じている。対戦するのは、同シーズンにチャンピオンに輝くボアビスタだったが、モウリーニョは素人のような内容のレポートに幻滅することとなった。レポートには戦術図も含まれていたが、記されていたのは10人の選手だけで、インスピレーション溢れるプレーをするボアビスタのミッドフィルダー、エルウィン・サンチェスが抜けていたからである。

これに業を煮やしたモウリーニョは、二度とレポートの提出を配下のスタッフに命じようとはしなかった。代わりに自腹を切って大学時代の旧友を雇い、対戦相手の分析を依頼したのである。

モウリーニョは、それ以降も対戦相手の分析に非常に力を注ぎ続けた。

たとえばポルトの監督時代、前に指揮を執っていたベンフィカとの重要な一戦に臨む際にはわざわざスパイを送り込み、トレーニングを視察させている。相手が長身のセンターフォワード、エドガラス・ヤンカウスカス（後にモウリーニョはこの選手と契約することになる）を起用するのか、スピードに優るペドロ・マントラスという選手を選ぶのかを、把握しかねていたからだ。モウリーニョは、どちらの選手が出場するのかを見極めた上で、マッチアップさせるセンターバックを選ぼうとしていた。

時が経つにつれて、モウリーニョは対戦相手の分析に一層のめり込むようになり、やがては必要十分なレベルさえ超えてしまうようになる。

２００４年のチャンピオンズリーグで、ポルトがモナコとの決勝戦に駒を進めることが決まると、対戦相手をさらに徹底的に分析。チームスタッフは個々の選手に合わせて映像を編集し、ＤＶＤに焼いて手渡すまでになった。試合でマッチアップする相手を研究させるためである。モウリーニョはこれを踏まえた上で、DVDを見終えた選手たちを集め、モナコの戦術的な特徴をディスカッションする場まで設けた。こうして彼は対戦相手の分析を、一部のスタッフがおこなう作業から、チーム全員でおこなうプロセスへと変えていったのである。

■チェルシーに注入されたリアリズム

このようなこだわりは、チェルシーの監督に就任してからも、当然のように踏襲されていく。モウリーニョが監督に赴任した数週間後、キャプテンのジョン・テリーが次のように断言したのも、何ら驚きではなかった。「(モウリーニョがおこなう) 対戦相手の分析は、これまで経験したどんなものよりも徹底している」

先にも述べたように、ヴェンゲルは対戦相手の情報を配下の選手たちにほとんど伝えなかった。アレックス・ファーガソンはヴェンゲルほど極端ではなかったものの、対戦相手について選手に指示するのは、手強い相手と重要な試合に臨む際が大半を占めていた。

ところがモウリーニョのアプローチは、まったく異なっていた。

どの試合でも2、3日前になると、チェルシーの選手たちには必ず資料が配布された。練習を終えてドレッシングルームに戻ってくると、洋服を引っ掛けるフックのところに、資料がぶら下がっていたのである。通常、6、7ページから成るこれらの資料は、対戦相手の情報で埋め尽くされていた。チームの陣形やセットプレーのパターンなどが解説され、個々の選手に関する説明も添えてあった。特に危険なキープレイヤーやプレーメイカーに関しては、より具体的な情報や戦術図を使いながら、コーナーキックの際の走り込み方や、供給するパスの種類なども明記してあった。

チェルシー監督時代のモウリーニョが、対戦相手のスカウトを、コーチングスタッフの中でもっとも優秀な人間に任せたことは言うまでもない。若かりし日のアンドレ・ビラス＝ボアスである。かつてのモウリーニョと同様に、ビラス＝ボアスは分析レポートのクオリティの高さで名を知られるようになった。彼はやがてチェルシーとトッテナムを率いた後、ポルトでヨーロッパリーグを制することになる。

モウリーニョのアプローチは、チェルシーのトレーニングセッションにも反映された。ラニエリ時代、プレシーズンの練習はフィットネストレーニングがほとんどを占めていたが、モウリーニョの下では守備の組織づくりと、チームの陣形を頭に叩き込む作業にひたすら費やされるようになる。一旦シーズンが開幕すると、練習は対戦相手の攻略法をマスターするために用いられた。

たしかにラニエリもシーズン中は同じようなことを試みたが、選手たちの評判は芳しくなかった。対戦相手の強みを伝えることしかしなかったため、逆に士気が低下したのである。クロード・マケレレは、こんなふうにこぼしている。

「レアル・マドリーには3年いたけど、あそこでは対戦相手について質問されたことは一度もなかったから、奇妙な感じがしたね」

しかしモウリーニョは違っていた。彼はむしろ相手の攻略法を伝授することに力を注いだのである。

当時の多くのクラブのように、チェルシーもＰｒｏＺｏｎｅを徐々に活用し、パフォーマンスの統計データを分析するようになっていた。だが、その活用法は明らかに異なっていた。ジョン・テリーは証言している。

「俺たちは（チェルシーだけでなく）対戦相手についても同じ情報がもらえる。そこにさらに集中していくんだ」

チェルシーでは試合前日にミーティングがおこなわれていた。そこでモウリーニョは対戦相手の映像を流しながら、攻略法をくまなく指示。最後のトレーニングセッションでは、週末の試合に合わせた最終準備の練習が実施された。

「最後のトレーニングセッションでは、対戦相手と実際に試合をしているつもりになるんだ」。テリーは語っている。「すべてのプレーを相手がいるつもりでやって、一週間積み重ねてきたことの総仕上げをするんだよ。選手は監督が用意した資料を読んでいるし、チームミーティングでも話を聞いてきた。だから金曜日の午後が来ると、試合に向けた準備が整っていると感じるようになる」

たしかに対戦相手のスカウティング自体は、画期的なことではない。だがチェルシーのようなチームが、ここまで対戦相手の攻略にフォーカスしていくのは異例だったと言える。通常、このような方法は、格下チームの専売特許だったからである。

むろんチェルシーは格下などではなかった。事実、モウリーニョが監督に就任した最初のシーズンは、95ポイントをあげて優勝を果たしている。

勝ち点95は、2017／18シーズンにマンチェスター・シティによって破られるまで、プレミアリーグの記録となっていたが、チェルシーは徹底的に守備的なサッカーでこの記録を達成した。

チーム全体が深く引いて守り、ディフェンスラインではジョン・テリーが、もう1人の優れたセンターバックであるリカルド・カルバーリョとコンビを組む。カルバーリョは、右サイドのパウロ・フェレイラともすばらしいコンビネーションを発揮した。カルバーリョとフェレイラは、モウリーニョとともにポルトから移籍してきた選手たちだった。

左サイドバックの選手はたびたびすげ替えられたが、モウリーニョがもっとも頻繁に起用したのは、ウィリアム・ギャラスだった。ギャラスはもともと右利きのセンターバックだったため、本職の左サイドバックよりも必然的に守備的なプレーをした。

これらの守備陣の前にどっしり構え、ガードを固めるのはもちろんマケレレである。チェルシーのミッドフィルダーたちには、相手を追走することが厳命されていたし、守備の起点になることはセンターフォワードにも義務付けられていた。

誤解のないように述べておくと、モウリーニョがもっとも好んだトレーニングの1つは、ボールをキープし続けるためのものだった。だが当時のチェルシーでは、ボールキープしている間も、少なくとも5人の選手が常にボールよりも後方にポジション取りをしていた。

結果、チェルシーは、プレミアリーグのいかなるチームも実現したことがないような、驚異的な守備の記録を打ち立てる。シーズンを通して失点をわずか15に抑えたのも特筆に値するが、全38試合中、25試合を無失点で終えたのはさらに見事だった。それどころか12月中旬から3月初旬にかけては、リーグ戦で1失点も喫していない。ゴールキーパーのツェフは、ノリッジ戦でレオン・マッケンジーにヘディングを決められるまでの1025分間、10試合連続で無失点を貫いた。

ちなみにマッケンジーは、後にプロのサッカー選手からプロのボクサーに転向する変わり種だが、彼が奪ったゴールは、内容的にも興味深いものとなった。チェルシーにとっては、オープンプレーからの「防ぐことができたゴール」を初めて奪われた、シーズン中唯一のケースとも言えるからだ。

チェルシーはその時点までに8失点を喫していたが、8点中5点は防ぎようのないロングシュートが決まったものだった。シュートを放ったのは、サウサンプトンのジェームズ・ビーティー、ウェスト・ブロムのゾルターン・ゲラ、フラムのパパ・ブバ・ディオプ、そしてアーセナルのティエリ・アンリである。アンリは二度ゴールを揺らしたが、そのうちの一度は、フリーキックをすぐさま蹴って決めたものだった。

残る3失点はチェルシーがシーズンを通して初めて、そして唯一の敗北を喫したマンチェスター・シティ戦でニコラ・アネルカにPKを決められたゴールと、ボルトン戦での2点となっている。

例によってボルトンは、フリーキックをケヴィン・デイヴィスの頭めがけて放り込んだ。これを受けてまずデイヴィス自身がゴールを奪い、次には頭でボールを落とし、ラディ・ジャイディの得点を演出している。

セットプレーから失点を許してしまう。この種のプレーに対しては、モウリーニョは明らかに腹を立てていたに違いない。だがオープンプレーからの展開に関しては、3月のノリッジ戦まで相手に完全に崩される場面はなかった。これは相手チームの攻撃を防ぐためのノウハウが、いかに細かく選手に刷り込まれていたかを物語る。

■ウインガーの存在価値を知らしめたモウリーニョ

ただし2004/05シーズンのチェルシーの戦いぶりと、モウリーニョの戦術を紐解くための真の手がかりは別のところにある。ウインガーである。

このような書き方をすると、読者の皆さんは少し驚かれるかもしれない。そもそもモウリーニョはシーズン序盤の数試合、まったくウインガーを起用しなかったからだ。代わりに彼は、中盤をダイヤモンド型に組むことを選択した。

モウリーニョは開幕戦でマンチェスター・ユナイテッドに1-0で勝利し、プレミアリーグにおける初陣を飾っている。この試合は、1シーズンを通して繰り広げられることになる、チェルシーの戦い方を予感させるものだった。相手にボール支配率で上回られながらも、カウンターアタックでゴールを奪い、無失点に抑えていくパターンである。

事実、マンチェスター・シティ戦でピッチ上に描かれたダイヤモンド型の陣形は、徹底的に守備を意識したものだった。中盤の底にはマケレレが控え、両脇には運動量が豊富なハードワーカー、ジェレミとアレクセイ・スメルティンが並ぶ。そして前方にフランク・ランパードが構えるという布陣である。

たしかにシーズン途中には、より洗練されたプレーができるパサータイプの選手、ポルトガル人のティアゴが加入し、中盤におけるテクニックのクオリティを高めていくことになる。また、イングランド人のジョー・コールも時折、同じような役割を担うようになったが、ダイヤモンド型のシステムを採用した際のチェルシーは、きわめて退屈なプレーをするチームだった。

ちなみにアーセナルは、前シーズンに驚異的な無敗優勝を達成。2004／05シーズンも無敗を維持していた。チェルシーにとっては、このロンドンのライバルチームと比較されることも、好材料にはならなかった。

チェルシーは第9節のマンチェスター・シティ戦を0－1で落とすが、チェルシー絡みの試合では敵味方合わせて10ゴールしか生まれていなかった。内訳は得点が8、失点が2である。片やアーセナルは、同じ時期になんと29もの得点を記録していた。

ところが1週間後の第10節、プレミアリーグの流れを大きく変える2つの出来事が起きる。

1つ目の事件は、アーセナルの無敗記録がオールド・トラフォードでついに途切れたことだった。50試合無敗という大台に乗るのを阻んだのは、アーセナルと因縁浅からぬ2人の選手、ルート・ファン・ニステルローイと、ウェイン・ルーニーである。

オールド・トラフォードで前年に直接対決がおこなわれた際、ファン・ニステルローイは試合終了間際にPKを失敗。アーセナルが無敗記録を更新するのを手助けしたが、今回はきっちり借りを返している。

一方のウェイン・ルーニーはエヴァートン時代、プレミアリーグのデビュー戦でアーセナルからゴールを奪い、2001／02シーズンの中盤から続いていた、最初の無敗記録を止めた選手である。そして今度はマンチェスター・ユナイテッドの一員として、再びアーセナルの前に立ちはだかる結果となった。

2つ目の事件は、モウリーニョがオランダ人のウインガー、アリエン・ロッベンをついに実戦で投入したことだった。従来、プレミアリーグでプレーした外国人の大物選手は、順応するまでに時間がかかるケースが多かった。だがロッベンはすぐに目を見張るようなパフォーマンスを披露。チェルシーのサッカーそのものに新たな命を吹き込む触媒となっていく。

■攻撃陣を活性化したロッベン

そもそもモウリーニョがダイヤモンド型の布陣を採用したのは、ロッベンとダミアン・ダフという、2人の花形ウインガーがどちらも起用できないことにも起因していた。

モウリーニョはダイヤモンド型に中盤を組んだ上で、ダフとコールを起用するプランもテストしたことがある。だがロッベンに関しては、同じようなテストをおこなうのは不可能だった。彼はオランダが生んだ正統派のウインガーであり、マルク・オーフェルマルスの系譜につながるような選手だったからである。またロッベンは4‐3‐3ならばどちらのサイドでもプレーできたが、4‐4‐2向きの選手ではなかった。

ロッベンを起用できるようになったモウリーニョは、システムを4‐3‐3へと変更。新たな攻撃の方法論を導入していく。

それまでのチェルシーの攻撃は、セットプレーに大きく依存していた。シーズン序盤には、10ゴールのうち8ゴールがコーナーキックやフリーキック、あるいはPKからもたらされたことさえあった。ところがロッベンの実戦投入によって状況は激変。オープンプレーからでも、はるかに敵のゴールを脅かせるようになった。事実、ロッベンがデビューを飾ったブラックバーン戦では4-0で勝利を収めている。これはモウリーニョ体制で、初めて大量得点を記録した試合になった。しかもロッベンは途中から出場して30分間しかプレーしなかったにもかかわらず、すぐに大きなインパクトを与えている。開幕から9試合で8点しか奪えなかったチームは、続く9試合では30ゴールを記録していく。

かくしてロッベンは、「それまでとは一味違うチェルシー」を象徴する選手となった。ロッベンは月間最優秀選手に選ばれただけでなく、モウリーニョにも戦術変更を促した。以降のチェルシーは、4-3-3をメインのシステムに据え、逆にダイヤモンド型の陣形をオプションに据えるようになったからである。ロッベンが二度目にリーグ戦に出場したのは第11節、アウェーのウェスト・ブロム戦だった。この際には後半から出場し、チェルシーに4-1の勝利をもたらしている。

前半のチェルシーは、ギャラスがセットプレーから決めたゴールで試合をリードしていたが、モウリーニョは選手たちのパフォーマンスに激怒。ウェイン・ブリッジに代えてカルバーリョを投入しただけでなく、コールを下げてロッベンを起用するという、さらに重要なメンバー変更をおこなっている。ロッベンというスター選手を擁したチェルシーは試合後半、相手を圧倒するようになった。

「今日の試合は、前半と後半でまったく違っていた。正直に言えば、前半はひど過ぎた」。モウリーニョは語っている。「前半は私が監督になってから一番できが悪かったと思う。だが後半のパフォーマンスは、これまでで最高のものの1つになった。後半のプレーは美しかった。

ロッベンはすばらしかった。彼は特別な要素をわれわれにもたらしてくれている」

3日後、ロッベンはチャンピオンズリーグのCSKAモスクワ戦で、初めて先発を飾る。この試合はチェルシーが1-0で勝利したが、貴重なゴールを決めたのはやはりロッベンだった。

まずセンターフォワードのグジョンセンがロングボールに頭で合わせ、ロッベンが右サイドでボールを追走していく。そこに絡んできたダフにボールを一旦預けながら、ゴールに向かって走り続け、最後は折り返しのパスを左足で決めている。

センターフォワードがターゲットマンを務め、ウインガーはディフェンスラインの裏に走り込む。ロングボールから決まったこのシンプルなゴールは、各選手の役割を端的に示していた。

続いて巡ってきたのはエヴァートン戦である。ロッベンはこの試合でリーグ戦での初先発と初ゴールを記録している。そしてチームに再び1‐0の勝利をもたらした。

今回はグジョンセンが自陣まで深く下がった位置から、ロッベンの頭上を越えるボールを右サイドに供給。ゴール前にはダフが走り込んでいたが、ロッベンはそのまま巧みにゴールを決めている。

このプレーでもやはりグジョンセンがリンク役となり、ロッベンとダフがディフェンスラインの裏に走り抜けるパターンになった。ロッベンは続くフラム戦では、トリッキーなドリブルで相手を翻弄。3人のディフェンダーがバランスを崩してグラウンドに倒れ込む中、見事な逆転ゴールを決めている。チームは最終的に4‐1の勝利を収めた。

2004／05シーズンのロッベンは、先発出場が14試合、途中出場が4回に留まったにもかかわらず、7ゴールと9アシストを記録している。かくしてチェルシーは、ロッベンとダフが展開するスピードに乗ったフリーランニングとドリブル突破、そしてダイレクトなプレーを特徴とするチームになっていった。

ちなみにロッベンが怪我で欠場している間は、おもにコールが代役を務めたが、このようなプレースタイルは、プレミアリーグの戦術に大きな影響を及ぼした。

たしかにプレミアリーグは、ワイドに大きく開いて構え、スピードで勝負するタイプの選手を数多く目撃してきた。だがロッベンとダフが4‐4‐2や4‐4‐1‐1ではなく、4‐3‐3でプレーしたという事実は、ウインガーのイメージを一変させていく。

Mourinho's 4-3-3 Chelsea in 2004/05

チェルシー ◉ 2004/05 シーズン

ラニエリの後任に就いたモウリーニョは4－4－3を採用。中盤の抑え役としてのマケレレの役割をさらに明確にしつつ、両ウイングにダフとロッベンを配置。徹底的に守備を固め、カウンターからゴールを狙うスタイルで、プレミアリーグの2強支配時代に終止符を打った

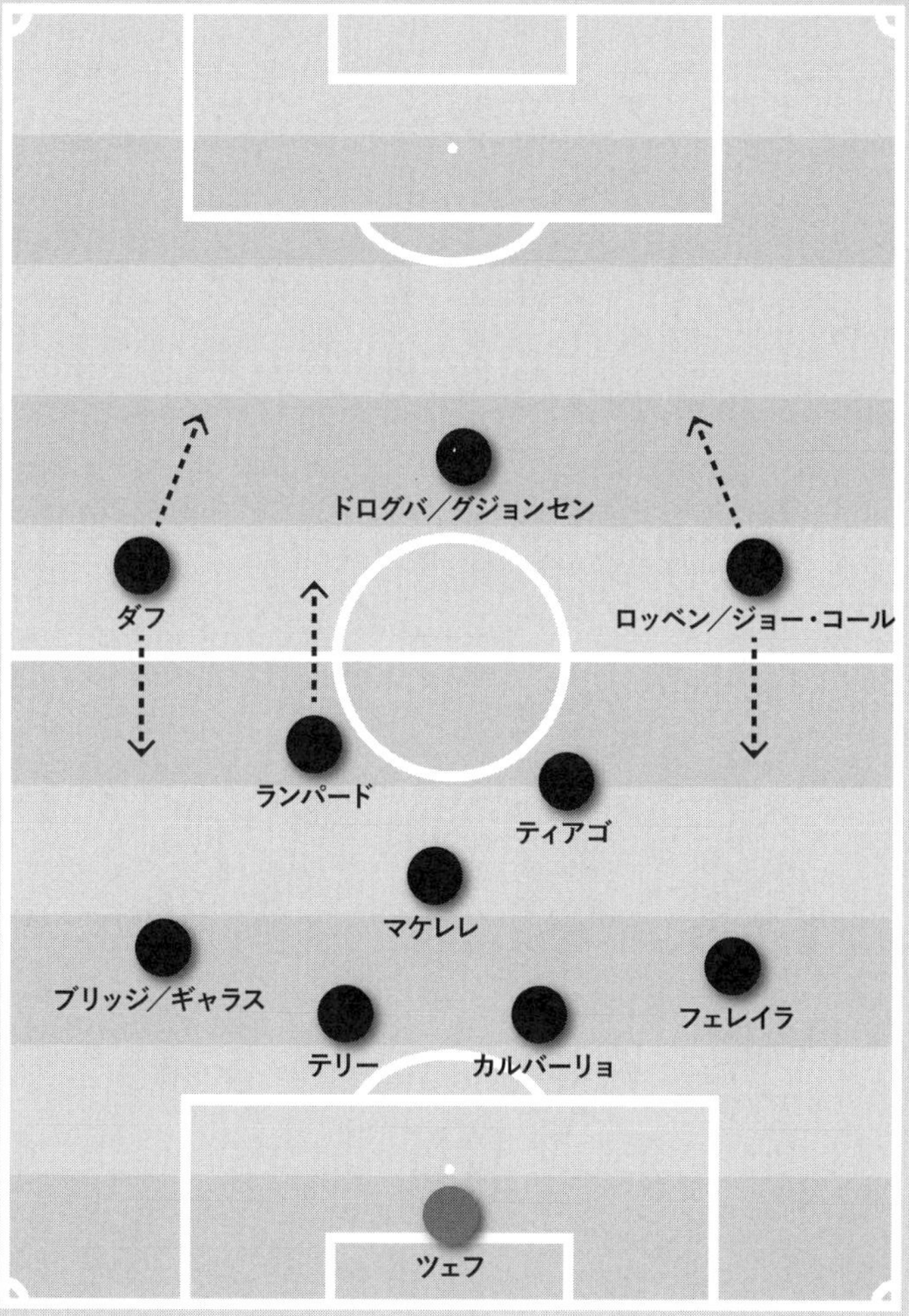

２人は正統派のウインガーであり、チェルシーがボールを持っている時には、さらに高い位置にポジション取りをしている。ピッチ前方で敵のディフェンダーとマッチアップしていく方法は、両サイドで敵の陣形を間延びさせるという効果も持っていた。

当時のチェルシーには、深い位置まで下がってチャンスメイクをするようなディープ・ライニング・フォワードが不在だった。これはウインガーが、パス交換にあまり頼らないスタイルを構築することにもつながっていく。ダフとロッベンは文字どおり、よりダイレクトに得点を狙う役割を担っていたし、深いポジションでボールを受け取り、敵陣めがけて直接走り込んでいくプレーを展開していた。

■「トランジション」という新たな概念

ただし、このようなプレースタイルは、悪しき意味でも戦術の見方を変えている。いわゆる「カウンターアタック」が、ネガティブな意味合いで捉えられるようになり始めたのである。

かつてのプレミアリーグでは、カウンターアタックという単語は好意的に使われていた。マンチェスター・ユナイテッドやアーセナルが、深い位置から突如として攻撃に転じ、スピードに乗ってゴールを脅かしていくような、ワクワクするような速攻を指す用語となっていた。

むろんチェルシーも同じようなプレーを披露したわけだが、その手法はユナイテッドやアーセナルよりも、かなりあからさまだった。モウリーニョが率いる選手たちは、ボールを支配することなど放棄し、ひたすらカウンターアタックのチャンスを作り出そうとしたからである。

結果、チェルシーの選手たちは守備に回る時間が長くなった。しかもモウリーニョはカウンターアタックで鍵を握る選手たちを、攻撃ではなくもっぱら守備への貢献度で評価した。これもまたチェルシーに、ネガティブな印象を与える要因となった。

モウリーニョのチェルシーが注目を浴びたことにより、プレミアリーグでは「トランジション（攻守の切り替え）」という戦術概念が大きなテーマとなる。

これはボールを持った状態から失った状態への移行、あるいはその逆のプロセスを意味する単語だが、モウリーニョはかつてプレミアリーグのチームを率いたいかなる同業者よりも、トランジションを重視した。事実、彼はボールを奪った時には前線に向かって一気に走り出し、ボールを失った際には、すぐさま後方に引いて守備に回ることを選手に命じている。

「トランジションという考え方を普及させたのは、モウリーニョに負うところが大きい」。ダフは、モウリーニョがイングランドのサッカー界に最初に与えた影響を振り返っている。「たぶん、そんな単語を自分が聞いたのも初めてだったと思う。ボールを失った時には、攻撃から守備へのトランジションになるし、選手はすぐにボールを奪い返すために走ったり、ダッシュしたりするんだ。

逆にボールを奪った時には、守備からのトランジションになるし、前に向かって一気に走っていく……相手は守備の陣形が整っていないから、その瞬間が一番脆いんだ。そしてドーンと得点を決めて、一巻の終わりさ。

あの年は、そういう戦術で他のチームを蹴散らした。チャンスが来たなと思ったら、とっさに裏に抜けていく。ボールを奪い返してから4秒か5秒以内にだ。そういうパターンで決まったゴールが30か、40はあったと思う」

モウリーニョは、攻撃から守備へ移行するトランジションも同じ程度に重要視していた。当時のサッカー界では、サイドバックが攻撃の武器として用いられるようになってきていたため、サイドバックをマークすべく、ウインガーたちに守備でのハードワークを求めた。

2004年のボクシング・デイ、チェルシーはアストン・ヴィラに1‐0で勝利を収めている。試合ではロッベンがお膳立てをして、ダフが決勝点を決めている。モウリーニョは両者のプレーを讃えたが、守備での貢献も指摘している。

「彼らは左でも右でも、インサイドでもアウトサイドでもプレーできる。さらにはシュートを放ち、クロスを上げることもできる。こういう芸当をすべてこなせる能力を持っているし、見事にやってのけた。だが、守備での貢献もすばらしかった。私がダミアン（ダフ）を外したのは、15分間もあれば彼はさらに2マイルも走ることができるからだ」

モウリーニョはダフの運動量の豊富さを絶賛したが、チームプレーに徹するという点で、もっとも劇的な変貌を遂げたのはジョー・コールだった。

もともとコールは攻撃的な選手として、早い時期から才能を開花させたが、その驚異的なスキルを効果的に発揮できずにいた。またコールは、自分にとって最適なポジションを見つけるのにも苦労していた。

そこで手を差し伸べたのが、モウリーニョだった。彼はコールを豊富なテクニックを持て余していた選手から、効率よく、しっかりとした目的を持ってプレーする選手に成長させている。そこで授けたのは、ワイドに開いたミッドフィルダーという新たなポジションだった。

■生まれ変わったジョー・コール

ただしモウリーニョが重視したのは、やはり守備での貢献だった。

10月、チェルシーはリヴァプールをスタンフォード・ブリッジに迎える。退屈な展開が続いたこの試合、決勝点を決めて1‐0の勝利をもたらしたのはコールだった。コールは途中出場すると試合の流れを変え、ボレーシュートを叩き込んでいる。ジャーナリストたちは、イングランドサッカー界が誇る次世代のスターが本領を発揮したと喜んだが、モウリーニョは不機嫌だった。

「ジョー（コール）はゴールを決めた後、試合をするのを止めてしまった」。モウリーニョは不満を口にしている。「守備の組織には11人の選手が必要だが、われわれには10人の選手しかいなかった」

このような発言は、彼がいかにチーム全体での守備を重視していたかを物語る。

だがコールは、守備においてもすぐに貢献できる選手へと変貌する。FAカップの3回戦で、予定どおりスカンソープに3‐1で勝利を収めた後、モウリーニョはコールについて次のように述べた。

「すばらしかった。今の彼は1人の選手としてではなく、11人のうちの1人として物事を考えている。チームに求められているものや、ボールを持っていない時に何をしなければならないかも理解している。彼は大きく成長して、まるで違う選手になった」

コールがプレーメイカーから、守備も意識したハードワーカーに変わったことに関しては、失望を覚えた人もいた。だがコール自身は、相手を幻惑するような才能も維持していく。翌シーズン、マンチェスター・ユナイテッドに3‐0で勝利し、チェルシーの二度目のリーグ優勝に花を添えた試合では、見事なゴールも決めてみせた。

かくしてモウリーニョは、シーズン終盤におこなわれたアレックス・ファーガソンとの直接対決を2年続けて制し、プレミアリーグの王座を手にしたのである。

■モウリーニョが仕掛けたギャンブル

当時、チェルシーの選手たちは偏りなくゴールを決めている。ただしこれは、モウリーニョとともにイングランドにやってきたディディエ・ドログバが、1シーズン目は期待はずれに終わったことの裏返しでもあった。

ドログバは調子にムラがあるためにレギュラーに定着できなかったし、プレミアリーグでは半数の試合で先発しただけだった。ドログバ自身、4‐3‐3でセンターフォワードを務めるのを嫌がっており、ファウルを受けた際に、あまりに簡単に倒れてしまうとも批判されていた。

だがドログバは体を張って攻撃陣を牽引し続けたし、守備では称賛に値する貢献度の高さを見せた。このような姿勢は当然、モウリーニョを喜ばせているが、最終的には10ゴールを決めたに過ぎない。

代わりにチーム内の得点王として頭角を現したのは、ランパードだった。ランパードは左側のセントラルミッドフィルダーという殻を破り、驚異的なゴール数を記録。ミッドフィルダーの役割そのものを新たに定義するのに貢献していく。

ランパードはたいていの場合、折り返されたボールをペナルティエリアの端で受け取り、パワフルなシュートを叩き込んだ。また2005年4月、ボルトンに2‐0で勝利を決めて初のリーグ優勝を決めた試合でも、当然のように両方のゴールを決めている。

通常の場合、モウリーニョはマケレレとランパードに加えて、効果的なプレーができるミッドフィルダーを起用していたが、シーズン終盤に向けて、さらに大胆な選手起用をおこなっていく。本来はフォワードであるエイドゥール・グジョンセンに白羽の矢を立て、中盤でも起用したのである。

それまでのグジョンセンは、ダイヤモンド型の4‐4‐2でドログバとコンビを組んだり、4‐3‐3でワントップを務めていたが、中盤の右サイドでプレーするようになる。アイスランド人のフォワードは新たな役割をそつなくこなし、驚異的な戦術理解能力を高さを存分に発揮していく。

とはいえモウリーニョの特徴を考えれば、これは驚くほど大胆な決断だった。彼は守備陣とマケレレの手堅いプレーに非常に自信を持っていたし、既存のミッドフィルダーも守備でしっかり貢献するようになっていたからである。

ともあれジョー・コールやランパード、ダフにグジョンセンを加えた面々は、ロッベンが欠場した春の時期に、ドログバの背後で重用されるようになる。これらの試合の中には、前シーズンの覇者であるアーセナルとの対決も含まれていた。

モウリーニョの大胆な起用を示す例は他にもある。相手に先行された試合では、純粋に攻撃に特化した戦い方をする場面も時折見られたし、モウリーニョは必要とあらば、フォーメーションをすぐに変更することも辞さなかった。

たとえばFAカップの5回戦、ニューカッスルと戦った試合では後半に向けて一気に選手を3人代えている。ハーフタイムの時点で0‐1とリードされていたため、ジェレミ、コール、チアゴに代えて、グジョンセン、ランパード、ダフを投入したのである。

たしかにこのギャンブルは、ひどいしっぺ返しを食らう形になった。ウェイン・ブリッジが脚を骨折したために、ほぼ後半のすべての時間帯を10人で戦う羽目になったたし、結局ゴールは生まれずチェルシーは苦杯をなめている。

とはいえ、モウリーニョの賭けが的中するケースもしばしばあった。2005年の2月末、リーグカップの決勝で、ベニテスのリヴァプールと対戦した試合はその1つである。

0‐1で先行されたモウリーニョは、ミッドフィルダーのイジー・ヤロシークに代えて、フォワードのグジョンセンを投入。さらには左サイドバックのギャラスをベンチに下げて、フォワードであるマテア・ケジュマンをピッチに送り出し、システムそのものを3‐1‐4‐2のような陣形に変更している。この大胆な見事にはまり、延長戦で3‐2で相手を振り切っている。

似たような例としては、4月におこなわれたフラム戦もあげられる。ハーフタイムの時点でのスコアは1－1だったため、モウリーニョはディフェンダーに代えてミッドフィルダーを投入しつつ、ダフを左サイドバックに回すという戦術変更を実施。最終的に3－1で勝利をものにした。

■歪んで伝えられた4－3－3のイメージ

これらの例が示すように、モウリーニョは試合の途中で大胆なシステムの変更や選手の交代をしばしばおこなったが、チームの組織は決して揺るがなかった。

自分たちがリードしている場合には、どうやって相手の攻撃を封じるか、逆に自分たちが追いかける展開になった時には、いかなる戦い方をすべきか。モウリーニョはトレーニングにおいて、試合の局面に応じて様々なゲームプランを使い分ける方法を叩き込んでいた。このため選手たちは、どうやって自分たちのプレーを修正すべきかを、正確に把握していたのである。

事実、複数のストライカーが同時に起用された場合にも、選手たちがゴール前の狭いエリアに集まり過ぎるような場面は一度もなかった。逆にチェルシーの攻撃陣はピッチ上に効率よく分散し、きっちり役割をこなしている。これは他のチームと明らかに異なっていた。

とはいえサッカークラブの監督は、ピッチ上で起きるあらゆる出来事を、事前に想定することはできない。そこでモウリーニョは、小さなメモを交代出場する選手に預け、特定のチームメイトに指示を伝える方法をしばしば採った。選手によっては口頭で命令するよりも、視覚を通じて指示を与えたほうが頭に残りやすいことを見抜いていたためである。メモの内容は、フォーメーションの変更からセットプレーの役割分担まで多岐にわたるが、手渡された白い紙を開いてみると、そこには「勝つんだ！」というシンプルなメッセージが書かれているだけのこともあったという。

モウリーニョはこのような方法を通じても、プレミアリーグの戦術レベルを新たなレベルへと引き上げた。だが彼が残した最大の遺産は、よりシンプルでわかりやすいものだった。4‐3‐3のシステムを普及させたことである。

事実、モウリーニョが登場して以降は、より多くのチームが4‐3‐3を採用するようになった。ただしこれらのシステムは、純粋な4‐3‐3というよりも、しばしば4‐5‐1に近いものとなった。たとえばアストン・ヴィラを率いていたマーティン・オニールは、独自の4‐3‐3を敷き、左サイドにギャレス・バリーを起用している。

だが、この布陣は長続きしなかった。バリーはもともと、中盤の深い位置を持ち場とする守備的ミッドフィルダーであり、4‐3‐3のウインガーを務められるような選手ではなかったからである。

アストン・ヴィラで見られた現象は、1つの事実を示唆する。たしかに4‐3‐3は普及したものの、ロッベンやダフのように点の取れる正統派のウインガーを起用できるチームは、他にほとんど存在しなかった。

「少数の例外を除けば、イングランドで使われている4‐5‐1の大半は、ストライカーを1人外し、ボールを奪える3人目のセントラルミッドフィルダーを中盤に配置するという発想と、何ら変わりのないものになってしまっている」

チェルシーの元監督であるジャンルカ・ヴィアリは、2006年に述べている。このような状況は、4‐3‐3や4‐5‐1を語る際の文脈を狂わせてしまう。4‐3‐3や4‐5‐1というシステムは、それ自体が必ずしも守備的なわけではない。ところが2000年代中盤のイングランドでは、ほとんどの場合、守備的なシステムとして用いられたのである。

■戦術のレベルアップと、アイデンティティの喪失

モウリーニョを監督に迎えた1年目、チェルシーは数々の記録を樹立している。だがこれらの偉業は、ラファエル・ベニテスが率いるリヴァプールによって影が薄くなってしまう。チェルシーはプレミアリーグを制してイングランドのチャンピオンに輝いたが、リヴァプールはチャンピオンズリーグで優勝を果たし、ヨーロッパのサッカー界に君臨したからである。

ただし両監督は、プレミアリーグに起きた変化を牽引する形にもなった。

モウリーニョとベニテスが監督に就任した1シーズン目、リヴァプールとチェルシーは5回刃《やいば》を交えている。チェルシーはプレミアリーグの直接対決では、2回とも1‐0で勝利。貴重な決勝ゴールをもたらしたのは、いずれもジョー・コールだった。またリーグカップの決勝では、90分を終えた時点で1‐1だったものの、やはりチェルシーが延長戦の末に3‐2で相手を振り切っている。

これらの試合にも増して重要だったのは、チャンピオンズリーグの準決勝である。ファーストレグとセカンドレグは、高度な戦術戦が繰り広げられる白熱した戦いとなったが、180分間を通じて唯一の得点をあげたのはリヴァプールだった。

ちなみにこの得点は、実際にはゴールラインを越えていなかった可能性さえある。一連の試合は、モウリーニョとベニテスが駆使した戦術から必然的に導き出されたものでもあった。

両者が戦術を駆使して守備的な戦いを繰り広げた結果、この時期にはイングランドサッカーそのものが、以前よりもかなり守りを重視したものへと変質していく。

2004年10月、チェルシーがプレミアリーグの試合でリヴァプールに1‐0の勝利を収めた頃には、

すでに多くの人がプレミアリーグのサッカーが守備的なものに変わったことを指摘していた。『ガーディアン』紙のコラムニストだったケヴィン・マッカラは、こんな記事まで書いている。

「(退屈な試合が増えたせいで)読者の皆さんは、ジョゼ・モウリーニョやラファエル・ベニテス、そしてトッテナム・ホットスパーのジャック・サンティニといった監督たちが、時を同じくしてやってきたことの意味を、いろいろと詮索したかもしれない。これらの監督は、プレミアリーグが世界中で享受している放映権料を引き下げるべく、(ヨーロッパ)大陸から送り込まれたのではないだろうか、と」

むろん、マッカラは皮肉交じりにコラムを書いたわけだが、当時のプレミアリーグは発足以来、初めてアイデンティティの危機にさらされていたのも事実である。

そもそもプレミアリーグは、テレビ中継向けの良質なエンターテインメントを提供するために新設されたものだったし、世界でもっともエキサイティングな試合を堪能できるエンターテインメントだと自負していた。ところがモウリーニョやベニテスが登場した結果、きわめて守備的な試合ばかりが増えていくという現象が起き始めたのである。

マッカラが名をあげたように、このような変化にはトッテナムの監督、ジャック・サンティニにも関与していた。

サンティニは海外から輸入された高名な監督の1人であり、やはり守備的なサッカーを志向した人物だった。彼はフランス代表監督の職を辞してトッテナムを率いたものの、わずか3ヶ月で再び辞表を提出している。その意味では、イングランドサッカーにほとんど影響を与えなかったとも言えるが、守備的なアプローチを蔓延させていくのに一役買ったのは明らかだ。彼が指揮した11試合は、次のような結果になっているからである。1-1、1-0、1-1、1-0、0-0、0-0、0-1、1-0、0-1、1-2、そして0-2。

上記の試合の中には、モウリーニョが率いるチェルシーとアウェーで対戦した一戦も含まれている。スコアレスドローに終わったこの試合は、文化的にもっとも重要な意味を持つものとなった。モウリーニョはサンティニの戦術を酷評しながら、サッカーの用語集に新たな単語を追加したからである。「バスを停める」である。

「ポルトガル風の言い方をするなら、彼らはバスを持ち出してゴールの前に停めている」

モウリーニョはサンティニを批判するためにこの台詞を吐いたが、彼もまたきわめて守備的な戦い方をするとして、批判を集めていたことは指摘するまでもない。いずれにしても「バスを停める」という表現は、サッカー関係者の間に徐々に定着。皮肉なことに後にはモウリーニョ自身が、同じ単語を用いて辛辣に批判されていくことになる。

ジョゼ・モウリーニョ、ラファエル・ベニテス、そしてジャック・サンティニ。

イングランドのサッカー界は、ヨーロッパ側から一流の監督がさらに多くやってくることを待ち続けていた。そこに3人揃い踏みで「バスに乗って」登場したのが、これらの監督だった。

サンティニの後任には、アシスタントのマルティン・ヨルが就いた。彼はトッテナムのプレースタイルを180度転換して、攻撃的なサッカーを追求。チャールトン・アスレティックとアーセナルに打ち合いを挑み、いずれも2-3、4-5のスコアで敗れた。

このような流れは、試合そのもののエンターテインメント性という点で好対照をなした。サンティニ時代のトッテナムでは、11試合で14ゴールしか記録されなかったにもかかわらず、ヨルが指揮を執るようになった途端、わずか2試合で14点が生まれたからである。特に4-5で敗れたノース・ロンドンダービーでは、全9得点が異なる選手によってもたらされるという珍記録まで生まれた。このような試合はプレミアリーグの歴史では他に類を見ない。同シーズンのリーグ戦で、もっともエンターテインメント性に富む試合になったと言えるだろう。

ファンは派手な打ち合いに熱狂したが、とある指導者は試合の内容を一笑に付した。それがモウリーニョであることは指摘するまでもない。

「5-4はホッケーの試合のスコアだ。サッカーのスコアじゃない」。モウリーニョは語っている。「トレーニング中に3対3のミニゲームをして、スコアが5-4になったりしたら、私は選手をドレッシングルームに送り返す。それは守備をきちんとしていない証拠だからだ。11人対11人の試合でそのような結果になるなど、恥ずべきことだ」

大量点が生まれる試合は称賛されるべきものではなく、むしろ唾棄されるべきものだ。これがモウリーニョ&ベニテス時代に突入した、プレミアリーグの新たな掟となったのである。

第14章

イベリア半島の影響、パート2

「われわれはすべてを完璧に準備した。DVDの映像を何度も見直し、セットプレーのパターンを練習し、相手を分析し、われわれが持っている知識を選手に伝えてきた。すべての試合は、長期間に及ぶ準備の積み重ねに過ぎない。そのベースとなるのは、数十年も昔からおこなわれてきたリサーチだ」

（ラファエル・ベニテス）

■チェスとサッカーを結ぶもの

ラファエル・ベニテスの到着は、モウリーニョほど大きく取り上げられたわけではない。彼はモウリーニョほど魅力的なキャラクターの持ち主ではなかったし、メディアに対してもより控えめに振る舞った。だが彼はモウリーニョと同じように研究熱心な指導者であり、優れた戦術眼でプレミアリーグの進化を促進している。さらにイングランドのクラブチームが、2000年代中盤にチャンピオンズリーグで飛躍を果たす過程にも、多大な貢献をしている。

プレミアリーグは2008年を迎える時点で、UEFAのリーグランキングでヨーロッパのトップに位置づけられるまでになった。突如として地位が向上したのは、大陸側で培《つちか》われたノウハウが導入されたことに負う部分が大きい。そのキーパーソンとなったのがモウリーニョであり、ベニテスであった。

ベニテスが監督に任命されることが報じられると、リヴァプールのサポーターからはすぐに歓迎の声が上がった。彼らは2年前、メスタージャ（バレンシアのスタジアム）で、ベニテスが率いるチームが、リヴァプールを粉砕したのを忘れていなかったのである。

バレンシアは最終的に2-0で勝利を収めたが、内容的にはもっと大差がついていても不思議ではなかった。特に強烈に印象に残っていたのは、ルベン・バラハとダビド・アルベルダというミッドフィルダーのコンビを軸に組み立てられ、最後はアルゼンチン代表で10番を背負った小柄なプレーメイカー、パブロ・アイマールが抜け目なくフィニッシュに持ち込んだ、見事なパスワークである。リヴァプール戦でのゴールは、チャンピオンズリーグ史上、もっとも見事なチームワークから生まれたものの1つであり、「パス・アンド・ムーブ」を地で行くスタイルは、リヴァプールファンの脳裏に深く刻み込まれていた。

「ヨーロッパの試合で、あれほど劣勢に立たされたのは記憶にない」。当時、監督を務めていたジェラール・ウリエは素直に認めている。一方、リヴァプールの選手たちは、バレンシアの非常に組織的なプレーについてコメントしている。それをもたらしたのが、ベニテスの指導方針だった。

事実、リヴァプールの監督に赴任したベニテスは、最初の記者会見で「正しい方法で」試合に勝ちたいと述べたものの、プレーのエンターテインメント性はさほど重視しなかった。

同様にベニテスは、ひらめきのあるプレーをするような選手も、取り立てて評価していなかった。ベニテス自身は、純粋な戦術家だったからである。

彼は10代の始め頃からチェスに夢中になった口であり、サッカーに関しても明らかに同じような視点で捉えていた。

「サッカーではチェスと同じように、次に起こることを分析しなければならない。そしてプランA、プランB、プランCを用意しておくんだ」。ベニテスは説明している。「(チェスでは) 中央のエリアをコントロールしなければならない。そして攻撃を仕掛ける理想的な瞬間が来るのを待つ。非常にアグレッシブで、攻撃的な手を打ってくる人間もいるが、こういう姿勢はチェスではしばしば危険を招くことになる。対戦相手が守ることに長けていれば、反撃されてしまうからだ」

ベニテスがリヴァプールで採用したアプローチ、とりわけモウリーニョ率いるチェルシーとの対戦で駆使したアプローチは、これらの言葉に見事なまでに集約されている。チェルシーは、守備から攻撃に移るトランジションにかけては卓越したスキルを持っている。ならばリヴァプールは慎重にプレーし、相手の術中に落ちないようにする必要があった。

興味深いことにベニテスは、個々の選手たちをチェスの駒の如くに捉えていた。それぞれに個性を備え、時には支えてやったり励ましたりすることも必要な生身の人間というよりは、目的を達成するために与えられた機能を果たす、モノのように見ていた。その事実は、彼の下でプレーした選手たちの証言からもうかがえる。「(生身の) 人間としての選手に、それほど興味があるのかどうかはわからないな」。リヴァプールのキャプテン、スティーヴン・ジェラードはこう指摘している。

■ ベニテスを形作ったキャリア

独特なサッカー哲学が育まれたのは、もちろんピッチ上でのキャリアにも関係している。

ベニテスは大学生時代に、スペイン代表としてユニバーシアードに参加している。だが大会中に膝を負傷し、以降はレアル・マドリーで指導者としてキャリアを積んでいく。この過程ではチャンピオンズリーグとワールドカップの両大会を制することになる、ビセンテ・デル・ボスケのアシスタントマネージャーを短期間、務めるまでになった。

ところがデル・ボスケが1994年にチームを去り、ホルヘ・バルダーノが監督に就くと、ベニテスはBチームのコーチに降格させられる。バルダーノはサッカーにロマンを追い求めるタイプだったため、とりわけサンドロという名前の若きスペイン人ミッドフィルダーの起用法を巡っては、ベニテスと衝突している。

バルダーノは小柄で、クリエイティブで、スペインの典型的なプレーメイカーを高く評価したし、ベニテスのBチームでも、自由にプレーさせられるべきだと考えていた。しかしベニテスは、サンドロは戦術の意識が欠けていると見なしており、しばしばチームから外したのである。天与の才能よりも、チームの戦術を遂行できるかどうかを重視する。これこそがベニテスのスタイルだった。

またベニテスは現役時代から、自分が出場した試合を映像に収めて、地道に分析するようなタイプだった。彼は指導者に転身してからも、サッカーの映像を集めたライブラリーを作る作業に没頭。途中からは分析チームの力を借りるようになるが、テレビに2台のビデオデッキをつなぎ、独自に分析していた時期さえある。ちなみに片方のビデオデッキには試合全体を録画した映像が収められ、もう片方には特定のシーンを編集した映像が収められるという熱の入れようだった。こうして映像を切り替えながら、試合を食い入るようにチェックし続けていた。

彼のビデオライブラリーは、時間の経過とともにさらに充実。ベニテスは試合に先立ち、映像を使ったミーティングも定期的におこなうようになる。当時のサッカー界では、このような手法は斬新なものだった。

バリャドリードを率いていた時代には、こんなエピソードも伝わっている。ある時、小さな自動車事故に巻き込まれたベニテスが遅れてドレッシングルームにやってくると、攻撃陣のとある選手は、こんなふうに言ってからかってきたという。「無事でよかったよ。ビデオデッキが、監督がいなくて寂しがるんじゃないかと、みんな心配していたんだ」

ベニテスは生身の選手と関わり合いを持つよりも、映像資料をチェックしながらデータを分析しているほうが、しっくり来るようなタイプだった。事実、彼はZXスペクトラムやAtariという名の、一般家庭用コンピューターを早い時点で導入した1人だった。また後には自分のことを「ノートパソコンを抱えた孤独な人間」と、いささか自虐的に評していた。

■ピッチサイドのアコーディオン

この種の発言からは、彼が使用している機材が確実に進化してきたことがうかがえる。現にリヴァプールを率いる頃には、トレーニンググラウンドにあるオフィスは、膨大なＤＶＤの壁で埋め尽くされるようになっていた。

ちなみにベニテスは、その何本かをジェイミー・キャラガーに貸し出している。キャラガーに与えられた資料の中には、バレンシアがどのように守備をおこなっていたのかを説明する映像や、イタリア人の伝説的なセンターバックであるフランコ・バレージが、ＡＣミランのディフェンスラインをいかに統率していたかを解説するものも含まれていた。

１９８０年代後半のＡＣミランは、ベニテスのイマジネーションをもっとも刺激する源となっていた。本人の言葉を借りれば、「高いクオリティと、戦術的なディシプリン、そしてプレーのインテンシティ」を備えていたからである。これを支えていたのがプレッシング戦術であり、サッカー界に衝撃を与えたアリゴ・サッキだった。

当時のミランは強力な攻撃陣を誇っていたが、４‐４‐２のシステムを基盤に、アグレッシブなオフサイド・トラップと、きわめて組織的な守備を駆使するチームとしても知られていた。ディフェンスラインからフォワードまでを信じられないほどコンパクトに保ち、各ラインの間に生まれがちなスペースを徹底的に潰していったのである。

「これらの選手を擁して、最後尾のディフェンダーからセンターフォワードまでの間隔を25メートルに保てば、どんなチームもわれわれを打ち破ることはできなかった」。サッキは語っている。「ただしこれを実現するためには、選手たちは前後左右、すべての1つのユニットとしてチームは前方にも後方にも、そして左右の方向にも、1つのユニットとして移動しなければならなかった」

このようなプレースタイルは、ベニテスが指揮するリヴァプールの最大の特徴にもなっていく。

幸い、彼はジェラール・ウリエからチームを引き継ぐことができた。ウリエは横方向のコンパクトさを非常に重視したため、ディフェンスラインに本職がセンターバックの選手を4人配置する一方、ピッチの前方では、正統派のウインガーを起用しなくなっていた。さらにはセントラルミッドフィルダーが本職の選手を、中盤の両サイドに配置することまでおこなっている。

これに対してベニテスは、ディフェンスラインからフォワードに至るまでの、縦方向の間隔をコンパクトに保つことを重視した。結果、リヴァプールの試合では、テクニカルエリアの端に立ったベニテスが、まるでアコーディオンを演奏しているような動作を、神経質に繰り返す場面がしばしば見られるようになる。ディフェンス陣、中盤、そして攻撃陣の選手たちに、3本のラインの間隔をぎゅっと狭めさせるためである。

「対戦相手は、俺たちと試合をするのを嫌がっていた」。キャラガーは後に述べている。「ひどい内容になるからね。こっちはスペースをまったく与えないから、息ができなくなってしまうんだ。練習や試合で自分が一番多く耳にしたのも、『コンパクトに！』と監督が怒鳴る声だったと思う。

ラファとの1年目が終わった時には、俺たちはロボットのようになっていた。彼がどんなことをやらせたいのかが、完璧にわかるようになっていたんだ。これはトレーニンググラウンドで、反復練習をすることで身に付けていた。監督が満足するまで、延々とドリブルを繰り返したからね」

当時のリヴァプールでは、次のような練習がおこなわれていた。

まずベニテスまたはコーチの1人が、ピッチ上に11人の選手を配置した上で、様々なゾーンにボールを持ち込む。次には一番近くにいる選手に対して、自分にプレッシャーをかけろと命令。これを踏まえて、他の選手たちもポジショニングを微調整していくのである。

これは常にチームをコンパクトに保ち、3本のラインの間にスペースを作らないようにするための方法であり、サッキから拝借したアイディアだった。ちなみにベニテスは1990年代、サッキがACミランとイタリア代表を率いていた際に、二度ほど練習を視察している。

サッキは後に、ベニテスのリヴァプールを次のように絶賛している。

「2つの点で、他のチームのお手本になっている。1つはチームスピリットの高さ、もう1つは戦術的な組織力の高さだ。ベニテスは自分がやっていることの内容を、しっかりと自覚している。彼のチームには才能のある選手がいない。だが1つのチームとして本当にまとまっているし、コンパクトでモダンなサッカーをしている」

このコメントを耳にしたベニテスは、大喜びしたに違いない。

もっとも調子が良かった頃のリヴァプールは、ディフェンスラインを深く引いたと思えば、非常にアグレッシブなオフサイド・トラップをかけるような、戦術的柔軟性も十分に持ち合わせていた。だが基本的には、きわめてコンパクトにラインを保ち続けていた。ゴールキーパーまで含めてである。

ポーランド代表のキーパーでもあったイェジー・ドゥデクは、ベニテスからすぐにポジショニングの修正を指示され、フォーバックのそばに留まるよう、口を酸っぱくして命じられたことに驚いたという。

「（新しい方法に）慣れるまで、ほぼ1シーズンもかかったよ」

だがベニテスは、その一方ではスペイン人のペペ・レイナにもあたりを付け始めていた。より足下の技術が高く、スウィーパー・キーパー的なプレーができる選手を確保するためである。

■ 慎重居士のゾーン・ディフェンス

1シーズン目に話を戻そう。

リヴァプールの選手は、ベニテスがあまりに頻繁に戦術練習をおこなうことに衝撃を受けている。逆にベニテス本人は、選手たちの戦術に関する知識があまりに不足していることに驚いていた。リヴァプールの選手たちが、本能的にプレーし過ぎていると感じたベニテスは、より組織だったプレーをするように要求。スティーヴン・ジェラードに対しても、ピッチ上を走り回り過ぎるなと命じている。

またベニテスは、フォワードの役割がきわめて限定されており、ビルドアップにほとんど貢献していないことにも驚いたという。かくしてベニテスは、リヴァプールの改革に着手。以前よりもはるかに組織的で、秩序だったプレーをするチームを作り上げていった。

ベニテスは自分のチームの分析と同じように、対戦相手の分析も重視した。時には30ページに及ぶ資料を用意した上で、自らが集めた情報を15分から20分間の内容にまとめ、口頭で伝えることもあったという。

そのうえで彼は、自分のゲームプランを秘密に保つことに異様にこだわり、11人の先発メンバーも試合の直前まで発表しなかった。

この方法には苛立ちを覚えた選手たちもいた。試合に向けて心の準備をしていくのが難しくなるからである。だがベニテスは対戦相手に情報が漏れるのを恐れ、頑として方針を変えなかった。自分が率いる選手たちの心理状態よりも、相手に対応手段を講じられるのを危惧するというのも、いかにもベニテスらしい。

ベニテスの慎重居士ぶりを物語るエピソードは、他にもある。

彼がアンフィールドで初めて采配を振るったのは、2‐1で勝利を収めたマンチェスター・シティ戦だった。この際には、両軍のベンチが近過ぎるため、自分の指示が相手の監督に聞こえてしまうのではないかと不安を感じたという。そこでベニテスはスペイン人のディフェンダー、ホセミに母国語で指示を出し、それをピッチ上で他の選手に通訳させている。

ただし皮肉なことに、当時、シティを率いていたのはケヴィン・キーガンだった。もともとキーガンは、対戦相手の戦術などまるで意に介さない人物である。ニューカッスル監督時代から、よほど心境の変化が起きたならば話は別だが、ベニテスの配慮は取り越し苦労に過ぎなかった。

戦術に関して述べれば、当初リヴァプールの選手たちは、セットプレーにおける守備の際に、マン・ツー・マンではなくゾーン・ディフェンスを採用することに反発した。ゾーン・ディフェンスとは、個々の選手が特定の「エリア（ゾーン）」を担当する方法で、特定の選手をマークしていく方法と対極に位置する。

このアプローチは、ベニテスが就任した当初、リヴァプールが苦戦を余儀なくされた頃には、様々な人から笑いものにされた。事実、ベニテスの戦術を批判する評論家たちは、「ゾーンそのものがゴールを決めたことは一度もない（ディフェンダーがケアすべきは、相手の選手であってエリアではない）」という台詞を、お決まりのように口にするようになる。

ところが実際には、きわめて効果的であることがすぐに明らかになっていく。後には戦術を解説したウェブサイトでも、支持されるようになっていった。

ベニテスが監督に就任した1シーズン目、リヴァプールはセットプレーから12回しかゴールを許さなかった。これはプレミアリーグで、上位から4番目の好成績だった。さらに2005／06シーズンと2006／07シーズンは、セットプレーからの失点がわずか6点にまで減少。プレミアリーグでトップの成績に躍り出る。

選手たちは当初、マン・ツー・マン・ディフェンスに断固として戻すつもりでいたが、ベニテスはゾーン・ディフェンスのほうが、長期的には効果を生むと主張し続けた。そして最後は、自らの正しさを証明したのである。

「全体的に見ると、ラファがゾーン・ディフェンスを導入してから、自分たちの失点は少なくなったと思う」。キャラガーは語っている。「単純な話、ゾーン・ディフェンスでゴールを決められれば、システムに原因があったということになるけど、マン・ツー・マンでゴールを決められると、個々の選手のせいだと簡単に片付けられてしまう。こういう違いもあったと思う」

奇妙なことに、ゾーン・ディフェンスは常に「外国風の異質な」戦術だと受け止められてきた。1990年代、もっとも守備が堅いチームとして称賛されたジョージ・グラハム指揮下のアーセナルも、セットプレーの際には、ゾーン・ディフェンスで対応していたにもかかわらずである。

ただしリヴァプールで明らかになったのは、ゾーン・ディフェンスの有効性というよりも、ベニテスの基本的な姿勢だった。

彼は自らの原理原則を絶対的に信じていたため、選手が疑問を持ったという単純な理由だけで、組織的なアプローチを変えるような真似を決してしなかった。その意味では、組織でゴールを守るゾーン・ディフェンスという戦術そのものが、ベニテスのスタンスを反映していたとも言える。彼は選手個々ではなく、あくまでもチームワークと組織を重視していたからである。

ちなみにベニテスは、選手のローテーション制を好んで採用したことでも批判を受けた。トップクラブのほとんどの監督は、すでに大会や試合ごとに選手を入れ替える方式を採っていたにもかかわらず、いわれのない批判を受けた。

苦境に輪をかけたのはチームの成績である。監督就任1シーズン目、リヴァプールはプレミアリーグで

5位に後退。ベニテスは期待に応えられなかった。

■チャンピオンズリーグでの成長過程

むしろリヴァプールが真の意味で印象に残るプレーを披露するようになったのは、チャンピオンズリーグの決勝トーナメントに進出してからである。ヨーロッパの檜舞台で、ベニテスはついに本領を発揮。ホーム&アウェーの2試合を通じて、格上の相手を封じ込めるミッションをこなしていく。

その意味で、リヴァプールがチャンピオンズリーグでたどったプロセスは、1999年にマンチェスター・ユナイテッドが、欧州制覇を成し遂げていく過程にきわめて似ている。両チームは決勝トーナメントを通じて、戦術的に著しく成長。決勝では途中まで相手に圧倒されながら、考えられないような逆転劇を演じたからである。

リヴァプールにとっての決勝トーナメントは事実上、グループリーグの最終戦でホームにオリンピアコスを迎えた一戦から始まった。

リヴァプールはそれまでの5試合で、わずか7ポイントしかあげていなかった。このため決勝トーナメントへの切符を手にするためには、是が非でもオリンピアコスに勝利を収め、勝ち点を10に伸ばすことが義務付けられていた。

とはいえ、戦前の状況は芳しくなかった。ギリシャのアテネでおこなわれた試合では0‐1で敗れていたし、2つのチームが勝ち点で並んだ場合には、当該対決の結果によって勝ち抜けが決まる。これは万が一、アンフィールドでアウェーゴールを1点でも奪われた場合には、3点を取らなければならないことを意味した。

しかも悪い予感は的中してしまう。リヴァプールはオリンピアコスのリヴァウドにゴールを決められ、難敵相手に奇跡を演じなければならなくなった。

0‐1で迎えたハーフタイム、ベニテスは一か八かの賭けに出る。

まず左サイドバックのジミ・トラオレをベンチに下げて、システムをスリーバックに変更。さらにフランス人のフォワード、フロラン・シナマ＝ポンゴルを投入したのである。シナマ＝ポンゴルは期待に応え、ピッチに送り出された2分後にいきなり同点弾を決めている。

だがリヴァプールは、さらに2点を奪わなければならない。そこでベニテスは78分、今度はチェコ代表のフォワードであるミラン・バロシュに代えて、若手のニール・メラーを起用する。メラーもまたわずか2分でゴールを奪ってスコアを2‐1とするが、決勝トーナメントに勝ち進むためには、残りわずかな時間でさらに1点もぎ取る必要があった。

この絶体絶命のピンチでチームを救ったのが、ジェラードだったことは言うまでもない。リヴァプールのキャプテンは、メラーがうまく頭で落としたボールに合わせて、ペナルティエリアの1、2メートル手前まで走り込む。そして強烈なハーフボレーシュートを、ファーポスト側の隅に叩き込んだ。

ジェラードは伝説的なゴールを決めて英雄となったが、それ以上に決定的な仕事をした人間が舞台裏にいたことを忘れてはならない。監督のベニテスである。

後半、喉から手が出るほど欲しかった3ゴールを一気に奪ったのは、ハーフタイムに基本システムそのものを変更するという、思い切った手を打ったからだった。ちなみにベニテスは、まったく同じような奇跡を、最後の大一番でも再現してみせることになる。

■ユヴェントス戦で発揮された、戦術手腕

かくして決勝トーナメントに進出したリヴァプールは、1回戦でバイヤー・レヴァークーゼンと対戦した。比較的無難な相手かに思われたが、選手たちの脳裏には苦い思い出がよぎっていた。

リヴァプールはウリエが監督を務めていた2001／02シーズンにも、同じ相手と準々決勝で対戦している。この際にはファーストレグを1‐0で勝利。アウェーのセカンドレグは60分が過ぎた時点で1‐1の展開になり、順当に引き分けに持ち込めば、準決勝に勝ち上がれる手はずになっていた。

ところがウリエは、ここでおかしな戦術変更をおこなってしまう。中盤の抑え役、ドイツ人のディトマール・ハマンを外し、より攻撃的なミッドフィルダー、ウラディミール・シュミツェルを送り込んだのである。これを境にリヴァプールの組織は崩壊。30分で3失点を喫して2‐4で敗れ、大会を後にした。

その晩、ウリエは宿泊先のホテルで緊急ミーティングをおこない、問題となった選手交代の件について、メディアに一切コメントするなとはっきり申し渡したという。理由は明らかだった。ウリエは、自分が采配を誤ったことを自覚していたのである。この謎の戦術交代が、ウリエにとって「終わりの始まり」になったのは間違いないだろう。

ハマンはベニテスの下で、再びレヴァークーゼンと対戦した際にもキーマンとなった。リヴァプールはホームとアウェー、両方の試合に3‐1で勝利している。たしかにレヴァークーゼン側も1点ずつ返しているが、これらは勝負の大勢が決した、遅い時間帯に記録されたものに過ぎない。

リヴァプール側は陣形を狭く、そしてコンパクトに保ち続けながらプレッシングを展開する。フォワード勢が相手のビルドアップを妨げる一方、中盤ではハマンがイゴール・ビシュチャンとコンビを組み、しっかりとフォーバックのディフェンスラインをガードし続けた。

興味深いことにセカンドレグの60分過ぎ、ベニテスはかつてのウリエとまったく同じ選手変更をおこなっている。守備的なハマンを下げて、攻撃的なシュミツェルを起用したのである。

だがこの時点で、すでに勝負はついていた。決勝トーナメントを勝ち上がろうとするなら、レヴァークーゼンは6点を奪わなければならなかったし、ベニテスはキーマンの1人であるハマンを休ませるために、交代させたに過ぎなかった。

宿敵を降したリヴァプールは、準々決勝でユヴェントスと対戦する。

ベニテスは、ホームの初戦で4‐4‐2のフォーメーションを選択。この試合ではバロシュと組んだ若きフランス人選手、アントニー・ル・タレクが、リヴァプール在籍時代の最高のプレーを披露した。

リヴァプールは開始わずか10分、トレーニンググラウンドで練習したとおりのパターンで、セットプレーから先制する。ルイス・ガルシアが頭でボールをそらし、サミ・ヒーピアが走り込んでゴールを決めてみせた。ガルシアはその15分後に、今度は圧巻のミドルシュートを叩き込んでいる。

一方、守備に関しては縦横両方向にコンパクトな陣形を維持し、ユヴェントスのすばらしいプレーメイカー、パヴェル・ネドヴェドに仕事をさせなかった。たしかに遅い時間帯にファビオ・カンナヴァーロに1点を返されたが、ベニテス率いる選手たちは試合の流れをコントロールしていた。

トリノでおこなわれたセカンドレグでは、ベニテスが十八番の芸当を披露している。枠内シュートを1本も放てなかった代わりに、相手にも得点を許さず、きっちり0‐0で引き分けてみせた。

この試合で特筆すべきは、ベニテスが終始一貫して手の内を読ませなかったことだろう。リヴァプールに対抗すべく、ユヴェントスも陣形を狭く保ちながら2人のストライカーを起用してきたが、ベニテスは見慣れない3‐5‐1‐1のフォーメーションを初めて採用し、相手の意表を突いている。

試合に先立つ1週間、選手たちは当然のように新たな布陣を密かに練習し続けたが、ベニテスはさらに予防措置も講じている。

試合前日、ゴールキーパーのドゥデクはＵＥＦＡの記者会見に出席している。

これに先立ち、ベニテスは自分たちが４‐４‐２で試合に臨むと言い張るようにと、ドゥデクに命じたのである。ユヴェントスの監督、ファビオ・カペッロに罠を仕掛けるためだった。

さらにベニテスは、試合が始まる時点では、選手たちに実際に４‐４‐２の陣形を組ませるという念の入れようだった。だがキックオフから数分も経たないうちに、リヴァプールの面々は命じられたとおりに、システムを微妙に３‐５‐１‐１へと変化させていく。

カペッロはネドヴェドとアレッサンドロ・デル・ピエロ、ズラタン・イブラヒモヴィッチの足下にボールを供給して中央突破を図ったが、戦術的にはベニテスのほうが一枚上手だった。３人のディフェンダーの前に、３人のセントラルミッドフィルダーを配置したリヴァプールは、ピッチの中央を支配していた。

■イングランドのクラブ同士が繰り広げた、もっとも戦術的なゲーム

そして次に巡ってきたのが有名な準決勝、モウリーニョ率いるチェルシーとの対決である。

前年、ヨーロッパの大会でそれぞれ成功を手にした外国人監督が、ともにプレミアリーグのクラブを率いて戦う。

この準決勝はイングランドのサッカー界が、ついにチャンピオンズリーグに本格的に割って入ったような印象を与えている。またイングランドのクラブ同士が繰り広げた、もっとも戦術的なゲームになったと見ていいだろう。モウリーニョとベニテスは相手の良さを消すことだけに、ひたすら専念したといっても過言ではないからである。

チェルシーとリヴァプールの激突は、まるで決勝戦のように注目を集めたが、データだけを見るならば力関係はまるで釣り合っていなかった。

リヴァプールは同シーズン、チェルシーになんと37ポイントもの差をつけられて、プレミアリーグの戦いを終えることになる。実際問題、チェルシーとの勝ち点差よりも、最下位のサウサンプトンと勝ち点差のほうが、はるかに小さかったほどである。

「クオリティの差を埋めるための唯一の方法は、とにかく試合にフォーカスすることだった」。ベニテスは後に振り返っている。「われわれは、とにかく一致団結してプレーできる選手たちを選んだ……いいサッカーができるかどうかではなく、諦めずにプレーできるかどうかが問われるはずだったからね」

大一番に臨むに当たり、ベニテスは22時間ぶっ続けで、試合に向けた分析とゲームプランの立案をおこなったこともあったという。

かくして幕を開けたファーストレグは、重苦しい雰囲気のまま0‐0の引き分けに終わる。両チームはそれぞれの監督の下で発展させてきた、守備的なサッカーを余すところなく発揮。相手のカウンターアタックを阻止することだけに専念したからである。

「試合の内容は少し期待はずれだったね。実際、一度もスイッチが入らなかったし、どちらも自陣に引きこもったサッカーをしていた」。ジョン・テリーは語っている。「相手は慎重だったけど、自分たちもそうだった……まるで試合が実際に始まっていないような感じがしたよ」

だがリヴァプール側は、スコアレスドローに終わったことを喜んでいた。

「一週間かけて準備したからこそさ」。ベニテスのアシスタントであるパコ・アジェスタランは語っている。「膨大な時間をかけてチェルシーを分析したんだ。通常の試合よりも、はるかに多くの映像資料を使いながらね……あれは美しい試合ではなかったかもしれないが、何度も繰り返して見たくなる試合の1つになった。完璧にゲームプランを立案して、実行できたわけだから」

この試合で注目を集めたのは、両軍を通じてもっとも創造的なプレーができるミッドフィルダー、シャビ・アロンソを巡るシーンだった。チェルシーのグジョンセンはアロンソと交錯した際、ピッチ上に大げさに倒れ込む。アロンソは相手とほとんど接触しなかったにもかかわらず、カードの累積によってセカンドレグに出場できないことが決まった。

アロンソは試合後、スタンフォード・ブリッジのドレッシングルームで悔し涙を流した。複数の新聞の報道によれば、グジョンセンは後にアロンソに対して、意図的にシミュレーションをしたことを認めたという。

グジョンセンのようなすばらしいサッカー選手でさえもが、自らのチームの強みを発揮するためではなく、相手の強みを消すためのミッションを実行する。このような残忍なやり方でさえも、両軍の対決には相応しいように思われた。

アンフィールドでおこなわれたセカンドレグ、リヴァプールは1‐0で勝利を収める。大歓声を送る観客の前で繰り広げられたのは、またもや緊迫感に満ちた戦術的な試合だった。ひときわ光るプレーを見せたのはハマンである。ハマンは中盤を支配し、チェルシーを単純なロングボールを蹴るしかない状況に追い込んだ。

「彼のプレーはすばらしかった」。ジョン・テリーは素直に認めている。

このような展開はリーグカップの決勝で、逆にチェルシーがリヴァプール相手に演じた試合を思い出させるものだった。リーグカップの決勝では、モウリーニョの戦術が的中。プレッシャーにさらされたジェラードが、オウンゴールを記録してしまっている。ところがチャンピオンズリーグの試合では、逆にモウリーニョがベニテスの術中にはまってしまう。策に窮したモウリーニョは、空中戦に強いセンターバックのロベルト・フートをフォワードに起用し、ボールを放り込まざるを得なくなった。

リヴァプールを勝利に導いたのはルイス・ガルシアの得点だったが、試合開始早々のゴールシーンは物議を醸している。ウィリアム・ギャラスがゴールライン上、あるいはゴールラインのわずかに後方からボールを蹴り出したため、正式なゴールではなかった可能性さえある。

モウリーニョは、このゴールが認められたことに長年、不満を言い続けることになる。

だが彼は1つの事実を無視していた。

仮にゴールが認められていなくとも、リヴァプールは審判からPKを与えられていた可能性が高い。ゴールが決まる直前、起点となったバロシュに最後にファウルをしたペトル・ツェフにも、レッドカードが出されていたに違いない。

ガルシアが唯一のゴールを決めたのは、ある意味では自然な成り行きだったように思われる。両チームが非常に組織的で、秩序だった消耗戦を繰り広げる中、小柄なスペイン人は予測できない動きをする唯一の選手になっていたからだ。現に彼はゴール前でタイトにマークされた状況の中でも、得点を奪うべくトリッキーなプレーを仕掛けている。

ガルシアは以前から、ベニテスが実践していたサッカーとは、一味違う雰囲気を常に醸し出していた。たしかに彼は本来のポジションから離れて自由に動き回ったし、イライラさせられるほどプレーに波があった。だが時折、思い出したように見事なプレーを披露することで、試合に好ましいアクセントを加えている。

さもなければチェルシーとの一戦は、げんなりするほど組織的なプレーばかりが続く展開になっていたに違いない。ちなみにガルシアにとって、このチェルシー戦でのゴールは、決勝トーナメント6試合で決めた5つ目の得点となった。チームそのものと同様に、ガルシアはヨーロッパの大会で存在感を発揮したのである。

■度肝を抜かれたカカのスピード

チェルシーも降したリヴァプールは、ACミラン戦との決勝に進出。まさに伝説的な反撃を展開し、最後はヨーロッパの頂点に立つ。前半は相手のカウンターに粉砕され、0-3のスコアでハーフタイムを迎えたにもかかわらず、ハマンの投入をきっかけに形勢は逆転。後半開始からわずか15分以内に同点に追いついてみせた。

簡単に述べるなら、ベニテスはサッカー史上、もっとも効果的で決定的な戦術変更をおこなったことになる。だが現実は、はるかに複雑に入り組んでいた。

そもそもこの試合に関しては、ハマンが先発しなかったことのほうが、関係者を仰天させている。ベニテスはプレミアリーグの試合では、アロンソとジェラードを組ませて、ミッドフィールドの中盤に2人の選手を並べる戦術を時折、採用していた。だが、チャンピオンズリーグの決勝トーナメントを勝ち進む過程では、中盤の深い位置に抑え役を1人だけ起用してきたからである。

一方、カルロ・アンチェロッティが率いるミランは、3人の純然たるプレーメイカーを起用。中盤をダイヤモンドに構成した上で、アンドレア・ピルロ、クラレンス・セードルフ、カカといった面々を、ハードワーカーのジェンナーロ・ガットゥーゾと組み合わせている。ちなみにアンチェロッティは、ルイ・コスタをストライカーのポジションに起用し、4-3-2-1に変更するような大胆な策までしばしば採っていた。結果、当時のミランはヨーロッパのいかなるチームよりも、中盤にクリエイターを揃えたチームになっていた。

Benitez's Liverpool for the 2005 European Cup final

リヴァプール ◉ 2004/05 シーズン

ベニテスの下、ACミランとの欧州CL決勝に臨んだ際の先発メンバー。当初は中盤でジェラードとシャビ・アロンソがコンビを組んでいたが、カカに対抗するためにハーフタイムにハマンを投入。ジェラードが攻撃的にプレーできるようになり、奇跡の同点劇につながった

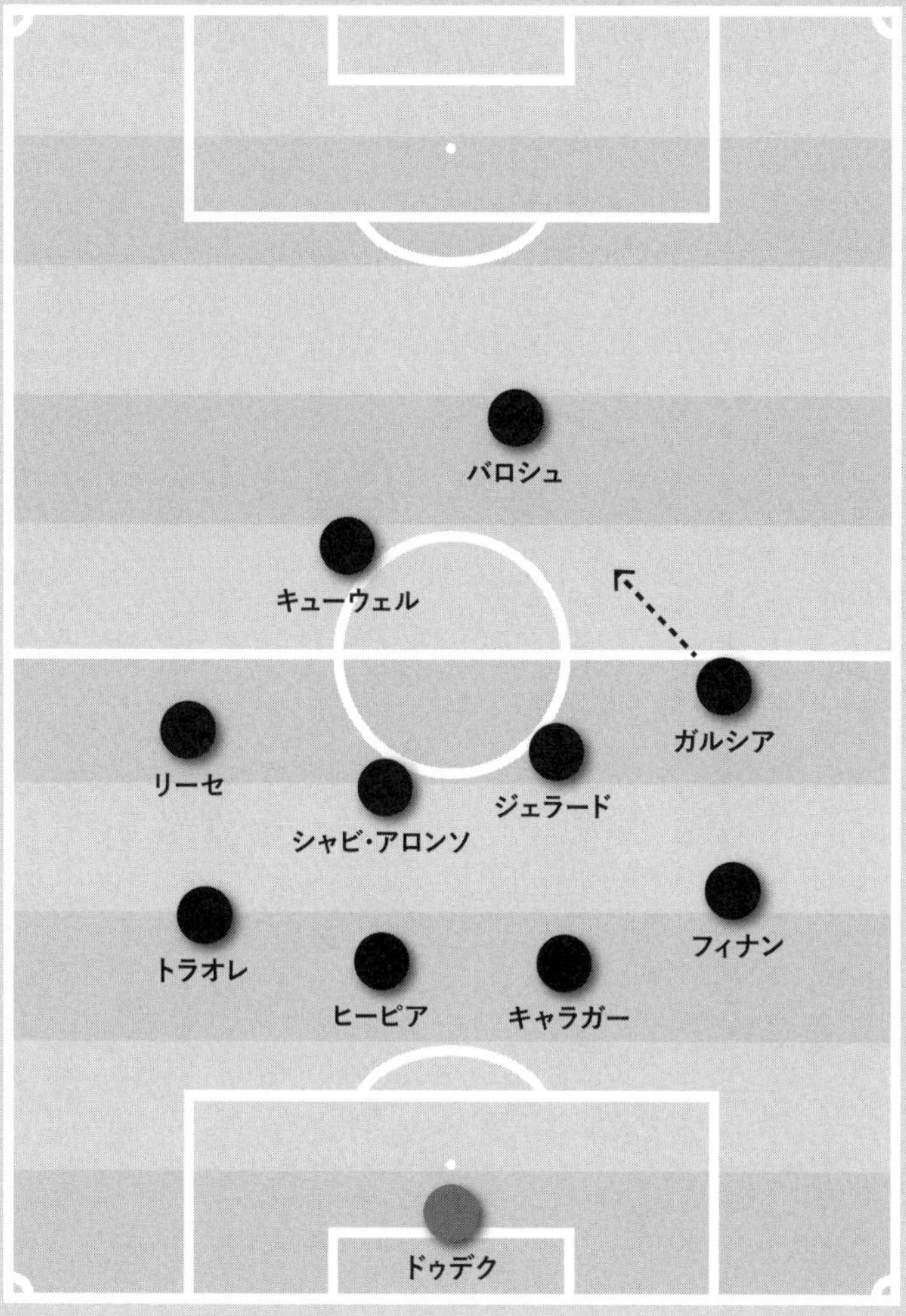

ベニテスは例によって、キックオフ直前まで11人の先発メンバーを選手たちに告げなかったが、ジェラードに対しては4‐4‐2で行くつもりだと密かに打ち明けていた。センターフォワードにバロシュ、その少し後方にはキューウェルを配置し、ジェラードとアロンソが中盤の中央でコンビを組む布陣である。

ジェラードがそのことをキャラガーに告げると、センターバックは最初、信じようとしなかったという。

「自分に言わせれば、カカを封じ込めるのは間違いなくディディ（ハマン）だった。決勝で先発しないなんて思っても見なかったし、それは彼も同じだったと思う……誰が先発するかはキックオフの直前までわからなかったけど、心の中ではボスに対して人選を間違っていると、はっきり言ってやりたかった」

もちろんベニテスは、カカの脅威を見過ごしていたわけではない。事実、彼はミランの試合映像を数え切れないほどチェックしていたし、ビデオを使った試合前のミーティングでも、カカの動きを封じ込める方法を集中的に説明している。

しかしアロンソとジェラードは、カカに対応することが単純にできなかった。

「足下にボールを持った状態で、あんなに速く動ける選手には、自分のキャリアで一度も出会ったことがなかった」。ジェラードは驚きの声を漏らしている。「カカは稲妻みたいに速かった」

ミランは試合開始早々、パオロ・マルディーニがセットプレーからボレーシュートを決めて先制。リヴァプールはボールをキープする時間帯もあったが、相手に見事なカウンターアタックを許している。アンドリー・シェフチェンコとエルナン・クレスポは、フリーランニングで、ヒーピアとキャラガーをピッチサイドにおびき寄せる。こうしてできたスペースに、カカは猛烈な勢いで走り込んだのだった。

このような状況が続く中、クレスポが2点目と3点目を奪い、さらにリードを広げていく。特に見事だったのは、3点目のゴールシーンである。

まずカカがパスを受けながら、ジェラードを美しいターンでかわし、ディフェンスラインの裏側に完璧なスルーパスを出す。クレスポはボールに追い付くと右足のアウトサイドを使い、ファーストタッチでファー側のコーナーにボールを収めてみせた。

■史上最大の同点劇へ

これでスコアは0‐3。普通に考えれば、勝負は事実上決着したことになる。現にキャラガーはドレッシングルームに戻った際、これ以上の大量失点はなんとかして避けようと、チームメイトに必死に声をかけていたという。

ところが、ここから試合が動き始める。

ベニテスはスリーバックへの変更を指示しつつ、ジミ・トラオレをベンチに下げることを決断。すぐにシャワーを浴びるように命じている。

これに合わせてハマンを呼び寄せると、カカを封じ込めるための役割をチョークボードで説明する。ハマンに対しては早めにピッチに出ていき、ウォームアップをするように指示した。

ベニテスはさらに、ジブリル・シセを投入することも考えていた。だがコーチングスタッフから、キューウェルが前半に怪我をした際、すでにシュミツェルをピッチ上に送り出していることを指摘され、3人の交代枠を使い切るのは危険だと釘を刺される。

さらにこの場面ではリヴァプールのフィジオセラピストが、右サイドのスティーヴ・フィナンは90分間持たないだろうから、交代せざるを得なくなるだろうと言い始める場面もあった。フィナンは当然のように腹を立てたが、ベニテスはシャワーからトラオレを呼び戻さざるを得なくなった。ベニテスが新しい戦術について説明する傍ら、トラオレは脱ぎ捨てたソックスを必死に探し回る羽目になる。

一連のエピソードは、リヴァプールのドレッシングルームが、蜂の巣を突いたような騒ぎになっていたことを物語る。事実、ベニテスが後半に向けてチョークボードに書いた布陣も、支離滅裂なものになってしまっていた。何人かの選手はピッチ上に12人の選手が書いてあったと述べたが、逆にベニテス自身は10人しか選手を書いていなかったと振り返っている。ルイス・ガルシアを右サイドのポジションから外したまではよかったものの、新しい中央のポジションに移動させるのを忘れていたのである。

リヴァプールの選手たちがピッチ上に姿を現すと、すでにウォームアップを済ませていたハマンは仰天したという。上半身裸でシャワーに向かっていたはずのトラオレが、ごく当たり前のように、守備のポジションに再びついたからである。

ただし複数の選手たちは、このような混乱の極みの中でベニテスが突然、自信と冷静さを取り戻し始めたと証言している。事実、ベニテスはきわめて的確な手を打っていた。

もっとも重要なのは、ミランの勢いを削ぐことに明確に目的を絞り、システムを3‐4‐2‐1に変更したことである。このフォーメーションには、いくつかのメリットがあった。

まずディフェンスラインに関して述べれば、相手のツートップに対して3人で守る形になる。ディフェンダーを1人余らせることができれば、仮にシェフチェンコとクレスポがサイドに走り込んで中央にフリーなスペースを作り出したとしても、誰かがカバーできるはずだった。

またシステム変更は、中盤の力関係も変えている。

前半、リヴァプールはダイヤモンド型のシステムを敷くミランにピッチの中央を支配されていたが、3‐4‐2‐1ならば、4対4の数的同位に持ち込むことができる。またウイングバックの投入によって、両サイドのバランスを修正することもできた。

ディフェンダーが本職であるジョン・アルネ・リーセは左サイドに張り、敵の攻撃的なサイドバックであるカフーとマッチアップする。右サイドではシュミツェルがパオロ・マルディーニに対して、もっと高い位置でプレッシャーをかけられるようになった。

ただしこのような戦術変更は、とっさに思いついた奇策だったわけではない。実はリヴァプールは、ユヴェントス戦でも似たようなシステムを採用している。それを考えればベニテスが試合前から、この新たな布陣をオプションとして用意していたのは明らかだった。

新しいシステムは、ミランの攻撃を鈍らせるのに効果を発揮していく。

とはいえ一気に3点を奪い返すことができたのは、ひとえにジェラードの活躍によるものだった。ハマンに後方の守備を固めてもらったジェラードは、前がかりのポジションを取って遺憾なく存在感を発揮。ピッチ上を一人舞台に変えていく。0 - 3という絶望的な状況を覆していく過程において、またもや後世に語り継がれていくようなパフォーマンスを披露した。

まずヘディングをクロスに合わせて反撃の火蓋を切ると、次には一瞬、右のウイングポジションに移動する。こうして作り出されたスペースから、シュミツェルがロングレンジのシュートを決めた。その3分後、ジェラードはスルーパスに合わせてペナルティエリアの中に走り込み、ガットゥーゾのファウルを誘う。PKを蹴ることになったシャビ・アロンソは、最初のシュートをゴールキーパーにブロックされたものの、リバウンドを沈めてついに同点に追い付いた。

結果、リヴァプールはわずか7分間で3点を奪い返す形になった。

この展開は、理屈では到底説明できない。カフー、ヤプ・スタム、アレッサンドロ・ネスタ、そしてマルディーニを擁したミランのディフェンス陣は、チャンピオンズリーグ史上、もっとも相手から恐れられた面々だったといっても過言ではないからである。

リヴァプールとミランは、これ以降も緊迫感に満ちた熱戦を繰り広げるものの、スコアは3 - 3のまま動かなかった。ちなみにアンチェロッティは後半終了直前、セードルフに代えて足の速い左ウイング、セルジーニョを投入するという重要な選手交代をおこなっている。

これに対応すべく、ジェラードは右のウイングバックに回る形になったが、すでに体力を消耗していたため、延長戦では危険なクロスを次々に放り込まれるようになってしまう。だがリヴァプールの守備陣はゴールを死守する。ドゥデクがシェフチェンコのシュートを、立て続けに二度もスーパーセーブする場面もあった。

ドゥデクは最後のPK戦でもヒーローになった。ピルロとシェフチェンコのシュートをどちらもセーブしたのだ。こうしてリヴァプールは理屈では説明できないような形で、ヨーロッパのチャンピオンに輝いた。

興味深いことにベニテス指揮下のチームは、翌年におこなわれたFAカップの決勝においても、「イスタンブールの奇跡」ときわめて似たような形でタイトルを手にしている。

対戦相手のウェストハムはさほど見所のないチームだったが、試合開始序盤、リヴァプールは調子が上がらず、相手に0‐2で先行されてしまう。その後、シセとジェラードが1点ずつ返して同点に追い付いたものの、再び勝ち越されて2‐3でアディショナルタイムを迎えた。

ここで再び活躍したのがジェラードだった。試合終了が刻々と迫る中、35ヤードの距離から強烈なシュートを叩き込んだのである。こうしてリヴァプールは延長に持ち込み、最後はPKで勝利を引き寄せた。

とはいえ、チャンピオンズリーグやFAカップにおけるドラマは、ある意味ではラファエル・ベニテスという監督に似つかわしくないものだったとも言える。もともと彼は徹底的に相手を研究し尽くし、入念な準備をした上で、ゲームプランどおりに試合を運んでいく指導者だからである。ところが二度のビッグタイトルは、かくもドラマチックで非現実的な展開から、そして何よりもチームが絶体絶命の窮地に追い込まれた極限状況からもたらされている。

リヴァプールのユースチーム出身で、2004／05シーズンに何度か重要なゴールを決めたニール・メラーは、その事実を誰よりも的確に表現している。

「ラファはありとあらゆる戦術を駆使した。そのどれもが大切だったけど、最高の結果が混乱の中から生まれたこともあったね」

■ベニテスがこだわった、サイドの戦術

ベニテスが指揮した6年間、リヴァプールは常にピッチ中央部分のディフェンスが並外れて固いチームであり続けた。これはもちろん、ベニテスの指示によるものである。だがその代わりに、ワイドに開いた選手は思ったほど存在感を発揮できなかった。

たとえばサイドバックはタッチライン沿いを攻め上がるのではなく、内側に絞ることを求められたため、リヴァプールは格下チームとの試合でも、守備をこじ開ける武器に事欠くようになった。ワイドに張ったミッドフィルダーも、自由にポジション取りをすることがほとんど認められず、タッチラインに沿って単調な上下運動を繰り返すことを課されている。

ベニテスは監督に就任してからの最後の3ヶ月間、チーム全体のバランスを取りながら陣形を整えるために、前シーズン、サイドバックを務めていた選手――フィナンもしくはリーセを、中盤のワイドに開いたポジションに起用している。

だが時間の経過とともに、より攻撃的なウインガーに同じ役割を与えていくようになる。この起用方法こそは、ベニテスの狙いを端的に象徴していた。

ディルク・カイトなどは典型例である。

もともとカイトは２００６年、フェイエノールトからダイナミックなプレーをするフォワードとして招かれた選手だった。たしかにエールディビジは、選手の能力を量る指標としては心もとないかもしれないが、カイトは４シーズンで合計91ゴールを記録している。

ところがベニテスは彼をフォワードとして用いるのではなく、ワイドなミッドフィルダーにコンバートする。結果、カイトは相手チームのサイドバックを効果的に、そして必死に追走し続けるハードワーカーとして知られるようになった。

ベニテスはモウリーニョと同様に、ワイドに開いたミッドフィルダーに対して、守備でハードワークすることを執拗なまでに要求し続けた。攻撃的サイドバックの増加に、直接対抗するためである。ベニテスは、バルセロナにおいて世界最高の右サイドに成長していくことになるダニ・アウベスの獲得を狙い、右サイドのミッドフィルダーとして起用しようとしたこともあった。

アルベルト・リエラ、ジャーメイン・ペナント、マルク・ゴンサレスといった面々が招かれたのも、同じ理由によるものだった。これらの選手はタイトルを狙える逸材には程遠いと考えられていたが、ベニテスが求めた役割をこなすことができた。中盤でタッチラインに沿いに上下運動を繰り返し、チームのバランスをキープしていくプレーである。

リエラは２００９年、レアル・マドリーに１‐０で勝利した試合において、ベニテスから受けた指示の内容を覚えていた。

レアルの右ウイングであるアリエン・ロッベンが、頻繁にプレーに絡まないようにすれば、リヴァプールは失点を０に抑えることができる。こう踏んだベニテスは、リエラに対して同僚の左サイドバック、ファビオ・アウレリオの前から絶対に離れるなと命じたという。こうすればレアルの右サイドバック、セルヒオ・ラモスからロッベンへとパスが渡るのを阻止できるからである。

かくしてリエラは、左サイドのワイドのポジションから攻め上がったり、内側に流れていくことも一切禁じられるようになった。

この戦術は奏功し、ベニテスは古巣相手に記念すべき勝利をあげている。だがワイドに開いた選手が自由にプレーするのを禁止した結果、リヴァプールは格下チームの守備をこじ開けようとした際に手こずることになった。ヨーロッパの大会においてもである。

ベニテス指揮下のリヴァプールでは、ライアン・バベルも似たような経験をしている。もともと彼はワイドに開いたポジションから、スピードに乗った攻撃を展開していくフォワードであり、2007年にリヴァプールに加入した際には、「ティエリ・アンリの後継者」とさえ目されていた。またバベルは右利きの選手だったために、左サイドで起用された時には、自然にインサイドに切れ込んでいく傾向があった。

ベニテスは、バベルが同じようなプレーばかりを繰り返すことに激怒。つきっきりで指導をしていくようになる。その過程では、左右どちらの足でボールをコントロールしたのかを基準に、内側に切れ込んでいくプレーと、タッチライン沿いを走っていくプレーを使い分けるメニューが組み込まれたこともある。相手のポジション取りに応じてドリブルの方向を決めていくのは、どんな選手でもごく当たり前になっている。ところがベニテスは、そのようなプレーを一切許さなかったのである。

クレイグ・ベラミーも然り。彼はワイドに張ったポジションと、フォワードの役割を両方こなせる選手だが、ベニテスから戦術的な動き方を叩き込まれた。

「ラファの練習はすごくためになった。戦術に関して、ものすごく多くのことを学んだよ。でも選手の中には、自由にプレーさせてもらえることが必要な連中もいるし、僕たちは（他の選手とは）違った形で自分を表現していこうとする。彼はその事実を受け入れられなかったんだ」。ベラミーは語っている。「ディフェンスに関しては、ラファはずば抜けていた。相手を分析してリスクを減らし、フォワードを封じ込めていく方法を考え出すのがすごくうまかった。ビデオの映像を使って、敵の強みと弱みを徹底的に分析しながら、想定外のことが起きないようにしていくんだ……だけど（選手に）自発的にプレーさせるという発想はまったくなかった。これっぽっちもね。自分が一緒に仕事をしたあらゆる監督の中で、彼は選手のことを一番信頼していない人物だったよ」

ベラミーの発言はきわめて示唆に富む。

様々なエピソードが物語るように、ベニテスという監督は、データを駆使して対戦チームを丸裸にした上で、非の打ち所がないほど細かな指示を選手たちに出していた。

ところが少なくとも攻撃の面では、独自のアイデンティティだと呼べるような手法を確立したとは言いがたい。ボールを持っていない時にコンパクトに陣形を保ち、組織的に対応していく方法は明確に規定されていたが、いざボールを奪い返して攻撃に移った際に、相手を圧倒していくような戦術のフィロソフィーは見られないままだった。

■ベニテスが抱えていた根本的な矛盾

このような瑕疵《かし》は、ベニテスにとって足かせとなっていく。

監督就任5年目の2008／09シーズン、リヴァプールはプレミアリーグを2位で終えている。マンチェスター・ユナイテッドには及ばなかったものの、悲願達成にあと一歩のところまで迫った。

これを支えたのが、チームの図太い「背骨」である。

ゴールマウスにはスペインから招かれたホセ・マヌエル・レイナが構え、ディフェンスラインの中央ではキャラガーが、ダニエル・アッガー、マルティン・シュクルテル、そしてサミ・ヒーピアのいずれかとセンターバックのコンビを組む。一方、中盤ではハビエル・マスチェラーノ、シャビ・アロンソ、ジェラードのトリオが支配し、最前線ではフェルナンド・トーレスがゴールを狙う。

ゴールキーパーからセンターフォワードに至るまでの中心軸は、プレミアリーグの歴史において最強を誇ったと見て間違いないだろう。現に2008／09シーズンのリヴァプールは、前年のリーグ覇者であるマンチェスター・ユナイテッドや3位に食い込んだチェルシーを、ホームとアウェーの両方で破り勝ち点12（4戦4勝）を収めている。

にもかかわらず、リヴァプールは優勝に届かなかった。タイトルを確実にものにするために不可欠となる、攻撃のバリエーションを十分に確立していなかったからである。

この事実は、プレミアリーグでもっとも多くの得点をあげながら、決して強豪とは呼べないチーム相手に、五度もスコアレスドローを演じてしまったことからもうかがえる。マンチェスター・ユナイテッドやチェルシーには全勝を収めたはずのチームが、ホームゲームではストーク、フラム、ウェストハムを攻めあぐねてしまう。それどころかアウェーでは、アストン・ヴィラ、そしてストークからゴールを奪うことさえできなかった。

ベニテス時代のリヴァプールの特徴は、このシーズンの総合成績を分析していくとさらに浮き彫りになる。

リヴァプールは上位7チームには1敗も喫しておらず、これらのチームとの直接対決では、マンチェスター・ユナイテッドよりも好成績を収めている。だが8位以下のチームが対象になると、手にした勝ち点は、ユナイテッドより14ポイントも少なかった。

この分析から導かれる結論は、はっきりしている。

相手を分析して慎重に対策を練っていくリアクション型のサッカーは、強豪を破っていくための方法論としては完璧だった。

だがプレミアリーグを制するには格下チームを圧倒し、確実に勝ち点を積み重ねていくことも重要になる。ベニテス時代のリヴァプールには、この要素が決定的に欠けていたのである。

「俺たちは格上の相手とは、いつもいい試合をした」。スティーヴン・ジェラードは、何年も経ってから振り返っている。「なのにホームでのフラム戦やウェスト・ブロム戦では、必ず手を焼いた。相手が（ゴール前に）バスを停めた場合には、守備をこじ開けるためのちょっとしたマジック（魔法）が必要になる。それが使えなかったんだ」

チームが抱えていた戦術的な欠陥は、ベニテスの自叙伝からもうかがえる。

その中の一説は、彼がビッグゲームばかりにフォーカスし過ぎていたことを物語る。示唆的なのは、セットプレー対策を練り上げていく場面だ。

「分析レポートを読み、コーナーキックの場面で、相手がニアポストの守備で脆さを抱えていることがわかったとする。そうすると（ビッグマッチの）直前の2試合は、わざとコーナーキックをファーポスト側や、ペナルティエリアの深い位置に蹴り続けるようにした。（大一番で対戦する相手に警戒させないようにするために）とにかくニアポスト以外の場所に蹴っていた」

もちろん、この方法はそれなりに筋が通っている。現に大一番に臨んだ際のリヴァプールは、練りに練られたセットプレーから結果を出した。

実例はいくらでもあげられるし、当時のチームでは、意外な選手が得点を決める場面もしばしば見られた。たとえば2007年のチェルシー戦ではアッガーがゴールを決めたし、2009年のレアル・マドリー戦では、ヨッシ・ベナユンがセットプレーから得点をものにしてみせた。

とはいえ強敵相手に番狂わせを演じることばかりに集中すれば、そのつけは必ず回ってくる。セットプレーの練習台にされた格下のチームは、相手が同じようなプレーばかりを仕掛けてくるのに気付き、手を打ってくるからである。

このような傾向は、長期的にもマイナスに働いた。

ベニテスは2004年に監督に就任した際、クラブの取締役会から、チーム再建のために3年の「猶予期間」を与えられている。当時のリヴァプールはそれだけ多くの課題を抱えていたし、チームの立て直しが完了して初めて、リヴァプールは本領を発揮し始めるはずだった。

ところが実際には、ベニテスが残した主な実績は、監督就任直後の3年間——本来であればチームの再建期間中にもたらされたものばかりだった。2005年のチャンピオンズリーグ制覇と、2006年のFAカップ優勝、そして2007年のチャンピオンズリーグ準優勝である。これはベニテスのチーム再建が、未完に終わったということに他ならない（ちなみにリヴァプールは2007年、チャンピオンズリーグの決勝に駒を進め、再びミランと対戦している。この際には、2005年の決勝よりもかなり質の高いプレーをしたが、不運にもピッポ・インザーギに二度ゴールを奪われる形になった）。

■ バルダーノが唾棄《だき》したイングランドサッカー

リヴァプールがチャンピオンズリーグやFAカップで存在感を示した3年間は、モウリーニョとベニテスが、プレミアリーグで揃い踏みした時期に重なる。両者は毎シーズン5回ずつ、合計で15回も直接対決している。

そのうちの9試合はスコアレスドロー、もしくは両軍を通じてわずかに1点しか決まらなかった。この時期のプレミアリーグが、「リアクション型のサッカーの時代」と呼ばれる所以だろう（ちなみにモウリーニョとベニテスの直接対決は、最終的に7勝5敗3分けでモウリーニョに軍配が上がっているが、チャンピオンズリーグの準決勝では、再びベニテスが勝ち抜ける形になった）。

ベニテスとモウリーニョが、定期的にヨーロッパの大会で鎬《しのぎ》を削る様を見た外国人の識者は、プレミアリーグのサッカーそのものが守備的で、フィジカルで、きわめてシステマチックなものに大きく変化したことに気が付くようになる。リヴァプールとチェルシーは、この種の変化を象徴するような存在になっていた。

アルゼンチン代表としてワールドカップ優勝を経験し、レアル・マドリーを指揮したホルヘ・バルダーノは、当時、スペインにおいてサッカーの評論家としても一目置かれる存在になっていた。

彼はアンフィールドでおこなわれた、15回目の直接対決――２００６／０７シーズンのチャンピオンズリーグ準決勝、セカンドレグをとらまえて記事を寄稿。誰もが口にしなかったような、驚くほど辛辣な批判を展開している。

「糞を棒からぶら下げて、この狂ったような熱気に包まれたスタジアム（アンフィールド）の真ん中に突き立てる。それを芸術だと呼ぶ人がいるだろうが、芸術などではない。それはあくまでも、棒からぶら下げられた糞に過ぎない」

バルダーノの酷評は容赦なかった。

「チェルシーとリヴァプールは、どのチームよりも露骨に、そして極端な形で、サッカーが向かう方法を示している。非常にインテンシティが高く、非常にコレクティブ。そして非常に戦術的で、非常にフィジカルで、非常にダイレクトなサッカーだ。

だがショートパスが1本でもあっただろうか？　答えは否だ。1回でもフェイントがあっただろうか？

答えは否だ。ペースの変化は？　否だ。1回でもワンツーがあっただろうか？　1回でも股抜きはあっただろうか？　1回でもバックヒールがあっただろうか？

冗談もほどほどにしてほしい。この種のプレーはゼロだった。両チームが準決勝で演じたような、極端なまでに管理された重苦しいサッカーは、クリエイティブな能力や、美しいスキルが発揮される場面をことごとく潰してしまう」

「仮にディディエ・ドログバが最高のプレーをしたというなら、それは単純に彼がもっとも速く走り、もっとも高くジャンプし、もっとも激しく相手にぶつかったからだ。

過剰なまでのインテンシティの高さは、あらゆる才能をかき消してしまうし、ジョー・コールのような選手にまで道を誤らせてしまう。

これまで1世紀の間、われわれはサッカーの試合において、クレバーさや才能が表現される場面を楽しんできた。もしサッカーが、チェルシーとリヴァプールが実践しているような方向に向かうのなら、そういう要素に別れを告げる準備をしたほうがいい」

「（モウリーニョとベニテスには）2つの共通する要素がある。かつて実現できなかっただけなく、今なお満たされていない、栄光を手にしたいという渇望、そしてすべてをコントロールしたいという欲求だ。

これら2つの特徴は、1つの重要な要素から生まれている。モウリーニョもベニテスも、選手としてものにならなかったという事実だ。この経験があるからこそ、彼らは自分が持っている虚栄心を指導にすべて注ぎ込むようになった。

選手として大成できる才能を持ち合わせなかった人間は、選手の才能というものを信じない。この手の人間は、サッカーの試合に勝つためには、即興の才能が必要になるということを信じていない。

簡単に言えば、モウリーニョとベニテスという監督は、（若かりし頃の）彼ら自身が必要としていたような指導者になってしまっている。（才能に恵まれなかった）モウリーニョやベニテスが選手として大成するためには、まさに彼らのような指導者が必要になるのだ」

■ 選手中心の時代から、監督中心の時代へ

バルダーノは歯に衣着せず批判を展開しているが、結論の部分は純粋に興味深い。モウリーニョとベニテスは選手のひらめきや自発的なプレー、個の才能といった要素を、まったく信じていないと喝破しているからだ。

バルダーノは、後にレアル・マドリーのディレクターに就任するが、2011年に解任されている。原因となったのは、クラブを率いていた監督、モウリーニョと激しく衝突したことだった。

「彼はやたらと大仰で、皮相な発言がまかり通るこの時代に、まさにぴったりの人物だ」。バルダーノはモウリーニョを腐している。「サッカーに関して、彼がなんらかの価値がある発言をしたことは一度もない。公の場であれ、プライベートであれだ」

ジョゼ・モウリーニョとラファエル・ベニテス。

リアクション型のサッカーがプレミアリーグを支配したこの時期、2人のキーマンは、サッカーにロマンを求める声に一切応えようとはしなかった。

だがプレミアリーグのスタイルを、より守備的なものにしてしまったという理由だけで、両者を批判するのは適切さを欠く。彼らは戦術のレベルそのものを、かつてなかったほど一気に高めたからである。

モウリーニョとベニテスは、対戦相手をこれまで以上に深く分析し、守備の陣形を整えることをひたすら重視した。結果、チェルシーとリヴァプールは、ボールを持っていない状態のほうが見慣れるようなレ

ベルにまで到達したし、ピッチ中盤の中央付近を4‐3‐3や4‐2‐3‐1で支配していく手法は、イングランド伝統の4‐4‐2をしばしば圧倒している。両者は陣形をコンパクトに保つことと、素早くトランジションを展開していくことの重要性も知らしめた。

そして何よりも、モウリーニョとベニテスの手法は、「ボトムアップ」ではなく「トップダウン」という単語を連想させるものだった。

1990年代に成功を収めたマンチェスター・ユナイテッドとアーセナルは、個々の選手が持つ特定の才能に大きく依存していた。

だが2000年代中盤のチェルシーとリヴァプールは、選手ありきではなく、本質的に監督の戦略や戦術、そしてチーム作りのビジョンを反映する組織となっていた。

これはチームマネージメントという意味でも、重要な転換点となった。イングランドのサッカー界では、個の選手個々のプレースタイルや能力よりも、監督のサッカー哲学が初めて重視されるようになったからである。

第15章

中盤のトリオ

「ジェラードとランパードは、どちらも頭のいいサッカー選手だった。それに込み入った仕事をしていたわけではない。片方が前に行けば、片方は後ろに残っていなければならない。これが原則だった」

（スヴェン＝ゴラン・エリクソン）

■ 中盤で起きた巨大な変化

21世紀を迎えたプレミアリーグにおいて、最初の数年間に起きたもっとも重要な戦術的な変化は、ワントップシステムへの移行だった。この新たな流れは2001年、アレックス・ファーガソンが4－4－2から4－5－1へのシステム変更を決意したことによって、実質的にスタートしている。

当初はストライカーの役割変化ばかりが注目された。それまでの4－4－2と異なり、最前線に張るフォワードは、突如として2人のセンターバックを相手にせざるを得なくなったからである。だがワントップへの移行は、実際には中盤でもきわめて重要な変化を引き起こしていた。

そもそもワントップへの移行は、中盤において選手を1人余らせることによって、数的優位に立つことを目的としたものだった。

イングランドのクラブチームは、ピッチの中央でボールをキープしていくことの重要を、徐々に認識するようになった。守る側の立場からすれば、相手に中盤を制圧されないようにする意識が高まっていったと言ってもいい。いずれにしても、こうして各監督たちは、3人のセントラルミッドフィルダーを中盤で起用していくようになった。

ここで示唆に富むのは、アレックス・ファーガソンのコメントである。彼は1990年代、中盤を次のように分析している。

「ヨーロッパのチームは、中盤で互いにパスを出すんだ」。彼は述べている。「小さなトライアングルを作って、そこでキープするし、中盤でワンツーを仕掛けてくる。

だがわれわれのミッドフィルダーは、ワイドに開いた選手やサイドバック、フロントマン（前線のターゲットマン）にパスを出している」

ファーガソンの指摘は正しい。1990年代、イングランドの選手たちは、中盤から他のゾーンに本能的にボールを運ぼうとしていた。だが2000年代に入ると、ボールを中盤からいち早く展開していくのではなく、逆に中盤でキープすることが何よりも重要視されるようになった。

言葉を換えれば、イングランドのサッカー界は、ヨーロッパのモデルを実質的に受け入れるようになっていた。これには様々な要因が起因している。外国人選手が増えたこと、タックルに関するルールがより厳格になったことも然りである。後者はテクニックのある選手にとって、大きな追い風となった。

だがもう1つ、きわめて重要な要素も影響を及ぼしていた。ピッチコンディションが、劇的に改善されたことである。

かつてのイングランドでは冬がやってくると、劣悪な環境で試合がおこなわれることがしばしばあった。この種の状況は、1990年末になっても見られた。げんなりさせられるような泥舟の如きピッチでは、質のいいサッカーをすることなど不可能に近い。

ところが2000年代に入ると、滑らかな緑のピッチが国内のいたる地域で誕生する。選手たちはピッチコンディションに不安を覚えることなく、味方にパスを出せるようになった。

■「ミッドフィルダー」という言葉の限界

戦術の進化に話を戻そう。

ピッチの中央に2人のミッドフィルダーを配置するのが主流だった頃は、基本的に3種類のオプションがあった。1つ目は、ボックス・トゥ・ボックス型のミッドフィルダーを2人起用する方法である。わかりやすい例としては、マンチェスター・ユナイテッドで、若かりし頃のロイ・キーンとポール・インスがコンビを組んだケースがあげられる。

2つ目は、ディフェンスラインの前に1人を常駐させ、もう1人を前に走らせて攻撃参加させる方法だ。かつてのニューカッスルで、リー・クラークとロバート・リーが実践していたパターンである。そして3つ目は、2人とも守備的なミッドフィルダーにする方法だ。アーセナルのパトリック・ヴィエラとエマニュエル・プティは、格好の例を提示していた。

ところが中盤に3人の選手を起用するとなると、話は一気に複雑になる。

まずはミッドフィルダーを、どう配置するかという問題がある。

常に3人でトライアングルを組むにせよ、チームの監督は配置を三角形にするか、逆三角形にするかを選択しなければならない。たとえばジョゼ・モウリーニョが普及させた4-3-3では、マケレレのような抑え役の選手を中盤の底に置き、その前方にランパードのようなボックス・トゥ・ボックス型の選手を配置していた。

一方、ラファエル・ベニテスが好んだ4-2-3-1では、三角形の向きは逆になる。2人の選手が中盤における守備の役割を分担しつつ、ある程度は攻撃に参加できる余地も残す。そのうえで正三角形の頂点に、正統派の10番タイプの選手を起用する方式だ。

とはいえ、どちらのアプローチも、あくまでも基本的な配置に過ぎない。具体的な選手の起用方法に関しては、様々な組み合わせ方が存在していた。

中盤の底に構える選手には、ハビエル・マスチェラーノのように、純粋にボールを奪う能力に長けた人材を起用することもできるし、深い位置でひらめきの才を発揮するディープ・ライイング・プレーメイカー、マイケル・キャリックのようなタイプを配置してもいい。

2人目のミッドフィルダーは、シャビ・アロンソのような純粋なパサーにすることもできれば、精力的にピッチ上を走り回るオールラウンダー、マイケル・エシアンのような選手を選ぶこともできる。そして最後の3人目、もっとも攻撃的な役割を担うミッドフィルダーには、チームをぐいぐい引っ張っていくパワフルな選手、たとえばスティーヴン・ジェラードのようなタイプを起用したり、トマーシュ・ロシツキーのようなプレーメイカーを抜擢したりすることもできる。

このような選択肢の増加が意味するものは明らかだ。

様々なオプションの中から選手を選び、組織的に機能できる中盤のユニットを構成するのは、以前にもまして骨の折れる作業になった。それと同時に、選手が中盤が担う役割は決定的に変化したため、伝統的な枠組みでは捉えきれなくなったのである。

ところがイングランドサッカー界の識者たちの間では、中盤が担う役割がかくも変化し多様化したことが、きちんと認識されないケースがしばしばあった。

要因の1つは、イングランドのサッカー界そのものが、戦術的なボキャブラリーに乏しかったことにある。

たとえばイタリア人の識者なら「レジスタ」――アンドレア・ピルロに代表されるディープ・ライイング・プレーメイカーと、「トレクァルティスタ」――フランチェスコ・トッティのように、フォワードの背後でプレーできるトップ下の違いを、すぐさま的確に説明できるだろう。

だがイングランドの場合、中盤でプレーする選手は「ミッドフィルダー」という単語でひとくくりにされてしまう。たしかに「ミッドフィルダー」という単語の前には、「守備的」や「攻撃的」という形容詞が加えられるようになったが、これだけでは4‐4‐2や4‐3‐3、あるいは4‐2‐3‐1における役割の違いを詳しく説明することはできない。

さらに述べれば、これらの単語では、サッカー選手がオールラウンドな役割を担うようになった事実も表現できない。いわゆる「ディープ・ライニング・ミッドフィルダー」は深い位置に構えているものの、クリエイティブな役割もこなすことができる。ピッチの前方にいるミッドフィルダーも然り。彼らは攻撃だけを担うわけではなく、守備的な役割も全うしてみせる。イングランドの用語法は、時代の流れについていけなくなってきていた。

■ミッドフィルダー像の変化とスコールズ

中盤の役割が変化し、多様化していったことは、この時期に活躍した3人のすばらしいミッドフィルダーの例に、もっとも端的に表れている。

マンチェスター・ユナイテッドのポール・スコールズ、チェルシーのフランク・ランパード、リヴァプールのスティーヴン・ジェラードである。イングランドが生んだ3人の逸材は、戦術面で進化を遂げることによって、プレミアリーグの進化を体現する存在にもなった。

もともと彼ら3人は、同世代の選手の中でもっとも高い評価を集めていただけでなく、2000年代中盤、イングランドでもっとも大きな存在感を放った、3つのクラブを代表する選手でもあった。

だが、より重要な共通点は別にある。彼らは皆、基本的なプレーを4‐4‐2で学んだ口であり、キャリアの途中から、中盤を3枚にしたシステムで活躍するようになった点である。さらに述べれば、彼らは一貫して様々な役割をこなし続けた。プレミアリーグの戦術進化を受けながら、個人のレベルでもステップアップしていったのである。

彼ら3人は、当然のように国際試合にも出場したが、代表では戦術的な頭痛の種にもなってしまう。3人の優れたミッドフィルダーをいかにすればうまく機能させられるか、この問題には結局、決め手となる解答が得られなかった。それどころかスリーライオンズは2000年代を通じて、戦術的に迷走し続ける。その姿は戦術的に進化していくクラブチームと好対照を描いた。

3人の中で最初に頭角を現したのは、マンチェスター・ユナイテッドのポール・スコールズである。ちなみにスコールズは、代表チームとクラブチームの両方において、「黄金世代」を形作ったと考えられている。だが実際にはいずれにおいても、黄金世代の主流からは少し外れた存在だった。

たとえば代表チーム絡みでは、ランパードやジェラードとしばしば同列に論じられるが、スコールズはランパードより4歳、ジェラードよりは6歳上である。

似たようなことは、クラブチームにおける立ち位置に関して指摘できる。

ユナイテッドでは「92年組」の一員になっていたとはいえ、必ずしも主力だったわけではない。ユースチームが92年のFAユースカップを制した際、ニッキー・バット、デイヴィッド・ベッカム、ギャリー・ネヴィル、ライアン・ギグスといった面々は、レギュラーとして試合に出場している。しかしスコールズは、1分もプレーしていない。1軍にデビューを飾ったのも他のメンバーより遅かった。

理由ははっきりしている。

フィジカルの弱さが、強く懸念されていたのである。

「彼はすばらしいスキルを持っていたし、玄人の目に留まったかもしれない。でも15歳の時、僕が最初に思ったのは背が低過ぎるということだった」

ギャリー・ネヴィルは語っている。

スコールズは若い頃から、並外れた才能に恵まれていた。事実、ユナイテッドに加入する以前はニッキー・バットやギャリー・ネヴィルとともに、バウンダリー・パークというジュニアチームでタイトルを総なめにしていた。だがバウンダリー・パークの監督を務めていたマイク・ウォルシュは、スコールズの体つきは「赤ん坊のようだった」と述べている。フィジカルなプレーをする相手と試合をする時には、スコールズをなんとか保護してやろうとしたという。その対策の中には右サイドで起用することも含まれていたが、スコールズは「センターフォワードとしてプレーしたがり、いつも真ん中に流れてきた」という。

マンチェスター・ユナイテッドに入団した際、スコールズは膝の怪我と気管支炎にも苦しんでいた。「92年組」を育て上げたユースコーチのエリック・ハリソンは、これらの問題に加えて、スコールズが「足もまるで速くなければ、フィジカルの強さもまるでない」ことを見抜く。これらの欠点が大きな障害にならないと確信するまで、時間がかかったと認めている。

■カントナの後継者と目された男

ユナイテッドの監督であるアレックス・ファーガソンもまた、スコールズのフィジカルの弱さに不安を抱いていた。ある日のトレーニングでは、アシスタントのジム・ライアンのほうを振り向き、こんな台詞を口にしている。

「見込みはゼロだ。彼は背が低過ぎる」

ところがファーガソンの印象は徐々に変わっていく。頭角を現してきた頃のスコールズは、ミッドフィルダーというよりも深い位置に引いたフォワードを務めていたが、プレーを目の当たりにすればするほど、テクニックの質の高さを評価していくようになった。

エリック・ハリソンは、スコールズがケニー・ダルグリッシュを連想させたと証言する。一方のファーガソンは、カントナと同じチームで起用することに懸念を表明している。能力が低かったからではない。名手カントナと、あまりにプレースタイルが似ていると考えたからである。

「エリック（カントナ）がチームを去ったなら、その時こそ彼は本当のキープレイヤーとして頭角を現すようになるだろう」。ファーガソンは語っている。「2人は似たようなポジションでプレーしているし、私はエリックの後継者として目星をつけている」

スコールズは1994年、ポート・ベールを2‐0で降したリーグカップの試合においてデビューを飾った。この際には10番のユニフォームを身にまとい、両方の得点を記録している。最初はゴールキーパーを冷静にかわし、二度目はパワフルなヘディングシュートをニアポストに叩き込んだ。

とはいえ、フィジカルの弱さは懸念材料であり続けた。

「センターフォワードとしてプレーするには、ポールは小柄過ぎた。その事実は無視できなかった」。ファーガソンは後に振り返っている。「またその役割をこなすための速さに欠けているのも明らかだった」

ファーガソンは当初、スコールズを様々なポジションで起用している。攻撃陣よりも中盤を任せることが多かったが、カントナが1997年に引退すると、かつての発言を実行に移す。スコールズをカントナの後釜に抜擢したのである。

スコールズは正統派の10番タイプとしてプレー。1997／98シーズンに最初に先発した6試合では、テディ・シェリンガムやアンディ・コールのすぐ後方で、チャンスメイクをこなしている。

ところが、そんなスコールズに大きな転機が訪れる。シーズン序盤、ユナイテッドではニッキー・バットとロイ・キーンの2人がセントラルミッドフィルダーを務めていた。ところがキーンは9月に膝を大怪我し、残りのシーズンを棒に振ってしまうことになる。このためチームは突如として、中盤のオプションに事欠く状況に追い込まれた。

そこでスコールズは中盤に下がり、バットとコンビを組むようになる。結果、以降のユナイテッドでは、セントラルミッドフィルダーがスコールズの基本ポジションとなっていく。ちなみに当時、両サイドに張っていたのがベッカムとギグスだった。

一方、イングランド代表における状況は少々違っていた。スコールズは1997年の夏、南アフリカ戦でデビューを飾る。テディ・シェリンガムに代わって交代出場し、そのままイアン・ライトから少し後ろに下がった位置でプレーし始めた。

スコールズは交代出場から10分ほどで、絵に描いたようなコンビプレーから決勝点を演出している。ヘディングでイアン・ライトにボールを叩くと、ライトは胸でトラップしてボレーシュートを決めてみせた。

当時、代表チームを率いていたのはグレン・ホドルだったが、彼はスコールズのように洗練されたプレーができる「イングランド人らしからぬ選手」にとって、打って付けの指導者だった。フィジカルの強さよりも、テクニカルなスキルを何よりも重視するタイプだったからである。

スコールズはワールドカップ、フランス大会のプレ・イベントである「トゥルヌワ・ドゥ・フランセ」でもホドルの期待に応える。イアン・ライトと再び見事なコンビプレーを展開し、互いにアシストをしながらチームを2‐0の勝利に導いた。

イングランド代表のプレーメイカー、ポール・ガスコインが突然調子を崩したこともあり、スコールズはすぐに一軍のレギュラーに定着。代表デビューからわずか1年後、1998年のワールドカップが開催される頃には、アラン・シアラーとマイケル・オーウェンの背後で10番の役割を任されるまでになる。ホドルは3‐4‐1‐2のシステムを採用していたが、このような布陣を選択したのも、スコールズを活かすことをおもに考えたからだった。

代表にもコンスタントに選ばれるようになったスコールズは、最初の16試合で7得点をあげている。

一連のゴールの中には1999年のポーランド戦、ケヴィン・キーガンが初めて指揮を執った試合で記録したハットトリックや、EURO2000のプレーオフ、アウェーのスコットランド戦でもたらした、きわめて重要な2ゴールも含まれている。

■ フランク・ランパード

ホームとアウェーでスコットランドと連戦する約1ヶ月前、イングランドはベルギーと親善試合をおこなっている。スコールズはこの際、休養を命じられた。代わりに起用されたのが、代表デビューを飾ったフランク・ランパードだった。

かくして攻撃的ミッドフィルダーを巡るポジション争いが始まるわけだが、ランパードはスコールズに比べて、かなりタイプが異なる選手だった。

もともとランパードは、サッカー界のサラブレッドとして知られていた。同じ「フランク」という名前を持つ父親は、ウェストハムのレジェンド的な選手であり、左サイドバックとして660試合に出場した経験を持っていた。また代表キャップも二度獲得しており、1990年代半ばに差し掛かる頃には、ウェストハムのアシスタントマネージャーを務めるようになっていた。

当時、チームの監督を務めていたハリー・レドナップは、ランパードの父親にとって義理の兄に当たる。

このためランパードにとっては叔父になるし、レドナップの息子でイングランド代表のメンバーだったジェイミー・レドナップとは、従兄弟同士という関係になった。

しかもランパードの家にはボビー・ムーアが時々訪れ、父親と紅茶を飲みながらウェストハム談義に花を咲かせていたという。ボビー・ムーアはウェストハムが生んだ最大のスター選手であり、1966年のワールドカップ・イングランド大会において、優勝メンバーにも輝いた人物である。これらのエピソードからうかがえるように、ランパードは幼少の頃からサッカーに囲まれて育ってきた。

ただしランパードは、スコールルズのような天与の才能には恵まれていなかった。現にランパード自身、ウェストハムのユースシステムが輩出した他の選手たち、ジョー・コール、リオ・ファーディナンド、マイケル・キャリックなどのほうが、テクニカルな才能に恵まれていたと認めている。

だがランパードには、別の大きな特徴があった。サッカーに信じられないほど真面目に取り組み、練習に打ち込む姿勢である。そして彼は何よりも、フィジカルの能力を上げることに取り組んだ。

幼い頃、太っていることをしばしばからかわれたランパードは、ランニング用のシューズを履いて自宅の裏庭を何時間もダッシュし続けた。またウェストハムのトレーニンググラウンドでも遅くまで居残り練習をし、2つのペナルティエリアの間で、1人黙々とシャトルランを繰り返した。

当時のチームメイトは、ランパードの練習光景を目撃している。ランパードは濡れたピッチの上に2つのコーンを配置。短い距離をダッシュしながら、片方のコーンを越えるとスライディングタックルをし、それから再び立ち上がって反対側のコーンのところまで走り、やはりタックルをする練習を延々と繰り返していたという。ボールもなければ相手チーム役の選手もいない状態で、ひたすらフィジカルの能力を高めることに集中していたのである。

1996年、そんなランパードに突然、1軍デビューのチャンスが巡ってくる。ミッドフィルダーのジヨン・モンカーがインフルエンザでダウンしたため、リーグカップのストックポート戦に向けて、期せずしてお声がかかることになった。ランパードは例によって公園でダッシュの練習をしている際に、父親から電話でそのことを告げられたという。

ただし選手として頭角を現し始めた頃、ランパードはウェストハムのサポーターから、身びいきをされているという批判を常に受けていた。このためサポーターに対して、根強い反感を抱くようになる。

事実、1996年、ハリー・レドナップやコーチングスタッフ、そして他の選手たちとともにファンとのミーティングに出席した際にも、ランパードは嫌な思いをしている。とあるサポーターが、レドナップは自分の甥（ランパード）を特別扱いするために、マット・ホランドやスコット・カナムのような、「もっと優秀な」ミッドフィルダーたちを放出してきたと言わんばかりの発言をしたのである。

たしかにホランドは他のクラブに移籍し、プレミアリーグですばらしい実績を残していた。逆にカナムは、下位リーグのクラブでプレーする羽目になっていた。

だがレドナップは、真っ向から反論する。

「彼（ランパード）は、トップクラスのミッドフィルダーに必要なすべての資質を持っている。（練習に臨む）態度は一流でフィジカルも強い。それに彼はボールも扱えるし、パスを出し、自分でゴールを決めることもできるんだ」

■ランパードが目指したスタイル

ランパードは昔から、ボックス・トゥ・ボックスタイプのミッドフィルダーだった。

レギュラーとして初めて迎えた1997／98シーズンには、ウォルソールとのリーグカップでハットトリックを達成するなど、常に走り続け、得点を奪えるポジションに走り込むスタイルを持ち味としてきた。

それだけに、イングランドのU－21代表チームで経験した出来事には閉口したという。監督のピーター・テイラーはランパードを呼び出すと、将来的には抑え役のミッドフィルダーを目指していくべきだと指摘してきたのである。

ただしランパードは、自分が単なる点取り屋タイプだという見方も否定している。

「僕はロベール・ピレスやグスタボ・ポジェのような、点取り屋タイプのミッドフィルダーにはなりたくなかった」。ランパードは証言している。「あくまでもミッドフィルダーとしてプレーし、そのうえで点も決められる選手になりたかった。試合のすべての局面に絡みながら、守備もすればラストパスも出す。そして常にゴールを決められるようなタイプにね」

ランパードは1999年10月、イングランドのフル代表でもデビューを飾る。ポール・スコールズに入れ替わる形でチームに名を連ね、いとこのジェイミー・レドナップとともにベルギー戦で先発を果たした。

だが、これは少しばかり時期尚早だったと言わざるを得ない。

事実、次に代表で出場機会を得たのは、スヴェン＝ゴラン・エリクソンが監督として初めて指揮を執った試合だった。この間ランパード1年半近く、辛抱強く待つ羽目になっている。さらに述べれば、先発に起用されたのは2年半後だったし、2003年8月、代表で初ゴールを決めるまでには約4年を要した。

しかもランパードはEURO2000だけでなく、2002年に開催されたワールドカップにも招集されなかった。2001年の時点では、すでにチェルシーへの移籍を果たしていたにもかかわらずである。

この間、イングランド代表では別のミッドフィルダーがレギュラーの座をつかんでいた。エリクソンが採用した4‐4‐2で、スコールズとコンビを組んだのはスティーヴン・ジェラードだった。

■スティーヴン・ジェラード

リヴァプールで生まれ育ったジェラードは、9歳の時にクラブのアカデミーに加入。11歳からはユースチームで、マイケル・オーウェンとともにプレーするようになる。

ちなみにジェラードは幼い頃、少し特殊な経験をしている。ジェラードにはジョン＝ポール・ギルホーリーという2、3歳上の従弟がおり、リヴァプールのハイトンという地域にあった自宅の前の通りで、いつもストリートサッカーに興じていた。

ギルホーリーは熱狂的なリヴァプールファンだったが、1989年に起きたヒルズボロの悲劇に巻き込まれ、もっとも若い犠牲者となってしまう。

ジェラードは、この一件が自分のキャリアにいかに大きな影響を与えたかについて語っている。

「ユースチームの頃は、彼の両親を見るたびに（従弟の分まで）成功してやるんだというモチベーションが湧いてきたんだ」

ジェラードは少年時代からパスがずば抜けてうまかったが、10歳の時におかしな形で怪我をし、サッカー選手としてのキャリアを断たれかかっている。自宅のそばでサッカーをしている時に、ボールがイラクサの茂みに飛び込んでしまう。ボールを茂みから蹴り出そうとした際、地面に置いてあった園芸用の鋤に、親指を深く突き刺してしまったのである。

この怪我はかなり深刻で、病院では親指を切断するかどうかが検討されるまでになる。その際、ジェラードの父親は、リヴァプールのアカデミーでディレクターを務めていたスティーヴ・ハイウェイに電話で相談。ハイウェイはすぐに病院にかけつけ、医師に切断を思いとどまるよう説得したという。ハイウェイの説得がどれだけ通じたのかは疑問だが、ジェラードは選手生命を絶たれずに済んだ。

ジェラードは10代の頃、サッカー協会が運営する「センター・オブ・エクセレンス」（ナショナルトレセン）に志願している。だがランパードと同じように入学を断られたため、リヴァプールで練習に励み続けた。当時のジェラードは若き日のスコールズのように、フィジカルの弱さが懸念されていたという。

１９９８年、ジェラードは18歳にして1軍デビューを飾る。この際には右サイドバックとして交代出場し、トッテナム戦では初の先発出場も果たした。トッテナム戦では右のウイングバックとして、ダヴィド・ジノラのマーク役を担当している。

とはいえ彼は、明らかにセントラルミッドフィルダー向きの選手だった。事実、ＵＥＦＡカップのセルタ・ビーゴ戦では、初めて本来のポジションで起用されている。当時のセルタはクロード・マケレレを擁していたが、ジェラードはマン・オブ・ザ・マッチに輝いた。

以降の数年間は出場機会が限られており、右サイドでプレーすることをしばしば余儀なくされている。だが２０００年初めにレギュラーに定着すると、守備的なミッドフィルダーである、ディトマール・ハマンと組むようになっていく。

ジェラードはチーム内において、当時のパトリック・ヴィエラに匹敵するような役割を果たしていた。猛烈な勢いで前方に駆け上がって攻撃に絡むことが許されていたし、実際に見事なロングシュートも何度か決めている。ただし本質的には守備的ミッドフィルダーであり、敵の攻撃を分断する仕事も請け負っていた。

ちなみに若い頃のジェラードは、アグレッシブなタックルが最大の特徴になっていた。

ただし、このようなプレースタイルは関係者の懸念も招いている。練習の際、あまりに激しいタックルを見舞うため、スティーヴ・ハイウェイはジェラードの父親に対して、家庭内に問題はないかと尋ねたこともあったという。また16歳の時には、やたらとタックルを仕掛ける癖を矯正するべく、スポーツ心理学者のビル・ベスウィックを訪ね、カウンセリングを受けるようも命じられている。

事実、ジェラードはマージーサイド・ダービーでひどいタックルを仕掛け、二度ほど退場になったこともある。犠牲になったのはケヴィン・キャンベルと、ゲイリー・ネイスミスという選手だった。

また、コミュニティ・シールドでアーセナルと対戦した際には、ヴィエラにタックルを見舞ってアーセン・ヴェンゲルの怒りを買ったし、アストン・ヴィラのジョージ・ボアテングにタックルを仕掛けて退場した際には、あまりに危険なプレーをしたということで、自ら相手に電話をかけて謝罪している。

「プレミアリーグのフィジカルなサッカーは、自分のスタイルに合っているんだ」。ジェラードは本人はこんなふうに語っている。「タックルを仕掛けたり、相手に仕掛けられたり。そこから起き上がって、また挑んでいくんだ」

■ジェラードとスコールズの間に生じた問題

ジェラードはイングランドの代表に招集されるのも早く、2000年5月、ウクライナに2‐0で勝利した試合でデビューを飾る。だがスコールズの練習風景を見て度肝を抜かれたという。

「彼は動きがすごくシャープだったし、ものすごくクレバーな選手だった」。ジェラードは振り返っている「それにどこからでもゴールを叩き込む――クロス、フィニッシュ、シュートの強さ、ドライブ回転、ボールの動き、すべてが一流だったよ」

ジェラードはこの試合で、スコールズとスティーヴ・マクマナマンの後方において、3‐5‐2の中盤の抑え役を務めた。そこで非常に見事なプレーを披露したため、ポール・インスのバックアップ役として

ＥＵＲＯ２０００のメンバーにも招集されるようになる。

ジェラードは、イングランドが１-０でドイツに勝利した試合に途中出場して30分間プレーしたが、この際にはリヴァプールのチームメイトであるはずのハマンに、トレードマークでもある強烈なタックルを見舞ったことでも有名になった。

「彼にはあんなタックルをしなくてもよかったと思う」。ジェラードは数ケ月後、ドイツと再び対戦する前に述べている。「でも女の子みたいにキャーキャー悲鳴をあげるべきじゃない。違うかい？」

やがてポール・インスは、ＥＵＲＯ２０００の大会終了後に代表を引退する。たしかに当時のイングランド代表では、センターバックのガレス・サウスゲイトとジェイミー・キャラガーが、守備的ミッドフィルダーとして起用されることも時折あった。だがこのポジションをこなせる選手自体が限られていたため、ジェラードは新監督のスヴェン＝ゴラン・エリクソンの下で、レギュラーに定着する。

エリクソン監督時代、ジェラードは6試合に出場し、ずば抜けたパフォーマンスを発揮。２００１年、アウェーのドイツ戦で５-１の大勝を収めた一戦（２００２年ワールドカップ予選）でも、１-１の状況から勝ち越し点を決めている。

ところが、このドイツ戦こそは、イングランド代表にとって悪しき転換点となった。以降、セントラルミッドフィルダーの起用を巡って、窮屈な妥協を強いられていくからである。

たとえばジェラードは、試合を次のように振り返っている。

「自分が任されたのは相手の流れをとにかく切って、ドイツが勢いに乗る前に叩き潰すことだった。もっと攻撃的にプレーするのが好きなんだけど、こういう役割も悪くはなかった」

ちなみにジェラードはリヴァプールでは8番を背負っているが、代表チームではたいていの場合、４番を身に着けていた。この背番号の違いはセントラルミッドフィルダーと、守備的ミッドフィルダーという役割の違いを端的に示している。

ただし同様に注目すべきは、ジェラードがスコールズのプレーを評して、「いつもより守備的にプレーしていた」と語っている点である。

スコールズはマンチェスター・ユナイテッドでは、ポール・インスやニッキー・バット、ロイ・キーンといったミッドフィルダーとコンビを組んでいた。これらのチームメイトに比べれば、ジェラードは戦術的な規律を守ろうとする意識が弱いため、スコールズも窮屈なプレーをすることを余儀なくされたのである。

結果、イングランドの中盤では、ジェラードとスコールズの双方が、本来望んでいるよりも守備的な役割をこなす形になり、今一つ力を発揮しきれない状況が生まれてしまう。

たしかにイングランドは、ドイツ相手に歴史的な大勝を収めた。だがこれはマイケル・オーウェンとエミール・ヘスキーが展開したカウンターアタックに負う部分が大きいし、必ずしも中盤のパスワークで、相手を圧倒したわけではなかった。

ジェラードとスコールズを巡る状況はチームの前途に一抹の不安を抱かせたが、エリクソンが4‐4‐2を放棄し、他のシステムに移行するような兆候は見られなかった。これは彼のバックグラウンドにも関係している。

そもそもエリクソンが監督に就任する際には、外国人が初めてイングランド代表の指揮を執るということで、喧々諤々の議論が起きた。だが彼はテリー・ヴェナブルズやグレン・ホドル、あるいはケヴィン・キーガンといった純国産の監督よりも、「イングランド型」の4‐4‐2に対する思い入れが強かった。

1970年代には2人のイングランド監督、ボブ・ホートンとロイ・ホジソンが、イングランド型の4‐4‐2をスウェーデンに紹介していた。このような歴史的な背景もエリクソンに影響を及ぼしていたのである。

　とはいえエリクソンが採用した4‐4‐2では、中盤が今一つうまく機能していなかった。このことは、スコールズが調子を落とした事実からもうかがえる。

　ユナイテッドとは異なる役割を担うようになったために、スコールズの得点率は極端なまでに低下する。代表でプレーし始めた頃は、わずか16試合で7ゴールを記録したにもかかわらず、次に7ゴールをあげるまでには50試合も要してしまう。しかもスコールズは得点力が落ちただけでなく、パスの出し手としてもプレーに精彩を欠くようになっていた。

　2001年10月、イングランド代表は、ワールドカップの最終予選でギリシャと対戦。ベッカムが土壇場でフリーキックを決めて同点に追い付き、本大会行きのチケットを手にする。

　試合そのものは劇的な展開となったが、スコールズのできは特に振るわなかった。事実、スコールズは翌年の本大会でもパッとせず、マンチェスター・ユナイテッドの同僚、ニッキー・バットにお株を奪われた。ライバルのジェラードが、怪我で大会を欠場したにもかかわらずである。

　ちなみにスコールズとジェラードは、EURO2004に向けた地区予選で主軸として起用されたが、この頃にはスコールズのゴール欠乏症が、さらに深刻な問題として取り上げられるようになっていた。

　当時のスコールズが抱えていた問題は、傍で思われていたよりも相当根が深く、ややこしいものだった。所属先のマンチェスター・ユナイテッドでは不調に陥るどころか、かつてないほど充実したシーズンを送っていたからである。

　事実、2002／03シーズンには、4‐4‐1‐1のシステムで攻撃的な役割を担当。ルート・ファン・ニステルローイの後方でプレーしながら、キャリア最多となる14ゴールをリーグ戦で記録している。ところが代表の一員としてEURO2004に臨む時点では、3年もゴールをあげていないという奇妙な状況に陥っていた。

「僕は点を取るためにチームに呼ばれている。もしそれができなければ、選ばれなくなる可能性があることもわかっている」。スコールズは語っている。「僕に期待されているのは点を取ることだ。それができなければ、きちんとチームに貢献していないということになる。

しかも、これは僕だけの問題じゃない。フランク・ランパードのように、すばらしいシーズンを過ごした選手が他にいるんだから、彼らに先発のポジションが与えられるべきなのかもしれない。

監督が自分の代わりに彼を選ぶなら、僕は喜んで応援するよ。自分がきちんと役割を果たしていないことはわかっているからね」

■ フランク・ランパードが輝きを放った要因

スコールズが指摘したとおり、この頃のランパードはチェルシーで充実したシーズンを過ごしていた。そこには2つの理由がある。

まずチェルシーは、ロマン・アブラモヴィッチが大量に資金を注ぎ込んだ結果、タイトルを狙える集団に変貌。ランパードは、たしかな実力を持つチームメイトとともにプレーできるようになっていた。

2つ目の理由は、ランパード自身の成長にある。監督のクラウディオ・ラニエリは4-4-2のシステムを採用したが、ランパードに対して、よりオーソドックスなプレーをするように要求していたのである。

ラニエリはランパードと契約する際、ウェストハム時代のプレースタイルは攻撃と守備の比率が70対30だったが、チェルシーでは50対50にしてほしいと告げたという。

「彼はプレーのバランスを改善させようとしていた。だから前に走り出すタイミングをもっと自覚して、より効果的に攻撃に参加する方法を教えてくれたんだ」

それまでのランパードは、無尽蔵のスタミナにものを言わせて、運動量で相手を圧倒することを意識していた。このため相手を振り切って敵のペナルティエリアに先に到達し、まるで陰のストライカーのように、チャンスが来るのを待つことが多かった。

だがラニエリは練習試合で、ランパードに対して「そこにいろ！」と頻繁に声をかけた。ビルドアップに合わせて走り込み、ペナルティエリアに到着するタイミングを意図的に遅らせるためである。ランパードは語っている。「僕は（がむしゃらに走り込むのではなく）、個々の状況に合わせてプレーする方法を覚えた。自分が一番ゴールを奪えるようなタイミングを、嗅ぎ分けられるようになったんだ」

言葉を換えれば、ランパードは自らの戦術的な役割を、よりきっちりとこなせるようになっていった。

そこで巡ってきたのがＥＵＲＯ２００４だった。

この大会に臨んだエリクソン監督は、スコールズを左サイドに起用したために、クリエイティブなプレーを放棄したと批判されることになる。

だが実情は、かなり異なっている。

そもそもエリクソンは、４人の傑出したセントラルミッドフィルダーを起用する機会に恵まれていた。ベッカム、ランパード、ジェラード、そしてスコールズである。

まずベッカムはキャプテンであり、イングランド代表をしばしば救ってきた。ランパードはクラブチームにおいては、４人の中でもっとも充実したシーズンを終えたばかり。ジェラードは中盤において、プレーのクオリティを全体的に高めることができるし、やはり外すわけにはいかない。ところがスコールズだけは旗色が悪かった。驚異的な才能を持ちながら、イングランド代表では単純にいいプレーができていなかったのである。

しかも4人はいずれもが創造的なプレーのできる、攻撃的なミッドフィルダーだという点で共通していた。その事実を踏まえれば、より使い勝手のいい抑え役のミッドフィルダーを起用したほうが、チームのバランスは取りやすくなる。ましてや当時のイングランド代表には、ニッキー・バットやオーウェン・ハーグリーヴスも名を連ねていた。

とはいえ抑え役のミッドフィルダーを中盤に加えようとすれば、スコールズが当然外れてしまうことになる。エリクソンはこれを嫌がり、あえて彼を起用し続けた。チーム全体の陣形を、多少犠牲にしてもである。

このような事実は、エリクソンがいかにスコールズの才能を高く買っていたのかを物語る。

現にエリクソンは、スコールズに端役を与えるどころか、当初は真逆の方式をテストしている。中盤をダイヤモンド型に組んだ上で、「イングランド最高の選手」と評したスコールズを、その頂点に配置したのである。

これは事実上、スコールズを軸にチームが作られたことを意味したが、戦術的にも理屈は通っていた。ダイヤモンド型の陣形は、横方向の広がりを欠きやすい。だがサイドバックのギャリー・ネヴィルとアシュリー・コールがオーバーラップすれば、ピッチを幅広く使いつつ、4人のミッドフィルダーを中央でプレーさせることができるはずだった。

エリクソンがテストしたダイヤモンド型の4‐4‐2には、別の大きな特徴もあった。ランパードがダイヤモンドの底のポジション、ディフェンスラインの手間で起用されたのである。これは4人の中で、ランパードがもっとも戦術的なディシプリンの意識が高い選手だと見なされていたためだった。

ただし、彼自身は中盤の深いところまで下がったポジションを毛嫌いしていたし、ダイヤモンドの左サイドに回ったジェラードもフラストレーションを感じていた。

ランパード同様、ジェラードも前のポジションで攻撃的にプレーすることを望んでいた。だがエリクソンは、その役目をスコールズに託す形でダイヤモンド型のフォーメーションをテストした。

■ 砕け散ったダイヤモンド

ところが、このシステムは結局ものにならなかった。

EURO2004に臨んだイングランドは、トレーニングセッションでダイヤモンド型の陣形をテストしたものの、惨憺たる結果に終わってしまう。先発11人で組んだチームが、控えメンバーのチームに0-3で完敗したのである。

この試合の後、エリクソンはミッドフィルダーたちを集めて、どのシステムが一番好みかを尋ねている。スコールズはダイヤモンド型を使い続けることを望んだものの、他の3人は中盤をフラットに構成する方式を支持したため、エリクソンは4-4-2にシステムを戻している。

スコールズは落胆したが、1人の選手のために他の選手たちの意見を無視することはできない。ましてやダイヤモンド型の布陣を唯一支持したミッドフィルダー（スコールズ）は、単純にいいプレーができていないことを自ら認めているのである。

さらに述べれば、スコールズは体力面での不安も抱えていた。エリクソンによれば、大会期間中にPK戦の練習をした際、スコールズはトレーニングに参加しようとしなかった。エリクソンが理由を聞くと、スコールズは60分過ぎまでならプレーできるが、120分間はとてももたないと答えたという。

いずれにしても、4人の攻撃的なミッドフィルダーをフラットに並べた時点で、スコールズを中央に起用することはできなくなった。ミッドフィルダーがピッチの中央に構え、ディフェンスラインのガード役

England at Euro 2004

イングランド代表 ◉ EURO2004当時

EURO2004における基本布陣。監督のエリクソンは試行錯誤の末、最終的に4－4－2に回帰。スコールズを左サイドに回し、ジェラードとランパードにコンビを組ませる。ランパードとジェラードを同時に起用できるかという問題は、ここからさらに深刻になっていった

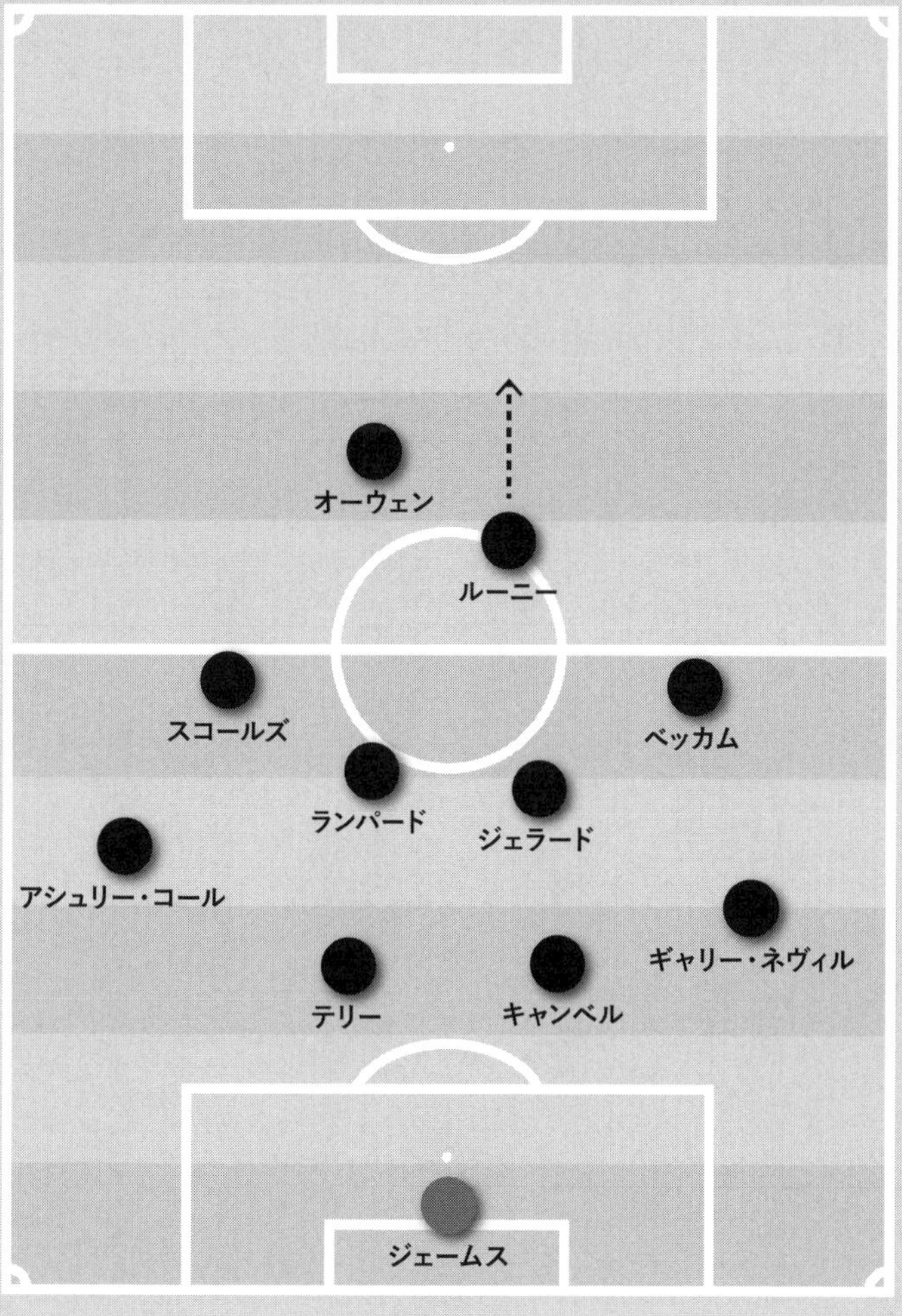

を務める場合には、数多くのタックルを仕掛けていかなければならない。当時は、この種の考え方がいまだに強かったからである。

しかもスコールズは、明らかにタックルを苦手としていた。

現に彼がクラブチームや代表チームで師事した4人の監督たち、アレックス・ファーガソン、グレン・ホドル、ケヴィン・キーガン、そしてスヴェン＝ゴラン・エリクソンは、スコールズがタックルを不得手としていたのは、玉の瑕《きず》だと口を揃えている。彼は非の打ち所のないスキルを誇っていたが、相手からボールを奪う技術だけはものにできていなかった。

誤解のないように述べておくと、試合ではスコールズもタックルを試みなかったわけではない。だが仕掛けるタイミングがずれており、ヨーロッパ大陸側の審判からはとりわけ反則を取られていた。現に彼はレアル・マドリーのセルヒオ・ラモスに記録を更新されるまで、チャンピオンズリーグ史上、もっとも多くイエローカードを出された選手にもなっていた。タックルが下手なだけでなく、スタミナも欠けているとなれば、4-4-2の中央にスコールズを選ぶようなリスクを冒すことはできなかった。

スコールズと対照的に、おもに守備的な役割を担うミッドフィルダーとして高く評価されていたのが、当時のジェラードである。その事実はベッカムのコメントからもうかがえる。

「(イングランド代表は)、彼がいてくれたほうが、はるかにバランスがよくなる」

一方のランパードも、チェルシーにおいてラニエリから教育を受けたことで、さらにディシプリンのあるプレーができるようになっていた。かくしてエリクソンは、ジェラードとランパードに中盤の真ん中でコンビを組ませるのが、もっとも理にかなっていると判断した。

この場合、スコールズは左サイドに回らざるを得ない。だがエリクソンは、サイドバックのアシュリー・コールがオーバーラップしてくれれば、スコールズもピッチの内側に切れ込めるようになるだろうと読んでいた。

左サイドに創造的なプレーができる選手を配置した上で、内側にも流れてくることができるようなメカニズムを考え出したことは、エリクソンのきわめて大きな功績にもなった。イングランド代表の関係者たちは、才能を持った左利きの選手がいないという理由だけで、「左サイドの問題」に長年、頭を悩ませていたからである。

そもそも「左サイドの問題」なる発想自体が、サッカー界では時代遅れになっていた。現に２００６年以降、ワールドカップを制したイタリア、スペイン、ドイツの各代表チームは、クリエイティブな才能に恵まれたセントラルミッドフィルダーを、いずれも左サイドに配置している。シモーネ・ペロッタ、アンドレス・イニエスタ、そしてメスト・エジルといった面々である。それを考えれば、スコールズが同じ役割をこなせない理由はどこにもない。エリクソンは苦肉の策としてスコールズを左サイドに起用したが、結果的にはイングランドの固定観念に風穴を開ける役割を果たした。

かくして迎えたＥＵＲＯ２００４。イングランド代表は、全体的にはいいプレーをしている。早熟の天才、ウェイン・ルーニーを軸に、積極的に打ち合うスタイルを採用したためである。イングランドは準々決勝でポルトガルに敗退したが、これはエリクソンが採用したシステムが問題になったというよりは、ルーニーが試合中に左足中足骨を骨折した影響が大きい。

ちなみに大会終了後、スコールズは代表からの引退を発表している。彼は左サイドで起用されたことが引退を決意した理由ではないと、何度も強調している。

「スヴェン（ゴラン＝エリクソン）は、イングランド代表を辞める原因を作った。そんなふうに批判する人が大勢いる。でも僕は実際にユナイテッドでもウイングでプレーしていたし、実際にたくさんのゴールを決めてきた」

とはいえ同じ方法が、イングランド代表でさほど機能しなかったのは否定できない。またスコールズは、代表での試合を単純に楽しめなかったとも認めている。彼は家族とともに過ごす時間が減ることを、特に嫌がっていた。

スコールズがイングランドサッカーの戦術進化にもっとも大きな影響を与えたのは、実際にはもっと後、かなり深い位置でプレーするようになってからである。スコールズに関しては、昔から中盤の深いポジションでプレーしていたと思い込んでいる人が多い。これもキャリア晩年の印象によるものだろう。

■ランパードとジェラードの成長を支えたもの

EURO2004の後、イングランドサッカー界の中盤は大きく様変わりする。代表チームでも、クラブチームにおいてもである。

まず代表チームからはスコールズが姿を消し、ランパードとジェラードが、セントラルミッドフィルダーとしての地位をさらに確立していく。

これを支えたのが、クラブチームの変化である。

チェルシーではジョゼ・モウリーニョが監督に就任し、4-3-3を導入。ランパードを左のセントラルミッドフィルダーとして起用し始める。結果、ランパードは中盤のトライアングルで、もっとも攻撃的な役割を担っていくようになった。

一方、リヴァプールではラファエル・ベニテスがチームを率いるようになったため、ジェラードのプレースタイルにも変化が生じていく。

当初ベニテスは、ジェラードを4-4-2の中央や右サイドで起用していた。だが時間の経過とともに、ジェラードがもっとも力を発揮できるのは、4-2-3-1の「3」の中央であることが明らかになっていく。このような布陣ならば、ジェラードは抑え役のミッドフィルダーを2人従えた状態で、攻撃陣の2列目を牽引していくことができるからである。

新たな監督の下でスケールアップした2人は、見事なプレーを披露する。現に2005年のバロンドールでは、ブラジル代表のフォワード、ロナウジーニョに次いで、ランパードが2位、ジェラードが3位に選ばれている。こうしてイングランド代表は、ヨーロッパ圏で頂点に立つばかりか、ミッドフィルダー全体のカテゴリーでも世界最高と目された選手を2人も抱える形となった。

とはいえ、ランパードとジェラードが高く評価されるようになった理由は異なっている。

ランパードは基本的にベーシックなプレーをする選手であり、3つの要素が大きな特徴となっていた。卓越した身体能力、完璧なタイミングでペナルティエリアに走り込む戦術的なスキル、そして25ヤード付近からのシュートのうまさである。これほどベーシックなプレースタイルで、バロンドールの2位にまで上り詰めた選手は、他にほとんどいない。彼の父親は若い頃、「物事はできるだけ簡単にすべきだ」というモットーを掲げていたが、ランパードはこの教えを忠実に実践してきたことになる。

それはシュートの内容からも見て取れる。

ランパードはロングレンジのシュートをよく決めてみせたし、プレミアリーグにおいて、ペナルティエリア外からのゴールをもっとも多く記録した選手になっている。だが本当に相手の虚を突いたようなシュートは比較的少ない。むしろロングレンジから、泥臭いゴールを決めるケースがしばしば見られた。ボールが跳ね返ってきそうなコースを予測してシュートを打ったり、ゴールキーパーのファンブルを、得点につなげたりするコツをつかんでいたからである。

ちなみにランパード自身は、このような才能は天性のものではなく、意図的に身に付けていったものだと述べている。

「ゴール数が増えたのは、ボールを蹴るテクニックを変えたことにも関係している」。ランパードは説明している。「以前の僕は、もっとボールの芯を狙って蹴っていた。力任せにボールを蹴って真っ直ぐゴール隅に叩き込めるなら、こういうスタイルでも問題はない。でも最近のサッカーボールは軽くなったから、表面をこするように蹴れば途中で軌道を変化させて、ゴールキーパーがもっと取りにくいシュートを打つことができる。こういう形でうまくヒットできればボールは突然方向が変わる。だからペトル・ツェフでさえ真っ直ぐに飛んできたシュートを弾いて、ゴールを決められてしまうような形になるんだ」

この発言には、彼の特徴がよく現れている。美しいプレーよりも効率的なプレーを追求する。それがフランク・ランパードという選手だった。

ランパードの発言からもうかがえるように、サッカー界というスポーツでは、ボールそのものの変化も競技を進化させる要因になってきた。

だがボールが与える影響は、しばしば過小評価されてきた。驚くべきことに当のプレミアリーグでさえ、1990年代末までは「公式球」の使用が義務付けられていなかった。それまでは各チームが、好みのボールを独自に使っていたのである。

当時は「マイター（Mitre）」社製のボールが市場を席巻していたが、チェルシーはシュートの軌道がぶれやすくなるとされる、アンブロ社製のボールを使用していた。一方、リヴァプールは空中での球速が他のメーカーよりも高くなる、アディダス社製のボールを採用していた。このような要素も、いわゆる「ホームアドバンテージ」の1つとなっていたのである。

ランパードに比べれば、ジェラードが遂げてきた戦術的な進化の過程はもっと入り組んでいる。

ベニテスはしばしば4‐2‐3‐1を採用したし、大一番ではジェラードをメインストライカーの背後で起用するケースもあった。

にもかかわらずベニテスは、２００５／０６シーズンと２００６／０７シーズンのほとんどの間、４‐４‐２の右サイドでこそ、効果的なプレーができるはずだと主張し続けた。メディアに対しても、ジェラード本人に対してもである。そこでベニテスが持ち出したのは、得点数が増えているという証拠だった。

だがジェラードがもっとも活躍できたのは、やはり４‐２‐３‐１の「３」の中央にポジションを固定されてからだった。持ち前のアグレッシブなプレースタイルを存分に発揮しながら、積極的に攻撃に参加し、敵のゴールを常に脅かすようになったからである。

ちなみにジェラード自身は、新しい役割をうまくこなすことができたのは、シャビ・アロンソのおかげだとも述べていた。

「自分が10番としてプレーできるとは思っていなかった」。ジェラードは認めている。「それができたのは、シャビが素早く状況を判断し、ボールに触る時間を自分にたっぷり与えてくれたからさ」

■ジェラードとランパードを巡る、もう1つのシナリオ

ただしジェラードは、本来とは異なるポジションでプレーするようになっていた可能性もあった。リヴァプールを退団してチェルシーに移籍し、ランパードとコンビを組むシナリオが実現しかけたからである。

もともとジェラードを巡っては、すでに２００４年の時点でもチェルシーへの移籍が噂されていた。

このような状況の中、チャンピオンズリーグの決勝でミランを破ってからさほど時間が経っていないにもかかわらず、ジェラード本人はクラブ側に対して移籍を正式に要求する。移籍騒動は、チェルシーが英国の記録を更新する額を提示する状況にまで発展した。

当初、移籍は避けられないかに思われたが、リヴァプールは当然のようにチェルシーのオファーを拒否する。やがてはジェラード自身が翻意したため、チェルシーは獲得を断念し、マイケル・エシアンに触手を伸ばすようになった。

ちなみにジェラードは、本当はクラブを去りたくなかった。話がこじれたのはリヴァプール側が契約更改交渉をうまく進めなかったからだと、後に主張するようになる。

だが仮に移籍が実現していれば、ジェラードとランパードはモウリーニョの下でコンビを組み、4-3-3を中盤で支える形になっていただろう。これはイングランド代表にも、少なからぬ影響を及ぼしたであろうことは想像に難くない。エリクソンは代表チームのシステムも、4-3-3に変更せざるを得ないと感じるようになっていたはずだ。

イングランド代表に話を戻そう。

2004年9月、イングランド代表は、ワールドカップドイツ大会に向けた欧州予選に突入する。初戦となるアウェーのオーストリア戦は、それ以降の状況を決定づけるものとなった。

スコールズの起用法を巡って頭を悩ませる必要がなくなったエリクソンは、ウェイン・ブリッジを4-4-2の左サイドに起用し、中盤のバランスを多少なりとも改善している。右サイドには以前と同じベッカムが構え、中央ではランパードとジェラードが再び並ぶ形になった。

ランパードとジェラードは、それぞれゴールを決めて持ち前の攻撃力をアピール。チームを2-0のリードに導いたまではよかったものの、ここから守備の脆さを露呈して、相手に同点に追い付く機会を与えてしまう。

まずランパードがゴール正面でフリーキックを与え、ローランド・コールマンにシュートを決められる。次にはジェラードが、守備で後手に回る場面が見られた。アンドレアス・イヴァンシッツを追走しながら、必死にシュートをブロックしようとしたものの、ジョン・テリーと交錯。軌道のそれたシュートは、ゴールキーパーのデイヴィッド・ジェームズの脇を通り抜けていった。

結果、イングランド代表の中盤を巡っては、新たな議論が噴出することになる。「ジェラードとランパードは、一緒にプレーできるのか？」という問題である。このテーマは以降、10年近く論じ続けられことなる。

もちろん正確に述べるなら、このテーマは「4‐4‐2の中央で一緒にプレーできるか？」という形で提起されるのが正しい。また普通に考えるならシステムを4‐3‐3に変更して、2人の持ち味を引き出すというのが、もっともわかりやすい解決策になるはずだった。

ところがエリクソンは、システムの変更を思いとどまった。当時のイングランド代表にはランパードとジェラード以外にも、ベッカム、ルーニー、オーウェンという3人の主力選手が名を連ねていた。これらの3人は、4‐4‐2といずれも相性が良かったからである。

まずベッカムは、右サイドからクロスを上げるミッドフィルダーだったし、ルーニーにはセカンドストライカーの役割が似合っている。スピードが持ち味のオーウェンも、やはりルーニーのようなパートナーを必要としていた。

結局、エリクソンは4‐4‐2を基本システムに据えたまま、中盤をダイヤモンド型に構成する方式と、4人のミッドフィルダーをフラットに並べる布陣をテストし続けることになる。

だが率直に述べるなら、このいずれもが欠陥を抱えていた。

まずダイヤモンド型の4‐4‐2を採用した場合、チームは一度もスムーズに機能しなかった。一方、中盤の選手を横一列に並べ、ジェラードとランパードを中央に据える方式は、小国相手にワールドカップの地区予選を戦う際には十分でも、強豪国には通用しないように思われたからである。

策に窮したエリクソンは、アウェーの北アイルランド戦で4‐3‐3にも手を出している。ベッカムを中盤の抑え役として、ジェラードとランパードの後方に据えつつ、前線ではオーウェンをセンターフォワード、そして両サイドにルーニーとショーン・ライト＝フィリップスを並べる形である。

ところが試合は、0‐1の敗戦という惨憺たる結果に終わってしまう。エリクソンの言葉を借りるなら、とりわけベッカムは「受け手がほとんどいないような、ロングパスを出し続ける」プレーに終始してしまった。

ちなみに北アイルランド戦に臨んだエリクソンは、オーウェンを4‐3‐3のセンターフォワードに起用しただけでなく、ルーニーを前線の左サイドでプレーさせている。このような発想は興味深いが、少なくともベッカムに関しては、中盤の深いポジションを任せられるだけの適性を持っていないと判断するようになった。言葉を換えるなら、ベッカムは4‐3‐3への移行を妨げる存在となってしまったのである。

■ワールドカップでも続いた戦術的な迷走

ダイヤモンド型の4‐4‐2も機能しなければ、フラットな4‐4‐2も万全ではない。かといって4‐3‐3にも移行できない。打つ手のなくなったイングランド代表は、2006年のワールドカップ本大会が幕を開ける頃には、完全に迷走状態に陥っていた。

まず大会前におこなわれたハンガリーとの親善試合では、エリクソンはジェラードに9番のユニフォームを支給。4‐1‐3‐1‐1のシステムを採用し、マイケル・オーウェンのすぐ後ろでプレーするように命じている。代わりに中盤ではディフェンダーのキャラガーが抑え役を務め、その前にベッカム、ランパード、ジョー・コールの3人が並ぶ形になっていた。

ジェラード本人はエリクソンの采配に仰天したというが、この方式は選手全員にしっくりはまるように思われた。現にイングランドは、3‐1で勝利を収めている。

ところがエリクソンは、次のジャマイカ戦では再びシステムを4‐4‐2に戻し、ジェラードとランパードを中央に据えてしまう。しかも4‐4‐2にシステムを戻す際には、ジェラードに対して、ランパードよりも守備的にプレーしてくれと指示した。直前のハンガリー戦ではランパードよりもはるかに前のポジションに配置して、攻撃をサポートさせたにもかかわらず、今度は一転して真逆の役割を与えたのである。これではジェラードとランパードの間に、阿吽の呼吸など生まれるはずがない。

とはいえ相手がジャマイカだっただけに、イングランドはこの試合では大勝を収める。これに気を良くしたエリクソンは、本大会のグループステージでも、4‐4‐2にこだわり続けた。

ところがグループステージを勝ち上がって決勝トーナメントに入ると、エリクソンはシステムを再度変更してしまう。

グループステージの最終戦、スウェーデン戦でオーウェンが膝に重傷を負ったことを受けて、今度は4‐1‐4‐1を敷き、ルーニーをワントップに据える。これに並行して、ジェラードとランパードを自由に攻撃参加させるために、抑え役のミッドフィルダーを新たに起用することを決めている。

決勝トーナメントの1回戦、エクアドルを1‐0で降した試合では、マイケル・キャリックがこの新たな役割を引き受け、圧巻のパフォーマンスを披露。キャリックは試合のテンポをコントロールしながら、相手の守備陣をこじあけるパスを幾度となく供給している。

ちなみにエリクソンは、準々決勝のポルトガル戦ではキャリックを無情にも外し、今度はオーウェン・ハーグリーヴスを右のサイドバックから、中盤の抑え役にコンバートする。そして最終的には、PK戦の末に敗れてしまった。

とはいえポルトガル戦の結果に関しては、ルーニーが退場処分を受けたために、10人で戦わざるを得なくなった影響が大きい。またハーグリーヴス自身も存在感を発揮し、中盤における抑え役の大切さを、改めて知らしめている。

この試合はハーグリーヴス個人にとっても、得るところが大きかったに違いない。もともと彼は大会に入る時点から、いわれなき批判に延々とさらされていたからである。その主な要因となっていたのは、イングランド代表でほとんどプレーした経験がないということや、イングランドのプロリーグでも一度もプレーしたことがないという単純な理由だった。

この種の懐疑論は、適切さに欠けていたと言わざるを得ない。イングランド国内でブンデスリーガの試合を見ている人間は皆無に近かったが、ハーグリーヴスがたしかな資質を備えているのは明らかだった。現に彼はバイエルン・ミュンヘンの中盤においてレギュラーとしてプレーしていたし、ブンデスリーガを四度制しただけでなく、チャンピオンズリーグ優勝まで経験した実績も持っていた。

ところが大会が開幕するまでは、イングランドメディアの大多数は、ハーグリーヴスの能力を認めようとしなかった。記者会見では、とあるジャーナリストがランパードにこんな質問をしたほどである。「オーウェン・ハーグリーヴスが、チームにいる意味は？」

しかし1ヶ月後、ハーグリーヴスはポルトガルとの準々決勝に臨んだ面々の中で、もっともすばらしいプレーをした選手として認知されるようになる。後に彼はイングランドのファンが選ぶ、年間最優秀選手賞にも輝いた。

マケレレがチェルシーに在籍した2年間を除けば、プレミアリーグで抑え役の選手がこれほど有名になったことはなかった。むろんジェラードとランパードは、イングランドが誇る最高のミッドフィルダーだった。だが彼らの能力を最大限に引き出すためにこそ、後ろで守備を担当する抑え役が必要なことが、再び明らかになったのである。

■ ＥＵＲＯ２００８の予選で味わった屈辱

中盤における抑え役の重要性は、イングランド代表がどん底に落ちたＥＵＲＯ２００８の予選でも明らかになった。

当時、チームを率いていたスティーヴ・マクラーレンは、抑え役の選手を１人配置することの必要性を少なくとも理解していた。現に予選の全12試合中、11試合ではハーグリーヴス、キャリック、ギャレス・バリーのいずれかを起用。守備陣は非常に統制が取れたプレーを展開するようになり、12試合中９試合で無得点に抑えていた。

バリーとジェラードのコンビは、とりわけうまく機能していた。理由の１つとなったのは個人的な関係のよさである。２人はＥＵＲＯ２０００に最年少メンバーとして招集された際から親交を結んでいた。

だが本当の問題は、むしろ攻撃面で生じていた。イングランドはマケドニアとイスラエル相手にスコアレスドローを演じるなど、得点力不足に悩まされていたのである。

このような状況の中で迎えたのが、最後の12試合目、かの悪名高きクロアチア戦である。

そもそもイングランドは運にも恵まれており、ウェンブリーで引き分けにさえ持ち込めば、本大会への切符を手にできるはずだった。ましてやクロアチアはすでに勝ち抜きを決めており、この試合は消化試合に過ぎなかった。

ところが実際の展開は、予想もかけぬものとなる。

マクラーレンは４‐３‐３を敷き、中盤にバリー、ランパード、そしてジェラードを起用したものの、選手たちは序盤から不安げなプレーに終始する。その最たる例はゴールキーパーだった。フル代表での公式戦デビューとなるスコット・カールソンは、イージーなミスを連発して二度もゴールを許した。

結果、イングランドは0‐2とリードされたまま、ハーフタイムに突入する。

ここでマクラーレンは、戦術的な選手交代をおこなう。後半戦に向けてバリーとショーン＝ライト・フィリップスをベンチに下げつつ、ジャーメイン・デフォーとベッカムを投入。さらにシステムを4‐3‐3から4‐4‐2に変更する。これを境にチームは攻勢に一気に転じ、ランパードとピーター・クラウチのゴールで、2‐2の同点に追い付くことに成功した。

かくしてイングランド代表の前途には、再び希望の光が差す。同点のまま試合を終えさえすれば、何の問題もなく予選を突破できるからである。ジェラードとランパードは相手に走り負ける場面が目立っていたが、中盤に抑え役を投入して試合をコントロールしていけば十分に事足りるはずだった。現にベンチには、ハーグリーヴスも控えていた。

ところがマクラーレンは、致命的なミスを犯してしまう。打つべき手を打たず、最後の交代カードも攻撃陣を交代するために切ったのである。

もちろん、中盤の抑え役を1人投入するだけで、すべての問題が解決したと考えるのは早計だろう。現にイングランドは前半、バリーが中盤の底でプレーしていた時でさえも2点を奪われている。

だが残り25分間、失点を防げばいいだけだったことを考えれば、やはり疑問の残る采配だったと言わざるを得ない。

しかも監督ばかりでなく、選手たちも判断を誤ってしまう。おそらく攻撃に出たいという本能が勝ったのだろう、3点目を狙う必要などまったくなかったにもかかわらず、同点に追い付いた後も、前がかりになって攻め続けたのである。

そのツケは、当然のようにまわってくる。

後半32分、ムラデン・ペトリッチが、ペナルティエリアのすぐ外側のスペースでパスを受け取る。本来ならば、抑え役のミッドフィルダーがいて然るべき場所だが、ピッチ上にそのような選手は存在しない。しかもランパードはサイドにおびき出されていたし、ジェラードはすでに疲れており、相手との差を詰めきれない。マーカーのいないペトリッチは左足を振り抜き、ロングシュートを叩き込んだ。

かくしてイングランドは2‐3で敗れ、EURO2008の本大会に出場し損ねてしまう。引き分けのまま試合を終えていれば、何の問題もなかったにもかかわらずである。

試合後はジェラードでさえもが、イングランドの戦術的なナイーブさを指摘している。

「0‐2で負けている時にはリスクを冒さなきゃならないし、後半のプレーは一気に良くなった。あれで試合の流れを引き戻すことができた」。ジェラードは語っている。「そこで試合を終わらせるべきだった。同点に追い付いたらきっちり最後まで試合を締めて、引き分けに持ち込まなきゃならない。なのにそこでリスクを冒して、カウンターをくらってしまったんだ」

2008年は、プレミアリーグがUEFAのリーグランキングにおいて、初めてトップに立った記念すべき年だった。だがイングランド代表がEUROの地区予選で敗れるという、屈辱を味わう年にもなっている。

イングランドのサッカー関係者は、自分たちが名実ともにヨーロッパの頂点に立ったと自負していたが、栄えある国際大会では檜舞台に立つことさえも叶わなかった。

クラブチームと代表チームの明暗を分けたもっとも大きな要因は、戦術的な賢さの違いだったと言える。プレミアリーグが躍進を遂げているとはいえ、戦術の進化を根底で支えていたのは海外からの影響に過ぎなかった。その事実が、再び浮き彫りになったのである。

第6部——ダイレクトアタック

第16章

「ルーナルド」

「陣形を維持しながら、相手の選手を追いかけていく。それを実現するために考え抜かれた戦術理論や、僕が叩き込まれたすべてのセオリーは、2年間で役に立たないものになってしまった。チームメイトに支えられながら、自分で戦術を決められる選手が1人いたからさ。ロナウドは、サッカーそのものを改めて定義したんだ」

（ギャリー・ネヴィル）

■ヨーロッパ最高のリーグへ

不振が続くイングランド代表と裏腹に、プレミアリーグは２００８年を迎える頃には、ＵＥＦＡのリーグランキングで1位の座を占めるようになっていた。

イングランド勢がヨーロッパに君臨していたことは、いささか複雑な計算方法を理解していなくても簡単に見て取れた。２００６／０７シーズンから２００８／０９シーズンにかけ、プレミアリーグはチャンピオンズリーグの準決勝に、3年連続で3チームを送り込んでいたからである。4強の枠が同じ国のクラブによって独占されたケースは、いまだに存在していない。

むろん実際には、このような状況が最終結果に反映されていたわけではない。２００６年のアーセナル、２００７年のリヴァプール、２００８年のチェルシー、そして２００９年のマンチェスター・ユナイテッドと、イングランドの4強は4年連続で決勝まで駒を進めながら、結局は優勝をつかみ損ねている。唯一の例外となったのは、２００８年の決勝だった。チェルシーにドラマチックなＰＫ戦で土をつけたのは、マンチェスター・ユナイテッドだったからである。

当時のマンチェスター・ユナイテッドは、2006/07シーズンから3年連続で優勝を飾るなど、間違いなくプレミアリーグ最強を誇っていた。それを支えたのが、アレックス・ファーガソンが作り上げた最強のチームである。

ギャリー・ネヴィル、リオ・ファーディナンド、ネマニャ・ヴィディッチ、パトリス・エヴラから成るフォーバックは抜群の一体感を誇り、2006/07シーズンには全員がPFAの年間ベストイレブンに選ばれている。これはプレミアリーグ史上、今でも唯一の記録となっている。

一方、エドウィン・ファン・デルサールは、ユナイテッドの歴代ゴールキーパーの中で、ピーター・シュマイケル以来の存在感を発揮。2008/09シーズン中には、なんと14試合連続して失点をゼロに抑え、プレミアリーグの記録を塗り替えている。一方、中盤にはマイケル・キャリックとオーウェン・ハーグリーヴスが加わり、さらに陣容が充実。ポール・スコールズは徐々に深い位置でプレーするようになり、超一流のディープ・ライニング・プレーメイカーに成長していく。

ただし、当時のユナイテッドを何よりも特徴づけていたのは、高いクリエイティビティと、複数のポジションをこなせるポリバレント性を備えた攻撃陣だった。

ウェイン・ルーニー、カルロス・テベス、クリスティアーノ・ロナウドが展開する自由自在なポジションチェンジはまさに壮観だった。とりわけロナウドは、2007/08シーズンにはプレミアリーグで34試合に先発して31ゴールをあげ、バロンドールを獲得するという夢も叶えている。こうしてロナウドは、生まれ変わったマンチェスター・ユナイテッドの象徴ともなった。

ロナウドの成長には戦術的な理由もあった。ファーガソンとアシスタントのカルロス・ケイロスは、純粋なストライカーをまったく起用せずに、ヨーロッパでもっとも完成されたチームを作り上げたからだ。ケイロスの貢献度は特に高かった。アシスタントマネージャーがかくもチーム戦術に大きな影響を与えたのは、1994／95シーズン、レイ・ハーフォードがブラックバーン・ローヴァーズのプレミアリーグ制覇に貢献して以来のことだった。

■ケイロスが促進した、ユナイテッドの進化

そもそもケイロスがユナイテッドのコーチングスタッフに加わるのは、二度目だった。彼は2002／03シーズンにもファーガソンのアシスタントを務めたが、この際には短期間でチームを離れ、レアル・マドリーの監督に就任している。ところがわずか1年で監督を解任されたため、オールド・トラフォードに戻る形になった。

とはいえユナイテッドのアシスタントから、いきなりレアル・マドリーの監督に抜擢されたという事実は、ケイロスがいかに高く評価されていたかを物語る。ましてやレアル・マドリーは、ユナイテッドよりもビッグなクラブと見なされている数少ない存在の1つであり、定期的にユナイテッドのスター選手を引き抜いてきたクラブだった。

ケイロスは2004年から2008年までの4年間、ユナイテッドの攻撃的サッカーを革新するのに尽力している。ファーガソンはケイロスを「すばらしい、とにかくすばらしい。ずば抜けた才能を持ち、知的で、細心の注意を払う人物だ」と絶賛。戦術に関しては、ケイロスの提案を素直に受け入れている。

ケイロスの下で起きた戦術革命は、過去のケースと比較しても興味深い。

たとえば4‐4‐2から4‐5‐1への移行は、2001年にルート・ファン・ニステルローイが加入したのをきっかけに始まっている。だが、かくして導入された新たな戦術システムは功罪相半ばしたし、ユナイテッドのサポーターの間でも物議を醸した。

これはジョゼ・モウリーニョが率いた、チェルシーの影響も大きい。チェルシーもワントップを採用していたため、ワントップそのものが守備的な戦術だと見なされたのである。

結果、ケイロスは一部のファンから、ユナイテッドを「伝統」から逸脱させた張本人として批判を浴びるようになった。ファンの中には新しいシステムに反対し、「フォー・フォー・ツー！」と合唱する者さえいた。

ケイロスは2005／06シーズンの途中、ファンの批判に反論している。だが彼が口にしたコメントは、いささか配慮に欠けるものだった。

「世間の人たちは4‐4‐2のフォーメーションを使えとわれわれに叫んでいるが、ブラックバーン戦ではそのシステムをテストして負けてしまった」。ケイロスは主張している。「(4‐4‐2を使えと主張するのは) サッカーが想像を掻き立てるスポーツだからだ。そんな話にいちいち耳を傾けていたら切りがない」

ユナイテッドは、センターフォワードが最前線にじっと居座り続けるようなサッカーと決別すべきだ。ケイロスは、自らの経験に基づいてこう確信し続けていた。

もともと彼は1990年代初頭、ユースレベルでもフル代表レベルにおいても、ポルトガルの「黄金世代」を指導。固い守備、高いボール支配率、様々なトリックを駆使するすばらしいウインガー、クリエイティブなプレーができるプレーメイカーなどを特徴とする、独自のスタイルを作り上げている。ケイロスはセンターフォワードに関しても、単にゴールを狙うのではなく、むしろ運動量が豊富なタイプを重視していた。

事実、ユナイテッドが成功を収め始めたのも、2006年にルート・ファン・ニステルローイがクラブを去ったことがきっかけとなっている。

ファン・ニステルローイはたしかにゴールを量産したが、彼はファーガソンやケイロスが望んでいたようなタイプの選手ではなかった。以前の章でも述べたように、ファン・ニステルローイはペナルティエリアの中で勝負する点取り屋タイプだったからだ。

■ワールドカップで起きた大事件

新たなユナイテッドは運動量とチームプレー、一体感、そして、カウンターアタックをベースにした集団に変貌する。その過程では、選手の顔触れも当然のように変わっている。

ちなみにファーガソンは、2006／07シーズンにプレミアリーグを制した後、ファン・ニステルローイとロイ・キーンを前年に放出したのは、勇気のいる決断だったかと記者から尋ねられている。

「まあ……ロイについてはたしかにそうだった。彼はクラブに非常に大きな影響を与えていたからな」。ファーガソンは答えている。「だがファン・ニステルローイに関しては、大きな決断を下したと言えるのかどうか、まったくわからない」

この発言が意味するものは大きい。今やユナイテッドは、完全にロナウドとルーニーを中心にしたチームになったことを、暗に肯定しているからだ。

だが2人を軸にしたチームを作るという目論見は、2006年のワールドカップに起きた事件のために、すんでのところでふいになりかけている。

イングランドとポルトガルは、準々決勝で対決。試合の途中、ルーニーはリカルド・カルバーリョとボールを奪い合い、もつれる形になる。その際ルーニーはわざと後ずさりし、グラウンドに倒れ込んだカルバーリョの股間を踏みつけた。

これを目撃したロナウドは、すぐに主審のオラシオ・エリソンドに駆け寄り、カルバーリョが悶絶していることを大げさな身振りでアピールする。ルーニーにカードを出させるためである。

ルーニーはロナウドの肩をつかんで審判から引き離し、文句を言いながら両手で押し出したが、結局、レッドカードを出されてしまう。10人になったイングランドは延長戦まで必死に戦い抜いたものの、守勢を挽回することはできず、最後はＰＫ戦で涙を呑んだ。

事件の波紋は、これだけに留まらなかった。

テレビカメラはルーニーの退場が決まった後、ロナウドがポルトガルのベンチに向かってウィンクをした場面を捉えていたのである。また試合開始直前に撮影された映像は、ロナウドがルーニーの背後から近づいて何事かをつぶやいた後、軽く頭突きを食らわせる場面も映し出していた。

これらの映像を見た人々は、ルーニーが相手の股間を踏みつけた事実をそっちのけにして、ロナウドがカードを出させたと主張するようになる。現役を引退したばかりで、ＢＢＣの解説者を務めていたアラン・シアラーも激怒。次のようにコメントしている。

「ルーニーがマンチェスター・ユナイテッドのトレーニンググラウンドに戻って、ロナウドに一発食らわせても不思議じゃないと思う」

これはユナイテッドにとって一大事だった。チームの2大スターが、真っ向からいがみ合うような状況に陥ったからである。

ただし実際には、遺恨はほとんど残らなかった。

「俺はクリスティアーノに嫌な気持ちはまるで持っていない。（退場処分の）一件にわざと絡んできたのはがっかりしたけどな」。ルーニーは試合後に述べている。しかも好都合なことに、ルーニーとロナウドは試合後に偶然出くわし、事件を水に流そうと話し合っている。ルーニーはわだかまりを解消するために、ロナウドにＳＭＳまで送っていた。

「友人であるルーニーが、自分やチームメイトについてかけてくれた言葉は信じられなかった」

一方、ロナウドはこんなふうに語っている。「彼はワールドカップで幸運を祈ってくれた。怒ってなんていなかったし、イングランドのプレス（記者連中）が言ったことなんて、完全に無視しろと言ってくれた。連中はただ揉め事を起こしたいだけだ、自分たちはそんなやり方に慣れっこになっているってね」

ただしルーニーは、ロナウドに批判が集中することが、自分にとってプラスになることも見抜いていた。「（1998年の）ベックス（ベッカム）みたいに批判されなくてよかったよ。フィル・ネヴィルでさえ、EURO2000の後は（PKを与えて敗退の原因を作ったということで）批判されたんだから」。ルーニーは素直に語っている。「自分の場合は批判なんてほとんどされなかった。代わりにロナウドが大分批判されていたから、こっちは悪い気はしなかったね」

ロナウドとルーニーがトレーニングに復帰した際、ファーガソンはじっくり腰を据えて話し合いをしようと持ちかけているが、両者はその必要はないとも答えている。すでに当事者同士で、しこりを解消していたからである。

ユナイテッドのチームメイトたちは、冗談半分でボクシンググローブを用意していたが、これも出番はなかった。とはいえルーニーとロナウドが本当に一戦交えていたなら、かなりの見ものになったはずだ。ルーニーは身長と腕の長さが足りなかったためにプロになるのを断念したが、10代初め頃には叔父のボクシングジムに通い続けていたからである。ロナウドも夏の間、ひたすら上半身を鍛え続けたため、マンチェスターに戻ってきた際には、別人のような肉体を誇るようになっていた。

ただしファーガソンは、ワールドカップの後に然るべき手も打っていた。ロナウドのいるポルトガルに飛び、当時噂になっていたレアル・マドリーへの移籍を思いとどまるように説得したのである。さらにファン・ニステルローイがいなくなった以上、ロナウドを中心にしたチーム作りをしていくとも確約している。

今から振り返れば、ファーガソンがロナウドを重用したのは、当たり前のことのように思える。彼は信じられないようなペースでゴールを量産し、バロンドールに何度も輝くような選手に成長していったからである。

だがイングランドのサッカー界に姿を現したばかりの頃は、誰一人としてそのようなシナリオを予想していなかった。

２００３年、ロナウドはボルトン・ワンダラーズ戦でセンセーショナルなデビューを飾るが、最初の数シーズンは、プレミアリーグのサッカーにかなり苦しんだこともあった。また、シザーズ（またぎフェイント）を何度も繰り返す癖は、少なからず嘲りの対象にもなっている。事実、プレミアリーグの試合では、テクニックをひけらかすとロナウドに腹を立て、敵の選手がファウルを見舞う場面もたびたびあった。

しかしロナウドは、徐々にこの種の荒っぽい仕打ちにも慣れていく。ユナイテッドのトレーニングでも、似たようなことを体験していたからである。

「彼がすごく才能を持っていることは、誰の目にもわかったよ。でもここにやってきたばかりの頃は、（観客を）楽しませることを優先していた」。リオ・ファーディナンドは語っている。「自分たちが目指していたのは試合に勝つことだったし、ロナウドが一流の選手になれば試合に勝てるチャンスはもっと出てくる。

だから表現としてはまずいかもしれないけど、俺たちはエンターテインメントにこだわる気持ちをロナウドの心から叩き出して、ゴールやアシストを決めさせるようにしたんだ」

こうしてロナウドは、以前とは違うタイプの選手に成長。スキルをひけらかすのではなく、効率よくダイレクトな攻撃を展開するようになる。これとともにユナイテッド攻撃陣を構成する他の選手は、ロナウドを支える裏方の役目をこなしていくようになった。ルーニーも含めてである。

■ファン・ニステルローイ抜きの攻撃陣

２００６年の夏に話を戻そう。

ロナウドとルーニーは、ワールドカップのトラブルをまったく引きずらなかった。それどころか２００６／０７シーズンの開幕戦、フラムに５－１で快勝した試合では抜群のコンビネーションを披露。試合開始19分には、ルーニーが上げたクロスをロナウドが見事なハーフボレーで決め、スコアを４－０としている。生まれ変わったユナイテッドは、こうしてゴールを量産していくようになる。

「ルート（ファン・ニステルローイ）はいなくなったし、監督は俺たちに、他のチームをぶちのめすようなサッカーをさせたがっているんだ」。ルーニーは、新たなプレースタイルを端的に説明している。「監督は前でプレーしている俺やロナウド、そしてルイ・サハのスピードを活かせるチームを作った。俺たちは速いカウンターアタックを仕掛けろと言われている。監督はそれができれば、他のチームが対抗できなくなるって思っている」

ユナイテッドは10月から11月にかけて、ボルトンやブラックバーンとアウェーで対戦する。イングランド北西部に本拠を構えるライバルチームとの試合も、新たなユナイテッドのクオリティをまざまざと見せつけるものとなった。

まず４－０で勝利したボルトン戦では、ルーニーがハットトリックを決め、残る1点をロナウドが記録している。これをお膳立てしたのが、チームプレーに徹してゴール前で横パスを出したサハだった。ユナイテッドの攻撃陣は運動量とコンビネーション、そして次の展開が予測できないプレーで相手を圧倒している。ファーガソンは「ここ数年間で、一番いいプレーができた」と選手たちを絶賛した。

ブラックバーン戦は1‐0で競り勝つ形になったが、ここでもユナイテッドは圧巻の攻撃を繰り広げた。試合が始まった当初、ブラックバーンのファンは、ワールドカップ絡みでロナウドにブーイングを浴びせていたが、90分にベンチに下がる際には、スタンディングオベーションを贈ったほどである。

この試合で一番の見所となったのは、ロナウドがブラックバーンのウインガー、セルジオ・ペーターに悪質なタックルを受けて、倒された場面だった。

以前のロナウドならば、長々とグラウンドの上でのたうち回ってアピールするのがお決まりだったが、この試合ではすぐに立ち上がってプレーを再開している。そしてルーニーやギグス、サハとともに自由自在に動き回りながら相手を翻弄し、防ぎようのない攻撃を仕掛け続けた。

「こんなに調子のいいユナイテッドを見るのは、ずいぶん久しぶりだ」。ブラックバーンを率いていたマーク・ヒューズは、試合後に語っている。彼が引き合いに出したのは1992／93シーズン、自らがフォワードを務め、タイトルを獲得した時のチームだった。「パスの角度、ポジションを入れ替えていくローテーション、コンビプレー、選手たちはこっちを狙い撃ちにしてきた……ファン・ニステルローイがいなくなったこのチームは、以前よりもダイナミックなプレーをする」

ユナイテッドはシーズン序盤から好調をキープ。チェルシーとの熾烈な優勝争いに競り勝ち、2002／03シーズン以来、4年ぶりにプレミアリーグの王座に輝いている。

ここで特筆すべきは、ユナイテッドはセンターフォワードのファン・ニステルローイがいなくなったにもかかわらず、2位のチェルシーをゴール数で20近く上回ったことだろう。

だが厳密に述べるなら、チームは完全に「ゼロトップ（フォワードレス）」の状態になっていたわけではない。たしかにオランダ人のセンターフォワードは去ったが、チームにはサハ、オーレ・グンナー・スールシャール、アラン・スミスといった面々が残っていたからである。2006／07シーズン、彼らはいずれも怪我に苦しんだものの、重要な役割を果たしている。

またユナイテッドは、かつてバルセロナでも活躍したヘンリク・ラーションを短期間のローン契約で迎えている。ラーションは母国のクラブチーム、スウェーデンのヘルシンボリでプレーしていたが、シーズンの開催時期がプレミアリーグと異なるため、このような補強が可能になった。

かくしてユナイテッドは、オーソドックスなストライカーもメンバーに加える形になった。

ただし、これらの4人は自分で点を決めようとする代わりに、コンビプレーに大きく貢献している。サハは驚異的な運動能力を発揮しながら攻撃陣をアシストしたし、スールシャールは昔からチームメイトと巧みに連動してみせることで知られていた。一方、アラン・スミスは前線でボールを効果的にキープし続ける。そしてラーションは、クレバーなプレーをするオールラウンダーのフォワードとして、攻撃陣にアクセントを加えるという具合だった。

だがチーム内の得点王になったのは、やはりロナウドとルーニーだった。2人はすべての大会を通算して、ともに23ゴールを記録している。ユナイテッドはほとんどの試合で、正統派のストライカーを1人起用していたが、相手のゴールをもっとも脅かしていたのは、ストライカー以外の選手だったのである。

■ヨーロッパでの成長と、テベスの獲得

2006／07シーズン、ユナイテッドにとってもっとも重要な試合になったのは、チャンピオンズリーグの準々決勝におけるローマとの2連戦だった。とりわけ2試合目は7‐1で圧勝を収めた。キャリックがディープ・ライイニング・プレーメイカーとして見事なプレーを披露する一方、アラン・スミスはクラ

シカルなフォワードとして、最前線で体を張り続けながらゴールを決めている。

ただし戦術的に見るならば、実は1‐2で敗れた初戦のほうが重要な意味を持っていた。ファーガソンは昔から、ヨーロッパの大会を通して数々の教訓を得てきたが、アウェーでおこなわれたこの試合でも重要なヒントを手にしている。

ローマを率いるルチアーノ・スパレッティは、4‐6‐0と形容されるシステムを採用。9番（センターフォワード）というよりも、10番（プレーメイカー）が本職のフランチェスコ・トッティを最前線に起用したのである。事実、トッティはそれまでのフォワードには見られなかったプレーをしている。センターフォワードでありながら、本来の持ち場を離れて中盤に下がり、チームメイトにスペースを作り出した。

ローマの戦術は、ユナイテッドのアプローチと比較するとなおさら興味深い。

たしかにファーガソンは、攻撃陣を選ぶ際に純粋な点取り屋タイプのストライカーを重用しなくなっていたが、スパレッティはストライカーの起用そのものをやめてしまったからである。準決勝ではACミランに得失点差で屈したものの、ファーガソンはこの画期的な手法もすぐに取り入れ、チームの戦術をアップデートし続けていった。

翌2007／08シーズン、ユナイテッドは一転してフォワードの人材不足という問題を抱えるようになる。スールシャールは2006／07シーズン限りで現役を引退し、アラン・スミスも夏の移籍市場でニューカッスルに移籍してしまう。ルイ・サハも故障に苦しみ、序盤戦は6試合にしか先発できないような状況に追い込まれた。

ただしファーガソンは、しっかり手を打っていた。アルゼンチン代表のフォワード、カルロス・テベスと契約を結んだのである。

これは驚くべき決断だった。ルーニー同様、テベスは純粋なゴールスコアラーというよりも、セカンドストライカータイプの選手だと考えられていたからである。

だがファーガソンには、独自の読みがあった。

「彼らが瓜二つだと指摘する記事には、すべて目を通したよ」。ファーガソンは語っている。「だが私はまったくそう思わない。彼らに関して指摘できるのは、どちらも背格好が似ていて両足が使えて、足が速く、1対1の勝負に強いということだけだ。

それに共通点があるというのは、特に悪いことだとも思わない。一緒にプレーするようになれば、相手がどこにいるかということも互いによくわかるはずだ」

このコメントは興味深い。ファーガソンはどちらかが後方で常にサポート役に回る、あるいは、いずれかがワイドに開くといった種類のことを一言も語っていない。むしろ2人は個々の役割を把握しながら徐々に意思を通わせ、ポジション取りや役割を自然に入れ替えるようになっていくだろうとだけ述べている。

ファーガソンの指摘は正しかった。これこそユナイテッドに起きた、次の化学変化だったからである。

■変幻自在のフォーメーション

とはいえ出だしは波乱含みだった。

2007/08シーズンの開幕戦、ユナイテッドはホームのレディング戦で躓《つまず》き、スコアレスドローに終わってしまう。原因となったのは、ペナルティエリア内で敵のゴールを脅かすことができるような人材に、明らかに欠けていたことだった。

事態を重く見たファーガソンは、アイルランド人のディフェンダー、ジョン・オシェイを急造のセンターフォワードに起用することを決断する。オシェイは様々な役割をこなせる選手として知られていたし、過去にはフォワードを務めた経験も持っていた。

だがユナイテッドの攻撃陣を背負い続けるのは、さすがに無理がある。1‐1でポーツマスに引き分け、マンチェスター・シティに0‐1で敗れると、チームの前途が深刻に懸念され始めた。3試合を終えて、2ポイントしか獲得していない状況に陥ったからである。むろんユナイテッドはルーニー、ロナウド、そして新たに獲得されたテベスを擁するようになっていた。だが故障や警告のために、3人のアタッカーを同時に起用できない状況が続いていた。

9月23日のチェルシー戦で、ついに状況は変わり始める。3人が初めて揃い踏みした結果、チームは2‐0で勝利を収めた。

ちなみにこの試合は、ジョゼ・モウリーニョが突如としてチェルシーの監督を解任された直後におこなわれている。皮肉なことに、プレミアリーグに戦術革命をもたらした人物がロンドンを去るのと同時期に、マンチェスターでは新たな戦術実験がスタートする形になった。

いずれにしても、チェルシー戦はユナイテッドにとって大きな転機となった。ファーガソンは8ヶ月後、アブラム・グラントが率いるようになったチェルシーを振り切り、2つのトロフィーを手にすることになる。

とはいえ2007／08シーズン当時は、ユナイテッドが採用したシステムを正確に定義することができなかった。攻撃陣は、他に類を見ないようなコンビプレーを展開したからである。ほとんどの試合ではロナウド、ルーニー、テベスの3人がポジションを自由自在に交換する一方、ナニ、朴智星《パク・チソン》、ライアン・ギグスのいずれかが、プレーに絡む場面もしばしば見られた。

ユナイテッドは4‐3‐3のような布陣を基本に据えていたが、システムは4‐4‐2に変化するようなこともあったし、きわめて流動的かつフレキシブルなものになっていた。

オールド・トラフォードで格下のチームと対戦した際には、鮮やかな攻撃がひときわまばゆい光を放った。前線の選手たちは、特定のポジションにまったく縛られずに、自由奔放に攻撃を展開。ボールを奪われた際には、選手同士の間に大きく開いたスペースをカバーするという約束事だけで動いていたからである。

このような状況の中、テベスとルーニーは、すばらしいコンビネーションを築き上げていく。ある意味、ファーガソンが予言したとおりの展開になったわけだが、これはルーニーがほぼ毎日のようにテベスを車に同乗させて、トレーニンググラウンドに一緒に向かったことも奏功した。テベスはほとんど英語が喋れなかったため、会話をする場面はほとんどなかったにもかかわらずである。

一旦試合が始まると、ルーニーとテベスはロナウドの能力を最大限に引き出すために、献身的なプレーに徹するようになる。彼ら3人は当時のプレミアリーグが誇る、もっとも才能に恵まれた選手たちだったが、何よりも評価されたのはテクニックではなく豊富な運動量であり、チームのためにハードワークを厭《いと》わぬ姿勢だった。

生まれ変わったユナイテッドは、「攻撃」そのものに対するイメージを刷新していくことになる。そもそも当時のプレミアリーグでは、ユナイテッドのように流動的な攻撃を展開できるチーム自体が、きわめて稀だった。大半の監督は、モウリーニョとベニテスが2004年に導入した、組織的な方法論にいまだに依存していたからである。たしかにチェルシーでは監督がアヴラム・グラントに代わっていたが、彼はシステムをほとんど変更せず、モウリーニョ風のサッカーを実践し続けていた。

リヴァプールも然り。ベニテスは従来と同じように、ワイドに開いた選手に対してタッチライン沿いを縦方向に移動することしか認めていなかった。攻撃陣が自由に動き回るのを一切禁じられていたのは、指摘するまでもない。

アーセン・ヴェンゲルが率いるアーセナルでさえ、この時期には非常に組織的でシステマチックなサッカーを展開していた。

たとえば2007／08シーズンにおこなわれたチャンピオンズリーグの決勝トーナメントでは、ACミランやリヴァプールと対戦しているが、ヴェンゲルは中盤の両ワイドに、驚くほど守備的な選手を配置している。ボックス・トゥ・ボックス型のミッドフィルダーであるアブー・ディアビと、右のサイドバックが本職のエマニュエル・エブエである。ほんの数シーズン前までは、ロベール・ピレスとフレディ・ユングベリを起用し、流動的な攻撃を展開していたことを考えれば、これは特筆すべき変化だった。

むろんファーガソンも、フレキシブルに動き回れる選手だけで中盤や攻撃陣を組んでいたわけでない。現に朴智星は守備におけるハードワークを厭わぬ姿勢と、相手のサイドバックを封じ込めるプレーが高く評価され、定期的に起用され続けていた。

だが選手たちがポジションを入れ替えながら、自由自在に攻撃を展開していくユナイテッドのプレースタイルは、他のクラブとまるで別物だった。プレミアリーグでは慎重に相手の出方をうかがい、守備的なサッカーをする時代がしばらく続いていただけに、ファーガソンが率いる選手たちはエキサイティングで、ほとばしるような攻撃サッカーの復活を印象づけた。

このようなイメージは、ユナイテッドの攻撃陣がきわめて若かったことにも関係している。2007／08シーズンが開幕した時点で、ルーニーとロナウドは22歳、テベスは23歳に過ぎなかった。その意味でも、ユナイテッドは新時代の旗手のような雰囲気を醸し出していたのである。

■ 究極のゴールマシンに変貌したロナウド

この自由な空気を謳歌したのはロナウドだった。

一旦、試合が始まれば、右サイド、左サイド、そして中央とポジションを変えていったし、ロナウドが移動して生じたスペースは、その都度、ルーニーやテベス、朴智星がきっちりカバーしていった。

当時のロナウドは、ただひたすらゴールを奪うためにポジションを移動し、情け容赦のない攻撃を繰り出し続けた。

「彼は血の匂いを嗅ぎつけるし、敵のフォーバックの弱点を探り出すんだ」。ギャリー・ネヴィルは、数年後に振り返っている。「最初の15分間で左サイドバックを崩せなければ、今度は右サイドバックに狙いを変える。右サイドバックもだめなら、左側のセンターバックに標的を絞る。彼はフォーバックの中で誰が脆くて、誰が1対1に弱いのかを見つけ出し、スピードとパワーで対抗していくんだ」

そんなロナウドを支えたのが、コーチングスタッフによる完璧なサポート体制だった。ファーガソンが寄せる信頼、ケイロスが授ける戦術、そしてオランダ人コーチ、レネ・ミューレンスティーンとの個別のトレーニングセッションである。

指導者として高く評価されていたミューレンスティーンは、時間をかけてロナウドをじっくり指導しながら、容赦なく点を奪うゴールマシンへと改造。派手なゴールを決めるのではなく、効率的に点を奪う術を伝授している。

しかもミューレンスティーンの指導は、多岐にわたっていた。戦術マップを書き、得点を奪うシーンをイメージさせ、アタッキングサード（ピッチを三分割した場合の敵陣のエリア）をさらにいくつかのゾーンに分割して、判断能力に磨きをかけさせる。ゴールの四隅を色分けして、細かくシュートコースを選ばせることもおこなっている。

さらにミューレンスティーンは、ゴール前ではアラン・シアラー、ギャリー・リネカー、スールシャール、そしてファン・ニステルローイのように、したたかにシュートを狙っていくように指導している。結果、ロナウドはプレミアリーグで1シーズンに30得点を奪った、5人目の選手になった。他の4人とはシアラー、アンディ・コール、ケヴィン・フィリップス、そしてティエリ・アンリである。

ただしロナウドは、これらの選手たちと明らかに異なっていた。

たとえば4人のうち3人はクラシカルな9番だったし、アンリは敵陣を動き回りながら点を奪うアタッカーである。ところがロナウドは、アタッカーですらなかった。

いや、それともやはりアタッカーとして捉えるべきなのだろうか。この種の疑問が生じるのは、ファーガソンの采配にも起因している。

彼は大一番では、ユナイテッドが誇る多彩な攻撃陣をより効果的に活用している。ヨーロッパの大会に臨んだ場合には、攻撃陣は通常よりも統制のとれたプレーを展開し、自分のポジションを守る傾向が強くなったが、このポジションそのものが試合ごとに変化したのである。

たとえば、2007/08シーズンのチャンピオンズリーグ準々決勝ファーストレグ、宿敵のローマにアウェーで2-0の勝利を収めた試合では、ファーガソンは4-3-3を採用。ロナウドを最前線に配置し、両サイドで朴智星とルーニーが効果的にハードワークをおこなう方式を採ったが、このシステムは試合が始まると微妙に変化していく。

もともとファーガソンは、ディフェンスラインの裏に抜けさせようとしてロナウドを起用したが、ロナウドはサイドに流れる場面も多く、ほとんどの時間は偽の9番としてプレーした。結果、ユナイテッドの最前線にいるのはサイドに開いた朴智星もしくはルーニーという状況になったため、ローマのセンターバックはマークする相手が誰もいない状況に追い込まれてしまう。

にもかかわらずロナウドは、ヘディングの打点の高さを活かして、オーソドックスなセンターフォワード的な資質も披露している。またロナウドのヘディングシュートに関しては、彼がきわめて深い位置から走り出している点も注目できる。チームメイトが攻撃を組み立てている間、彼は前から数えて6番目の選手に過ぎなかった。

言葉を換えれば、ユナイテッドはゼロトップでプレーしていたにもかかわらず、攻撃の最終局面では、プレミアリーグの得点王が一番前に躍り出る形にもなっていた
しかもファーガソンは、セカンドレグではがらりと戦術を変えてみせた。

ロナウドが起用できず、ルーニーもベンチスタートとなったため、ユナイテッドはより守備的な色彩の強い4-5-1を採用。ワントップに起用されたテベスが深い位置に引き、ワイドに開いた朴智星とギグスが時折サポートする方式で、1-0で手堅く勝利を収めている。

「向こうは自分たちよりも、イタリア的だったよ」。ローマを率いたスパレッティは、試合後、守備を優先したユナイテッドの戦い方を腐《くさ》している。だが少なくとも攻撃においては、自分たちがファーガソンにヒントを与えたことに気が付いていたに違いない。

続く準決勝、ユナイテッドはトータルスコア1-0でバルセロナに競り勝つ。

ファーガソンはホームとアウェー、両方の試合において一転して4-4-1-1を採用している。ロナウドを再び最前線で起用しつつ、今度はテベスを10番に据えて攻撃の起点を2カ所に増やすことを試みた。

一方、中盤のサイドには朴智星とルーニーもしくはナニを起用している。

ちなみにセカンドレグは、ポール・スコールズが放ったロングレンジのドライブシュートで競り合いを制する形になった。これはスコールズにとって実に8ヶ月ぶりのゴールだったし、中盤の深い位置から攻

撃に絡むプレーが増えてきていることを改めて印象づけた。

だが試合の鍵を握ったのは攻撃ではなく、ボールを失った際にチーム全体が展開した、非常に組織的な守備だった。これはケイロスが練った戦術に負うところが大きい。

試合に先立ち、ケイロスはトレーニンググラウンドにあるジムの中にマットを敷きつめ、バルセロナ戦に臨む布陣を細かく説明したこともある。選手たちはスコールズとキャリックの位置を示すマットが、ほとんど同じ位置に置かれたことに驚いたというが、ケイロスは2人の間を通そうとするパスを防ぐことこそが試合の鍵を握ると説明している。現にバルセロナはパスコースを限定され、チャンスらしいチャンスを作ることができなかった。

■モスクワにおける頂上決戦

かくして巡ってきたのが、モスクワでおこなわれたチャンピオンズリーグ決勝、チェルシーとの一戦である。

イングランドのサッカー界が誇る最強のクラブ同士が鎬を削り、勝者がヨーロッパの頂点に立つ。このような状況は、プレミアリーグそのものが、かつてない高みに到達したような印象を与えていた。と同時にこの試合は、双方のクラブにとって歴史的な重要性も持っていた。

まず2008年はユナイテッドにとって、1958年に起きた「ミュンヘンの悲劇」の50周年に当たる。さらにはヨーロッパの大会を初めて制した1968年から数えて、ちょうど40年目の節目にもなっていた。

一方のチェルシーは、過去の優勝経験こそないものの、やはり必勝を期していた。オーナーのロマン・アブラモヴィッチはロシア出身だったし、選手たちは彼のためにも悲願を実現しようと意気込んでいた。

またこの試合は、物理的な意味においてもどこか現実離れした雰囲気を醸し出していた。

ロシアと西側諸国の間には時差があるため、試合は現地時間の午後10時45分にスタートし、午前1時30分まで続いている。さらに試合の途中からは、ノアの洪水を思わせるような激しい雨が降り始め、両軍の選手たちはずぶ濡れになりながら戦い続けた。

アレックス・ファーガソンはこの試合で、4－4－2に近いシステムを採用。ルーニーとテベスがともにフォワードに起用され、ロナウドは左サイドに回されている。これはロナウドをマイケル・エシアンにマッチアップさせるためだった。エシアンは本来ミッドフィルダーだが、チェルシーは右サイドバックに起用していた。

ファーガソンの采配は的中。ロナウドはウェズ・ブラウンが右サイドから入れたクロスに合わせてジャンプし、エシアンの頭上からヘディングで先制点を叩き込んでいる。

ところがユナイテッドは、ハーフタイム直前にフランク・ランパードに幸運なゴールを決められ、同点に追い付かれてしまう。

だが大部分の時間帯は、ユナイテッドが優位に立っていた。ファーガソンが授けた2つの重要な戦術がうまくはまったためである。

まずロナウドを左ワイドに起用したことで先制点が生まれたし、テベスとルーニーがセンターフォワードのポジションを離れて深い位置まで引いたため、ユナイテッドはボール支配率で圧倒し、より多くのチャンスを作り出すことができた。

一方のチェルシーは、後半の開始直後こそ反撃に転じたものの、やはりファーガソンに対策を講じられている。ユナイテッドは陣形を4－4－2から4－5－1に変更して、ルーニーを右サイドに配置する。これに併せてオーウェン・ハーグリーヴスに中央に絞らせ、キャリックやスコールズとともに3人目のセ

Man Utd for the 2008 European Cup final

マンチェスター・ユナイテッド ◉ 2007/08 シーズン

PK戦にまでもつれこんだ、チェルシーとの欧州CL決勝における布陣。守備的MFのハーグリーヴスが右サイドで起用されたが、ルーニー、テベス、ロナウドのトリオは常に変幻自在な攻撃を展開。ファーディナンドとヴィディッチのCBコンビも高い安定感を誇っていた

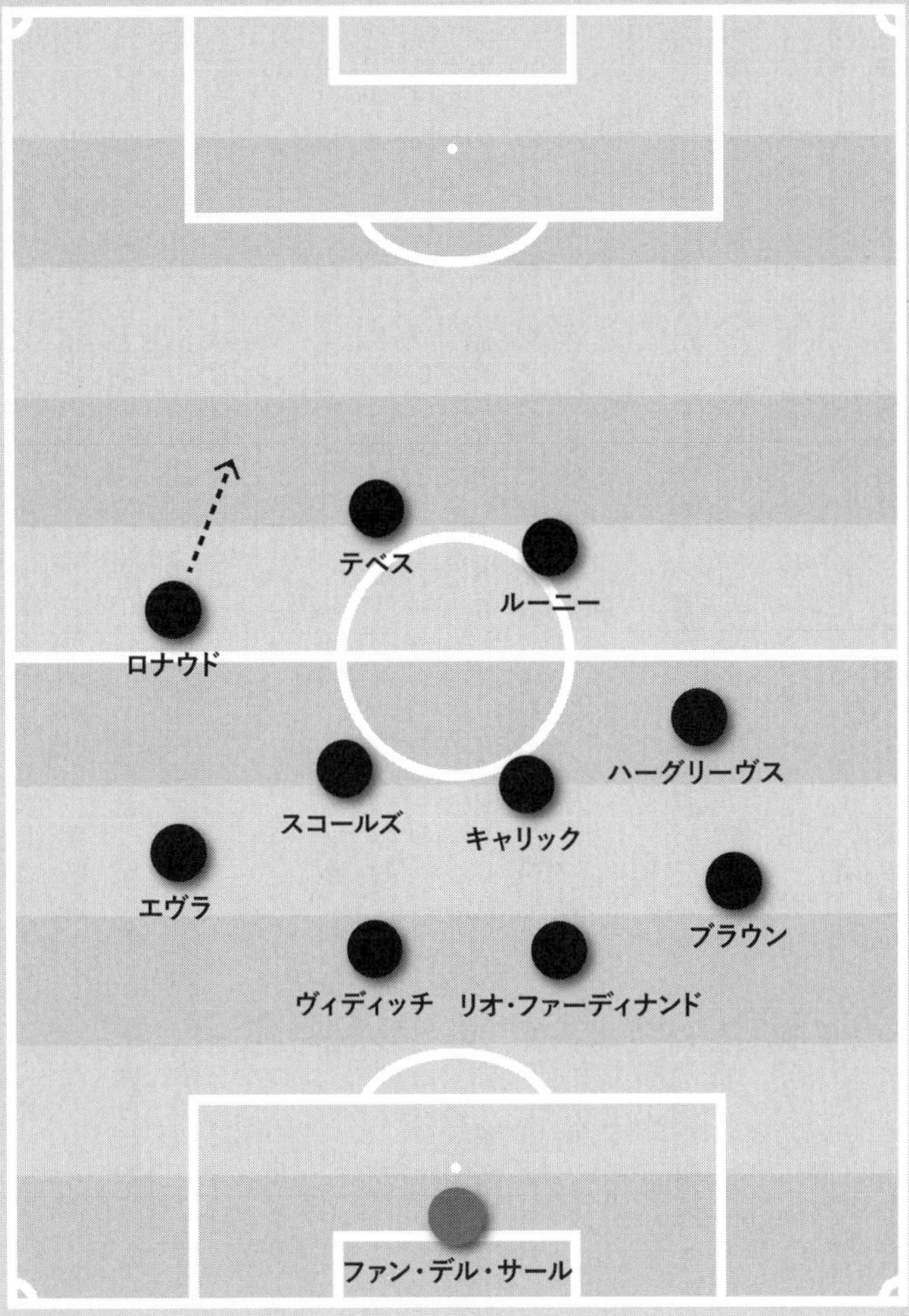

ントラルミッドフィルダーとして起用。こうして中盤を支配し、再び主導権を握っている。

ただし試合は90分では決着せず、15分ハーフの延長戦を経てＰＫ戦にまでもつれ込んだ。

戦術的に見た場合、ＰＫ戦の内容はそれまでの１２０分間よりも、興味深いものになったと言っても過言ではないだろう。たしかに10年ほど前のサッカー界では、ＰＫ戦は「宝くじ」とさえ呼ばれていた。だがデータ分析と対戦相手のスカウティングが進化した結果、もはやＰＫ戦は運任せではなく、複雑なゲームの理論に基づくものになっていたのである。

サイモン・クーパーとステファン・シマンスキーが共著『サッカーノミクス（サッカーの経済学）』（邦題『「ジャパン」はなぜ負けるのか――経済学が解明するサッカーの不条理』森田浩之訳／ＮＨＫ出版／２０１０年）で明らかにしたように、チェルシーがＰＫ戦に向けて練り上げていたプランは、イグナシオ・パラシオス＝ウエルタの研究を参考にしたものになっていた。

ウエルタはバスク人の経済学者で過去13年間、ＰＫ戦のデータも独自に記録していた。彼の研究者仲間の１人が、チェルシーの監督であるグラントと友人だったため両者は知遇を得る。この不思議な出会いがきっかけとなり、グラントはＰＫ戦全般に関するデータや、ユナイテッドのパターンを詳細に分析した資料を手にするようになった。

ちなみにＰＫ戦では、先攻を選んだチームが60％の確率で勝利を収めている。この密かな事実とともに、グラントは２つの重要な情報をつかんでいる。

１つ目はユナイテッドのゴールキーパー、エドウィン・ファン・デル・サールの癖である。ファン・デル・サールは対角線上にシュートが飛んでくると予想し、キッカーの利き足が右の場合はゴールを背にして右側に、キッカーが左利きの場合は、ゴールの左側に飛ぶ傾向があった。これを踏まえてグラントは、各選手に利き足側のゴールを狙うように指示した。

2つ目の事実は、クリスティアーノ・ロナウドに関するものである。ロナウドは助走の途中で一旦止まり、ゴールキーパーに先にアクションを起こさせようとする癖があった。しかも再び助走を開始した後は、85％の確率で左方向にボールを蹴っていた。この情報は、ゴールキーパーのペトル・ツェフに伝えられていた。

一方、ユナイテッドはＰＫ戦の前におこなわれたコイントスで、二度とも勝利する。このため自分たちのサポーターが陣取っている側のゴールを選んだだけでなく、先攻か後攻かも選ぶ権利を与えられた。

コイントスに勝ったキャプテンのリオ・ファーディナンドは、先攻か後攻かを決めかね、しばらく考え込んでしまう。これを見たチェルシーのキャプテンであるジョン・テリーは、相手のユニフォームをつかんでから腕を引っ張り、最初にボールを蹴りたいとアピールする。だがファーディナンドはテリーのアピールを無視し、ベンチの指示を受けて先攻を選んだ。

■明暗を分けたテリーと、戦術を狂わせたコール

統計データに従えば、ファーディナンドは正しい選択を下したし、ユナイテッドはこの時点で、すでに優位に立ち始めていたことになる。

だが、かくして始まったＰＫ戦では、チェルシー側のデータがものを言い始める。その効果は3巡目で発揮される。

チェルシーのペトル・ツェフは優れたゴールキーパーだが、ＰＫにおける阻止率の低さが玉の瑕《きず》になっていた。事実、このＰＫ戦でも一度しかシュートを止めることができていない。

だが殊勲のセービングをおこなった相手はロナウドだった。

ロナウドは例によって、ボールに向かって走り出すと一瞬動きを止めている。しかし、事前にデータを入手していたツェフは慌てることなく、同じように動きを止めて対応する。一瞬、両者は膠着状態になったが、結局ロナウドはデータで指摘されたとおりに左側にボールを蹴る。これを読んでいたツェフは正しい方法に飛び、シュートを止めてみせた。

ただし、ツェフのセービングよりも興味深いのは、チェルシーの面々が蹴ったシュートの方向だった。最初にボールを蹴った5人のキッカーのうち4人（ミヒャエル・バラック、ジュリアーノ・ベレッチ、フランク・ランパード、そしてジョン・テリー）は右利きであり、パラシオス=ウエルタのアドバイスに従っている。ファン・デル・サールは、対角線にボールが飛んでくると予想する癖がある。その裏をかき、バラック、ベレッチ、ランパードは右足で真っ直ぐシュートを放っている。

ところが左利きのアシュリー・コールは、事前の指示に反して対角線上にボールを蹴ってしまう。ファン・デル・サールはいつもの通り対角線上に飛んだため、うまくシュートをブロックできるコースに入ったが、濡れたボールは体の下を通り抜ける形になった。

いずれにしても、チェルシーのキッカーは4人全員、向かって右側にボールを蹴ってPKを成功させる。ロナウドがPKを止められていただけに、5人目のキッカーであるテリーがシュートを決めれば、その時点でチェルシーの優勝が決まるはずだった。

テリーは自信を持ってボールに向かっていき、正しい方向にボールを蹴る。ファン・デル・サールは例によって対角線にシュートが飛んでくることを予想し、逆の方向にダイブし始めていた。

ところがテリーは軸足を滑らせ、グラウンドを蹴ってしまう。こうしてボールは右のゴールポストを直撃。勝負はサドンデスにもつれ込んだ。

テリーのシュート失敗は、運に恵まれなかったからだと片付けられることが多い。だが事実はまったく異なる。もともとテリーには、足を滑らせやすいという致命的な欠陥があったのである。

ユナイテッドとのＰＫ戦がおこなわれる2年前、フランク・ランパードは『トータリー・フランク（ととことんフランクに）』と題された自伝を出版している。

ランパードは同書において、ＥＵＲＯ２００４でポルトガルにＰＫ戦で敗れた時の模様を振り返っている。この際、ランパードとテリーはシュートをともに成功させたが、テリーのＰＫは冷や汗ものだったと言う。

「彼はあまり考え込まずにボールに向かっていき、そこで滑ってしまった。一瞬、試合の勝ち目はなくなったかと思ったけど、ゴールは決まっている。

チェルシーの試合でも、ジョン（テリー）は足を滑らせながら、同じようなシュートを時々蹴るようになった。シュートは入ることもあれば、外れることもあった」

これはきわめて重要な指摘である。

ポルトガル戦の映像からは、テリーが微妙に軸足を滑らせていることまではわからない。またランパードが指摘していなければ、誰もそのような事実には気付かなかっただろう。

だがテリーはたしかに独特な蹴り方をしていた。軸足をボールの近くに踏み込み過ぎ、体を必要以上に開く癖があったのである。

ランパードはテリー本人の説明に基づいて、ポルトガル戦のＰＫについて記したのかもしれない。いずれにしても、「足を滑らせながら、同じようなシュートを時々蹴るようになる」という事実はきわめて重要だ。

テリーは不運だったのではない。むしろＰＫを蹴る際のテクニックに、根本的な問題を抱えていただけなのである。ランパードの自伝がモスクワでの決勝の後に出版されていたなら、この一説は削除されていたに違いない。

■ユナイテッドに傾いた、心理戦の行方

テリーがシュートを外した結果、PK戦はサドンデスへと突入する。

まずユナイテッドではアンデルソンとギグスが、それぞれ6人目と7人目のキッカーとしてゴールを成功させる。

一方、チェルシーでは6人目のサロモン・カルーがネットを揺らしている。カルーも事前の指示に従い、ゴールに向かって右側を狙っている。結果、チェルシー側は、6人のキッカー全員が同じ方向にボールを蹴る形になった。

チェルシーの7番目のキッカーは、ニコラ・アネルカだった。彼もまた右利きのキッカーであり、ゴールに向かって右側にシュートを蹴ることになっていた。

ところがこの時点になると、ユナイテッド側はチェルシーのキッカーが全員、右側を狙うつもりなのだと推測するようになっていた。

むろん正確に言うなら、ユナイテッド側の読みは当たっていたわけではない。左利きのアシュリー・コールに関しては、指示を無視して対角線上に蹴ったため、たまたま右利きのキッカーと同じ方向にボールが飛んでいたに過ぎない。

だがユナイテッド側に確信を抱かせるには十分だった。

現にアネルカがボールに向かう際、キャプテンのファーディナンドはセンターラインからファン・デル・サールに大声で声をかけ、自分の左側に飛べと指で合図をしている。ファン・デル・サール自身も、

ファーディナンドやチームスタッフと同じことを考えるようになっていた。

この場面でファン・デル・サールは、それまでとは違った動作をし始める。6人のキッカーに対しては、両腕を伸ばして上下させながら『YMCA』の振り付けのような動きを繰り返していたが、アネルカに対しては、チェルシーのキッカーたちがボールを蹴り込んできた場所を指差し、「ここを狙うのはわかっているぞ」と、言わんばかりの仕草をしたのである。

これでアネルカは窮地に追い込まれた。そのままベンチの指示に従ってシュートを蹴るか、あるいはファン・デル・サールにコースを読まれているということで、方向を変えるかを迫られたのである。

結局、アネルカは自信を持てないまま、指示に反して対角線上にシュートを放つ。逆にこれを読んでいたファン・デル・サールは、右側に飛んでPKを初めて阻止した。

この瞬間、120分を超える熱闘についに終止符が打たれる。マンチェスター・ユナイテッドは、チェルシーとのプレミアリーグ勢対決を制し、再びヨーロッパの頂点に立ったのだった。

試合後、最後のキッカーとなったアネルカは当然のように批判されたが、敗戦の責任を彼に1人に負わせるのは適切さを欠く。またテリーがPKを失敗したのを、不運だと片付けるのも正しくはない。彼がシュートを枠に当てたのは、基本的なテクニックの問題を抱えていたからだった。

アシュリー・コールの選択も然り。彼がベンチの指示に従っていれば、ボールは他のキッカーと違う方向に飛んでいたはずだし、ユナイテッド側はさらに疑心暗鬼にかられていただろう。ファン・デル・サールが、チェルシー側は必ずゴールの右側を狙ってくると確信し、アネルカとの駆け引きで優位に立つ状況も避けられたのではないか。

チェルシーにとっては、ディディエ・ドログバが延長戦の終盤5分前に退場になったことも響いた。ドログバは両軍が揉めた際にヴィディッチの横面を張り、レッドカードを受けていた。

結果、チェルシーはＰＫ戦を目前にして、重要なキッカーを失うこととなった。ドログバがピッチ上に残っていれば、テリーが５人目のキッカーとして、ボールを蹴ることもなかったはずだ。ちなみにチェルシーは、４年後にもチャンピオンズリーグの決勝に駒を進めている。この際にはバイエルン・ミュンヘンとＰＫ戦にもつれ込んでいるが、ドログバは勝負強さを発揮。５人目のキッカーとしてシュートをしっかり決め、チームに初の栄冠をもたらすことになる。

いずれにしても、ユナイテッドとチェルシーがモスクワで演じたＰＫ戦は、サッカーの進化と、勝負の綾《あや》を如実に示していた。

情報の収集と分析、ゲームプランの立案、データを元にした戦術の立案は、かつてないほど重要になってきた。しかも選手たちには与えられた指示を実行することだけでなく、正確なテクニックや心理的な駆け引きのうまさといった要素も、少しずつ求められてくる。チェルシーがＰＫ戦に用いた戦術は興味深いものだったし、完全に理にかなっていた。にもかかわらず最後の最後で、つかみかけたトロフィーは手から転がり落ちたのである。

■ポスト・ロナウド時代のユナイテッド

モスクワでの決戦を制したユナイテッド陣営は、当然のように沸き立った。また劇的な勝利を収めたということで、三度目のヨーロッパ制覇は大々的にクローズアップされた。

だが、このような取り上げられ方には、少しばかり違和感があったのも事実である。

ぎりぎりまで追い詰められた状況から勝機を見出し、最終的に栄冠を手にするという戦い方に関しては、むしろ1999年当時のチームのほうが上回っていた。むしろファーガソンは、チェルシーを圧倒するような勝ち方で、タイトルを獲得できなかったことを悔やんだに違いない。当時のユナイテッドは、絶大な強さを誇っていたからだ。

　ユナイテッドは、プレミアリーグ時代のイングランドサッカー界において、もっとも戦術面でフレキシブルに対応できるチームに成長していた。守備に徹したサッカー、ボールポゼッションを重視したサッカー、スリリングなカウンターアタックを軸にしたサッカー。そのいずれをも使い分けることができたし、カウンターを軸にしたサッカーは、大一番では特に目についた。

　現にユナイテッドは印象に残る見事なゴールを、速攻からたびたび決めている。たいていの場合、最後の仕上げをするのは、ロナウドかルーニーの役割になっていた。

　ロナウドとテベスは２００８／０９シーズン限りでチームを去ったものの、ユナイテッドはそれ以降も似たようなプレースタイルを踏襲していく。ポスト・ロナウド時代のユナイテッドでは、アントニオ・バレンシアとディミタール・ベルバトフが重要な役割をこなすこともあったが、やはり前線でもっともスリリングなプレーを展開したのはナニ、朴智星、ルーニーのトリオだった。

　新たなチームでは、ナニと朴智星がより重要な役割を担う一方、ルーニーがロナウドに匹敵する存在感を誇るようになった。ユナイテッドの「９番」（センターフォワード）は、時折「偽の９番」としてチャンスを作り出したし、またある時には本物の「９番」としてゴールを奪っている。

　たとえばユナイテッドは、２００８／０９シーズンのチャンピオンズリーグ準決勝、エミレーツ・スタジアムでおこなわれたアーセナル戦で、カウンターアタックから圧巻のゴールを決めている。この得点は朴智星、ルーニー、そしてロナウドの３人が魔法のようなコンビプレーを展開してもたらされたものだった。

　だが翌シーズン、同スタジアムでおこなわれたプレミアリーグの試合では、さらに見事な形でゴールが決まっている。ナニ、朴智星、ルーニーのトリオは、プレミアリーグ史上、もっともすばらしいカウンターアタックを展開し、アーセナル戦での3‐1の勝利に貢献している。

驚くべきことに、一連のプレーはユナイテッドのペナルティエリアからスタートした。アーセナルの攻撃を防ぐべく、ユナイテッド側では9人もの選手たちが自陣のペナルティエリア内に戻っていた。このような状況の中、まず朴智星のもとにボールが渡る。月並みな選手なら単純にボールをクリアしていただろうが、朴智星は攻撃に移るチャンスがあることを察知する。顔を上げてピッチを見渡すと、浮き球のボールをルーニーの前方へと供給した。

センターフォワードのポジションから、自陣の中ほどまで下がっていたルーニーは、ボールをコントロールして巧みに時間を稼ぐ。この間、右サイドにいたナニは、猛然とスプリントを開始し、左側では朴智星が同じように駆け上がり始めていた。

やがてルーニーはナニにボールを渡す。ナニはドリブルを交えながらドリブルで進み、ルーニーがシュートを打てるポジションまで上がってくる時間を稼いだ。

とはいえ、このカウンターアタックにもっとも貢献したのは朴智星だった。自陣のペナルティエリアからルーニーにボールを出したと思いきや、次の瞬間には、左サイドで80ヤードも走りきっていたからである。

さらに朴智星は、アーセナルのセンターバックであるトーマス・ヴェルマーレンを引き付け、ルーニーのためにスペースを作り出していく。ハードワークを厭わず、クレバーな判断を下し、チームメイトをサポートする。これこそまさに朴智星の持ち味だった。

そして最後はルーニーが仕上げに移る。ナニが完璧なラストパスを提供すると、ルーニーは軽やかにタイミングを合わせ、ファーストタッチでゴール左隅に流し込んだ。ロナウドがレアル・マドリーに移籍したにもかかわらず、ユナイテッドはかくも切れ味鋭いカウンターを繰り出し続けたのである。

アーセナル戦のゴールシーンは、プレミアリーグが発足した17年前、ユナイテッドがノリッジに3－1で勝利を収めた試合で披露したゴールシーンにもよく似ていた。センターフォワードがチャンスメイクに絡み、ミッドフィルダーが走り込む、そしてスピーディーなカウンターから得点を奪うというパターンは共通している。

だがその方法論は、飛躍的に進化していた。２０００年代後半、フレキシブルでダイレクトな攻撃を展開したユナイテッドは、ある種レトロでありながら、きわめてモダンなプレースタイルを誇るようになっていたのである。

第17章

冷たい雨と強風にさらされた、ストークでのナイトゲーム

「これは男の戦いだ」(トニー・ピューリス)

■閉塞状況に風穴を開けたストーク

2007/08シーズンのチャンピオンズリーグには、イングランドサッカー界全体が、いかにヨーロッパの舞台で存在感を強めていたのが如実に表れている。だが同シーズンのプレミアリーグは、イングランドサッカー界が持つ、まるで異なる側面を浮き彫りにした。

哀れなダービー・カウンティは、3月の終わりを待たずして降格が決定。それ以降も成績は伸びず、最終的に一度の勝利と11の勝ち点を記録したに留まった。これはプレミアリーグ史上、最悪の成績となっている。

対照的に「4強」と呼ばれるクラブは、毎年、チャンピオンズリーグに出場して実入りを増やしていったため、富めるクラブと貧しいクラブの差は大きく拡大していく。毎シーズン、まるで勝ち目のないチームが参戦し、すぐに姿を消していくのもプレミアリーグの1つの特徴になるかに思われた。

現に2008/09シーズンも、プレミアリーグには弱小クラブが名を連ねた。その最たるものが、トニー・ピューリス率いるストーク・シティである。

そもそもストークは、テクニック的に見るべきものがなかったにもかかわらず、予想に反して昇格を果たしたチームだった。ましてや前回、イングランドのトップリーグに昇格した際には、散々な成績でシー

ズンを終えている。１９８４／８５シーズンには、42試合を戦ってわずか3勝をあげたのみ。降格をぎりぎりで免れたＱＰＲからでさえ、33ポイントもの差を付けられた。このため多くの人たちは、ストークが「ダービーの二の舞」を演じ、最下位でシーズンを終えるだろうと予想していた。

しかもストークの監督を務めていたトニー・ピューリスは、現役時代も指導者に転身してからも、イングランドのトップリーグを一度も経験したことがなかったし、キャラクター的にも、現代のサッカー界にまるで不向きな人物のように思われた。

まずはその出で立ちである。ピューリスは古いタイプの指導者で、トラックスーツ（ジャージ）の上下に野球帽という格好がトレードマークになっていた。

時代遅れなのは、サッカーの中身も同様である。彼はフィジカルなプレースタイルを売りとする、一世代前の英国人選手と好んで契約することで知られており、自分が選手時代に好んだようなサッカーを、配下の選手たちに実践させていた。

ちなみに現役時代のピューリスは、スキルの高さで評価されるような選手ではなかった。これはかつての上司たちのコメントからもうかがえる。

たとえばジョン・ラッジは「テクニカルな選手だと呼ばれるタイプでは、まるでなかったね」と証言している。一方ハリー・レドナップは「自分が見た中で、もっとも荒っぽいタックルをする選手だった」としつつ、こう付け加えるのも忘れなかった。「実際にはまともなサッカーなどできなかった。5ヤード以上の長さのパスを出せなかったんだから」

逆にボビー・ゴールドは、「自分が見た中でもっとも足の遅い選手だった」と前置きした上で、好意的なコメントを寄せている。「タックルがうまかったし、気性も良くて、サッカーに関してはすばらしい頭脳を持っていた」

ボビー・ゴールドのコメントの中でもっとも重要なのは、最後の部分である。ピューリスは昔気質《かたぎ》の頑固な人物のように映るが、実は研究熱心な指導者としての一面も持ち合わせていた。現にUEFAのA級ライセンスを21歳で取得し、当時、もっとも若くして指導者育成コースを終えた人物の1人にもなっていた。

■二進法の戦い

とはいえピューリスは、基本的には恐ろしく守備的で、退屈で、ダイレクトなサッカーをするチームを作り上げる指導者として有名だった。

彼は1995／96シーズン、4部に所属していたジリンガムを昇格に導いている。チームが46試合して49点しか取れなかったにもかかわらず、リーグ戦で2位につけることができたのは、失点を20に抑えたことが大きい。ジリンガムが許したゴールは、ライバルチームの半分ほどしかなかった。

このようなプレースタイルは、監督としての特徴になっていく。

ピューリスは、その後ブリストル・シティやポーツマスを経て、2002年から2005年にかけてストーク・シティで一期目の監督を経験する。特に任期の最後となる3シーズン目は、サポーターから「二進法」と呼ばれるような戦いを繰り広げた。

10月末、ストークはレスターと1-1で引き分けたが、これはしばらくの間、もっとも多くのゴールが生まれた試合となった。以降の4ヶ月間、サポーターたちは次のようなスコアを目にすることになるからである。1-0、0-1、0-1、1-0、0-0、0-1、1-0、1-0、1-0、0-0、0-1、0-1、0-1、0-1、1-0、そして1-0。

これらの試合を終えて再びレスターと対戦したストークは、3-2という信じられないような打ち合いを制し、1試合当たりの得点記録を更新したが、ピューリスは結局、このシーズン限りで解任されることになる。

しかしプリマスを1年間率いた後、彼は2006/07シーズンに監督として復帰した。地元出身の実業家、ピーター・コーツがストークを久方ぶりに買収し、わざわざピューリスを呼び戻したのである。コーツはやがて、ピューリスのために大量の補強資金を注ぎ込んでいくことになる。

だがピューリスの評判は、相変わらずだった。

たとえば8月、ストークは前年にピューリスが率いていたプリマスをホームに迎え、チャンピオンシップ（2部リーグ）の試合をおこなっている。この際、プリマスのサポーターたちは「俺たちはもう、つまらないサッカーをするチームじゃなくなった！（今度はお前たちがつまらないサッカーをする番だ）」と上機嫌で合唱している。

ストーク側のサポーターたちも、ピューリスに大きな不満を抱いていたことは指摘するまでもない。現にシーズンが開幕して2ヶ月目には、抗議行動も起きている。ストークのファンの1人で、広告代理店「サーチ・アンド・サーチ」の元コピーライターであるリチャード・グリスデールは、200ポンドをかけて1万枚のレッドカードを作成。表には「ピューリスにカードを」、裏面には「トニー、よそのクラブに行ってくれ」という凡庸なコピーが印刷されたカードを、スタンドで提示する計画を立てた。クラブの取締役会に対して、ピューリスの解任を求めるためである。

だが抗議行動は見送られている。アストン・ヴィラに所属していたリー・ヘンドリーというミッドフィルダーが、ローン契約で招かれることが発表されたからである。ヘンドリーの獲得は、ピューリス体制で実現したもっとも心躍る出来事だった。現にチームのパフォーマンスは、徐々に上向いていくことになる。

2008年、ストークがプレミアリーグに昇格を果たした際、グリスデールは大量のレッドカードを売り払い、チャリティーに寄付しようと試みている。曰く。

「床に置かれたレッドカードを、またいで歩くのに疲れたんだ。（カードの）使いみちなんてどうでもいい。燃やしたかったら燃やせばいいし」

■ピューリス・ボール

とはいえ、ストークがプレミアリーグへの昇格を実現できたのは、ピューリスが守備と攻撃の両面において、独特な戦術を駆使したからに他ならない。この戦術は「ピューリス・ボール（ピューリス式サッカー）」として知られるようになる。

まずボールを持っていない場合、ストークの選手たちは深い位置まで下がり、中央にも狭く絞り込んで守備を固めていた。ピューリスは異例なほど長い時間をかけて、ディフェンダーにポジション取りを教え込む一方、4人のミッドフィルダーも、2番目のディフェンスラインのように活用していた。

ピューリス自身はこの方式を、フォーバックならぬ「エイトバック」と呼んでいた。彼がもっとも好んだのは、ミッドフィルダーがスルーパスを通されるのを防ぎながら、横方向に全員で移動して、相手の攻撃をサイドに限定していく方法だった。仮にサイドから相手がクロスを上げてきたとしても、高さと強さを持ったセンターバックで対応することができる手はずになっていた。

逆にボールを持った際には、「ルート・ワン」式の放り込みサッカーにひたすら徹する。そこで重用されたのが、長身のセンターフォワードだった。彼らは得点を量産できるようなタイプではなかったが、ヘディングで相手に競り勝ち、チームメイトに頭でボールを落とすことができた。

Pulis' Stoke in his first season,

ストーク・シティ ◉ 2006/07 シーズン

ピューリスが監督に返り咲いた、1シーズン目の基本的なシステム。FWまで含めた極端に低く、狭く、コンパクトな布陣が目を引く。中盤は「2列目のDFライン」としても機能。攻撃を展開する際には、デラップが放り込むロングスローも、きわめて強力な武器となった

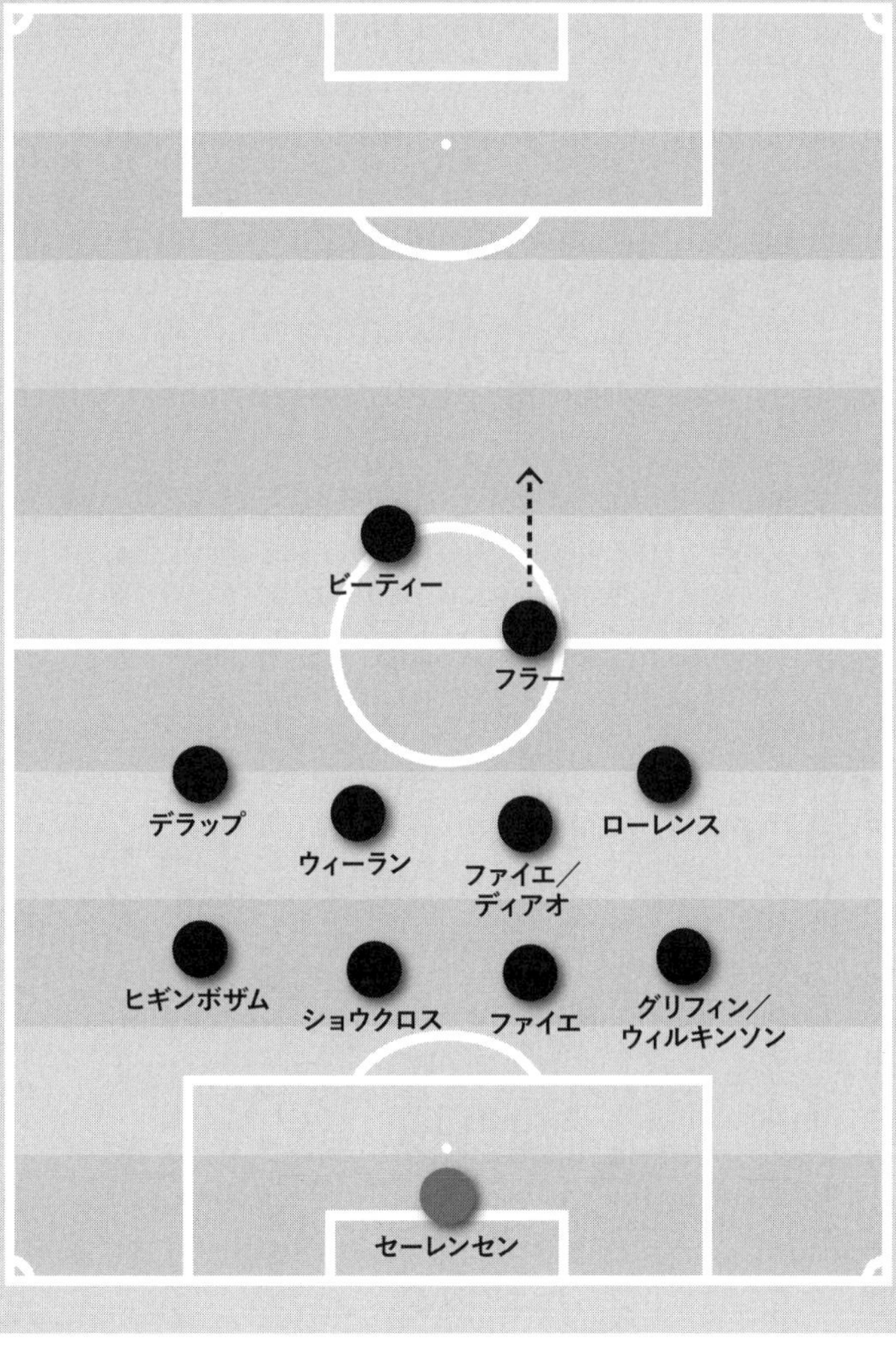

またピューリスは、ワイドに大きく開いたポジションに、さらに1人ストライカーを追加する方式もしばしば採用した。これも空中戦に特化した戦術であることは指摘するまでもない。当時のストークはセットプレーの場面で、常に無類の強さを誇っていた。

フィジカルの強さに物を言わせ、セットプレーで勝負をかけるような戦術は、そもそも下位のリーグで採用されているような代物である。現にストークは、サム・アラダイス時代のボルトン・ワンダラーズ以降、古色蒼然とした放り込みサッカーをもっとも露骨に展開するチームとなっていた。

その意味において、ストークが2008/09シーズンの開幕戦でボルトンに敗れたのは、皮肉な出来事だったと言える。アラダイス時代のボルトンと同じようなサッカーを実践していたにもかかわらず、ロングボールの放り込み合戦でも太刀打ちできなかったからだ。

ストークはハーフタイムの時点ですでに0 - 3とリードされ、最終的には1 - 3で敗北を喫している。ボルトンの監督はアラダイスからギャリー・メグソンに代わっていたが、3点のうち2点はヘディングから生まれている。残りの1点は、ふかし過ぎたクロスボールが、そのままゴールに飛び込む形になった。

開幕戦が終わった直後、とあるブックメーカーは、ストークが1シーズン限りで降格するオッズを一気に引き上げている。これは顧客の目を引くための見え透いたPRだったが、異を唱える人はほとんどいなかった。

ストークはいつ、どのチームが相手ならば初日を出せるのか。

サッカーファンは、こんな話題で盛り上がり始める。ところがピューリスは大方の予想を裏切る。シーズン最初のホームゲーム、アストン・ヴィラ戦でいきなり3 - 2と初勝利を飾ってみせたのである。

しかも選手たちは、それなりにまともなプレーも披露した。特にジャマイカ人のストライカーであるリカルド・フラーは、デニス・ベルカンプ風のゴールまで決めて度肝を抜いている。かつてベルカンプがブラックバーン戦でやってのけたように、後方からのパスをワンタッチで浮かせながら、ディフェンダーのマルティン・ラウルセンをかわし、見事なグラウンダーのシュートを放ってみせた。

ただしアディショナルタイムの決勝点は、きわめてベーシックなプレーから生まれている。

まず、アイルランドのミッドフィルダーであるロリー・デラップが、左サイドからロングスローをゴールエリアに直接放り込む。これをマリ出身のフォワード、ママディ・シディベがヘディングで叩き込んだ。

ストークの予期せぬ快進撃が、かくして始まったのである。

■カルトヒーロー、ロリー・デラップ

この決勝ゴールは、ストークの手法を特徴づけるものとなる。衝撃的なロングスローを投じたデラップも、プレミアリーグでもっともユニークな武器の使い手として知られていくようになった。

たしかにプレミアリーグでは、それまでにも幾度となくロングスローが飛び交ってきた。

たとえば1992年8月15日、プレミアリーグの記念すべき初ゴールを記録したのは、シェフィールド・ユナイテッドのブライアン・ディーンだったが、この得点もサイドからのロングスローが起点となって生まれている。

ただし、デラップのように強烈なロングスローを放り込める選手は、かつて存在しなかった。

そもそもデラップは上半身が強く、高校時代には陸上のやり投げ競技で優勝したこともある。その意味では、生まれつきの資質を秘めていたことになるが、彼がロングスローをものにしたのはキャリアの晩年になってからだった。

デラップはダービー、サウサンプトン、サンダーランドなどを渡り歩き、プレミアリーグで200試合

以上に出場していた。またアイルランド代表でデビューしたのも約10年前というベテランであり、ストークが2008年に昇格した時点では、すでに32歳になっていた。

ただし以前は、試合の流れを一瞬で変えられるような武器を持っていることなど、ほとんど知られていなかった。様々なクラブで時折スローインを担当してきたとはいえ、むしろデラップは効率のいいプレーとハードワークが特徴で、時折、派手なゴールを決めることができるミッドフィルダーとして通っていた。言葉を換えれば、彼はオーソドックスなサッカーをできる才能にも十分に恵まれていた。だからこそサウサンプトンは2001年、移籍金のクラブ記録となる400万ポンドを支払い、デラップをダービーから獲得したのである。ちなみにこの記録は、11年間破られなかった。

ところがストークへの加入を機に、デラップの印象は大きく変わっていく。足でボールをさばくサッカー選手である以前に、手でボールを扱うスペシャリストとしての役割を受け持つようになり、試合中に出したパスの本数よりも、スローインの回数のほうが多いのが当たり前になっていく。これはストークの単純きわまりない戦術、「ボックスの中にボールを放り込む」というアプローチに見事にマッチしていた。

ただし、デラップがストークに定着した背景には、然るべききっかけもあった。

彼は2006年10月、ストークがまだチャンピオンシップ（現行の2部リーグ）に所属していた頃に、ローン契約で加入している。だが移籍からわずか1週間後、本来の所属先であり、移籍元であるサウサンプトンとの試合で脚を骨折してしまう。監督のピューリスは責任を感じ、1月の移籍市場ではローン契約ではなく、正規の契約を結ぶようになったのである。

むろん、ピューリスが正式契約に踏み切った背景には別の理由もあった。それがロングスローという、きわめてユニークな武器だった。

「ダービー時代は、ディフェンスラインの裏にロングスローを入れて、パオロ・ワンチョペを走り込ませるやり方のほうがメインになっていた。他のクラブの場合は、最後の数分間、なんとか点を取ろうとしている時に（ロングスロー）を入れるだけだったね」。デラップは説明している。「でもストークに入った時、監督はスローインのことは全部知っているし、それをフルに活かしたいと率直に話してくれたんだ……（ロングスローは）ボールをペナルティエリアの真ん中に入れるための、1つの方法になる。ただし、ロングスローを活かすためには、優秀で勇気もある選手も必要になるんだ。ドンピシャのタイミングで走り込まなければならないからね」

デラップのロングスローは、まさに驚異的だった。飛距離は最大で40ヤードもあったため、ゴールポストの間に直接ボールを投げ入れることさえできたのである。

これを踏まえ、ピューリスは完全にデラップのロングスローを中心したチーム作りを始めるようになる。まずボールを持った際には、ロングボールを敵のセンターバックとサイドバックの間に蹴り込む。相手がタッチラインにクリアし、スローインが与えられることを期待しながらである。

もともとピューリスは非常に背の高い選手たちを揃えていたし、ゴールを狙える位置でスローインを獲得した際には、ディフェンダーにペナルティエリアの中まで上がらせることもあった。

ロングスローからチャンスを作り出す。

この種の方法は、下位のリーグでよく目にする初歩的な戦術だが、デラップのロングスローはプレミアリーグでより効果を発揮した。理由を説明するのは難しくない。チャンピオンシップ（2部）のクラブでプレーしているようなディフェンダーは、敵がクロスを入れたり、セットプレーからボールを放り込んできたりするのに慣れている。だがプレミアリーグのトップクラブは、足の速さやテクニックを重視して、センターバックを選ぶ傾向が強くなっていたからである。

またデラップのロングスローがプレミアリーグで猛威を振るったのは、デラップ自身がロングスローの方法を大きく変えたことも奏功した。それまでは山なりのボールをペナルティエリア内に入れていたが、敵のディフェンダーが軌道を予測できないようにするために、フラットなライナー性のボールを投げ入れるようにと、ピューリスから指示されたのだった。

ハードワークを厭わぬものの、才能にはさほど恵まれているわけではない。この種の選手が揃っていたストークにあって、デラップはチームでもっとも華のあるスターになっていく。また独特なロングスローが注目された結果、風変わりなPRイベントにも駆り出されるようになった。ストークは陶器の産地だったため、陶器製の皿やジョッキめがけてボールを投げるようなイベントも、しばしば開催されていたのである。

デラップは、クリスマス用のプディングを2階建てのバスの上に投げるというイベントには参加を拒んでいる。

だが彼は気さくで常に親しみやすい人物だったし、自分の波乱万丈にして豊かなサッカー人生を謳歌し続けた。彼は4部のクラブからプレミアリーグにまで上り詰め、最後は再び4部のクラブチームに戻ってユニフォームを脱ぐことになる。

「僕は長い間、足を使ってボールを蹴ることに関しても、まずまずの仕事をしてきたと思う」。デラップは語っている。「世間の人たちが、ロングスローで僕を思い出すなら、それはそれで構わない。まったく思い出されないよりはましだからね」

■ブリタニア・スタジアムに吹き付ける風

プレミアリーグに初めて昇格した1年目、ストークはホームのブリタニア・スタジアムで類い稀な強さを発揮する。ブリタニア・スタジアムには、対戦相手を萎縮させるような雰囲気があったし、ピューリスは戦いを有利に運ぶために、いくつかの古典的な策も弄している。

まずピューリスは、ピッチのサイズを、レギュレーションで定められたぎりぎりのところまで狭めている。デラップのロングスローを活用しつつ、テクニックに優るビジターチームが、パスサッカーを展開しにくくするためである。

またピッチ上の芝も、ほとんどのスタジアムよりも非常に長く保たれた。これもまたボールを転がりにくく、パスサッカーを封じるためである。長い芝はストークが展開する「ルート・ワン」式の放り込みサッカーに、ほとんど影響を与えないというメリットもあった。

ピューリスはトップチームと対戦する際には、さらなる手も打った。

試合前日、ブリタニア・スタジアムでわざわざトレーニングをおこない、2つのペナルティエリアの間のエリアでミニゲームをおこなったのである。こうすれば中盤のピッチを凸凹にすることができる。しかも自分たちが主戦場とする両サイドや、ペナルティエリアの中には影響を与えなかった。

ストークのホームゲームでは、独特の雰囲気も一役買っている。

ブリタニア・スタジアムは1997年に建設された新しい施設だが、昔ながらのスタジアムのような雰囲気を醸し出していた。ピッチサイドに並ぶ看板も、最近流行の投資銀行や保険会社のものではなく、地元の建設会社や配管工事会社などの広告が多くを占める。

またプレミアリーグに昇格した最初の数年間、ブリタニア・スタジアムは、ピッチのコーナー部分に観客席が設けられておらず、近くの丘の上に登れば、試合をただで眺められるようにもなっていた。

この特殊な形状は、試合の内容にも影響を与えている。ぽっかり空いた隙間から、ピッチ上に強い風が吹き付けたのである。事実、トッテナムをホームに迎えた試合では、ダニー・ヒギンボザムがＰＫを決めて2‐1の勝利に貢献したが、強風のためにボールが動いてしまい、三度も仕切り直しをする羽目になった。

むろん観客の存在も忘れてはならない。他の試合会場では、サポーターがめっきり静かになってきたが、ストークのサポーターは熱狂的だった。デラップがロングスローを投じる際には、動作を真似しながら雰囲気を盛り上げ、助走を始めると同時に、大声で不吉な効果音を奏でる場面がよく見られた。

そして何よりも、サポーターはストークが展開するクラシカルなサッカーを称賛し続けた。

たとえば2008／09シーズン、ウェスト・ブロムにプレミアリーグで2連勝を飾った際には、聞こえよがしにこんな合唱をし続けた。「ロングボール、ロングボール！　お前らもロングボールをやっときゃよかったのに！」

当時のウェスト・ブロムは、ボールポゼッションをベースにした、洗練されたサッカーをするということで評価されていた。ストークのファンは、その理由がまるで理解できなかったのである。

たしかに前年の2007／08シーズンには、ウェスト・ブロムがチャンピオンシップのタイトルを制していた。だがプレミアリーグでは両チームの明暗が逆転。相手は降格に向かってまっしぐらに進んでいた。

■「雨と強風にさらされた、ストークでのナイトゲーム」

2008／09シーズンの序盤に話を戻そう。

第2節、ブリタニア・スタジアムでおこなわれたアストン・ヴィラ戦で初白星を飾ったストークは、第4節ではエヴァートンをホームに迎える。

ストークは前半、0‐2とリードされるものの、後半に2点を奪って巻き返す。そのいずれもが、デラップのロングスローを起点としたものだった。この日は特に風が強かったため、いつもよりも飛距離が数ヤード伸びたのである。

最初のゴールは、左サイドからのロングスローから生まれている。

エヴァートンのゴールキーパー、ティム・ハワードはパンチングをしたものの、味方がクリアし損ねたボールは、ふわりと落ちてしまう。ペナルティエリアの端で待ち構えていたナイジェリア出身のミッドフィルダー、セイ・オロフィンジャナはこれをボレーシュートで叩き込んだ。

2点目は、右サイドからのスローインが起点になった。デラップのロングスローは、エヴァートンのディフェンダー、フィル・ジャギエルカの頭にかすかに触れた後、直接ゴールに飛び込んだ。

エヴァートンは最終的に3‐2で競り勝ったが、守備陣はストークのシンプルな攻撃に悩まされ続けた。「まるで人間投石機だ」。エヴァートンの監督、デイヴィッド・モイーズはデラップをこう評している。「今日はおかしな試合になったよ。うちには新しい選手がいたが、そのうち何人かは英語が話せない。そんな連中に、ストークがどんな試合をしてくるのかを説明するのは簡単じゃない」

ストークが次にブリタニア・スタジアムに迎えた相手は、チェルシーだった。チェルシーを率いていたルイス・フェリペ・スコラーリは、デラップと対戦できることに素直に興奮していた。

「彼は足よりも手でボールをさばくのがうまいと思う……これはすごいことさ」。スコラーリは語っている。「美しいサッカーじゃないかもしれないが効果的だ……タッチラインを内側に寄せて狭くしているのも賢いやり方だ。私はあの監督が好きだよ。(他の連中とは)違っているからね」

ワールドカップでブラジルを優勝に導いたほどの監督が、驚きの声を漏らす。ストークのベーシックなサッカーは、これほど注目を集めていた。だが実際には、デラップとの対戦は実現しなかった。デラップは肩に故障を抱えて、チェルシー戦を欠場したのである。

デラップは1週間後におこなわれた試合、アウェーでのポーツマス戦でゲームに復帰。試合には敗れたものの、ロングスローからいきなり得点を演出している。この際にはデラップが投じたボールをデイヴ・キットソンが頭で叩き、リカルド・フラーが決める形になった。

トッテナム戦とマンチェスター・シティ戦を1勝1敗で終えた後、ストークはホームのサンダーランド戦で1‐0の勝利を奪う。この試合でも、デラップのロングスローから、フラーがヘディングを決める場面が見られた。続くアーセナルとのホームゲームは2‐1で勝利。今回はデラップのロングスローが、フラーとオロフィンジャナのゴールをお膳立てしている。

かくして11月の中頃を迎える頃には、ゴールの半数以上がスローインを起点にしたものになっていた。しかもストークは、その後も一貫してクラシカルな攻撃パターンから点をもぎ取り、スキルやテクニックに優るチームを苦しめ続けた。

やがてサッカー関係者の間では「雨と強風にさらされた、ストークでのナイトゲーム」という表現が、さかんに使われるようになっていく。

これはもともとイングランド北部の雨の多さや、ブリタニア・スタジアムで強い風が吹くことを指したフレーズだった。ましてや冬の平日におこなわれるナイトゲームともなれば寒さは体に堪えるし、そこで待ち構えるのは、フィジカルにものを言わせたプレーをするストークである。

「雨と強風にさらされた、ストークでのナイトゲーム」は、外国人選手がプレミアリーグの過酷な試合に耐えられるかどうかを語る際の、決まり文句としても定着する。

スカイスポーツのコメンテーターを務めていたアンディ・グレイは、2010年、プレミアリーグの試合の解説をおこなっている際に、バロンドールを二度獲得したリオネル・メッシでさえ、ストーク戦では苦しむだろうと発言。大きな話題を集めた。

■人間投石機が変えた、サッカーの常識

実際問題、デラップが投じるロングスローは、それ自体がきわめて厄介だった。またストークは、様々な恩恵も受けることができた。

その1つは、スローインがオフサイドの対象にならないという事実である。

たとえば相手が、サイドからフリーキックを蹴り込んできたとする。この場合にはアグレッシブにディフェンスラインを上げ、敵のフォワードを自陣のゴールから遠ざけることで対処できる。ところがスローインはオフサイドの対象とならないため、同じ方法ではデラップのロングスローに対抗できないのである。

仮にスローインをおこなう位置がコーナーから30ヤード手前でも、ストーク側はゴールキーパーにプレッシャーをかけて、ペナルティエリア内を混乱状態に陥れることができる。さらに手前に下がり、自陣の中央付近からスローインをする場合でも、デラップならばディフェンスラインの裏を狙って、ボールを投げ込むことができた。このような特徴はピューリスのような指導者、ボール支配率を重視するのではなく、ボールをどこまで運ぶのかを重視する監督にとって打って付けだった。

さらに述べれば、デラップのロングスローは心理的な効果ももたらしていた。敵のディフェンダーはロングスローを必要以上に意識してしまうため、敵が間近に迫っている状況でもサイドにボールを蹴り出すのではなく、なんとかボールをつなごうとする。だがこれは必然的にミスを誘うため、ストークは敵のゴールに近いところでボールを奪うことができた。

結果、ストークと対戦が決まったチームは、様々な奇策で対抗していくことになる。

まずいくつかのチームは、ペナルティエリア内が混み合い、キーパーの視界が遮られる状況を避けようとして守備の大原則を無視した。ストークの選手たちがゴールに迫ってきても、あえて追わないようにしたのである。

かと思えばグラウンドホッケーの試合で、ショートコーナーに対応する場面のように、自陣のゴールラインに選手を下げたところもある。無理やりフォワードを高い位置に張らせ続け、ストークのディフェンダーをゴール前に上がらせないようにしようと試みた監督もいた。

とはいえ対戦相手は、常に同じ問題に悩まされた。いかに頭の中で秘策を練ろうとも、実際の練習でデラップのロングスローを再現するのは単純に不可能だったのである。

ミドルズブラの監督だったギャレス・サウスゲイトは、アウェーでのストーク戦に臨む前に、スローイング対策を練習しようとした。この際にはスローインを担当する選手を、ペナルティエリアの近くまで呼び寄せる羽目になった。デラップは、そこまでボールを飛ばすことができたからである。

しかも実際の試合では、この練習も実を結ばなかった。ミドルズブラのサポーターは試合の間中、ストークのファンを「スローインしか芸がない」と合唱で野次り続けていたが、結局はデラップのロングスローを起点に、ライアン・ショウクロスに決勝点を決められてしまっている。

一方ウィガン戦では、デラップのロングスローがあまりにも強烈だったために、そのままゴールの上隅に飛び込む場面さえあった。このゴールはもちろん認められなかったものの、相手のキーパーが肝を冷やしたことは言うまでもない。

ストークの試合では、常にどこかしらにコミカルな雰囲気が漂っていたが、敵の監督や選手たちは対策を大真面目に練り続けた。時にそれはサッカーの常識さえ変えている。

たとえばハル・シティがブリタニア・スタジアムにやってきた際には、珍しい場面が二度ほど見られた。

ハル・シティはストークと同時に初めて昇格したチームだったが、以前の試合で、デラップのロングスローですでに痛い目にあっていた。

このことを覚えていたゴールキーパーのボアズ・マイヒルは、左サイドバックの位置でボールを処理する際に、タッチラインではなくゴールラインに蹴り出している。デラップにロングスローを入れられるよりも、コーナーキックを蹴らせたほうが安全だと判断したのである。

スローインがコーナーキックよりも警戒される。こんな場面はかつてなかった。

2つ目の出来事は、もっと奇妙なものだった。

ハルを率いていたフィル・ブラウンは、デラップのロングスローを警戒するあまり、「12人目の選手」に戦術的な指示を出している。ストークがスローインを獲得すると、控えに回っていたベテランフォワード、ディーン・ウィンダスに対して、自陣のタッチライン沿いでウォームアップをするように命じたのである。狙いはデラップの助走を邪魔することだった。

ウィンダスはプレーを妨害したということでカードを出されたが、フィル・ブラウン自身は、ルールに抵触しないはずだと大真面目に考えていた。ウォームアップをしている選手まで使って、相手のプレーを妨げる。このような戦術が採用されたのも、サッカー界では初めてだった。

シーズン終盤、ハルがストークをホームに迎えた一戦では、フィル・ブラウンはまたもや狡猾でユーモラスな対策を試みている。試合に先立ってピッチサイドの看板をぎりぎりまで前に出し、デラップが助走をおこなう際に、高跳びの選手のように回り込まなければならない状況を作り出した。

とはいえホームの試合では、もちろん看板の位置など障害にならなかった。そもそもブリタニア・スタジアムは、デラップのロングスローを最大限に活かすため、ピッチのサイズがぎりぎりまで狭められていたからである。

ある意味、プレミアリーグ側が、このような状況を放置していたこと自体が驚きだが、デラップは競技の運営規則にさらなる疑問も喚起している。

デラップは助走してからロングスローをおこなうため、ボールが投じられるまではかなりの時間がかかる。この時間は、アディショナルタイムに反映されるべきではないのだろうか？　ブリタニア・スタジアムでの試合では、デラップの手が滑らないようにと、ボールボーイからタオルが手渡される。ところが対戦相手がスローインをおこなう際には、ボールボーイは忽然と姿をくらましてしまう。これは不公平ではないのだろうか？

ちなみにアウェーの試合ではタオルが使用できないため、デラップはユニフォームの下に、ボールを拭くための特殊なビブスを着用していた。当初はこの素材を巡っても様々な憶測が流れたが、実際には背中の部分が開いただけのシンプルなベストだった。アウェーの試合では、気温が高い日にもベストを身に着けなければならないということで、背中がカットされていたのである。

■エディー・ジョーンズが批判したサッカー

当時のプレミアリーグでは、多くのチームが「雨と強風にさらされた、ストークでのナイトゲーム」に苦しんでいる。だがもっとも頻繁に餌食となったのはアーセナルだった。これはチームの特徴を考えれば、避けられなかったとも言える。アーセン・ヴェンゲル率いる選手たちは、かつてサム・アラダイス率いるボルトンに苦しめられたのと同じように、ストークにも手を焼いたのである。

両チームの対決は、当時のプレミアリーグにおける見所の1つになったが、サッカーの方向性を巡る違いは、実は20年以上も前から存在していた。

1980／81シーズンにストークを率いていたアラン・ダーバンは、アウェーのアーセナル戦に臨む際、驚くべき戦術を採用している。ツートップが当たり前だった時代に、4‐5‐1などという誰も耳にしたことがないような守備的なシステムを採用したのである。

この策は実らず、試合は0‐2で敗れてしまう。しかもストークはエンターテインメント性に欠ける試合をしたとして、批判にさらされた。だがピューリスと同じウェールズ出身で、やはりきわめて現実的な考え方をしていたダーバンは、有名な台詞を吐いて批判を一蹴している。

「娯楽を求めるなら、サーカスのピエロをたくさん見てくればいい」

ダーバンほど露骨な発言こそしなかったものの、ピューリスも似たようなサッカー哲学を掲げたし、とりわけホームゲームではライバルを苦しめ続けた。

ピューリス時代のストークはリーグ戦とカップ戦を併せて、アーセナルを六度ブリタニア・スタジアムに迎えている。その内訳は3勝2分け1敗となっている。唯一敗れた試合でも、アーセナル側にはアーロン・ラムジーが脚を骨折するというケチがついた。

ただしエミレーツ・スタジアムでおこなわれた5試合は、逆にアーセナルがすべて勝利を収めている。それを考えればアーセナルを脅かしていたのは、ストークのホームで試合をするというシチュエーションそのものだったとも言える。

とはいえヴェンゲルは、ストークのサッカー自体も認めようとはしなかった。セットプレーの際、相手の選手たちがゴールに殺到してくることに対しても、次のように苦言を呈している。

「あれはもうサッカーとは呼べない。ゴールキーパー相手にラグビーの試合をしているのと同じだ」

ストークのサポーターは、これに反発。次にアーセナルをホームに迎えた際には、「スウィング・ロウ、スウィート・チャリオット（ラグビーイングランド代表の応援歌）」を合唱して皮肉ってみせた。

ストークのサッカーをラグビーにたとえた一件は、何年も後に違う人間によって蒸し返される。ラグビーのイングランド代表でヘッドコーチに就任したエディー・ジョーンズが、自分が目指すスタイルは、いわゆる「ピューリス・ボール」とは異なるものだとコメントしたのである。

「かつてのストーク・シティのようなプレーをすれば、たしかに一番安全だろう」。エディー・ジョーンズは語っている。「ボールをただ空中に蹴り上げて、猛然と追いかけていけば誰もが拍手をしてくれる……これはラグビーもまったく一緒だ。

ボールを持って走れば、もちろんボールを蹴り込むよりも大きなリスクを冒すことになる。無謀なプレーはしたくないが、昔のストーク・シティのように（ボールを蹴り込むだけのチームに）もなりたくない」

これに反論したのが、ストークのキャプテン、ライアン・ショウクロスだった。

「（エディー・ジョーンズは）自分が給料をもらっているスポーツのことだけについてコメントすべきだ。サッカーに余計な首を突っ込んだりせずにね」

ショウクロスの発言は、一面の真実を突いていた。ラグビー関係者がサッカーに関わろうとして、ひどい火傷をしたケースは過去にもあったからである。

たとえばサー・クライブ・ウッドワードという人物は、ラグビーのイングランド代表のヘッドコーチとして、2003年のワールドカップでチームを優勝に導いている。その後、サウサンプトンのパフォーマンス・ディレクターなどに転身して世間を驚かせた。ところがサッカーに関しては素人同然だったために結果を出せず、翌年にはサッカー界から手を引かざるを得なくなった。

■命取りとなったピューリス・ボールへのこだわり

ピューリスは5シーズン、プレミアリーグでストークを率い続けた。正確に述べれば、この間は必ずしもスローインばかりに頼っていたわけではない。時間の経過とともに、デラップのロングスローは新鮮味を失っていったし、他のチームも対策を練っていったからである。

だが戦術的には、やはり「ルート・ワン」式の放り込みサッカーに大きく依存していた。その枠内で選手がアップグレードされ、テクニックがわずかに向上していったに過ぎない。

事実、ピューリスはセンターフォワードを選ぶ際にも、得点能力ではなく高さを重視し続けている。逆にひらめきのあるプレーができる選手は、うまく使いこなすことができなかった。

たとえばストークは２００９年8月、才能豊かなトルコ人のフォワード、トゥンジャイ・シャンルと契約を結んでいる。トゥンジャイはミドルズブラに所属していたが、ストーク戦ですばらしいプレーを披露して白羽の矢を立てられた。

ところがピューリスは、せっかくの新戦力を積極的に起用しなかった。それどころかアウェーのハル・シティ戦では、きわめて異様な選手交代までおこなっている。

試合終盤の81分、ピューリスはトゥンジャイをフォワードとして投入する。ところが5分後、ミッドフィルダーのアムディ・ファイエが2枚目のイエローカードで退場すると、投入したばかりのトゥンジャイを下げ、ディフェンダーのアンディ・ウィルキンソンをピッチに送り出したのである。

ピューリスは、中盤以降に少しでも高さのある選手を確保しようとしたわけだが、トゥンジャイにとっては屈辱以外のなにものでもない。顔見せ程度にしかプレーできなかったトゥンジャイは、憮然とした表情を浮かべて、そのまま選手通路のトンネルに姿を消している。しかもピューリスは、高さにこだわって異様な選手交代をしたにもかかわらず、アディショナルタイムに決勝点を決められる形になった。

似たようなケースは、２０１０／１１シーズンにも起きた。夏の移籍市場では、かつてチェルシーやバルセロナで活躍した、エイドゥール・グジョンセンがチームに招かれている。だが彼も十分な出場機会が与えられず、半年足らずでフラムにローン契約で鞍替えすることになった。

この種の采配は、ピューリス自らが口にしてきたこととも矛盾していた。優秀な選手さえ与えられれば、もっと質のいいサッカーができると、事あるごとに主張してきたからである。

ストーク監督時代のピューリスは、「アンダードッグ（負け犬）」というイメージを押し出そうとした。チームの選手を文字どおり犬にたとえて、ビッグクラブとの格の違いを強調したことさえあった。

「（ストークの選手たちは）クラフツ（世界的なドッグショー）というよりも、バタシー・ドッグス（動物愛護団体）から来たような連中だ」

2013年2月、アーセナルにアウェーで0‐1で敗れた際には、資金力の違いに直接言及する場面も見られた。

「アーセナルの資金力を見るといい。どれだけ金を稼いで、どれだけ使い、どんな選手たちを集めているか……左サイドバック（ナチョ・モンレアル）には1200万ポンド使ったのかな？　彼らはいろんな点で、われわれとまったく別の次元にいる」

選手の顔触れだけを比べれば、ピューリスの指摘はもっともらしく聞こえる。

だが実態は大きく異なる。プレミアリーグに昇格してからの5年間、ストークが選手獲得に要した「総額」は、あらゆるチームの中でなんと3番目に多かったからである。これを上回るのは大盤振る舞いの常連となっているマンチェスター・シティと、チェルシーだけだった。

ピューリスは、決して予算が与えられていなかったわけではない。むしろ実際には「ルート・ワン」式の放り込みサッカーにこだわるあまり、単純なプレーしかできない選手たちや、ターゲットマンをかき集めるために大量の資金を注ぎ込んだ。しかも、せっかくテクニックのある選手をクラブ側が用意しても、ピューリスは十分に活用しようとしなかった。

ピューリスの手腕には、その意味でも限界があったと言わざるを得ない。事実、彼は2012／13シーズン限りで、クラブを後にすることになった。

ただしプレミアリーグに昇格したばかりの頃、降格候補の一番手にあげられていたことを考えれば、ピューリスは予想以上に健闘したとも言える。チームはプレミアリーグで中位を維持したし（最終順位は12位、11位、13位、14位、13位）、2011年にはマンチェスター・シティに0‐1で敗れたものの、FAカップの決勝にも進出している。

それを支えたのが「ピューリス・ボール」と称された、独特な戦術だった。

ピューリスがストークで実践した戦術は、未来を先取りするというよりは、原点回帰という言葉が相応しいベーシックなものだった。

だがデラップのロングスローに恐れをなしたキーパーが、スローインではなくコーナーキックを選択した例が示すように、対戦相手にサッカーの大原則まで変えさせた指導者は他にほとんど存在しなかった。「あの監督は好きだよ。他の連中とは違っているから」というスコラーリのコメントは、1つの真実を突いている。

生物の進化同様、サッカーの戦術が進化していく際には、異分子による「他家受粉」が不可欠になる。その点でピューリスは、他のいかなるリーグよりも戦術のバラエティに富んでいるという、プレミアリーグの特徴を体現した人物だった。

一種の徒花的な存在だったにせよ、彼もまたイングランドサッカーの滔々たる戦術進化に貢献したのは間違いない。ブリタニア・スタジアムが醸し出す、独特な雰囲気も然りである。

「雨と強風にさらされた、ストークでのナイトゲーム」というフレーズは、サッカー関係者の間でいささか多用され過ぎた感もあった。それは当のピューリスでさえ例外ではない。とある試合で、ホンジュラス代表のウィルソン・パラシオスを先発メンバーから外した際、彼が口にしたのは「今日は風が強過ぎたから」という、冗談とも本気ともつかないコメントだった。

第18章

逆足のウインガー

「ベイルはクロスを上げられるし、走りながら左足でシュートを放ち、ドリブルを仕掛け、ヘディングも打つことができる。彼はすべての才能を持っている」

（ハリー・レドナップ）

■プレミアリーグに忍び寄る危機

2000年代後半、プレミアリーグの4強はヨーロッパの舞台でも圧倒的な影響力を誇っていた。ところが2010年を迎えた頃には、このような状況そのものに閉塞感が出てきてしまう。たしかにUEFAのリーグランキングでは1位に格付けされていたが、トップクラブとそれ以外のクラブとの差が開き過ぎたため、プレミアリーグはヨーロッパのサッカー界で、もっとも硬直化したリーグになってしまっていた。

この事実は、データからも容易にうかがえる。

2005／06シーズンから2008／09シーズンまでの4シーズンでは、まったく同じチームが常に4強を独占している。マンチェスター・ユナイテッド、チェルシー、リヴァプール、アーセナルがチャンピオンズリーグの出場権を手にするのは、既定路線になったかのように思われた。

ただし、この種の傾向は、実際にはもっと早い段階から始まっていた。

たとえば2004／05シーズンのプレミアリーグでは、エヴァートンが地元のライバルであるリヴァプールをかわして4位に食い込んでいる。ところが翌シーズンのチャンピオンズリーグでは、予選3回戦でビジャレアルに敗北。チャンピオンズリーグの本戦に勝ち進むことで得られる出場給や、1勝することに手渡される勝利給に預かることができなかった。

対照的なのはリヴァプールである。ラファエル・ベニテス率いるチームは、2004／05シーズンのチャンピオンズリーグで優勝を収めたにもかかわらず、プレミアリーグでは5位に沈んでしまう。かくしてチャンピオンズリーグへの出場資格を失ったが、UEFAが特例を設けたために、予選1回戦から再び参戦を果たす。最終的には、2年連続でチャンピオンズリーグの本戦まで駒を進めている。

結果、2004／05シーズンから2009／10シーズンにかけては毎年、同じクラブがチャンピオンズリーグから収益を受け取り、チームの強化資金に回し、4強以外との格差を広げていく状況が続いてきた。

このような構造は、4強側にとっては好都合だったに違いない。だがプレミアリーグ全体にとってはマイナスだった。そもそも誰にも結果が予想できない面白さや、格下のクラブがビッグクラブの足をすくう醍醐味こそ、プレミアリーグが自認してきたセールスポイントだったからである。

また4強が上位を独占するような状況は、ヨーロッパサッカーの歴史では異例だった。

イングランドはもとより、フランス、ドイツ、オランダ、イタリア、スペインなどの主要リーグでは、同じチームが4年連続で4強を占めたケースはかつて存在しなかった。ポルトガルやスコットランド、トルコのようにランキングが下位のリーグでは、似たような状況が起きたことがあったとしてもである。

ケヴィン・キーガンが示唆したように、4強の壁が破られるシナリオを思い描くのは不可能になった。

彼はスコットランドにおいて、子供たちがゲーム感覚でスキルを磨いていける「サッカー・サーカス」という事業に関わった後、ごく自然な形で本業に復帰。2008年にニューカッスル・ユナイテッドを短期間率いた際に、こんなことを述べている。

「このリーグは、世界でもっともレベルが高い代わりに、もっとも退屈なリーグの1つにもなろうとしている」。キーガンは警鐘を鳴らしている。「来年の上位4チームは、今年と同じ顔触れだろう。『上位陣に近づくために、来年は何ができるだろう?』と考えてみたが、実際にはできることなど何一つなかった。自分がニューカッスルのファンに言えるのは、来年は5位になってプレミアリーグの中の『別のリーグ』で優勝を目指しますということだけさ」

キーガンは前回ニューカッスルを率いた際、チームを2部リーグのどん底からプレミアリーグの2位まで押し上げた監督である。そのような人物でさえもが、プレミアリーグ内に存在する目に見えぬ格差を指摘したのだった。

■崩れ始めた4強支配の構造

ところが2010年の5月初め、イングランドサッカー界の潮目は変わり始める。5月5日、トッテナム・ホットスパーはマンチェスター・シティに1-0で勝利を収め、チャンピオンズリーグの出場枠を確保。4強支配時代に、事実上の終止符を打った。

このような変化は、英国内の雰囲気にもマッチしていた。

翌日おこなわれた選挙の結果、議会ではどの政党も単独過半数を確保できないことが決定し、第二次大戦以来となる連立政権が誕生する。「すばらしい新世界」の到来によって、閉塞状況が打破されたのである。ただしこれは英国において、政治、経済、社会問題などがさらに複雑になっていくことも意味した。

サッカーの世界に話を戻そう。

4強の支配体制が崩れた主な要因はリヴァプールが突然、没落したことだった。ラファエル・ベニテスは、２００８／０９シーズンにはプレミアリーグで2位につけたにもかかわらず、２００９／１０シーズンには7位に後退。監督の職を解かれている。

代わりにプレミアリーグにおいて、チャンピオンズリーグの残り一枠を争うことになったのが、トッテナムとマンチェスター・シティだった。

両チームは3月初めに対戦することになっていたが、トッテナム側が出場するＦＡカップの試合と重なったため、シーズン最終節の前節に日程が変更される。こうして直接対決は、４位の座とチャンピオンズリーグへの出場権をかけた大一番となった。

ただし、両チームを４強候補に押し上げた要因は異なっていた。

まずシティの場合は、アラブ首長国連邦の副首相であるシェイク・マンスールがオーナーに就任したことがきっかけとなった。膨大なオイルマネーが注ぎ込まれた結果、シティは一気に強豪チームへと変貌する。クラブの首脳陣は長期的にはプレミアリーグ制覇を目論んでいたし、すでにこの時点でもリヴァプールにとって代わり、４強に定着する可能性が高いと目されていた。

一方、トッテナムではハリー・レドナップの監督起用が転機となった。

レドナップは２００８／０９シーズンの序盤に、ファンデ・ラモスに代わる形で監督に就任している。スペイン人のラモスは、セビージャでＵＥＦＡカップを2年連続で制覇した指導者であり、２００７／０８シーズンにはトッテナムをリーグカップ優勝にも導いた。

だが２００８／０９シーズンは、出だしで大きく躓いてしまう。レドナップが後にいつも念押ししたように、８試合を終えてわずか2ポイントしか獲得できず、監督を解任されることになった。

後任にレドナップが起用されたのは驚きだったが、彼はポーツマスでＦＡカップを制したばかりだったし、基本に立ち返るアプローチはトッテナムでも結実。チームを降格圏から脱出させると、全18チーム中

8位にまで導く。そして1シーズンを通して初めて指揮を執った2009/10シーズンには、4強の一角に押し上げたのだった。

この2009/10シーズンは、トッテナムにとって実に意義深いものとなった。まず4節を終了した時点で首位に立ったし、11月にはウィガンに9-1で圧勝し、プレミアリーグにおいて1試合で9点を奪った、史上2番目のチームにもなる。

新年になると一転して調子を落とし、2月にウルヴァーハンプトンに0-1で敗れた時点では7位にまで後退する。ところがそこから復調して以降の11試合では9勝をあげる。その締めくくりとなったのが、1-0で勝利したシティとの大一番だった。

■ 躍進のキーマンとなったギャレス・ベイル

かくしてトッテナムは、プレミアリーグではクラブ史上最高となる4位に食い込む。その大きな原動力となったのは、ウェールズ出身の左ウイング、ギャレス・ベイルが頭角を現したことだった。

ただし、このような活躍はまったくの予想外だったと言える。以前のベイルは、むしろ人々の笑いを誘うような存在だったからだ。

もともとベイルは10代の頃、サウサンプトンで高い評価を受けていた選手だった。当時はセオ・ウォルコットと同部屋になっていたが、ウォルコットがアーセナルに移籍したのに対し、ベイルは2007年5月にトッテナムに加入する。

そして約3ヶ月後の8月には、アウェーのマンチェスター・ユナイテッド戦でプレミアリーグにデビュー。出場2試合目のフラム戦では初ゴールを記録し、さらにアーセナルのノース・ロンドン・ダービーでフリーキックを決めるなど、順調にステップアップをしていくかに思われた。

ところがベイルには、おかしなジンクスがつきまとい始める。テクニックやフィジカルの強さは明らかに備えているにもかかわらず、自身の怪我や不運なども重なり、プレミアリーグにデビューを果たしてからの24試合で、一度も勝ち星に恵まれなかったのである。かくしてサッカーファンの間では、ベイルが出場した試合ではなぜか勝てないとささやかれるようになった。

不名誉な記録は2年後の２００９年9月26日、バーンリーに５‐０で完勝した試合でようやく破られる。監督のレドナップは「呪い」を解いてやるために、最後の5分間、ベイルをわざわざピッチに送り出したのだった。

だがベイルのつきのなさは、なかなか解消されなかった。現にプレミアリーグの試合で先発し、勝利を味わうまでにはさらに4ヶ月も要している。

これはチームの事情も起因している。

ベイルには当初、背番号3が支給され、左サイドバックのポジションが与えられていた。これは運動量が豊富で、クロスを上げることもできる選手をサイドバックにコンバートし、積極的にオーバーラップをさせるという発想に則ったものだった。

ただし、このポジションではすでに、カメルーン代表のブノワ・アスー＝エコトがレギュラーとしてプレーしていた。また、その前方ではレドナップのお気に入りだったニコ・クラニチャールが、左サイドからチャンスを作り出していたため、２００９／１０シーズンに入っても、最初の20試合は一度も先発に起用されなかった。この間、ベイルは5回交代出場したに過ぎなかったし、85分過ぎからピッチに送り出されたケースも三度を数えた。とはいえレドナップは、ベイルの才能を評価していたし、なんとかして出場機会を与えようとしていた。このため２０１０年1月の移籍市場では、ローン契約で移籍させることまで真剣に検討していた。

しかし、冬の移籍市場が幕を開ける直前の2009年12月28日、ウェストハムに2‐0で勝利した試合から、ベイルの運命は変わり始める。残り3分を切ったところでアスー＝エコトは鼠径部を故障。2ヶ月間の休養を余儀なくされたのである。

結果、ベイルは次の試合から先発として起用され始め、以降の1年間はプレミアリーグのすべての試合にフル出場し続けるまでになった。

かくして2010年は、ベイルにとって大きな転機となっていく。最初に先発出場した8試合ではすべて左サイドバックを務めたが、フラムに2‐0で勝利した1月26日の試合では、特に印象に残るプレーを披露している。

約1ヶ月後、ウィガンに3‐0で完勝した試合でも、ベイルは前線に攻め上がってジャーメイン・デフォーの先制点をお膳立てしている。監督のレドナップはこのような活躍を認め、ベイルをさらに重用する。アスー＝エコトが怪我から復帰してくると、ベイルをベンチに下げる代わりに、左サイドのミッドフィルダーとしてレギュラーに起用するようになった。

1つ前のポジションを与えられたベイルは、サッカー関係者に衝撃を与えていく。

4月半ば、アーセナルに2‐1で勝利した一戦と、3日後、チェルシーに同じスコアで競り勝った試合ではマン・オブ・ザ・マッチに選ばれ、ついには月間最優秀選手にも選ばれた。こうしてベイルは、試合に出場するとなぜかチームが負けてしまうといういわくつきの選手から、プレミアリーグでもっとも危険なウインガーへと、ほぼ一夜にして変貌したのである。

■トッテナムが示唆した、4-4-2の可能性

トッテナムで起きていた現象は、戦術的な観点から見ても興味深いものだった。

当時、イングランドのトップクラブでは、4-4-2のシステムはほとんど採用されていなかった。現にプレミアリーグの4強は大一番に臨む際、4-2-3-1か4-3-3のいずれかを採用していたからである。

だがトッテナムはアーセナルとチェルシー戦に立て続けに勝利を収めることにより、正しく用いられさえすれば、4-4-2は1つの戦術システムとして完璧に機能し得ることを証明している。対戦相手とボール支配率を競り合うのでなく、カウンターアタックに勝機を見出せばいいのである。

しかもトッテナムは4-4-2を敷きつつも、守備の局面では非常にフレキシブルな対応をしている。まずアーセナル戦では、ディフェンスラインを深く引きながら中央に絞り、ロンドン北部のライバルがスルーパスを活用できないように工夫をこらしている。一方チェルシー戦ではディフェンスラインを押し上げて、ディディエ・ドログバを自陣のゴールから引き離した。

4-4-2は中盤で数的不利に立たされやすいが、フォワードのジャーメイン・デフォーとロマン・パヴリュチェンコは後方に下がり、相手の抑え役にプレッシャーをかけた。そのうえで一旦、ボールを奪った際には古典的な4-4-2の流儀に則り、ボールをワイドに叩いてからクロスを入れるという、ダイレクトな攻撃を展開した。

トッテナムのアプローチは、アーセナル戦の勝利で一層際立った。

もともと当時のアーセナルは、細かなパス交換を最大の武器にしており、「(選手が)歩いてボールをネットに入れる」と評されるようなサッカーを展開していた。だがワイドに開いたサミ・ナスリとトマーシ

ュ・ロシツキーは、トッテナムのディフェンダーの間を縫って、パスを通すことができなかった。

しかもこの試合では、デビューを飾ったダニー・ローズに、見事なボレーシュートで先制点を奪われて、相手に流れを握られてしまう。このような状況の中、ベイルはカウンターアタックから相手を脅かし続け、試合を決定づける2点目をもぎ取った。

ベイルはチェルシー戦では、さらにすばらしいプレーを披露。サイドを突破しながら定期的にパスを受け取っただけでなく、空中戦における強さを活かしゴールキックのターゲットにもなっている。

またデフォーがPKから先制点を奪った後は、ベイルはイン側に切り込み、チェルシーの右サイドバックであるパウロ・フェレイラに突然1対1を仕掛けている。最後は右足で強烈なシュートを決め、リードを2‐0に広げている。

フェレイラにとってはまさに悪夢のような試合になった。結局、彼はハーフタイムでブラニスラヴ・イヴァノヴィッチに交代させられてしまう。だがベイルは後半もチェルシーの守備陣を悩ませ続けた。ジョン・テリーはベイルを乱暴なタックルで倒す羽目になり、2枚目のイエローカードを受けて退場処分となった。

■フォワードにとっての理想的な選手

数週間後、トッテナムはマンチェスター・シティに記念すべき勝利をあげ、プレミアリーグで4位の座を確保する。この試合は実質的に、4‐4‐2同士ががっぷり四つに組む展開となった。

ただし、そこにはいくつかの違いが見られた。

シティの監督であるロベルト・マンチーニが、カルロス・テベスをエマニュエル・アデバヨールの後方に配置したのに対して、レドナップはデフォーとピーター・クラウチに、古典的な凸凹コンビを組ませている。

またマンチーニは右利きのクレイグ・ベラミーを左サイドに、左利きのアダム・ジョンソンを右サイドに起用。2人のウインガーがインサイドに切れ込んでくる方式を採ったが、レドナップはベイルとアーロン・レノンを、それぞれ利き足の側のタッチライン沿いに配置している。

ベイルとレノンは、ともにすばらしいプレーを披露している。守備においてサイドバックをガードする際にも、ボールを持って相手に攻撃を仕掛ける場面においても、シティのウインガーコンビを上回った。

特にベイルはアスー＝エコトと連動しながら左サイドを攻め上がり、試合をリードするチャンスを二度ほど演出している。

そして最終的には、クラウチがヘディングで決勝点を決めている。起点となったのは急場しのぎの右サイドバック、ユネス・カブールだった。カブールのクロスは敵のディフェンダーに当たり、ゴールキーパーにも弾き出されたが、運良くクラウチの正面に流れてきた。

とはいえ、両チームに大きな違いをもたらしていたのはウインガーだった。トッテナムのクラウチとシティのアデバヨールは、どちらもターゲットマンタイプであり、クロスを供給されることで真価を発揮できる。だがそれをやってのけたのは、トッテナムのウイングコンビだけだった。

「ストライカーにとって左側にベイル、右側にレノンがいるような状況は理想的なんだ」。クラウチは証言している。「こっちはペナルティエリアの中に入っていくだけでいいからね。そうすれば10回中9回は、彼らがドンピシャのクロスを入れてくれる」

クラウチの発言は、かつてトッテナムでフォワードを務めたレス・ファーディナンドが、ダヴィド・ジノラとキース・ギレスピーについて語ったコメントを連想させるものだった。またベイルの成長によって

Redknapp's Spurs, 2010/11

トッテナム・ホットスパー ◉ 2010/11 シーズン

ハリー・レドナップ時代の基本フォーメーション。当時は10番の役割を担ったのファン・デル・ファールトも注目されたが、最大の特徴はベーシックな4－4－2と、順足のウインガーを組み合わせた点にある。ベイルとモドリッチは、後にレアル・マドリーでも共にプレーすることになる

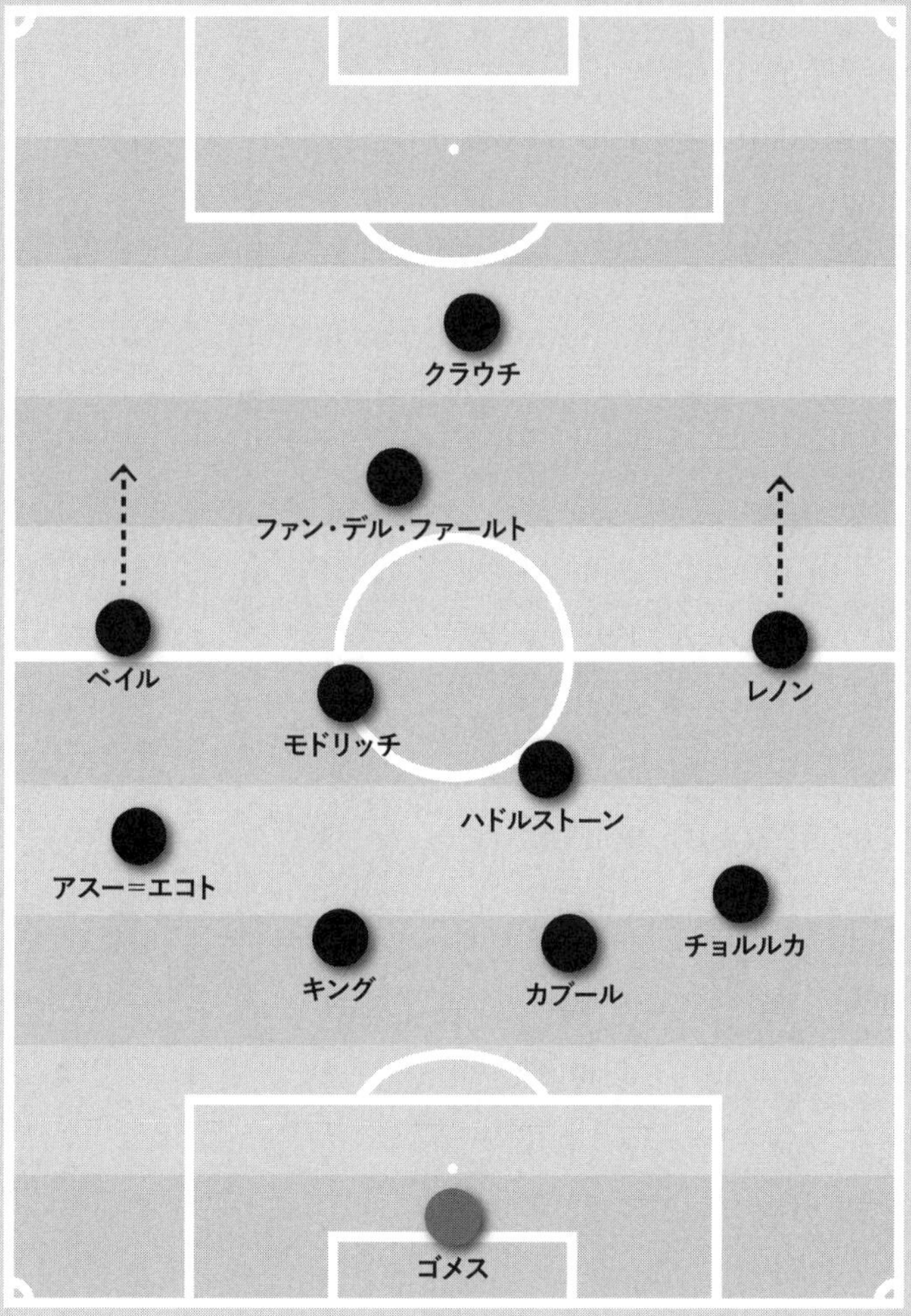

今やトッテナムが新たな「エンターテイナー」になったことも示唆していた。

「監督としての自分の特徴が、よく出た試合の1つになったよ。ああいう戦い方ができたからね」。レドナップは振り返っている。「自分たちがアウェーのチームだなどということは気にしないようにした。1回限りのカップ戦の決勝のようなものだったし、勝ちに行くつもりで試合に臨んだんだ」

■4‐4‐2のもう1人の担い手、ロイ・ホジソン

2009／10シーズンは、ロンドンのクラブチームにとって特に実り大きなものとなった。チェルシー、アーセナル、トッテナムは、いずれもプレミアリーグで4強に食い込んでいる。

だがもっとも印象的だったのは、実はロイ・ホジソンのフラムだった。フラムは大方の予想に反して、ヨーロッパリーグの決勝に進出。その過程では、過去に優勝を経験しているシャフタール・ドネツク、イタリアの巨人ユヴェントス、ドイツの王者であるヴォルフスブルクといったチームを破っている。

決勝では延長の末にアトレティコ・マドリーに2‐1と敗れたものの、一連の戦いは正当に評価されて然るべきものだった。ましてや数シーズン前までは、チームは不振を極めていたからである。

ホジソンが2007年12月に監督に就任した際、フラムは降格圏であえいでいた。

現にリーグ戦で2勝しかあげていなかったし、ホジソンがチームの状況を好転させるまでにも、しばらくかかっている。2008年の4月、マンチェスター・シティに0‐2でリードされた時点では、降格はほぼ免れられないかに思われた。

ところがフラムは70分過ぎから3ゴールをあげて、見事に逆転勝ちを収める。さらにシーズン最終日にポーツマスに1‐0で競り勝ち、かろうじて残留を確定したのだった。

窮地を脱したフラムは、翌2008／09シーズンに大きく飛躍する。プレミアリーグを7位で終え、クラブ史上最高の成績を記録しただけでなく、ついにはヨーロッパリーグの出場権まで手にした。

それを支えたのが、ホジソンの戦術だった。

レドナップ同様、ホジソンも4‐4‐2を駆使する指導者だったが、両者はあらゆる面で好対照をなしていた。

まずキャリアに関して述べれば、レドナップは国外で指揮を執った経験がないどころか、イングランドの北部で指揮を執ったことさえなかった。だがホジソンはイングランド国内のクラブはもとより、スウェーデン、フィンランド、ノルウェー、デンマーク、イタリア、スイスのクラブ、そしてUAE代表を率いた経験を持っていた。

このようなキャリアの違いは、指導方法にもつながる。

レドナップはアシスタントにトレーニングを任せていたが、ホジソンはトラックスーツを着て、現場で指導に当たり続けた。またレドナップは戦術を軽視することもしばしばあったのに対し、ホジソンはチームの布陣にこだわり、戦術的な組織づくりを何よりも重視する人物だった。

その意味で2年後、空席となったイングランド代表監督の座を巡り、サッカー協会が2人の起用を検討したのは興味深い。最終的に選ばれたのは、研究熱心かつ知的な指導者で、チーム全体で戦術的な組織を作り上げていくことを重視するホジソンである。

事実、フラムが生まれ変わったのも、しっかりした戦術組織を植え付けるべく、トレーニンググラウンドで常に練習を繰り返したことに負う部分が大きい。試合に向けてどのような準備をしていくのかと尋ねられた際、ホジソンが口にした内容もきわめて単純なものだった。

「来る日も来る日もトレーニングを重ねる。試合の15分前に、チャーチルのように演説をぶったりもしない……チームトークでは1週間練習してきた、もっとも大切なことを念押しするだけに留まるべきだ」

ホジソンのトレーニングには、明確なパターンがあった。月曜日はリカバリー、火曜日は守備、水曜日は休み、木曜日は攻撃、金曜日は次の対戦相手に即した練習をおこなうというものである。練習は11人対11人、11人対8人、あるいは11人対6人という形式でおこなわれ、チームの陣形と戦術的な組織を徹底させることに常に重点が置かれていた。

とはいえ、ほとんどの選手が語るように、トレーニングセッションの内容は信じられないほど退屈なもので、反復練習と、すでに定められた指示を徹底することに費やされた。それを考えれば、後にホジソンがリヴァプールの監督に就任した際に、ファンの受けがきわめて悪かったのも当然だと言える。ラファエル・ベニテスとホジソンの指導スタイルには多くの共通点があった。

「毎日のトレーニングは、次の試合に向けてチームの陣形を叩き込んでいくための内容になっている」。フラムでミッドフィルダーを務めていたサイモン・デイヴィスは証言している。「ご覧のとおり、とにかく毎日、ひたすらチームの陣形ばかり練習しているよ。僕たちは時々、そのことで笑ったりするけど、彼がやってきた時の僕たちは、降格を避けるために必死になって戦っていた。でも今はヨーロッパリーグでプレーできるようになった。だから僕たちは練習に耐えているんだ」

ホジソンは戦術的なシステムをなかなか飲み込めない選手を評価しなかったし、ジミー・ブラードのような一匹狼タイプもためらわずに放出した。いかにファイティングスピリットに溢れ、ファンの人気が高かったとしてもである。

だが組織的なプレーができる選手たちは、ホジソンを大絶賛している。「ロイ・ホジソンには感謝しなければならないことがたくさんある。彼は僕をすごく成長させてくれたからね」。中盤の抑え役、ディクソン・エトゥフは語っている。「彼はほとんどゼロから、もう一度僕を指導してくれたようなもんだ。彼のおかげで、今ではサッカーというものがよくわかるようになった」

■戦術のスタンダードになった逆足のウインガー

戦術的に見た場合、フラムでもっとも注目できるのは非常に組織的なチームを作り上げつつ、4人のクリエイティブな選手を組み込んでいった点だろう。

ホジソンは、エトゥフを抑え役のミッドフィルダー、そしてボビー・ザモラをオーソドックスなターゲットマンに据えている。そのうえで局面を打開できる選手たち——ゾルターン・ゲラをザモラから少しだけ下がった位置に配置し、ダニー・マーフィーを中盤の深い位置に下がったポジションに起用。さらにサイモン・デイヴィスとダミアン・ダフを、ワイドに開いたポジションに組み込んでいる。

4‐4‐2のシステムをベースに、才能のある選手を組み込んでいくという手法自体は、レドナップがトッテナムで実践していたチーム作りに似ている。だが両者のアプローチには、大きな違いがあった。ウインガーの起用法である。

レドナップはベイルとレノンを利き足の側のサイドに張らせ、タッチライン沿いでプレーさせている。これに対してホジソンは、「逆足のウインガー」を起用した。

右利きのデイヴィスは、左サイドから内側に切れ込んで右足を使おうとしたし、ダフは右サイドからカットインし、利き足の左足でボールをさばいた。すでにこの頃にはオールラウンダーに成長しており、両足を使えるようになっていたにもかかわらずである。

たしかに利き足でないほうでボールを蹴る技術を学んでいく際には、利き足を使うことを意図的に「忘れる」ことも必要になる。たとえばブラックバーンのモアテン・ガムスト・ペデルセンや、アーセナルとマンチェスター・シティでプレーしたガエル・クリシーは、若い頃は右利きだったが、父親のアドバイスを受けて練習を積んだ結果、最終的には本物の左利きになった口だ。

だがダフの場合は、同じようなプロセスをプロになってから経験している。

「30代になった時には、右でプレーして(左足で)カットインできるようになった。でもサイドを駆け上がって、(右足で)クロスを入れるのも好きになったんだ。こういうプレーは10年前、チェルシーやブラックバーンにいた頃はできなかった」

ダフはさらに解説している。「過去のことを振り返ったりはしない。でも15年や20年、左サイドのウインガーとしてプレーした後に、右のウインガーになったというのはすごいことだと思う」

ウインガーを利き足と反対側のサイドに配置し、様々なプレーを覚えさせていく。このような流れもまた、攻撃的な選手がオールラウンダーになってきていることを示す証拠だと言える。

当時のサッカー界では、逆足のウインガーが徐々に一般的になってきていた。

事実、フラムがヨーロッパリーグで対戦したハンブルクやアトレティコも、逆足のウインガーを起用したチームだった。つまりこれらの試合では両軍とも、内側に切れ込んでくるような、逆足のウインガーをワイドに張らせていたことになる。

ただし試合の面白さという点では、逆足のウインガーの普及は、必ずしもプラスに働くとは言いがたい。

たとえばトッテナムとマンチェスター・シティ戦のように、利き足の側で勝負するオーソドックスなウインガーと、逆足の側でプレーするウインガーが対峙した試合は、面白い展開になることが多い。

だがどちらも4-4-2や4-4-1-1を敷き、かつ逆足のウインガーを配置した場合には、フラストレーションのたまる展開になってしまうケースが増える。両軍のウインガーが切れ込んでくるため、ピッチの中央は混み合ってしまうからである。おまけにサイドバックがボールをうまくキープできないと、ピッチを幅広く使った迫力のある展開は、ほとんど見られなくなってしまう。

ホジソンはウインガーをためらうことなくカットインさせたが、スコアレスドローに終わったアウェーのハンブルク戦などは、この種の膠着状態が生まれた典型例だった。

事実、フラムとの決勝戦では、アトレティコ側が逆足のウインガーの起用に見切りをつけた。後にワトフォードの監督になるキケ・サンチェス・フローレスは、左サイドに配置された右利きのウインガー、シモン・サブローザと、右のウイングとして起用された左利きのウインガー、ホセ・アントニオ・レジェスを一足先にベンチに下げている。

フラムとアトレティコが争ったヨーロッパリーグの決勝同様、逆足のウインガーが一般的になってきていることは、２００９／１０シーズンのチャンピオンズリーグ決勝でもうかがえた。

ジョゼ・モウリーニョが率いるインテル・ミラノは、右利きのサミュエル・エトオを左サイドに、左利きのゴラン・パンデフを右サイドに配置している。２人は純粋なウインガーではなく、フォワードからウイングに回された選手だったが、インテルはバイエルン・ミュンヘンに２‐０で完勝している。かくいうバイエルン・ミュンヘンも、左利きのアリエン・ロッベンを右に、右利きのフランク・リベリーを左サイドに配していたことはご存知のとおりである。

もちろん２０１０年以前にも、「逆側」に配置されたウインガーは少なからず存在した。とはいえ過去の事例では、利き足を同じくするウインガーが２人いるため、監督がやむを得ず片方のウインガーを反対側に回したケースが大半を占めていた。

たとえば１９５０年代のイングランド代表では、トミー・フィニーが左サイドでプレーしている。これは右サイドに、スタンリー・マシューズという花形スターがいたためだった。モウリーニョ時代のチェルシーも然り。ロッベンとダフは左右に分かれたが、２人は本来、どちらも左利きの選手だった。

ただし2010年頃に起きていた現象は、明らかに異質なものだった。利き足が右と左でうまく分かれているにもかかわらず、あえて2人のウインガーを逆足側に配置する。この種のアプローチも、戦術的に大きな進化をもたらしたと言える。

■クロスを上げなくなったウインガー

逆足のウインガーの登場は、古典的なウインガーの没落を意味した。その要因は2つあった。

まず逆足のウインガーは本質的に、攻撃的なサイドバックの台頭に対する対抗策としての意味合いを持っていた。

古典的なウインガーは、縦方向に相手を突破してクロスを上げる役割を担っていた。だがこの役割は徐々にサイドバックによって代替されてきたため、ウインガーは違う形でチームに貢献することが求められるようになる。

またサイドバックが攻撃的なプレーを展開するためには、オーバーラップするスペースが必要になる。ワイドに開いた逆足のウインガーが、利き足でボールを扱いながらインサイドに流れ、相手のサイドバックを引き付けていくプレーは、この意味においても有益になった。

2つ目の要因はトップレベルのクラブチームが、コンビネーションプレーをベースに、緻密なパスサッカーを展開するようになったことである。

当時のサッカー界では、ターゲットマンを務める古典的なセンターフォワードが減少。逆にスルーパスから得点を決めるような、新たな世代のセンターフォワードが増加していた。この結果、正統派のウインガーが、サイドをえぐらなければならない理由も減ってきていた。

だが逆足のウインガーならば、より多くのオプションを提供できる。インサイドに流れて中盤の数的優位を確保することもできれば、利き足でスルーパスを出すこともできる。それに何よりも、利き足でシュートも狙うことも可能だ。

逆足のウインガーが持つこれらの特徴は、きわめて重要だった。たしかにストライカーには、ゴールを決める以外のプレーも求められるようになった。これは言葉を換えれば、周囲にいるチームメイトが点を取る作業を分担していくことを意味する。そこで大きな役割を担うようになったのが、逆足のウインガーだったのである。

そもそもウインガーに関しては「クロスを供給すべきか、それともスルーパスを出したりシュートを打ったりすべきか」という議論が昔から展開されてきたが、現代サッカーでは、後者の役割が重視されるようになった。先に述べたインテル対バイエルンのチャンピオンズリーグ決勝は、すでにトップクラブの多くが、古典的なウインガーの発想から脱却していたことを示唆する。

現にこの頃には、右利きのクリスティアーノ・ロナウドと左利きのリオネル・メッシは、それぞれ内側にカットインしてから利き足で勝負をする、世界でもっとも有名な逆足のウインガーに成長していた。その後メッシは、さらに中央のポジションへ主戦場を移していくことにもなる。

■プレミアリーグで起きていた2つの現象

当時のプレミアリーグでは、さらに極端な現象さえ見られた。

ほとんどのトップクラブでは、クロスから得点を狙うパターンに依存していなくなってきていた。このため古典的なタイプであれ、あるいは利き足とは逆側に張るタイプであれ、ウインガー自体が起用されないケースも頻繁に目撃されるようになる。

たとえばアーセナルでは、サミ・ナスリ、トマーシュ・ロシツキー、アンドレイ・アルシャヴィンのように、本来10番タイプの選手が内側に流れてチャンスを作っていたし、チェルシーではフローラン・マルダやニコラ・アネルカのような、パワフルな点取り屋タイプの選手がサイドに配置されていた。

この点で少し毛色が違ったのが、マンチェスター・ユナイテッドである。監督のアレックス・ファーガソンは、古典的なウインガータイプの選手であるアントニオ・バレンシアを起用し、ウェイン・ルーニーに常にクロスを入れる方式を採用していた。

だがアレックス・ファーガソンは、独自の路線を貫いたわけではない。

２０１０年3月、チャンピオンズリーグの準々決勝において、アウェーのバイエルン・ミュンヘン戦に臨む際には、バレンシアをメンバーから外してナニと朴智星を起用している。この際、ファーガソンが口にした理由は注目に値する。ナニと朴智星は、どちらのサイドでもプレーできるポリバレント性を備えており、戦術的なオプションを与えてくれるからだと明言したのである。利き足の側でしかプレーできない古典的なウインガーにとっては、この種の発想が定着したことも痛手となった。

とはいえプレミアリーグで2番手グループを構成するクラブは、依然としてウインガーを軸にしたチーム作りをしていた。

トッテナムやフラムは典型例だと言えるし、ヨーロッパリーグへの出場権を常に狙っていたエヴァートンとアストン・ヴィラも、チャンスメイクの際にはワイドに張った選手たちに大きく依存していた。

たとえばデイヴィッド・モイーズが率いていたエヴァートンは、プレミアリーグ最高の左サイドコンビを起用していた。南アフリカ代表のスティーヴン・ピナールが内側に流れつつ、おそらくプレミアリーグでもっとも危険なクロスを供給できるレイトン・ベインズを、オーバーラップさせる方式を採っていた。

2人はまるでテレパシーでつながっているような連係プレーを披露したし、ベインズはオーストラリア出身のアタッカー、ティム・ケーヒルともいいコンビネーションを築き上げていた。

ケーヒルはテクニックに関しては、必ずしも超一流の選手ではない。だがペナルティエリア内では、きわめてもっとも効果的なプレーができる点取り屋の一人であり、身長が180センチそこそこしかなかったにもかかわらず、すばらしい空中戦の強さを誇っていた。そんなケーヒルにとって、ベインズは理想的なパートナーとなっていた。

攻撃の際、エヴァートンがクロスを多用したのは、ケーヒルとともにマルアン・フェライニがチームに名を連ねていたことも関連している。両者は滑らかなパスワークではなく、むしろクロスに合わせてヘディングを狙う際にもっとも真価を発揮するという、珍しいタイプのミッドフィルダーだった。

当時のエヴァートンでは、ワイドのポジションで数的優位を作り出すためのトレーニングセッションがたびたびおこなわれていた。2対1、あるいは3対2で優位に立ち、クロスを効果的に放り込めるようにするためである。

また監督のモイーズは、ピッチの両サイドに小さなゴールを設置し、ミニゲームをおこなうドリルをとりわけ好んだ。選手たちはまず、片方のタッチライン沿いに置かれたゴールに向かって攻撃を展開する。そこで相手に行く手を阻止されるとサイドチェンジし、ピッチの反対側に置かれたゴールを目指していくのである。サイドチェンジをおこないながら、ウイングを活用していく。これこそがエヴァートンのゲームプランだった。

一方、マーティン・オニールが率いるアストン・ヴィラは、エヴァートンと違う形で、ウインガーを活用しようとしていた。

ちなみにオニールはレスターとセルティックでも、クロスを軸に攻撃を展開していくスタイルを踏襲。

3-5-2などもしばしば採用しながら、どちらのチームでも成功を収めている。アストン・ヴィラでは、4-4-2や4-5-1を採用し、通常はスチュワート・ダウニングとアシュリー・ヤングを起用していた。

ダウニングとヤングは優れたクロスの出し手であり、当初は利き足側のサイドでプレーしていた。だが逆足のウインガーとして起用されることによって、さらに危険な選手に成長していく。

左サイドを務めたヤングは一旦、右足でインサイドに切れ込んだ後、左足でアウトサイドに向かうと見せかけて敵のディフェンダーを欺き、右足でさらにピッチの中央に向かっていくという、独特なパターンを武器にしていた。

片やダウニングは、オニールに代わってジェラール・ウリエが監督に就任し、右サイドにコンバートされてから、すばらしいプレーを披露するようになった。ちなみにウリエはリヴァプールの監督時代も、「順足のウインガー」を起用するのを嫌ったことで知られる。

やがてヤングとダウニングは2011年、それぞれマンチェスター・ユナイテッドとリヴァプールに移籍している。だがユナイテッドやリヴァプールのようなビッグクラブでは、クロスを上げる能力はさほど重用されなかった。

■インテルを一刀両断したベイル

逆足のウインガーが多用されるようになった結果、ベイルのように足が速く、左利きで、しかも本来の左サイドで勝負するウインガーは珍しい存在になっていく。

だがトッテナムの監督であるレドナップに、迷いはなかったという。

「最高の選手たちは、一番気持ちよくプレーできるポジションで起用すべきだと思っている。ベイルはめっぽう足が速いし、左利きの選手だ。だから私はシーズンを通して左で起用したんだ」。レドナップは、2010／11シーズンの状況をこう振り返っている。「あの頃は、アシュリー・ヤングのように右利きの選手を左サイドに置くのが流行っていた。そうすれば内側に切れ込んでゴールを狙えるからだ。でもギャレス（ベイル）には、まず自信を持たせなければならなかった。それに彼自身は、（利き足が使える）自然なポジションで起用された時に、自分が一番いいプレーができると考えていた」

ベイルは2009／10シーズンの後半に、プレミアリーグのスター選手に一気に伸し上がっていたが、2010／11シーズンの前半には、チャンピオンズリーグでもまばゆい脚光を浴びる。グループステージでは、正統派の左ウイングとして試合に出場。前シーズンに欧州を制していたインテル相手に、圧巻のプレーを二度も披露したからである。

最初に脚光を浴びたのは2010年10月20日、サンシーロでおこなわれたファーストレグだった。トッテナムはハーフタイムの時点で0‐4とリードされたばかりか、1人少ない10人で戦う状況に追い込まれてしまう。そこで唯一、気を吐いたのがベイルだった。

ベイルはドリブル突破から驚くべきゴールを二度も決めただけでなく、さらにハットトリックを達成している。オーソドックスなポジションで起用されたウインガーが、いまだに相手のゴールを脅かせることを証明してみせたと言ってもいい。

三度のゴールシーンは、いずれも左足からファー側のコーナーにシュートを蹴り込む形で決まっている。しかもベイルは大喜びをしたりしなかった。チームメイトに対してすぐにボールを拾うように促し、すぐに試合を再開しようと、身振り手振りで訴えかけただけだった。

ベイルとは逆に、この試合で散々な目にあったのがインテルのマイコンである。当時、彼は世界最高の右サイドバックと目されていたが、ベイルのスピードに付いていくことができなかった。結果、相手を止めるたびにファウルを犯し、そのたびに謝罪する羽目になる。

マイコンはファーストレグの後、自分は胃腸風邪を患っており、コンディションが悪かったのだと苦しい言い訳をしている。この胃腸風邪は、異常に症状が長引くものだったらしい。2週間後、トッテナムのホームであるホワイト・ハート・レーンで対戦した際にも、ベイルに圧倒されることになるからだ。

レドナップはセカンドレグに先立って、自らの戦術を得意満面で解説している。

「相手の両サイドバックは、きちんと守備ができていない」。レドナップは記者会見で発言している。「インテルは3人のフォワードと、その後ろにいるウェズレイ・スナイデルで攻撃を仕掛けてくる。そして抑え役のミッドフィルダーを2人使っている。鍵を握るのはサイド突破だ。ベイルにはまたマイコンを出し抜いてほしい」

試合はそのとおりの展開となった。ベイルは2週間前にハットトリックを達成していたが、それをさらに上回るプレーを披露したからである。得点こそ記録しなかったものの、左サイドを力強く攻め上がってクロスを供給。最初はクラウチ、次にはクラウチに代わったパヴリュチェンコのゴールを演出している。クラウチとパヴリュチェンコは、ボールを流し込むだけで済んだ。

試合後、レドナップは驚きの声を漏らしている。「インテルのワイドに開いたミッドフィルダーは、本当に（サイドバックを）ガードしようとしなかった。マイコンは剥き出しになっていた」

当時のインテルでは、ジョゼ・モウリーニョに代わってラファエル・ベニテスが指揮を執るようになっていたが、いささかナイーブな戦術を採用した印象が否めない。右サイドのアタッカーとして起用されたジョナタン・ビアビアニー、そして中盤において右側の抑え役に起用されたハビエル・サネッティのいずれもが、マイコンをまるでサポートしようとしなかったからである。2人のうちどちらかに、ベイル対策をしっかりと授けておけば、マイコンが集中攻撃を浴びる場面は少なくなっていたように思われる。

ましてやサンシーロでファーストレグを終えた後のベイルは、プレミアリーグの試合では鳴りを潜めていた。対戦相手がダブルチームを組んでマークをするようになった結果、縦横無尽にタッチライン沿いを駆け抜けることが難しくなってきたのである。

■「ベイルを阻止せよ」

事実、当時のプレミアリーグでは「いかにしてベイルを止めるか」が戦術的な一大テーマになっていた。たとえばエヴァートンを率いるデイヴィッド・モイーズは、2010年10月23日にアウェーでおこなわれたトッテナム戦では、フィル・ネヴィルの前方にシェイマス・コールマンを配置。右サイドバックを2人起用するという大胆な方法でベイルを封じ込め、1‐1の引き分けに持ち込んでいる。

「プレーしにくかったのは、(フィル) ネヴィルのせいだけじゃない。彼をサポートする選手が、他にも2、3人いたんだ」。ベイルは感想を漏らしている。「(敵の) 右ウインガーが目の前にずっといたから、僕はボールをもらえなかった」

レドナップはこの状況を打開すべく、ベイルに対して左サイドではなく右サイドに回るように指示。ベイルは利き足と逆のタッチライン沿いで、初めてプレーすることとなった。

ベイルに2人のマーカーを割り当てる方法は、その後の試合でも見られた。

次節のマンチェスター・ユナイテッド戦では、アレックス・ファーガソンが、やはり同じような策を授けている。守備的ミッドフィルダーのダレン・フレッチャーに対して、ベイルが左サイドでボールを持った時には、右サイドバックのラファエル・ダ・シルバのところまでダッシュし、必ずサポートするように指示したのである。これが奏功し、ユナイテッドは2‐0で完勝を収めた。

サンダーランドやボルトンも然り。ハードなタックルが売り物のセントラルミッドフィルダー、リー・カッターモールはフレッチャーと同じ役割を果たして、ネダム・オヌオハをサポートしている。ボルトンでは右ウイングの李菁龍《イ・チョンヨン》が深く下がって、グレタル・ステインソンのガード役を務めた。アイスランド出身の右サイドバックであるステインソンは、ベイルを怖がらなくなっていたふしさえある。

「試合前、あんなにたくさんのSMSを受け取ったのは初めてだったよ」。ステインソンは証言している。

「ベイルはすばらしい選手だ。でも彼とマッチアップするのは、他の選手とやり合うのと何ら変わらない。(試合前の)金曜日はボンファイアーナイトのお祭りだったから、僕はリラックスした気持ちで、うまいキンコルマ(インド料理)を食べていたよ」

かくしてトッテナムとベイルは、大きな壁に直面するようになった。

アウェーのインテル戦で、ハットトリックを達成したところまではたしかに良かった。だがプレミアリーグで対戦した4チームは、いずれも2人のマーカーを起用するようになったのである。

結果、プレーできるスペースを奪われたベイルは、アシストやゴールをまったく決められなくなってしまう。これとともに、チームの成績も当然のように下り坂に向かう。インテル戦以降におこなわれたプレミアリーグの4試合では、合計して2ポイントしか勝ち点を奪うことができなかった。

「自分の前に味方がいると助かるんだ」。元トッテナムの右サイドバックで、バーミンガム・シティのキャプテンを務めるようになったスティーヴン・カーは解説している。彼もまたベイルを封じ込めた選手の1人だった。「自分でもまずまずのプレーができたと思うけど、前にいた味方からすごく助けてもらった」

■突如として奪われた、チャンピオンズリーグへの出場資格

ところが2010年11月30日、ベイルは突如として息を吹き返す。ブラックバーンに4-2で勝利した試合においては、右ウイングからのクロスを受けて2ゴールをもぎ取る。一度目はニアポストにヘディングで叩き込み、2点目はゴール前でのこぼれ球を、巧みにゴール隅に流し込んだ。

むろんベイルは、オーソドックスに左サイドをドリブルで駆け上がってクロスを供給し、パヴリュチェンコのヘディングシュートもアシストしている。だが、それまでには見られなかったプレーを披露し始めたのである。

「最近は対戦相手が、2人でマークしてくるから苦労していたんだ」。ベイルは語っている。「だから相手をかわしていくために、違う方法を見つけなければならなかった。ブラックバーン相手に、そういうプレーができたから嬉しかったよ」

とはいえ、2010/11シーズン全体のパフォーマンスは決してよくはなかった。現にブラックバーン戦いでパヴリュチェンコのゴールをお膳立てしたプレーは、同シーズンのプレミアリーグを通じて、ベイルがアシストを記録した唯一の場面になってしまう。

ベイルは9点をあげて、たしかにPFAの年間最優秀選手に選ばれている。だがこの年は、他にめぼしいライバルがいなかったのも事実である。またサッカー関係者やファンの間では、いまだに「ベイルブーム」が続いていたものの、これはインテル戦で強烈な印象を与えていたことに負う部分が大きかった。事実、当のベイルやレドナップは、もっと試合でコンスタントに結果を出すべく、さらに進化を遂げていく必要性を痛感していたのである。

迎えた2011/12シーズン、ベイルは左サイドから内側に流れ、ピッチの中央でボールに絡んでい

くプレーを増やしていく。

当初は結果が安定しなかったが、これは止むを得ない部分もある。もともとベイルは、ワイドに開いたポジションでプレーした経験しかなかった。ましてやトッテナムのレギュラーに定着してから、まだ18ヶ月しか経っていない。いかに相手に対策を講じられたとはいえ、他の選手ならば本来のポジションでスキルを磨いていく段階である。

しかも中央でプレーする際には、サイドに張っていた時とはまるで違うスキルが必要になる。現にベイルは、ゴールを脅かせるような技術を身に付けるのに苦労した。ウイングとして自力で突破していく場合と異なり、正しい姿勢を維持しながら、ボールが出てくるタイミングに自分のステップを合わせなければいけないからである。

たしかに新しいプレースタイルがうまくはまった時には、見事な結果を出すこともできた。クリスマスの後におこなわれたノリッジ戦では、すべてのゴールを叩き出して2-0の勝利に貢献している。

これらのゴールは、新たに与えられた自由な役割から生まれたものだったし、チームに勢いを与えている。とりわけ2点目は、自陣からピッチ中央をドリブルで突破した後に生まれた、非凡なものだった。

かくして11月以降は、チームは3位を維持。新年を迎えた時点でも、純粋にタイトルを狙える集団になったかに思われた。

ところがトッテナムは、そこから伸び悩んでしまう。ベイルは突如として調子を落とし、1月31日のウィガン戦で2ゴールを決めたのを境に、得点がはたと途切れてしまう。ベイルはシーズン終盤まで、二度とゴールネットを揺らすことができなかった。

ベイルとレドナップは戦術的な実験を重ねたが、膠着状況は打開できなかった。たとえばアウェーでのエヴァートン戦に臨む際には、モイーズが再びコールマンとネヴィルにダブルチームを組ませ、ベイルを止めようとしていることを察知。レドナップはベイルを右サイドにコンバートしている。

だがベイルは、まるで迫力に欠けたプレーに終始してしまう。わざわざロンドンからやってきたトッテナムのファンは、ベイルが右でプレーすることに不満を募らせ、「ガレス・ベイル、こいつのポジションは左だ」と合唱したほどである。

結局、トッテナムは3月後半には4番手に後退。さらにはプレミアリーグで6位だったチェルシーが、チャンピオンズリーグで優勝を収めて翌シーズンの大会出場枠を確保したために、トッテナムはヨーロッパの檜舞台に立つという夢も断たれる。7年前、リヴァプールがイスタンブールで劇的な優勝を果たして以来、チャンピオンズリーグで優勝したチームが国内リーグで出場権を取り逃した場合には、特例として大会への参加が認められるようになっていた。

■ 右サイドから中央へ、そしてレアル・マドリーへ

結局、レドナップは3年間の在任期間中にチームを二度も4位に導いたにもかかわらず、2011／12シーズンを最後に無情に解雇される。

ただし後任に就いたアンドレ・ビラス＝ボアスは、ベイルを軸にしたチーム作りを明確に打ち出したため、戦術的にはさらに興味深い変化が見られた。

まずベイルには、3番に代わって11番のユニフォームが支給され、実際にピッチ上においても、より攻撃的な役割を担っていく。シーズン序盤は、左サイドから自由に内側に流れていく形でプレーしていたが、シーズン後半には4‐2‐3‐1の10番として起用されるまでになる。

ちなみにベイルは、プレーメイカーとして起用された際にも自由に動き回ることが許されていた。また

ベイルが本来の場所から離れた場合には、ルイス・ホルトビーとギルフィ・シグルズソンのような選手がスペースを埋め、チーム全体のバランスを維持することになっていた。

攻撃陣の中央で重責を担うようになったベイルは、かつてないほど存在感を発揮。最終的にはプレミアリーグの試合で21ゴールを記録する。ちなみにゴール数には、PKによる得点が1つも含まれていない。簡単に述べるなら、ベイルはそれまでの5シーズン、こつこつと積み重ねてきたゴールに匹敵する得点を、わずか1シーズンで記録したのである。

このような躍進をもたらしたのは、ポジションの変更だけではない。

ピッチ中央のエリアが混み合っている場合には、ベイルは自然にワイドなスペースに流れていった。だが、かつての持ち場だった左サイドに流れるシーンは滅多に見られなかった。逆に一旦右サイドに流れてからインサイドに切れ込み、チャンスを狙うようになった。現にウェスト・ブロム戦とサウサンプトン戦では、このような展開から度肝を抜くゴールを決めている。

ベイルが新境地を拓いたことは、２０１３年5月19日のサンダーランド戦でも明らかになった。この試合はプレミアリーグ時代に出場した最後の一戦となったが、ベイルは後半、一貫して右サイドでプレーしながら内側にカットインし、シュートを狙い続けたのである。

この新たなスタイルは最後の土壇場、試合開始90分に実を結ぶ。

ペナルティエリアの数メートル手間、右寄りのポジションでパスを受け取ったベイルは一瞬間を置いてから、左に向かって平行にボールを運び始める。そしてペナルティエリアの正面近くまで向かうと左足を振り抜き、豪快なミドルシュートをゴール上段の左隅に蹴り込んだ。

ベイルの正面には、わずか3分前に交代出場し、プレミアリーグでデビューを飾ったばかりのアダム・ミッチェルがマーク役についていた。だがミッチェルは、ベイルの引き立て役になっただけだった。

このプレーはトッテナムでベイルが遂げた進化、そしてプレミアリーグにおける自身のキャリアを締めくくる上でも、実に相応しい幕切れだった。

ベイルは左サイドだけでなく、中央でもプレーできることを証明していたが、さらに右サイドからもカットインできることをアピールした。これで確信を深めたレアル・マドリーは、夏の移籍市場でチームに呼び寄せることを決断する。その際には4年前、クリスティアーノ・ロナウドを獲得する際に費やされた以上の移籍金が支払われ、当時のサッカー界における記録が塗り替えられている。

ちなみにロナウドとベイルには、明らかな類似点があった。まずポジションに関して述べれば、2人はどちらも正統派のウインガーとして頭角を現した。だが徐々に中央に流れるようになり、最後は逆足のウインガーとしても、絶大な存在感を誇るようになっている。

ベイルが遂げた変化は、ウインガーの変化そのものも象徴している。

かつてのウインガーは、タッチライン沿いを駆け抜けて敵のサイドバックと勝負を仕掛け、最後はクロスを供給して観客を沸かせる花形選手だった。

だが現代サッカーではクロスを上げることではなく、むしろ自らシュートを打ち、ゴールを決める能力が何よりも重視されるようになった。その意味で逆足のウインガーは、これまで以上にダイレクトにゴールを狙っていくスタイルを象徴する存在になったのである。

第7部——ボールポゼッションの時代

第19章

「イタリア流の仕事術」

「チームの明確なアイデンティティを見つけていく。私はそれを目指すべきだと言われた」（カルロ・アンチェロッティ）

■ ブリテン島に吹き荒れた、イタリアの嵐

マンチェスター・ユナイテッドのアレックス・ファーガソンは、2013年に監督を勇退する。だがそれに至るまでの7年間、2006／07シーズンから2012／13シーズンまでは、7シーズン中5回もプレミアリーグを制覇するなど圧倒的な強さを誇った。例外となったのは2009／10シーズンのチェルシーと、2011／12シーズンのマンチェスター・シティのみである。

両チームには、いくつかの明らかな共通点があった。

まず優勝を遂げたシーズンには、マンチェスター・ユナイテッドにホームとアウェーの両方で土を付け、リーグ戦の最終節に優勝を確定している。そしていずれのチームも、イタリア人監督が率いていた。カルロ・アンチェロッティとロベルト・マンチーニである。

イタリアの指導者たちは、試合の流れをコントロールすることを昔から重視してきた。守備的で慎重な戦い方が伝統となった所以だが、近年はボール支配率で圧倒する方法も、徐々に多用されるようになってきた。

たしかにサッカー界では、セリエAはもはや欧州最高のリーグではなくなってしまっていた。とはいえイタリア人監督たちは、戦術家としてもっとも秀でた指導者と見なされていた。思慮深く、発想が柔軟で、

サッカーの試合をチェスのように捉える。そして対戦チームの強みを消し去るために、手持ちの「駒」を理路整然と動かしていく戦術家というイメージである。

ところがイングランドのプレミアリーグは、イタリアの影響をほぼ受けていなかったに等しい。むろんジャンルカ・ヴィアリはチェルシー監督時代、2000年にFAカップを手中に収めている。だが現役選手時代に、突如として監督を兼任するようになった際にも、セリエAで身に付けた知見をほとんど披露しなかった。むしろヴィアリは、イングランド人のアシスタントであるグラハム・リックスに大きく依存していた。

一方、ヴィアリからチェルシーを引き継いだクラウディオ・ラニエリは、前任者よりもイタリア人の指導者然とした人物だった。ラニエリは細かな戦術にこだわり、ひっきりなしにシステムや先発メンバーを変更したため、「ティンカーマン（鍋やヤカンを修理する鋳掛け屋。転じてチームを常にいじくり回す人間の意）」と呼ばれるようになる。

だがラニエリもまた、イングランドにおけるイタリア人監督のステイタスを劇的に変えたわけではない。バレンシアやナポリ、フィオレンティーナを率いたことはあっても、リーグ制覇を狙えるようなチームを指揮した経験を持たなかったため、世界トップクラスの監督だとは見なされていなかった。

ラニエリは後にレスター・シティの監督に就任。2015／16シーズンは、並み居る強豪を押しのけてプレミアリーグを制覇し、歴史的な快挙を成し遂げる。こうして自らの手腕を、誰もが予想しなかった形で証明してみせることになる。

しかしプレミアリーグに一流のイタリア人監督が初めて登場したのは2009年、アンチェロッティとマンチーニが、チェルシーとマンチェスター・シティの監督に就任した時だった。

アンチェロッティはACミランの監督として、チャンピオンズリーグを二度制した経験を持っていた。

マンチーニはインテルを率い、3年連続でセリエAを獲得している。さらにこの頃には、セリエAで5回優勝を収めたファビオ・カペッロが代表監督の指揮を執るようになっており、イングランドのサッカー界では時ならぬ、イタリア旋風が吹き荒れ始めた。

■アンチェロッティに託された真のミッション

当時のカルロ・アンチェロッティは、すでに監督として絶大な評価を得ていた。チェルシーのオーナーであるロマン・アブラモヴィッチが、アンチェロッティを起用した理由はおもに2つある。

1つ目は優れた実績である。アブラモヴィッチは、チャンピオンズリーグのトロフィーを喉から手が出るほど欲しがっていた。この点、アンチェロッティは誰もが羨むような実績を誇っていた。

2つ目の理由はより興味深い。アブラモヴィッチはチェルシーというクラブを、より崇高なサッカー哲学を掲げる集団に成長させたいと願っていた。

そこで目を付けたのが、アンチェロッティが率いていたミランだった。イタリアの名門クラブは、ヨーロッパでもっとも格式が高いチームと見なされていることに気が付いたのである。

この種のクラブの格付けは、2008年にペップ・グアルディオラがバルセロナの監督に就任したことによって変わっていくことになる。だがアンチェロッティ時代のミランは、圧倒的な強さを誇るだけでなく、11人の先発メンバーの中に3人から4人のプレーメイカーを起用するような、独自のスタイルを貫いていることでも知られていた。

「僕は自分のチームに『アイデンティティ』を与えてくれる監督を見つけたいんだ」。アンチェロッティによれば、アブラモヴィッチはこのように語ったという。「バルセロナやマンチェスター・ユナイテッドには、チームのアイデンティティがあることがわかる。でもチェルシーにはそれがない」

これは何ら驚くべきことではなかった。

チェルシーは2007／08シーズン以降の2年間で、ジョゼ・モウリーニョ、アブラム・グラント、ルイス・フェリペ・スコラーリ、そしてフース・ヒディンクといった監督を次々に首にしてきた。しかもモウリーニョの解任以降に起用された3名の監督は、モウリーニョ流の守備的なサッカーを劣化させたようなプレーを踏襲するに留まっていたからである。

アブラモヴィッチは、このような状況に終止符を打とうとしていた。そのうえで攻撃的サッカーという新たなアイデンティティをチームに据え付け、ヨーロッパ制覇の野望を実現しようとしていた。

アブラモヴィッチと面談したアンチェロッティは、ボールポゼッションを土台にしたサッカーを実践していくことを約束する。これに並行して、アンドレア・ピルロをミランから必死に引き抜こうとした。ピルロはミランの監督時代に重用した選手だったし、ヨーロッパでもっとも芸術的なプレーを披露するディープ・ライニング・プレーメイカーでもあった。

だが冷静に見るならば、アブラモヴィッチは、アンチェロッティという監督を誤解していたと言わざるを得ない。

たしかにアンチェロッティは、ずば抜けた実績を誇っていた。彼が率いていたミランが高く評価されていたことも、すでに指摘したとおりである。

だがアンチェロッティは、同世代の監督の中で、もっとも選手寄りのチーム作りをする指導者でもあった。高邁な理想を掲げてチーム作りを進めていくというよりは、むしろ自分が集めた最高のサッカー選手たちに合わせて、フォーメーションやプレースタイルを築き上げていくのが持ち味だった。

事実、アンチェロッティはマン・マネージメントに関しては傑出した手腕を誇っており、スター選手たちを懐深く受け入れて、モチベーションを与えていくことで才能を発揮させている。これはズラタン・イブラヒモヴィッチやクリスティアーノ・ロナウドのような、強烈な個性の持ち主でさえもが、アンチェロッティを一番好きな監督だと断言していることからもうかがえる。

しかしチーム作りの独特なアプローチは、アンチェロッティ自身が抱くサッカー哲学を際立ちがたくしていた。ましてや当時は、個々の監督が掲げるサッカー哲学が何よりも重視されていた時代である。選手の才能を引き出し、強いチームを作っていく上ではきわめて有効でも、ともすれば監督としての存在感が希薄になりがちだったことは否めない。

アンチェロッティ時代のミランなどは、その典型的なケースだった。

クリスマスツリーと称される4-3-2-1のシステムに、複数のプレーメイカーを配置してボール支配率を高めていくスタイルは、実はアンチェロッティが目指したものではなかった。それどころか、10番の選手を抱え過ぎているという事情を反映したに過ぎなかった。

現に試合では、ツートップの下に10番の選手を1人配置した4-3-1-2のほうが、いい結果が出ている。にもかかわらず4-3-2-1をしばしば優先したのは、後者の布陣のほうがスター選手をより多く起用できるという理由によるものだった。

「彼ら全員をチームに組み込んで、不満が出ないようにするのは大変だったよ」。アンチェロッティは、素直に認めている。「でもあのクリスマスツリー型のフォーメーションを、本当にたまたま見つけることができたんだ」

チェルシーに話を戻そう。

当時のチームにはペトル・ツェフ、ジョン・テリー、フランク・ランパード、ディディエ・ドログバなどの経験豊富なリーダー役が揃っていた。アンチェロッティはこれを踏まえ、例によって柔軟なチーム運営を実施していく。

以前のアンチェロッティは、テクニックを磨く練習とフィジカルを鍛える練習、そして戦術にフォーカスした練習を、それぞれ分けて実施していた。

だがチェルシーではベテラン選手たちに相談した上で、最終的には練習メニューそのものを変更。すべてを同時におこなう方式を採用していく。モウリーニョが監督に就任して以降、チェルシーではテクニックを磨きつつ、フィジカルも高めていけるトレーニングが実施されていたためである。

これに併せて、戦術トレーニングの日程も変更されることになった。

当初、アンチェロッティは対戦相手の攻略方法を確認するためのセッションを、試合の2日前におこなおうと試みた。

だが選手たちからは不満の声が上がる。彼らはやはりモウリーニョ流の方式――試合の前日に戦術練習の総仕上げをおこなうパターンに慣れていた。結果、アンチェロッティはここでも選手たちに譲歩する形になった。

■アレックス・ファーガソンが暴き出した弱点

このような状況で迎えた2009/10シーズン、アンチェロッティのチェルシーは、驚くべき快進撃を見せる。開幕からの14試合で、なんと12勝をあげたのである。それを支えたのが、アンチェロッティが導入した新たなシステムだった。

まずアンチェロッティは中盤をダイヤモンド型に組んだ4-4-2を採用し、ドログバとニコラ・アネルカをツートップに配置する。

一方、中盤ではダイヤモンドの頂点に当たる位置にランパードを起用しつつ、中盤の左サイドにフローラン・マルダを据え、自由に動き回ることを許可している。マイケル・エシアンには右サイド、もしくは守備的ミッドフィルダーの役割が与えられ、中盤の残り1枠には中盤の抑え役であるジョン・オビ・ミケル、または、より攻撃的なミヒャエル・バラックが状況に応じて起用された。中盤をダイヤモンド型にした場合はサイドを活用するのが難しくなるが、両サイドバックのアシュリー・コールとジョゼ・ボシングワが、その役割を受け持つ形になっていた。

これらの選手の中で、もっとも脚光を浴びたのはマルダとドログバだった。

マルダにとって左サイドは馴染みのないポジションだったが、この新たな役割にしっかり順応。チェルシー在籍時代、もっとも充実したプレーを披露していく。一方ドログバは最初に出場した15試合で、なんと13ゴールを記録した。対照的にランパードは、ダイヤモンドの頂点という役回りにまるで馴染めなかった。アネルカも行き場を失い、存在感をアピールできなかった。

この間、チェルシーは9月25日と10月17日におこなわれたアストン・ヴィラとウィガン戦では、予想外の敗北も喫している。だがプレミアリーグでは物珍しかったダイヤモンド型のシステムは、11月にホームでマンチェスター・ユナイテッドに勝利を収める試合までは順調に機能し続けた。

ただし1‐0という試合結果が示すように、アンチェロッティはアレックス・ファーガソン率いるチームに手を焼いている。要因の1つとなったのは、選手の故障である。

右のサイドバックを務めていたボシングワは、すでにこの時点で膝を故障しており、残りのシーズンを棒に振らざるを得ないことが確定していた。彼は先発メンバーの中ではもっとも地味な選手だったが、ピッチを幅広く活用していくという点で、非常に重要な役割を担っていた。

ボシングワを起用できなくなったアンチェロッティは、セルビア代表のディフェンダー、ブラニスラヴ・イヴァノヴィッチを抜擢する。イヴァノヴィッチは後に右サイドバックのポジションもそつなくこしていくようになるが、この時点ではセンターバックからコンバートされたばかりでプレーもぎこちなく、ボールを持った際にも攻撃にほとんど貢献できなかった。

マンチェスター・ユナイテッドを率いるアレックス・ファーガソンは、これを見逃さなかった。戦術を駆使しながら、チェルシーが抱える弱点を暴き出していったのである。

その肝となったは、左サイドの攻略法だった。

ファーガソンは右ウイングのアントニオ・バレンシアに対しては、アシュリー・コールと直接マッチアップして、相手を押し下げるように指示している。一方、左サイドのライアン・ギグスには内側に流れ、実質的に4人目のセントラルミッドフィルダーとしてプレーするように命じた。

これは2つの効果を持っていた。

まずチェルシーの4人のミッドフィルダーは、ピッチの中央でも数的優位を確保できなくなったため、きわめて深い位置から攻撃を組み立てていく形になっている。しかも前方へのパスコースが限定されていたため、不本意ながらも右サイドのイヴァノヴィッチに一旦、ボールを預ける羽目になった。

だがイヴァノヴィッチは急遽サイドバックに起用された選手であり、スムーズにパスを回していくことができない。結果、イヴァノヴィッチにボールが渡るたびに、スタンフォード・ブリッジのスタンドからはファンのうめき声が漏れた。

対照的にユナイテッドは、両サイドバックを押し上げてピッチの両脇で数的優位を確保しながら、危険な攻撃を展開していく。こうしてファーガソン率いる選手たちは、アンチェロッティ配下のチェルシーをボール支配率で圧倒するようになった。

むろんボール支配率と試合結果は別物だが、このような状況はきわめて深刻な意味を持っていた。チェルシーの監督に就任した際、アンチェッロッティはロシア人のオーナーに対して、ボールポゼッションを軸にしたサッカーを定着させると断言していたからである。ところが実際には、シュート数では8本対12本で上回られたばかりか、コーナーキックに至っては0対7という有様になってしまう。

ただしチェルシーは相手にチャンスこそ作られたものの、ゴールを割らせなかった。またテリーは、物議を醸す形で与えられたフリーキックから両軍通じて唯一のゴールを決め、チームに勝利をもたらしている。

こうしてチェルシーは、シーズン初の大一番を制した。だが、この結果は戦術システムの恩恵を受けたものではなかった。むしろ実際にはダイヤモンド型の4‐4‐2が機能しなくなり、内容的にはユナイテッドに明らかに押されていたにもかかわらず、かろうじて1‐0で逃げ切ったに過ぎない。

事実、ファーガソンが採用した戦術は、アンチェロッティ率いる面々を攻略するためのモデルケースとなっていく。

ダイヤモンド型の4‐4‐2は、ピッチを幅広く活用できない。ましてやサイドバックが機能しない際には、相手に押し込まれる形になりやすい。この欠点を暴かれたチェルシーは、マンチェスター・シティに敗れたばかりか、エヴァートンやウェストハム、そしてバーミンガムにも引き分けに持ち込まれる。12月は合計6戦して、ポーツマスとフラムに2‐1の勝利をあげたに過ぎなかった。

しかも1月を迎えると、アンチェロッティはまったく違う種類の悩みを抱えるようになる。ドログバがアフリカ・カップ・オブ・ネーションズに出場するために帰国し、攻撃陣の大黒柱を起用できなくなってしまったのである。

■アンチェロッティが見せた真骨頂

ただし、ここからがアンチェロッティの真骨頂だった。

彼はミランの監督時代、「最高のアイディアは、厳しい制約条件から生まれるケースが多い」という教訓を身をもって体験していた。ミランは必要以上にプレーメイカーを抱えていたため、花形選手たちをいかにチームに組み込むかという難題に取り組み続けたからである。

事実、アンチェロッティはドログバの長期欠場をきっかけに、かつてないほどレベルの高い試合を展開していくようになる。

チェルシーは1月16日、ホームにサンダーランドを迎える。この試合は2010年に初めて臨むプレミアリーグの試合であると同時に、ドログバ抜きで戦う最初のケースにもなった。戦前は苦戦を予想する声も多かったが、チェルシーはなんと7-2で大勝してみせる。試合開始35分過ぎの時点で、すでに4-0でリードしていたため、アンチェロッティはハーフタイムにテリーとアシュリー・コールをベンチに下げたほどだった。

この試合でアンチェロッティは、戦術家としての手腕を遺憾なく発揮。フォーメーションを変更し、持ち駒を最大限に活用できるような新しい方法を考え出したのである。具体的には、4-3-3と4-3-2-1のハイブリッド型のようなシステムを採用した。その上でアネルカをワントップに据え、マルダとジョー・コールに対しては、サイドから自由に内側に流れるように指示を出した。

もともとアネルカはディフェンスラインの裏に抜けていくよりも、攻撃のつなぎ役をこなすことを好むタイプだった。現にこの新たな布陣でも、センターフォワードのポジションから下がってくることによって、味方のためにスペースを作り出した。これを活用したのは、マルダとジョー・コールだけではない。

バラックとランパードも同様である。

バラックとランパードは、トレードマークとも言えるプレーを展開。意図的にタイミングを遅らせてペナルティエリアに侵入し、ともにヘディングからゴールを決めている。

この種の攻撃は、フォワードを2人配置したダイヤモンド型の陣形では容易に実現できない。ランパードもシーズン前半戦は本来の力が発揮できず、オープンプレーから1ゴールを決めるに留まっていた。だがサンダーランド戦ではシステムが変更されたおかげで、いきなり2ゴールをもぎ取っている。

こうしてチェルシーは滑らかで組織的、そして容赦のない攻撃を展開できるようになった。アンチェロッティは同じフォーメーションを次の2試合でも採用し、バーミンガムとバーンリーにも勝利を収めた。

■ ディディエ・ドログバという諸刃の剣

ところがここで、新たな頭痛の種が生まれる。アフリカ・カップ・オブ・ネーションズが終了し、ドログバが2月にチームに復帰してきたのである。

アンチェロッティは妥協を余儀なくされ、新旧2つのフォーメーションをかけ合わせたような、不安定なシステムを採用することになる。ドログバをフォワードに起用すると同時に、アネルカをジョー・コールに代えて右の2列目に起用し、自由に動き回る役割を与えたのである。

たしかにドログバ自身は絶好調で、8試合で10ゴールをあげていく。だが全体的に見るならば、チェルシーの攻撃パターンは予測しやすいものに堕してしまう。結果、この8試合で14ポイントしか奪うことができず、タイトルを狙えるほどの調子の良さを維持できなくなった。

ところが3月末のアストン・ヴィラ戦を前に、再び重要な出来事が起きる。

ドログバが控えに回ることが発表されたのである。当初は鼠径部に張りを感じたのが原因だとされたが、アンチェロッティは6年後に真の理由を明かしている。ドログバが先発から外されたのは、チームのミーティングに遅刻したことが原因だった。

「ドログバは30分遅れてやってきた。だからプレーさせなかった」。アンチェロティは説明している。「彼を外したのはがっかりしたからではない。彼はミーティングに出席しなければならなかったからだ。私はミーティングで試合に臨む戦術プランを提示して、選手全員に説明した。ドログバだけを特別扱いするわけにはいかなかった」。つまりドログバはチームの一体感に水を差しただけでなく、意図的であれ無意識であれ、アンチェロッティが授けようとしていた戦術プランに背を向けた形になる。

ところが蓋を開けてみれば、ドログバ抜きのチェルシーは、2010年の1月中旬におこなわれたサンダーランド戦に続き、再び7ゴールをあげて大勝を収める。ランパードは4点、マルダは2点を奪い、アネルカは前回と同じようにワントップとしてチャンスを作り出した。「アネルカはゴールを決めていないが、すばらしいプレーをした。動き回ることによって、アストン・ヴィラの息の根を止めたんだ」。アンチェロッティは、こうアネルカを絶賛している。

ドログバ抜きのほうが、チェルシーはいいサッカーが展開できるのではないか。7‐1の勝利は、そのような印象を与える内容となった。

しかもこのアストン・ヴィラ戦の一週間後には、オールド・トラフォードでマンチェスター・ユナイテッド戦が予定されていた。当時、ユナイテッドを1ポイント差で追いかけていたチェルシーにとっては、タイトルレースの行方を決定づける大一番である。

アネルカをワントップに起用したほうが、攻撃的ミッドフィルダーたちの力を引き出すことができる。こう信じてアネルカを先発させるべきなのか。あるいはプレミアリーグの得点王レースで首位に立っているドログバを、そのまま出場させるべきなのか。

アンチェロッティは大きな決断を迫られた。そして最終的に導き出した答えは、アネルカを起用するというプランだった。アンチェロッティは、決断の理由を次のように説明している。「(今回、ドログバをベンチに残したのは)遅刻したからではない。アネルカがアストン・ヴィラ戦で、本当にすばらしいプレーをしていたからだった」

この選択は吉と出る。

たしかにシーズン前半のホームゲームでは、チェルシーはユナイテッドに苦しめられている。1-0で勝利こそしたものの、アンチェロッティはファーガソンに手の内を暴かれ、守勢に回らざるを得なかった。ところがオールド・トラフォードでの試合では、見違えるようなプレーを展開する。とりわけアネルカは深めのポジションまで下がりながら再びつなぎ役に徹し、マルダとジョー・コールの攻撃参加を促している。これが先制点につながる。マルダが左のタッチライン沿いに攻め上がり、ゴールエリアにグラウンダーのクロスを供給。コールはバックヒールで、軽やかにゴールネットを揺らしたのだった。

一方のファーガソンは、前回対戦した時と同じようにギグスを内側に絞らせ、あえて中盤の左右のバランスを崩した陣形で戦うことを試みた。

だが今回は、4-3-2-1を採用したアンチェロッティの方が一枚上手だった。まずマルダとコールは、ユナイテッドのサイドバックを本来のポジションから引きずり出すことに成功している。ディフェンス陣に関しては、イヴァノヴィッチではなく、本職のパウロ・フェレイラを右サイドに起用したのも非常に効果的だった。

フェレイラは、ギグスが内側に絞り込んでくるのを逆手に取って積極的に攻め上がる。後半には相手のディフェンス陣の裏に走り込んで自らシュートを放ち、チェルシーのリードが2-0に広がるのではないかと思われるような場面さえ演出している。このためファーガソンは最終的にギグスを下げて、朴智星を投入せざるを得なくなった。朴智星はサイドバックの危険な攻撃参加を阻止する、スペシャリストだったからである。

むろんドログバの貢献も見逃してはならない。後半途中からユナイテッドが巻き返してくると、アンチエロッティは疲れの見えたアネルカに代えて、本来のセンターフォワードを投入。オフサイドポジションからだったとはいえ、ドログバは2-1での勝利を決定づける追加点をもたらしている。

とはいえシーズンの命運を左右するもっとも重要な一戦で、ドログバの起用があくまでも「Bプラン」の域に留まったことは忘れてはならない。ドログバは得点王争いのトップに立っていたが、アンチェロッティはドログバ抜きのほうが、チームの戦術システムがより機能することを見抜いていた。

興味深いことに、似たような状況は他の監督がチームを率いた時にも見られた。

たとえば2004/05シーズン、モウリーニョはチェルシーをプレミアリーグ制覇に導いているが、ドログバを先発に起用したのはリーグ戦の半数ほどに留まる。エイドゥール・グジョンセンのほうが、攻撃陣のつなぎ役をうまくこなすことができたからである。スコラーリもドログバをおもに交代要員として起用したし、後にチームを指揮することになるアンドレ・ビラス＝ボアスは、ドログバではなくフェルナンド・トーレスを軸にしたチーム作りをおこなった。

コートジボワール出身のドログバは、イングランドサッカー界の歴史において、「大一番にもっとも強い」選手だったと言えるだろう。彼はFAカップの決勝で4回、リーグカップの決勝でも4回ゴールを決めているし、何よりも2012年のチャンピオンズリーグ決勝では、試合終了間際に起死回生の同点ゴールを記録している。

だがプレミアリーグの試合に限れば、衝撃的なゴールを決める代わりに、期待はずれに終わることも多いような選手だった。現に２００６／０７シーズンには20ゴール、２００９／１０シーズンには29ゴールを決めて二度も得点王に輝いたが、それ以外の6シーズンは10点、12点、８点、５点、11点、そして再び5点しか記録していない。このようなデータは、彼がコンスタントに結果を残すタイプでなかったことを物語る。

■二冠達成でも満足できなかったオーナー

アンチェロッティ時代のチェルシーに話を戻そう。

ドログバはつなぎ役としては明らかに劣っていたものの、シーズン終盤にレギュラーに復帰。３連勝を飾った最後の３連戦では、決定的な貢献をしている。ストークに７‐０で圧勝した一戦、緊迫した展開が続く中、アンフィールドでリヴァプールを降した２‐０の試合、そしてウィガンに容赦なく８‐０で完勝した最終戦である。

ちなみにプレミアリーグでは、１９９５年のマンチェスター・ユナイテッド対イプスウィッチ戦（９‐0）が、一試合あたりの最多得点差の記録となっている。チェルシーがウィガンを８‐０で破った一戦は、これに続く同率の2位となったが、内容的にはきわめておかしな展開になっている。

試合序盤、チェルシーは３‐３‐１‐３という見慣れぬ布陣で臨んできたウィガンに圧倒され、完全に後手に回ってしまう。現に試合の流れを支配できるようになったのは、ウィガン側に退場者が出て10人になってからだった。

ただし試合直後は、この事実はさほど注目されなかった。チェルシーは大勝してプレミアリーグの王者に輝いただけでなく、翌週にはＦＡカップも制し二冠を達成したからである。決勝で対戦したポーツマスはプレミアリーグを最下位で終えて降格が決定していただけに、並々ならぬ意気込みで試合に乗り込んできていたが、結局は0-1で涙を呑んだ。

ちなみにこの試合は、アンチェロッティ流の自由放任主義がもっとも発揮された試合としても知られる。自ら戦術を授ける代わりに、選手たちの意思に委ねたのである。チームミーティングでは、アシスタントマネージャーのポール・クレメントがホワイトボードの脇に立ち、選手から出てくる意見を書き記していった。これが結果的には、そのままチーム全体への指示になった。

監督就任1年目、カルロ・アンチェロッティが大きな成功を手にしたことは指摘するまでもない。ところが2009/10シーズンの内容は、翌2010/11シーズンにまで微妙に影を落としていく。

2010年8月14日、チェルシーは開幕戦において、ロベルト・ディ・マッテオ率いるウェスト・ブロムウィッチ・アルビオンと対戦。6-0で完勝を収め、幸先の良いスタートを切る。

ところが試合終了後に待ち構えていたのは、予想外の出来事だった。アンチェロッティはアブラモヴィッチの邸宅に呼び出されて、チームのパフォーマンスが上がらない理由を説明しろと、怒鳴りつけられたのである。

アブラモヴィッチが取った行動は、明らかに理不尽だった。とはいえプレーの内容がそれほどよくなかったのも事実である。たとえばBBCのマッチレポートは、試合を次のように評している。「チェルシーは完調から程遠かった。形式的なプレーにしばらく終始した後、突然、テンポを上げていくような場面がしばしば見られた」

サッカーの試合では、プレーが精彩を欠いていても大勝するケースがしばしばある。2010/11シーズンの開幕戦は典型的な例だったし、似たような現象は二冠に輝いた前シーズンの大詰め、チェルシーが大勝を収めた3連戦でも見られた。最終節のウィガン戦では特に顕著になっている。アブラモヴィッチは、これを問題視したのだった。

アブラモヴィッチはチームのプレースタイルについて、いまだに不満を持っていた。当時のチェルシーは組織的なコンビプレーを展開するというよりも、選手個々の突破力に頼る場面のほうが圧倒的に多かったからである。この傾向はドログバが出場した試合では、なおさら強くなった。

その意味でチェルシーは、真の意味で生まれ変わっていなかった。言葉を換えれば、アンチェロッティはアブラモヴィッチが必死に探し求めていた、新たなサッカーのアイデンティティを確立できずにいたのである。

事実、アンチェロッティは2シーズン目を終えた時点で解雇されることになった。プレミアリーグでは2位につけたにもかかわらずである。普通に考えれば十二分に評価に値する成績を残したが結局、彼もアブラモヴィッチを満足させることはできなかった。

■ブリテン島にやってきた、2人目のイタリア人

チェルシーがアンチェロッティを監督に起用した6ヶ月後、マンチェスター・シティはシーズン半ばに、やはりイタリア人指導者をチームに迎える。それがロベルト・マンチーニだった。

もともとマンチーニとアンチェロッティは、ともにイタリア代表でプレーした間柄だったし、指導者に転身してからもACミラン対インテル・ミラノのダービーマッチなどを通して、親密な関係を保っていた。

だが監督としてのタイプはかなり異なっていた。アンチェロッティはマン・マネージメントの達人であり、常にくつろいだ雰囲気を醸し出す人物だった。これに対してマンチーニは、短気な性格の持ち主と知られていた。シティの監督時代に2人の花形ストライカー、カルロス・テベスやマリオ・バロテッリと衝

突したことなどは、彼の気質をよく表している。

ただしマンチーニは別の顔も持っていた。イングランドのサッカーを、こよなく愛していたのである。現にマンチーニは２００９年のクリスマス直前、シティの監督就任が正式に発表される以前から、イングランドのゲームに対する思い入れを熱っぽく語っていた。さらに２０００／０１シーズンには、ラツィオのコーチングスタッフに加わっていたにもかかわらず37歳で現役に復帰し、ピーター・テイラーが率いていたレスター・シティで4試合だけ出場したこともある。これもサッカーの母国に対する愛情を抱いていればこそだった。当然、マンチーニは指導者に転身してからも、プレミアリーグで指揮を執ることを夢見続けた。２００８年、インテルの監督を解任された際には1年間休養を取り、英語の学習とプレミアリーグのサッカー観戦に費やしている。

この間、彼はありとあらゆるクラブから魅力的なオファーを受けることになる。監督就任が噂されたクラブの中には、もちろんチェルシーも含まれていた。

だがアブラモヴィッチは、同じイタリア人指導者でもアンチェロッティを選んだため、マンチーニはしばらく待つことを余儀なくされる。

そこで声をかけてきたのが、マーク・ヒューズを解任したマンチェスター・シティだった。こうしてマンチーニは、プレミアリーグのクラブを率いるという夢をついに実現することができた。

当時のシティは、様々な意味で注目を集めていた。

まず２００７年には、タイの元首相であるタクシン・シナワトラがオーナーに収まり、翌年にはアブダビの王族シェイク・マンスールの手に渡るなど、2年連続で大掛かりな買収を経ていた。両者はともに大量の補強資金を投じたが、より長期的な野望を抱いていたのはマンスールのほうだった。

ただしマンチーニが監督に就任した頃のシティは、プレミアリーグで中位に位置する「並」クラスのクラブでもなければ、タイトルを狙えるほどの強豪でもないという中途半端な存在になっていた。

これはチームの陣容からもうかがえる。マンチーニは２００９年のボクシング・デイに初めて指揮を執ったが、フォワードにはロビーニョとカルロス・テベスを擁しているものの、中盤にはスティーヴン・アイルランドやマルティン・ペトロフのような、一流とは言いがたい選手が名を連ねていた。

その意味でマンチーニが置かれていた状況は、アンチェロッティとかなり異なっている。アンチェロッティにはすぐさま結果を出しつつ、新たなサッカーの哲学を植え付けることが求められた。これに対してマンチーニは、時間をかけて新たな選手を揃えながら、シティを真剣にタイトルが狙えるようなチームに変貌させていくことが課せられていたのである。

アンチェロッティとマンチーニは、実際のチーム強化においても異なるアプローチを採った。アンチェロッティがポゼッションをベースにした、魅力的なサッカーを公約に掲げたのに対して、マンチーニは恥じらうことなく守備の強化に重点を置いている。事実、トレーニングではフォーバックを構成する選手をたっぷり時間をかけて指導する傍ら、守備的ミッドフィルダーを３人も配置し、ディフェンスラインをガードさせることもしばしばおこなっている。

これを実現すべく、マンチーニは古巣のインテル・ミラノから、パトリック・ヴィエラを獲得。運動量が落ちていたヴィエラをサポートすべく、中盤の抑え役を両脇に起用する工夫も凝らしている。強烈なタックルが特徴のナイジェル・デ・ヨングと、ずば抜けた安定感を誇るギャレス・バリーである。

結果、当時のシティは大一番になればなるほど、スコアレスドローを演じる傾向が強くなっていった。

事実、マンチーニがシーズン途中から指揮を執った1年目、シティはホームのリヴァプール戦とアウェーのアーセナル戦でも、それぞれ０‐０で引き分けている。

監督就任からの約1年間にまで枠を広げれば、引き分けはさらに4試合増える。２０１１年の1月初旬を迎える頃にはトッテナム、マンチェスター・ユナイテッド、バーミンガム、そして再びアーセナルともスコアレスドローを記録していた。とりわけアウェーでおこなわれたアーセナル戦では、枠内シュートゼロという、きわめて守備的な戦い方をしている。

ここで注目すべきは、マンチーニがそのような結果に100%満足しているような印象をしばしば与えたことだった。

たとえばバーミンガムをホームに迎えた一戦では、残り10分となったところで奇怪な選手交代をおこない、ファンを仰天させる場面も見られた。

通常ならば、ホームゲームでスコアが0-0のままだった場合、監督は是が非でも点を取りに行こうとする。ましてやバーミンガムは、最終的にプレミアリーグから降格するような格下のチームである。ところがマンチーニは、フォワードのテベスに代えて中盤にバリーを起用し、そのまま無得点で試合を終えている。この時点でのマンチーニは、ともすれば守備ばかりを重視するという、イタリア人監督のパロディの如き存在になっていた。

■地元のライバルにかき消された、歴史的快挙

だが2010/11シーズンに向けて、チームの状況は改善されていく。

まず敵のディフェンスラインと、中盤のラインの間でチャンスを作り出せるダビド・シルバがバレンシアから引き抜かれ、インテルからは予測不可能なプレーでゴールを脅かすことができる、バロテッリも招かれた。さらにはバルセロナから、ヤヤ・トゥーレも獲得されている。

ちなみにマンチーニはトゥーレを中盤の最前線で起用するが、これもまた守備的な手法だと受け止めら

れてしまう。当時のトゥーレは、守備的ミッドフィルダーと見なされていたためである。

ただし、この解釈はあながち間違っていなかった。

たしかにシティは徐々に攻撃色を強めていた。現にシルバはピッチの中央を自由に動き回っていたし、テベスも深い位置まで下がってチャンスメイクをし続けていた。またマンチーニはボールを支配しながら、ゲームをコントロールするサッカーを目指すようになった。

だがチーム全体としては、相手の守備陣を積極的に突破しているようなプレーをほとんど展開しなかったからである。事実、2010／11シーズンのシティは、チェルシーとともにプレミアリーグでもっとも失点の少ないチームとなっていく。

ところがシーズン終盤の4月16日、ウェンブリーでおこなわれたFAカップの準決勝では、マンチェスター・ユナイテッド相手に記念すべき勝利を飾る。アグレッシブでパワフル、そしてテンポの速いサッカーを展開し、地元のライバルに1‐0で競り勝ったのである。

ちなみにトゥーレはバロテッリと組んで攻撃を展開し、両軍通じて唯一の得点をあげている。これはまさにマンチーニの戦術的な選手起用がもたらしたゴールだった。トゥーレはユナイテッドのミッドフィルダー、マイケル・キャリックがポール・スコールズに漫然と出した横パスをインターセプトすると、一気にゴール前に迫ってコーナーにシュートを流し込んだ。

トゥーレはストーク・シティとのFAカップ決勝でも貴重なゴールを決めて、1‐0の勝利をもたらしている。ストーク側はロングボールを放り込み、シティのプレッシングをかいくぐろうとしたが、トゥーレはゴール前の混戦に乗じて走り込み、強烈なシュートを叩き込んでいる。こうして再び、相手を力でねじ伏せたのだった。

かくしてマンチーニは監督就任2年目にしてFAカップを制し、シティに初のタイトルを手にする。さらに述べれば、これはクラブが新たなオーナーに買収されてから初めて手にした栄冠ともなった。

ところが、同じ日にマンチェスター・ユナイテッドがプレミアリーグ優勝を決めたため、約40年ぶりの快挙は影が薄くなってしまう。シティは昔から、なぜかユナイテッドの引き立て役に回るケースが多かった。この日も同じシナリオが再現されたのである。

■テベスという不穏分子

監督就任3年目の2011/12シーズン、マンチーニは否が応でも攻撃的なサッカーを展開しなければならない状況に追い込まれていた。

1月の冬の移籍市場ではエディン・ジェコが加入。ジェコは半年間かけてプレミアリーグのテンポの速いサッカーに順応し、絶好調でシーズンをスタートしていた。逆にテベスとバロテッリが控えに回るケースが増えていったが、攻撃陣ではアーセナルから加入したサミ・ナスリが、チームのボールキープ力を向上させている。

だがもっとも重要なのは、セルヒオ・アグエロがアトレティコ・マドリーから移籍し、フォワードでプレーするようになったことだった。もともとアグエロは、ジェコやバロテッリのような9番（センターフォワード）の背後でプレーするのを好む。だがシティでは敵の中盤と守備陣の間を自由に動き回るというよりも、ディフェンダーの背後を常に狙い続けた。

こうしてシティは、今やプレミアリーグで、もっとも充実した攻撃のオプションを誇るまでになった。戦術的には4-4-2に近い形で戦うケースがしばしばあったものの、シルバとナスリはインサイドで動き回ったため、チーム全体としては強固な守備を誇りながら、非常にクリエイティブなプレーを展開することが可能になっていた。

一方、中盤ではトゥーレが攻撃的なプレーに磨きをかけてさらに成長していく。トゥーレは守備的ミッドフィルダーのギャレス・バリーと組みながら、チャンスが来たと見るやいなや、一気に前線に駆け上がって攻撃に参加する。マンチーニは大一番になると、デ・ヨンクを起用して後方の守備を固めたため、トゥーレはより高いポジションでプレーすることが可能になった。さらに中盤ではワイドに張ったミルナーが、チーム全体のバランスを巧みに取るようになる。

まずは守備を固め、ワイドに開いた選手を内側に絞らせることでピッチ中央のエリアを圧倒する。そして前線では、才気溢れる選手たちが攻撃を展開していく。このようなアプローチは、アンチェロッティがチェルシーで採ったアプローチに一脈通じていた。そもそもイタリアの指導者たちが、純粋なウインガーを信頼して重用するケースはほとんどなかった。

ただしマンチーニとアンチェロッティには、別の共通点もあった。どちらも攻撃陣の理想的な組み合わせを、把握しきれていなかったのである。

事実、マンチーニは、ジェコとアグエロをセンターフォワードに固定しようとしなかった。2人がすばらしいコンビネーションを誇っていたことを考えれば、これは驚くべきことだった。

ましてやジェコは2011／12シーズン、最初の3試合で6点を記録している。5‐1でトッテナムに勝利した試合では、1人で4ゴールを叩き出していた。同じ日、マンチェスター・ユナイテッドはアーセナルを8‐2で粉砕し、やはり破壊力を見せつけている。プレミアリーグのタイトル争いが、屈指の攻撃力を誇るマンチェスターの2チーム、シティとユナイテッドの一騎打ちになることは、すでにこの時点で明らかだった。

ところがジェコは、不動のレギュラーとして起用されなかった。シーズンを通してチームに帯同し、好調を維持し続けたにもかかわらず、「プランB」と見なされて、わずか16試合に先発したに留まっている。代わりに多くのチャンスを与えられたのは、シーズン中に、チームから姿を消すことになるテベスであり、性格にムラ気があり好不調の波もきわめて大きいバロテッリだった。

もともとテベスはバイエルン・ミュンヘンに0‐2で敗れたチャンピオンズリーグの試合で、マンチーニと衝突していた。テベスがウォームアップを拒否したため、激しい口論に発展していたのである。

この際、マンチーニはテベスに対して「アルゼンチンに帰れ」と怒鳴ったとされるが、テベスはその「指示」を忠実に守ってしまう。しばらくの間、母国でゴルフに明け暮れ、チームに数ヶ月間、復帰しなかった。

■「なんでいつも俺なんだ？」

一方、マンチーニはインテルの監督時代と同じように、バロテッリに全幅の信頼を寄せ続けた。たしかに、このような姿勢が報われたケースもなかったわけではない。象徴的なのは2011年10月、オールド・トラフォードでマンチェスター・ユナイテッドを6‐1で降した際のエピソードである。

例によってバロテッリは、プロ意識に欠けた態度でこの試合に臨んでいる。土曜日の早朝には自宅が「大火事」に襲われ、命からがら逃れる羽目になっている。出火の原因となったのは、友人とともに浴室の窓からロケット花火を打ち上げようとしたことだった。

子供じみた行動が予想どおりの結果を招いたわけだが、バロテッリは何食わぬ顔でトレーニングに参加し、翌日のマンチェスター・ダービーにも出場。ミルナーのグラウンダーのクロスを正確に捉え、大量得点の口火を切っている。

しかもバロテッリは、先制点を決めた直後に後ろを振り向くとユニフォームをめくり上げ、中に着ていた別のシャツをテレビカメラに披露するという、おかしなパフォーマンスまでやってのけた。

そこにプリントされていたのは、「なんでいつも俺なんだ？」という文字だった。それまでバロテッリはゴールを決めても嬉しそうな顔一つしなかったが、まず火事を起こして新聞の見出しを飾ったのに続き、再びファンの爆笑を誘ったのである。

ちなみに試合から程なくして、バロテッリは「ガイ・フォークス・ナイト（11月5日に英国でおこなわれる風習。子供たちが花火や焚き火を楽しむイベント）」に向けた親善大使に任命されている。彼が与えられたのは、安全な花火の利用を呼びかける役回りだった。本人曰く。「花火は正しく使わないととても危ないからね。みんな使用方法に従わないと」

バロテッリはイングランドのサッカー界で、もっとも憎めないキャラクターを持つ人物の1人だった。現に花火事件以外にも、おかしな話題を何度となく振りまいている。たとえば練習用のビブスをなぜか正しく着ることができない、親善試合でゴールキーパーと1対1になった際に、バックヒールでシュートを決めようとしてベンチに下げられたといったことなどはすでに報じられていたし、母国のイタリアで、女性の刑務所を覗き込もうとして逮捕されたこともあった。

だが少なくともピッチ上では、相手を圧倒するような効率的なプレーを時々披露できる選手でもあった。その真骨頂がマンチェスター・ダービーにおけるパフォーマンスだった。

ユナイテッドのセンターバック、ジョニー・エヴァンスはバロテッリのスピードに手を焼いていたが、後半開始早々には相手を手で引きずり倒し、レッドカードを受けてしまう。すると60分、バロテッリは10人になったユナイテッドに対して、再びミルナーのアシストからゴールを奪い、リードを2－0に広げている。これにアグエロが続き、スコアは3－0となった。

戦術的に見た場合、シティではシルバとミルナーの動きが鍵を握っていた。2人はピッチを横切りながら、ペナルティエリアの周辺で数的優位を確保。さらにワンツーパスを交換しながら、マイナスのパスをゴール前に出してチャンスを狙い続けた。当時のシティでは、選手の間に有機的なコンビネーションプレーが生まれにくかったが、シルバとミルナーは常に阿吽の呼吸でプレーし続けていた。

試合は時間の経過とともに、ますますシティの側に傾いていく。

たしかにユナイテッド側も反撃を試みた。残り10分でダレン・フレッチャーがカーブのかかった見事なシュートを決めると、奇跡の逆転劇を再現すべく前掛かりになって攻め始める。

ところがシティは相手の守備陣が手薄になった隙を突き、89分にはジェコ、91分にはシルバのゴールで逆に相手を突き放していく。そして最後にはシルバが自陣でトラップしたボールをボレーし、そのままジェコにラストパスを出すという曲芸を披露。ジェコは2人のディフェンダーを振り切って、難なくシュートをゴール左隅に決めている。

こうしてマンチェスター・ダービーは、シティが6－1で勝利を収めるという衝撃的な結果に終わる。

「こんな大差で負けたのは、自分のキャリアで初めてだ」。ショックを受けたファーガソンは、試合後にこう述べた。たしかに6－1というスコア自体は、試合の内容を正確に反映していたわけではない。だがシティは歴史的な勝利を飾るとともに、2位につけていたユナイテッドとの勝ち点差を5に広げている。さらには戦術的にも地元のライバルを圧倒したのだった。

■マンチェスター勢の一騎打ちとなった優勝争い

シティは2011／12シーズンの大部分、プレミアリーグで首位に立ち続けたが、3月から4月にかけて突如調子を落とし、5試合で1勝しかできない状況に陥ってしまう。これで首位に浮上したのがユナイテッドだった。

ところがユナイテッドも格下相手によもやの試合を演じて、シティに付き合ってしまう。まずウィガンに0-1で敗北したばかりか、エヴァートン戦では残り7分の時点で4-2とリードしていたにもかかわらず、土壇場で4-4の引き分けに持ち込まれた。

残り3節となった時点では、ユナイテッドは3ポイント差でシティをリードしていたが、逆に得失点差ではシティが明らかに有利に立っていた。このような状況で迎えたのがエティハド・スタジアムでおこなわれた一戦、シーズン二度目のマンチェスター・ダービーだった。

シティがタイトル争いの流れを引き寄せるには勝利が必要だったが、ユナイテッドは引き分け狙いでも十分だった。

事実上の優勝決定戦は、両チームの立場をそのまま反映した展開になる。ユナイテッドは大一番で、驚くほど消極的なサッカーを展開したのである。

ところがファーガソンの采配は裏目に出た。朴智星はトゥーレを封じ込めるために中央で起用されたが、プレーに精彩を欠いてしまう。キャリックとスコールズも、ナスリとシルバに背後に侵入を許す。シティがピッチ中央のエリアを圧倒していく際には、アグエロとテベスも貢献している。テベスはマンチーニと和解し、突然、練習に顔を出すようになっていた。

一方、左サイドに起用されたライアン・ギグスは、内側に絞り込むようなポジション取りをしていたため、シティの右サイドバックであるパブロ・サバレタにスペースを突かれた。

このような状況の中、ユナイテッドは前半のアディショナルタイムについにゴールを割られる。ナスリが右サイドから上げたコーナーを、ヴァンサン・コンパニにヘディングで決められたのだった。

Mancini's Man City title winners 2011/12

マンチェスター・シティ ◉ 2011/12 シーズン

マンチーニの下、プレミアリーグ初優勝を果たしたシーズンの主なメンバー。基本的な布陣は4－4－2だが、両サイドに配置したシルバとナスリ、あるいはミルナーが内側に流れてくることによりチャンスを作り出していた。ヤヤ・トゥーレが前方に上がり、攻撃の起点になるケースもあった

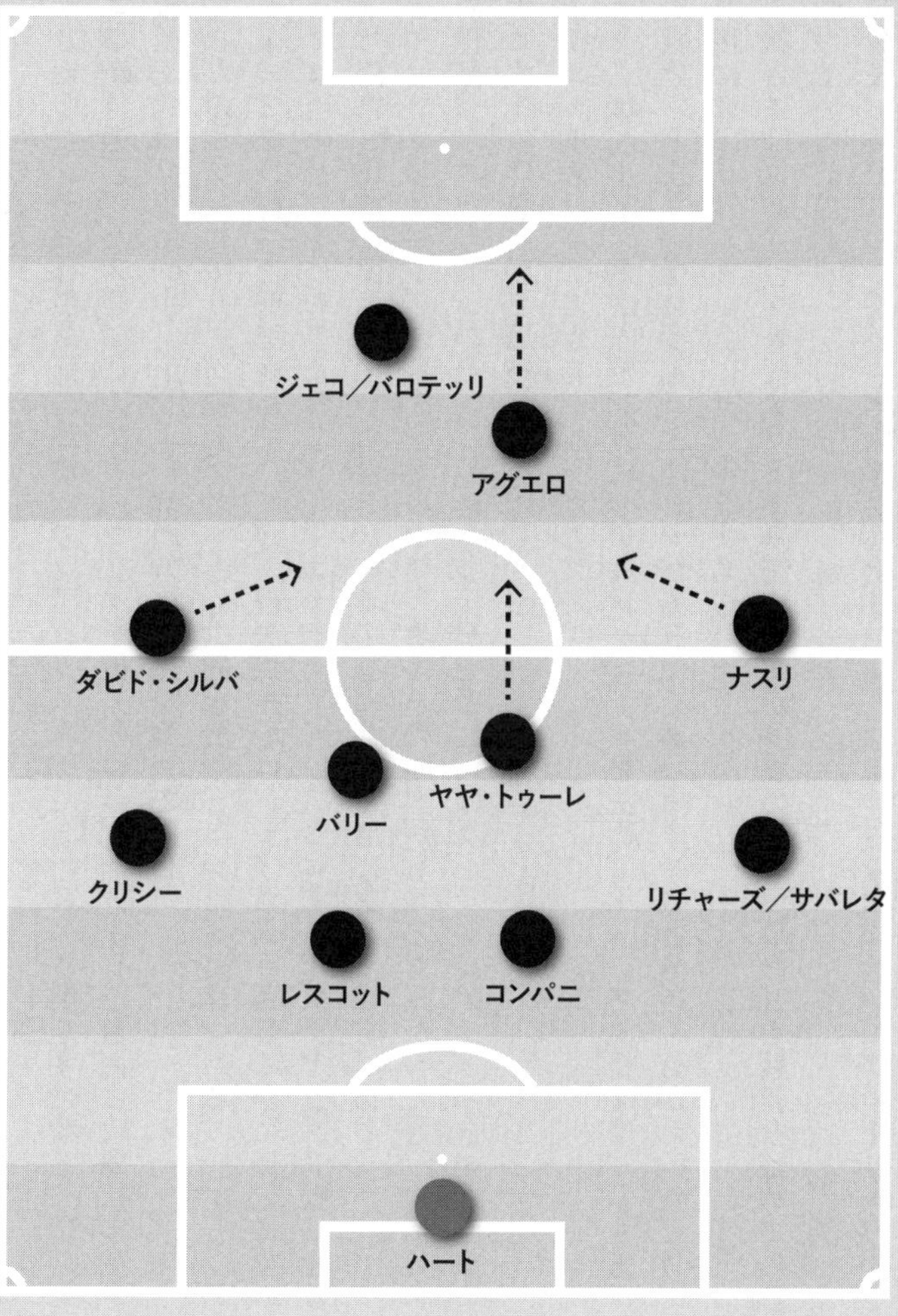

そして試合はこのまま終了。スコアだけを見ればユナイテッドが0‐1で惜敗した形になるが、プレーの内容は前回、1‐6で敗れた時よりもはるかに悪かった。

これで息を吹き返したシティは最終節の前節、ニューカッスル戦で2‐0の勝利を手にする。驚いたことにマンチーニは60分過ぎ、ナスリに代えてデ・ヨングを投入しつつ、トゥーレを自由に攻撃に参加させている。この戦術交代は見事に的中。トゥーレは両方の得点を奪ってみせた。

そして巡ってきたのがプレミアリーグ史上、もっとも劇的な展開となった最終節である。

マンチェスターの2強は勝ち点86で並んでいたが、得失点差ではシティのほうがはるかに優位に立っていた。またシティは組み合わせにも恵まれていた。ユナイテッドはアウェーのサンダーランド戦に臨むのに対し、シティは降格の危機に直面していたQPRをホームに迎える形になったからである。

もともとシティはプレミアリーグの各クラブの中で、ホームの勝率がもっとも良かったし、逆にQPRはアウェーでの勝率がもっとも低かった。このような状況を考えれば、シティがエティハド・スタジアムで楽に勝利を手にするのは必然かと思われた。

ところが両チームの明暗は、ここから二転三転していく。

まずユナイテッドは、ルーニーが開始20分にヘディングゴールを決め、1‐0で試合をリードする。対するシティは緊張感のあまり完全に萎縮。サバレタが先制点をあげるまでに45分近くもかかっただけでなく、後半開始直後にはジブリル・シセに同点弾を決められた。

たしかにこの試合にはシティのプレミアリーグ初制覇がかかっていたが、QPRも残留を諦めておらず、必死になって戦っていたのである。

だが、その数分後、QPRに予想外の出来事が起きる。よりによってキャプテンのジョーイ・バートンがテベスに肘打ちを食らわせ、退場処分を受けたのだった。しかも素行の悪さで知られるバートンは、ピッチを去る際にアグエロを蹴り、コンパニには頭突きまで見舞っている。

この瞬間、ＱＰＲの命運は尽きたかに思われた。シティ相手に残り35分間を10人で戦うというのは荷が重過ぎたし、1点でも奪われれば降格が決まるのは目に見えていた。

しかしバートンの退場から10分後、試合は思いもかけぬ展開を見せる。ＱＰＲのショーン・ライト・フィリップスが、カウンターアタックからタッチライン沿いを疾走。左サイドからクロスを上げると、ジェイミー・マッキーがタイミングを合わせてヘディングシュートを放ち、スコアを2‐1としたのである。

逆にシティは一気に窮地に追い込まれた。勝利をつかんで初優勝をものにするには、25分間で2ゴールを決めなければならなくなった。

シティの選手たちがパニックに陥る中、マンチーニはすかさず手を打つ。

まずバリーに代えてジェコを投入し、テベスの代わりにバロテッリをピッチに送り出した。

バロテッリは1ヶ月前のアーセナル戦で、2枚のイエローカードを受けて退場処分になっていた。以降、マンチーニはバロテッリを二度と起用しないと公言していたが、是が非でも点を取りにいくために、自ら禁を解いていく形になった。

試合は90分を終えて、アディショナルタイムに突入する。

この時点でもシティは1‐2でＱＰＲを追っていたが、ユナイテッドはサンダーランドで1‐0の勝利を確定。自分たちの仕事を終えた選手たちは、タイトル獲得の望みをＱＰＲに託しながら、優勝を祝う瞬間が来るのを今か今かと待ち続けていた。

■優勝争いを左右した、ボルトン・ワンダラーズ

だがここで、両チームの優勝争いに決定的な影響を及ぼすもう1つの出来事が起きる。その場所はシティのスタジアムでもなければ、サンダーランドでもなかった。ストークのブリタニア・スタジアムである。最終節、ブリタニア・スタジアムにはボルトン・ワンダラーズが乗り込んできていた。当時、ボルトンはQPRとともに残留争いを繰り広げており、ストークに勝つことが必須条件となっていた。

ボルトンは終盤まで2－1で試合をリードしていたが、かつてボルトンに所属していたジョン・ウォルターズに、この試合二度目となるゴールを決められて、同点に追い付かれてしまう。

このゴールはユナイテッドとシティの優勝争いに、きわめて大きな影響を及ぼすこととなる。土壇場で同点に追い付かれたボルトンは降格が決定。その一報を耳にしたQPRのコーチングスタッフは、「大丈夫だ！　俺たちは大丈夫だ！」と、シティ戦に臨んでいた選手に向かって叫んだのである。

むろん、この報告がどこまでプレーに影響を及ぼしたのかを検証するのは不可能に近い。だがQPR側の集中力が一瞬、途切れたのは明らかだった。

逆に2点を是が非でも奪わなければならないシティは、凄まじいまでの集中力で波状攻撃を続けていく。ちなみにシティ側は44本ものシュートを放ち、プレミアリーグの最多シュート記録を作ったが、43本目のシュートと44本目のシュートを決め、ついに逆転に成功する。

まずシルバのコーナーキックを、スーパーサブのジェコがパワフルなヘディングで叩き込む。試合が再開されると、シティはほとんど間髪おかずに二度目の攻撃を展開し始める。コンパニが自らボールを持って上がり、アグエロにパスを供給。アグエロはペナルティアークにいたバロテッリにボールを預け、ゴールに向かって走り出す。

バロテッリはボールをキープした後、倒れ込みながら冷静にアグエロにパスを折り返す。これを受けたアグエロはボールを前に運んで相手をかわすと、ファー側のゴール隅に落ち着いて勝ち越しゴールを決めたのだった。バロテッリにとっては、これがプレミアリーグで記録した最初にして最後のアシストにもなった。ゴールが決まった瞬間、エティハド・スタジアム全体が熱狂の渦に包まれたことは指摘するまでもない。シティは悲願のプレミアリーグ制覇を果たしたからである。

スタジアム全体が沸き立ったというのは誇張ではない。ボルトンが敗れたことで、プレミアリーグ残留を決めていたQPRのサポーターたちも、シティのサポーターと一緒にアグエロのゴールを祝ったからである。

この試合はシティにとって特別なものになっただけでなく、20年目の節目を迎えたプレミアリーグ自体にとっても歴史的なものになった。リーグ最終節、しかもアディショナルタイムに大逆転劇が演じられて優勝チームが決定する。このような展開はプレミアリーグ史上、かつて存在しなかった。

シティの優勝は、ユナイテッドとの因縁めいたライバル関係を考える上でも興味深いものとなった。両チームは勝ち点で並んだが、最終的には得失点差で12点上回ったシティが悲願を達成していた。よくよく考えてみればわかるように、12点という得失点差の違いは、まさに二度のマンチェスター・ダービーによってもたらされたものなのである。1戦目を6-1、2戦目は1-0で勝利したシティは、直接対決を通じて6ゴール分得点を積み重ねている。これに対してユナイテッドは、失点が6増える形になった。

ところがマンチーニは、まさにアンチェロッティと同じ運命をたどる。プレミアリーグを見事に制し、翌シーズンは2位に輝いたにもかかわらず解任されてしまうのである。

ならばマンチーニが首を切られたのも、やはり明確なサッカーのアイデンティティを打ち出せなかったことが原因なのだろうか？　その可能性はきわめて高い。

シティ側はマンチーニの解任を発表した際に、期待された目標を達成できなかったこととともに、次のような理由をあげているからである
「クラブのサッカーを総合的に発展させていくという確固たるニーズに基づき、新しい監督を探すことが決定された」

■ 3人目のイタリア人が成し遂げた、悲願達成

この2011／12シーズンには、もう1人のイタリア人監督も成功を手にしている。その過程は、マンチーニがシティを優勝に導いたプロセスに負けず劣らずドラマチックだった。

2012年4月、チェルシーのオーナーであるアブラモヴィッチは、アンチェロッティの後任になっていたアンドレ・ビラス＝ボアスを解任する。

若きビラス＝ボアスは非常に明確なサッカー哲学を掲げたが、選手たちに受け入れられなかったためである。

結果、アシスタントのロベルト・ディ・マッテオが代行を務めることになる。ディ・マッテオは現役時代、チェルシーにおいてミッドフィルダーとしてプレーした人物であり、監督に転身してからはウェスト・ブロムウィッチ・アルビオンをプレミアリーグに昇格させた実績を持っていた。

ちなみにディ・マッテオは、守備を強化できないという理由でウェスト・ブロムの監督を解雇され、古巣のコーチングスタッフに名を連ねていた。ところが代行監督に就任すると、逆にチェルシーをずば抜けて守備の固いチームへと変貌させ、最後は誰もが予想だにしなかったチャンピオンズリーグ優勝へと導いていくのである。

決勝トーナメントの1回戦ではナポリに初戦で1‐3と敗れ、2ゴール差を追いかける形になったが、第2戦では合計スコア5‐4で逆転勝ちを収める。準々決勝ではベンフィカに2連勝して難なく準決勝に進出。ペップ・グアルディオラ率いるバルセロナ相手に、凄まじい2連戦を繰り広げていくことになる。

当時のバルセロナはサッカー界のタイトルを総なめにしており、前年にはマンチェスター・ユナイテッドを破ってチャンピオンズリーグも制していた。2011／12シーズンも、優勝候補の筆頭にあげられていたことは言うまでもない。

事実、スタンフォード・ブリッジでおこなわれたファーストレグでは、圧巻のプレーを披露している。だがチェルシーは十八番のカウンターアタックを展開し、前半終了直前にゴールを奪ってみせた。

まずフランク・ランパードが、センターラインの手前から対角線上にロングパスを供給。運動量の豊富なラミレスはボールに追い付くと、倒れ込みながらグラウンダーのクロスを入れ、ドログバのゴールをお膳立てしている。

ランパード、ジョン・オビ・ミケル、そしてラウル・メイレレスという3人のミッドフィルダーのすばらしいポジショニングにも助けられ、チェルシーは初戦を1‐0でものにすることができた。

カンプ・ノウでおこなわれたセカンドレグは、さらに信じられないような展開になる。

逆転勝利を狙うバルセロナは、セルジオ・ブスケツとアンドレア・イニエスタのゴールで2‐0とリードする。片やチェルシーは、キャプテンのジョン・テリーがアレクシス・サンチェスに不要なファウルを見舞い、退場処分となってしまう。かくしてチェルシーは欧州王者のバルセロナ相手に、10人で2点差を追いかける形になった。

ところがこのような状況の中、チェルシーはまたしてもハーフタイムの直前に、きわめて貴重なゴールを奪う。

ここでも起点になったのは、ランパードからラミレスへの長いパスだった。だがランパードは今回、グラウンダーのスルーパスを提供。ラミレスはドログバを探す代わりに、そのままふわりとボールを浮かせてキーパーを抜くという、似つかわしくない洗練されたゴールを決めている。

チェルシーはアウェーゴールの差でバルセロナを一歩リードしたが、その後も苦しい戦いを強いられた。テリーが退場したばかりか、ギャリー・ケーヒルも負傷のために早々とベンチに下がったからである。これを受けてディ・マッテオは、ブラニスラヴ・イヴァノヴィッチとジョゼ・ボシングワに急造のセンターバックコンビを組ませ、ラミレスを右サイドバックに配置している。またドログバはセンターフォワードのポジションを離れ、ほとんどの時間帯を左サイドでプレーする形になった。

10人になったチェルシーは防戦一方になったが、ピッチ中央に選手を集めつつ極端に深く守らせることによって、バルセロナの攻撃を見事なまでにしのいでいく。さらにはリオネル・メッシがPKを枠に当てるという幸運にも助けられた。

このような状況の中、千載一遇のチャンスが訪れる。自陣のゴール前からクリアされたボールが、ドログバに代わって出場したフェルナンド・トーレスに渡ったのである。トーレスは奇妙なほど鳴りを潜めていたが、カウンターからのゴールを軽やかに決めてチームを2‐2の同点に導く。こうしてチェルシーは1勝1分けの成績でバルセロナに土をつけ、バイエルンとの決戦に臨むことになった。

■欧州制覇の後に待ち構えていたシナリオ

このバルセロナ戦以上に驚異的なのは、チェルシーが決勝でもきわめて似たようなシナリオを再現してみせたことだった。

ちなみに決勝は、実質的にアウェーゲームのような環境の中でおこなわれている。試合会場はバイエルンのホーム、アリアンツ・アレナだったからである。

さらにバイエルンは地の利に加えて、試合内容でも相手を圧倒。逆にチェルシーの選手たちは、バルセロナ戦と同様に自陣のゴール前まで追い詰められ、防戦一方に回っていく。しかも83分には、トーマス・ミュラーについにゴールをこじ開けられた。

試合の内容と残り時間を考えれば、バイエルンの優勝はほぼ確実かに思われた。

ところがわずか5分後の88分、大舞台での勝負強さにかけてはずば抜けていたドログバが、右からのコーナーキックをニアポストにヘディングで叩き込み、試合の流れを引き戻す。ちなみにチェルシーの選手が枠内シュートを放ったのは、これが初めてだった。

延長戦の30分間はさらに一方的な展開になるが、チェルシーの選手たちは猛攻を食い止め続ける。この間には準決勝のバルセロナ戦と同じように、PKからの失点を首の皮一枚残して逃れる場面もあった。93分、かつてチェルシーでプレーしたアリエン・ロッベンがPKを放つが、ペトル・ツェフはぎりぎりのところでセービングしている。

かくして決勝はPK戦にまでもつれ込む。

チャンピオンズリーグ決勝におけるPK戦は、チェルシーにとって苦い思い出となっていたが、今回は雪辱を果たしている。最後はドログバがきっちりシュートを決め、悲願のヨーロッパ制覇を成し遂げた。

1999年にマンチェスター・ユナイテッドが演じた、アディショナルタイムでの大逆転。2005年にリヴァプールが達成した「イスタンブールの奇跡」。これらのケースと同じように、2012年のチェルシー優勝も、まさに現実離れしたものだった。現にチェルシーはシュート数だけをとっても9本対35本と圧倒されていたし、同点に持ち込んで最終的に勝利をもぎ取るなど、およそ考えられなかった。

プレミアリーグのクラブが成し遂げたこれら三度の優勝は、イングランドサッカーにまつわる古典的なステレオタイプを改めて印象づけるものとなった。テクニックや戦術では劣っていても、ハングリー精神と勝負にかける思い、そして不屈の精神力だけは人一倍勝っているというものである。

ちなみにチェルシーは２００５年のリヴァプールと同じように、プレミアリーグにおいては4強から脱落し、翌シーズンのチャンピオンズリーグの出場権を取り損ねている。だが優勝を果たしたということで、予選からの参加が認められるようになった。

ところがアンチェロッティやマンチーニとともに、ディ・マッテオの政権も短命に終わってしまう。悲願のチャンピオンズリーグ制覇を実現し、その直前にはＦＡカップ優勝も果たしていたにもかかわらず、ディ・マッテオは6ヶ月後、あえなく首を切られてしまう。11月20日、チャンピオンズリーグの試合でユヴェントスに０‐３と敗れ、グループリーグ突破が危うくなったというのが理由だった。

「チームの最近のパフォーマンスと試合結果は、満足できるものではない。オーナーと取締役会は、クラブを正しい方向に導き続けるために、変化が必要だと感じるに至った」。チェルシー側の声明には、このようにある。

だがディ・マッテオは、より攻撃的なプレースタイルの実現に取り組んでいる最中だった。前線にはフアン・マタが名を連ねていたが、これにエデン・アザールやオスカルを加え、アブラモヴィッチ時代のチェルシーにおいて、もっともテクニカルなサッカーをするチームを作り上げようとしていた。

またプレミアリーグでは首位のマンチェスター・シティを4ポイント差で追走しており、数日後にはホームで直接対決に臨むはずだった。

たしかにアブラモヴィッチ時代のチェルシーでは、理不尽な形で解任された監督が少なくない。だが短期間で期待をはるかに上回る結果を残したことを考えた場合、ディ・マッテオの解雇はもっとも疑問の残るものだった。

■カペッロよ、お前もか

2012年には、別のイタリア人監督がチームを去る場面も見られた。

イングランド代表監督のファビオ・カペッロである。彼はワールドカップ予選では見事な成績を残したが、2010年の本大会では結果を出せていない。その後も監督を続けたものの2月に辞任してしまった。

この辞任劇は、きわめて異様な状況下で起きている。発端となったのはジョン・テリーが、QPRのアントン・ファーディナンドに人種差別的な発言をおこなったことだった。テリーは告訴され、サッカー協会の判断によって代表のキャプテンの座を剥奪されている。カペッロはこれを不服とし、抗議を明らかにするために辞任したのだった。曰く。「サッカー協会が私の仕事に干渉するのは看過できない」

テリーがキャプテンを務めるべきか否かについては、うんざりするような議論が続いたが、カペッロ自身はイングランドサッカーに、ほとんどインパクトを与えられなかった。まずカペッロは、厳格な態度を取り過ぎるということで選手たちから煙たがられていた。それ以上に問題だったのは、カペッロの戦術が驚くほど単純なものだった点である。

イングランド代表はほとんどの場合、選手を杓子定規に横に並べた4-4-2でプレーしたし、カペッロは運動量に乏しいエミール・ヘスキーを、ターゲットマンに起用し続けた。アストン・ヴィラに移籍していたヘスキーは前シーズンのプレミアリーグで、わずか3ゴールしか決めていなかったにもかかわらずである。

その意味でカペッロは、かつてのスヴェン＝ゴラン・エリクソンと同様に、イングランドの伝統的な4

−4−2や、クラシカルなセンターフォワードにこだわった人物だったと言える。イングランド代表を率いた2人の外国人監督はイングランド人指導者よりも、はるかに「イングランド流」に対する思い入れが強かった。

対照的にプレミアリーグで指揮を執った3人のイタリア人、アンチェロッティ、マンチーニ、ディ・マッテオは、2010年から2012年にかけて実力を遺憾なく発揮している。いずれもが解雇の憂き目にあったとはいえ、プレミアリーグを2回、チャンピオンズリーグは1回、FAカップは3年連続で制覇し、イタリアが受け継いできた戦術的なレベルの高さを改めて知らしめている。

ところが不思議なことに、彼らが残したレガシーを見出すのはきわめて難しい。

たとえば1990年代後半、フランス人からやってきたアーセン・ヴェンゲルとジェラール・ウリエは、アーセナルとリヴァプールを率いて、確固たるインパクトを残している。2000年代中盤のジョゼ・モウリーニョとラファエル・ベニテスも然り。イベリア半島からやってきた2人の戦術家は、イングランドサッカーを確実に進化させる一方、守備的なサッカーへの変質をもたらした。

これに倣えば2010年代の序盤とは、イタリアからやってきた指導者たちがイングランドのサッカー界に戦術のイロハを教えた時期に当たる。にもかかわらず彼らの方法論がブリテン島に痕跡を刻むことができなかった背景には、時代の変化も反映されている。

この頃、各チームの関係者は守備を固めてひたすら勝利を狙うスタイルから脱却し、より攻撃的で前向きな印象を与える新たなアイデンティティを確立しようとしていた。その点においてイタリアの仕事師たちは、必ずしも聞こえが良くなかったのである。

事実、プレミアリーグのトップクラブは、ヨーロッパ大陸側の別の地域に目を向けて、戦術のヒントを模索し始めていた。それがスペインだった。

第20章

ティキ・タカ

「ボール支配率で相手を上回れば、試合で勝てるチャンスは79％に増える」（ブレンダン・ロジャーズ）

■サッカー界を席巻した、スペインの2つのチーム

プレミアリーグで起きた顕著な戦術進化は、外国からの影響を受けたものが圧倒的大多数を占める。ただし戦術進化のプロセスは、３つのまったく異なる段階を経てきた。

リーグの草創期において主な要因となっていたのは、外国人選手の加入である。エリック・カントナ、デニス・ベルカンプ、ジャンフランコ・ゾラのような選手の加入はとりわけ大きな影響を及ぼした。

次に変化をもたらしたのは外国人監督の就任である。

アーセン・ヴェンゲル、ジョゼ・モウリーニョ、ラファエル・ベニテスなどは特筆に値するレガシーを残している。骨子となったのはフィジカルコンディションの改善、新たなフォーメーションの採用、相手の戦術にさらにフォーカスしたゲームプランの立案などである。

第三段階では、外国のチームそのものが大きな影響を及ぼした。イングランドサッカーそのものが海外に目を向けた結果、プレミアリーグに所属していないチームが大きな影響を与えるケースが出てきた。

しかも２０００年代末から２０１０年代初めにかけてのサッカー界では、クラブサッカー界に君臨するチームと、各国代表が参加する国際大会を牛耳るチームが、実質的に重なり合うという現象が起きる。

たとえばバルセロナは、２００９年と２０１１年のチャンピオンズリーグを制覇している。それを支え

たのがリオネル・メッシを「偽の9番」に据えた画期的な戦術システムと、徹底的にボール支配率で相手を圧倒しようとするアプローチだった。

しかもメッシ以外のバルセロナの選手たちは、この時期、スペイン代表においても大勢を占めるようになる。そしてEURO2008、2010年ワールドカップ、さらにEURO2012という主要な国際大会を3連覇するという、歴史的な偉業も成し遂げた。

ちなみにこの4年間はペップ・グアルディオラがバルセロナを指揮し、ポゼッションサッカーがかつてないほど一般化した時期に当たる。これは戦術的に見た場合、きわめて重要な進化だった。

現役時代のグアルディオラは、才能に恵まれたプレーメイカーとして活躍。中盤の深い位置から両サイドへ安定感のあるパスさばきでボールを散らし、バルセロナの理念を体現し続けた選手だった。

だが第一線でのキャリアは実質的にわずか32歳で終了し、以降はカタールやメキシコでプレーするようになる。ヨーロッパのビッグクラブの中で、彼を招こうとしたところは1つもなかったからである。

グアルディオラ自身は、その要因としてセントラルミッドフィルダーに求められるプレースタイルが変化したことをあげている。これはきわめて的確な分析だった。

「僕自身は変わらなかった……自分のスキルは落ちていなかったからね」。彼は2004年、『タイムズ』紙に掲載されたインタビューで主張している。「むしろサッカーそのものが変わってしまったんだ。今はペースも速くなったし、フィジカルな要素がもっと求められるようになった。現在では戦術も変わっている。（セントラルミッドフィルダーとしてプレーするためには）相手と競り合ってボールを奪い返したり、タックルをしなければならなくなった。パトリック・ヴィエラやエドガー・ダーヴィッツのようにね。

この手のプレーをこなした上でパスを出すこともできれば、それに越したことはないけれど、セントラルミッドフィルダーに関しては、守備での貢献ばかりが重視されるようになった……僕のような選手は絶滅してしまったのかもしれない」

グアルディオラの指摘が正しいことは、プレミアリーグを眺めるとよくわかる。本物のディープ・ライニング・プレーメイカーは、ほとんど存在しなくなっていたからである。むしろイングランドのサッカー界ではヴィエラ、クロード・マケレレ、ディトマール・ハマン、ロイ・キーンなどのような選手たちが、ピッチ上に君臨していた。

たしかにリヴァプールは、2004年にシャビ・アロンソと契約している。

彼は相手の攻撃の芽を深いところで潰すミッドフィルダーというよりも、クリエイティブなプレーをする選手だった。

中堅チームでも、いくつかの例外は存在した。かつてのマンチェスター・シティでは、アメリカ人のクラウディオ・レイナが同じ役割をこなしている。

だが彼は、およそ正当に評価されたとは言いがたい。ブラックバーンのトルコ人選手、トゥガイ・ケリモールも、本来であればもっとビッグなクラブに名を連ねて然るべきだった。

「彼は唯一の無二の選手だ。クリエイティブなプレーができたし、ほとんどのチームが起用しているような抑え役の選手とは違うタイプだ」。ブラックバーンを率いていたマーク・ヒューズは証言している。「世間の人たちはこんなことを言ってくる。『彼が10歳若ければよかったとは思わないか?』とね。でも僕の答えは『ノー』さ。彼がそんなに若かったら、きっとバルセロナでプレーしていただろうから」

ヒューズのコメントは先見の明に満ちていた。後にプレミアリーグでは、ディープ・ライニング・プレーメイカーが重用されるようになるからだ。だが2000年代中盤の時点では、真に創造的なプレーができる選手は、やはり多くなかったのである。

■絶大な存在感を放った、中盤の職人たち

スペインに話を戻そう。

バルセロナとスペイン代表がサッカー界に君臨した頃、両チームの試合では同じ面々が幾度となく顔を揃えた。カルロス・プジョル、ジェラール・ピケ、ジョルディ・アルバ、セスク・ファブレガス、ペドロ・ロドリゲス、ダビド・ビジャといった選手たちである。

だが2つのチームを結びつける点で鍵を握っていたのはすばらしい中盤のトリオ、セルヒオ・ブスケツ、シャビ・エルナンデス、そしてアンドレス・イニエスタだった。

彼ら3人は、バルセロナの「ラ・マシア」（ユースアカデミー）で育ち、ポゼッションサッカーの重要性を学びながら育ってきた。リヌス・ミケルスとヨハン・クライフのレガシーを受け継ぎながら、ポゼッションサッカーを叩き込まれる一方、グアルディオラを参考に、ゲームメイクのスキルも学んでいる。

バルセロナでプレーする際、ブスケツは深い位置に構えてディフェンスラインをガードする役割を担った。一方、シャビは中盤の右側に位置してチーム全体のプレーをオーガナイズし、イニエスタが相手を縫うようにしてかわしながら、攻撃に参加することで存在感を示している。

これに対してスペイン代表は、中盤からのパスワークにさらに依存していた。メンバー構成と攻撃パターンはバルセロナに似ていたが、スペイン代表にはいかんせんメッシがいないため、シャビ・アロンソをディープ・ライニング・プレーメイカーとして中盤に追加。逆にイニエスタは前方に移動し、ダビド・ビジャやペドロと、フォワードのトリオを組む形になっていた。

これらの選手たちを擁したバルセロナとスペイン代表は、膨大な数のトロフィーを手にしていくが、彼らが与えた最大の功績は別にあった。スペインはもとよりヨーロッパ全土に、バルセロナに端を発するポ

ゼッションサッカーの価値を知らしめた点である。

そもそも同じサッカー哲学を数十年にわたって追求し続けたクラブは、バルセロナ以外には存在しない。バロンドールの2010年の投票では、メッシ、イニエスタ、シャビの3人が上位を独占しているが、身長が170センチそこそこの選手を、上位三傑に同時に送り込んだクラブも存在しなかった。

しかもイニエスタとシャビは、自分たちが信奉しているサッカーの原則を頑ななまでに貫き通した。イニエスタは自分が受けたサッカーの教育を、シンプルなフレーズで表現している。「パスを受けて、出して、コースを作る。パスを受けて、出して、コースを作る」。イニエスタはこの作業をひたすら繰り返したし、シャビも似たような説明をしている。「ボールをもらったら、今度はパスする。ボールをもらったら、今度はパスする。ボールをもらったら、今度はパスする」

同じ台詞が続くためにイライラする人もいるだろうが、2人のコメントはバルセロナが延々とパスをつないでいく様子を、ものの見事に表現している。

■ イングランド的発想と対極を成すスタイル

短いパス交換に徹底的にこだわっていくプレースタイルは、「ティキ・タカ」という単語で広く親しまれ、世界を牛耳るようになった。

もともとこのフレーズは、1980年代にアスレチック・ビルバオで二度ラ・リーガを制し、後にスペイン代表も率いたハビエル・クレメンテが口にした嘲りの言葉から生まれている。ビルバオは昔からスペインのクラブチームの中で、もっともダイレクトなサッカーを展開するチームだった。クレメンテはスペイン版のトニー・ピューリスとも言うべき監督で、フィジカルなサッカーを好んだことでも知られている。

彼はバルサのパスサッカーに異を唱えたのである。

ここで注目すべきは、ショートパスを土台にしたサッカーを否定する際に、「ティキ・タカ」と似たような単語が英国でも使われた点だろう。

トニー・ピューリスがウェスト・ブロムを指揮した際、彼は次のような言い回しを用いながら、前任の監督たちとは一線を画すると宣言している。

「（彼らは）『ちょこまかした（チッピー・タッピー）サッカー』ばかりして、勝つためのサッカーをしなかった」

ティキ・タカ、あるいは「ちょこまかしたサッカー」という表現は、パスサッカーを実践している指導者の間でも受けが良くなかった。

スペイン代表をワールドカップ優勝に導いたビセンテ・デル・ボスケは、ティキ・タカという表現について「物事を簡略化し過ぎだ」と批判している。しかもパスサッカーの伝道師であるはずのグアルディオラなどは、さらに激しく嫌悪感を示した。

「パスを出すことだけを目的したパス、ティキ・タカと呼ばれる類のものはすべて虫唾が走る。これほど馬鹿げものはない」。グアルディオラは語っている。「僕はティキ・タカが嫌いだ。ティキ・タカとは何の明確な意図もなく、パスをつなぐという目的だけのために、無駄なパスを出していくことだ。俗説を信じちゃいけない。バルサはティキ・タカなどやっていなかった！」

グアルディオラのコメントは、楽曲を発表したミュージシャンが、ジャンル分けや解説文が間違っていると腹を立てている場面を連想させる。バルセロナがティキ・タカを実践していたのは、衆目の一致するところだからである。

その鍵を握っていたのは、中盤のトリオだった。

むろん、メッシはバルセロナの最高の選手だった。彼は古典的なスーパースターであり、相手を常にドリブルで抜き去り、容赦なく得点を決めることができた。

これに対してシャビは、メッシとまったく異質なプレーをしていた。短く、リスクの低い横パスを確実に出し続けることでリズムを刻み、常に試合の流れをコントロールできる状況を作り上げていた。

サッカーの歴史では、堅実で安定感のあるミッドフィルダーが、才能に恵まれたアタッカーを輝かせるという筋書きが何度も演じられてきた。シャビとメッシの関係も大枠ではこれに分類されるが、シャビの場合は他の同業者にも増して地道なプレーで攻撃を組み立てながら、ゆっくりと、だがきわめて論理的に相手を崩す作業を黙々と続けてきたのである。

だが当初、このようなプレースタイルは、イングランドで評価されなかった。これは何ら驚くべきことではない。イングランドのサッカー界は、中盤の選手に対して独自の理想像を抱き続けてきたからである。たとえば2008年、FIFAはクリスティアーノ・ロナウドを年間最優秀選手賞に選んでいる。この際にはロナウドやメッシ、カカとともにシャビが記念写真に収まったが、『デイリー・メイル』紙は「世界最高の選手たち（それとシャビ）」などという、失礼極まりない説明文を載せている。

ところがシャビは、自らが出場したほとんどすべてのビッグマッチを完璧に支配していく。この様子を目の当たりにした『デイリー・メイル』紙は、卑屈な謝罪文を掲載せざるを得なくなった。

「以前に発行された記事では、シャビ氏が栄誉に値しないというような誤解を与えてしまいました」。謝罪文には次のようにある。「現在、彼はまさにキング・シャビ、バルセロナのパスの達人として活躍しています……シャビ氏は私たちに改めて実力を証明しました」

デイリー・メイルの記事は示唆に富む。ピッチ上では、今やシャビのような選手が君臨するようになった事実を雄弁に物語っているからである。

とはいえ選手の中には、以前からシャビを高く評価している者もいた。ニューカッスルのミッドフィルダーであるヨアン・キャバイエは、シャビこそが世界最高の選手だと考えていた。「1試合あたり100回はボールに触りたい」。シャビ本人がこう語っているのを耳にしたキャバイエは、同じことを実践しようと試み、試合が終わるたびに自分が出したパスの本数をチェックしたという。

派手なことをするのではなく、シンプルにボールをキープしていくスタイルは、かつてないほど重視されるようになる。シャビはこの手のプレーを体現する選手として、同世代の中でもっとも大きな影響力を持つようになった。

また、シャビはサッカー選手の資質に対する見方も変えている。グアルディオラは、サッカー界ではフィジカルの能力こそがすべてになってしまったと断言したが、彼はメッシやイニエスタと同じように、どう見ても体格には恵まれていなかった。

「シャビはサッカー選手を探す際の、新たな基準を作る手助けをしてくれた。この基準はあらゆるレベルの代表チームで適用されるようになった」。後にスペイン代表を率いるフレン・ロペテギは語っている。「彼はフィジカルの能力がすべてに優るという幻想を打ち砕いてくれたし、小柄で、テクニックに優れた選手に人々の目を向けてくれた。（小柄な選手でも）ボールを持って攻撃したり、守ったりできることを証明したんだ」

■チャンピオンズリーグで明らかになった差

この時期、イングランド代表は幸運にも、国際大会ではスペイン代表と対戦しなかった。

だがバルセロナはチャンピオンズリーグにおいて、常にイングランド勢の前に立ちはだかり続けた。現に2009年にはチェルシーを、2010年と2011年にはアーセナルを破っている。だがこれらの勝利にも増して注目すべきは2009年と2011年の決勝で、マンチェスター・ユナイテッド相手に収めた二度の勝利だった。

2009年の対戦で鍵になったのは、メッシの起用法だった。

以前のメッシは右のウインガーだと考えられていたが、グアルディオラは「偽の9番」として起用し、アレックス・ファーガソンの意表を突いている。

試合そのものは、まずユナイテッドがペースをつかみかけたものの、逆にバルセロナが早々と1-0で先行する形になった。

ユナイテッドは後半、なんとかして同点に追い付こうと、クリスティアーノ・ロナウドとルーニーに加えて、テベスやベルバトフまで投入。4人のフォワードを前線に並べて、事実上の4-2-4に移行する。ところが、これは完全に裏目に出てしまう。ユナイテッドは中盤を完膚なきまでに支配されるようになり、最後は0-2で敗れ去った。

ユナイテッドは2年後の決勝で雪辱を期したが、さらに返り討ちにあう。

この頃のバルサは、メッシを「偽の9番」として起用する手法を一層揺るぎないものにしていた。対照的にユナイテッドは戦術面でも後手に回る。ルーニーがブスケツのマークを怠ったばかりか、運動量に乏しいマイケル・キャリックとライアン・ギグスをミッドフィールドの中央で組ませたため、再び相手に中盤を圧倒され1-3で屈してしまう。

しかも試合内容は、実際のスコア以上に開きがあった。

バルサ側では、シャビとイニエスタがパスのホットラインになっており、シャビからイニエスタに33本のパスが通っている。ところがユナイテッド側では、ネマニャ・ヴィディッチがセンターバックのパートナーであるリオ・ファーディナンドに10本横パスを出したのが、最多のパターンとなっていた。

またバルサ側では3人のミッドフィルダー、ブスケツ、シャビ、イニエスタはすべてアシストを記録し、3人のフォワード、メッシ、ペドロ、ビジャがそれぞれゴールを決めている。これに対してユナイテッド側では、スローインを起点にルーニーがギグスとワンツーを交換し、1点を奪ったに過ぎない。試合が終わってみれば、両チームのスタッツには驚くほどの違いが生まれていた。

ゴール数：3対1、枠内シュート数：12本対1本。ボール支配率：63％対37％。

グアルディオラが見事にバランスの取れたチームを作り上げ、ポゼッションサッカーを次の段階へと進化させたのは明らかだった。

これに対してファーガソンは、適切な手も打つことができなかった。

ファーガソンはバルサに中盤を支配されることを避けるべく、かなり前方でポイントを作ることを試みた。ヴィディッチとファーディナンドにも、比較的高いライン取りをキープするように命じている。だがヴィディッチとファーディナンドは、この方針に不満を覚えていた。特にファーディナンドはファーガソンの指示に公然と異を唱え、相手を激怒させている。しかしファーディナンドの指摘は正しかった。

むしろユナイテッドに必要だったのは、２００８年の準決勝でバルサを破った時のように、極端に深くユナイテッドはバルサに、幾度となくスペースを活用されることとなったからである。

守ることで勝機を見出していくことだった。

ちなみにファーガソンは、２０１３年のチャンピオンズリーグでレアル・マドリーと対戦する際、バルサとの二度の決勝で駆使した戦術が間違いだったと、選手に認めたという。ファーガソンは自伝で手短に述べているだけだが、次の一節が意味するものは大きい。

「われわれは同じことを、２００９年と２０１１年の決勝でもやるべきだったかもしれない。だが私は、自分たちのやり方で試合に勝とうとしてしまった」

たしかにユナイテッドは、1999年と2008年にチャンピオンズリーグで優勝している。だが前者は、バイエルンに奇跡の逆転劇を演じてもたらされたものだったし、後者はチェルシーとのPK戦を通して手にしたものだった。その意味で二度の欧州制覇には、多分に運も味方していた。

であればこそファーガソンは、2009年と2011年にバルサと対戦した際には、自らのサッカー哲学を忠実に貫き、勝利を目指そうと心に誓っていた。その思いがあまりに強過ぎた結果、頭で冷静に判断することができなくなっていたのである。

■スコールズが示した希少価値

2011年のチャンピオンズリーグ決勝は、実質的にすでに勝負が決していた終盤に、ポール・スコールズが13分間出場した試合としても知られる。

スコールズは試合が終わるとイニエスタとユニフォームを交換し、バルサのユニフォーム姿でウェンブリーのピッチ上をパレードしている。

数日後、スコールズが現役引退を発表すると、サッカー界からはボールを巧みにキープしていくスキルを惜しむ声がさかんに寄せられた。その旗振り役となったのは、ユナイテッドを葬り去ったばかりのバルサの選手たちだった。シャビ曰く。「もし彼がスペイン人だったら、もっと高く評価されていたかもしれない」

とはいえ、スコールズが真に世界トップクラスの選手だと見なされるようになったのは、現役最後の数年間に過ぎない。

むろんスコールズは、すばらしい才能を持つ選手だった。だが引退の際に絶賛の声が寄せられたのは、ミッドフィルダーに対する捉え方そのものが、がらりと変わったからに他ならない。シャビをはじめとするスペインの選手たちが注目を集めるようになった結果、現役最後の数年間に披露したようなポゼッションサッカーのスキルが、初めて評価されたのである。

事実、スコールズはイングランドでは残酷なほど評価されなかった。15章で述べたように、左サイドのミッドフィルダーとしてEURO2004に出場した際には、槍玉に上げられたほどである。その意味で、引退を機に脚光を浴びたのは典型的な歴史の後知恵――修正主義的な再評価だったと言える。

さらに述べれば、シャビやイニエスタ、ジネディーヌ・ジダンなどがこぞってスコールズを讃えたにもかかわらず、彼はもっとも脂が乗った時期にも決して超一流の選手だとは見なされなかった。

2000年、2001年、2003年、2004年、そして2007年のバロンドールでは上位50人のリストに名前が載ったものの、本投票では1票も獲得していない。投票権を持つ人間たちは、アドリアン・ムトゥ、カレル・ポボルスキー、パパ・ブバ・ディオプといった、さほど記憶に残らないような選手たちに票を投じても、スコールズは評価しなかった。

とはいえ口数が少なくシャイなスコールズは、投票結果を気に病むようなタイプではなかったし、個人タイトルと無縁だったことも潔く受け止めている。

現役引退後、スコールズは、バロンドールを獲得できなかったことにがっかりしたかと尋ねられたことがある。ある意味、この種の質問が飛ぶようになったこと自体、彼に対する評価がいかに飛躍的に高まったかを物語るが、例によってスコールズ本人は、おどけてみせただけだった。

「僕はマンチェスター・ユナイテッドのドレッシングルームの中でさえ、最高の選手ではなかったからね」。彼は素直に認めている。「だから（自分が）世界最高のサッカー選手だなんて言い張るのは、おこがましいよ」

現役時代のスコールズは、何度か充実したシーズンを過ごしている。1998／99、2002／03、2006／07シーズンなどは特に見事なプレーを披露したが、マンチェスター・ユナイテッドでもっとも脂が乗っていたのは、おそらく2010年頃だったと考えて間違いないだろう。

彼はこの頃には、すでに中盤の深い位置まで引き、ディフェンスラインのすぐ前でプレーするようになっていた。特に2010／11シーズンの最初の数週間は、プレミアリーグ史上、他のいかなるディープ・ライニング・プレーメイカーよりも存在感を発揮している。この頃のスコールズに匹敵する選手がいるとすれば、リヴァプール時代のシャビ・アロンソぐらいだろう。

現に2010年8月には、対角線上のすばらしいパスをたびたび供給し、月間最優秀選手賞も獲得。プレミアリーグの関係者の間では、シーズンが7ヶ月以上も残っているにもかかわらず、彼に年間最優秀選手を与えるべきか否かなどというおかしな議論さえ起きた。これはいまだに個人賞を受賞したことがないという事実が、突然、問題視され始めたことを浮き彫りにしている。

また当時は、ポゼッションサッカーが戦術のトレンドになっていた。そこで脚光を浴びたのが、深い位置から巧みにゲームをコントロールしていく、スコールズの類い稀な戦術眼やスキルだった。

結果、多くの人は、スコールズが昔から同じような役割を担ってきたと錯覚するようになった。だが、これは事実と異なる。

むしろ以前のスコールズは、逆に中盤の非常に深い位置でプレーする機会が与えられなかった。その種の役割をこなすためには、タックルができなければならないとされていたからである。

「世間の人たちは僕のことを、長いボールを叩いて攻撃をスタートさせるプレースタイルと結びつけて考えている」。スコールズは語っている。「これは最後の数年間、それほど多くゴールを決めなくなった頃のトレードマークなんだ」

この指摘は正しい。以前のスコールズはピッチのかなり前方でプレーしていたため、ユナイテッドのファンはこんな合唱をしていた。

「ポール・スコールズ、彼はゴールを決めてくれる」

キャリアの晩年、世界中で称賛されるようになった頃、彼はゴールをまったく決めなくなっていた。とはいえ「彼はゴールを決めてくれる」という歌詞を、「彼はゴールをアシストしてくれる」に変えるわけにはいかないし、2、3年プレーを続けていればよかったとも限らない。やがてプレミアリーグでは、強烈なプレッシングをかけるスタイルが台頭してくる。このような流れもまた、スコールズには逆風になっていたはずだ。

その意味で2010年頃、スコールズがもっとも輝いたのは自然な流れだった。スコールズ自身、深い位置でプレーすることによって円熟の境地に達していたし、戦術的にもポゼッションサッカーがもっとも支配的になっていたからである。

■撤回された引退宣言

ただしスコールズは、自らの引退宣言を一度撤回することになる。2011年5月、チャンピオンズリーグの決勝で敗れ、世界中の高名な選手たちに惜しまれながらピッチを後にしたにもかかわらず、約半年後の2012年1月には、コーチと兼任する形で現役に復帰。18ヶ月間、さらに選手生活を続けている。

一度引退した選手が現役に復帰するのは、他のスポーツでも珍しくはない。だが近年のサッカー界で、スコールズほど劇的なカムバックを果たした人物をあげるのは難しい。ましてや彼は37歳になっていた。

にもかかわらず翻意したのは、自分の才能がかつてないほど必要とされる時代が巡ってきたことに、スコールズ本人が改めて気が付いたからに他ならない。

関連して指摘できるのは、年齢的な足かせが緩くなったことである。グアルディオラは34歳の時に事実上第一線から退き、すでに37歳の時にはバルセロナを率いていた。

だがその後10年間で、サッカー界の基準は大きく変化。フィジカルの能力よりもテクニカルな才能が重視されるようになったため、ベテラン選手もピッチ上で居場所を確保できるようになった。

現にスコールズは、２０１１年1月にピッチに戻った後も、一貫して卓越したプレーを披露している。そのうえで２０１２／１３シーズンが幕を閉じた際に、プレミアリーグのトロフィーを手土産に二度目の、そして本当の引退をすることになった。ちなみにこの際には、監督のアレックス・ファーガソンも勇退している。ファーガソンはオールド・トラフォードで最後のスピーチをおこなったが、スコールズの功績を特に讃えている。

スコールズの引退は、「黄金世代」の他の選手たちが姿を消していったプロセスと好対照を描く。たとえばデイヴィッド・ベッカムはファーガソンの不興を買い、レアル・マドリーに売却される形になった。スティーヴン・ジェラードは悲願のプレミアリーグ制覇を目前にしながら、大一番のチェルシー戦で足を滑らせ、不本意な形でピッチを去っている。フランク・ランパードは不用意にマンチェスター・シティにローン移籍して物議を醸したし、アシュリー・コールはアーセナルからチェルシーへ鞍替えするという掟破りの移籍までしながら、結局はベンチを温める羽目になっている。

この手の例は、他にも枚挙の暇がない。

ストークに移ったマイケル・オーウェンはほとんど出場機会に恵まれず、リオ・ファーディナンドはＱＰＲとともに降格。ギャリー・ネヴィルはウェスト・ブロム戦で期待はずれに終わり、自分がトップレベルで通用しなくなったことを思い知らされながら、ユニフォームを脱いでいる。

ソル・キャンベルも然り。彼は短期間ニューカッスルに名を連ねたものの、まったく調子を取り戻せなかった。オーウェン・ハーグリーヴスは丸1シーズン、故障の治療に費やす羽目になっている。ジョー・コールが最後に所属したのは、3部のコヴェントリー・シティといった具合である。

これらの選手はいずれも、かつては世界レベルの選手として名を馳せた面々である。だが、きわめて不遇な形でキャリアを終えることを余儀なくされた。

だがスコールズは、栄光に包まれながら二度も引退の花道を飾ることができたばかりか、ピッチを去った後には、現役の頃以上に功績が大きく語り継がれるようになった。

スコールズほど顕著ではなかったものの、やはり現役生活の晩年にキャリアを大きく花開かせた選手としては、スペイン人のミッドフィルダー、ミケル・アルテタもあげられる。

アルテタはシャビ・アロンソと同じサン・セバスチャン地方の出身で、アロンソの幼なじみでもあった。そして15歳から20歳にかけてバルセロナでサッカーを学び、やはりグアルディオラに憧れながら、パスの名手として実績を積み上げていく。

アルテタはスコットランドとフランスでプレーした後に、エヴァートンに加入する。当時は一歩進んだ発想をするミッドフィルダーとして評価され、右サイドで起用されることも時々あったが、2011年に大きな転機が訪れる。セスク・ファブレガスが、グアルディオラ率いるバルセロナに移籍したため、その後釜としてアーセナルに迎えられたのである。

たしかにアルテタは世界トップレベルの選手ではなかったし、スペイン代表でキャップを獲得したことも一度もなかった。だが彼がアーセナルに与えたインパクトは、正しく評価されなければならない。

アルテタが招かれたのは、アーセナルがプレミアリーグの歴史においてどん底を経験した直後だった。

2011年8月にはマンチェスター・ユナイテッドになんと2-8で大敗。チームは混迷を極め、チャンピオンズリーグの出場権確保など、およそおぼつかない状況に置かれていた。

だがアルテタは優れた戦術眼とクオリティの高いパス、シャビのように論理的で辛抱強くボールをさばいていくスタイルで、アーセナルを堅実なサッカーをするチームへと少しずつ変えていく。アーセン・ヴェンゲルが監督に就任して以来、チームが初めて経験する深刻な危機を回避するのに大きく貢献したばかりか、最終的にはトッテナムを退けて、プレミアリーグで3位の座を死守するのに貢献した。

スコールズ同様、アルテタは当初、よりフィジカルの強さに優る抑え役のミッドフィルダーとコンビを組んでいたが、後には中盤の一番深い位置でプレーするようになっていく。さらに2016年に引退を発表する前には、チームのキャプテンを務めるまでになっていた。彼に引退を決意させたのは、抗しがたい魅力を持つオファーだった。彼はマンチェスター・シティを率いていたグアルディオラから、アシスタントコーチとして自分を支えてほしいというリクエストを受けたのである。

■バルサが変えた、データの見方

この時期にはポゼッションサッカーがイングランドでも市民権を得たが、その骨子となったのはミッドフィルダーがボールをキープして、パスをつないでいくという発想だけではない。むしろ重要なのは、チーム全体がより長くボールを支配し、以前よりもはるかに辛抱強く攻撃を組み立てていく手法だった。

このような変化は、各チームが統計データにより依存するようになったことと無縁ではない。データアナリストたちはバルセロナが誇った圧倒的なボール支配率を絶賛し、パスに関するデータを過剰なまでに重視するようになっていた。

「数字だけに囚われないようにすることが大事なんだ。データは一種のツールに過ぎない。データに取り憑かれてはならないんだ」。カルロ・アンチェロッティは警告している。「ある時には、ボール支配率ばかりが注目されたし、アナリストたちも支配率のデータばかりをひたすら分析し続けた。なぜか？　データは計測できるものだからさ。でもアルバート・アインシュタインが言ったように『計測できるものだけが重要とは限らないし、重要なものをすべて計測できるとも限らない』。ボールを支配するだけでは、試合に勝てないんだよ」

アンチェロッティのコメントは言わずもがなのように思われるが、当時のプレミアリーグでは、様々な監督がパスのデータとボール支配率を引き合いに出すのが当たり前になっていた。

ポゼッションサッカーが全盛になる以前は、この手のデータはまるで重要視されていなかった。バルセロナであれどこであれ、他のクラブが1試合あたり何本のパスを出したかなど、誰も気に留めようとしなかったのである。

ところが今やプレミアリーグでは、ありとあらゆる監督がデータにこだわるようになった。ウェスト・ブロムウィッチ・アルビオンを率いていた頃、ロベルト・ディ・マッテオは、最近の試合でバルサが成功させたパスの本数に驚きの声を漏らし、自分のチームもパスの本数を上げていくと公約したことがある。デイヴィッド・モイーズも然り。彼はマンチェスター・ユナイテッドでファーガソンの後任に就いた際、パスのデータをことさら重視した。リオ・ファーディナンドは、その様子にいささか当惑したという。

「彼はこう言っていたよ。『今日の試合では６００本のパスを通してほしい。先週は４００本だけだった』とね。でも、そんなことどうでもいい。僕はむしろ、10本のパスで5ゴールを決めたいと思っていた」

とはいえパスの統計データに対するこだわりは、プレミアリーグ全体におけるポゼッションサッカーへの移行を加速させた。

たとえば２００３／０４シーズンから２０１３／１４シーズンまでの間に、プレミアリーグのパス成功率は70％から81％に上昇している。これは10年間に起きた変化としてきわめて大きい。１年につき約１％ずつ向上した計算になるからだ。

さらに細かくデータを分析すると、変化が特に顕著だった時期が明らかになる。

２００３／０４シーズンから２００６／０７シーズン年までの３年間、パス成功率は合計で１％しか上昇していない。ところが２００９／１０シーズンから２０１１／１２シーズンまでの２年間は、一気に６％も増加している。

従来、プレミアリーグにおける戦術進化はトップクラブで起きてきたが、６％もの増加は格下のクラブで起きた変化に負うところが大きい。

２００９／１０シーズンにストーク、ボルトン、ブラックバーン、サンダーランド、ハル、バーミンガム、ウルヴァーハンプトン、そしてバーンリーの８チームが記録したパス成功率は70％に満たなかった。ところが２０１１／１２シーズンでは、70％未満に留まったのは１チームのみ、トニー・ピューリスが率いる例のストークだけだった。しかもストークでさえ、平均を上回る７％もの増加を見ている。

■ブラックプールが夢見たスペイン化

このような事実は、イングランドサッカー界全体の戦術が、スペイン型のモデルに大きくシフトしたことを物語る。しかもパス成功率が飛躍的に高まった２シーズンには、プレミアリーグに新たに名を連ねた２つのクラブが、とりわけ興味深いサンプルを提示している。

最初の例は、イアン・ホロウェイが率いたブラックプールである。

ブラックプールは2009／10シーズンのチャンピオンシップを6位で終え、プレミアリーグ昇格をかけたプレーオフにかろうじて出場。予想に反して初めて昇格を果たしたようなクラブだった。

シーズン開幕前のプレミアリーグでは、当然のように降格候補に目されていたが、ホロウェイは夢を膨らませている。

「（2010年の）ワールドカップを見た後、もっとスペインのようになる必要があると気が付いたんだ」

ホロウェイは2010／11シーズンの開幕前、高らかに宣言している。「ボールを奪うのに四苦八苦したくないし、自分たちもああいうふうになりたい……ボールをやさしくやさしく大切に扱って、誰にも渡さないようにしなければならない」

カリスマ的で少しばかり酔狂なところもあるホロウェイは、ブラックプールをボール支配率で圧倒するチームにしようと試み、スペインサッカーについて常に言及するようになっていく。現に9月初めにニューカッスルに2‐0で快勝した際には、再び同じ話題を口にしている。

「ティキ・タカやスペインを参考にしなければならない。彼らがどうやってボールをパスしたり、キープしたりするのかをね」。ホロウェイは熱に浮かされたように語っている。「小柄な選手たちがパスを交換して走り回りながら、非常にすばらしいプレーをする。われわれにだって同じことができないわけはないし、何の問題もないはずだ。私は自分のチームを、もっとスペインのようにしたい！」

ホロウェイは4‐3‐3や4‐2‐3‐1のフォーメーションを採用。常にセントラルミッドフィルダーを3人配置しつつ、両サイドを幅広く使おうと試みた。当時のブラックプールでは両サイドに開いたフォワードの選手に対して、ブラックプールの花形選手であるチャーリー・アダムが、切れ味鋭いロングパスを対角線上に供給するというのが、お決まりのパターンになっていた。

スコットランド出身のミッドフィルダーであるアダムは、独特な選手だった。左足のテクニックは超一流で、きわめて広い範囲にパスを出すことができた。にもかかわらず運動能力に乏しく、ピッチ上を走り回るのに苦労するようなタイプだったのである。

このためホロウェイは、アダムが弱点を露呈せずに、強みだけを発揮できるようなシステムを作り上げる。アダムが深い位置でボールをピックアップした際には、中盤の選手は、パスが出てくるのを期待しながら、前線に上がって攻撃に参加していく。逆にアダムがピッチの前方でボールを受けた際には、他の2人のミッドフィルダーが、バランスを取るために守備に回るようにしたのだった。こうしてアダムは自由にプレーできるようになった。自分がピッチ上のどこに移動しようとも、他の2人が釣瓶《つるべ》のような動きで、バランスを取ってくれるからである。

1人の選手を軸にチーム作りをおこなうというのは驚くほど単純な発想だが、2010／11シーズンの前半は、この手法が見事にはまる。ブラックプールは新年を迎える時点では、プレミアリーグでなんと7位につけていた。これはクラブの規模を考えれば快挙だった。ブラックプールは典型的なスモールクラブで、新たな選手を探す常勤のスカウトが、1人しかいないようなクラブだったからである。

中心選手のアダムはワイドに開いたフォワードに対角線上のパスを次々に供給しただけでなく、セットプレーの場面でも相手のゴールを脅かしていく。アダムは期間こそ短かったものの、プレミアリーグでもっとも高い評価を集める1人にもなった。

なかでも特に印象深かったのは、強い風が吹き付ける1月の夜、ホームであるブルームフィールド・ロードに、マンチェスター・ユナイテッドを迎えた試合でのパフォーマンスだった。

同シーズン、ユナイテッドはプレミアリーグを制することになるが、ブラックバーンはハーフタイムの時点では2－0とリードを奪っていたのである。そのキーマンとなったのがアダムだったことは、改めて指摘するまでもない。アダムはタッチライン沿いにいるチームメイトに、ピンポイントで届くようなすばらしい対角線のパスを供給。セットプレーの場面でも存在感を発揮している。

試合は最終的に2‐3で敗れたものの、アダムのプレーはファーガソンを驚かすのに十分だった。「前半は相手にいいようにしてやられたし、チャーリー・アダムに対応できなかった」。当時、サッカー関係者の間では、リヴァプールがアダムの獲得を打診し、ブラックプール側がオファーを蹴ったという話題で持ちきりになっていた。ファーガソンはこの報道を踏まえて、わざとこんなコメントも付け加えている。「あのコーナーキックだけで、1000万ポンドの価値がある」

結局アダムは、シーズン終了後にリヴァプールに招かれることになる。2009年の夏、リヴァプールはシャビ・アロンソをレアル・マドリーに引き抜かれていた。アダムならばアロンソの穴を埋められるかもしれない。こんな希望的な観測に基づき、遅ればせながらアダムにお呼びがかかったのである。

2010／11シーズンに話を戻そう。

ブラックプールは、前半戦を予想をはるかに上回る順位で折り返したが、後半戦になると極端に調子を落としていく。

1つの要因となったのは、やはりアダムだった。

まずアダムはリヴァプールへの移籍が噂された結果、明らかに集中力が落ちたばかりか、チーム内で特権的な立場が与えられていることに溺れるようになってしまう。かつてデイヴィッド・ベッカムは、マンチェスター・ユナイテッドのデビュー戦で、ウィンブルドン相手に超ロングシュートを決めてみせたことがある。アダムはまるで同じシーンを再現しようとするかのように、センターライン付近からしょっちゅうシュートを狙うようになった。

たしかにアダムは、ベッカム張りのシュートを打てるだけの飛距離を誇っていた。現に4年後、ストーク・シティに名を連ねていた頃には、アウェーのチェルシー戦でこの手のゴールを決めている。ブラックプールにいた頃から、毎回同じような得点を狙うようになっていたのである。

またアダムは、パスのフィードに関しても存在感を発揮できなくなった。

プレミアリーグの対戦相手は、ブラックバーンがアダムを軸としたパスワークに極端に依存していることを見抜き、対策を講じるようになった。この結果、ブラックプールはクリスマス以降は負けが込み、わずか3勝をあげるに留まった。

さらには守備の弱さも、無視できないレベルにまで悪化していく。ブラックプールは1試合あたり平均して2失点以上を喫するようになった。このような状況の中、ホロウェイ率いる面々はシーズン最終節にオールド・トラフォードで敗れ、2部に戻ることが決定する。

「オペラは最後に太った女性が歌うまで終わらないとは言うけれど、残念ながら彼女は私が好きな歌を歌ってくれなかった（勝負ごとは最後まで希望を捨てるなというが、結果は不本意なものとなった）」。ホロウェイは物思いに耽りながら、コメントを残している。「サッカーとはそう言うものなんだ。一瞬、注目を浴びることができても、最後は表舞台から姿を消してしまう」

奇しくもホロウェイの発言は、ブラックプールというクラブそのものにも当てはまってしまう。オーナーたちによる節操のないチーム運営が祟り、２０１６／１７シーズンは、なんと4部リーグで戦う羽目になった。

■ついに登場した、ポゼッションサッカーの旗手

スペイン初の戦術革命がイングランドに浸透していく中、２０１０／１１シーズンには、北西部のもう

1つのクラブが、ポゼッションサッカーを実践して絶賛されている。オーウェン・コイルが率いた、ボルトン・ワンダラーズである。

当時のコイルは、サム・アラダイス流のロングボール戦術からチームを脱却させた人物と目されていた。短期間ながら、アーセン・ヴェンゲルの後任候補と評されたこともある。ボルトンの評価は、チーム一丸となってブラックプール相手に決めた得点、最終的にミッドフィルダーのマーク・デイヴィスがネットを揺らしたゴールシーンによって一気に高まった。

だが統計データは、コイル流の改革なるものが幻想であったことを物語る。同シーズン、ボルトンのボール支配率はプレミアリーグ全体で、下から数えて4番目だった。パス成功率やショートパスの本数になると、記録はワーストスリーにまで落ちてしまう。

逆にロングボールの本数はプレミアリーグで4番目に多く、タックルとファウルの回数はトップだった。ボルトンは空中戦での成功率でも、同率の1位になっている。その意味ではコイルは、アラダイス譲りのプレースタイルを踏襲していたし、チーム全体がいまだにフィジカルなサッカーに依存していたことになる。

コイル自身は、これらの事実を突き付けられると不機嫌になった。またデータの信憑性に疑問を投げかけながら、自分が持っているデータとはまったく違うと主張した。

だがボルトンが、ボールポゼッションを基盤にしたサッカーを実践していないのは明らかだった。現にコイルの評判はあっと言うまに落ちていく。チームも翌2011／12シーズンにはプレミアリーグで18位となり、降格の憂き目にあった。

ところが同じ2011／12シーズンには、ボルトンに入れ替わるように、卓越したパスサッカーを駆使するチームが浮上してくる。スウォンジーである。それを率いていたのが北アイルランド出身の若手監督、ブレンダン・ロジャーズだった。

もともとスウォンジーはかつてのブラックプールと同様に、チャンピオンシップ（2部）のプレーオフを勝ち抜き、プレミアリーグ昇格を果たしたクラブだった。

2002／03シーズンの時点では、最終節でハル・シティを下し、当時のディビジョン・スリー（イングランドの4部リーグ）からの降格をかろうじて免れるような状態だったが、そこから確実に力をつけていき、9シーズン後にはプレミアリーグに名を連ねるまでになったのである。

この間、クラブの最大の特徴となっていたのは、テクニックを重視したポゼッションサッカーを一貫して追求しようとする姿勢だった。この方針は2004年から2007年にかけてクラブを指揮したケニー・ジャケットが先鞭をつけたもので、次にはロベルト・マルティネスに引き継がれた。

マルティネスはスペインのカタルーニャ出身で、現役時代には3年間、スウォンジーにおいてミッドフィルダーとしてプレーした経験も持っていた。監督としてクラブの指揮を執るのは初めてだったが、スウォンジーが目指すサッカーの方向性に精通しているということで、白羽の矢が立てられた。

ちなみにマルティネスは、2009年にウィガンの監督に就任。オープンプレーからの攻撃に主眼を置いた、意欲的なプレースタイルをプレミアリーグに導入していく。これを受けて後任に任命されたのがブレンダン・ロジャーズだった。若きロジャーズは、クラブが長年追い求めてきたポゼッションサッカーを、新しい次元へと押し上げていくことになる。

■もっとも英国人らしくない英国人

サッカーのスタイルに関して述べれば、ロジャーズはプレミアリーグに登場した、もっとも「異国風の」英国人監督だった。先天的な膝の故障のために、プロ選手としてのキャリアは20歳の時に断たれたが、彼は英国のサッカー界全体に大きなインパクトを与えるべく、指導者としてのスキルを磨き続けてきた。

「『選手としてはサッカー界に影響を与えられない。ならば指導者としてはどうだろう？』それが僕の考え方だった。英国の選手でも、まともなサッカーはできる。それを証明するのが目標だったんだ」

ロジャーズは、スペイン勢が一世を風靡するはるか前から、彼の地のサッカー哲学に惚れ込んだ人物で、指導者として研鑽を積んでいる間も、現地で長い時間を過ごしながら見識を深めてきた。ロジャーズは7年間もスペイン語を習ったし、スペインに移住することが、指導者としてのキャリアメークに役立つのではないかとさえ考えたという。

彼にとって理想的な週末の過ごし方とは、次のようなものだった。

まず土曜日の夕方にバルセロナに飛び、翌日の日曜日はバルセロナのユースチームの試合を観戦。次にはカンプ・ノウに移動して1軍の試合を堪能し、再び英国に舞い戻るというものだった。

ロジャーズはさらにバレンシア、セビージャ、ベティスなどのトレーニンググラウンドも訪れた。ボールポゼッションをベースにした組織的なサッカーを追求しつつ、ユースチーム出身の選手も定期的に1軍に昇格させるノウハウをチェックするためである。また彼は、オランダのアヤックスやFCトウェンテなどの動向にも注意を怠らなかった。クライフやリヌス・ミケルスなどを輩出した事実が示すように、オランダこそはポゼッションサッカーやトータルフットボールの雛形を生み出した国だった。

逆にロジャーズは、レアル・マドリーには目もくれなかった。サッカーのスタイルにおいてもチームの運営方針でも、バルサとは対極に位置するようなクラブだったからである。

だが指導者としてキャリアアップするきっかけを与えたのは、後にレアル・マドリーと深い関わりを持つ人物だった。２００４年、チェルシーの監督に就任したジョゼ・モウリーニョはロジャーズに目をつけ、ユースチームのコーチに抜擢したのである。

むろんロジャーズが信奉するサッカー哲学は、カウンターサッカーでヨーロッパを制したモウリーニョのアプローチとは、水と油のように異なっていた。だが彼はモウリーニョの下で働けるチャンスが巡ってきたことを、ことさらに喜んだ。モウリーニョはバルサで、ルイ・ファン・ハールから監督業のエッセンスを学んだ人物でもあったからだ。

「私はバルセロナから刺激を受けてきた。その軸は決してぶれたことがない」。ロジャーズは告白している。「私は何年もの間、バルセロナをたびたび訪問して、ルイ・ファン・ハールとヨハン・クライフのサッカーのモデルについて学んできた」

■スウォンジーが残した、驚異的な記録

このようなバックグラウンドを考えれば、ロジャーズはプレミアリーグが待望していた、理想的な監督だったと言える。バルセロナ流のプレースタイルが絶賛されるようになった時期に、スペインサッカーに深い思い入れを抱く指導者が登場した形になるからである。

現にロジャーズは、イアン・ホロウェイと同じように、スウォンジーで自らが推し進めていたサッカーに言及する際に、「ティキ・タカ」という単語を幾度となく用いている。

スウォンジーがボールポゼッションを軸にしたプレースタイルを追求していたことは、ロジャーズのコメントを引用しなくとも、容易にうかがい知ることができる。

スウォンジーは2010／11シーズン、チャンピオンシップのプレーオフを勝ち抜き、初のプレミアリーグ昇格を手にしている。

同シーズンにはすでにプレミアリーグにおいても、ボール支配率とチームの順位に強い相関関係が見られた。たとえば上位6チーム、マンチェスター・ユナイテッド、チェルシー、マンチェスター・シティ、アーセナル、トッテナム、リヴァプールは、ボールをキープした時間の長さにおいても、上位6位を占めている。

ところがスウォンジーは、これらの強豪にいきなり割って入ったのである。

プレミアリーグ1年目となる2011／12シーズン、ロジャーズ率いるチームは平均で56％のボール支配率を記録している。これはアーセナルとマンチェスター・シティに次ぐ3位の記録だったし、本拠地であるリバティ・スタジアムに両チームを招いた際には、パスの成功率と本数、得点のいずれでも相手を凌駕。それぞれ3‐2、1‐0で勝利を収めている。

しかもスウォンジーは、格下のチームでありながら、フィジカルの強さに頼った放り込みサッカーなどに与《くみ》しなかった。現にプレミアリーグでは、空中戦で競り合いを演じた回数、そしてファウルを犯した回数のいずれもが、もっとも少ないチームになっていた。

スウォンジーが展開するサッカーでは、パス交換こそすべてだった。そして彼らはこの独特なアプローチを貫きながら、数々の試合で見事に相手を圧倒し続けた。

最終的にスウォンジーは、プレミアリーグの1シーズン目を11位で終える。これは1部リーグでプレーした経験がほとんどなく、かつ予算も限られていたスモールクラブとしては、かなりの好成績だと言える。

スウォンジーがいかに規模の小さなクラブだったかは、インフラの面からもうかがえる。クラブは自前のトレーニンググラウンドさえ持っていなかったために、グラモーガン・ヘルス・アンド・ラケッツ・クラブという、地元のスポーツクラブの施設を間借りしていたのである。

スウォンジーはブラックプールと同様に、4‐3‐3あるいは4‐2‐3‐1のシステムを敷きながら、ピッチの中央にテクニックのあるミッドフィルダーを配置していた。これに並行して、ネイサン・ダイアーとスコット・シンクレアをサイドに大きく開いたポジションに起用。ディフェンスラインの裏を突くのではなく、パスコースを広く確保するための工夫をこらしている。そのうえで後方からパスをつなぎながら、攻撃を組み立てていくことを試みた。

これを支えたのが、特徴のある選手たちである。

まずはオランダ出身のゴールキーパー、ミシェル・フォルム。彼は身長が180センチをわずかに超える程度で、プレミアリーグのほとんどの同業者よりも小柄だったが、ボールを持った際の足下の技術が買われて、チームに招かれている。

大抵の場合、もっともパスを多く供給するのはセンターバックのアシュリー・ウィリアムズだったが、パスサッカーのキーマンの1人となっていたのは、右サイドバックのアンヘル・ランヘルだった。スペイン出身のランヘルは思慮深く、クレバーなパスの出し手であり、絶えずオーバーラップする代わりに自らのポジションに留まり、チーム全体をコントロールしていくプレーをしばしば披露した。

むろん、後方からパスをつなぎ続けようとすれば、守備でミスが生じてしまうのは避けられない。現に11月、マンチェスター・ユナイテッドに0‐1で敗れた試合では、ランヘルがもっともひどい失策を犯している。自陣の危険なポジションで勢いのないパスを出したために、ライアン・ギグスにインターセプトされ、ハビエル・エルナンデスに決勝点を決められてしまったのである。

だがロジャーズは、ランヘルを批判しようとしなかった。

「アンヘル・ランヘルはすばらしいプレーをしていた。ボールを奪われたからといって、彼が責められるべきではない。私は選手たちに（クオリティの高い）サッカーをしてくれと頼んでいるからだ」。ロジャーズは断言している。「何かしらの責任があるとすれば、私が問われるべきだ。私は選手たちに対して、前方にボールを蹴り込むのではなく、ボールに触ってパスをつなぐように頼んでいるのだから」

この発言からもうかがえるように、ロジャーズは時折ミスが起きることを正面から受け止めていた。リスクが生じるにせよ、ボール支配率を高めてゲームをコントロールしていくことは、それ以上に価値があると考えていたからである。

当時のスウォンジーには、アンヘル・ランヘル以上に重要な役割を果たしていた選手がいた。ミッドフィルダーのレオン・ブリットンである。ブリットンこそは、ロジャーズが掲げるパスサッカーの鍵を握っていた。

しかも、そのプレースタイルはきわめて独特だった。

たとえばブラックプールの花形選手であるアダムは、意欲的な対角線上のパスを、両サイドにひたすら散らすタイプとして知られていた。

これに対してブリットンは、プレミアリーグでもっとも小柄で、もっとも「安全なパス」を出す選手だった。事実、彼は93・4%という驚異的なパス成功率を記録し、当時のプレミアリーグでトップに立っている。こうして短い横パスを出しながらリズムを刻み、ボール支配率を高めていったのである。

さらに詳しくデータを分析すると、彼がいかに流れるようなパスワークを展開し続けるのに貢献していたかが鮮明に浮かび上がる。

たとえば2011／12シーズンには2258本のパスを通したが、スルーパスを成功させた場面は1度しかない。彼が出したパスを受けて、味方がシュートを放ったのも10回に留まるし、アシストと得点にいたってはシーズン中、一度も記録しなかった。そもそも36試合に出場して、シュートを打ったのが4回だったことを考えれば、得点の少なさは何ら驚くべきことではない。その代わりにブリットンは、ロジャーズから与えられた重要な役割——攻撃のリズムを刻む仕事を見事にこなし続けたのだった。

Rodgers' Swansea, 2011/12

スウォンジー・シティ ◉ 2011/12 シーズン

スペイン型のサッカーを追求していたロジャーズは、中盤に3人の選手を配置しつつ、両ウイングを起用。教科書的な4－3－3を採用し、驚異的なボール支配率を記録していく。だが実際には攻撃の決め手を欠いており、きわめて守備を意識したシステムにもなっていた

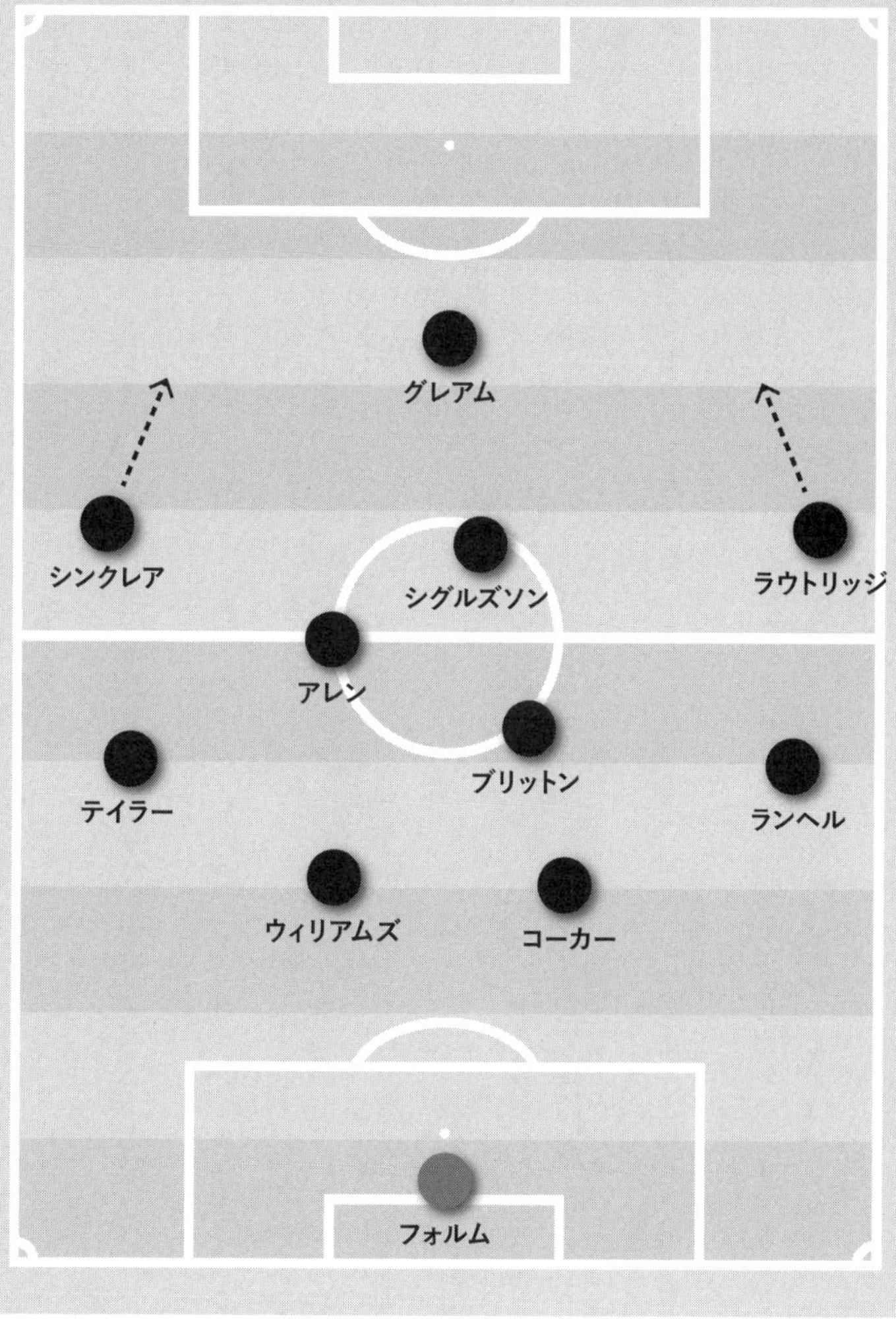

■スウォンジーが孕んでいた大きな逆説

かくしてロジャーズ率いるスウォンジーは、いわゆる「攻撃的なサッカー」を実践する集団として、しばしば讃えられるようになる。

だが、この種の決まり文句には大きな陥穽が潜む。当時のサッカー界では、スウォンジーのスタイルが正しく理解されていなかったと言ってもいい。

たしかに彼らはテクニカルなサッカーを重視していたし、ポゼッションサッカーも展開していた。だが「攻撃的なサッカー」というフレーズは、およそ現実からは程遠い。語弊を恐れず言えば、当時のスウォンジーには、攻撃そのものがまったく欠落していたからである。

この事実は、データを細かく検証していくとよくわかる。

たしかにボール支配率の高さは際立っていたが、単純なシュート数と枠内シュートの数は、プレミアリーグの全クラブの中で5番目に少なかった。しかも38試合中、無得点に終わった試合が15回もあるなど、相手から得点を奪えない試合がもっとも多いチームにもなっていた。

にもかかわらず、いきなり11位でシーズンを終えることができたのは、失点が少なかったからに他ならない。現に相手を無失点に抑えた試合の数でスウォンジーを上回ったのは、3チームしか存在しなかった。

これらのデータは、1つの真実を明らかにしている。スウォンジーが展開するポゼッションサッカーとは、攻撃の手段である以上に守備のツールだったのである。ロジャーズ自身、そのことをはっきりと認めている。「われわれはボールをキープすることによって守備をしている」

ロジャーズ指揮下のスウォンジーは深いポジションで、異様なほど長い時間にわたってボールをキープし続けた。また相手の守備をパスでこじ開けようとするのではなく、ディフェンダーやミッドフィルダーが、ただパスを交換しているだけの場面も目についた。

「すべてのプレーは組織がベースになっている」。ロジャーズはこんなふうにも語っている。「ボールを持っている（攻撃している）ときには、動きのパターンとポジションの入れ替え方、滑らかなパス交換の方法、そしてチーム全体のポジショニングを把握しておかなければならない。

だがチームには守備に移った際の組織というものもある。だから（攻撃の組み立てがうまくいかない時には）デフォルトのメカニズムに戻るようにする。こうすれば相手に攻められにくくなるし、パスを起点に、もう一度ゲームを組み立てていくことができる」

むろん、守備のためにボールをキープするという発想自体は、何ら斬新なものではない。一旦リードを奪った後、ボールを奪われないようにしていくのは戦術の常套手段にもなっている。

だがスウォンジーは、最初から守備も視野に入れた上でボール支配率を高めていくという、非常に保守的なアプローチを採っている。このようなチームは、以前のプレミアリーグに存在しなかった。その意味でもスウォンジーはきわめて異質だったし、実は近年のスペイン代表に、もっとも似た存在にもなっていたのである。

■ヴェンゲルが糾弾した、ポゼッションサッカー

スウォンジーがプレミアリーグで最初のシーズンを終えてから程なくして、スペインはＥＵＲＯ２０１２で優勝。国際大会で三連覇を飾っている。

これを可能にしたのはポゼッションサッカーをベースにした、さらに慎重な戦い方だった。やはりボー

ル支配率を高めていくことは攻撃の手段であると同時に、有効な守備のアイディアにもなったのである。

ちなみにアーセン・ヴェンゲルは、このようなスペイン代表のアプローチを痛烈に批判している。もともと彼は、ポゼッションサッカーに対して思い入れが強い。それだけに、ボールをキープしていく手法が守備に転用されることに我慢できなかったのである。

「彼らは自分たちのサッカー哲学に背を向け、消極的なものに変えてしまった」。ヴェンゲルは主張している。「かつては攻撃を展開し、試合に勝つためにボール支配率を高めようとしていたが、今は何を差し置いても、試合に負けないようにするための方法になってしまった印象を受ける。彼らは以前よりも保守的になった。彼らがボールをキープしようとするのは、得点するチャンスを相手に与えたくないからだ」

ヴェンゲルの批判は、スウォンジーのアプローチにも完璧に当てはまる。

ちなみにロジャーズは、ＥＵＲＯ２０１２の大会期間中にもスペイン代表のトレーニングセッションを訪れ、自分がもっとも愛するサッカー大国から、さらに精力的にアイディアを吸収しようとした。

ただし、スウォンジーがこの種の慎重なサッカーを展開していたという事実は、傍目《はため》にはわかりにくかった。試合を繰り返し分析したり、プレミアリーグの他のライバルチームとデータを比較したりすることで、ようやく把握できるようなレベルの話だからである。

むしろ対戦相手のサポーターは、単純にスウォンジーのサッカー哲学に感心するケースが多かった。たとえば２０１２年３月17日、スウォンジーはフラムのホームスタジアムであるクレイヴン・コテージで試合をおこない、相手を３‐０で下している。この際には、なんとフラムのファンから、スウォンジーの選手たちが熱狂的に讃えられる場面もあった。

その２ヶ月前に開催されたアウェーのサンダーランド戦でも、似たようなシーンが見られた。このようなケースは頻繁に起きたため、ロジャーズは浮かれたコメントをたびたび口にするようになっていく。

「ここにいるサンダーランドのファンは、われわれのプレーを見ることができてよかったと思う」。ロジャーズは、サンダーランドのホームであるスタジアム・オブ・ライトで顔を輝かせながら語っている。「(サンダーランドのファンは)どうして世間が、このチームの話題で持ちきりになっているのだろうと思っていたに違いない。だが今回、その理由がついにわかったわけだ。われわれのプレーはすばらしかったからね」

勝利を収めた後だったならば、監督が上機嫌になるのはわかる。だが実際には、サンダーランドに0-2で敗れたばかりだった。にもかかわらず、その直後に試合内容を自画自賛したのである。ロジャーズにとって、自分のチームがいかなるプレーをしたかというプロセスは、試合の最終結果と同じくらい重要なものとなっていた。

ブレンダン・ロジャーズは、ポゼッションサッカーがかつてないほど讃えられ、試合で勝利するためにも重要だと見なされるようになった瞬間に、プレミアリーグに登場した人物だった。

時代の寵児となった若い野心家は、程なくして新たなキャリアアップを果たしていくことになる。

スウォンジーは、いたるところで対戦相手のファンからやんやの喝采を受けた。そんな会場の1つとなったのが、リヴァプールのアンフィールドだった。

「あれは本当に感動したよ」。ロジャーズは語っている。「本当に歴史のあるスタジアムだからね」

リヴァプールのファンは、先見の明があったとも言える。しばらくすると、彼らはリヴァプールの監督としてのロジャーズに拍手喝采を送ることになるからである。

第21章

アシスト役と偽の9番

「僕自身は『ナイン・ハーフ（9・5番）』という呼び方が好きだね」（ロビン・ファン・ペルシ）

■プレミアリーグで起きた、二度目の「ライン間革命」

ポゼッションサッカーが浸透していったこの時期、イングランドではクオリティの高いパスを出す重要性が、とりわけ強調されるようになった。だがパスのクオリティに対する認識は、プレミアリーグの歴史を通じて、長い時間をかけながら徐々に高まってきていたのも事実である。

ピッチ上のポジションを例にとって説明すれば、パスに対する意識の変化はまずバックラインで始まり、そこからゆっくりとフォワードへと伝播していった。

本書の冒頭でも述べたように、プレミアリーグで最初に起きた戦術進化は、バックパスのルールが修正され、ゴールキーパーもパス交換に絡まざるを得なくなったことを嚆矢《こうし》としている。この変化は次にディフェンダーに波及。守備の職人たちは、すぐにボールを扱える選手たちへ変化していった。

次に変化がみられたのは、セントラルミッドフィルダーである。

かつてはピッチ上を走り回り、激しくボールを奪い合うことが好ましいとされていたが、古いイングランド流の発想に代わり、中盤でもいかにボールをさばけるかが重視されるようになる。このような一連の流れを考えれば、攻撃的ミッドフィルダーやセンターフォワードにさえも、パスをしっかり出すことが求められていったのは必然の結果だったと言える。

攻撃的ミッドフィルダーの進化を特徴づけたのは、2010年から2012年にかけて、3年連続で実現した選手の加入だった。夏が巡ってくるたびに、スペインから超一流のプレーメイカーが1人ずつ、イングランドに渡ってきたのである。

まずダビド・シルバがバレンシアからマンチェスター・シティに引き抜かれ、次にはファン・マタが同じくバレンシアからチェルシーに鞍替えする。そして最後にサンティ・カソルラがマラガを離れ、アーセナルに名を連ねた。

この流れは、スペインサッカーが世界のサッカー界を席巻したプロセスに重なりあう。

事実、彼ら3人は、いずれもがスペイン代表の一員として栄冠をつかんでいた。

たとえばシルバは、2008年から2012年にかけておこなわれた3つの国際大会すべてでチームに貢献。カソルラは怪我のために2010年のワールドカップに出場しなかったものの、2008年のEUROで優勝を経験している。そしてマタは2010年と2012年の優勝チームに名を連ねた。

たしかに彼ら3人は、スペインでもっとも高く評価されたミッドフィルダーだったわけではない。クラブチームでレギュラーとしてプレーしていたのは、シルバだけである。だがいずれもが、とてつもない才能を秘めたクリエイターであり、精巧な技術を誇るテクニシャンだった。彼らは敵陣に空いた小さなスペースを賢く見つけ出し、ディフェンダーの間を縫うようなパスを、ピンポイントで通すことができた。

その意味で彼らの加入は、プレミアリーグに二度目の「ライン間革命」をもたらしたと言っていい。

一度目の革命とはもちろん、15年前にエリック・カントナ、デニス・ベルカンプ、そしてジャンフランコ・ゾラによってもたらされたものだが、2つの革命を担ったキーマンには顕著な違いがあった。

たとえばカントナやベルカンプ、ゾラは本質的にはフォワードであり、深い位置まで下がってプレーするようになった選手たちだった。1990年代に大陸側からやってきた「10番」は、敵のディフェンスラインと中盤のラインの間にポジション取りをし、いかんなく攻撃の才を発揮している。

また彼らは優れたテクニックやスキルを誇るだけでなく、フィジカル面でも驚くべきものを持っていた。対戦したディフェンダーたちは、カントナの高さやベルカンプの逞しさ、ゾラが足下でボールをキープする際の意外な力強さを証言している。ただし3人のパイオニアには、イタリアやフランスのサッカー界で行き詰まり、イングランドに逃れてきたという共通点も見られた。

だがシルバやマタ、カソルラは、第1世代の革命の担い手とはまったくタイプが異なる。新世代のプレーメイカーたちはフォワードではなく、紛れもなくミッドフィルダーだったし、いずれもが小柄で、フィジカルで対抗するのを得意としていなかった。またプレミアリーグへの移籍は、キャリアメークの上での自然な流れとして位置づけられていた。

さらに詳しく見るならば、3人の間にも微妙な違いが存在していたことがわかる。シルバはスルーパスを出す際にもっとも力を発揮するタイプ。マタは他の2人よりも多くのゴールを奪うことができる選手。そしてカソルラは、シルバやマタよりも深いポジションから、ゲーム全体をコントロールするスキルに勝っていた。

■ シルバ、マタ、カソルラの類似点と共通点

とはいえシルバ、マタ、カソルラには、同じバックグラウンドがあった。彼らはスペインのサッカー界で育まれた選手だったが、その基盤となったのはバルセロナ流の4-3-3ではない。むしろ彼の地で受け継がれてきたもう1つの系譜、4-2-3-1のサッカーカルチャーだった。

スペイン流の4-2-3-1は、イングランドとは異なる発想から生まれている。

ラファエル・ベニテスの影響もあり、たしかに4-2-3-1はプレミアリーグでも市民権を得るようになっていた。

だがイングランド流の4-2-3-1は実質的に4-4-1-1と変わらず、ワイドに開いたミッドフィルダーが従来と同じように、サイドを上下に走るだけのものになっているケースも多かった。

対するスペイン流の4-2-3-1では、攻撃陣の2列目を構成する3人のミッドフィルダーが、より自由に動き回り、ポジションを流動的に交換することが許されていた。チームがボールをキープする時間が長くなればなるほど、この傾向は強くなった。

バレンシア時代のシルバとマタは、スペイン流の4-2-3-1を理解する上で最高の素材になっている。2人は同じ時期にバレンシアでプレーしたし、ピッチ上ではパブロ・エルナンデスがさらに加わる形になった。ちなみにエルナンデスは、後にスウォンジーに招かれることになる。これも然るべくして実現した移籍だが、彼ら3人は試合中、左右の両サイドと中央のポジションを自由に入れ替わっていた。

当時のバレンシアでは、ダビド・ビジャがセンターフォワードとしてプレーし続けたのに対して、3人の攻撃的ミッドフィルダーはポジションを固定されていなかった。唯一の約束事になっていたのは、敵がロングパスを出す素振りを見せた際には、自分に一番近いゾーンをしっかり守り、プレッシャーをかけるということだけだった。

一方のカソルラはマラガにおいて、すばらしいプレーを披露するイスコと組んで同じような役割を担当。ビジャレアル時代にはカニとともに、やはり似たようなプレーをしていた。カソルラとカニはインサイドに流れることによって、4-4-2を4-2-2-2のようなフォーメーションに変化させたし、自軍のセントラルミッドフィルダーと2人のストライカーの間で常にプレーし続けた。

それほどの才能を持つ選手であれば、ピッチの中央に起用されるはずだと考えたくなるが、彼らはたいていの場合、サイドから攻撃を仕掛け始めた。マタはワイドに開いたポジションに構えるメリットについて、次のように説明している。

「そうすれば内側に入ってくることができるし、ピッチ上をもっと広く見回すこともできるんだ」

当時のサッカー界では、深い位置にミッドフィルダーを2人起用し、ディフェンスラインと中盤のラインの間に生まれるスペースを、確実にカバーしようとするチームが増えてきていた。結果、ピッチの中央に常に留まっていた場合には、タイトなマークを受けやすくなってしまう。だがサイドにいれば、このような事態を避けることができる。さらにそこから内側に流れていくことにより、相手にとって危険なエリアに突然、姿を現すことができるようにもなっていた。

実際問題、シルバ、マタ、カソルラはポリバレントな選手であるが故に、最適な役割を見極めるのがむずかしかった。さらに述べれば、そもそも彼らに好みのポジションなるものがあったかどうかさえ定かではない。

たとえばクロスを上げるのが得意な攻撃的ミッドフィルダーは、利き足側のサイドでプレーするのを好むし、逆にシュートを打つのが持ち味の選手は利き足と反対側で構え、そこから内側に切れ込んでこようとする。ポジション取り次第で、利き足をもっとも効果的に使えるかどうかが決まってくるためだ。

ところがシルバやマタ、カソルラには同じロジックが当てはまらない。彼らはクロスやシュートではなく、ショートパスやクレバーなポジション移動、そしてピンポイントのスルーパスを出すのが強みだからだ。

彼らはピッチ上のどこにいても同じ役割を担うため、デフォルトのポジションはさほど問題にはならないのである。このような特徴を持つ選手が現れたことも、オールラウンダー化が進んでいたことを裏付ける。試合に臨む選手たちは、単純にディフェンスラインや中盤から前に攻め上がるのではなく、今ではピッチを右から左、左から右へと横方向に自由に移動するようになってきたのである。

■「アシスト役」という概念の普及

右でも左でも、そして中央でも、プレーメイカーとしてほとんど同じような貢献ができる。この手の攻撃的ミッドフィルダーは、今でこそイングランドサッカー界でも珍しくなくなったが、つい最近までは貴重な存在だった。

そのような中、数少ない例外となっていたのがアーセナルである。

アレクサンドル・フレブとトマーシュ・ロシツキーはこの種のカテゴリーに分類できる選手だったし、ヴェンゲル指揮下のチームには、攻撃的ミッドフィルダーとしてサミル・ナスリも名を連ねていた。

ナスリは後にマンチェスター・シティに移籍して、シルバとともにプレーするが、中央はもとより左右両サイドでプレーするのがいかに苦にならないかを、自分の例を引きながら説明している。「右サイドでプレーした場合には裏に抜け出すプレーが多くなるし、左サイドにいた場合には、インサイドに流れるプレーができる」

チェルシーのジョー・コールも3つのポジションすべてをこなせる選手だったが、彼は10番のポジションでは真に存在感を発揮することができなかった。むしろコールは、ジョゼ・モウリーニョによってワイドのポジションにコンバートされてから、ハードワークを厭わぬミッドフィルダーとして一皮むけている。

ただし、これらの選手たちと比べても、シルバ、マタ、カソルラは一味違っていた。広い意味で新しいタイプのミッドフィルダーだと言ってもいいだろう。

その事実は、イングランドサッカー界に、彼らをうまく言い表す単語自体がなかったことからもうかがえる。

シルバたちは明らかに「ウインガー」ではなかったし、「ワイドに開いたミッドフィルダー」でさえなかった。「プレーメイカー」という単語もあまりにも漠としていて、独特なポジション取りを説明できなくなってしまう。

それを考えれば、おそらく「アシスト役」という単純な単語が最適なのだろう。彼らは正統派のミッドフィルダーでもなければ、フォワードでもない。シュートやドリブル、クロスに特化しているわけでもない。むしろシンプルにアシストすることが、最大の役割だったからである。

そもそも「アシスト」という概念は、「プレミアリーグ時代」の産物の1つだったと言える。

たとえばサッカーの統計データを提供する会社としてもっとも定評のあるオプタ社は、1996年にアーセナルの元監督であるドン・ハウを雇い、様々な単語を正確に定義しようと試みている。その中には「アシスト」も含まれており、最終的には次のような説明が採用されることとなった。「最後のパスもしくはパスを兼ねたシュートで、ボールを受けた選手が記録したゴールに直接結びつくもの」

オプタの定義は現在では広く受け入れられているし、プレミアリーグの公式サイトでも、選手のプロフィールや得点記録の脇に表示されるようになった。

だが正確なアシスト記録を一般人も参照できるようになったのは、実は2010年頃に過ぎない。ティエリ・アンリは2002／03シーズン、1シーズンで20回アシストを決めるという大記録を達成している。当時、アンリの実績がほとんど言及されなかったのも、このような理由によるものである。

シルバやマタ、カソルラなどの才能に恵まれた「アシスト役」の登場は、アシストなどのデータがさらに重視されるようになった時期に一致している。言葉を換えれば、アシストなどを通じたチームへの貢献度がより定量化できるようになったからこそ、彼らはとりわけ高く評価されるようになったのである。

■ダビド・シルバが与えたインパクト

３人の「コンキスタドール」の中で、最初にイングランドに上陸したのはダビド・シルバだった。彼は２０１０年のワールドカップで、スペイン代表が成功を手にした後に、マンチェスター・シティに招かれている。

だが当時のシルバは、代表チームでは厳しい立場に立たされていた。

ビセンテ・デル・ボスケが率いるチームは、なんとワールドカップの開幕戦でスイスに０－１と敗北してしまう。

原因は明らかだった。この時点でのスペイン代表は、ピッチを広く使うことがまったくできず、相手にとって予測がしやすいチームになっていた。２人のプレーメイカーをワイドに配置する方法が機能していなかったため、単調なプレーに終始していたのである。

デル・ボスケに求められていたのは、攻撃のバリエーションを増やすために、ディフェンスラインの裏に抜けられるような選手を追加することだった。現に彼はフェルナンド・トーレス、ヘスス・ナバス、ペドロ・ロドリゲスを様々な局面で起用していくことになる。

この煽りを食ったのがシルバだった。ピッチ上にはショートパスの使い手が溢れかえっているということで、シルバは開幕戦で60分過ぎにベンチに下げられてしまう。以降の試合でも終盤に一度、途中出場しただけに留まった。

もともとデル・ボスケという監督は、戦術を遂行することと同じ程度に、チーム内の和を保つことを重視する。このため以降の数年間は、シルバとの関係を改善しようと努めた。かくしてレギュラーに返り咲いたシルバは、EURO2012の決勝では、イタリアからヘディングで先制点をもぎ取って4‐0の勝利に貢献するなど、重要な役割を果たすようになる。

だが2010年の時点では、失意を抱えたままだった。

「この偉大なチームの一員になれたことはラッキーだと思う。でも監督から、本当の意味では必要とされていないという感じもするね」。シルバは翌年、不満を口にしている。「ワールドカップでスイスに負けた時も、その影響を受けたのは僕だけだった」

ワールドカップが不調に終わっただけに、シルバはマンチェスター・シティの一員として、自らの存在を改めてアピールしようと心に誓っていた。

だがプレミアリーグにデビューした1シーズン目は、クリスマスを迎えるまで目立った活躍ができなかった。ブラックバーン戦で、相手を交わしてから見事なシュートを一度決めただけに終わっていたし、アシストも3回しか記録していなかった。

これには理由がある。当時のシティには相手の裏に抜けられる選手がいなかったため、シルバは自分の持ち味であるスルーパスを出せなかったのである。またシルバは、フィジカルなイングランドサッカーに戸惑っているようにも見えた。

だがシーズン後半には勘所をつかみ、一気にレベルアップすることに成功。続く2011／12シーズンにはイングランドサッカー界で唯一無二の存在となり、シティのプレミアリーグ制覇に貢献していく。

対戦相手のディフェンダーは、シルバがワイドに開いたポジションから、まるで彷徨うようにインサイドに流れていくプレーに単純に対抗できなかった。とりわけイングランドの古いタイプのサイドバックがマッチアップした時には、滑稽なほどシルバに手を焼く場面がしばしば見られたほどである。

この典型的なケースとなったのが、シーズン第2節のボルトン戦だった。

ボルトンの左サイドバックであるポール・ロビンソンは、インサイドに流れていくシルバをどこまで追いかけていくべきか把握しかねていた。このため試合中は本来のポジションにじっと留まり、シルバにボールが渡った時にしかプレッシャーをかけようとしなかった。

しかもシルバはロビンソンをかわしながら攻撃を仕掛けつつ、前方に攻め上がってくる味方に簡単にパスを供給。先制点を記録しただけでなく、相手を完全に混乱に陥れて3‐2の勝利に貢献している。

シルバの独特なプレースタイルは話題を呼び、やがてライバルチームの監督たちも最大限の「賛辞」を贈るようになっていく。シルバを封じ込めるために、マンマークを付けたのである。

だがこの方法ですら、必ずしも成功したわけではなかった。顕著な例は2011年9月、エヴァートンがシティのホームに遠征してきた試合である。

エヴァートンのデイヴィッド・モイーズ監督は、まずミッドフィルダーのジャック・ロドウェルに対して、フルコートでシルバをマンマークするように命じる。ところがロドウェルは相手の動きに幻惑されて手一杯になり、わずか20分でファウルを犯してイエローカードを受けてしまう。そこでモイーズは、代わりにフィル・ネヴィルをマーカーに起用するが、ネヴィルも5分後にファウルでイエローカードを出されたため、再びマーク役をロドウェルに戻すという苦渋の選択を余儀なくされた。

シルバは、そんなことなど意に介さずゲームを支配し続ける。最終的にはジェームズ・ミルナーがあげた2点目もお膳立てし、シティを2‐0の勝利に導いた。かくしてシルバは2011年9月の月間最優秀選手に選ばれることになる。たしかにシーズンの終盤戦、シティがトロフィーを手にする最後の14試合は小さな故障に悩まされ続け、1ゴールと2アシストを決めただけだった。だがシーズンの前半は16試合に先発して3ゴールと12のアシストを決め、一気にチームに勢いをつけたのだった。

■マタとカソルラが発揮した存在感

この2011／12シーズンには、バレンシア時代のシルバのチームメイトであるマタも、プレミアリーグに名を連ねるようになっていた。

当初、シルバがイングランドでの生活に馴染むのに苦労したのと対照的に、マタはすぐに新天地に適応している。もともと彼の姉はブライトンに住んでいたため、英語はすぐに身に付けることができたし、新たな住み家であるロンドンの風景を観光写真風に撮影し、SNSのフォロワーを楽しませている。

「人目を避けるのもまったく問題ない。ソーホーかカムデンに行けばいいんだ」。マタは説明している。

「スペイン人がたくさんいるし、ピカデリーやオクスフォード・サーカスに行くと、スペイン語の会話もたくさん聞こえてくる。しかも僕はそんなに気付かれないんだ。ハイドパークやリージェント・パークも好きだね。いい写真が撮れるし、キングス・ロードではうまいタパス（スペインの小皿料理）のレストランも見つけた」

マタにとってさらに追い風となったのは、チェルシーでのデビュー戦で、ノリッジ相手にいきなりゴールを決めてアピールできたことである。シルバが絶好調を維持しているのとまさに同じ時期に、マタは8試合に出場し、2ゴールと6アシストを記録している。そして最終的にはシルバとともに、2011／12シーズンのプレミアリーグにおいて、もっとも多くのチャンスを作り出した選手になっていく。シルバとマタはアシストランキングでも、シルバが1位、マタが2位に輝いた。

マタはアンドレ・ビラス＝ボアス率いる新生チェルシーにおいて、シンボル的な存在になったかのような印象さえ与えている。たしかにビラス＝ボアス体制は半年を待たずして幕を閉じるが、マタは後任のロベルト・ディ・マッテオやラファエル・ベニテスの下でも結果を出し続けた。3人の監督はタイプも違えば、用いる戦術システムもかなり違っていたにもかかわらずである。

事実、ビラス＝ボアスはマタを左サイドでたびたび起用したし、逆にディ・マッテオは大一番に臨む際に右サイドに配置している。そしてベニテスの場合は、ピッチの中央を任せるというような具合だった。マタ曰く。「僕は3つのポジションのどこでもこなせるんだ」

しかもマタは、驚くほどコンスタントにアシストを記録し続けた。この傾向はタイトルがかかったビッグマッチでは特に顕著だった。

たとえば2011／12シーズンのFAカップ決勝において、チェルシーがリヴァプールを2‐1で降した際には、ラミレスの先制点を演出している。バイエルンとのチャンピオンズリーグ決勝で、ドログバが決めた起死回生の同点弾をお膳立てしたのもマタだった。

マタは翌シーズン、ヨーロッパリーグの決勝でベンフィカに2‐1で勝利した際にも、フェルナンド・トーレスとブラニスラヴ・イヴァノヴィッチのゴールをそれぞれアシストしている。

こうしてマタはチェルシーで過ごした最初の2シーズン、クラブの年間最優秀選手に選ばれている。だがジョゼ・モウリーニョが監督に復帰すると脇に追いやられ、マンチェスター・ユナイテッドに売却されることになった。

一方、アーセナルは2012年に、マラガからカソルラを獲得している。カソルラは後にミッドフィールドの深い位置でプレーする選手として知られていくが、当初はシルバやマタのように4‐2‐3‐1のワイドからインサイドに流れていくアシスト役、あるいは10番の選手として起用された。

ちなみにカソルラは、自らの役割を次のように表現している。「ラインの間、ディフェンスラインとミッドフィルダーの間でプレーして、相手の守備にダメージを与えていく……フォワードの少しだけ後ろでプレーして、アシストをしていくんだ」

カソルラはいつも笑顔を絶やさなかったし、ずんぐりとした体型の持ち主としてもファンに親しまれた。残念ながら長い距離を駆け抜けるスピードには恵まれていなかったものの、プレッシャーをかけてくる敵ディフェンダーの間を縫うように抜いていく際には、とてつもない速さを持つ選手だった。

マタ同様、カソルラも序盤戦から実力を発揮する。シーズン3戦目、アーセナルはアウェーのリヴァプール戦で試合の主導権を握りながら2－0の勝利を収めたが、この際にはまずルーカス・ポドルスキーの先制ゴールを演出。さらに2点目を自ら叩き出すなど、すばらしいパフォーマンスを発揮した。

カソルラは2013年5月にウィガンを4－1で一蹴した試合では、1人で4アシストを決めるというきわめて稀な記録も残した。このシーズン、カソルラをアシスト数で上回った選手は1人しかいない。それがマタだった。

エヴァートンでセットプレーを担当していたレイトン・ベインズを除けば、2012／13シーズンにもっとも多くのチャンスを作り出したのは、やはりシルバ、マタ、カソルラのトリオだった。

■「偽の9番」再考

プレミアリーグには以降の数年間、3人に匹敵するようなアシスト役が続々と加入してくる。たとえば2015／16シーズンにもっとも多くのゴールを作り出したメスト・エジル、クリスティアン・エリクセン、ディミトリ・ペイエ、ドゥシャン・タディッチといった面々は、すべて同じようなタイプだった。こうしてプレミアリーグでは、新しいタイプのテクニカルな10番が重用されるようになっていく。シルバ、マタ、カソルラは、攻撃的ミッドフィルダーに求められる条件を変えただけでなく、「アシスト役」という概念を普及させるのにも貢献したのである。

ただし、攻撃的ミッドフィルダーを巡る変化以上に重要なのは、同じような変化がセンターフォワードに関しても起きたことだった。本来、センターフォワードは点を取ることが主な役割だが、彼らにもボールをキープする能力がより求められるようになった。

そのわかりやすい例が「偽の9番」(最前線に位置するアタッカーとして起用された選手が、本来のポジションには囚われずに中盤に下がってくるプレースタイル)の登場である。

2008年頃、サッカーファンが「偽の9番」などという単語を耳にしたならば、きっと戸惑いを覚えたに違いない。ところがわずか2年後には、1つの戦術として認知されるようになっていた。

この「偽の9番」を一般的にしたのも、バルセロナが残したレガシーの1つである。また新たな戦術は、1人の選手にスポットライトを当てることにもなった。リオネル・メッシである。

メッシが同世代の選手の中で図抜けた存在になっただけでなく、サッカー史上もっとも偉大な選手ではないかと噂されるまでになったのも、「偽の9番」としてプレーするようになったことに負う部分が大きい。たしかにメッシは本来、9番(センターフォワード)というよりも10番(プレーメイカー)だったし、中盤を圧倒するために極端に深い位置まで下がってプレーすることもあった。にもかかわらずバルサのスリートップの中央にコンバートされたことによって、記録破りのペースで得点を量産するようになった。

ただし「偽の9番」という単語は、イングランドのサッカー界ではしばしば誤って使用されてきた。この単語は、純然たるストライカーではないタイプのフォワードを指す際に用いられるが、実際には特定の選手というよりも、特定の役割を意味する用語なのである。

リヴァプールのケースはわかりやすい。2012年12月、チーム内で負傷者が続出したためにアウェーのウェストハム戦では、ミッドフィルダーのジョンジョ・シェルヴェイをフォワードに起用せざるを得なくなった。メディアは「偽の9番」かと色めき立ったが、シェルヴェイは中盤に下がってつなぎ役をこなすこともなく、その場しのぎのセンターフォワードとしてプレーしただけだった。つまりシェルヴェイは、「偽の9番」として機能しなかったのである。

スペイン代表が、EURO2012を制したケースも興味深い。

この大会、監督のビセンテ・デル・ボスケはセンターフォワードを固定するのに苦労していたため、開幕戦ではなんとセスク・ファブレガスを抜擢している。一旦試合が始まると、セスクはいつものように中盤に下がってきたため、結果的に「偽の9番」をこなす形になった。

セスクはイタリアに4-0で完勝した決勝戦でも、同じようにセンターフォワードとして起用されたが、そのプレースタイルは前回とは異なっていた。彼は中盤に下がる代わりに、敵の最終ラインに張り付いて裏を狙っている。つまり初戦では「偽の9番」として機能したにもかかわらず、決勝では単なる急造のセンターフォワードをこなしたに過ぎなかった。

■変貌し続ける、センターフォワード像

イングランドのサッカー界では、「偽の9番」は特に厳密に定義されていたわけではない。とはいえ新たな発想は、各監督がセンターフォワードに求める要素を明らかに変化させている。

一昔前のプレミアリーグでは背が高く、屈強な肉体を持った選手がセンターフォワードの適任だとされていたし、ペナルティエリアの中に留まり、クロスから得点を狙うタイプこそが正統派の9番目だとされていた。その意味で「偽の9番」は、この古典的な枠組みを真っ向から否定するものとなっている。

古典的な「9番」と「偽の9番」。2つのモデルはやがて融合を見ていく。2011年から2016年にかけては、両者のハイブリッド型とも言うべきセンターフォワードが席巻していくからである。

この間、プレミアリーグの得点王に輝いたのは、カルロス・テベス、ロビン・ファン・ペルシ、ルイス・スアレス、セルヒオ・アグエロといった面々だった。

彼らはピッチ上のもっとも前方でプレーしながらゴールを量産したが、そもそもイングランドのサッカー界にやってきた際は、センターフォワードの背後でプレーするセカンドストライカーだった。にもかかわらず最終的には「10番」としてではなく、トップクラスの「9番」へと成長していった。

このような事実もプレミアリーグにおいて、センターフォワードに求められる要素が変わったことを示唆している。

むろん、オーソドックスなストライカー抜きで試合に臨んだチームは過去にも存在した。アーセナルはティエリ・アンリ、マンチェスター・ユナイテッドはクリスティアーノ・ロナウドを擁して、「偽の9番」に似たような戦術を実践している。

ただしアンリやロナウドがもっぱら意識していたのは、ポジション取りをする際に、自らがゴールに向かって走り込むスペースを確保することだった。これに対してテベスを始めとする新世代の9番は、つなぎ役としてプレーすることを重視した。しっかりゴールを決めながらである。

ウェイン・ルーニーも然り。彼は「偽の9番」ではなかったものの、かと言って純然たる「9番」でもなかった。ルーニーはマンチェスター・ユナイテッドの歴代最多得点記録を塗り替えていくことになるが、むしろ自分にとっての最適なポジションを見つけるのに苦労し続けたと言うべきだろう。現にロナウドがいた頃はワイドのポジションに回されたし、その後の数年間は「9番」と「10番」の役割を交互にこなしている。そして最後には中盤で起用されるようになった。

そんなルーニーが、純然たる点取り屋として覚醒したのは２００９／１０シーズンだった。同シーズン、ルーニーは４‐３‐３のワントップとしてしばしば試合に出場。ヘディングでも多くのゴールを記録するなど、オーソドックスなセンターフォワードのように、得点を奪う能力に磨きをかけていった。

ところがルーニーは、本来のセンターフォワードよりもはるかに深いポジションでたびたびプレーしている。前方にパートナーがいないにもかかわらずである。これは彼が「偽の9番」的な役割をこなしていたことを物語る。

たとえば先に紹介したゴールシーン、2010年1月にアーセナルに3－1で勝利した一戦で、朴智星やナニと連動しながら得点を奪った場面などは、「偽の9番」としての特徴がもっとも端的に表れていた。ルーニーはつなぎ役としてチャンスメイクに絡みながら、最後は自らゴールネットを揺らし、プレミア史上に残るカウンターアタックを決めている。

当時のプレミアリーグで、「偽の9番」的なプレーをした選手としては、ニコラ・アネルカもあげられる。もともと彼はセンターフォワードという役回りではなく、チャンスメイクを好むタイプだった。現役時代のアネルカは、本人の意に反して「9番」の選手だと見なされることが多かったが、2010年、チェルシーがマンチェスター・ユナイテッドに2－1で勝利した試合では、「偽の9番」として決定的なプレーをしている。ただし当時のチェルシーにはドログバが名を連ねていたため、「偽の9番」として起用される機会はほとんどなかった。

■明暗を分けたテベスとベルバトフ

結果、偽の9番としてもっとも大きな存在感を示したのはアルゼンチンのフォワード、カルロス・テベスになった。

すでに指摘したように、テベスがマンチェスター・ユナイテッドに加入する際には、ルーニーと共存できないのではないかと見られていた。２人はセンターフォワードというよりはセカンドストライカーであり、ともに「10番」タイプだと考えられていたためである。

またユナイテッドは２００７／０８シーズン、チャンピオンズリーグを制する過程でしばしばゼロトップの戦術を採用したが、攻撃ではロナウドがもっとも重要な役割を担っていたため、テベスとルーニーは黒子役に回るケースが多かった。

そんなテベスにとって大きな転機となったのが、マンチェスター・シティへの移籍だった。掟破りの移籍は物議を醸したが、テベスは新天地でついにチームの中心選手となっていく。

シティに移籍したばかりの頃、テベスはオーソドックスなターゲットマンであるエマニュエル・アデバヨールの後方で起用されていた。

だが２０１０／１１シーズンには、アデバヨールを押しのけてセンターフォワードに定着。最終的には20ゴールをあげて、同率でプレミアリーグの得点王にも輝いた。

しかもテベスは自分の持ち味を失わなかった。ゴールを量産する傍ら「偽の9番」として中盤の深い位置まで下がり、クレバーにつなぎ役もこなし続けたのである。

奇しくもこのシーズンは、メッシがバルセロナをヨーロッパの王座に導き、「偽の9番」の有用性をサッカー関係者に知らしめた時期に重なる。

テベスは基本的にメッシに比肩するような選手だったため、母国のアルゼンチンでは代表チームにおいて両雄が並び立つのかが盛んに議論されることになる。

テベスはバルセロナにおけるメッシの域には達しなかったものの、マンチェスター・シティでも、メッシと同じようなプレーを幾度となく再現してみせた。

マンチェスター・シティでテベスが得点王に輝いた時、同率でタイトルを分け合ったのはマンチェスター・ユナイテッド時代のチームメイト、ディミタール・ベルバトフだった。

センターフォワードを巡るプレースタイルの変化を考える際には、ベルバトフのケースも示唆に富む。もともと彼は2008年にトッテナムから加入。翌年、テベスとロナウドがユナイテッドを去ると、おもにメインストライカーとして起用されるようになった。その後方でプレーしていたのがルーニーだった。


だが、やがてベルバトフも引き気味のポジションでプレーするようになり、代わりにルーニーが前に出て、敵のディフェンダーと対峙する場面も見られるようになる。こうして2人は、トップクラスのセンターフォワードが、9番と10番の中間にあたる役割をこなし始めたことを浮き彫りにしていった。

ただし2010／11シーズンのベルバトフに関してもっとも特筆できるのは、テベスとともにプレミアリーグの得点王に輝いたことではなかった。むしろ得点を量産していたにもかかわらず、チャンピオンズリーグの決勝に向けて招集された18人のメンバーから外された点だろう。アレックス・ファーガソンはハビエル・エルナンデスをセンターフォワードに起用し、その後ろにルーニーを配置している。さらにはフォワードの交代要員として、マイケル・オーウェンをベンチに残すことを選択したのだった。

■「9・5番」のオランダ人

テベスとベルバトフがプレミアリーグの得点王の座を分け合った後、2シーズン連続で栄誉に輝いたのは、オランダ人のロビン・ファン・ペルシだった。

ただし、所属するチームは移り変わっている。

まず2011／12シーズンには、アーセナルのストライカーとしてすばらしいプレーを披露。苦戦を余儀なくされていたチームを、プレミアリーグで3位に押し上げている。翌シーズンにはマンチェスター・ユナイテッドに引き抜かれ、今度はチームを優勝に導いている。

ファン・ペルシは、2004年にイングランドに渡ってきた選手だった。テベスと同じように当初は10番の選手だと考えられていたし、アーセナルではマンチェスター・シティにおけるテベスと同じようにトーゴ出身のアデバヨールの後ろでプレーする形になった。

しかしアデバヨールは、2009年にマンチェスター・シティに移籍。これを受けてファン・ペルシは、センターフォワードにコンバートされる。例によってアーセン・ヴェンゲルは、すぐに後釜を獲得するのではなく、手持ちの選手に新たな役割を与えることで欠員を埋めようとしたのである。

迎えた2009／10シーズン、ファン・ペルシは序盤から大きなインパクトを与える。チームメイトのためにチャンスを作り出す役割と、ゴールを決める役割を完璧に両立させ、12試合で7ゴール、7アシストを決めてみせた。

しかし、その後は足首の靭帯に重傷を負い5ヶ月間、戦線離脱を余儀なくされてしまう。この間ヴェンゲルは、おもにロシア出身のアンドレイ・アルシャヴィンをフォワードに起用している。

ただしアルシャヴィンは、実態がつかみにくい選手だった。

そもそも彼はクリエイティブな選手で、テクニックにも優れていた。本来は才能に恵まれたプレーメイカーであり、攻撃陣の左サイドに起用された際には見事なプレーも披露している。

だが運動量やフィジカルの能力では、見るべきところがほとんどなかったし、ゴールを量産したこともなかった。その意味でアルシャヴィンは、もっとも9番らしくない「偽の9番」だったが単純にプレーに精彩を欠いたため、大役をほとんど全うしきれなかった。しかも途中からは調子を落とし、深刻な自信喪失に見舞われてしまう。

チーム内で復帰を切望する声が高まる中、ファン・ペルシはついに長いリハビリを終えて現場に戻ってくる。しかもこの間には見事なゴールを決める代わりに、怪我をしがちだったセカンドストライカーではなく、容赦なく点を奪う一流のセンターフォワードに変貌を遂げていた。

こうしてファン・ペルシは、ほとんどの場合、4-3-3のワントップでプレーするようになった。知的で雄弁なファン・ペルシは、自分の役回りがいかに変わったのかを自覚していた。

「(自分の役割を) メインのストライカーとしては、あまり考えていないんだ」。彼は解説している。「オランダでは、すべてのポジションを番号で呼ぶ。9番がメインのストライカーで、10番はその後ろにいる選手というようにね。僕は自分のことを『9・5番』と呼ぶのが好きなんだ。時々 (深い位置に) 下がって、ゲームに絡むのが好きだからね。

僕は今でも、状況が許せば少しだけトップ下に近いプレーをしている……監督もこんなふうに言ってくれるんだ。『得点を取ることだけに集中しなくていい。得点は自然についてくるし、これまでどおりにプレーしてほしい。プレースタイルを変えようとしたり、自分の役割をストライカーに限定して考えたりするようなことはしないでほしい。君はそれ以上の役割を担っている』」

このコメントは、彼が担っていた役割を的確に表現している。

ファン・ペルシの場合も、最前線でプレーするようになったからといって、クリエイティブなプレースタイルは失われなかった。現に試合ではセンターフォワードとして得点を重ねながら、セオ・ウォルコットのために多くのゴールもお膳立てしている。当時のアーセナルでは、ファン・ペルシがボールに絡むために中盤に下がった際には、ウォルコットがバランスを取り、逆にセンターフォワードの位置に走り込むような方式が採用されていた。

やがてマンチェスター・ユナイテッドに移籍したファン・ペルシは、今度はルーニーとコンビを組んで多くのゴールをもたらしていく。この間、ルーニーは4-4-1-1で下がり目のポジションをこなす一

Ferguson's last Man Utd, 2012/13

マンチェスター・ユナイテッド ◉ 2012/13 シーズン

ファーガソンが率いた最後のチーム。前線はファン・ペルシとルーニーのツートップになっているがシーズン序盤は、香川真司が10番の役割を担うケースも多かった。だがチームは徐々にファン・ペルシの得点力に依存するようになったため、新たな攻撃スタイルは生まれなかった

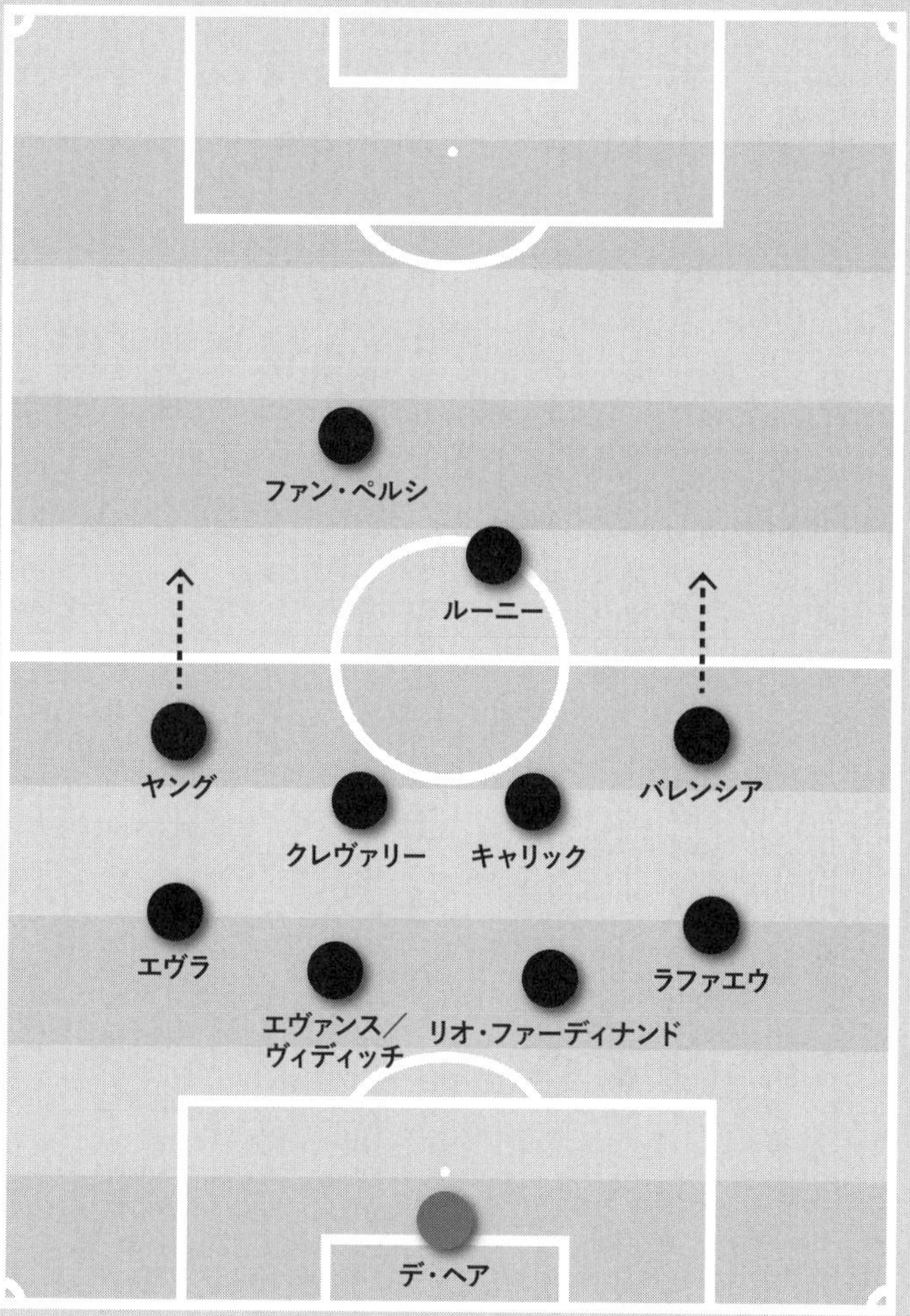

方、ファン・ペルシは徐々に純粋な9番へと成長していった。ただしファン・ペルシはルーニーとの役割分担について「どちらも9・5番」と表現している。

事実、ファン・ペルシとルーニーはすばらしいコンビネーションを築き上げる。2012／13シーズン、アレックス・ファーガソンはプレミアリーグのタイトルを手土産に、ついに監督を勇退する。ユナイテッドは4月22日、アストン・ヴィラに3－0で勝利を収めて早々とタイトルを獲得したが、ファン・ペルシはこの試合でも3点すべてを叩き出した。特に2点目は、ルーニーがセンターラインの手前から長い浮き球のパスを送り、ファン・ペルシがトレードマークとも言えるボレーシュートをダイレクトに決める形になっている。

同シーズンのユナイテッドは、プレーに精彩を欠く場面も見られた。特に中盤ではこの傾向が強かったが、そんな中、2人の「9・5番」はきらりと光るものを随所に見せたのだった。

■スアレス、アグエロ、そしてハリー・ケインへ

ファン・ペルシが2シーズン連続して、左足で「金色のブーツ（得点王の称号）」を履いた後、2013／14シーズンの得点王に名乗りを上げたのはリヴァプールのウルグアイ人ストライカー、ルイス・スアレスだった。

スアレスのプレーはまさに圧巻だった。彼は33戦に出場して31ゴールを記録。1試合あたり平均して0・94ゴールを決めた計算になる。この驚異的な数字は、プレミアリーグの記録となった。

そしてスアレスも、やはりお馴染みのパターンを経てきた選手だった。

2011年の1月にイングランドサッカー界にやってきた当時、彼は純粋なストライカーだとは考えら

れていなかった。彼はアヤックスでは右サイドのアタッカーとして起用されていたからである。移籍市場で起きた出来事も、この事実を裏付ける。

リヴァプールはスアレスを獲得したのと同じ日に、調子を落としていたフェルナンド・トーレスをチェルシーに売却。5000万ポンドをせしめると、その売却代金の70％を投じてニューカッスルのターゲットマンであるアンディ・キャロルをすぐに獲得している。キャロルはセンターフォワードとしては、実力が未知数だったにもかかわらずである。

リヴァプール側はなんとかして9番を確保しようと必死になっていたため、つい2時間前にトーレスの完璧な代役を獲得したことに気付いていなかった。

スアレスはゲームを支配しつつ、スピードとクレバーな動き、そして敵のディフェンダーを抜いてプレーによって相手を混乱に入れることができる選手だったが、リヴァプールに移籍したばかりの頃は、比較的ゴールに恵まれなかった。

現に入団してからの1年間は9ゴールをあげたに過ぎない。その理由となったのは頻繁にポジションが変えられたことと、アンディ・キャロルの後方でプレーするケースが多かったことなどがあげられる。

だが正規のセンターフォワードとしてコンスタントに起用されるようになると、スアレスはチームメイトをアシストし続けながら、プレミアリーグでもっともゴールを量産する正統派のストライカーへと進化していった。

スアレスに続いて得点王に輝いたのは、セルヒオ・アグエロとハリー・ケインである。両者は純粋なストライカーだと見なされているが、やはり今日に至るまでには相応の紆余曲折を経てきている。

アグエロは2011年の夏に、アトレティコ・マドリーからマンチェスター・シティへ移籍。デビューシーズンには、いきなり23ゴールを記録している。だが最初の3年間は、伝統的なセンターフォワードの役割と、自分がもっとも好んでいた役回りの双方を受け持つ形になった。

「僕はほとんどの場合、セカンドストライカーとしてプレーしてきた。でもいつもセンターフォワードのそばでプレーしたから、うまく連動することができたんだ」。アグエロは自らのプレースタイルを説明している。「僕は（セカンドストライカー）のポジションなら、一番いいプレーができると思う」

だが後にはチームのセンターフォワードにコンバートされ、攻撃陣全体を率いていくようになる。そして2014／15シーズンには、自身のキャリアにおいて最多となる26ゴールをリーグ戦で記録し、得点王の座を獲得している。

逆にハリー・ケインは実力を認められるようになるまで、しばらく時間がかかっている。もともとケインは器用なタイプの選手ではなかったし、動きもぎこちなかった。またストライカーとしては「正しい場所に、正しいタイミングで顔を出す」ことを武器にしているような、古いタイプに属していた。

だがケインの持ち味は、得点力だけではなかった。ゴールをなかなか奪えない時には、つなぎ役としてプレーすることができたのである。その意味でケインがアグエロと同じように、背番号を選ぶ際に9番ではなく10番を選んだのは象徴的だった。

ケインに関しては、イングランド代表の元ストライカー、アラン・シアラーとテディ・シェリンガムの両方と比較される点も興味深い。

シアラーはイングランドサッカー界を代表する点取り屋だったのに対し、シェリンガムは自らゴールを奪いつつも、ポストプレーやサポート、つなぎ役としてチームに貢献した選手だった。同じフォワードでも、選手としてのタイプは真逆だと言っていい。だからこそ2人は理想的なパートナーとして活躍することができた。

そんな2人に比較されるということはケインが両者の特徴——シアラーの得点力と、攻撃陣と中盤をつないでいくシェリンガムのプレースタイルを併せ持っているということに他ならない。ファン・ペルシの表現を借りるなら、ケインもまた「９・５番」の選手だったのである。

「子供の頃はいろんなポジションでプレーしたし、そのおかげでいろんなプレーを覚えることができたんだ」。ケインは語っている。「最前線で1人でプレーするためには、チャンスを活かすだけじゃなくて、いろんなプレーをもっとうまくこなさなければならない。試合中にはゴールに背中を向けて、ボールを受けることもある。そういう時にはつなぎ役をこなして、味方を絡めていかなければならないんだ」

クロップがリヴァプールで試みた実験

古典的なセンターフォワードの枠に留まらない、新たなタイプのフォワードの登場。この究極の例が見られるのが、ユルゲン・クロップが率いる現在のリヴァプールだ。

クロップのゲームプランの根幹をなすのは「ゲーゲンプレス」と呼ばれる戦術――反撃に転じようとする相手に対して、逆に「カウンタープレス」を仕掛けてボールを奪い返し、一気にゴール前に迫っていく手法である。

この戦術を遂行するには無尽蔵のスタミナを持ち、ダイナミックなプレーが展開できるフォワードが必要になる。と同時にフォワードの選手には、敵のゴールめがけて殺到してくるミッドフィルダーと素早く、そして的確にパスやポジションを交換できる能力も求められる。

このためクロップは空中戦からゴールを奪うことはできても、それ以外のプレーをほとんどしなかったクリスティアン・ベンテケを放出している。さらにはオーソドックスなストライカーである、ダニエル・スタリッジとディヴォック・オリジを、あえてメンバーから外すこともしばしばおこなってきた。よりオールラウンドなプレーができるロベルト・フィルミーノを、最前列で起用するためである。しかもフィルミーノも、本来はセンターフォワードの選手ではなかった。彼は本来、10番の選手だったのである。

これが数年前ならば、本職のストライカーを1人も使わずに試合に臨むなど、正気の沙汰ではないと考えられていただろう。

だがクロップの決断に異議を唱えた人は、ほとんどいなかった。むしろ実際には、フィルミーノのほうが現在の戦術システムに合っていると、起用を賛成する声が多数派を占めた。

「ストライカーには実にいろんなタイプがいる」。クロップは説明している。「ロベルト（フィルミーノ）はとても攻撃的なプレーをする選手だから、ストライカーを務めているんだ。世間の人たちは誰もが『フィルミーノを使うなんてどうしたんだい？ 本当のターゲットマンになれるような（背の高い）ストライカーを使うべきだ！』と言ってくるけれど、ロベルトだってれっきとしたストライカーだよ。（現在のサッカー界では）身長が160センチ台のストライカーがたくさんいる。リオネル・メッシもその1人だ。フィルミーノはボールを扱えるだけでなく、ゴールも決められる。それにフレキシブルなプレーができるし、今は絶好調をキープしている。彼がペナルティエリアの中に入っていけば、何かが起きるんだ」

クロップの発言は、メッシが与えた影響を素直に認めているという点で、いささか珍しい部類に入る。配下の選手をメッシと比較したがる監督など、サッカー界にはほとんどいないからだ。

これらの選手は、時間をかけて一流のストライカーに成長してきた。そして彼らが異口同音に語るのは「単純に得点を取るのではなく、『もっといろんなこと』をやるべきだと思う」という内容である。ファン・ペルシとハリー・ケインは、つなぎ役の重要性も強調している。

サッカー選手がどんどんオールラウンダーに変貌しつつあることは、すでに指摘したとおりである。今やピッチ上のあらゆる選手は、基本的な役割以外のことを果たさなければならなくなった。しかもピッチ上の中盤では、ミッドフィルダーに求められるプレースタイルも大きく変化している。

ストライカーも然り。ポゼッションサッカーが全盛になった今日では、つなぎ役をこなすことが、ゴールを決めることと同じ程度に重視されるようになったのである。

第8部——ポスト・ボールポゼッション時代の戦術進化

第22章

ブレンダン・ロジャーズが味わった挫折

「現代サッカーのデータを見れば、ボール支配率を高めて試合をコントロールしたくなる。だがエヴァートン戦では、ボールを持たなくとも試合を支配できた」

（ブレンダン・ロジャーズ）

■ 現代に蘇った「ジ・エンターテイナー」

優勝したチームよりも準優勝に終わったチームが、きわめて魅力的なサッカーを展開する。プレミアリーグの歴史では、このような現象が2回起きたことがある。

最初の例は、1995／96シーズンのニューカッスルである。最後は戦術的なナイーブさが徒《あだ》となり、マンチェスター・ユナイテッドに敗れたが、キーガン率いるチームは強烈な印象を残した。

これによく似ていたのが、2013／14シーズンのリヴァプールである。最終的な結果もさることながら、リヴァプールとニューカッスルには共通する要素が多かった。まずニューカッスルとリヴァプールは、ともにサッカー人気が高いイングランド北部の都市に本拠地を構えていたし、どちらのクラブにとっても、プレミアリーグで初のタイトルを獲得することが悲願となっていた。

共通点は他にもある。両クラブはいずれも容赦なく攻撃を仕掛けることを好んだが、選手の個々のプレーに依存する傾向が強かったし、ともすれば守備を軽視しがちだった。

さらにリヴァプールの場合は若手監督がチームを率い、南米からやってきた気性の激しいストライカーが存在感を発揮し、シーズン終盤、ホームのアンフィールドで手に汗握る大一番を迎えるという要素まで加わった。その意味でリヴァプールは、現代に蘇った「ジ・エンターテイナー」に他ならなかった。

2013／14シーズンのリヴァプールは、ロイ・ホジソンとケニー・ダルグリッシュが解雇されたのを受け、ブレンダン・ロジャーズが新たに指揮を執るようになっていた。ロジャーズはスウォンジーの監督時代、アンフィールドでおこなわれた試合において、リヴァプールのサポーターからやんやの喝采を受けていた。この見慣れぬ光景は、数年前にオーナーに収まっていたフェンウェイ・スポーツ・グループの関係者に、強烈な印象を与えていた。

ちなみにフェンウェイ・スポーツ・グループは、MLBのボストン・レッドソックスを蘇らせた経験も持っていた。その際に用いられたのは「マネーボール」と呼ばれる画期的な手法だが、彼らはリヴァプールにおいても進歩的な発想をする監督を据え、古豪を復活させようとしていた。かくして白羽の矢が立てられたのがロジャーズだった。

ロジャーズの監督起用は、2つの意味で自然な流れだったと言える。

「マネーボール」に象徴されるように、フェンウェイ・スポーツ・グループはデータを駆使したチーム作りを重視していた。またリヴァプールというクラブは、昔から魅力的なサッカーを重視してきたことでも知られる。ロジャーズは人一倍データにこだわる監督だったし、スウォンジーを率いていた頃は、ボールポゼッションを基盤にしたサッカーを追求していたからである。

事実、ロジャーズはパスサッカーに対する思い入れを誇らしげに語りつつ、自分がスウォンジーで記録したようなボール支配率を、リヴァプールでも再現したいと述べている。

「ボールを65～70％の時間帯で支配できれば、相手は息の根が止まってしまう」。彼は監督就任から数週間後に述べている。「まだそのレベルには達していないが、僕はそこを目指していく。相手のサッカーを窒息させるんだ」

ボール支配率で相手を完全に圧倒する。ロジャーズは、このいまだに達成されたことのない目標を大胆に掲げたのである。

たしかにロジャーズは、最初に臨んだ移籍市場では、チームのプレースタイルを一新させるような選手を獲得できていない。だが彼の意図は、移籍市場の動きからも明らかに読み取れた。

まずクロスからヘディングを狙う、古典的なターゲットマンであるアンディ・キャロルを放出し、一か八かのロングボールを前線に放り込んでいたミッドフィルダーのチャーリー・アダムにも、三行半を突き付ける。

代わりにチームに招かれたのは、ジョー・アレンとファビオ・ボリーニだった。

ジョー・アレンは、スウォンジー監督時代のロジャーズが頼りにしていたミッドフィルダーの1人であり、ロジャーズが期待を込めて「ウェールズのシャビ」と呼んでいた選手だった。一方のボリーニは、ロジャーズがチェルシーのユースチームでコーチを務めていた頃の教え子で、ローマでプレーしていた選手である。

ちなみに当時のローマを率いていたのは、後にバルセロナでペップ・グアルディオラの後任に就くルイス・エンリケだった。つまりアレンとボリーニは、ボール支配率を重視するロジャーズ流のサッカーをすでに理解していたことになる。

プレミアリーグのシーズンが開幕する前、ロジャーズはクラブの内幕をリアリティ番組風に撮影した「ビーイング・リヴァプール」という番組にも出演。「われわれは水を飲まなくとも何日も生きていけるが、希望を持たなければ一瞬たりとも生きていけない」という台詞などでファンの間で人気を博した。

この番組の中ではロジャーズが、アレックス・ファーガソンが1993／94シーズンの開幕前に取った行動を真似してみせる場面もあった。選手を集めて3枚の封筒を取り出し、ここには今シーズン、脱落する選手の名前が記してあると告げて奮起を促したのである。

天使と悪魔の顔を持つ選手

しかし監督1シーズン目のロジャーズは、ファーガソンのような結果を出すことができなかった。リヴァプールは、最初の5試合で勝利をあげることに失敗してしまう。たしかにその後は徐々に順位を上げ、1月の移籍市場ではダニエル・スタリッジとフィリペ・コウチーニョを獲得してさらに勢いを増したものの、最終的には7位で2012／13シーズンを終えている。

このような内容はケニー・ダルグリッシュがチームを指揮した前シーズンに比べても、明らかに見劣りするものだった。

ダルグリッシュはロイ・ホジソンの解雇を受け、2010／11シーズンの途中から監督に就任。リヴァプールを率いるのは自身二度目だったが、開幕からチームを指揮した前シーズンにはリーグカップを制し、FAカップの決勝にも進出したからである。これに対してロジャーズ配下のリヴァプールは、リーグ戦で前シーズンから1つ順位を上げただけだった。ファンはカップ戦で勝ち上がり、溜飲を下げることもままならなかった。

むしろ2012／13シーズンの終盤、リヴァプール絡みで話題を独占したのはチームのプレーではなく、ルイス・スアレスの問題だった。

ウルグアイ出身のスアレスは超一流のフォワードであり、リヴァプールのファンの間でも非常に人気が高かった。ロジャーズ自身、スウォンジー監督時代にはスペイン語で、こう声をかけたこともある。「君はすばらしい選手だ。（才能に恵まれて）おめでとう」

だが不幸なことに、スアレスには余計なトラブルを引き起こす悪癖があった。

もっとも有名なのは2011年10月、マンチェスター・ユナイテッドの左サイドバック、パトリス・エヴラ相手に起こした事件である。スアレスは試合中、人種差別的な言葉をエヴラに吐き、サッカー協会から8試合の出場停止処分を受ける。

ところがダルグリッシュは、スアレスを全面的に擁護。さらには選手たちも試合前のウォーミングアップの際に、スアレスを擁護するTシャツを着るというパフォーマンスをおこない、人々の失笑を買っている。ちなみにダルグリッシュは、この人種差別事件への対応を間違えたために、解任されたのではないかと指摘する人さえいる。

出場停止処分が解けたスアレスは、アウェーのマンチェスター・ユナイテッド戦で先発復帰を果たすが、そこでも二度ほど物議を醸した。まず試合開始前には、エヴラと和解の握手を交わすのを拒否する。しかも試合中には、ゴールまで奪ってみせたのである。恥ずべき行動をとりながら、ピッチ上ではすばらしいプレーを披露する。それがスアレスという選手だった。

ロジャーズが指揮を執った1シーズン目の終盤、スアレスはさらに厳しい処分を受けている。チェルシー戦でブラニスラヴ・イヴァノヴィッチの腕に噛み付き、今度は10試合の出場停止処分となったのである。しかもスアレスは、イヴァノヴィッチと特に激しく揉めていたわけでもなかった。ごく普通にボールを競り合った後、いきなり暴挙に出ている。

たしかに外国人選手たちは、プレミアリーグに目新しい要素を幾度となく持ち込んできた。だがスアレスは、まったく異質なインパクトを与えている。プレースタイルや戦術ではなく、新しいファウルの仕方を紹介したからである。噛みつき事件は国会でも話題になり、デイヴィッド・キャメロン首相が「もっとも理解に苦しむケースだ」とコメントする事態にまで発展した。

ちなみにスアレスが相手に噛み付くのは、これが最初でもなければ最後でもなかった。現に彼はアヤックス時代にも似たようなトラブルを起こしていたし、ウルグアイ代表でも同じことを繰り返している。

２０１３年の夏から出場停止が続いていた２０１３／１４シーズンの序盤にかけて、スアレスはイングランドのサッカー界に愛想を尽かし、他のリーグに移籍することを決意するようになる。

そもそも前年の夏にはユヴェントスが獲得に興味を示していたため、スアレスはリヴァプール側と紳士協定まで交わしていた。その内容はチャンピオンズリーグの出場権を確保できなかった場合には、移籍を認めるというものだった。

だが、この取り決めには2つの問題を生んでいく。まずユヴェントス側の熱が冷めた結果、スアレスに興味を示す海外のクラブがほとんど存在しなくなってしまう。

そんな中、思いもかけぬクラブが獲得に名乗り出る。同じイングランドのアーセナルである。アーセナルはスアレスの獲得に非常に意欲を示し、契約内容を精査し始める。やがてスアレスが結んでいた契約に、４０００万ポンドの移籍条項（一定額以上のオファーがあった場合には、自動的に他のクラブへの移籍が成立するという規定）が盛り込まれていることを発見し、４０００万1ポンドをリヴァプール側に提示した。

しかし事態は予想外の展開を見せた。リヴァプールはスアレスの放出を拒否したばかりか、移籍条項を都合のいいように曲解し、自分たちに生じる義務はオファーがあったことを本人に通告することだけだと主張したのである。

これは移籍条項なるものがほとんど意味をなさず、内実に乏しいものだったことを物語る。現にリヴァプールのオーナーであるジョン・ヘンリーは、ボストンで開催されたMIT Sloan Sports Analytics Conferenceというシンポジウムにおいて、堂々と言い放っている。

「イングランド、そして世界のサッカー界では、契約などあまり意味を持たないことがわかった。どれほど長い契約を結んでいるかは問題にはならない。だからわれわれは単純に売却しないという立場を取った」

結果、スアレスは『ガーディアン』紙の独占インタビューで告白したように、リヴァプールに対して強い恨みを抱くようになる。

1つ目の理由は、クラブ側が紳士協定を破ったことである。

「去年はヨーロッパのビッグクラブに移れるチャンスがあったし、次のシーズンにもチャンピオンズリーグの出場権が取れなかったら移籍させてもらえる。そう信じていたからクラブに残ったんだ」。スアレスは不満をぶちまけている。「昨シーズンは自分が持っているすべての力を出し切ったけど、ベスト4に届かなかった。リヴァプール側には、とにかく自分との約束を守ってほしい」

2つ目の理由は、アーセナルからのオファーを勝手に拒否したことだった。「(移籍条項は)クラブ側も保証していたし、契約にも書いてある。なんならプレミアリーグ側に訴えて判断してもらってもいい。でもそんなことはしたくない」

以降、スアレスを取り巻く状況は、さらに悪化。実質的に1軍のトレーニングに参加するのを禁じられ、謝罪するまではチームに合流できないと申し渡される事態にまで発展した。

■ジェラードが救った、チームのピンチ

それを考えれば、スアレスがリヴァプールに残留したのは驚くべきことだった。しかも2013/14シーズンには、プレミアリーグの歴史に残るようなパフォーマンスまで発揮したのである。では スアレスはなぜ残留を決めたのか。

大きな要因となったのは、スティーヴン・ジェラードの介入だった。彼は長年にわたってクラブのキャプテンを務めてきたが、実質的なリーダーだったジェイミー・キャラガーが引退した後は、さらに重要な役割を担うようになっていた。

ジェラードはスアレスに対して、アーセナルへの移籍は「寄り道」であり、リヴァプール側と揉めてまで実現させる価値はない。ならばもう1シーズン、リヴァプールですばらしいプレーを披露し、レアル・マドリーかバルセロナに確実に移籍できるようにしたほうが利口だと説いた。

スアレスは、この説得を受け入れる。スアレス自身、プレミアリーグそのものと縁を切る腹は決まっており、イングランドの他のクラブと長期契約を結ぶのは避けたいと思っていたからである。

ちなみにジェラードは、メルウッドにあるトレーニンググラウンドで早朝にスアレスと落ち合い、直接話をしている。本来であれば、これは禁じ手だった。スアレスは1軍の練習に参加することが禁じられており、選手たちが昼にトレーニンググラウンドを去るまでは姿を現してはいけないことになっていた。

こうしてスアレスを説得したジェラードは、さらに一計を案じている。ロジャーズとの話し合いの場を設けたのである。おそらくジェラードが同席しなければ、スアレスが話し合いに臨むことなどなかっただろう。幸い、話し合いの席ではすべてが水に流される。スアレス自身、アーセナルへの移籍を望んでいないことが確認され、リヴァプールに留まることで話がつく。こうしてジェラードは、舞台裏でもチームを支えたのである。

当時のジェラードは、移籍市場でもきわめて重要な役割を担うようにさえなっていた。2013年の夏には、シャフタール・ドネツクに所属していたブラジル人選手、ウィリアンにさかんにSMSを送り、アンフィールドに来るようにと説得を試みている。

結局ウィリアンは、チャンピオンズリーグへの出場を優先したいということで誘いを断り、チェルシーに移籍することになる。だが予想に反してスアレスという花形選手を引き止めることができたのは、チームにとってきわめて大きなプラスとなった。

たしかに、シーズン最初の5試合に出場できないという問題は残っていたが、残り試合のことを考えれば、これは取るに足らなかった。

事実、2013／14シーズンのリヴァプールは、スアレスのゴールとジェラードのプレーに牽引される形でプレミアリーグのタイトルに肉薄していく。

ちなみにジェラードは、8月には記念試合もおこなっている。もともと記念試合の開催は、クラブで10年間プレーしていることが1つの目安になるが、ジェラードはその節目をかなり前に過ぎていた。にもかかわらず、あえてこのタイミングで大掛かりなイベントを開催したのは、現役生活が終わりに近づいていることを自ら認めたかのようなものだった。当然、ファンの間では、プレミアリーグ制覇という悲願をなんとかして叶えてやりたいという声が高まったが、ジェラード自身は夢を諦めてしまったかのような発言をすることもあった。

「リヴァプールでタイトルを取るという夢をここで実現できたら、それは奇跡だと思う」。ジェラードは自叙伝で、このように述べている。「自分の年齢やここ数年間のリーグでの順位、そしてライバルチームとの関係もあるからだ」

たしかに見通しは明るくなかった。シーズン開幕前、リヴァプールにつけられたオッズは33対1。優勝候補の予想では5番手に過ぎず、チャンピオンズリーグの出場枠さえ確保できないだろうと見られていた。

だが実情は微妙に異なる。マンチェスター・ユナイテッド、マンチェスター・シティ、チェルシーといったライバルチームは、いずれも監督が交代したためにチームの先行きが不透明になっていた。ユナイテッドとシティでは、デイヴィッド・モイーズとマヌエル・ペレグリーニが指揮を執るようになり、チェルシーにはジョゼ・モウリーニョが復帰していた。残るアーセナルもシーズン開幕後にメスト・エジルと契約するまでは、大物選手を獲得できていなかった。つまりリヴァプールには、一気に台風の目となるチャンスがあったのである。

■リヴァプール版のSASコンビ

このような状況の中で幕を開けた2013／14シーズン、リヴァプールはすばらしいスタートを切る。スアレスが出場できない代わりに、ダニエル・スタリッジが4‐2‐3‐1のワントップを務め上げ、開幕からの3試合で連続してゴールを記録。ストーク、アストン・ヴィラ、そしてマンチェスター・ユナイテッドに1‐0の勝利を収めた。

だがこれらの試合結果は、新たなプレースタイルが浸透していなかったことも意味する。後にリヴァプールは、全員で攻撃を展開するチームへと変貌していく。事実、1‐0の僅差で勝ちきるような試合は、シーズンを通して一度も再現されなかった。だが開幕の時点では、そこまでの力強さは見られなかった。現にリヴァプールは続くスウォンジー戦は2‐2で引き分け、サウサンプトンには0‐1で敗れてしまう。そこで巡ってきたのが、きわめて重要なサンダーランドとの一戦だった。

むろん連勝が止まったとはいえ、通常ならばシーズン序盤の6試合目は大きな山場にならない。だがリヴァプールの場合は違っていた。10試合に及ぶ出場停止が明け、スアレスがピッチに戻ってきたのである。攻撃陣の大黒柱の復帰を受け、ロジャーズは驚くべき決断を下す。それまでのシステムを破棄し、3‐4‐1‐2を採用したのだった。

ロジャーズが狙ったのはスアレスとスタリッジの双方を、本人たちがもっとも好むセンターフォワードで起用することだった。しかし彼はシンプルな4‐4‐2を採用しようとはしなかった。それでは中盤に3人のミッドフィルダーを配置できなくなるからである。

たしかに配下の選手たちは、スリーバックには必ずしも向いていなかった。ヴィクター・モーゼスは10番ではなかったし、ジョーダン・ヘンダーソンも右ウイングバックの選手ではない。

ところがリヴァプールは、サンダーランドに3‐1で勝利。以降の3試合（クリスタル・パレス戦、ニューカッスル戦、ウェスト・ブロム戦）も2勝1分けで乗り切り、4試合で12得点を叩き出す。しかもゴールを決めたのは、わずか3人の選手だった。スアレスは6点、スタリッジは毎試合1点ずつ記録して4点をあげ、ジェラードがPKから二度、ゴールネットを揺らしている。

前シーズン、ロビン・ファン・ペルシを擁して優勝を収めたマンチェスター・ユナイテッドのように、リヴァプールは完全にセンターフォワードを軸としたチームに生まれ変わる。スアレスとスタリッジのコンビは、1994／95シーズンに活躍したブラックバーンのコンビ、アラン・シアラーとクリス・サットンにあやかって、SAS（スアレス・アンド・スタリッジ）というニックネームで呼ばれるようになった。

だが本家本元のSASがそうであったように、スタリッジとスアレスは個人的に特に親しいわけではなかった。その理由も、かつてのSASと同じだった。2人の選手は、いずれもがチームの主役になりたがったのである。

ちなみに両者がトレーニンググラウンドで最初に出会った際、スタリッジはスアレスに近づき、すぐにこう声をかけたという。

「一緒に組めば、なにかすごいことができるよね」

このように台詞だけを見れば、さほど関係は悪くなかったような印象を受けるが、実情は異なる。スアレスが後に告白した内容は、真に迫っている。

「あの日のダニエル（スタリッジ）のように、新入りの選手があんなに図々しい態度をとるのは普通じゃない。だから一瞬こう思ったんだ。『こいつは一体、なんでこんなことを言ってくるんだ？』とね」

ちなみにスアレスは、それでもスタリッジとは馬があったと主張したが、ジェラードは、より説得力に富む指摘をおこなっている。

「（リヴァプール版の）ＳＡＳは、（かつてリヴァプールで活躍した）ジョン・トシャックとケヴィン・キーガンのようなコンビにはなっていなかった」。ジェラードは語っている。「スアレスとスタリッジは、才能のある『個』としてプレーした。ブレンダン（ロジャーズ）は、２人が一緒にハーモニーを奏でるデュオというよりも、ソリストが競り合っているようだと時々言っていたよ。

２人がトレーニング中、話し込むような場面は一度もなかった……揉めたりはしなかったけど、どこかぎすぎすしていた。たぶんルイスの存在が、ダニエルにとって少し重荷になった試合もあったと思う」

■スタリッジか、スアレスか

とはいえ、このような状況はチームの得点力にほとんど影響を与えなかった。２人をフォワードに起用したことで、リヴァプールはボールを持った際には、相手と２対２の状況を作り出すことができたからである。現にスアレスは最終的に31点、スタリッジは21点を記録して、得点王ランキングの１位と２位に輝く。同じクラブに所属するストライカーが、上位２位を独占した初めてのケースとなった。

ただし厳密に言えば、それでも２人は理想的なコンビではなかった。

たとえば２０１３年の11月初め、アーセナルに０‐２で敗れた試合などは典型だったと言える。

リヴァプール側は攻撃的なサイドバックの背後を突くべく、センターバックとサイドバックの間に生まれるスペースに、しばしばロングボールを蹴り込んだ。

だがアーセナルのローラン・コシールニーは見事に対応し、攻撃の芽を摘み続ける。試合中には、スアレスがコシールニーのマークを珍しくかわし、チャンスを作り出すシーンも一度だけ訪れた。だがスアレスはフリーになっているスタリッジにパスを出さず、山っ気を出して自らシュートを放ったため、得点は生まれなかった。この際、スタリッジは両腕を大きく広げてスアレスに抗議をしている。

結局ロジャーズは、ハーフタイムにシステムを4‐2‐3‐1に戻すことを決断する。以降、スリーバックは完全に封印されてしまった。

ただし2人のセンターフォワードを巡る問題は、偶然に解消されることになる。スタリッジは12月の初めに踵を負傷。1ヶ月以上戦線を離れたため、スアレスが自然にメインストライカーに収まったのである。

そこからのスアレスは、水を得た魚のようだった。わずか4試合で10ゴールと3アシストを記録するなど、立て続けに圧巻のパフォーマンスを披露していく。試合によっては、もはや手が付けられなくなったこともある。12月5日におこなわれたノリッジ戦では4ゴールをあげたが、そのいずれもが非の打ち所のないシュートによって決められたものだった。

当時のスアレスは大きなドリブルで敵をかわし、ワンツーから自分がゴールを狙うというパターンを繰り返していた。ピッチ上にいるチームメイトを、得点をアシストするための道具としか考えていないかのように映ることさえあった。

やがて時間の経過とともに、2013/14シーズンのスアレスは、1997/98シーズンのデニス・ベルカンプ、2003/04シーズンのティエリ・アンリ、そして2007/08シーズンのクリスティアーノ・ロナウドに匹敵する存在になっていく。

記録の面では、マイナス材料は2つしかなかった。

1つ目は出場停止処分のために、シーズン最初の5試合を欠場したことである。この間、リヴァプールはスウォンジーに引き分け、サウサンプトンには敗れるなど、月並みな相手に5ポイントを取り損ねている。

2つ目のマイナス材料は、ビッグチームからゴールをもぎ取る場面がなかったことである。上位4強に食い込んだ3チーム（マンチェスター・シティ、チェルシー、アーセナル）との直接対決では、ホーム、アウェーのいずれの試合でも1点も奪っていない。リヴァプールはシーズン全体で6敗を喫したが、このうち4試合は優勝を争うライバルに大一番で敗れたものだった。

この事実をどう捉えるかは、大きな分かれ目となる。

たとえばリヴァプールは2008／09シーズンも、あと一歩のところでタイトルに手が届かなかった。この際にネックとなったのは、上位陣との直接対決では勝負強さを発揮しながら、格下相手との試合できっちり勝ちきれなかったことだった。その原因の1つが、ベニテスの独特なチーム運営（強豪との試合に完全に的を絞る方法）にあったことは、すでに指摘したとおりである。

逆に2013／14のリヴァプールは、下位チームから容赦なくスアレスがゴールを奪うものの、タイトル争いを繰り広げる上位陣に手を焼いている。

むろん対戦相手が強くなればなるほど、得点を奪うのは難しくなる。だがスアレスの場合は、その傾向が極端だった。全20チーム中、16チームからは1試合あたり1・1ゴールを決めたのに対して、4強に入ったチームとの直接対決では1ゴールも奪うことができなかった。

■ジェラードが抱えていた密かな苦悩

スアレスはチームの躍進を支える原動力となったが、冬が近づいていく中、リヴァプールでは別の選手絡みで、もっとも重要な戦術の進化が起きていた。キャプテンのジェラードである。

ジェラードはオールラウンダーだが、中盤で与えられた攻撃的な役割を思うように全うすることができず、ひどく落ち込むようになっていた。事実、ジェラードは自分のプレーを分析してくれとロジャーズに依頼しつつ、チームの分析スタッフにもデータの提出を求めている。

かくも名声の確立された選手が、周囲の人間に助言を求めるのはきわめて珍しい。ましてや傍目には、ジェラードが調子を落としているようには見えなかった。

依頼を受けたロジャーズは深夜まで映像を分析し、翌日の午後に本人とミーティングをおこなっている。データで明らかになったのは、フィジカルの能力はいまだに衰えておらず、満足すべきレベルにあるというものだった。むしろロジャーズが指摘したのは、「ボールの受け方」についての問題だった。これこそがジェラードを悩ませていた問題だった。

「頭をきちんと動かせていないことは、すぐにわかったよ」。ジェラードは振り返っている。「この動作はとても大事なんだ。プレミアリーグでミッドフィルダーとしてプレーするためには、常に頭を動かしながらまわりを見て、背中に目がついているような状況にしておかなければならないからね。

しかもこういうスキルは、自分が選手としてプレーし始めた頃よりもはるかに重要になった。今は中盤がものすごく混み合っているし、ボールをさばける時間がすごく減ってしまっている」

この問題を解決すべく、ロジャーズとジェラードは、中盤のかなり深い位置にポジションを移すことを検討する。そうなれば、もっとスペースを確保できるようになるし、余裕を持ってボールをさばけるようになるからだ。

ちなみにこのアイディアは、イタリアが誇るディープ・ライニング・プレーメイカー、アンドレア・ピルロに着想を得たものだった。ピルロは前年に開催されたEURO2012でも、イングランド相手に試合を牛耳ってみせたばかりだった。

ところがジェラードは、その後ハムストリングを故障し、1ヶ月間試合に出場できなくなる。そこでキャプテンに起用されたのは、なんとスアレスだった。わずか4ヶ月前にはチームメイトと一緒にトレーニングすることさえ禁じられた選手が、名門クラブを率いることになったのである。

しかもジェラード抜きのリヴァプールは、トッテナムに5－0で完勝を収める。ロジャーズはこの試合こそが、チームが成長する上での「分水嶺」になったと指摘していた。

ただし実際には、クリスマス後から新年を迎えるまでの間に、チームはマンチェスター・シティとチェルシーに1－2で連敗している。年末にかけてもっともスケジュールが過密になる中、アウェーで立て続けに優勝争いのライバルと対戦したことは後々、大きく響いていく。

リヴァプールは、元日におこなわれたハル・シティ戦を2－0で勝利したが、本当の意味で戦術的に重要な進化を遂げたのは、1月12日にアウェーでおこなわれたストーク戦からだった。

この試合ではついにジェラードが復帰。PKから得点も決め、5－3の勝利に貢献している。だがジェラードが与えられたのは、なんとピルロと同じ役回りだったのである。

たしかにロジャーズとの間ではすでに話し合いがなされていたとはいえ、この采配は大きな驚きを持って受け止められている。もともとジェラードに関しては、本来のポジションを離れてしまう癖があることが大きなネックになっていた。それが響き、リヴァプールでも単独で中盤の抑え役をこなしたことはなかった。

ただし、この新たな戦術はストーク戦では奏効している。守備的なミッドフィルダー役に慣れていたルーカス・レイバが、逆に高い位置でジョーダン・ヘンダーソンと組み、ボックス・トゥ・ボックス型のミッドフィルダーとしてプレーする。その背後でスペースと時間を与えられたジェラードが、前方に対角線上のパスを供給する方式が機能したからである。

ただしストーク戦は、ある意味ではリヴァプールを待ち構えている運命を予感させるものともなった。ジェラードが深い位置まで下がり、ディープ・ライニング・プレーメイカーを務めるようになった結果、チームは以前にも増して縦方向へのスリリングな攻撃を展開できるようになる。だがそれと引き換えに、守備の面では少なからぬリスクを抱え始めたのだった。

■生まれ変わったチーム戦術

生まれ変わったリヴァプールは、2月に入ると圧巻のパフォーマンスを発揮する。

2月2日におこなわれたウェスト・ブロム戦こそ1-1で引き分けたものの、翌週、アーセナルをホームに迎えた試合では、獰猛なまでの攻撃を展開して5-1と圧勝している。当時、アーセナルはプレミアリーグで首位に立っていただけに、この結果は大きな反響を呼んだ。

まずマルティン・シュクルテルがセットプレーから2点を奪うと、さらに波状攻撃を展開。快速を誇る若きウインガー、ラヒーム・スターリングがカウンターからネットを揺らし、スタリッジも速攻からゴールを奪う。こうしてリヴァプールはわずか開始20分で、試合を4-0でリードしたのである。

もちろんスアレスも、縦横無尽に攻撃に絡みながら、驚異的なプレーを披露している。ペナルティエリアの外から強烈なボレーシュートを放ち、ゴールポストを直撃する場面もあった。あいにくスアレスはゴールを決めることができなかったが、後半にはスタリッジがダメ押しとなる5点目を奪っている。

対するアーセナルは、ミケル・アルテタがPKから1点を返しただけに留まる。

だが、その原因を作ったのはジェラードだった。アレックス・オックスレイド=チェンバレンがペナルティエリアに侵入してきた際、パスをカットしようとして足をかけてしまったのである。

ジェラードに守備のスキルが欠けていることを浮き彫りにしたこのシーンは、圧巻とも言える試合内容で唯一のマイナス材料となった。

ただしジェラード絡みでは、実は前回のホームゲームでも似たような光景が見られた。

1月末、リヴァプールはエヴァートンと対戦し、地元のライバルチームを4‐0で圧倒している。

ところがジェラードは、自らの役割をうまくこなしきれなかった。ディフェンスラインの前方で孤立しただけでなく、ワイドに開いた選手が内側に流れてくると簡単におびき出され、相手の10番であるロス・バークリーにスペースを突かれている。

ただし、このプレーは幸いにして失点につながっていない。またジェラードは深い位置で攻撃の起点になり、チームの大量点をお膳立てしたために、守備で抱える不安要素には、あまり注意が払われなかった。

ちなみに2月初めの時点では、リヴァプールはいまだにダークホースの域を脱していない。エヴァートン戦とアーセナル戦で大勝したにもかかわらず、プレミアリーグで4位に留まっていた。

だがチームには、きわめて重要な変化が起きていた。当初、ロジャーズが掲げたようなビジョンとは、まったく別物のサッカーを展開するようになっていたのである。

ロジャーズはポゼッションサッカーを標榜していたが、ボールを長くキープし続けるようなプレースタイルは結局、具現化しなかった。

それどころか当時のチームは、きわめてダイレクトなカウンターアタックを展開する際にこそ、もっとも力を発揮できる集団へ変貌していた。これを支えたのがスアレス、スタリッジ、そしてスターリングのスピードである。ＳＡＳ改めＳＡＳＡＳ（スアレス＆スタリッジ＆スターリング）とも呼べるようなフォワードのトリオは、相手のディフェンスを突破して一気にゴールを狙うことができた。その最たる例となったのが、アーセナル戦である。

一方、中盤ではミッドフィルダーたちが攻撃陣と連動しながら、アグレッシブにプレッシングを展開していた。アーセナルのメスト・エジルなどは二度もボールを奪われ、スターリングとスタリッジにゴールを奪われる原因を作っている。

このようなアプローチは、ジェラードの前方に構えるヘンダーソンのプレースタイルにも合致していた。ヘンダーソンはボックス・トゥ・ボックス型のミッドフィルダーとして、精力的にプレッシングをかけながら、一気に攻撃に参加するようになっている。

ロジャーズはこの時期、大半の試合で４‐３‐３のシステムを採用していた。これはスタリッジかスアレスのいずれかが、ワイドに開いたポジションで起用されることを意味した。

ロジャーズは対戦相手の守備陣を分析した上で、両者の役割を決めている。ほとんどの場合は、もっとも足の遅いディフェンダーに、スタリッジをマッチアップさせる方法を選んだ。

サイドのポジションを活用する方法には、スタリッジとスアレスの双方に出場機会を与えられるというメリットもある。だが、これは危険な綱渡りでもあった。

「２、３試合ならウイングをやってもいいけど、４試合目も同じポジションになったらイライラするだろうな」。スアレスは認めている。「ブレンダン（ロジャーズ）は自分とダニエル（スタリッジ）の両方が、しっくりプレーできるようなシステムを探していたんだ。特定の戦術のためだけじゃなくて、いい選手を気持ちよくプレーさせるために戦術を決めることもあるからね」

Rodgers' Liverpool 2013/14

リヴァプール ◉ 2013/14 シーズン

スウォンジーから招かれたロジャーズは、シーズン途中で方針を転換。ボール支配率を高めて試合をコントロールしていくのではなく、ジェラードを中盤の底に据えた上で、打ち合いで圧倒していく超攻撃的なチームを構築する。だがこの方針転換こそが、最後は命取りとなった

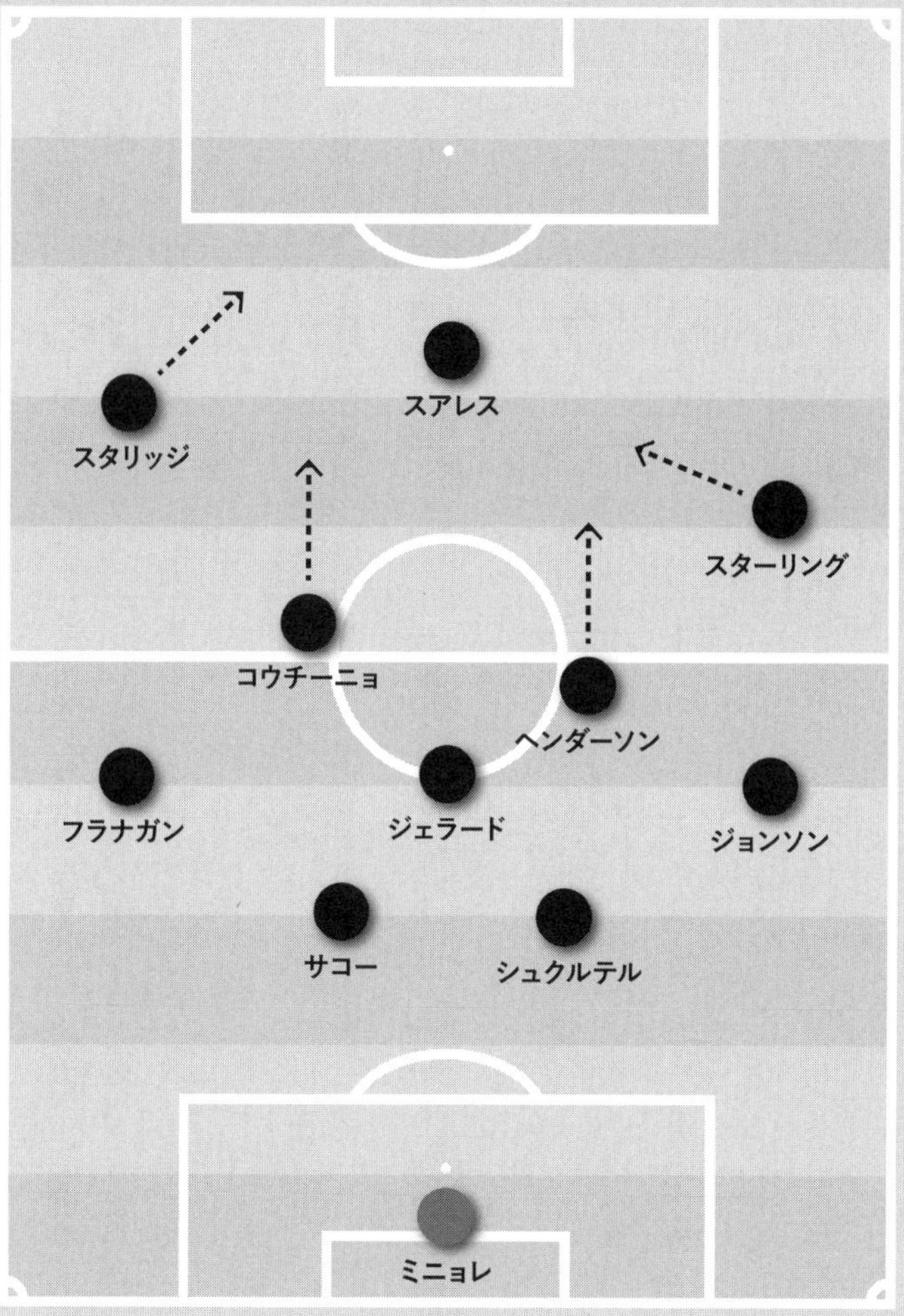

その意味でロジャーズ指揮下のリヴァプールには、カルロ・アンチェロッティ時代のチェルシーに通じるものがあった。

アンチェロッティは、組織的にプレーできるか否かで先発メンバーを決めつつ、ベテランの選手に出場機会を与えることも重視した。ロジャーズも然り。スアレスとスタリッジはワイドに起用された場合でも、相手のサイドバックを追走する義務を免除されていた。むしろチームがすぐにカウンターを展開できるように、敵陣のスペースに残り、パスコースを確保することが求められていたのである。

■リヴァプールが体現していた巨大な変化

リヴァプールで見られた戦術の進化は、ヨーロッパ大陸側のトレンドとも符合していた。ポゼッションサッカーの終焉である。

たとえばバルセロナはラ・リーガとチャンピオンズリーグの双方において、カウンターアタックを武器にしたアトレティコ・マドリーに足下をすくわれていた。

片やペップ・グアルディオラ率いるバイエルン・ミュンヘンは、ボールポゼッションをベースにしたスタイルを追求していたものの、やはりチャンピオンズリーグで苦杯をなめた。ダイレクトなサッカーをするレアル・マドリーに、2戦合計で0‐5と完膚なきまでに叩きのめされている。

結果、ティキ・タカの人気は下火になっていく。

この種の変化が、イングランドでもっとも顕著に起きたのがリヴァプールだった。ロジャーズはポゼッションサッカーを突如として破棄し、よりダイレクトにゴールを狙うスタイルへ舵を切ったからである。

リヴァプールはまったく異質なチームへと変貌。ボール支配率に関するデータはさほど重要視されなくなり、プレミアリーグの中でもっとも多くのタックルをおこない、もっとも多くの得点をカウンターアタックから決めるようになる。その意味でリヴァプールは、「ポスト・ボールポゼッション時代のサッカー」をライバルに先駆けて実践していた。これはロジャーズ自身の成長も意味した。リアクション型の戦術へと一気に傾斜していくのと同時に、彼は戦術家として研ぎ澄まされていったと言える。

しかもロジャーズには別の追い風も吹いていた。リヴァプールはヨーロッパの大会に参戦しておらず、カップ戦でもシーズンを通して5試合（FAカップが3試合、リーグカップが2試合）をおこなうに留まる。ロジャーズはこの大きなアドバンテージを活かし、次の試合の対戦相手を想定して戦術を練り上げながら、一週間のトレーニングセッションを組んでいけるようになった。

一般的にサッカー選手たちは、次の試合のことをあまり早くから意識するのを嫌うが、ロジャーズは火曜日の時点から考え抜かれたメニューを選手に課した。目的をすぐに明かさず、まずはスルーパスの出し方や、中盤の選手たちがフォワードを越えてオーバーラップしていくような基本パターンを教え込む。

そのうえで木曜日と金曜日になると、今度は具体的な指示を与える。たとえば、対戦相手のミッドフィルダーはボールをきちんと追走しないだけでなく、ディフェンスラインも高過ぎるということが判明すれば、そこを突いていく策が授けられた。

このクレバーな方法は、週の半ばに試合が組まれていなかったからこそ可能になったものだった。さらにロジャーズは練習時間を延長し、セットプレーにも精力的に磨きをかけるようになった。

事実、リヴァプールはセットプレーからコンスタントに先制点を決め始める。こうすれば相手は攻撃を仕掛けてこざるを得ないし、そこをさらにカウンターアタックで狙うパターンも生まれてくる。特にジェラードは正確なキック力を活かして、セットプレーから26ものゴールをお膳立てした。この記録はプレミアリーグで最多となり、平均記録を2倍以上も上回った。

■「今回こそは、俺たちを信じてくれ」

5‐1でアーセナルに大勝した時点に話を戻そう。

この分水嶺とも言える試合を皮切りに、リヴァプールはなんと11連勝を記録し、4位から一気に1位へとジャンプアップする。

ロジャーズの研ぎ澄まされた戦術、深い位置から攻撃を組み立てていくジェラードのプレー、中盤におけるアグレッシブなプレッシング、ダイナミックな攻撃と得点ランキングをリードする2人の点取り屋が組み合わさった結果、リヴァプールは誰にも止められないチームとなった。

当時のリヴァプールは、1995／96シーズンのニューカッスル以上に、攻撃的なサッカーを体現していた。ケヴィン・キーガンが率いたニューカッスルは、実際には得失点のいずれもが驚くほど少なかった。これに対して11連勝中のリヴァプールは4‐3、6‐3、そして3‐2の勝利が3回と、派手な打ち合いを演じていた。しかも11試合中9試合で3点以上を奪うなど、波状攻撃を容赦なく仕掛けて徹底的に対戦チームを叩きのめし続けた。

2014年4月13日、リヴァプールはマンチェスター・シティに3‐2で勝利し、10勝目を記録する。

事実上の優勝決定戦かと目されたこの試合は、プレミアリーグの歴史に燦然と輝く最高の一戦になったと見て間違いないだろう。ちなみに従来は1995／96シーズン、ニューカッスルがリヴァプール相手に演じた4‐3の打ち合いがベストゲームだと考えられていた。だがロジャーズ率いるチームはこれを上回る熱闘を演じ、再びニューカッスルのお株を奪ったのである。

リヴァプール対シティの試合も、一瞬たりとも目を離せない展開となった。プレーのインテンシティは信じられないほど高く、最初から最後までアクションが連続している。

さらに述べれば、この試合にはドラマチックな伏線も用意されていた。

試合に先立ち、アンフィールドではヒルズボロの悲劇を弔うセレモニーがおこなわれる（１９８９年におこなわれたFAカップの準決勝、リヴァプール対ノッティンガム・フォレスト戦において、試合会場となったシェフィールドのヒルズボロ・スタジアムで96人ものファンが圧死した事件）。

毎年、セレモニーがおこなわれる際には、スタジアムが常に厳粛な空気に包まれるが、２０１４年は特に感傷的なムードが漂っていた。悲劇からちょうど25周年に当たるだけでなく、長年にわたる遺族の活動が認められ、事故の真相を究明するための調査が、２週間ほど前から開始されていたからである。後にこの調査では、96人もの人々が命を落とす原因を招いたのが、試合を警備した地元当局の不手際だったことが明らかになっている。

同じ週末に開催されるプレミアリーグの試合は、すべて午後3時6分、ヒルズボロでおこなわれた試合が中断された時刻にスタートすることになっていた。また悲劇から25周年の節目に、初のプレミアリーグ制覇に挑んでいるという状況も場内のムードを盛り上げた。

事実、慰霊のセレモニーに立ち会ったリヴァプールのファンは、「ユール・ネヴァー・ウォーク・アローン」を熱唱した後、すぐに別のチャントを合唱している。その内容は「今回こそは、俺たちを信じてくれ。俺たちはリーグで勝つぞ！」というものだった。２０１３／１４シーズンの途中からは、こんな歌詞が口ずさまれていた。

リヴァプールのサポーターは、優勝を確信するようになっていた。アンフィールドで試合がおこなわれる際には選手を乗せたバスを大合唱で迎え、まるでパレードのような雰囲気を醸し出すのが恒例になっていたのである。

試合そのものも特筆すべきものとなった。

大一番に臨むに当たり、ロジャーズは中盤がダイヤモンド型の4‐4‐2を採用し、スターリングをその頂点に配置。スアレスとスタリッジが、サイドバックとセンターバックの間に走り込むことで生まれるスペースを突いて攻撃を仕掛けろと指示している。この策はずばりと当たり、スターリングは試合開始から6分に先制点を奪っている。さらに20分後には、シュクルテルがセットプレーからまたもやネットを揺らし、リードを2‐0に広げた。

ただしSASのコンビは、意外なほど鳴りを潜めていた。

シティの両サイドバックは背後のスペースを突かれることを恐れ、ラインを押し上げようとしなかったためである。

またスアレスとスタリッジは、どちらも右サイドに寄ってプレーをしていた。シティの左側のセンターバック、マルティン・デミティエリスのスピードがないことにつけ込もうとしたわけだが、大部分は失敗に終わっている。むしろ実際には、右側のセンターバックを務めていたコンパニのほうが狙い目だった。

コンパニは試合をこなせるだけの体力が戻っておらず、スターリングが先制点をあげた際にも追走することができなかった。またシュクルテルが2点目を追加した際にも、相手に振り切られてしまっている。

しかもヤヤ・トゥーレが故障のために交代を余儀なくされるなど、シティ側は序盤から苦戦を余儀なくされた。

■「ここで転けるわけにはいかねえんだ!」

だがシティの監督であるマヌエル・ペレグリーニは、ハーフタイムにジェームズ・ミルナーを投入し、試合の流れを変えていく。

リヴァプールのように中盤をダイヤモンド型に組んだ場合には、どうしても横方向の広がりを確保するのが難しくなる。ミルナーはこれを踏まえて、右サイドから突破を試みた。

さらに後半には、ダビド・シルバもすばらしいパフォーマンスでピッチ上に君臨。ゲームを一手に仕切っていく。

そのシルバとマッチアップしたのが、ジェラードだった。ジェラードはシルバとの間合いをうまく詰められなかっただけでなく、同僚のミッドフィルダーからもほとんどサポートを受けられなかった。

とはいえ、これはさほど驚くべきことではない。

そもそもジェラードは深く下がったポジションに不慣れだったし、ダイヤモンドの両サイドに配置されたヘンダーソンとコウチーニョは、ボックス・トゥ・ボックス型のミッドフィルダーと10番タイプの選手である。また中盤の頂点に起用されたスターリングは、本来ウイングの選手だった。

中盤をこのように攻撃的な選手だけで構成すれば、シルバの動きを防ぎきれなくなるのは容易に予想できた。現にシルバは横に流れていったかと思えば一気に前方に進み、さらにはクレバーなパスをラインの間に出すなど、変幻自在なプレーで相手を翻弄していく。

そこで明らかになったのが、ジェラードの適性の問題だった。もともとジェラードが守備のスキルに欠けていることは、数週間前から不安材料としてくすぶり続けてきた。その大きな問題が、ついに露呈したのである。

シティの攻撃を牽引するようになったシルバは、チームがあげた2得点に絡んでいる。まずミルナーからの折り返しを、スライディングしながらゴールに流し込むと、今度は自らがチームメイトに折り返しのパスを出す。これがリヴァプールのサイドバックであるグレン・ジョンソンにあたり、オウンゴールを誘った。

2‐2の同点に追い付いたシティは、さらに3点目を狙う。現に後半には、シルバがセルヒオ・アグエロのグラウンダーのクロスに合わせて、再びゴール前にスライディングする場面も見られた。だが小柄なシルバの足はボールに届かず、リヴァプールはかろうじて難を逃れている。

逆にリヴァプールは守勢に回っていたにもかかわらず、試合の流れに反して貴重なゴールを手にする。シティのキャプテンであるコンパニが単純なクリアをミスすると、コウチーニョはすかさずボールを拾い、ゴール右隅に鮮やかに流し込んだのである。こうしてリヴァプールは3‐2で大一番を制した。

ドラマチックな試合を、ドラマチックな形で勝利したリヴァプールは、悲願の優勝へ向かって大きく前進する。試合後に見られたシーンも、実にドラマチックなものだった。

ホイッスルが鳴った瞬間、ジェラードは思わず男泣きをしている。やがて彼のまわりにはチームメイトたちが集まり、ピッチ上で円陣が組まれた。ジェラードはこみ上げるものを抑えながら、同僚に檄を飛ばしている。

「いいか、この勢いで突っ走るぞ！ ここで転けるわけにはいかねえんだ！ この試合はもう終わった。次はノリッジでまた絶対に勝つ！」。ジェラードはこう叫びながら、拳を手のひらに叩きつけた。「もう1回いくぞ！」

実際、アウェーのノリッジ戦は、良くも悪くもシティ戦と似たような展開になった。

リヴァプールは試合開始直後からスタートダッシュし、10分ほど経った頃にはスターリングとスアレスのゴールで2‐0と優位に立つ。ところが相手に追いすがられ、最後の15分間はビクビクしながら、3‐2のリードを守る形になった。

ちなみにスタリッジが故障を抱えていただけでなく、ヘンダーソンもシティ戦の終盤にレッドカードを受けて退場処分になっていたため、ロジャーズはいつもとは異なる陣形で試合に臨んでいる。

本来はシティ戦と同じように、ダイヤモンド型の4‐4‐2を採用しようとしていたが、ノリッジの監督であるニール・アダムスも同じ布陣を敷いてくることを見抜いたため、きわめて珍しい4‐1‐3‐1‐1のシステムに移行している。ジェラード、ルーカス、アレン、スターリングの4人をダイヤモンド型に配置した上で、中央にコウチーニョを据えたのである。ロジャーズが狙ったのは中盤を支配すべく、5対4の数的優位を作りだすことだった。

これは10年ほど前、チェルシーのユースチームに携わっていた頃の経験をもとにしたものだった。南米のチームと対戦した際、敵の監督が採用した独特な陣形を、ロジャーズは覚えていたのである。

■潰《つい》え去った優勝の夢

かくして巡ってきたのが運命の一戦、チェルシーとのホームゲームである。

この時点でリーグ戦は3試合残っていたが、リヴァプールはチェルシーに5ポイント差を付けて首位をキープしていた。タイトルを狙う上では、引き分ければ十分だった。一方のチェルシーは実質的に優勝を諦めており、むしろ3日後に控えたチャンピオンズリーグの準決勝、アトレティコ・マドリー戦にフォーカスしていた。

現にモウリーニョは、主力の先発11人の大部分を休ませるという驚くべき選択をしている。ジョン・テリー、ギャリー・ケーヒル、ダヴィド・ルイス、ラミレス、ウィリアン、エデン・アザール、フェルナンド・トーレスを、3日後の試合のために温存したのである。

ちなみにリヴァプール戦でもアトレティコ・マドリー戦でも先発したのは、マーク・シュウォーツァー、セサル・アスピリクエタ、ブラニスラヴ・イヴァノヴィッチ、アシュリー・コールの5名に留まる。リヴァプール戦の陣容は実質的に2軍であり、大一番に水を差す格好となった。

さらにモウリーニョはチェコ人のセンターバック、トマーシュ・カラスまで起用していた。カラスは同シーズン、プレミアリーグの試合に1分も出場したことがなかったにもかかわらずである。2週間前、チェコのテレビ局に取材を受けた際には、カラスはこんなジョークまで飛ばしていた。

「僕はトレーニング要員なんだ。練習用のコーンが必要な時には、僕を代わりに置くのさ」

これらの事実からもわかるように、チェルシーには攻撃するつもりなど毛頭なかったし、露骨なまでに消極的な戦い方をしてきた。

結果、リヴァプールの攻撃陣はいつものように、敵のディフェンダーの裏を狙うことができなくなってしまう。ロジャーズは後に、相手がゴール前に「2台のバスを停めた」とこぼしている。モウリーニョはまたしても、自分がイングランドサッカー界に紹介した単語で批判される形になった。

とはいえリヴァプール側にとっては、何ら問題にはならないはずだった。チェルシー戦は引き分けで十分だったからである。

ところが、ここにこそ最大の問題が潜んでいた。当時のリヴァプールは、勝ち点1を確実に狙えるようなチームではなかったからだ。ロジャーズがアーセナル戦を境に作り上げてきたチームは、試合が始まった瞬間から全力で攻撃を仕掛け、常に打ち合いに持ち込むような試合展開を特徴としていた。

ジェラードは、チームが抱える密かな問題に感付いていたという。

「チェルシー戦にどういうゲームプランで臨むのか、自分は不安を感じていた」。彼は自伝で告白している。「公の場所ではこれまで話せなかったけど、僕は自分たちがチェルシーをぶちのめせると考えていること自体を本気で心配していた。

(全員が) 自信過剰になっていることは、ブレンダンのチームトークからも伝わってきた。彼はこっちが積極的に出ていって、チェルシーを攻撃できると思い込んでいた。マンチェスター・シティやノリッジを相手にした時のようにね。(でも振り返ってみれば) 自分たちは、モウリーニョの術中にはまっていた。自分が不安を感じたのは、間違っていなかったんだ」

リヴァプール側では、ヘンダーソンの出場停止処分が明けておらず、スタリッジもかろうじてベンチに入れる程度のコンディションだった。このためロジャーズは4-3-3と4-3-2-1をかけ合わせたようなシステムを選択し、スターリングとコウチーニョが、両ワイドから人が密集した中央へ流れていく方式を採った。

またサイドバックのグレン・ジョンソンと若手のジョン・フラナガンに対しては、いつもよりも慎重にプレーするように命じている。これはおそらくロジャーズが、より守備的にプレーしなければならないことを自覚していたためだろう。ましてやチェルシー側も守備的な戦い方をしていたため、リヴァプールはサイドからの相手を崩す攻撃がほとんど展開できなくなった。

試合の前半はまったく何も起きなかったが、アディショナルタイムに勝負の流れを決定づける場面が訪れる。そこに絡んでいたのはジェラードだった。

もともとジェラードは1週間、背中の激痛に苦しめられており、この試合もすんでのところで欠場しかけている。痛み止めを何錠も飲み、許容範囲ぎりぎりの強い痛み止めの注射を何本も打って、ようやくピッチに立っていた。

そんなジェラードを悲劇が襲う。

前半終了間際、リヴァプールの両センターバックが大きく開いたため、ジェラードは一時的にスリーバックの中央に位置するようなポジションを取った。左側のセンターバックに起用されていたママドゥ・サコーは、これを踏まえてごく普通の横パスを出す。

ところが次の瞬間、ジェラードは足を滑らせてボールを受け損ねてしまう。こうしてボールはチェルシーのデンバ・バに渡り、ゴールを決められたのだった。

■ 2つの皮肉な巡り合わせ

ただし、これはジェラードが単に足を滑らせたというような問題ではない。実際に起きたことは、もっと複雑に入り組んでいる。

まずジェラードは足を滑らせる前に、1つ目のミスを犯していた。パスを受けようとする直前、ボールから一瞬目を離したことである。

そもそもボールを受ける前に、ジェラードはすでに2回、顔を上げていた。自分が次に出すパスコースと、デンバ・バのポジションを確認するためである。そして結果的には、もう一度顔を上げたことが命取りになった。

「自分はボールよりも、デンバ・バに気を取られてしまった」。本人は認めている。

トラップをミスしたジェラードは、なんとかしてボールを奪い返そうと死に物狂いになる。だが、そこで2つ目のミスを犯す。気ばかり焦ったために足を滑らせ、デンバ・バを追走することさえできなかった。

このシーンは実に皮肉だった。

まずジェラードは、事実上の優勝決定戦かと思われたシティ戦を終えた直後、こう大声で檄を飛ばしている。「ここで転けるわけにはいかねえんだ！」

まるで映画のシナリオのようにでき過ぎた話だが、実際にはジェラード自身が足を滑らせ、致命的な失点を被ることになった。

しかも致命的なミスは、必死の努力が仇《あだ》になって生まれている。

そもそもジェラードが中盤の深い位置でプレーするようになったのは、自分の空間認識能力に衰えを感じ始めたからだった。現にジェラードはチェルシー戦でも、必死に首を動かしながら、周囲の状況を把握しようとしていた。それが裏目に出て、プレミアリーグ史上、もっとも高くついたミスが生まれてしまったのである。

迎えたハーフタイム、ロジャーズは配下の選手たちに対して、ジェラードがこれまでチームを幾度となく救ってきたことを指摘し、今度は自分たちが恩返しをする番だと念押ししている。

ところがリヴァプールの選手たちは、カウンターからスペースを突く方法に慣れ過ぎてしまっていた。このためチェルシー戦の後半は、チームメイトが存在感を発揮したというよりも、ジェラードが自身のミスを必死に取り返そうとする場面が印象に残る内容となってしまう。ジェラードは後半、8本ものシュートをおもにロングレンジから打っているが、同点に追い付くことは叶わなかった。ジェラードは例によって、自分自身のプレーをかなり厳しく評している。

「前に向かって走り過ぎていたし、入りっこないアングルからシュートを打とうとしていた」

とはいえ冷静に見るならば、得点の可能性を感じさせるような攻撃の手段がほとんど残されていなかったのも事実である。選手たちは深く引いて守る相手を崩す方法がわからず、戸惑っているように見える場面もあった。スタリッジとスアレスは、危険なポジションでボールを受け取ることさえできなかった。

ちなみにスアレスは、チェルシーのとあるディフェンダーに対して、どうしてそんなに守備的なプレーをするのかと直接、質問したという。これもまたリヴァプールというチームが抱えていた、ある種のナイーブさを浮き彫りにしている。

スターリングにも、ドリブルを展開するスペースはまったく与えられなかった。フォワードが単純に機能しないため、リヴァプールの選手たちはクロスを放り込まざるを得なくなる。しかも相手は異様なほど深く引いて守っているため、単調な攻撃が続けば続くほど、モウリーニョの術中に陥ってしまう形になった。

それを考えれば、積極的にロングシュートを狙っていくのは理にかなっていた。だがジェラードのプレーは、「模範を示してチームを率いる」というものから、「なんでもかんでも自分でやろうとする」という、かつての批判を連想させるようなものになっていた面も否定できない。

後半のアディショナルタイム、チェルシーは逆にカウンターからリードを広げる。発端となったのは、交代出場したフォワードのイアゴ・アスパスが、お粗末なクロスを入れたことだった。

リヴァプールのかつての英雄だったトーレスが前方に抜け出し、キーパーの直前でボールをサイドに叩く。前年の夏、ジェラードがチームに招き寄せようとしたウイリアンがこれを受け、最後は歩くようなスピードでゴールを決めている。

こうしてリヴァプールは、致命的な敗北を喫した。

「チェルシーの勝利を讃えたいと思う」。ロジャーズは試合後に述べている。「おそらく彼らは引き分け狙いできたのだろうが、われわれは勝ちにいこうとした」

このコメントはひどく的はずれなものに響いた。チェルシーが引き分け狙いで試合に臨んでいたとするなら、リヴァプールはそのチャンスを活かし、確実に引き分けに持ち込むべきだった。

マンチェスター・シティはその日の遅く、クリスタルパレスに2‐0で勝利し、翌週にはエヴァートンも3‐2で降す。この結果、リヴァプールとマンチェスター・シティは2試合を残して、どちらも勝ち点80で並ぶ形になる。だが状況的には、得失点差で9点もの差をつけていたシティが、明らかに優位に立っていた。

■ 史上最大のスペクタクル

2014年5月5日、リヴァプールはアウェーでクリスタル・パレス戦に臨む。ちなみにジェラードは失意に終わったチェルシー戦の後、モナコにしばらく滞在したことを認めている。わざわざモナコを選んだのは、以前に一度だけ訪れた際、街中に人っ子一人いなかったことを覚えていたからだった。

だがクリスタル・パレス戦でのプレーは、失意を微塵《みじん》も感じさせないものだった。

まずはコーナーキックの場面で、ジョー・アレンのヘディングシュートをアシスト。次には新たな持ち場となった深いポジションから、いつものように対角線上の長いパスを供給し、スタリッジの2点目をお膳立てしている。さらに55分過ぎには、スアレスが絵に描いたようなワンツーをスターリングとかわし、追加点をもぎ取る。これで得点は3-0となった。

「俺たちは相手をなぶり殺しにしていた。自分は6-0で勝てると素直に思っていたんだ」。ジェラードは試合後に語っている。

このようなムードが共有されていたことは、スアレスがゴールネットの中からボールを拾い上げ、すぐにセンターラインまで持ち帰ったことからもうかがえる。リヴァプールの選手たちは2試合で、マンチェスター・シティとの得失点差9を帳消しにできると信じていたのである。

「どうしてかわからないけど、マンチェスター・シティとの得失点差を埋めることは無理じゃないように思えたんだ」。スアレスは後に振り返っている。「自分たちの頭の中にあったのはそのことだけだった。ゴール、ゴール、ゴール……本当にできると思っていたんだよ」

一見すると非現実的なように思えるが、これはそれほど馬鹿げたシナリオではなかった。リヴァプールはそれまでの12試合で11勝を収めていたし、カーディフからは6点、アーセナルからは5点、トッテナムとスウォンジーからは4点を奪っている。

ましてやシーズンの最終節は、アンフィールドにニューカッスルを迎えることになっていた。アラン・パーデュー率いるニューカッスルは、シーズン後半戦にチームが完全に崩壊。14試合で11敗を喫していたし、そのうちの10試合は無得点に終わっていた。またこの間には、トッテナム、サウサンプトン、マンチェスター・ユナイテッドに0‐4で大敗。サンダーランド、チェルシー、エヴァートン、そしてアーセナルにも0‐3で完敗するなど、救いようのない状態に陥っていた。

むろん、リヴァプールが得失点差で逆転を狙おうとするならば、ニューカッスル戦で二桁のゴールを決めなければならなくなる可能性が、きわめて高かった。このような試合は、プレミアリーグでは過去に実現したことがない。

だがニューカッスル戦では、プレミアリーグ史上、もっとも多くのゴールが生まれる条件も整っていた。まずリヴァプールは獰猛なまでの攻撃力を誇っていた。現にシーズン中には、首位を走っていたアーセナルから、20分間で4ゴールを奪ったことさえある。

さらにチームは得点王ランキングで1位と2位につけている点取り屋を擁していたし、ゴールを奪うことだけをひたすら考えていた。おそらく当時のリヴァプールほど、大量点をもぎ取ることに意欲を燃やしていたチームは、存在しなかっただろう。

片やニューカッスルは、もはやチームの体をなしていない。リヴァプールの選手たちは明らかに大勝できると信じていたし、最終節はかつてない見ものになるはずだった。

■リヴァプールの夢を打ち砕いたもの

ところが、この史上最大のショーは実現しなかった。ニューカッスルとの決戦に挑むどころか、リヴァプールはクリスタル・パレス戦で自滅したからである。

途中までは3－0でリードしていたものの、さらに多くゴールを奪おうとして前がかりになり過ぎた結果、ピッチの後方はがら空きになってしまう。かくして最後の約10分間で立て続けに3点を奪われ、引き分けに持ち込まれたのだった。

試合が終了した瞬間、スアレスは気の毒なほど悲嘆に暮れた。ジェラードは必死に慰めようとしたが、スアレスは頭からユニフォームを被って顔を隠し、セルハースト・パークの角に設置された選手用のトンネルまで、涙をこぼしながらとぼとぼと歩いていった。対照的にシティは最後の2試合を順当に勝利し、シーズン最終日に二度目のプレミアリーグ制覇を達成することになる。

リヴァプールの夢はこうして潰えた。

その原因がどこにあるのかは、誰の目にも明らかだった。

たしかに最終日のニューカッスル戦までタイトル争いが持ち越されれば、歴史に残る一大スペクタクルが展開されていただろう。

だがロジャーズや選手たちは、まずクリスタルパレス戦で確実に勝利することを目標に据えるべきだった。むろんシティは最後の2試合で、ホームにアストン・ヴィラとウェストハム――デイヴィッド・キャメロン首相が贔屓にしているチームを迎える予定になっていた。番狂わせが起きる可能性はきわめて低かったし、最終的にリヴァプールとシティの得失点差が埋まらないことも十分に考えられた。

とはいえ勝ち星を積み上げることは、相手を精神的に揺さぶることにもつながる。ましてやシティは、必ずしも勝負強くないチームとしても知られていた。

現にプレミアリーグを制した2年前には、最終節のQPR戦で命拾いをしたし、前年のFAカップ決勝では降格したウィガンに敗れている。

ところがリヴァプールは、逆に敵に塩を送っている。勝てるはずの試合を落とし、相手をプレッシャーから解放してしまう形になった。

リヴァプールが抱えていた最大の問題とは、戦術的なナイーブさではない。むしろ、より根本的な目標設定に関するものだった。

シティ戦では引き分けで十分だったにもかかわらず勝ちにいき、よもやの敗戦を喫してしまう。そしてクリスタル・パレス戦ではさらに多くのゴールを奪おうとした結果、得失点差よりも重要な勝ち星そのものを落としている。

ブレンダン・ロジャーズは本来、ゴールを狙うよりもボール支配率を高め、試合をコントロールしていくスタイルを理想に掲げていた。だがリヴァプールはシーズン途中から、凄まじい攻撃を全員で繰り出すチームに変貌。ポストプレッシング時代の戦術進化を象徴するチームにまで成り上がった。

だがその代償は、あまりにも大きかった。選手たちは試合を冷静にコントロールしていくスタイルに回帰できなかったからである。この不可逆的な変化こそが、彼らの夢を打ち砕いたのである。

第23章

プレッシングという新たなテーマ

「自分たちのスタイルは、できるだけ早くボールを奪い返すことだ。ラインを前に押し上げ、高い位置でプレーしていく。われわれのほうが多くの距離を走っているように見えるかもしれないが、より組織的な走り方をしているに過ぎない」
（マウリシオ・ポチェッティーノ）

■日陰の存在だったプレッシング戦術

２０１０年前後から数年間、プレミアリーグではポゼッションサッカーこそが究極の戦術だと崇《あが》められた。ほとんどすべてのクラブが長い時間、ボールを保持しようとしたし、対戦チームは引いて守り、自分たちが同じようにプレーできる機会が巡ってくるのを待つ形になった。

ところがしばらく経つと、このアプローチに対する大きな反動が起きてくる。プレッシングの勃興である。自陣に引いて守り、対戦チームの美しいパスワークに見惚れている代わりに、各チームはラインを押し上げて、パスサッカーを阻止しようと徐々に試みるようになった。

ただし、プレッシングは新たな戦術ではなかった。この戦術は、１９７０年代にアヤックスとオランダが標榜したトータルフットボールの大きな特徴になっていたし、とりわけ１９８０年代後半には、アリゴ・サッキが率いたＡＣミランによって広く普及している。

プレッシングは、イングランドサッカーの歴史にも、重要な足跡を残してきた。元代表監督のグラハム・テイラーはロングボール戦術と深く関わっていたが、ワトフォード監督時代には非常に効果的なプレッシングを展開して成功を収めている。

「ボールがどこにあってもプレスをかけていく。われわれのスタイルは、この方法論をベースにしていた」。テイラーは語っている。「だから仮に相手の右サイドバックが、自陣の深い位置でボールを持った場合でさえもプレスをかけた。われわれはきわめてテンポの速いサッカーをしていたから、選手たちにもきわめて高いレベルの体力が求められた」

当時、テイラーの方法論は正当に評価されず、嘲りの対象となっている。

だが2017年に彼が帰らぬ人になった頃、プレミアリーグでは、かつてないほどプレッシングが重視されるようになっていた。しかもさらに激しく、組織的にである。

かつてアーセナルの監督を務めた、ジョージ・グラハムの指摘は示唆に富む。彼は1980年代末から1990年代初頭にかけて、ディフェンスラインを高くキープすることにこだわり続けた。

「今では多くのチームが、プレッシングを最新のプレースタイルとして受け入れている。だがわれわれは何十年も前にプレッシングを駆使していた。これは嘘じゃない。今日ほど組織的なやり方はしていなかったがね」

そもそもプレッシングは、プレミアリーグとの相性も良かった。イングランドのサッカー界はハードワークや運動量、タックルにこだわってきた。敵の選手をタイトにマークしていくのは、日曜日におこなわれるアマチュアサッカーのリーグ戦でも顕著な特徴になっている。プレミアリーグに関しては、指摘するまでもないだろう。しかもイングランドは気温が低いため、温暖な地中海沿いの国々よりも走り続けることが苦にならない。

とはいえ発足から最初の20年間、プレミアリーグではプレッシングがほとんど論じられなかった。たしかに運動量の豊富なチームが評価されたり、フォワードが精力的に動き回り、相手のディフェンダーを封じたと讃えられるケースはしばしばあった。だが1992年から2012年までに限れば、組織的に相手にプレッシャーをかけたという理由だけで、高く評価されたチームは思い当たらない。

■ターニングポイント

ところが以降の5年間、プレッシングという戦術は、イングランドのサッカー界でもっとも頻繁に議論されるテーマとなった。

これには然るべき理由がある。ペップ・グアルディオラが率いるバルセロナは、ティキ・タカと呼ばれるプレースタイルで欧州に君臨。とりわけチャンピオンズリーグを制した2010／11シーズンには、ポゼッションサッカーを普及させている。ただしペップは、これと同時にプレッシングも広く知らしめている。その意味でプレッシングとは、ペップ時代のバルサが残した2つ目のレガシーだった。

ちなみにバルセロナが決勝でマンチェスター・ユナイテッドを破るのは、2008／09シーズンに続いて二度目となったが、この間、チームの戦術は比較にならないほど様変わりしていた。

2009年の決勝では、バルサのフォワード勢はボールを奪われると、センターラインまで下がっていった。だが2011年には逆に前方にダッシュしてプレスをかけ、ユナイテッドがパスをつないで攻撃を組み立てていくのをことごとく阻止した。

「僕たちは、できるだけ相手チームの陣内でプレーするようにしている」。グアルディオラは解説している。「このチームはボールを持たないと何もできない。だから、できるだけ早く奪い返したいんだ」

厳密に述べれば、イングランドのサッカー界が突如としてプレッシングを受け入れ始めたのは1年ほど前だった。その日付は明確に特定できる。2010年3月31日、チャンピオンズリーグの準々決勝、ファーストレグがおこなわれた際である。

この際には、アーセナルのエミレーツ・スタジアムにバルセロナが乗り込む形になったが、試合前の時点では、ともにポゼッションサッカーを掲げる両軍のどちらに軍配が上がるかが、おもに論じられていた。

ところが試合は思わぬ展開となる。アーセナルはボールを保持することだけを意識していたのに対して、バルセロナは相手のボール支配を中断させることにも、同様に力を注いできたのである。

前半、バルサは衝撃的なパフォーマンスを披露し、プレッシングの威力をまざまざと見せつけた。逆にアーセナルは、バルサが展開してくるプレッシングの激しさとインテンシティに度肝を抜かれる。試合中にはバルセロナの右サイドバックであるダニ・アウベスが、アーセナルの左サイドバックを務めるガエル・クリシーを、なんと敵陣のコーナーフラッグの近くで封じ込める場面さえ見られた。

アーセナルは、これといった解決策を持っていなかったため、プレスをかいくぐるのに四苦八苦する。ロングボールを蹴ってプレスをかわしていくような方法にも、慣れていなかったからである。

アーセナルが常に窮地に追い込まれたのと対照的に、バルセロナは敵陣の深い位置でボールを奪い返し、相手のゴールを常に脅かしていく。試合内容を考えれば、バルサが5‐0で前半を終えていてもおかしくなかった。両軍が0‐0のままハーフタイムに突入したのは、アーセナルのゴールキーパーであるマヌエル・アルムニアが、珍しくファインセーブを連発したからに過ぎない。

かくして迎えたハーフタイム、チームトークに臨んだヴェンゲルは、バルセロナのプレッシングを真似するようにと配下の選手たちに指示を出したとされる。

だが窮余の策は通用しなかった。そもそもプレッシングで重要なのは組織的なプレーであり、個々の選手がしゃかりきになるだけでは機能しないからである。

事実、後半戦に臨んだアーセナルの選手たちは、敵のディフェンダーを追い詰めようと試みたが、ユニットとしてプレスをかけるというよりは、1人か2人の選手が単発的に相手に迫っていくだけに終わる。

逆にバルサ側は、相手が仕掛けてくる生煮えのプレッシングをいとも簡単にかわしていく。またアーセナルのディフェンス陣が高い位置までラインを押し上げるようになったため、その裏を狙ってロングボールを放り込み、ズラタン・イブラヒモヴィッチの2得点を演出する。二度のゴールシーンは、ほとんど同じようなパターンからもたらされた。

ところがアーセナルは、ここから追い付いてみせた。

序盤からプレスをかけ続けた相手が疲労を募らせていく中、スピードのあるセオ・ウォルコットを投入したことで、ディフェンスラインの裏を突くことができるようになったのである。かくしてウォルコットがまず1点を返し、試合終盤にはキャプテンを務めるセスク・ファブレガスが、ユースの頃に所属していた古巣相手にPKを決めている。

ちなみにファブレガスは、カルロス・プジョルからファウルを受けてPKを獲得した際に、右足の腓骨にヒビが入る大怪我を負っていた。試合中はアドレナリンが大量に分泌されていたために、痛みを堪えることができたものの、ボールを蹴った瞬間に腓骨は完全に折れてしまう。ファブレガスは、シーズンの残りの試合を欠場する羽目になっている。

こうして試合は2‐2の引き分けで幕を閉じた。

だがバルセロナが圧倒的にゲームを支配していたことは、14対2本という枠内シュート数の驚くべき違いに如実に表れている。

「昨シーズンは多くのトロフィーを獲ったけど、チャンピオンズリーグのアウェーの試合で、今日のようなプレーができたことは一度もなかった」。グアルディオラは試合後、驚きの声を漏らしている。「僕たちはボールを奪ったし、相手に一度もサッカーをさせなかった。これは自分が指導者になってから、最高の

45分間だった……僕たちは理想的なサッカーをうまく表現できた」

■ ビラス＝ボアスのシンデレラストーリー

「相手に一度もサッカーをさせない」

この発言は多くの人々に衝撃を与えたが、サッカー界にはグアルディオラのプレッシングに特に感銘を受けた指導者がいた。アンドレ・ビラス＝ボアスである。

ポルトガル出身の彼は、ドラマの筋書きのような形でサッカーに関わるようになった人物だった。ポルトのファンだったビラス＝ボアスは、16歳の時にある行動を起こす。マンションの同じ区画に住んでいたポルトの監督、ボビー・ロブソンの自宅に1通の手紙を届けたのである。内容は自分のお気に入りの選手、ドミンゴス・パシエンシアをどうしてメンバーから外すのかと不満を唱えるものだった。

郵便受けに入っていた手紙を読んだロブソンは、いつものように親切に対応する。自宅に招いて紅茶を振る舞いながら、ならば次の対戦相手を分析し、戦術のポイントを説明してみてくれと宿題を出した。ビラス＝ボアスは、この宿題をしっかりやってのける。ロブソンは相手が持つ戦術眼の確かさに非常に感心し、見習いのコーチに雇うようになった。

やがて2002年にジョゼ・モウリーニョがポルトの監督に就任すると、ビラス＝ボアスは彼にも手腕を評価されて、対戦相手のスカウティングを担当するようになる。そして2004年には、チェルシーに一緒に移籍。詳細なレポートでモウリーニョの第一次政権を支え、名を知られていった。

ビラス＝ボアスはやがて指導者として独り立ちし、2009／10シーズンにはポルトガルのアカデミカ、翌シーズンにはポルトの監督に就任する。とりわけポルトでは、1シーズン目に無敗でリーグ優勝を成し遂げただけでなく、ヨーロッパリーグも制した。

決勝では同じポルトガルのブラガを1‐0で降したが、奇しくもチームを率いていたのは、ビラス＝ボアスを指導者の道へ導くきっかけとなった憧れの選手、ドミンゴス・パシエンシアだった。

ヨーロッパリーグを制した直後、ビラス＝ボアスはロブソンとモウリーニョに敬意を表している。これは当然と言えば当然だろう。ところが驚くべきことに、その時点ではまだ面識のなかったグアルディオラの名前もあげている。

「彼はいつも僕にヒントを与えてくれた。あの方法論のお陰で、彼のチームはすばらしいサッカーをしているからね」。ビラス＝ボアスは語っている。「僕は彼が持っているクオリティの高さとサッカー哲学を、いつも参考にしている」

チェルシーのロマン・アブラモヴィッチは、おそらくこの発言に惹かれたに違いない。ましてや当時はカルロ・アンチェロッティを解任したばかりで、自らがオーナーを務めるチームに、建設的なサッカーをなんとかして注入しようと試みていた。思わぬ形で監督候補を見つけたアブラモヴィッチは、2011年6月、ビラス＝ボアスを後任に抜擢したのである。

これは2つの意味で、かなり大胆な決断だった。

まずビラス＝ボアスは相応にキャリアを積んでいたとはいえ、この時点ではまだ34歳に過ぎない。

またイングランドのサッカー界では、特に人気がある指導者でもなかった。むしろ関係者の間では、マン・マネージメントのスキルに長けた人物というよりも、データ分析に興味がある「ラップトップ・マネージャー（ノートパソコンばかりいじっている監督）」と評されていた。

チェルシーの監督に就任したビラス＝ボアスは、ポルトで採用していた戦術をすぐに導入していく。鍵となっていたのは4‐3‐3のフォーメーションと、ディフェンスラインをアグレッシブに高く保つ方式だった。

■破綻していくプレッシング戦術

だが、この試みは失敗に終わっている。

たしかにチェルシーの選手たちは4－3－3の陣形には慣れていたが、ディフェンスラインを高く保つ方法には馴染めなかった。モウリーニョが2004年に監督に就任して以来、歴代の監督たちも守備のラインを低く設定する方法を踏襲してきたためである。

ビラス＝ボアスはかつてのモウリーニョと同じように、ポルトガル出身で年齢も若く、戦術を駆使する監督だった。また実際に「スペシャル・ワン」の右腕まで務めたことがあるため、「新しいモウリーニョ」と呼ばれるようになる。しかし、そのアプローチは極端なまでに異なっていた。

ディフェンスラインをラディカルなまでに押し上げる方法は、ビラス＝ボアスが掲げた「高い位置での守備ブロック」という発想の根幹も成していた。

これはフィールドプレーヤー全員がポジションを押し上げ、ピッチ前方でプレッシャーをかけていく方法だが、以前のイングランドサッカー界では、ほとんど目にすることのない戦術だった。

戦術史的に見た場合、これは重要な進化だった。ビラス＝ボアスはジョージ・グラハム以来、選手がボールを持っている時の動き方ではなく、ボールを持っていない時の陣形を追求した初の監督になったからである。

かくしてビラス＝ボアスを語る際には、ディフェンスラインを高く設定する方法論が、常に話題にのぼるようになる。イングランドの評論家たちは、相手にボールを奪われた際の選手たちの動き方にも注目するようになった。

ただしビラス＝ボアスが展開するサッカーは、モウリーニョ時代のチェルシーと同じように、「カウンターアタック」と呼ばれるようになる。モウリーニョのアプローチのほうが、かなり守備的だったにもかかわらずである。

読んで字の如く「カウンターアタック」という単語は、本来「攻撃（アタック）」の方法論を指し示している。現にビラス＝ボアス本人は、自分が実践しているのは守備ではなく攻撃を展開するためのサッカーであり、ボールをすぐ前線に運ぶために「縦方向のパス」も駆使していると強調した。

だがプレッシングを基盤にしている以上、ボールを持たない時間は必然的に増えていく。事実、チェルシーの選手たちは、相手に延々とプレッシャーをかけるようになった。ところが実際の試合では、高く設定されたディフェンスラインが、たびたび突破される場面も見られた。

たしかに足の速い選手が相手ならばやむを得ない部分もあるが、この頃のチェルシーは、ノリッジのストライカー、グラント・ホルトなどにも手を焼いている。ホルトはややぽっちゃりした体型をした、古いタイプのセンターフォワードで、下位のリーグで活動した後、プレミアリーグで初めてのシーズンを迎えたような選手である。この種の選手に対応できないなどというのは、あってはならないことだった。

また試合によっては、チームとして組織的なプレーを展開できない場面も目についた。たとえばオールド・トラフォードで、マンチェスター・ユナイテッドに1－3で敗れた一戦では、守備陣がディフェンスラインを高く保ったのにもかかわらず、中盤の選手がきちんとプレスをかけなかったために、スルーパスを通されて裏を突かれている。

■短命に終わったシンデレラストーリー

このような問題がもっとも顕著に表れたのは、ホームでアーセナルに3‐5で敗れた試合だろう。アーセナル側ではロビン・ファン・ペルシがハットトリックを記録する一方、ワイドに開いた2人のフォワード、セオ・ウォルコットとジェルビーニョがスピードを活かして再三再四、ディフェンスラインの裏のスペースに走り抜けている。

とりわけ強烈な印象を与えたのは、ファン・ペルシが2点目を決めたシーンである。試合終盤の85分、ピッチ上で行き場所を失ったジョン・オビ・ミケルが、方向の定まらないパスを出してしまう。これを見たジョン・テリーは、ボールを必死に追いかけようとしたが、その際に足を滑らせた。

ファン・ペルシは、体勢を崩してピッチ上に腹ばいになったテリーを軽々と抜くと、ペトル・ツェフをかわしてシュートを流し込んでいる。このシーンは、ビラス＝ボアス体制に決定的にネガティブな印象を与えてしまった。

ビラス＝ボアスは、自分が掲げたサッカーの方向性が、チェルシーには適していないことを徐々に認識。2011年12月におこなわれたチャンピオンズリーグのバレンシア戦では、一転して極端に低い守備ラインを敷くことになる。

この試合はグループステージの最終戦であり、ビラス＝ボアス自身にとっても、きわめて重要な意味を持っていた。万が一敗れるようなことがあれば、アブラモヴィッチに首を切られるのではないかと不安に駆られたのである。

プレッシングを放棄したチェルシーは、バレンシアに中盤を完全に圧倒され、31％のボール支配率しか記録できなかった。ところが実際には3‐0の完勝を収めている。このような試合展開は、まさにかつてのチェルシーを彷彿とさせるものだった。

結果、「高い位置での守備ブロック」という発想は、その有効性がさらに疑問視されるようになっていく。事実、その1週間後に2－1でマンチェスター・シティに辛勝した試合では、ディフェンスラインをどこに設定するつもりだったのかという質問さえ飛んでいる。

「試合が始まった時は、ブロックを作るために一番いいポジションを見つけようとしていた」とビラス＝ボアスは釈明している。「今日は（高くもなく低くもない）中間に設定した。選手たちは相手がショートパスをつないでビルドアップしてくるのに対して、プレスをかけることに気を取られ過ぎていたし、最初の10分間は何度も手こずった。

でも対応はできたし、選手たちも修正が必要だと感じていたんだと思う。だからラインを少しだけ下げた後は、楽にプレーできるようになった。そして自信も深めていったんだ」

この発言だけを聞くと、まるで選手たちがビラス＝ボアスの戦術を無視し、勝手に深い位置でプレーしたような印象を受ける。

だが真相は疑わしい。その後、ビラス＝ボアスはほとんどの試合で、高い位置にブロックを作る方法論に回帰していったからである。おそらくこれはアブラモヴィッチが、引いて守るサッカーからの脱却を望んでいるという頭があったからだろうが、実際には悲惨な結果につながっている。

チャンピオンズリーグの決勝トーナメント1回戦、ファーストレグでナポリと対戦した際には、スピードのある左ウイング、エセキエル・ラベッシにダイレクトパスを通され、決定的なチャンスを何度も作られた。チェルシーの右サイドバック、イヴァノヴィッチの背後には広大なスペースが空いていたためである。

結局チェルシーは結局ファーストレグを1－3で落とし、敗退の危機にさらされる。このような状況の中、ビラス＝ボアスはついに三行半を突きつけられる。

暫定監督には、ビラス＝ボアスの下でアシスタントを務めていた、ロベルト・ディ・マッテオが就任。彼はチェルシーのモウリーニョ時代のように深い位置で守備のブロックを作るサッカーを蘇らせ、ヨーロッパの頂点にチームを導いていくことになる。

■ トッテナムでの挑戦と挫折

チェルシーの監督職は8ヶ月しか続かなかったが、ビラス＝ボアスは解任から5ヶ月弱でプレミアリーグに返り咲く。今度はトッテナム・ホットスパーにおいて、ハリー・レドナップの後任に就いたのである。両チームで起きた監督人事は、いささか因縁めいたものを感じさせる。

そもそもレドナップは、トッテナムをプレミアリーグで4位にまで押し上げていたにもかかわらず、チャンピオンズリーグへの出場を逃したために解任の憂き目にあった。だがビラス＝ボアスがチェルシーの監督を続けていれば、レドナップは更迭されなかった可能性が高い。

ロベルト・ディ・マッテオはビラス＝ボアスの解任を受けて、チェルシーの暫定監督に就任。チャンピオンズリーグで奇跡的な優勝を実現し、特別枠で翌シーズンも同大会に参戦することが認められる。この煽りを受けた格好になったのが、レドナップだったからだ。

ともあれ、巡り巡ってロンドンのライバルチームを指揮することになったビラス＝ボアスは、新たな職場でもプレッシングを追求しようと試みた。この方針はすぐに明らかになる。2012／13シーズンの開幕戦、トッテナムがニューカッスルに1‐2で敗れた試合では、相手のセンターバックを除くすべての選手に対して、プレスをかけるように命じたのである。

このような極端な戦術は、試合のデータにも反映されている。ニューカッスル側では、フィールドプレーヤーの平均的なパス成功率が77％に留まったのに対し、センターバックのスティーヴン・テイラーとジェームズ・パーチは、１００％と98％という完璧に近いパス成功率を記録している。

またニューカッスル戦で採用された戦術は、ビラス＝ボアスが高い位置に守備のブロックを作る方法論を放棄したのではなく、むしろ改良を加えた上で再び採用しようとしていたことを物語る。

事実、トッテナムの選手たちは、きわめて高くラインを押し上げた。特に目についたのは、ゴールキーパーのウーゴ・ロリスまでが、デフォルトのポジションを異様に高く設定していたことである。ロリスはスウィーパー・キーパーとしての役割を全うし、ペナルティエリアの外まで常にボールを追いかけ続けた。試合中には、ヘディングでボールをクリアするという派手なプレーも何度か披露している。

戦術の妥当性はともかく、トッテナムは凄まじい破壊力を見せつけることもあった。多くの場合、その起点となっていたのが、ギャレス・ベイルだったことは指摘するまでもない。

またビラス＝ボアス率いる面々は２０１２年9月、アウェーのマンチェスター・ユナイテッド戦で３－2と勝利している。これはプレミアリーグが始まってから、トッテナムがオールド・トラフォードであげた初白星ともなった。

ちなみにこの試合では、機動力に優るムサ・デンベレとクリント・デンプシーのコンビが、ポール・スコールズとマイケル・キャリックに対して、序盤から果敢にプレスを展開。ヤン・フェルトンゲンがキックオフ直後に先制点をあげ、ベイルが32分に追加点を奪う。そして後半7分にはデンプシーが３点目を記録する形になった。

だが後半に入ると、試合の流れは大きく変化している。トッテナムは一転して、非常に深い位置で守備のブロックを形成するようになったため、ナニと香川真司にゴールを奪われてしまう。ボール支配率もわずか26％に留まった。

いずれにしても当時、トッテナムの選手たちは試合をコントロールできていなかった。またあまりに激しくプレスをかけ過ぎる傾向も強かった。マンチェスター・ユナイテッド戦の約1ヶ月後、モウリーニョが監督に復帰したチェルシーに2‐4で敗れた際には、ビラス＝ボアス自身も次のように認めている。

「この試合で特徴的だったのはペースの速さだ。あまりにバタバタした展開が続き、どちらのチームも何度となくボールを失ってしまった……インテンシティの高さは問題になっていたし、自分たちはゲームを落ち着かせたかった」

たしかにトッテナムの方法が、機能したケースがなかったわけではない。

たとえば2013年3月、アーセナルをホームに迎えて2‐1で勝利を飾った一戦は、両方のチームがアグレッシブにプレスをかけながらディフェンスラインを上げたため、センターラインを挟んだ20ヤードのエリアで、ひたすら攻防が続くという極端な内容になった。

だが全般的にはトッテナムのほうが組織性に長けており、スルーパスを効果的に活用している。ベイルとアーロン・レノンはワイドなポジションからディフェンスラインの裏に抜け、それぞれゴールをもたらしている。またビラス＝ボアスは、順位争いでヴェンゲルに肉薄している。チームの成績は前シーズンから1つ落ちたとはいえ、トッテナムでの監督1年目を、プレミアリーグの5位という成績で終えることができた。

■移り変わった、プレッシングサッカーの旗手

ところが翌2013／14シーズンになると、トッテナムは突然、調子を落としてしまう。もっとも痛

手になったのはベイルがレアル・マドリーに移籍したことだったが、戦術的にネックとなったのは、やはりディフェンスラインを高く設定し過ぎたことだった。

9月1日におこなわれた第3節、アーセナルに0‐1で敗れた試合では、セオ・ウォルコットに何度となく突破されただけでなく、かなり足の遅いオリヴィエ・ジルーにさえも裏に抜けられてしまう。

また、その4週間後にチェルシーと1‐1で引き分けた際には、ひどく調子を落としていたフェルナンド・トーレスに、数カ月ぶりにまともなプレーをさせる余裕さえ与えてしまった。トーレスは終盤、空中戦でヤン・フェルトンゲンと競り合った際に2枚目のカードを受けたが、トッテナムの陣内に空いた広大なスペースに走り込み、攻撃陣を牽引し続けた。

2013／14シーズンには、これらの試合にも増して戦術が崩壊し、大敗を喫する場面も見られた。その典型的な例が11月におこなわれた、アウェーのマンチェスター・シティ戦である。

トッテナムは、スピードが持ち味のヘスス・ナバスに、高いディフェンスラインの裏を突かれ、試合開始から15秒も経たないうちに先制点を決められる。さらに機動力のないセンターバックのコンビ、マイケル・ドーソンとユネス・カブールが、セルヒオ・アグエロに完膚なきまでに翻弄され、0‐3でハーフタイムを迎えてしまう。

しかもビラス＝ボアスは、火に油を注ぐような手を打った。4‐2‐3‐1から4‐4‐2にシステムを変更したために、前半にもまして中盤を支配されるようになり、最後は0‐6で敗れたのだった。

1ヶ月も経たないうちに、トッテナムはホームで同じような大敗を喫する。今度の相手はリヴァプールだった。

ビラス＝ボアスは、ミッドフィルダーのエティエンヌ・カプエを急造のセンターバックに起用。マイケル・ドーソンとコンビを組ませて、またもや極端に高い位置までディフェンスラインを押し上げる。

ところが相手がボールを持っても、選手たちはほとんどプレッシャーをかけることができない。それどころか、案の定ルイス・スアレスに幾度となくディフェンスラインの裏に抜けられ、本拠地で0‐5で敗れたのである。

ビラス＝ボアスの采配は、まさに正気の沙汰ではなかった。何度失敗しても、今度こそは違う結果が出るだろうと期待を懐き、異様にディフェンスラインを高くしながらプレッシングを試みる。そして結局はひどい火傷をするというパターンを、チェルシー時代と同じように延々と繰り返していたからだ。

結局、ビラス＝ボアスは翌日に解任される。

この頃になると、ビラス＝ボアスはプレッシング戦術のアイコンとしても、存在感を失っていた。結果が出なかったことだけが原因ではない。2013年1月には、アルゼンチン生まれの指導者がサウサンプトンの監督に就任。ビラス＝ボアスに代わり、プレッシング戦術の旗手として注目を集め始めたからである。その人物こそ、マウリシオ・ポチェッティーノだった。

ただしポチェッティーノの監督起用は、いささか物議を醸している。

もともとサウサンプトンは、2012／13シーズンにプレミアリーグに復帰するまでは、2部と3部を行き来していた。前監督のナイジェル・アトキンスは、そのような状況に終止符を打った人物だったし、プレミアリーグにおいても序盤こそ苦戦したものの、すでに何度かすばらしい結果を出していた。にもかかわらずシーズン途中でわざわざ監督を交代するのはチームのリズムを乱すような行為に映ったし、アトキンスと対照的にポチェッティーノは、スペインのエスパニョールを率いた経験しか持っていなかった。

たしかにポチェッティーノはエスパニョールの監督時代、手に汗握る試合を何度か披露している。特に同じ街のライバルであるバルセロナと対戦した際には、激しいプレッシングで相手を苦しませたが、監督就任から3年目には、成績不振で解雇されている。

とはいえポチェッティーノが、非常に将来有望な若手監督であることは明らかだった。彼が戦術的な薫陶を受けたのは、グアルディオラが憧れた指導者の1人、マルセロ・ビエルサだったからである。

しかもポチェッティーノは祖国が同じだということもあり、ビエルサとはグアルディオラ以上に深い絆で結ばれていた。

ポチェッティーノは1980年代後半、アルゼンチンのニューウェルズ・オールド・ボーイズというクラブのユースチームに所属していた。この頃、チームの指導をおこなっていたのはビエルサだったし、やがてビエルサが1軍の監督に昇格すると、ポチェッティーノもすぐにトップチームに抜擢。わずか19歳にして、アルゼンチンの国内リーグ優勝を経験する機会を得ている。

当時のオールド・ボーイズは、ハイテンポで精力的なプレッシングを展開していくことで知られていたが、このスタイルはポチェッティーノに継承されていくことになる。また2人はアルゼンチン代表チームだけでなく、短期間ながらエスパニョールでも師弟関係を結んだ。

■ 継承されたビエルサイズム

やがてポチェッティーノは指導者に転身し、2009年1月からは、エスパニョールの指揮を執る。

一方のビエルサは、チリの代表監督としても存在感を示し、2011年の7月から同じラ・リーガのアスレチック・ビルバオを率いるようになった。

ちなみにビエルサは、2011/12シーズンにはヨーロッパリーグに参戦。16強対決で、アレックス・ファーガソン率いるマンチェスター・ユナイテッドと当たった際には、激しいプレッシングとクイックなワンツーで圧倒し、2試合合計5‐3のスコアで大金星をあげている。この試合に先立ち、ビエルサは自らのサッカー哲学をわかりやすく解説している。

「われわれが掲げているのはボールをできるだけ素早く、そしてピッチのできるだけ前方で奪い返すというシンプルな行動様式だ。それはディフェンダーからフォワードまで、全員がボールを奪い返すプレーに関わることを意味する」。ビエルサは語っている。「そして一旦ボールを奪った後は、できるだけ早くボールを前に運ぶ方法を探し出していく。縦方向にだ」

約10ヶ月後、サウサンプトンの監督に就任したポチェッティーノは、ビエルサがビルバオで実践していたものと同じサッカーを導入しようと試みる（奇しくも両チームは、不思議な縁で結ばれていた。アスレチック・ビルバオは赤と白の縦縞のユニフォームを使用しているが、これはサウサンプトンをモデルにしたものだった。2つの街を行き来していた英国の造船所の作業員が、スペインで結成したクラブの1つこそ、ビルバオだったのである）。

ポチェッティーノは、監督就任の直後からプレッシングを前面に押し出す。

彼は２０１３年1月21日、ホームにエヴァートンを迎えた試合で初めて指揮を執ったが、フォワードの選手たちは、試合開始直後からプレッシャーをかけ始めた。これに併せて中盤の選手も前方に相手を追い詰め、ディフェンスラインも高く押し上げられた。

前半、サウサンプトンはボールを素早く奪い返してゲームを支配し、絶好のチャンスを作っている。ただし、そこから得点につなげることはできなかった。また後半には選手に疲れが蓄積したため、試合は0‐0の引き分けに終わっている。

だがポチェッティーノは、試合の全体的な内容には満足感を覚えていた。

「今日の試合は非常にいい例になった。選手たちは（プレッシングを展開するために）懸命に努力していたからね」。ポチェッティーノは、初陣をこう振り返っている。「われわれは、高い位置でプレッシャーをかけることに集中した。これは大きな目標の1つになっている。（今日の試合では）今後に向けた基礎を作ることができた」

ポチェッティーノのアプローチは、強豪と対戦した際には特に効果的だった。相手が後方から攻撃を組み立てていくのを阻止することができたからである。事実、彼がプレミアリーグで最初の3勝を記録したのは、マンチェスター・シティ、リヴァプール、そしてチェルシーといったチームだった。

ところが興味深いことに、サウサンプトンはこの間、ウィガン、ノリッジ、QPR、ニューカッスルといった中位以下の相手には、勝利を飾ることができていない。

ポチェッティーノは、翌2013／14シーズンもサウサンプトンで指揮を執る。彼はこのシーズン限りでクラブを去ることになるが、独特なスタイルは2つの両極端なデータを通して、さらにはっきりと浮かび上がった。

ボール支配率に関してはトップに立ったにもかかわらず、パス成功率ではプレミアリーグの全20チーム中、9位に留まったのである。

このアンバランスな組み合わせは、きわめて興味深い。

通常の場合、ボール支配率が高ければパスの成功率も自然に高まることになる。ところがサウサンプトンの場合はパスの成功率が低いため、ボールを支配できていても、うまくキープすることができなかったという解釈になってしまう。

では、なぜこの種の奇妙な現象が起きていたのか？　答えはむずかしくない。そもそもボール支配率は、パスをいかにつないだかという要素だけではなく、ボールをいかに早く奪い返したかによっても変わってくるからだ。

サウサンプトンは前線から絶えずプレスをかけ続けたし、中盤ではモルガン・シュナイデルランと、ヴイクター・ワニアマのパワフルなコンビが周囲に目を光らせ、プレッシングをサポートし続けた。

かくしてボールを奪うと2人はカウンターを狙い、縦方向に積極的にパスを出していく。だがこれらのパスは、失敗に終わるケースも少なくなかった。

結果、ポチェッティーノ時代のサウサンプトンでは、プレッシングをかけてボールを奪い返すと同時に、すぐさまカウンターに移行。攻撃が失敗に終わり、再び相手にプレッシングをかけていくというパターンが、何度も繰り返されることになったのである。

このような戦い方は、当時のサウサンプトンがプレミアリーグ史上、もっとも純粋にプレッシングを追求したクラブだったことを物語る。シュナイデルランは、ポチェッティーノの戦術を端的に総括している。

「プレスをかける時には、相手が最悪のパスしか選択できない状況に追い込むことを目指した。ポチェッティーノは、複数のオプションを相手に与えるなと指示してきたんだ。これを実行するには、ものすごく組織的なプレーをしていかなければならない。でも6、7ヶ月間、彼の指導を受けながら練習すると、相手を徹底的に揺さぶることができるようになるんだ。もちろん、すぐにはできなかったよ。膨大なトレーニングが必要だからね」

シュナイデルランは、守備から攻撃に移るタイミングについても解説している。

「彼はボールをできるだけ高い位置で奪い返そうとしていた。だから大抵の場合は、1人のアタッカーがプレッシングの引き金を引いたら、全員がそれに合わせて連動していくことになっていた」

プレッシングを浸透させていく過程では、若く、クレバーな選手たちを積極的に起用したことも非常に効果的だった。サウサンプトンのアカデミーには運動量が豊富で、新たな方法論を意欲的に吸収しようとする人材が揃っていた。ポチェッティーノはそこに目を付けたのである。

サウサンプトンで起きた変化は、イングランド代表にとっても追い風となった。現にアダム・ラランナ、リッキー・ランバート、ジェイ・ロドリゲス、ナサニエル・クライン、そしてルーク・ショウといった面々はことごとく名を連ねるようになり、代表チームを活性化させている。

ファンが、このような状況に大喜びしたのは指摘するまでもない。2013年11月、ハル・シティに4－1で勝利を収めた一戦では、前半の間中、「カモン・イングランド!」「イングランド代表の試合を見ているようだぜ!」という合唱が、セント・メリーズ・スタジアム（サウサンプトンのホーム）に響き渡り続けた。当時のイングランド代表監督、ロブ・ホジソンが発表したメンバーを受け、誰もが上機嫌になっていたのである。

■ロンドンへ移植されたプレッシング

ポチェッティーノの下、選手たちは時折ファンを魅了するようなサッカーを展開できるようになり、サウサンプトンはプレミアリーグの中位以上を確実に狙えるチームに成長していった。

だがポチェッティーノ自身はサウサンプトンでの監督職を、将来的なキャリアアップのための足がかりとして捉えていた。現に彼はビッグクラブの指揮を執りたいという気持ちを、決して否定しようとしなかった。

イングランドにやってきたばかりの頃、極端なまでにプレッシングサッカーを追求したのは、このような理由からも説明できるだろう。ラディカルなアプローチを徹底していけば、他のクラブの注目を引くことができるからだ。

事実、サウサンプトンが2013／14シーズンのプレミアリーグを8位で終えると、トッテナムはポチェッティーノの招聘へと傾いていく。

だがトッテナム側を動かしたのは、サウサンプトンの実際の成績というよりも、チームのプレースタイルだった。ポチェッティーノはビラス＝ボアスと同様に、プレッシングを展開しながらディフェンスラインを高く保つ方針を掲げていた。ポチェッティーノの監督起用は、本質的にはビラス＝ボアスの路線を踏襲しようとする試みに他ならなかった。

ちなみにビラス＝ボアスを解任してから、ポチェッティーノを後任に据えるまでの約半年間、トッテナムはティム・シャーウッドを暫定監督に起用している。

シャーウッドは1994／95シーズン、ブラックバーン・ローヴァーズがプレミアリーグを制した時にキャプテンを務めていた人物で、戦術的には原点回帰を好むようなタイプだった。プレミアリーグで積み重ねられてきた、戦術進化の歴史に背をそむけるかのように、ベーシックな4‐4‐2を採用したからである。

さらにシャーウッドは、選手の好みも古風だった。曰く。「ゴールを決められない選手に限って、自分は10番だと名乗りたがる」。さらには「守備的ミッドフィルダー」なる選手を起用する意味がわからないとさえ主張した。

ところが奇妙なことに、シャーウッドはプレミアリーグが始まって以降、歴代の監督の中でももっとも高い勝率を誇るようになる。彼は当然のように、その事実をメディアにアピールし続けた。とはいえ急場しのぎのつなぎ役としては便利でも、新たな時代を見通すビジョンには明らかに欠けている人物だった。

2014／15シーズンに向け、シャーウッドからチームを引き継いだポチェッティーノは、サウサンプトン時代ほど極端なプレッシングを展開しなくなる。

だがラインを前方に押し上げ、敵を素早く封じ込めることを重視する方針は貫かれたし、ピッチの横方向にも効果的にプレスをかけていくようになった。敵の選手がサイドでボールを持つと、逆サイドに開いていたトッテナムのミッドフィルダーが、ピッチの中央にシフトし始める。これを受けて各選手が連動しながら、相手をタッチラインに押し出していったのである。

ただし監督就任1年目の成績は安定しなかった。

たしかにチームが見事なプレッシングを展開してターンオーバーを誘い、すぐさま攻撃を仕掛ける場面は時々見られた。典型的な例は9月におこなわれたノース・ロンドン・ダービーで、アーセナルから先制点を奪ったシーンである。

自陣深くで、後方からパスを出されたマシュー・フラミニがトラップをし損ねると、クリスティアン・エリクセンが一気に詰め寄ってボールを奪取。倒れ込みながらエリク・ラメラにパスを出す。ボールはナセル・シャドリに流れるように渡り、最後はゴールネットに飛び込んでいる。高い位置でアグレッシブにプレスをかけてスピーディーに、そしてダイレクトにゴールを狙っていく。これはまさにポチェッティーノが目指していたスタイルだった。

とはいえ他の試合では、プレッシングが裏目に出てディフェンスラインが剥き出しになるシーンもあった。当時のチームでは、ライアン・メイソンとナビ・ベンタレブが中盤でコンビを組んでいたが、彼らはいずれも若く、戦術的なディシプリンに欠けていた。このためプレッシングをかける際に必要不可欠となる、的確なポジション取りができなかったのである。

だが翌2015／16シーズン、ポチェッティーノ率いるトッテナムは大きく成長していく。短期間ながら、優勝争いにも名を連ねるようにもなった。

サウサンプトン時代のシュナイデルランが証言したように、プレッシングを完璧にマスターしていくまでには相応の時間が必要となる。トッテナムの選手たちは新体制で2シーズン目を迎え、よりスムーズに、ポチェッティーノが目指すサッカーを展開できるようになったのだった。

■攻撃の手段としてのプレッシング

チームの躍進には、選手個々の成長も大きく貢献している。

まず運動能力とスキルに優れたベルギー人のミッドフィルダー、ムサ・デンベレがレギュラーに復帰する。フィジカルの強さにかけては定評のあるエリック・ダイアーは、ディフェンダーからセントラルミッドフィルダーにコンバートされて大きな成功を収める。さらにはダイアーと同じイングランド人で、無尽蔵の運動能力を誇るデレ・アリを獲得できたことも、決定的な変化をもたらした。

一方、ディフェンスラインには、ポチェッティーノがかつて率いたサウサンプトンから、トビー・アルデルヴェイレルトが招かれている。ちなみに彼がサウサンプトンでプレーしたのは1シーズンだけだったが、ポチェッティーノの後任となったロナルド・クーマンの下で、プレッシングサッカーを効果的に展開していた。

かくしてトッテナムでは、ベルギー人のヤン・フェルトンゲンとアルデルヴェイレルトが、強力なセンターバックのコンビを組むようになる。

ちなみに2人は、アヤックスのユースアカデミーで教育を受けたという共通点も持っていた。これはプレッシングを徹底させる上で効果的だった。アヤックスはプレッシングを重視してきたチームだったからである。

「練習はすごく戦術的なんだ」。アルデルヴェイレルトは証言している。「僕たちはプレッシングサッカーをしているけど、誰もがお互いをサポートするようになっている。ストライカーからゴールキーパーまで全員がね。みんなハングリーだし、チームには本当のスーパースターもいないんだ。ポチェッティーノの

Pochettino's Tottenham 2015/16

トッテナム・ホットスパー ◉ 2015/16 シーズン

注目すべきは、DFラインまで含めたポジション取りの高さ。ポチェッティーノは運動量と組織性を武器に、前線からプレッシングを展開するスタイルを目指した。ケインを軸にアリやエリクセンなどの2列目が絡んでいく攻撃の手法は、後にイングランド代表にも影響を及ぼした

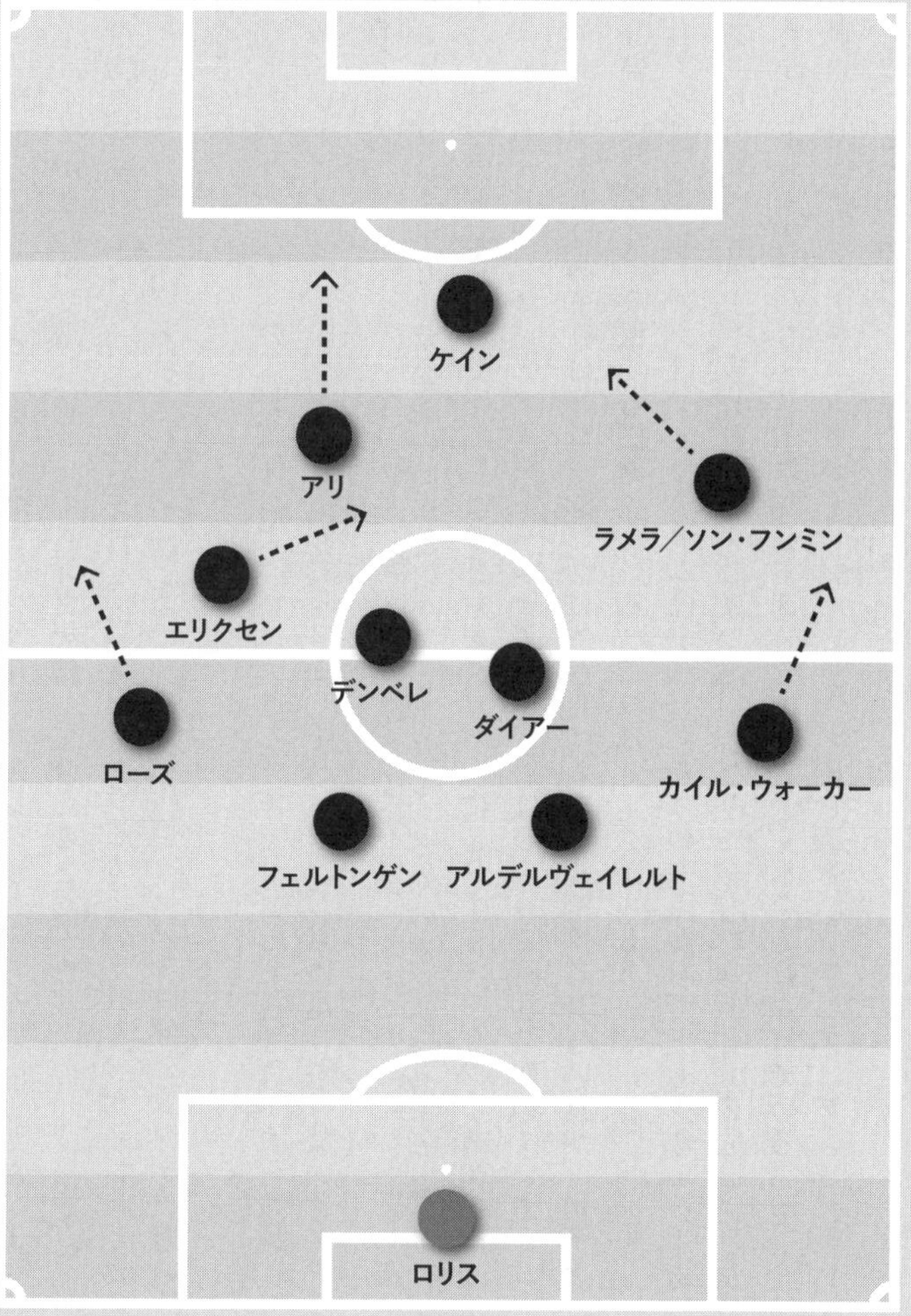

下では、これまでの人生でもっともハードな練習をしているよ」

ポチェッティーノ政権の2シーズン目には、選手のフィットネスレベルも明らかに向上した。1つの要因は、ポチェッティーノがきわめて激しいトレーニングを課してきたことだった。

「プレシーズンはあまり楽しくなかった。正直に言えばね」。ストライカーのハリー・ケインは、ため息混じりに告白している。「練習のセッションは（1日に）2回あったし、しかも自分を限界まで追い込んでいかなければならないんだ」

ただしケインはポチェッティーノの監督就任によって、大きく才能を伸ばした選手だった。攻撃的サイドバック、ダニー・ローズとカイル・ウォーカーも然り。両サイドバックが常に走り続けていくスタイルは、チームの特徴にもなった。

現にトッテナムは、プレミアリーグの他のいかなるチームよりも、多くの走行距離数を記録している。強豪チーム相手に、驚くほど試合内容で圧倒したこともあった。現に2015／16シーズンには、マンチェスター・シティに4－1で、マンチェスター・ユナイテッドには3－0で勝利を収めている。

識者の中には、トッテナムはあまりにプレッシングに依存していると指摘する者もいたが、ポチェッティーノの戦術は守備だけでなく、攻撃でも機能している。これはデータからもうかがえる。

ポチェッティーノ体制の2シーズン目、トッテナムは1試合あたりの失点がもっとも少ないチームになる一方、1試合あたりの枠内シュート数でもトップに立った。ちなみに枠内シュートで2位につけたのはアーセナルだったが、トッテナムの6・6本に対して5・6本と大きく水をあけられている。

トッテナムで見られた変化は、ポチェッティーノがイングランドで追求してきたプレッシングサッカーが、さらに進化したことを物語る。

プレッシング戦術に関して述べれば、2015／16シーズンには、きわめて重要な意義を持つ試合もおこなわれた。10月中旬、トッテナムがホームにリヴァプールを迎えた一戦である。たしかに目を見張るようなプレーはなかったし、結果は0－0の引き分けに終わっている。

だが何よりも重要なのは、この試合が持つ文脈だった。トッテナム戦はリヴァプールの監督に就任したばかりのユルゲン・クロップが、初めて臨んだ試合だったからである。

■第三の男、ユルゲン・クロップ

クロップは、ボルシア・ドルトムントで一流監督としての地位を確立した人物だった。現に2011年と2012年には、ブンデスリーガを連覇。翌シーズンには、ウェンブリー・スタジアムでおこなわれたチャンピオンズリーグの決勝にも駒を進めている。

決勝ではバイエルン・ミュンヘンに敗れたものの、イングランド随一の規模とステイタスを誇る試合会場は、完全にドイツサッカー一色に包まれていた。

またドルトムントは、イングランドでも非常に人気の高いチームになっていた。ドルトムントのホームゲームを観戦するために、1000人以上のイングランド人ファンが押し掛けていたこともある。旧称ヴエストファーレン・シュタディオンに行けば、手頃な値段で熱狂的な雰囲気が堪能できるし、立ち見席でビールを飲みながら試合を観戦することもできる。これらの要素は、いずれもプレミアリーグから失われたものばかりだった。

そしてもちろん、サッカーの内容も魅力的だった。ドルトムントは胸のすくような、ハイテンポなプレーを展開。スピード感溢れるカウンターから、ダイレクトにゴールを目指していくスタイルが特徴となっていた。

これを支えたのが、プレッシングである。より正確を期すれば、クロップが採用した戦術は「ゲーゲンプレス」を基盤としていた。

「ゲーゲンプレス」とはドイツ語の単語であり、英語では「カウンター・プレッシング」と翻訳される。だがクロップが追求するプレッシングは、ビラス＝ボアスやポチェッティーノが好んだスタイルとは異なっていた。

ビラス＝ボアスやポチェッティーノは、常に高い位置にポジション取りをし、相手にプレッシャーをかけることを試みた。たしかにクロップも同じような戦い方をすることがあったが、ドルトムントでは選手のポジショニングよりも、プレスをかけるタイミングに主眼が置かれていた。「カウンター・プレッシング」とは相手にボールを奪われた瞬間に、すぐさまプレッシャーをかけてボールを奪い返すための発想だったからである。

クロップの発想がいかに画期的だったかは、従来の戦術論と比較するとよくわかる。

一般的に指導者向けのマニュアルでは、「プレーのフェーズ（段階）」を説明するために、4つのパートから構成されたフローチャートが用いられる。

まず試合中の状況は、ボールを持っている局面と、ボールを持っていない局面の2つに大別される。これら2つの局面をつなぐのが、攻守の「トランジション（切り替え）」である。モウリーニョがチェルシーの第一期政権時代、「トランジション」という発想を普及させたことはすでに指摘したとおりだ。

伝統的な戦術論では、チームはいずれかの局面に必ず置かれることになる。フローチャートに従えば、「ボールを持った状態」↓「守備へのトランジション」↓「ボールを持っていない状況」↓「攻撃へのトランジション」↓そして再び「ボールを持った状況」へと、4つのサイクルを繰り返していくことになる。

ところが、カウンター・プレッシングの発想は異なる。

本来、ボールを失った場合には、守備へのトランジションを経てからボールを奪い返し、再び攻撃へのトランジションへと移っていくが、クロップは守備に移行する代わりにプレスをかけ、そのまま再び攻撃を展開していくことを目指した。簡単に述べるなら、攻守におけるトランジションの過程を省略して、常にゴールを狙おうとしたのである。

この方法論は、ブンデスリーガではきわめて有効だった。ブンデスリーガのサッカーは、攻撃から守備、そして守備から攻撃へと、段階的にステップを踏んでいく方法論に大きく依存していたからだ。

しかしクロップが率いるドルトムントは、対戦相手がボールを奪って攻撃へのトランジションを開始し、サイドバックを前線に押し上げようとし始めた瞬間にプレスをかける。こうすることによってボールを奪い返しながら、ディフェンスラインを一気に突破し、得点のチャンスを容易に作り出していた。

「10番の選手を、すばらしいパスを出せるような位置に戻していく。そういう状況を作り出すまでに、何本のパスが必要になるかを考えてみるといい」。クロップはわかりやすく解説している。「カウンター・プレッシングなら、相手のゴールにもっと近い場所でボールを奪い返せるし、1本のパスを出すだけで本当にいいチャンスを演出できる。カウンター・プレッシングがうまく機能すれば、世界中のどんなプレーメイカーよりも、理想的な状況を作り出せるんだ」

■リヴァプールの新たな船出

バルセロナの監督時代、グアルディオラが駆使した戦術と同じように、クロップがドルトムントに用いた手法も効果は実証済みだった。このため一部の関係者の間では、ドイツ発の新たなプレッシングがすでに取り入れられ始めていた。クロップ本人が、リヴァプールの監督に就任する以前からである。

その意味では、戦術的に必ずしも新鮮味があったわけではないが、クロップの就任はリヴァプールを活性化させている。当時のリヴァプールは、2013／14シーズンにプレミアリーグのタイトルに肉薄したのを最後に、勢いを失ってしまっていた。だがクロップは、18ヶ月もの間漂っていた沈滞ムードを一掃したのである。

「非常にエモーショナルで、非常に速く、非常に力強くプレーする。それが私の信じるサッカー哲学だ」。クロップは最初の記者会見において、力強く述べている。「選手たちはアクセル全開でプレーし、すべての試合で限界まで力を出しきらなければならない。戦術はもちろん大切だが、強い気持ちを持った上で、戦術的に戦っていくことが必要になる」

2015年10月17日、クロップはチームの全体練習を2、3日しかできない状態で初陣のトッテナム戦に臨む形になる。

だがその効果はいきなり現れ始めた。リヴァプールは4‐3‐2‐1を採用して中盤を支配しつつ、ボールを奪われた時には、即座にカウンタープレスを展開していく。

対するトッテナム側もアグレッシブなプレスをかけた結果、試合は異様にテンポが速く、インテンシティの高いものとなる。互いに相手のビルドアップを潰し、パスコースを防いでいくことにフォーカスしたため、最終スコアは当然のように0‐0の引き分けとなった。

クロップは、配下の選手たちの運動量に満足していた。リヴァプールはポチェッティーノのトッテナムに走り勝った、最初のチームになったからである。

ただしクロップは、次のように指摘するのも忘れなかった。

「問題なのはボールを持った時のプレーだった。われわれはいいプレーが十分にできなかったし、スキルも活かせなかった。あまりに忙《せわ》しなくプレーしたために、正しいオプションを選択できなかった」

このコメントはトッテナムの監督時代、ビラス＝ボアスがチェルシー戦の後に漏らした不満を連想させるものだった。

たしかに長期的には、ボールを持った際のプレーはかなり改善されていくことになる。だがクロップが監督に就任したばかりの頃は、プレッシングを掲げるチームと対戦した際に、選手同士のプレーが噛み合わなくなる場面もしばしば見られた。このためクロップは、ボールを奪われた際にプレスをかけるだけでなく、ボールを持った際に冷静にプレーできた時にこそ、選手たちを頻繁に評価するようになっていく。

このような傾向は、当時のマンチェスター・ユナイテッドでもしばしば見られた。ルイ・ファン・ハールが率いる面々は、リヴァプールやトッテナムほど激しくプレスをかけなかったし、当初は驚くほどシンプルな戦術を採用していた。ミッドフィルダーが、マッチアップする選手をマンマークしたのである。ところが試合中には、選手が本来のポジションから引きずり出されるケースが増えたため、ファン・ハールは方針を転換。中盤において、コンパクトで組織的な守備ブロックを形成していくようになる。

このアプローチはプラスに働く。現にファン・ハールが指揮を執った2年間、ユナイテッドはプレミアリーグでもっとも失点の少ないチームになっていた。

ただしファン・ハール指揮下のユナイテッドでは、ボールを持った際にも、積極的に仕掛けていく場面があまり見られなかったのも事実である。このため、より積極的にゴールを狙っていくスタイルに慣れたファンは不満を抱えたし、ファン・ハールの組織的なチーム作りも十分に評価されなかった。

■守備のキーマンとしてのフォワード

このようにして考えると、やはりイングランドサッカー界においてプレッシング革命を牽引していたのは、ポチェッティーノとクロップだったと言える。

だが当時のポチェッティーノは、クロップとの共通点ではなく、むしろアプローチの違いをしきりに強調し続けた。

「プレッシングの種類が違うと思う」。ポチェッティーノは解説している。「ドルトムントを分析すれば、サウサンプトンとのプレースタイルとは似ていないことがわかる。われわれはピッチの前方で、対戦チームのゴールキーパーのところまで、プレスをかけていた。だがドルトムントは、中盤でブロックを作っていた。2つの方法論――クロップのスタイルを、自分のスタイルと比較するのは非常におかしな話だ」

一方、クロップは独特なカウンタープレスと、高い位置で相手にプレッシャーをかけていく一般的な方法を、徐々に組み合わせていくようになる。

たとえばリヴァプールは2015年11月、アウェーのマンチェスター・シティ戦で相手を圧倒し4-1で快勝している。

これをもたらしたのが、カウンタープレスと通常型のプレッシングを組み合わせた上で、ロベルト・フィルミーノ、コウチーニョ、そしてアダム・ララーナに、コンビプレーを展開させる手法だった。監督就任から1ヶ月ほどしか経っていないにもかかわらず、クロップはダイナミックな攻撃サッカーの可能性を早くも示唆したのである。

事実、クロップはタイトルこそ取り逃したものの、監督就任1シーズン目にして、チームを国内のリーグカップとヨーロッパリーグの決勝にまで導いていく。

クロップはほとんどの場合、オーソドックスなストライカーを起用しようとしなかった。代わりに攻撃的ミッドフィルダーであり、本来は10番の選手であるフィルミーノをピッチの最前線に据えている。

これはフォワードの選手がつなぎ役を担うようになってきたという、戦術のトレンドにも符合する。

だがクロップが白羽の矢を立てたのは、攻撃の才能ばかりを評価したからではなかった。むしろ運動量の豊富なフィルミーノは、リヴァプールがプレスをかけ始める起点としても、きわめて優れていたからである。

具体的に述べれば、フィルミーノは「ピッチを中央から分断し」、対戦相手の選手たちが、左右どちらかのサイドバックにボールを出さなければならないような状況を作り出す役割を担っていた。そのうえでパスを出された敵のサイドバックと、もっとも近くにいるセンターバックの間のレーン（ハーフスペース）を封じていく。これに合わせてチームメイトも前方に走り込み、残るパスコースを塞いでいく形になっていた。

ポチェッティーノ時代のサウサンプトンと同様に、このようなクロップのスタイルは、ビッグクラブを相手にした場合のほうが効果的に機能した。ビッグクラブは後方からゲームを組み立てる方法をとっていたため、相手のビルドアップに合わせてプレッシングを発動すれば、ゲームプランどおりに試合を進めていくことができたのである。

ただし同時にリヴァプールは、ラファエル・ベニテス時代と同じような問題を抱えることにもなった。強豪チームとの大一番ではコンスタントに結果を出せるものの、格下相手の試合では苦戦したからである。だが監督就任4年目にして、悪しき傾向はついに払拭されていく。

2018／19シーズンのリヴァプールは、プレミアリーグで首位に立ち、タイトル争いをリードするまでになった。1月初め、グアルディオラ率いるマンチェスター・シティとの直接対決で苦杯をなめるまで、連勝街道をひた走ることができたのは、クロップ率いる選手たちが格下のスモールクラブからも確実に勝ち星を重ねられるようになったからに他ならない。

■消え去っていく千両役者たち

2010年頃からしばらくの間、プレミアリーグでは静かに、そして思慮深くボールをつないでいくポゼッションサッカーの時代が続いていた。

だがプレッシングを標榜する監督たちが登場したことによって、戦術進化の方向性は大きく変わる。様々なチームが死に物狂いでピッチ上を走り回る集団に変貌。対戦相手がショートパスをつないで攻撃を組み立ててくるのを、獰猛な勢いで阻止していくようになった。

むろんポゼッションサッカーとプレッシングの両方を高いレベルで両立できたチームは、プレミアリーグに存在しなかった。その意味では、グアルディオラ時代のバルセロナには、いずれも遠く及ばなかったと言わざるを得ない。

しかし戦術論的な意義は大きい。

今日のサッカー界では、敵にプレスをかけていくのは常識になっている。だがチーム全体でラインを押し上げて、ビルドアップを阻止するようになったのは比較的、最近の現象なのである。

その変化をもたらしたのがポチェッティーノであり、クロップだった。

10年ほど前のプレミアリーグでは、ゴールキーパーは前方にボールを蹴り込むだけだったため、プレスをかけようとすること自体が無意味だった。

しかしポゼッションサッカーが一般的になったことにより、各チームはゴールキーパーを起点に、細かくパスをつないでいくようになった。ある意味、プレッシングとは、このような新たなビルドアップへの直接的な回答なのである。

「インテンシティが高く、本当にクイックにプレスをかける試合が多い」。スウォンジーのレオン・ブリットンは語っている。彼はポゼッションサッカー華やかなりし頃、時代の寵児になった人物であり、プレッシング・サッカーの普及とともに、存在感が薄れていった選手でもある。

「新しい世代の監督たちは、こういう変化を反映したトレーニングセッションをしている。選手たちにさらに早くプレスをかけさせ、さらに早くボールを奪い返すためだ。今日のサッカーは（ゴールキーパーまで含めた）11人全員でおこなう競技になったんだ」

ブリットンの発言は、守備の役割が共有されるようになったことも示唆している。

エリック・カントナからクリスティアーノ・ロナウドに至るまで、プレミアリーグの歴史に名を刻んできた偉大なアタッカーの大部分は、守備の役割を免除されていた。それが故にこそ彼らはピッチ上を自由に動き回り、まばゆい輝きを放つこともできた。プレッシングサッカーの台頭は、この種の選手が過去の存在となったことを告げたのである。

第24章

レスターの歴史的快挙

「金がすべてになったこの世の中に、われわれは希望を与えていると思う」（クラウディオ・ラニエリ）

■スポーツ界史上最大の番狂わせ

2015／16シーズン、イングランドサッカー界に前代未聞の事件が起きる。なんとレスター・シティが、プレミアリーグを制したのである。

これはスポーツそのものの歴史においても、最大の番狂わせだった。シーズン開幕前、レスターにつけられた優勝のオッズは5000対1だった。この事実はクラウディオ・ラニエリ率いるチームが優勝に近づくにつれて、大きく取り上げられるようになる。

1992年8月に産声を上げて以来、プレミアリーグでは過去に23度、チャンピオンチームが誕生してきた。これらのチームはすべて、選手に支払った給料の総額で上位5位につけていた。ところがレスターは、下から数えて5番以内に入っているようなチームだった。レスターが選手に支払っていた給料の総額は、チェルシーの約4分の1に過ぎない。

またレスターは、降格候補とも見なされていた。現に2014／15シーズンは4ヶ月以上も最下位を彷徨《さまよ》い、最後の9試合で7勝をあげ、かろうじて残留したようなチームだった。

ところがレスターは幸先の良いスタート切り、万人の予想を覆して上位に長く留まり続ける。また通常ならばシーズンの終盤に失速していくことになるが、優勝争いのライバルが徐々に脱落していく中、逆にレスターはそのまま勝ち星を重ねていった。

とはいえ彼らがトロフィーを手にするなど、プレミアリーグにおける資金力の格差を考えてもまるで想像できなかった。結果、シーズン終盤には対戦チームの選手や監督、そしてイングランド中のサッカーファンが一致団結してレスターを応援し、優勝を待ち望むようになった。史上最大の番狂わせは、かくしてもたらされた。

おそらくプレミアリーグでは、このような快挙は二度と見られないだろう。

だがラニエリとレスター・シティの面々は、偶然に優勝を遂げたわけではない。歴史的な快挙は、然るべきモデルケースにも支えられていた。

■シメオネが授けたジャイアント・キリングの秘策

当時、イングランドのサッカー界は、成功を収めたヨーロッパのクラブチームに徐々に影響を受けるようになってきていた。ペップ・グアルディオラのバルセロナや、ユルゲン・クロップ率いるドルトムントに突如として目を向けるようになったのは、その好例である。

ただしヨーロッパ大陸には、格下のチームが番狂わせを起こすためのサンプルも用意されていた。それがアトレティコ・マドリーである。

ディエゴ・シメオネ率いるチームは、ラ・リーガに10年近く君臨してきたバルセロナとレアル・マドリーの2強を破り、２０１３／１４シーズンのリーグ戦を制覇する。この優勝はレスターが快挙を成し遂げるまで、近代サッカーにおけるもっとも大きな番狂わせと目されていた。アトレティコ・マドリーがいかに衝撃を与えたかは、カンプ・ノウで優勝を決めた際、バルセロナのサポーターさえからも拍手を送られたことからもうかがえる。

たしかにアトレティコの優勝は、レスターが紡いだ物語ほどドラマチックではなかったかもしれない。現にレスターにつけられた優勝のオッズが５０００対１だったの対し、アトレティコのオッズは１００対１のレベルに収まっていた。

とはいえ、プレミアリーグと同様にラ・リーガは、以前にも増してアンタッチャブルな存在になった、エリートクラブによって支配されていた。アトレティコはこの軛《くびき》を破り、巨人たちの足をすくうための秘策を、他のクラブに指し示している。

シメオネのアトレティコが予想をはるかに上回る結果を出したのは、ずば抜けた組織力、恐ろしいほどインテンシティの高いプレー、そして目にも留まらぬトランジションが噛み合ったからだった。

ただし、彼らはただがむしゃらに戦ったわけではない。その方法は実に考え抜かれたものだった。たとえば試合前に手渡される資料を見ると、アトレティコの布陣は昔ながらのシンプルな４‐４‐２で記されている。だが実際には、はるかに洗練されたシステムを採用していた。

２人のフォワード、ディエゴ・コスタとダビド・ビジャは、チームがボールを持っていない時には極端なまでに深く下がり、あたかも中盤のサポートメンバーでもあるかのようにプレーした。これを受けて、４人のミッドフィルダーはさらに深く引いて守り、ディフェンス陣を強固にガードできるようになった。

こうしてアトレティコは、驚くほどコンパクトで、突破するのがきわめて難しい組織をピッチ上に築き上げる。そのうえで相手をサイドに追い込みながら激しくプレスをかけ、ボールを奪った瞬間に容赦ないカウンターアタックを展開したのである。

何よりも特徴的だったのは、アトレティコがボール支配率に関心を示さないことだった。ラ・リーガを制したシーズン、１試合あたりの平均ボール支配率は50％を下回っている。これはスペインの人々に大きな衝撃を与えている。そもそもスペインは、究極のポゼッションサッカーとも言える「ティキ・タカ」で、世界に君臨したばかりだったからである。

またアトレティコは、スペインの人々に「タックル」を教えている。これもまた異色なアプローチだった。シャビ・アロンソによれば、彼の地ではタックルを評するカルチャーそのものが希薄だった。レアル・ソシエダを皮切りに、リヴァプールやレアル・マドリー、そしてバイエルン・ミュンヘンといったクラブを渡り歩き、スペイン代表でも活躍したミッドフィルダーは有名な台詞を残している。

「(タックルは) 最後の手段だ……褒められるようなプレーじゃない」

視点を変えれば、このようなカルチャー自体がシメオネにとって追い風となった。ボールポゼッションが重視され、タックルを嫌うような土壌があったからこそ、各チームはカウンターアタックの術中にはまっていったのである。

むろんスペインとイングランドでは、サッカーのカルチャーが異なる。だが似たような要素は、レスターについても指摘できる。

現に2016年春、レスターのタイトル獲得が濃厚になっていく際には、アトレティコとの共通点が注目されるようになった。

コンパクトな4-4-2のフォーメーション、深い位置で守りを固めるディフェンスの手法、ミッドフィールドの中央で果敢にタックルを仕掛ける選手の存在、切れ味鋭いカウンターアタック、そしてセットプレーのチャンスを最大限に活かす方法論などである。

またアトレティコ同様、レスターもボール支配率はきわめて低く、プレミアリーグのクラブの中で下から3番目に留まっていた。

これを下回るのはトニー・ピューリスが率いるウェスト・ブロムと、サム・アラダイスのサンダーランドのみ。いずれも悪名の高い「ルート・ワン」(放り込みサッカー)の使い手だった。

逆にレスターは、タックルを仕掛けた回数では国内リーグでトップに立っていた。これも2013/14シーズンのアトレティコと同様である。

■シンデレラストーリーとティンカーマン

ただしレスターが演じたプレミアリーグ制覇は、戦術だけでは語りきれない。2015/16シーズンの歴史的な快挙をさらに魅力あるものにしたのは、チームそのものが成長を遂げていくシンデレラストーリーである。

これに先立つ2014/15シーズン、レスターはプレミアリーグに10年ぶりに復帰を果たしていた。だが当初は、すぐに下位リーグへと姿を消すかに思われた。事実、シーズンの半ば以上を降格ゾーンで過ごす羽目になり、17節連続で最下位を彷徨った。

ところがシーズン終盤、彼らは急に順位を上げ始める。

1つの要因となったのは、監督のナイジェル・ピアソンが、スリーバックにシステムを切り替えたことだった。この決断はきわめて重要だった。レスターは最初の29試合で4勝しかしておらず、4月を迎えた時点では最下位に沈んでいた。にもかかわらず最後の9試合で、7勝を記録するからである。

この間、彼らは最終的に優勝を飾るチェルシーに1-3で敗れ、サンダーランドとスコアレスドローを演じたのみだった。しかもサンダーランド戦の結果は割り引いて考えなければならない。そもそもレスターは、勝ち点1を獲得すれば残留を確定できるところまでこぎつけており、選手たちもそのような状況を踏まえた上で試合に臨んでいた。

かくしてピアソンは、およそ現実的にはありえないような形で降格を逃れたが、なんと2015年の夏に解任されてしまう。レスターの地元紙はサポーターの70％が解任に反対していると報じたが、解任はやむを得ない部分もあった。

ピアソンは試合後の会見で、記者を露骨にこき下ろすこともあったし、試合中にサポーターと口論になり、公衆の面前で暴言を吐いたこともある。その姿勢はおよそプロとは呼べないものだった。

またピアソンの息子は2軍でプレーしていたが、シーズン終了後にタイに遠征した際には、現地の売春婦と乱交パーティーに興じている。しかも相手の女性に人種差別的な発言をしている映像が流出し、チームを解雇されていている。

ピアソンの息子が取った行動は、クラブそのものの運営体制を考えても理解に苦しむ出来事だった。レスター・シティのオーナーを務めていたのは、タイの億万長者、ヴィチャイ・スリヴァッダナプラバ（故人）だったからである。

ピアソンを解任した後、レスターは再びサッカー界を驚かせるような決断を下す。なんと後任監督に、イタリア人のラニエリを任命したのだった。

ラニエリは前年11月、ギリシャ代表監督を成績不振で解任されたばかりだった。ラニエリ指揮下のチームはEURO2016の欧州予選で、フェロー諸島にまで敗れるという失態を演じていた。

レスターの監督として初めて記者会見に臨んだラニエリは、2014／15シーズンの見通しについて次のように述べている。

「とても頼もしい選手が揃っているし、誰もが一生懸命に努力をしている」。ただし、こう付け加えるのも忘れなかった。「だが、もう少しだけ戦術が必要だと思う」

ラニエリの発言は、関係者に一抹の不安を与えている。

チェルシー監督時代の彼は、「ティンカーマン（修繕屋／いじくり回し屋）」とあだ名されていた。先発メンバーやシステムをやたらと入れ替えたり、試合中にも謎の選手交代をおこなったりする癖があったためである。

だがレスターの監督に就任したラニエリは、従来とは一味違う方針を採る。悪癖を封じ、明らかに余計な手を加えないように努めた。

またラニエリはチェルシーでの監督経験を通して、別の教訓も学んでいた。コーチングスタッフの中に、選手から非常に不評を買っている人間が加わることの危険性である。そのためレスターではピアソンの下で非常に高い評価と人望を集めていた人物、アシスタントのスティーヴ・ウォルッシュとクレイグ・シェークスピアをそのまま起用している。

■岡崎慎司の起用と、誰もが予想していなかった船出

レスターはシーズン開幕前にオーストリアで合宿をおこなったが、ラニエリはその際にもいきなり現場に干渉するのではなく、まずはトレーニングセッションをじっくりと観察することから着手した。曰く。

「あまりに多くのことを変えたくないし、（変えるにしても）非常にゆっくりと進めていきたい。選手全員に、自分のことを理解してもらうためにね」

事実、ラニエリは親善試合の間も、まずはピアソンが採用していたのと同じフォーメーションでスタートしている。ただしディフェンスラインに関しては、試合中にスリーバックからフォーバックに常に切り替えた。

「まずスリーバックでスタートして、ハーフタイムにフォーバックに移行する」。ラニエリは説明してい

る。「理由は本当に簡単さ。4人で守った時のほうが、単純にいいプレーをしていたんだ」

迎えたプレミアリーグの開幕節、ラニエリはサンダーランドとの試合で、ついにフォーバックを採用する腹を決める。ただし先発メンバーに関して、新たに契約した選手を1人しか起用しなかった。ピッチ上を献身的に動き回る日本人ストライカー、岡崎慎司である。

このためレスターが獲得した他の選手、たとえば中盤の潰し屋であるエンゴロ・カンテや、左サイドバックのクリスティアン・フックスなどは出番が回ってくるのを待つ形になった。

後にラニエリは、毎試合ほとんど同じメンバーを先発に起用することになる。だがシーズンが開幕した時点では、このうち7人しか名を連ねていなかった。

同じような違いは、試合運びそのものについても指摘できる。

シーズン終盤、タイトル獲得が目前に迫ってきた頃のレスターは、手堅く守備的なサッカーをしながら、僅差で勝利をものにしていく集団になっていた。だが当初は、およそこのようなスタイルとかけ離れていた。

その意味でレスターは、2013／14シーズンのリヴァプールと真逆の形で変化を遂げていったとも言える。

もともとリヴァプールは、ボール支配率を高めて試合の流れをコントロールしながら、1‐0でしぶとく競り勝つようなチームだった。だが2014年1月のストーク戦を境に、プレースタイルは一変。打ち合いを挑み、大量得点を奪うようになっていく。

これに対してレスターは、当初は手に汗握るようなスリリングな試合を演じるチームだったが、徐々に試合をコントロールして勝利を重ねていく方法を身に付けた。最終的には、堅い守備から見事なカウンターアタックを展開するチームに変わっている。

とはいえシーズン序盤の数週間は、このような戦い方を実践していくのは不可能だった。カウンターから勝機を見出していくためには、まずは自分たちが先制点を奪い、相手が攻撃に転じざるを得ない状況を作り出さなければならない。だがラニエリが監督に就任した頃のレスターは、むしろ先に得点を奪われるケースが多かったからである。

事実、開幕からの6試合中4試合は、0‐1で相手に先行される形になっている。リードを奪った相手は、当然のように深く引いて守備を固めようとする。このためレスター側は敵を前におびき出して、カウンターを狙うような戦い方ができなかった。

ところが選手たちは、苦しい展開の中からなんとか同点に追い付き、試合の流れを幾度となく引き戻していく。結果、開幕から無敗を維持し、5節を終えた時点ではなんと2位につけるまでになっていた。シーズン開幕前、降格候補にあげられていたことを考えても、これはまさに想定外の出来事だった。

■カンテの起用がもたらした、守備の変化

ただし、ラニエリは予想外の好成績にも満足していなかった。

むしろチームを無事にプレミアリーグに残留させるためには、守備を大幅に梃入《てこい》れする必要があると痛感するようになっていた。現にシーズン6戦目、アウェーのストーク戦に臨む前には、選手たちの目の前に「人参」をぶら下げている。

「失点をゼロに抑えたら、全員にピザをごちそうするぞ！」。ラニエリは高らかに宣言している。「私は(失点をゼロに抑えて)ピザをおごってやりたいが、選手たちはピザを食べたくないらしい。ピザが好みではないのかな？」

むろん、どの試合でも失点を喫していたのは、選手たちがピザに関心を示さなかったからではない。真の原因は、チームの戦術的なアプローチにあった。当時のレスターは慎重な試合運びをするどころか、極端なまでにオープンな戦い方をしていた。特にディフェンス陣は、センターバックとサイドバックの間のスペースに、頻繁にスルーパスを通され続けていた。

案の定、レスターはストーク戦でも失点をゼロに抑えることができなかった。

まず試合開始13分には、絵に描いたようなスルーパスから、ボージャン・クルキッチに先制点を奪われる。

さらにその7分後には、キャプテンのウェス・モーガンが初歩的なミスを犯し、ジョン・ウォルターズに追加点を許してしまう。このプレーは2015／16シーズンを通して、最悪の失策となった。ゴールを奪われるきっかけとなったのはスルーパスどころか、敵のゴールキーパーが蹴り込んできたロングボールだったからである。モーガンはボールのバウンドにうまくタイミングを合わせることができず、相手に絶好のシュートチャンスを献上する格好になった。

守備陣のあまりにお粗末なプレーを見たラニエリは、ハーフタイムに手を打つ。ボール奪取能力に長けたフランス人選手、エンゴロ・カンテを左サイドから中盤へ移し、セントラルミッドフィルダーとして初めて起用したのである。

カンテのポジション変更は、決定的な転換点となった。ラニエリは中盤の理想的な組み合わせを、偶然に発見することができたからである。現にカンテはレスターが優勝に邁進していく過程において、3人のキーマンのうちの1人となっていく。

ただしカンテが中盤に定着するまでには、いくつかの紆余曲折があった。

もともと彼はカーンというクラブの守備的ミッドフィルダーとして、フランスのリーグアンで最多のタックルを記録。この活躍が認められて、レスター側の目に留まるようになる。

だがスカウト部門が補強リストのトップに載せていたのは、同じフランス人でも、ナントに所属していたプレーメイカー、ジョルダン・ヴェレトゥだった。

ところがヴェレトゥはアストン・ヴィラを選択したため、カンテがレスターに加入することになった。

これはクラブにとっても、当人たちにとっても大きな運命の分かれ目だった。アストン・ヴィラはプレミアリーグの最下位に終わり、ヴェレトゥもチームとともに降格を味わうことになる。カンテはレスター躍進のキーマンとして、スポットライトを浴びていくことになったからだ。

ただし夏の補強がおこなわれた時点では、カンテはそれほど注目されていたわけではない。まずミッドフィルダーとしては、カンテよりもギョクハン・インレルのほうが評価が高かった。彼はスイス代表でキャプテンを務めていたし、チャンピオンズリーグに出場した経験も持っていた。

それどころかラニエリは、当初はこのインレルさえも重用していなかった。前シーズンにコンビを組んだ、ダニー・ドリンクウォーターとアンディ・キングを優先していたのである。

だがカンテはこのような状況の中から、少しずつチャンスをつかんでいく。

まず同時期に加入したインレルはプレミアリーグの速いペースに付いていけず、出場機会を与えられた際にも、完全な期待はずれに終わってしまう。対照的にカンテは、イングランドのサッカーにすぐに対応。ピッチ上の誰よりも激しく動き回りながら、相手からボールを奪い続けてみせた。

たしかにカンテの場合は、このような特徴が一時的に裏目に出た側面もある。

あまりに運動量が豊富なため、ラニエリは中盤の守備的ミッドフィルダーとして起用するのをためらったのである。結果、カンテは中盤の左サイド、もしくはミッドフィルダーとセンターフォワードの間に位置するポジションで起用され始める。岡崎は信じられないほどのハードワークを誇っていたが、運動量で対抗できる選手はカンテしか存在しなかったからである。

ただしカンテは攻撃的なポジションで起用された際にも、驚異的なボール奪取率を記録し続けた。たとえば第4節のボーンマス戦では、中盤の高い位置から10回タックルに成功。これは両軍を通じて、どの選手よりも6回も上回っていた。また左サイドで先発したストーク戦でも、ほとんどのボールを奪い返していた。

このような活躍ぶりを目の当たりにしたラニエリは、やはりレスターの守備を固めるためには、カンテを中盤の抑え役に起用すべきだと確信を深めていく。

かくしてストーク戦のハーフタイムには、ミッドフィルダーのインレルをベンチに下げて、左サイドでプレーしていたカンテを、本人が望んでいた中央のポジションへとコンバートする。これに合わせてマーク・オルブライトンを左サイドに投入。オルブライトンはそれまでの5試合で3アシストを記録していたにもかかわらず、ストーク戦では先発から外されていた。

これらの2つの変更により、レスターのパフォーマンスは劇的に改善される。

ピッチの中央ではボールを奪い返せる確率が高くなっただけでなく、オルブライトンが供給するクロスによって、さらに敵のゴールを脅かすことができるようになった。結局、レスターはこの試合でも後半に追い付き、2-2の引き分けに持ち込むことに成功した。

以降、カンテはレスターの中盤で不動の存在となっていく。彼のプレースタイルはチェルシーで活躍した守備の要、クロード・マケレレを連想させるものだった。事実カンテは、かつてのマケレレと同じように、シーズン中もっとも多くのタックルとインターセプトを記録することになる。

「われわれは中盤に3人の選手を起用している」。アシスタントのスティーヴ・ウォルシュはジョーク交じりに述べている。「ダニー・ドリンクウォーターが真ん中にいて、カンテがその両側でプレーするんだ」

このコメントは核心を突いているが、レスターには本当の意味で3人目のセントラルミッドフィルダーとも呼べる選手がいた。フォワードの岡崎慎司である。

岡崎はきわめて深い位置まで下がり、対戦相手の守備的ミッドフィルダーをすぐさま封じ込めていった。彼は本来ストライカーだが、攻撃に関しては5ゴールでアシスト0に終わっている。だが敵にプレッシャーをかけ始める起点として、チームに大きく貢献していた。

■レスターに起きた、2つ目の進化

カンテをミッドフィールドの中央に起用したことにより、レスターのボール奪取能力は飛躍的に上がる。ただしチーム全体として見た場合には、まだ守備に脆さを抱えていた。

その事実は、次のアーセナル戦で明らかになる。

ホームにロンドンの強豪を迎えるにあたり、ラニエリはプレミアリーグ制覇を中盤で支える主力メンバー、右サイドから順にマフレズ、ドリンクウォーター、カンテ、そしてオルブライトンの4人全員を初めて先発させている。

しかし結果的には2－5で大敗してしまう。スピードのあるアレクシス・サンチェスとセオ・ウォルコットに、サイドバックとセンターバックの間にあるスペースを幾度となく突かれ、サンチェスにはハットトリックまで許した。

開幕から維持してきた無敗記録はこうして途絶え、チームの順位も一気に6位にまで下がってしまう。開幕前の予想どおり、レスターはそのまま降格圏に吸収されていくかに思われた。

戦術的に見た場合、大敗を喫した原因は明白だった。チーム全体のプレースタイルと、ポジションごとの能力が乖離していたのである。

当時のレスターは、堅い守備からカウンターを狙うのではなく、むしろスリリングな攻撃を全員で仕掛けていくスタイルを特徴にしていた。

ところがセンターバックを務めるモーガンとロベルト・フートは、高さこそあっても機動力に欠ける選手だった。にもかかわらず他のメンバーが頻繁に攻め上がっていくため、無理やり広いエリアをカバーせざるを得ない状況に追い込まれていた。

現にレスターは、出入りの激しい試合をするチームになっていた。アーセナル戦に臨む時点で、総得点ではウェストハムとともにトップに立っていたものの、失点の数でもサンダーランドに次ぐ2位となっていたことなどは象徴的だろう。

この問題を手っ取り早く解決しようとするなら、前シーズンのようにスリーバックに回帰するのがセオリーとなる。だがラニエリはフォーバックにこだわったため、各ディフェンダーの間に生じてしまうスペースを、うまく埋めていく方法を見出す必要に迫られていた。

だが次のノリッジ戦に向け、ラニエリは妙案を思いつく。サイドバックを入れ替え、ディフェンスライン全体を守備に特化させていったのである。

シーズン開幕当初、ラニエリは左サイドバックにジェフリー・シュルップを起用していた。スピードのあるシュルップは、ピアソンがスリーバックを採用していた頃、ウイングバックを務めていた。彼の持ち味は前方に力強く攻め上がっていくプレーであり、チーム内の年間最優秀選手も選ばれていた。

ところが攻撃的なプレースタイルは、ラニエリ指揮下のレスターではネックになっていた。フォーバックの左サイドとしてプレーした場合、前方にオーバーラップするたびに、センターバックが剥き出しになってしまうからだ。

この問題に気が付いたラニエリは、シュルップの代わりにクリスティアン・フックスを左サイドバックに起用する。フックスは、シュルップのようにダイナミックに攻撃を展開することはできなかったが、180センチ台半ばの上背と守備の堅さを誇っていた。内側に絞り込んで守備に徹すれば、センターバックのモーガンとフートをサポートすることができた。

並行してラニエリは、右サイドの選手も入れ替える。守備のミスがあまりにも多かったリッチー・デ・ラエに代えて、ダニー・シンプソンを抜擢。シンプソンは期待どおり慎重なプレーをして、守備を安定させていった。しかもラニエリは、両サイドバックに新たな指示も出した。チームがリードされ、攻撃に打って出なければならない場面以外では、オーバーラップするなと厳命したのである。

■ゴール前にそびえ立つ、2枚の壁

一連の梃入れ策は、劇的な変化をもたらした。

レスターの守備陣はさらに深く引き、ゴール前の狭いエリアに寄っていくようになる。こうしてディフェンダーの間に生じていたスペースは自然に埋められていった。

たしかにこの方法では、サイドバックの外側に広がるスペースを、相手に突かれるケースが増えてくる。だがセンターバックのモーガンとフートにとっては、むしろ好都合だった。もともと2人は高さとフィジカルの強さに関しては定評があり、敵が入れてくるクロスをヘディングで弾き返すことができた。ディフェンスラインを押し上げて、スピードに優るフォワードを追いかけたりするよりも、ペナルティエリア内に留まってボールを確実にクリアしていくほうが、はるかに失点の危機を少なくすることができた。

「(以前にサイドバックを務めていた)ジェフ(シュルップ)とリッチー(デ・ラエ)は、猛烈な速さで前に走り込むことができた」。ゴールキーパーのカスパー・シュマイケルは述べている。「でもその代わりに、2人の後ろにはとてつもなく広い、剥き出しのスペースができてしまっていたんだ……僕たちは何かを変えなければならなかった。でも今はディフェンスラインに、4人の選手が並ぶ形になった」

そもそもイタリア人の監督は、守備的なサッカーを好むとよく言われる。現にラニエリは、自らが授ける「イタリア式戦術」の重要性を強調し続けただけでなく、失点を防ぐためにさらなる手段も講じた。アーセナル戦に続く2試合、ノリッジ戦とサウサンプトン戦で、なんとマフレズを控えに回したのである。

右ウイングとしてプレーしていたマフレズは、出場した最初の7試合で5ゴールと3アシストを記録するような大活躍を見せていた。また最終的には、PFAの年間最優秀選手にも選ばれることになる。

にもかかわらずラニエリがベンチに下げたのは、怪我や疲労の蓄積が原因ではない。選手をローテーションさせるためでもなかった。チームの守備を固めるという目的だけのために、マフレズを先発から外したのだった。

代わりにラニエリはオルブライトンを右サイドに回し、シュルップを左サイドのミッドフィルダーとして先発させることを選択する。

たしかにレスターは、ノリッジ戦とサウサンプトン戦でも失点を0に抑えることはできなかった。だがチーム全体のディフェンスは、明らかに改善され始める。

そして10月24日に開催された第10節で、ついにシーズン初の無失点試合を記録する。ホームにクリスタル・パレスを迎えた一戦を、1‐0で制したのだった。

ちなみにラニエリはマフレズを先発に復帰させているが、しっかりと策も講じている。守備での貢献が不可欠となる中盤の右サイドというポジションを避け、ジェイミー・ヴァーディーの後方に据えたのである。

センターフォワードのヴァーディーと、セカンドトップのような位置で起用されたマフレズは、2人合わせて1ゴールしか奪うことができなかった。だがクリスタル・パレス戦は、実に意義ある内容となった。失点をゼロに抑えつつ、数少ないゴールで相手に競り勝つパターンが、初めて確立できたからである。

「これはイングランドの試合というよりも、イタリアの試合だね」。ラニエリは満足気な笑みを浮かべながらコメントしている。そして試合後には約束どおり、選手たちにピザを振る舞った。

ただしラニエリは、ここでも一工夫凝らしている。選手全員をレスター市内の中心部にあるレストラン、ピーター・ピッツェリアに連れていくと、自分たちでピザを作らせたのである。これはチームの一体感を高めただけでない。プレミアリーグで活躍する選手たちが、粉まみれになりながらピザの生地と格闘するユーモラスな光景は、格好のPR材料にもなった。

クリスタルパレス戦は、シーズン全体の流れという点でもきわめて重要な分岐点になった。レスターは以降の28試合中、ちょうど半数の14試合を無失点で抑えていく。とりわけ年が明けてからの17戦では、なんと12勝を記録し、一気に優勝候補へと伸し上がっていった。

その過程で武器となったのは、やはり守備の固さだった。

レスターはオープンプレーの場面でも、うまく組織を維持できるようになっただけでなく、セットプレーにおいても、フィジカルの強さにものを言わせて巧みに失点を防いでいくようになる。

ちなみにセンターバックのフートは、自陣でコーナーキックに対応しなければならなくなった際には、時折、相手選手のユニフォームを引っ張ることもあったと告白している。このような反則が大目に見られていたことも、２０１５／１６シーズンのレスターを利した。

翌シーズンのプレミアリーグでは、この種の反則がもっと厳しく取り締まられるようになる。レスターは2年続けて奇跡を演じることができなかったが、右サイドバックのシンプソンは、その要因の1つになったのが、判定基準の変更だったとさえ証言している。

■究極のシンデレラボーイ、ヴァーディーの登場

より深く、コンパクトに守備のブロックを形成しながら、確実に失点を防ぐ。

このような変化はレスターの躍進を支えた2人目のキーマン、ジェイミー・ヴァーディーにも打ってつけだった。持ち味のスピードを活かして、より効果的にカウンターを狙えるようになったからである。

事実、ヴァーディーは11試合連続でゴールを奪い、ルート・ファン・ニステルローイが持っていた、プレミアリーグの記録も塗り替えていく。

これは前シーズン、5ゴールしかあげていなかったことを考えれば信じられないような変化だった。ましてや当時のレスターは、真剣に優勝を狙うチームというよりも、予想外の好調を維持している伏兵という域を出ていなかったため、ヴァーディーの活躍は各紙でことさら大きく報じられている。

だがレスターは11月21日、ニューカッスルに3－0で勝利を収めると、ついにプレミアリーグのトップに浮上。以降の23節中、20節で首位をキープしていく。これとともにヴァーディーがたどったシンデレラストーリーは、さらに注目を集めていくこととなった。

もともとヴァーディーは、10代半ばの頃にはすでに真剣にサッカーに取り組み始めていたが、16歳の時にシェフィールド・ウェンズデイから放出され、7ヶ月間完全にサッカーから遠ざかったこともあった。

その後、地元の工場で働きながら、8部リーグに所属するストックスブリッジ・パーク・スティールズというクラブに加入。週給30ポンドという待遇で、再びサッカー選手として歩み始める。

ただし当時の彼は暴行事件で有罪判決を受けており、夕方の6時には自宅に戻ることを義務付けられて

いた。このため6ヶ月間、足首にGPSの電波を発信するタグをつけたままプレーしている。アウェーの試合では後半でベンチに下がり、そのまま車を運転して、急いで自宅に戻るような生活を送っていたという。

やがてヴァーディーは2010年5月、7部に所属するハリファックス・タウンに、1万5000ポンドの年俸で移籍を果たす。新たなクラブでは41試合に出場して29ゴールを記録し、今度は5部のフリートウッド・タウンへと招かれる。

だがヴァーディーは、このクラブで1シーズンしかプレーしなかった。42試合で34ゴールを決めたことで注目を浴び、レスター・シティが100万ポンドの移籍金を用意したからである。これはノン・リーグ(セミプロ)の選手に提示された金額としては新記録だった。

当時のヴァーディーは運動量こそ豊富でも、フォワードとしては粗削りな印象が強かった。だがボールを受ける際のファーストタッチと、フィニッシュの精度を高める努力が実り、プレミアリーグでもっとも危険なストライカーへと変貌。ヴァーディーはワイドに開いたポジションで長くプレーしてきたため、センターバックの外側に広がるスペースに走り込みながらボールを受け、抜け目なくゴールを奪うスタイルで得点を量産することができた。

これを後押ししたのが、チーム内で与えられる役割の変化だった。

シーズンが開幕した時点では、ヴァーディーは岡崎とともに深い位置まで下がってプレーしていた。中盤をコンパクトに保ち、対戦相手に突破されるのを防ぐためである。

だが得点力の高さが明らかになってくると、ヴァーディーは岡崎よりもかなり高い位置に留まり、敵のディフェンスラインと同じ場所に張り続けることが許される。基本的にラニエリは、フォワードの選手に対しても中盤をサポートすることを求めたが、チームがボールを奪い返した瞬間に、ヴァーディーをゴールに向かって走り込ませようとしたのである。結果、レスターの戦術システムは4－4－2というよりも、4－4－1－1に近いものに変化していった。

2016年2月、リヴァプールをホームに迎えたレスターは、ヴァーディーが決めた2つのゴールで2－0の勝利を収めている。

とりわけ1点目のゴールシーンには、ヴァーディーを軸にした攻撃パターンがよく現れている。まずマフレズが自陣の深い位置でルーズボールを拾い、ヴァーディーが走り込むコースにすぐさま長いパスを放り込む。これに追い付いたヴァーディーは、そのままバウンドにタイミングを合わせ、25ヤードのボレーシュートを決めたのだった。通ったパスも1本なら、ヴァーディーがボールに触れた回数も一度のみ。レスターはまさに、究極のダイレクトな攻撃からゴールをもぎ取っている。

レスターのファンは「ジェイミー・ヴァーディーがパーティーを楽しんでいる」と合唱するようになったが、ヴァーディーとホットラインを築いたのは、カンテの隣で起用されていたセントラルミッドフィルダー、ダニー・ドリンクウォーターだった。ドリンクウォーターが出す対角線上のパスは、ゴール前に加速していくタイミングと完璧にマッチしていたのである。

「（ヴァーディーに対してなら）五分五分の確率のボールを出せるんだ。彼はスピードとハングリーにゴールを狙っていく姿勢で、（シュートが生まれる）確率を変えてくれるからね」。ドリンクウォーターは絶賛している。「彼は悪いパスを、最高のパスに見せてくれるんだ」

ゴールキーパーのシュマイケルも、似たような発言をしている。

「ああいう選手とプレーできるのは理想的だよ。ボールを蹴ってクリアしただけでも、そこから何かをやってくれる。前に飛んでいったボールは全部追いかけてくれるし、彼は絶対に諦めないから（最終的にはどんなボールでも）いいパスになるんだ」

レスターがカウンターを仕掛ける際には、シュマイケルのロングスローもきわめて重要な武器になっていた。彼の父親であるピーター・シュマイケルは、草創期のプレミアリーグにおいてロングスローを駆使し、ゴールキーパーからのビルドアップを根本から変えた人物である。息子のカスパーもまた、父親譲りのロングスローを得意にしていた。

ちなみにカスパー・シュマイケルは、プレミアリーグの全選手の中で、もっともパス成功率が低かった。同業のゴールキーパーも含めてである。ただしロングスローに象徴されるように、ボールをフィードしていくスキル自体は高かった。現に彼は、他のいかなるゴールキーパーよりも多くのチャンスを作り出している。

■レスターが駆使した、カウンターアタック以外の武器

2015／16シーズンに、レスターが駆使した戦術を語る上では、文化的な要因も避けては通れない。勝ち目の薄い格下として試合に臨むという事実が、カウンターアタックを軸にした戦い方に、きわめて有利に働いたからである。

ビッグクラブの場合は、カウンターにばかりに依存することが許されない。守備を固めて速攻を狙うのは昔から弱者の戦い方だと見なされてきたし、ホームゲームでは、とりわけこの傾向が強くなる。また戦術的に見た場合にも、強豪チームはカウンターが狙いにくくなる。対戦相手が、深く引いて慎重な戦い方をしてくることは指摘するまでもない。

だがレスターの場合は、常に同じ戦術で戦うことができた。対戦相手は格下だと呑んでかかり、カウンターアタックを特に警戒しなくなるからだ。

Ranieri's Leicester 2015/16

レスター・シティ ◉ 2015/16 シーズン

ラニエリの下で歴史的な快挙を達成した際の基本布陣。深く狭いDFラインと中盤におけるボール奪取から、一気にカウンターを狙うスタイルが特徴。岡崎はFWを務めたが実際にはさらに深い位置にまでさがり、攻守の貴重なつなぎ役としても高い評価を受けた

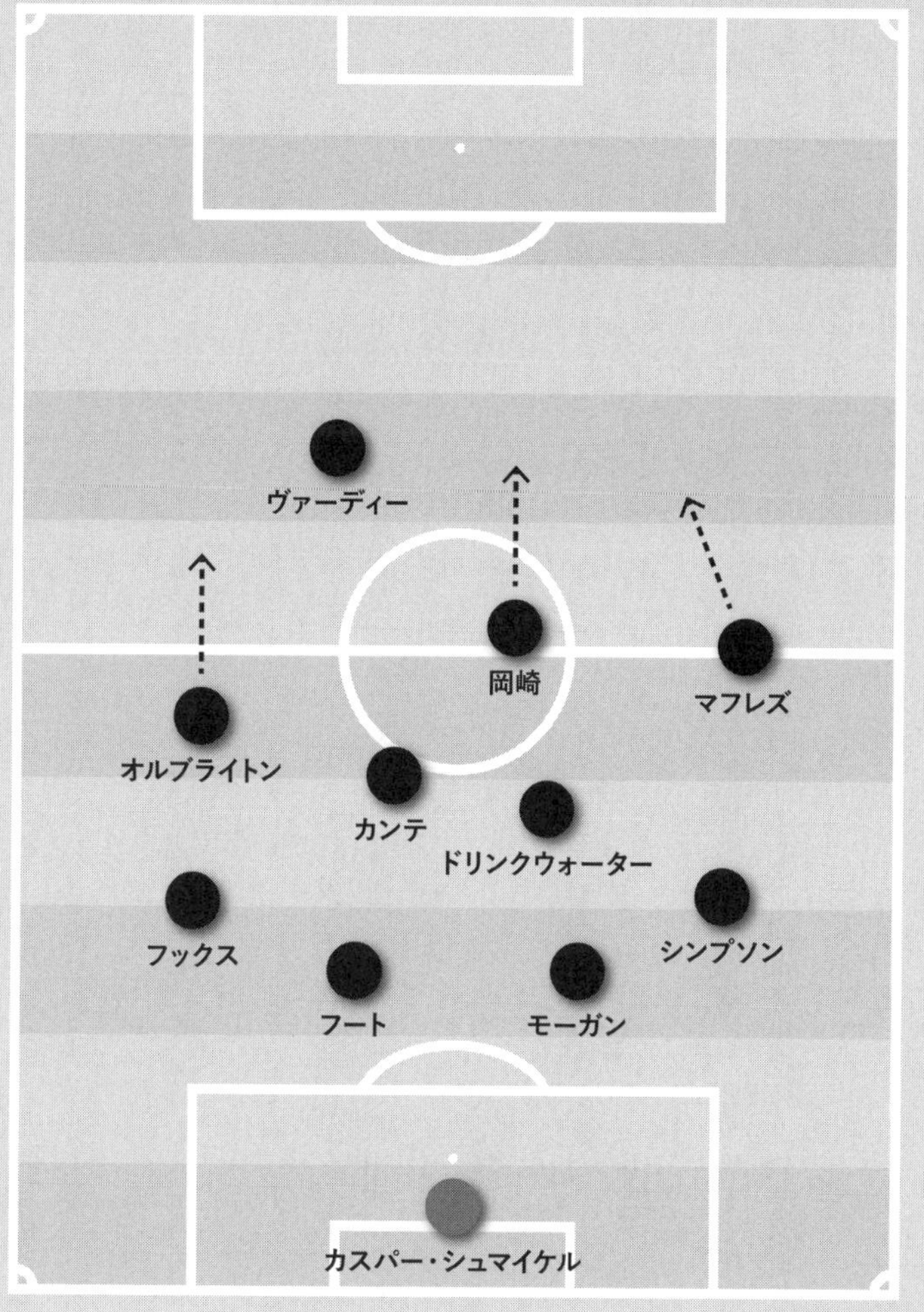

２０１５年12月、アウェーでスウォンジーに３－０で快勝した試合では、典型的な例が見られた。スウォンジーは両サイドバックをお構いなしに上げてきたために、ヴァーディーとマフレズに格好のスペースを提供。なんとヴァーディーではなくマフレズに、完璧なハットトリック（ヘディング、左足、右足）を決められている。

３人目のキーマンであるマフレズは２０１５／１６シーズンのこの時期、きわめて重要な存在となっていた。

彼もまたカウンターアタックを見事に繰り出す選手だったが、ヴァーディーのような「スペース・インヴェーダー（裏を狙う選手）」とはタイプが異なる。むしろトリッキーなテクニックを駆使しながら、相手をドリブルで抜いていける選手だった。これはレスターにとって大きな武器となった。対戦相手がカウンターを警戒して守りを固めてきた場合でも、守備陣を攻略していけるからである。ドリブル、アシスト、シュート、３つの能力をすべて備えたマフレズは、チームきってのオールラウンダーとして存在感を示していく。

マフレズは左サイドのオルブライトンよりも、かなり前でプレーすることが許された。また、クリスティアーノ・ロナウドやルイス・スアレスと同じように、ボールを失った際にも、対戦相手のサイドバックをあえて追走しようとなかった。

だがこうして前線に張り続けることにより、カウンターアタックの際に力を発揮し、ピッチ上で特権を与えられるに相応しい存在であることを当然のように証明していく。彼は最終的に同僚のプロ選手たちによって、年間最優秀選手に選ばれるようになる。

むろんシーズン中盤から後半にかけ、レスターに対する警戒感は徐々に高まっていく。３－０で完敗したスウォンジーは別としても、プレミアリーグの各クラブは、ラニエリ率いる面々が繰り出すカウンターに、細心の注意を払うようになっていった。

ところがレスターの選手たちは、敵の警戒網をくぐり抜けていく方法を見出す。

その好例がクリスマスの直前、チェルシーを2‐1で破った試合だった。

チェルシーは前シーズン、プレミアリーグを制していたチャンピオンチームである。ましてやこの時点では、人一倍慎重な戦い方をするモウリーニョが指揮を執っている。2015／16シーズンは中位以下の成績に沈んでいたとはいえ、戦前の下馬評ではチェルシーの勝利を予想する声が多かった。

にもかかわらずチェルシーは、ヴァーディーとマフレズにゴールを奪われてしまう。

モウリーニョは激怒し、「自分が積み重ねてきた努力は（選手たちに）ふいにされてしまった」と発言。ヴァーディーとマフレズを封じるための対策を、しっかり練ってきたことを強調している。

■慎重居士のアドバンテージ

だがモウリーニョのコメントは、説得力に乏しかった。両者のゴールはカウンターからもたらされたものではなかったからである。

1点目は、マフレズが軽く入れてきたクロスにヴァーディーが素早く飛び出し、ゴール前で右足を合わせている。2点目はペナルティエリア内でパスを受けたマフレズが、自力でゴールをこじ開けている。プレミアリーグで最高のサイドバックと目されていたセサル・アスピリクエタを向こうに回し、何度かボールを持ち替えて裏をかいてから、ファー側のコーナーにシュートを蹴り込んでいる。レスターは「フォクシズ（狐）」という愛称で親しまれているが、アスピリクエタにしてみれば、まさに狐につままれたような気持ちだったに違いない。

ラニエリ率いるレスターに敗れたモウリーニョは監督を解雇され、第二期のチェルシー政権に幕を下ろすことになる。

この出来事は、皮肉な運命の巡り合わせを感じさせるものだった。

そもそも2004年、モウリーニョが最初にチェルシーの監督に就任した際には、ラニエリを押し出す形になっている。またモウリーニョはそれ以降も、ラニエリをたびたび愚弄してきたからだ。彼は歳上の同業者を、こんなふうにこき下ろしたことさえあった。

「(ラニエリには)勝者のメンタリティがない……もう70歳近いがスーパーカップを1回、小さな大会のトロフィーをもう1つ獲得しただけだ。自分のメンタリティを変えるには年を取り過ぎている」

だがレスターにとっては、この慎重な姿勢こそが大きなプラスとなっていた。

ラニエリは常に、チームの目標はあくまでもプレミアリーグに残留することだと主張し続けた。そのうえで徐々に、ヨーロッパリーグへの出場権確保(プレミアリーグで5位から7位)から、チャンピオンズリーグの出場実現(4位以上)と、目標を上方修正していったに過ぎない。結果、レスターの選手たちは周囲の期待や、巨大なプレッシャーに押し潰されずに済んだ。

プレミアリーグの優勝争いが本格化していく際には、ヨーロッパの大会に参戦していないことも、決定的なアドバンテージになった。ちょうど2年前のリヴァプールと同じように、週末のリーグ戦に向けて、ライバルチームよりもはるかに密度の濃い、戦術練習を重ねることができたのである。

スケジュール面での余裕は、コンディション管理の面でもチームを利した。ラニエリは述べている。

「イングランドのサッカーは常にインテンシティが高いし、選手が疲弊しきってしまう。だから選手をもっと休ませることが必要になる。われわれの場合は土曜日に試合をおこない、日曜日は全員休み、月曜日に軽いメニューで練習を再開する。イタリアでやっているのと同じようにね。次の火曜日はハードなトレーニングをして、水曜日は完全に休養する。木曜日には、もう一度ハードなトレーニングセッションをこなして、金曜日は試合の準備。そして土曜日に再び試合に臨む形になる」

週の半ばにヨーロッパの大会に参戦するチームは、火曜日と木曜日にハードなトレーニングセッションをおこなうことなど不可能になる。レスターの選手たちは試合数が少なかったからこそ、他のいかなるチームよりも激しく、スピーディーで、クオリティの高いカウンターを展開できた。

■レスターを救った、意外なアタッカー

クリスマス明け、レスターは3試合連続で無得点に終わる。これはシーズンを通じて唯一のケースとなったし、優勝の夢は潰えたかにも思われた。

理由ははっきりしている。先に述べたように、対戦相手がレスター対策を本格的に練り始めたのである。たしかにヴァーディーは、シーズン後半にもリヴァプール戦、サンダーランド戦、そしてウェストハム戦で見事なゴールを決めたが、敵のディフェンスラインの背後に走り込む機会は減少していく。16試合でわずか4ゴールしか奪えず、しかもそのうちの1つはPKという時期さえあった。

このような状況の中、得点を重ねる非常に有効な手段の1つになったのが、まさにPKだった。レスターは最終的に13本のPKを与えられることになるが、これは2001／02シーズン以来、プレミアリーグでは最多となった。敵のディフェンダーはヴァーディーのスピードや、マフレズのトリッキーなプレーに1対1で対応せざるを得ない場面がしばしばあったため、ペナルティエリア内でのファウルが必然的に増えたのである。

またヴァーディーのゴール数が減ったことは、チームに勝負強さを備えさせる要因ともなった。

現に優勝争いの大詰めに差し掛かった頃には、6試合中5試合を1‐0の最小得点差で制している。アレックス・ファーガソンは、マンチェスター・ユナイテッドの監督を勇退してからは、ごく稀にしかインタビューに応じていない。だがレスターに感銘を受け、次のようなコメントを口にしている。

「1‐0で勝ちきったこれらの試合は、本当に重要な意味を持っている。彼らが1つのユニットになったことと、絶対に負けないという気概を持っていたことを示している」

しかも、これらの決勝点をもたらしたのはヴァーディーでもなければ、カウンターアタックでもなかった。さらに述べればPKが増えたり、マフレズが存在感を強めたりしたこと以外にも、レスターの攻撃には進化が見られた。

戦術的に述べれば、この事実こそが歴史的なプレミアリーグ制覇において、もっとも重要な要素になった。レスターはカウンターアタックを完成の域にまで高めた。だが同じ得点パターンに依存することの危険性を悟り、オールラウンドに攻撃を展開できるような、さらに完成されたチームに進化したのである。

では、シーズン終盤での進化はいかにしてもたらされたのか。

1つ目の要素はセットプレーである。

センターバックとしてコンビを組んだフートとモーガンは、シーズン前半戦、一度も得点を記録していない。だがクリスマス後には、五度ほど意義深いゴールを決めている。

まずフートは1月のトッテナム戦で、決勝ゴールを記録している。トッテナムは優勝争いの最大のライバルとして浮上してきたチームだっただけに、このゴールは計り知れないほどの重みを持っていた。さらに彼は貴重なゴールを2回もたらしているが、その中には2月におこなわれたマンチェスター・シティ戦で、開始早々に決めた先制点も含まれる。

一方のモーガンはサウサンプトン戦で決勝点を決めただけでなく、4月にオールド・トラフォードでおこなわれたマンチェスター・ユナイテッド戦では、1-1に追い付く同点弾ももたらしている。この頃レスターの選手たちは、シーズンが始まって以来初めて、精神的にナーバスになっているような印象を与えていた。モーガンはチームに漂っていた重苦しい空気を一掃したのである。

2年前、リヴァプールが優勝をつかみかけた時と同じように、開始早々にセットプレーから先制点を奪うのは、レスターのようなチームにとってきわめて有効になる。そもそも相手はカウンターアタックを警戒し、深く引いて戦ってくるため、守備をこじ開けるのはただでさえ難しい。だが先制点を奪われれば、前に出てこざるを得なくなるし、結果的には大きなスペースをディフェンスラインの後ろに作ってしまうことになる。レスターにとってセットプレーは、膠着状態を打破する格好の武器となった。

■ティンカーマンが披見した、戦術家としての才覚

チームの進化をもたらした2つ目の要素は、ラニエリ自身の成長である。

彼はチェルシーの監督時代、あまりに頻繁にシステムや選手を変更するために、「ティンカーマン」とあだ名されていた。

レスターの監督に就任してからは、このような悪癖を自ら封印。特にクリスマス以降は、同じ先発メンバーを起用している。

だがラニエリは、控えのメンバーをきわめて効果的に活用することも忘れなかった。たとえば通常よりもさらに深く引いて守ってくる相手を攻略していく際には、アルゼンチンやスペインのクラブチームでプレーしてきたフォワード、レオナルド・ウジョアをピッチに送り出すこともあった。ウジョアはヴァーディーや岡崎よりも上背があったため、クロスからゴールを狙える選手として、理想的な「プランB」を提

供している。

2016年2月、ホームにノリッジ戦を迎えた一戦は、典型的な例となった。試合は0 - 0のまま終盤に入り、スコアレスドローに終わる気配が濃厚になる。そこでラニエリは思い切った決断を下す。出場停止のシンプソンに代わり、右サイドバックで起用していたダニエル・アマルテイをベンチに下げる。これと同時にウジョアを投入したのである。

ウジョアは見事に期待に応える。89分にはするするとゴール前に上がっていくと、貴重な決勝点を奪ってみせた。

ウジョアはシーズンの大詰めとなった4月末から5月初めにかけて、ヴァーディーが出場停止になった際にも、冷静にゴールを決め続ける。まずヴァーディーがレッドカードを受けたウェストハム戦では、アディショナルタイムにPKを決めて2 - 2の引き分けにチームを導く。続くスウォンジー戦では2ゴールをあげて、4 - 0の勝利に貢献している。

たしかにウジョアは出場時間こそ非常に限られていたが、数少ないチャンスをものにしてチームに白星を重ねさせるという意味では、決定的な仕事をこなし続けた。

ちなみにスウォンジー戦でダメ押しとなる4点目が決まったシーンは、ラニエリの手腕も際立たせている。すでに勝負は事実上決着していたが、このゴールは途中から投入された3人の選手、得点を決めたオルブライトン、ミッドフィルダーのアンディ・キング、そして1月に加入したばかりのデマレイ・グレイのコンビプレーからもたらされた。

ラニエリは11人の先発メンバーは滅多に変えなかったが、試合中には交代カードを切りながら、選手全員を試合に絡ませようとしている。かつて「ティンカーマン」と揶揄された細かな戦術変更は、チームを勝利に導く上でも、選手の一体感を高めるという点でも、計り知れないほど有用なものとなっていた。

■レスターらしくない試合運び

レスターの優勝を支えた3つ目の要素は、試合運びの根本的な変化である。

シーズン後半にかけてのレスターは、カウンターアタックからの脱却を図る一方、試合開始直後は、自分たちで積極的に仕掛けてゴールを狙うようにもなった。この変化はなぜかほとんど注目されなかったが、レスターが遂げた3つの進化の中で、もっとも重要なものだったと言える。

むろん、レスターはポゼッションサッカーを志向するようになったわけではない。だが自陣に深く引いてカウンターを狙うのではなく、アグレッシブにプレスをかけ、ボールをピッチ前方で奪い返そうとするようになった。

この新たなアプローチで勝利をつかんだのが、1月にストークを3‐0で降した試合であり、翌月、エティハド・スタジアムでマンチェスター・シティを3‐1で破ったケースである。とりわけシティ戦などは、以前では考えられなかった展開となっている。

シーズンの流れを決定づける大一番、ドリンクウォーターは試合開始直後にシティの右サイドバックが構えるエリアに、いきなり長い対角線上のボールを入れる。

あいにく、ボールは直接タッチラインを越えてシティのスローインとなったが、ドリンクウォーターは意図的にボールを蹴り出し、相手にボールを持たせたかのような印象さえ与えた。レスター側は一気に選手を押し上げて、ボールを奪いにかかったからである。

そもそもレスターは、ボールをキープすることにまったくこだわってこなかった。しかも相手のスローインになれば、高い位置でプレスをかけていくことができる。現にこの場面では、カンテは五分五分の競り合いでヤヤ・トゥーレを制するなど、試合開始直後から優れたボール奪取能力を披露し始めていた。

ボールを奪い返したレスターの選手たちは、逆サイドのマフレズにすぐさま展開する。マフレズはシーズンのこの頃になると、左足でインサイドに切れ込んでくるスタイルを完全に自分のものにしていた。

むろん、シティの監督であるマヌエル・ペレグリーニも対策を講じていた。マフレズのカットインを防ぐために、ファビアン・デルフィを中盤の左サイド中央寄りにあらかじめ配置。左サイドバックで起用されていたアレクサンドル・コラロヴには、デルフィと連動しながらマフレズの突破を防ぐように指示していた。

ところがマフレズは、躊躇せずにサイドを駆け上がり勝負を仕掛けていく。コラロヴはファウルで止めるのが精一杯だった。

こうしてマフレズは、ペナルティエリアの外側でフリーキックを獲得。そこから利き足の左足でカーブのかかった低いクロスを入れ、フートの先制点をお膳立てした。

試合開始からわずか2分ほどで先制点を奪った一連のプレーは、レスターの進化をまざまざと見せつけた。選手たちはシティがカウンターアタックを警戒しているのを悟っていたため、引いて速攻を狙うのではなく、積極的に高い位置でプレスをかける戦術に切り替えた。

マフレズ自身も、きわめて柔軟な対応を見せている。内側に流れてくれば当然、スペースを見つけるのは難しくなる。そう踏んだマフレズはあえてサイドを進み、フリーキックのチャンスを作り出している。

こうして先制点を奪えば、もちろんカウンターアタックも展開しやすくなる。マフレズが決めた見事な2点目は、理想的な例だった。

マフレズは、ここでもディフェンダーの意表を突いている。ピッチ中央寄りの左サイドでボールを受け取ったマフレズは、今度はマルティ・デミチェルスの右側をすり抜けると、利き足ではない右足からそのままシュートを放ち、ゴールキーパーのジョー・ハートをかわしている。

この試合ではロベルト・フートが自身の2ゴール目も記録し、相手を3－0と引き離す。シティももちろんゴールを脅かしたし、セルヒオ・アグエロが1点を返したものの、軍配は3－1でレスターに上がった。

相手が対策を講じてきた場合には、自分たちがもっとも得意とするプレーにこだわるのではなく、様々なオプションで対応していく。これはまさに、偉大なチャンピオンチームが駆使してきたのと同じ方法論だった。レスターの選手たちがピッチを去る際、エティハド・スタジアムに詰めかけたシティのサポーターは、その見事な戦い方に惜しみのない拍手を送っている。

■イングランドで2番目に愛されたクラブ

プレミアリーグのシーズンはまだ3ヶ月を残していたが、この試合に勝利したことは、タイトルレースを有利に進めていく上できわめて大きかった。レスターは2位以下のチームに、勝ち点で5ポイント差を付けたからである。

ラニエリは、自分たちが優勝を狙えると本当に確信できたのは、この時が初めてだったと後に明かしている。事実、英国のブックメーカーも、レスターを優勝争いの最有力候補と見なすようになった。

シティのゴールキーパーであるジョー・ハートも、歴史的な偉業が達成されつつあることに気が付いたという。彼は試合後、シティにおけるかつてのチームメイトであるシュマイケルに、ピッチ上でこう声をかけた。「よくやったな。おめでとう。タイトルを取れるとしたら今回しかない。チャンスを逃すなよ」

ちなみにレスターは、次のアーセナル戦ではアディショナルタイムにゴールを決められ、1－2と敗れている。当時、アーセナルはトッテナムに次ぐ3位でレスターを追走していたが、レスターとの直接対決を制したということで、選手たちはドレッシングルームで大はしゃぎしている。

だが、これは優勝争いを繰り広げていく上では逆効果だった。レスターの選手たちは、喜びに沸くアーセナルの選手たちの写真を見て、なおさらモチベーションが高まったと口々に証言している。

事実、レスターは以降の12試合を8勝4分けで乗り切ることに成功。立て続けに1‐0の接戦を制するなど勝負強さも発揮した。

むろん、これらの試合では多少運も味方している。たとえば3月のクリスタルパレス戦では、マフレズが先制点をもたらしたものの、以降は極端に深く引いて守ったために守勢に回ることを余儀なくされた。終了直前には敵のセンターバックであるダミアン・デラニーに、あわや同点に追い付かれるかと思われるようなシュートを打たれる場面もあった。だがボールはクロスバーを直撃している。レスターには幸運の女神も微笑んだ。

レスターのファンたちは、このような場面を通しても、起こりえないことが起きつつあると確信するようになっていった。

試合終了後、レスターのサポーターは、クリスタル・パレスのホームスタジアムであるセルハースト・パークに居残り続けた。アウェー側のスタンドを立錐の余地もないほど埋め尽くしながら、「今度は俺たちを信じてほしい。俺たちはリーグで優勝するぞ」と20分以上も合唱し続けていたのである。

これは壮観だった。クリスタルパレスのファンの中には、敵のサポーターが同じ合唱を延々と口ずさむ様子を、ぼんやりと眺めている者もいたし、出口に向かいながら暖かい拍手を送る人間もいた。

たしかにプレミアリーグには、以前にも「2番目のお気に入り（地元のクラブの次に愛されたクラブ）」となったクラブが存在した。ニューカッスルなどは代表的な例だろう。だが2016／17シーズンのレスターほど、中立的なファンの心を捉えたクラブは存在しなかった。

「これは夢じゃない。彼らは本当にプレミアリーグで優勝する気でいる」。クリスタルパレスのサポーターが抱いた直感は、イングランド全域で共有され、シンパを次々に増やしていく。

レスターのもっとも有名なOBであり、もっとも有名なサポーターでもあったギャリー・リネカーは、司会を務めるBBCの『マッチ・オブ・ザ・デイ』が週末に放映されるたびに、恥ずかしげもなく古巣への思い入れを口にした。だが文句を言う視聴者などは1人もいなかった。

それどころかシーズン終盤には、他のクラブを率いている監督でさえもが、レスターにエールを送るようになっていた。

「レスターが本当にタイトルを取れば、サッカー界のすべての人間にとって最高にすばらしい出来事なる」。ウェスト・ブロムを率いていたトニー・ピューリスは語っている。「シーズンが終わるまでは、レスター・シティを応援するよ」

サウサンプトンのロナルド・クーマンも口を揃えている。

「彼らはタイトルに値する。本当に優勝してほしい」。さらにはスウォンジーのフランチェスコ・ギドリンなども、同じメッセージを繰り返した。

■「スパーズには優勝してほしくない」

シーズン最終盤、レスターはトッテナムやアーセナルと優勝争いを繰り広げていた。このような展開になったのは、開幕前に優勝候補に上げられたチームが、ことごとく自滅したことも関係している。

ディフェンディング・チャンピオンのチェルシーは、シーズンの大半、中位以下のポジションを彷徨ったし、マンチェスター・シティは2月に、ペレグリーニがシーズン終了とともに身を引くことを発表した途端に、たがが緩んでしまう。マンチェスター・ユナイテッドのルイ・ファン・ハールはFAカップを制したものの、プレーにまるで精彩を欠いていたために、シーズンが終わると同時に解任されることになる。

かくして残ったのが、アーセナルとトッテナムだった。

アーセナルは12シーズン、トッテナムに至っては半世紀以上もリーグ戦の優勝から遠ざかっている。当然、サポーターたちは優勝を待ち望んだが、イングランドの中立的なサッカーファンの間では、圧倒的にレスターを支持する声が強かった。

このような雰囲気は各クラブの監督だけでなく、選手にさえも伝播していく。

シーズン終了の2週間前、レスターはついにプレミアリーグ制覇に王手をかけた。

エヴァートンかトッテナムのいずれかから1勝することが条件だったが、優勝決定には別のシナリオも用意されていた。2位のトッテナムが、5月2日におこなわれるアウェーのチェルシー戦で勝ち点3を取り損ねれば、その時点でもレスターの戴冠が確定するはずだった。

最後の大詰めでは、後者のシナリオが現実のものとなる。

トッテナムはスタンフォード・ブリッジで2‐0と先行するが、ここでチェルシーの選手たちに、なぜかカチリとスイッチが入る。試合前、チェルシーの選手たちは異口同音に、レスターを応援すると語っていた。その気持ちに火がついたのである。

「スパーズには優勝してほしくない、正直に言えばね」。ミッドフィルダーのセスク・ファブレガスは素直に認めている。「レスターはここまで1シーズン頑張ってきたんだから、彼らにプレミアリーグを取ってほしい」

ベルギー代表のウインガー、エデン・アザールも似たような発言をしている。

「『僕たち』……ファンやクラブ、そして選手たちは、トッテナムにプレミアリーグで優勝してもらいたくないんだ。僕たちはレスターに優勝してほしい。彼らはチャンピオンになるのに相応しいからだ」

彼はチェルシーが優勝を収めた前シーズン、ＰＦＡの年間最優秀選手賞に輝いている。２０１５／１６シーズンは調子を落としただけでなく完全に意欲も失っていたが、レスターの姿はアザールを再び奮い立たせたのである。

後半、チェルシーは反撃に転じていく。

まずセットプレーから1点返すと、アザールがスパーズの守備陣をすり抜けながら壁パスを受け、ゴール上隅にカーブのかかったシュートを見事に決めてみせた。

こうして試合は２－２で終了。試合終了後、チェルシーの選手たちはピッチ上で健闘を讃えあったが、レスターの選手たちももちろん喜びを噛み締めていた。チェルシーの援護射撃を受ける形で、ついに夢にまで見た、プレミアリーグ制覇を成し遂げたからである。シーズン開幕前、降格候補にあげられていたチームが、なんと2試合を残して優勝を決める。これはまさに快挙だった。

その晩、ジェイミー・ヴァーディーは文字どおりパーティーを楽しんだし、英国中の無数のサッカーファンが祝杯を上げた。ちなみにレスターは最終的に、２位のトッテナムに10ポイントもの差をつけることになる。

■ 20年ぶりに鳴り響いたオペラ

5月7日。エヴァートン戦を３－１の勝利で終えた後、レスターの選手たちは夢にまで見たトロフィーをついに手にする。

この際には、必死にチケットを探し回っていたレスターのファンに、エヴァートンのファンがチケットを譲るという心温まる光景も見られた。

また試合当日には、1000人を超えるイタリア人がレスターを訪れて注目を集めている。仮にチケットを入手できなくとも、ラニエリの檜舞台に立つ瞬間を、現地で一目見ようとしたのである。

キングパワー・スタジアムでおこなわれたトロフィーの授与式は、実にドラマチックだった。イタリア人のオペラ歌手、アンドレア・ボチェッリがレスターのユニフォーム姿でラニエリとともに壇上に上がり、名曲「誰も寝てはならぬ」を歌い上げている。

レスターの優勝に名曲が花を添えるというのは、ある意味では歴史の不思議な巡り合わせを感じさせる出来事だった。レスターは優勝を通じて多くの人に感動を与え、サッカーへの関心を飛躍的に高めている。かつてそれと似たことがイングランドで起きた際、やはり鳴り響いたのが「誰も寝てはならぬ」だったからである。

イングランドでは、実はプレミアリーグが誕生する以前から、サッカー人気が一気に高まってきていた。その大きなきっかけとなったのは、1990年のワールドカップイタリア大会において、イングランド代表が準決勝まで勝ち上がったことだった。BBCは大会期間中に特番を組んだが、そこでオープニングテーマに使用された曲こそ、ルチアーノ・パヴァロッティの「誰も寝てはならぬ」だったのである。

以降、この曲はイタリア大会の記憶と、イングランド代表の健闘を連想させるテーマとして、イングランドのサッカーファンにとって特別なものとなっていく。

「あれはこの国におけるサッカーの歴史を語る上で、画期的な出来事だった」

イングランド代表の花形ストライカーとして、イタリア大会に望んだリネカーは振り返っている。「非常に多くの人々、あらゆる階級の様々な人たちがサッカーに興味を持つようになったからね。（イタリア大会は）サッカーを発展させていく上で、きわめて大きな影響を与えたと思う」

それから四半世紀後、再びイングランドのサッカー界で、この曲が鳴り響くなど誰が想像しただろう。まるでドラマのようなストーリーを現実のものにしたのは、レスターが成し遂げた奇跡の優勝だったのである。

第25章

現代に蘇るスリーバック

「このリーグは、世界でもっとも厳しい。タイトルを狙えるチームが6つか7つある」（アントニオ・コンテ）

■ 世界最高の名将が揃うリーグ

2017／18シーズン、プレミアリーグは発足から25周年を迎えている。すでにこの頃には、サッカーの母国は、ヨーロッパでもっとも多くの優れた人材を抱えるようになっていた。

ただし、これは選手に関してではない。

たとえば2016年のバロンドールでは、10位に食い込んだプレミアリーグの選手が、わずか2名しかいなかった。レスターのジェイミー・ヴァーディーとリヤド・マフレズである。

しかも彼らは歴史的なリーグ優勝を成し遂げたものの、それ以降は大きく期待を裏切り、苦しいシーズンを乗り切っていくことを余儀なくされる。レスターそのものが、再び残留争いに巻き込まれるような状況に陥ってしまったからだ。

プレミアリーグに所属する選手の中で、ヴァーディーとマフレズ以外にバロンドールで票を得たのはわずかに3名。マンチェスター・ユナイテッドに新たに名を連ねたズラタン・イブラヒモヴィッチとポール・ボグバ、ウェストハムのディミトリ・ペイエだけだった。

ただしイブラヒモヴィッチとボグバが数票獲得したのは、ユナイテッドに加入する以前のパフォーマンスが評価されたものだった。またペイエは1票を投じられたが、バロンドールが発表された1ヶ月後には、母国フランスのマルセイユに移籍することになる。

逆に投票で上位6位に選ばれた選手は、すべてスペインを拠点にしていた。そのうち3名、すなわちクリスティアーノ・ロナウド、ルイス・スアレス、そしてガレス・ベイルは実質的にはプレミアリーグに物足りなさを覚えるようになり、ラ・リーガに鞍替えした選手である。

ところが監督に目を向けると、まるで違った光景が見えてくる。プレミアリーグはヨーロッパでまさに最高の人材を揃えるようになっていた。

アーセン・ヴェンゲルとマウリシオ・ポチェッティーノは、アーセナルとトッテナムを指揮し続けていたし、ユルゲン・クロップはリヴァプールの監督として、初めてシーズン開幕の時点からチームを率い始めていた。ジョゼ・モウリーニョはチェルシーで味わった挫折を乗り越え、マンチェスター・ユナイテッドの監督に就任。ロナルド・クーマンも、サウサンプトンからエヴァートンへと鞍替えしていた。

何よりも興奮させられたのは、マンチェスター・シティがペップ・グアルディオラを招いたことである。グアルディオラはブリテン島に上陸する以前から、プレミアリーグの戦術全般にきわめて大きな影響を及ぼしていた。一方チェルシーも、アントニオ・コンテに白羽の矢を立てていた。彼はユヴェントスを蘇らせただけでなく、イタリア代表の監督としても存在感を放っていた。

結果、プレミアリーグで有力視されていた7クラブには、フランス（ヴェンゲル）、スペイン（グアルディオラ）、ポルトガル（モウリーニョ）、オランダ（クーマン）、ドイツ（クロップ）、イタリア（コンテ）、そしてアルゼンチン（ポチェッティーノ）と、強豪7カ国の監督がずらりと顔を揃える形になった。

これらの監督が、ヨーロッパの主要リーグで獲得したタイトルは合計して26にものぼる。ポチェッティーノだけは賜杯を手にしていなかったが、代わりにプレミアリーグには、歴史的な快挙を成し遂げた外国人監督が他にも名を連ねていた。ディフェンディング・チャンピオンとして新たなシーズンに臨むイタリア人監督、レスターのクラウディオ・ラニエリである。

たしかにプレミアリーグのクラブはそれまでの数シーズン、組織づくりや戦略、戦術の構築に苦しんでいた。この事実は、チャンピオンズリーグにおける凡庸な結果にも如実に反映されている。

ところがプレミアリーグには突然、これまででもっとも心躍らされる監督がずらりと揃うことになった。その個性やスタイルは、かつて見られないほど多様なものとなったし、驚くべきことにイングランドのサッカー界では、かつてチャンピオンズリーグを制した監督たちが2部のクラブを率いるようなケースさえ生じた。ニューカッスルのラファエル・ベニテスや、アストン・ヴィラのロベルト・ディ・マッテオなどの例が示すように、クラブサッカー界で最高の栄誉を手にしても、必ずしもトップクラブでの監督職が確約されるわけではなくなったのである。

■ 壁に直面したペップと、存在感を増したコンテ

綺羅星《きらぼし》の如き監督たちの中で、当初、もっともメディアに注目されたのはペップ・グアルディオラだった。

シティの監督に就任したグアルディオラは、いきなり大胆な方針を発表する。クラブはもとより、イングランド代表においても正ゴールキーパーを務めてきたジョー・ハートを放出。代わりにバルセロナのクラウディオ・ブラボを、スウィーパー・キーパーとして採用する。さらに攻撃的な左サイドバックであったアレクサンドル・コラロフをセンターバックにコンバートしつつ、両サイドバックには中央に絞らせ、セントラルミッドフィルダーのようにプレーするように命じたのである。

ところがシティは、シーズン前半こそ順調なスタートを切ったものの、途中からは一気に失速していく。

グアルディオラは、イングランド独特のサッカーに対応するのに苦慮したことを認めている。

「この国のサッカーは（他の国よりも）予測がしにくい。ボールがグラウンドの上にあるよりも、空中を飛んでいることが多いからだ」。グアルディオラはこぼしている。「イングランドのサッカーを理解するには1試合、見るだけで十分だった。スウォンジーがクリスタルパレスに5‐4で勝った試合だ。9ゴールのうち、8ゴールはセットプレーから生まれている。僕はこういうサッカーに対応していかなければならない」

結局、シティはシーズン開幕前の時点では優勝候補にあげられていたにもかかわらず、首位のチームに15ポイントの差をつけられる形になった。それがアントニオ・コンテ率いるチェルシーである。

監督就任1年目のグアルディオラが苦しんだ結果、2016／17シーズンのプレミアリーグで、戦術的にもっとも大きな影響を与えたのはコンテとなった。

彼はユヴェントスでスクデット（セリエAのタイトル）を三連覇していたし、イタリア代表監督としても見事な手腕を揮っている。とりわけEURO2016の決勝トーナメント1回戦ではスペインを圧倒し、2‐0で勝利を飾るという非凡な結果を収めた。

ところがチェルシーの監督就任は、まるで注目を浴びなかった。当時はグアルディオラとモウリーニョが、マンチェスターを舞台に再びエル・クラシコ（バルセロナとレアル・マドリーのダービーマッチ）を繰り広げるのではないかという話題ばかりが、取り沙汰されていたからである。

そのような状況の中、コンテはグアルディオラ対モウリーニョなどという、つまらない話題に関わりを持たないようにしながら、自らの仕事を着々と進めて、チームを五度目のプレミアリーグ優勝に導いていく。さらにその過程では、イングランドサッカー界にとてつもなく大きな戦術革命をもたらした。スリーバックの採用である。

コンテが監督1シーズン目でいきなりタイトルを獲得したのは、秋におこなった戦術システムの変更に負う部分が決定的に大きい。

だが指揮を執り始めた頃は、おもにフィットネス強化に力を注いでいる。プレーシーズン中、チェルシーの選手たちはコンテに課された、長くハードなランニングのトレーニングに仰天している。近年は、よりテクニカルなトレーニングセッションが優先されたため、この種の練習はおこなわれていなかった。

そこには然るべき理由があった。サッカー界の戦術トレンドがポゼッションサッカーからプレッシングにシフトしていく中、体力がかつてないほど重要になってきていたのである。

「これまでジョゼ・モウリーニョ、カルロ・アンチェロッティ、ロベルト・ディ・マッテオの指導を受けてきたけれど、こんなに真っ当なランニングをやったのは初めてだよ」。チェルシーで最後のシーズンを迎えることになるキャプテンのジョン・テリーは語っている。「昔、モウリーニョが監督だった頃は、プレシーズンの1日目からボールを使った練習をしていた。でもコンテがやってきたら、プレシーズンの最初から走らされた。チームの連中はこの7、8年そんなことをやったことがない。これはちょっとしたショックだったね。でも2、3週間経ったら連中は慣れてきた。『フィジカルコンディションは、前よりもはるかにいい感じだ』って具合になったんだ」

コンテはまた、チェルシーの面々の食事をさらに厳しく管理した。食事管理はモウリーニョの第二次政権の間に、驚くほど緩くなっていたのである。

戦術的に見た場合、コンテは当初、モウリーニョの第一次政権時代を彷彿とさせるような、4-3-3/4-1-4-1システムを採用していた。

さらにコンテは、前シーズンにプレミアリーグを制したレスターから、守備的ミッドフィルダーのエンゴロ・カンテを獲得。ディフェンスラインの前に配置し、かつてのマケレレと実質的に同じ役割を担わせている。

ちなみにコンテはプレシーズンに、中盤におけるチーム作りの方針をはっきりと表明している。自分が採用するシステムでは、セスク・ファブレガスがプレーすることはできないと述べている。

ファブレガスはプレミアリーグでもっとも多くのアシストを記録している選手の1人だったが、いかんせん戦術眼に欠けており、フィジカルの強さにも乏しかった。コンテは、そこを問題視したのである。

かくしてファブレガスは中盤から外されることになる。代わりにカンテがもっとも深い位置に入り、その前方では強靱なフィジカルを持つネマニャ・マティッチが左に、クリエイティブでありながら、ディシプリンの伴ったプレーのできるオスカルが右側に構える形で、トライアングルが構成された。

「オスカルはどちら役割もこなせる。攻撃でも守備でもね」。コンテはファブレガスに欠けていた要素と比較しながら、オスカルを評している。

「今のサッカー界では、才能だけじゃ勝負できなくなってきている」。一方、ファブレガスはこんなふうにこぼしている。「自分の身体能力が最高だとは思っていない。僕は一番足が速いわけでも、フィジカルが強いわけでも、動きがシャープなわけでもないからね……とてもフィジカルが強いか、たくさん走れる。そういう能力があれば、今はサッカー選手になるのはもっと簡単なんだ。

だからこそ僕は、さらにレベルアップしようと努力している。サッカーは自分が考えていたのとは違う方向に発展しているからね。才能のある選手がどんどん減って、パワフルな選手や、やたらと走り回る選手が増えてきた」

スペイン代表でもあるファブレガスが外されたことは、チェルシーの戦術がポゼッションサッカーから、より激しいプレッシングをベースにしたものへと移行していくことを象徴していた。

かつてはバルセロナ流のポゼッションサッカーがインスピレーションを与え、テクニカルでクリエイティブなプレーをするミッドフィルダーがヨーロッパ中で脚光を浴びた。ところがわずか5年で、ここまで時代は変わったのである。

■ 攻撃的なサイドバックの登場

ウェストハムに勝利を飾ったシーズン開幕戦では、サイドバックの動きも目についた。ブラニスラヴ・イヴァノヴィッチとセサル・アスピリクエタには、チームがボールを持った際に、極端なほどアグレッシブに前方にラインを押し上げるように指示されたのである。

この種の戦術は、チェルシーではきわめて異例だった。たしかにビラス＝ボアスなどはディフェンスライン全体を高くキープすることにこだわってきたが、過去15年間、チームを率いてきたほとんどの監督たちは、サイドバックを積極的に攻撃参加させることに難色を示してきたからである。

事実、イヴァノヴィッチとアスピリクエタがそれまでレギュラーとして起用されてきたのも、大半は守備的な理由によるものだった。

右サイドバックのイヴァノヴィッチは、もともとセンターバックからコンバートされた選手で、自然に内側に絞っていく癖があった。彼を起用すれば、センターバックとサイドバックの間に生じるスペースを、最小限に狭めていくことができる。

一方、ピッチの逆側にいるアスピリクエタは、右のサイドバックからコンバートされた選手で、利き足は右だった。このため彼に左サイドバックを任せれば、ピッチ中央に広がるスペースを利き足でカバーしてくれるし、ディフェンスラインが崩れにくくなることも期待できた。

通常、左利きの選手が左サイドバックに起用された場合には、前方にいるチームメイトの大外をまわり、攻撃に参加していくようなプレーが増えていく。だがアスピリクエタは右利きだったため、攻撃の際にもオーバーラップするような場面がほとんどなかった。

ところが両者は、従来とまるで逆の役割を担うことになった。サイドバックに同時に攻め上がれなどという指示を出したのは、コンテが初めてだった。

ただし、コンテはしっかりと予防策も講じている。両サイドバックに攻撃参加を促す代わりに、中盤のマティッチとオスカルはほとんど前に攻め上がらせず、代わりに少し横方向にポジション取りをさせている。これは通常、サイドバックがカバーするエリアとなる。

さらにコンテはカンテをしばしば深く下がらせ、2人のセンターバックのサポート役を命じている。

かくしてチェルシーでは、実質的に5人の選手がフォワードの第1列に並ぶ形になった。両サイドバックが3人のフォワードの両脇に張り、残る5人が中央で守備的な位置につくという仕組みである。

■イングランドにスリーバックが蘇った瞬間

ただし2016／17シーズンのチェルシーは、なかなかエンジンがかからなかった。ウェストハムとワトフォードに勝利を収めたものの、チームは強さを見せつけたわけではなかった。また3戦目でバーンリー相手に幾分ましな試合をしたとはいえ、4節目のスウォンジー戦では引き分けに終わってしまう。そして強豪チームを相手にした初の試金石、リヴァプール戦とアーセナル戦では、試合内容でも相手に圧倒されている。

まずリヴァプール戦では極端に深く引き、ボールをキープすることにも失敗。典型的なチェルシーのスタイルに堕してしまう。

翌週、アウェーのアーセナル戦に臨んだ際には、コンテはディフェンスラインをより高く設定しようとしたが、センターバックの2人とカンテは、アレクシス・サンチェスとメスト・エジルが繰り出すカウンターアタックのスピードにまったく付いていくことができなかった。かくしてチームは、前半だけで0‐3とリードされた。

後半10分、勝負が事実上決してしまった状況の中、コンテは戦術的な変更をおこなうことを決断する。この試合では、週半ばのリーグカップでいいプレーを披露したということで、プレミアリーグで初めてファブレガスが先発に起用されていた。そのファブレガスを下げ、新顔のマルコス・アロンソを投入したのである。

結果、チェルシーのシステムは4‐3‐3から3‐4‐3へとがらりと変化した。

そもそもアロンソが起用されたのは驚きだった。ボルトンやサンダーランド時代の彼は、左サイドバックとしてプレミアリーグの試合に出場した際には、さしたる結果を残していなかったからである。だがアロンソは、フィオレンティーナではウイングバックとして才能を花開かせていた。コンテはそれを踏まえた上で獲得に踏み切り、ついにはスリーバックにシステムを変更したのだった。

たしかに試合は0‐3のまま終了するが、この戦術変更はプレミアリーグの歴史において、もっとも重要なものとなっていく。またチェルシーそのものにとっても、大きな分岐点となったことは指摘するまでもない。コンテは後に「あの決断でシーズンの流れが変わった」と振り返っている。

これ以降、チェルシーは3‐4‐3を一貫して採用。またプレミアリーグ全体で、もっともメンバーが固定されたチームに変貌し、圧巻とも言える連勝を飾っていく。

逆にアーセナルは奇妙な役割を担うことになった。たとえばレスターを率いるクラウディオ・ラニエリが両サイドバックの起用法を改め、フォーバックの面々にゴールそばの深い位置で守らせる方法を採用したのは、２０１５年9月26日にアーセナルに２‐５で大敗したのがきっかけだった。

翌年の9月24日には、今度はコンテが０‐３でリードされた際に、やはり根本的な戦術の変更を決意している。アーセナルはプレミアリーグで優勝を遂げるチームに、２年続けて戦術変更の機会を提供することになった。

■システム変更を支えたアドバンテージ

ただしコンテがスリーバックにシステムを変更したこと自体は、必ずしも驚きではなかった。現に彼は、次のようにコメントしている。

「違うシステムでシーズンをスタートしたが、状況によっては正しいバランスが確保できないことに気が付いたんだ」。コンテは語っている「だから新しい３‐４‐３のシステムに切り替えたが、このシステムは選手たちによくあっていると思う。われわれのチームには、このシステムに対応できるフォワードがいるからね。

このシステムにすれば、ディフェンスだけでなく、オフェンスの面も改善できるだろうと思っていた……選手がこの３‐４‐３システムでプレーできることはわかっていたんだ。心の中では、このやり方ができるはずだといつも思っていた。選手たちの特徴はわかっていたし、クラブと話し合いをしてシーズンに向けた準備をした時から、このシステムは代替案になっていたんだ」

またコンテは、ユヴェントスとイタリア代表監督時代にもスリーバックを経験済みだった。

たしかにコンテはユヴェントスの監督に就任した当時、まずは４‐４‐２のシステムを採用している。

実際には非常に攻撃的なウインガーを起用したため、イタリアのサッカー関係者が、しばしば4-2-4と評するようになった代物である。

だがチームにはトップクラスの3人のセンターバック、ジョルジョ・キエッリーニ、レオナルド・ボヌッチ、アンドレア・バルザーリが名を連ねていたため、コンテは3-5-2にシステムを切り替えることもできた。さらにユヴェントスを3年率いた後、イタリア代表監督に就任した際には、同じセンターバックのトリオを用いて、同じ戦術システムを駆使している。

コンテがセリエAでスリーバックの採用に踏み切ったのは、とある体験に基づくものだった。ウディネーゼやナポリなど、優勝争いの下馬評では評価の高くなかったチームが、スリーバックを武器にチャンピオンズリーグの出場圏内に食い込んでいく様を、目の当たりにしていたのである。

ちなみに当時、ウディネーゼやナポリを当時率いていたフランチェスコ・グイドリンとワルテル・マッツァーリも、2016年にはプレミアリーグのクラブで監督を務めている。グイドリンはスウォンジーを、マッツァーリはワトフォードを率いた。グイドリンはスリーバックをほとんど採用しなかったが、マッツァーリはほとんどの試合で採用している。

とはいえ、戦術的にもっとも大きなインパクトを与えたのがコンテであったことは指摘するまでもない。チェルシーは新たな3-4-3システムで、以降の13試合を勝利する。システムを変更した直後の6試合は失点すら喫しなかったし、最終的にはアーセナルが2002年に樹立した金字塔、プレミアリーグ14連勝という記録に、あと一歩のところまで迫っている。

これを支えたのが、物理的なアドバンテージである。

当時のチェルシーには、2013/14シーズンのリヴァプールや、2015/16シーズンのレスターと同じような有利な材料があった。ヨーロッパの大会に参戦する義務を免れていたのである。コンテ自身、2011／12シーズンにユヴェントスを初めて指揮した時には同じ条件に恵まれたが、これはトレーニンググラウンドでのセッションに、より多くの時間を割けることを意味した。

コンテは戦術練習に異例なほど長い時間を費やしたため、チェルシーの選手たちは新しいシステムをきわめて巧みに使いこなすことができるようになっていく。

コンテが好んだ練習は、トレーニンググラウンドに単純に先発11人を配置し、対戦相手もいない状態でパスのコンビネーションを繰り返し、フォワードもしくはウイングバックのどちらかを、ゴールを脅かせるポジションに送り込んでいくというものだった。

チェルシーの先発11人の中でもっとも自由にプレーするだけでなく、もっともクリエイティブな選手でもあったエデン・アザールは、チーム全体の動き方とパスのコンビネーションを、反復練習によって得られた「オートマティズム」だと評している。

コンテは、チームの陣形を映像で分析することにも非常に力を入れた。これはモウリーニョが選手を一堂に集めてミーティングをおこない、対戦相手の研究をチーム全体の合同作業に昇華させていったプロセスを連想させる。ちなみにコンテは、イタリアの指導者育成機関であるコヴェルチアーノでライセンスを取得した際、ビデオ分析について論文を書いたことでも知られていた。

■選手の間で分かれた明暗

新たなスリーバックが機能したのは、選手との相性にも起因している。3‐4‐3は選手との相性がはるかによかったし、個々のレベルにおいても大きな変化が見られた。

象徴的なのは、ブラジル出身のダヴィド・ルイスだろう。

そもそもダヴィド・ルイスは、一度パリ・サンジェルマンに売却された後、再びチェルシーに呼び戻された選手だった。以前の彼は決して評価が高くなかったし、サッカー関係者からは冷笑されるケースも少なくなかった。事実、チェルシーが再契約を結んだことは、驚きを持って受け止められている。

ところがルイスは守備陣のリーダーに成長。スリーバックの中央でありながら、自由に動き回るという役割を完璧にこなし、プレミアリーグを代表するセンターバックの1人と目されるまでになった。

たとえばコンテは、セントラルディフェンダーが果たすべき役割について次のように解説している。

「セントラルディフェンダーは、より戦術的なプレーをし、より慎重に考えて正しいポジション取りをし、ディフェンスラインが上下方向にシフトする動きを統率していかなければならない」

ダヴィド・ルイスは、コンテの期待に見事に応えてみせた。

同じような変化は、右サイドでも見られた。

すでに2012年にはチェルシーと契約を結んでいたにもかかわらず、その後はローン契約で他のクラブを転々としていたヴィクター・モーゼズが、ついにレギュラーに定着したのである。

その転機となったのもスリーバックの採用だった。モーゼズは運動量の豊富さを評価され、ウイングバックに大抜擢されている。

「僕たちはユニットとして守備の練習をしている」。モーゼスは語っている。「毎日のトレーニングでは、後方でしっかり守れるように、監督が目を光らせている」

結果、アスピリクエタは深い位置に下がり、サイドのセンターバックをこなすことになる。この役割もまた、豊富な運動量が求められる。左サイドで同じ役割をこなしたケーヒルは、そのことをしっかり認識していた。

「今は、もっと走っているような気がするね」。ケーヒルは述べている。「内側に入ってくるだけじゃなく、

（チームが）ワイドに開いていった時には、外に行かなきゃならない。だから今はもっと多くのスペースをカバーしているんだ」

注目すべきは、新たな戦術システムの採用によって犠牲になったのが、チェルシーでもっとも機動力に欠ける2人のディフェンダーだったという点だろう。ブラスニラヴ・イヴァノヴィッチと、ジョン・テリーである。

2人はチェルシーの屋台骨を長らく支え、数々のタイトルをもたらしてきた功労者だが、コンテの下ではチーム作りの構想から完全に外されている。

結局、イヴァノヴィッチは1月に他のチームに移籍。テリーはチームに残ったものの、途中からはベンチ要員となり、タイトルを確定するまで再び先発しなかった。

むしろテリーに関してはシーズン最終戦で先発し、試合に花を添えたのが一番の見所になったほどである。テリーにとってはチェルシーの一員として試合に出場する最後の機会になったが、26分にベンチに下がっている。これはユニフォームの背番号に合わせるためだったと、本人が証言している（ところが実際には、ピッチを去るのにあまりに時間をかけてしまったために、公式記録では28分に交代したことになってしまった）。

これはコンテにとっても好都合だった。チームの組織的なプレーは、先発メンバーが固定されていることに負う部分が大きかった。コンテはその意味でもできるだけ早くテリーを下げ、いつもと同じメンバーで戦いながら、翌週のFAカップ決勝に備えさせようとしていたからである。

■ 変わった要素と変わらぬ要素

コンテが新たに導入したスリーバックには、1つの大きな特徴があった。

ボールを持った際の陣形そのものは、フォーバックを基盤にした以前のシステム、4‐3‐3／4‐1‐4‐1と、まるきり別物になっていたわけではないという点である。

チェルシーの攻撃陣は、センターフォワードのディエゴ・コスタを中心に、その両脇にエデン・アザールとペドロ・ロドリゲスが並ぶ形になっていた。最終的には両ウイングバックのアロンソとモーゼスも上がってくるため、攻撃陣の1列目には以前と同じように5人の選手が揃うことになる。

大外に上がってくる選手こそサイドバック（イヴァノヴィッチ&アスピリクエタ）からウイングバックへと変わっていたものの、最前線に並ぶ選手の数は同じだった。

それを守備の固さに定評のある2人のミッドフィルダーが支え、ピッチの最後方では2人のセンターバックが待ち受ける。その中間で、さらに1人の守備的な選手がスクリーンを張るという構造になっていた。フォーバックの場合、1人の守備的な選手とはカンテを指したが、スリーバックではダヴィド・ルイスが同じ役割を担っている。ダヴィド・ルイスはもちろんスリーバックの一角だが、試合中にはディフェンス陣とミッドフィルダーの間に位置することも多かった。

チェルシーはフォーバックをベースにしていた頃よりも、もっと自然にこのメカニズムを使いこなせるようになった。またカウンターアタックを受けた際の脆さも改善することに成功したし、守備陣全体の機動力も、はるかに高まっていた。

代わりに攻撃陣では、キーマンとなるアザールが、守備の役割をほとんど免除されるようになる。アロンソのようにオーバーラップを持ち味とするウイングバックが加わったことによって、アザールはピッチ中央の好きなポジションに、自由に流れていくこともできるようになっていた。

2015／16シーズンのアザールは、お世辞にも好調だったとは言いがたい。

だがコンテの下で2014／15シーズン頃のような調子を取り戻し、プレミアリーグでもっともコン

Conte's 3-4-3 Chelse in 2016/17

チェルシー ◉ 2016/17 シーズン

シーズン当初、コンテはフォーバックを採用していたが、シーズン途中で3－4－3に変更。最終的にはリーグ制覇を果たす。スリーバックのチームが久方ぶりに優勝したということで注目を集めたが、攻撃の際には両ウイングバックが攻め上がり、1列目に5人が並ぶ形にも変化した

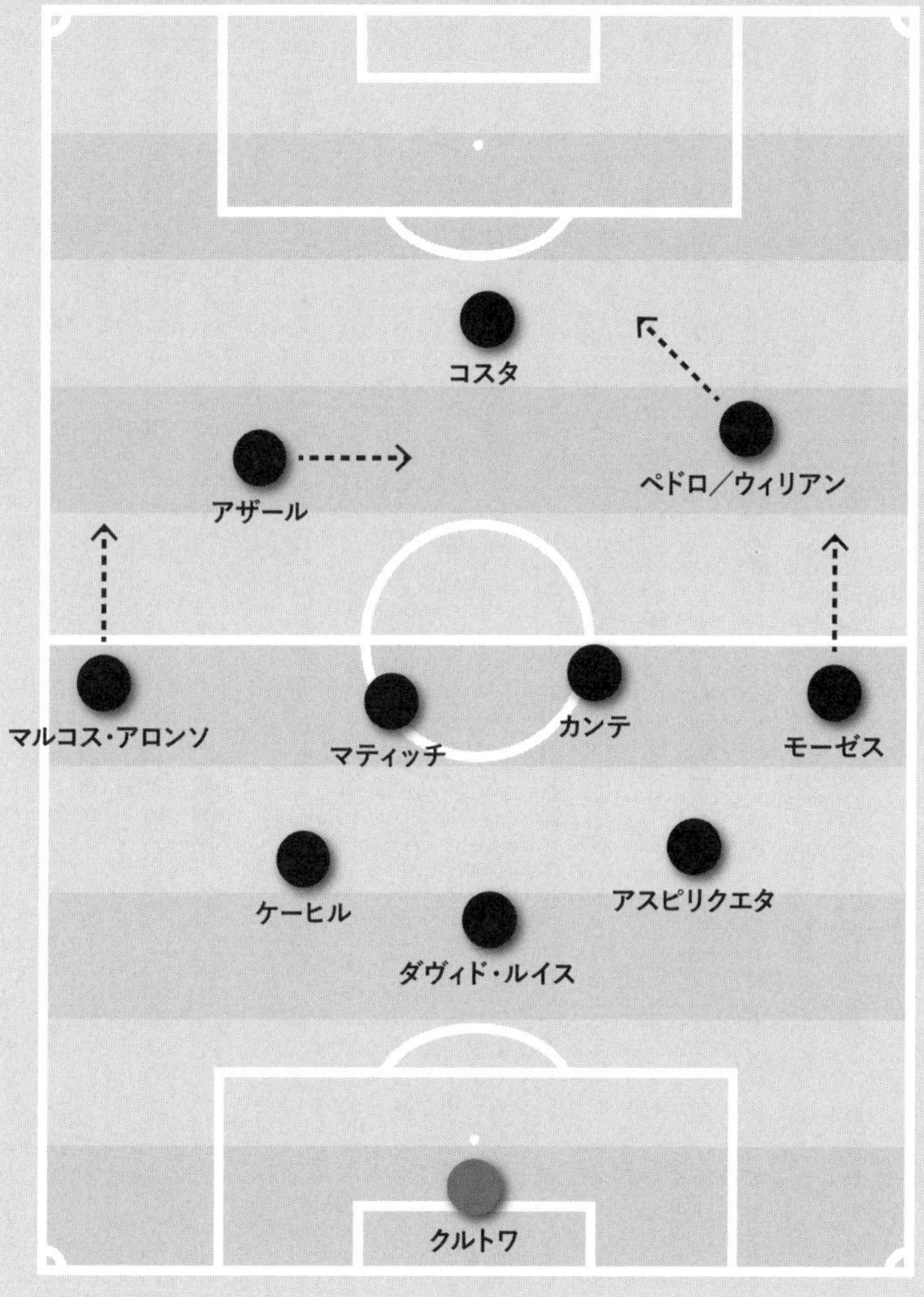

スタントにゴールを脅かすアタッカーとして復活を遂げる。リヴァプールやアーセナルとのビッグマッチでは単独で見事なゴールを決めていたし、ボーンマスやウェストハム戦では、カウンターアタックからすばらしい攻撃を披露した。

一方、アザールの反対側に位置するペドロ・ロドリゲスは、バルセロナ時代と同じように、より高い位置でプレー。相手のディフェンスラインの背後に広がるスペースに頻繁に走り込み、相手のゴールを脅していた。

全体的に見るならば、チェルシーの攻撃陣で自らの役割が変わっていないのは、センターフォワードのコスタだけになった。コンテは前線の選手に対してストライカーに対して深いポジション取りを指示するようになっていったが、コスタにはセンターフォワードの位置に頑として留まるように求めている。

「ディエゴ（コスタ）は、私のサッカーの考え方を理解している。フォワードは常に、チーム全体の目印にならなければいけないんだ」。コンテは説明している。「センターフォワードには、ピッチ上を動き回ってほしくない。むしろ同じ場所に残っていてほしい。ゴールを決めるのを任されている以上、フォワードは正しいポジションにいるべきだからだ。フォワードは、ミッドフィルダーやディフェンダーとは違う」

コスタはこのシーズン、例によって幾度となく物議を醸している。

シーズンが開幕した頃には頻繁にカードを受けたし、1月の移籍市場が幕を開ける前には、中国のクラブに移籍する素振りを見せた。そしてシーズン終了後には、結局コンテから翌シーズンの構想に含まれていないと三行半を突き付けられた。にもかかわらずリーグ戦では、20ゴールを決めたのである。

ピッチ上の深い位置で構える選手たちに関しては、コンテが「中間的なポジション」で起用される選手のバランスをうまく取った点も注目できる。

ウイングバックには、サイドバック出身の選手とウインガー出身の選手、いずれを起用すべきなのだろうか？　スリーバックの両サイドには本来センターバックの選手が望ましいのか、それともサイドバックが本職の選手が適任なのだろうか？

イングランドの他のクラブは、フォーバックからスリーバックに切り替える際にこの問題に頭を悩ませた。だがコンテは実に巧みな手を打っている。

まずウイングバックに関しては、マルコス・アロンソとモーゼスを組み合わせ、サイドバックとウイング、両方のポジションから1人ずつ選手を選ぶ形を採った。スリーバックの両サイドも然り。コンテはセンターバック出身のケーヒルと、サイドバック出身のアスピリクエタを起用することで対応している。

特にアスピリクエタは2016／17シーズン、チェルシーの選手の中で全38試合、合計3420分間プレーし続けるなど、コンテからもっとも信頼された選手となった。

これは類い稀な適応能力にも起因している。

本来、彼は右サイドバックの選手だったにもかかわらず、左サイドバックでプレーするようになっていた。しかもコンテの下では、右サイドのセンターバックにコンバートされ、さらに左サイドのセンターバックや右のウイングバックもこなしている。しかもいずれのポジションにおいても、信じられないほど安定したプレーを披露した。

アスピリクエタが体現したポリバレント性は、アレックス・ファーガソンがマンチェスター・ユナイテッドで次々とタイトルを手にしていった頃、チームを支えた面々を連想させる。

ちなみにファーガソンが、この手の選手の重要性を認識するようになったのは、マルチェロ・リッピ率いるユヴェントスに名を連ねていた選手たち――戦術的な意識が高く、様々なポジションを巧みにこなす、ユーティリティプレーヤーを目の当たりにしてからである。コンテは当時のユヴェントスにおいて、高い適応能力を発揮した選手の1人だった。

■マンチェスター・シティとの大一番

2016／17シーズン、プレミアリーグのライバルチームは、3‐4‐3を駆使するチェルシーに手を焼くようになる。フォーバックを敷いた場合、5人で攻撃を仕掛けてくるチェルシーに対して、守備陣がどうしても数的不利に置かれるためだ。

この問題を解決すべく、多くの監督たちは対抗措置を講じるようになる。そこで採用されたのが、チェルシーと同じスリーバックを採用にするという手段だった。

まず11月初め、これを最初に試みたのがエヴァートンのロナルド・クーマンだった。

ところがクーマンの対策は、完全に裏目に出てしまう。ワイドなポジションに大きく開いたチェルシーのフォワード陣は、エヴァートンのウイングバックの裏にぽっかりと空いたスペースを、カウンターアタックで突いたからである。

結局クーマンは、ハーフタイムを迎える以前にフォーバックに戻すことを余儀なくされただけでなく、最終的に0‐5で完敗を喫することとなった。

むしろチェルシーにとってもっとも印象深い試合となったのは12月初め、マンチェスター・シティに3‐1で勝利した一戦だった。

試合に先立ち、グアルディオラはコンテを「今の時点では、世界最高の監督だろう」と表現。コンテも、グアルディオラがはるかに多くのタイトルを取ってきたことを指摘して、相手を讃えている。

この一戦はプレミアリーグ史上、もっとも高度な戦術戦が繰り広げられたケースになったと言える。

グアルディオラは試合に臨むに当たり、ウイングバックを前に張り出した3‐2‐4‐1という、奇妙なシステムを採用している。これは中盤を支配しつつ、相手のウイングバックに高い位置でプレスをかけるために考え出されたものだった。

グアルディオラが敷いたシステムは、シティのスリーバックがチェルシーのスリートップに対して剥き出しになることを意味したが、いざ試合が始まってみるとシティがチェルシーを劣勢に追い込んでいく。

まず前半のアディショナルタイムには、ヘスス・ナバスが右のウイングからクロスを供給。ギャリー・ケーヒルのミスを誘い、オウンゴールから先制点を奪う。さらには、ずば抜けたプレーを披露していたケヴィン・デ・ブライネが古巣から追加点をあげ、シティのリードを広げるかに思われた場面もあった。彼は絶好のチャンスに恵まれたにもかかわらず、なぜかシュートはバーを直撃している。とはいえシティが楽に勝負にケリを付けていても、何らおかしくなかった。

ところが後半、チェルシーの選手たちは相手の守備陣が手薄なことにつけ込んで猛反撃に転じ、3点を奪い返す。

まず60分にはディエゴ・コスタがロングボールを胸でトラップし、ニコラス・オタメンディを手で押さえ込みながら強烈なシュートを叩き込む。コスタはその10分後、今度はオタメンディをターンでかわしてスルーパスを供給し、ウィリアンに2点目をお膳立てする。さらに終了間際には、アザールがアレクサンドル・コラロフの追走をかわして冷静にゴールを決める。こうしてチェルシーは3－1で逆転勝利をものにした。

いずれの場面でも、チェルシーのアタッカーはロングボールやスルーパスから単独で抜け出し、マッチアップしていた相手を振り切ってゴールを奪っている。三度のゴールシーンは、チェルシーのスリーバックに対して同じスリーバックで臨むことが、いかに危険であるかを浮き彫りにしたとも言える。

それでもプレミアリーグでは、スリーバックを採用する監督が増えていった。

フォーバックを採用した場合には、内側に流れていくアザールとペドロを捕まえにくい。またチェルシーのウイングバックを追走するのは、サイドバックにすべきか、あるいはワイドに開いたミッドフィルダーにすべきかも判断しなければならない。このため多くの監督は3‐4‐3を使い、チェルシーのウイングバックに対して自軍のウイングバックを直接、マッチアップさせようとしたのである。

■スリーバックが勝利する必然性

コンテは2016年が終わるまでには、プレミアリーグの新記録にあと一歩と迫る13連勝を記録。さらには月間最優秀監督を3ヶ月連続で受賞した、最初の人物にもなる。

だがチェルシーは2017年の最初の試合、トッテナム戦で敗北を喫してしまう。マウリシオ・ポチェッティーノは3‐4‐3で真っ向勝負を臨み、アグレッシブなプレッシングを展開している。さらにはまったく同じような得点パターンから2ゴールを決め、チェルシーのスリーバックの弱点を暴き出した。クリスティアン・エリクセンは、ファーポスト側に二度クロスを供給。デレ・アッリはアスピリクエタよりも高さに優ることを活かし、2回ともヘディングでゴールを決めてみせた。

この試合結果は、チェルシーにとって優勝争いの最大のライバルとなるのがトッテナムであることを示唆していた。だが結局、チェルシーはさほど首位の座を脅かされなかったし、スリーバックの戦術システムも対戦相手を圧倒し続けていた。

もっともわかりやすい例は2月にアーセナルを3‐1で破った試合において、マルコス・アロンソが先制点を決めたシーンである。

このゴール自体は、アロンソの荒っぽいプレーによって物議を醸している。アロンソは、ゴール前に飛んできたルーズボールに猛然と突進。同じスペイン出身の右サイドバックであるエクトル・ベジェリンを空中戦でなぎ倒し、相手を脳震盪で退場に追い込んでいる。

だが戦術的に見るならば、3‐4‐3を採用するチームが、いかにしてフォーバックで守る相手を崩していくのかを如実に示すケースとなった。

アーセナルの守備陣は、自分たちが攻撃を組み立てていく際には理想的な陣形を保っていた。だが相手にボールを持たれると、ピッチ上にほころびが生じていく。

左サイドバックのナチョ・モンレアルは、チェルシーの右ウイングバックであるモーゼスにおびき出される。一方、センターバックのローラン・コシールニーとシュコドラン・ムスタフィは、ペドロとアザールハザードを律儀に追走したため、ベジェグリンはファーポスト側で孤立し、ディエゴ・コスタとアロンソの2人を、1人で相手にする形になっていた。

そもそもチェルシーは、敵陣で5対4の数的優位に立つことができる。これに加えて敵のディフェンスラインをサイドに引きずり出せば、ウイングバックはファーポスト側でさらにフリーになり、得点を狙えるようになっていた。

たとえば11月におこなわれたトッテナムにおいて、モーゼスが決勝点を決めたシーンなどは、この種のアドバンテージが活かされた典型的なケースだと言える。一方、アロンソは3‐0で勝利したレスター戦とミドルズブラ戦において、やはり同じような状況からゴールを奪っている。

これらの試合に関しては、チェルシーのスリーバックがボールを持った際に、非常に流動的に動いたことも特筆できる。レスターに勝利した試合では、ダヴィド・ルイスがずば抜けたパフォーマンスを披露している。ディフェンスラインから前に出て、中盤のディープ・ライニング・プレーメイカーを務めあげた。

すでに降格が決まっていたミドルズブラを破った一戦では、右サイドのセンターバックであるアスピリクエタがボールを持つたびに攻め上がり、相手を誰よりも脅かしている。

試合終了時点での「平均ポジション」のデータからは、彼が2人のセントラルミッドフィルダー、マティッチとファブレガスよりも前のポジションにいたことが読み取れる。ちなみにファブレガスはアシストのスキルがコンテに評価され、シーズン後半に徐々に戦列に復帰するようになっていた。

だがアスピリクエタのプレーは、フォーメーションを実質的に3-2-5から2-3-5へと変化させる効果ももたらした。このようなポジショニングの変更は、ワントップを採用したチームと対峙した際に数多く見られた。コンテは、ディフェンダーがだぶついている状況を嫌ったのである。

■フォーバック時代に打たれた終止符

シーズン終盤、チェルシーは一気にタイトルへ邁進していく。

事実、2017年の年明けにホワイト・ハート・レーンでトッテナムに苦杯をなめた後は、10ポイントしか落としていない。それどころかプレミアリーグの歴史において、シーズン中に30勝をあげた最初のチームになっただけでなく、最終的に勝ち点93ポイントを獲得している。これは2004/05シーズン、モウリーニョ時代のチェルシーが記録した95ポイントに次ぐ、歴代2位の成績だった。

また2004/05シーズンのチームと2016/17シーズンのチームには、他にもいくつかの共通点が見られた。

まずモウリーニョが秋に4-3-3にシステムを変更してからリーグを席巻したように、コンテも秋に3-4-3に軌道修正をおこなってから、タイトルレースをリードし始めている。

またチェルシーは、いずれの場合にも圧倒的な強さを見せつけ、他のチームの戦術変更を促した。

現に2016／17シーズンも、チェルシーを封じ込めるためには、相手と同じフォーメーションで臨むのが最適だという考え方が広まっていく。前方からプレスをかける場合には、この方法がとりわけ有効なような印象を与えたため、多くのチームが3‐4‐3の採用に踏み切っていく。結果、他のチームもスリーバックに対抗することを余儀なくされ、スリーバックはさらに普及していったのである。

長年見慣れたフォーバックがお蔵入りし、新たな布陣がピッチ上に次々と描かれていく。移り変わりの早さには、まさに目を見張るものがあった。

2015／16シーズン、プレミアリーグのクラブチームがスリーバックで試合をスタートしたケースは31回に留まっていた。だが2016／17シーズンには130回まで激増する。シーズンが終了する時点では、少なくとも1試合以上をスリーバックでスタートしたチームの数は、全20チーム中、17チームを数えていた。

これら17チームの中で、もっとも周囲を驚かせたのはアーセナルである。

アーセン・ヴェンゲルの下、アーセナルは過去20年間におこなわれた1000試合以上をフォーバックで戦い続けてきた。ところがヴェンゲルは、チェルシーとトッテナムが3‐4‐3を駆使して好成績をあげる姿を目の当たりにし、春になるとついにスリーバックの採用を決断する。ましてやチームは、直近のリーグ戦を8試合消化して勝ち点を7ポイントしかあげられないという、惨憺たる状況に陥っていた。

この歴史的決断は実を結ぶ。

たしかにミドルズブラに2‐1で辛勝した試合では、新たなシステムへの対応を巡ってプレーがぎくしゃくする場面も見られた。ところがこれを乗り越えると、チームは一気に復調。3‐4‐3で臨んだシーズン終盤の10試合で、なんと9勝をあげていく。唯一の敗戦は、すでにスリーバックを採用していたトッテナムに0‐2で敗れたケースだけだった。

とはいえ、この試合を落としたことにより、アーセナルはヴェンゲルを監督に迎えてから初めて、地元ライバルの後塵を拝することが決まってしまう。

また戦術システムの変更をきっかけに快進撃が始まっても、アーセナルはチャンピオンズリーグ出場の条件となる、ベスト4に食い込めなかった。これもヴェンゲル時代になってから初めての屈辱である。

だがアーセナルは、FAカップの準決勝ではマンチェスター・シティを2－1で振り切ることに成功する。ウェンブリーでおこなわれた決勝では、コンテが率いるチェルシーにも2－1で競り勝ち、優勝を飾るまでになった。

しかも2－1という最終スコアは、試合の内容を正確に反映したものでさえなかった。アーセナルはセンターバックのコシールニー、ムスタフィ、ガブリエルをいずれも欠いていたにもかかわらず試合の流れを支配し、プレミアリーグの優勝チームに土を付けている。

ヴェンゲルは大一番に臨むに際し、サイドバックのモンレアルと若手のロブ・ホールディングをスリーバックの両サイドに配置し、ペール・メルテザッカーをセンターに起用している。キャプテンを務めるメルテザッカーは、シーズン全体を通して37分しかプレーしていなかったにもかかわらず、一貫して堂々としたプレーを披露。一方、アレクシス・サンチェスとオリヴィエ・ジルーは、貴重なゴールをもたらしている。かくしてヴェンゲルはFAカップ史上最多となる、7回の優勝を経験した初の監督にもなった。

逆にコンテにとっては、なんとも皮肉な幕切れとなった。

そもそもコンテが3－4－3に踏み切ったのは、アーセナル戦に1－3で敗れた試合からだった。ところが戦術変更で結果を出すようになった結果、ヴェンゲルも同じスリーバックを採用するようになる。それが最後には、コンテの二冠達成を阻んだからである。

プレミアリーグの歴史で幾度となく見られたように、コンテもまた自らがもたらした戦術進化の犠牲になった。しかし因果応報のサイクルは、明らかに早くなっている。過去のケースでは、選手や監督が成功を収めてから2、3年後にしっぺ返しを食らってきた。これに対してコンテは1年を待たずして、シーズン中に成功のつけを払わされている。

とはいえコンテが与えた巨大なインパクトは、素直に讃えられるべきだろう。

スリーバックを採用するチームがイングランドのトップリーグを最後に制したのは、ハリー・キャタリックの率いるエヴァートンが、1962／63シーズンに王座に輝いた時点まで遡《さかのぼ》らなければならない。コンテは、以降50年間も続いていた状況、フラットなフォーバックが君臨する時代についに終止符を打ったからである。

コンテは変貌を遂げるプレミアリーグの状況について、次のように語っている。

「イングランドではなにかが変わってきていると思う。いろんな国からいろんな指導者がやってきて、以前と違う新しいアイディア、新しい方法論、新しいサッカー哲学を導入している」

ただしある意味では、これは見慣れた光景でもあった。カントナからコンテに至るまでの25年間、プレミアリーグにおける戦術進化は、ほぼ全面的に海外からの影響に依存してきたからである。

第26章

シティにまつわる100の物語

「遅かれ早かれ、監督はプレミアリーグで自分の力を証明しなければならない」（ペップ・グアルディオラ）

■ ついに登場した稀代の戦術家

2016年の夏、マンチェスター・シティの監督に就任したペップ・グアルディオラには、大きな期待が寄せられていた。彼ほどプレミアリーグへの登場が待望された監督は、他にいなかったと言っていいだろう。

イングランドのサッカー界は、プレミアリーグこそがヨーロッパでもっとも高い評価を得ている監督たちが集うべき場所だと、自認するようになっていた。

それだけに2013年、グアルディオラがプレミアリーグの巨人ではなく、ドイツサッカー界の皇帝であるバイエルン・ミュンヘンを選んだ際には、多くの人が肩を落としている。

だが3年後、グアルディオラはプレミア行きをついに決意する。彼に決断を促したのは、古くからの友人であり、バルセロナでもともにクラブを運営したチキ・ベギリスタインだった。ベギリスタインはシティにおいて、サッカー部門のディレクターを務めていたからである。

「チキは僕の人生にとって本当に、本当に大切な存在になってきた」。グアルディオラはシティの監督に就任した際に述べている。「自分がまだまったく無名で、何の実績がなかった頃も、彼は僕を信頼してバルセロナを任せてくれた。すばらしいクラブとすばらしい選手たちをね。僕は彼にこう言ったことがある。僕はいずれイングランドに行くし、君がどこかのクラブに関わっていたら、君のところに行くよとね。チキがこのクラブにいるというのは、僕にとってきわめて重要だった」

グアルディオラが指揮を執り始めると、関係者の期待はさらに高まっていく。

むろん、1996年からアーセナルを率いたアーセン・ヴェンゲルや、2004年にチェルシーの指揮を執り始めたジョゼ・モウリーニョも、他のクラブを驚かせるような新機軸を導入している。だがグアルディオラこそは、イングランドのサッカー界がかつて目撃したことがないようなサッカーを実現させるだろうと考えられていた。

とはいえ、これは容易な作業ではなかった。新たなアイディアを持ち込んで成功を収めるためには、大きなインパクトを与えることが不可欠になる。だがグアルディオラの影響は、すでにブリテン島にも強く及んでいた。

たとえばグアルディオラは2008年から2012年まで、バルセロナを率いて圧倒的な強さを発揮した。この4年間にはスペイン代表が国際大会を総なめにしたため、プレミアリーグでも「ティキ・タカ」は広く認知されるようになっていた。辛抱強くパスを回していくスタイルを評価するような、新たな土壌が育まれたことはすでに指摘したとおりである。

だが現実的には、プレミアリーグのクラブは、本家本元に遠く及ばなかった。アーセナルとマンチェスター・シティはポゼッションサッカーを追求したとはいえ、グアルディオラが指揮したチームに比べれば、戦術的に洗練されていなかったと言わざるを得ない。

これはサッカー文化にも原因がある。

たしかにグアルディオラの才能を疑う人はほとんどいなかった。またバルセロナとバイエルンで成し遂げた実績が、高く評価されていたことも繰り返すまでもない。

だがイングランドには、グアルディオラが掲げるサッカーのイデオロギーと、本質的に折り合わないような要素も色濃く残っていた。

事実、サッカー関係者の中には、グアルディオラがプレミアリーグに完全に適したチームを構築できるか否かについて、疑念を口にする人々もいた。その理由としてあげられたのは天気の悪さ、過密を極める冬の試合日程、ファウルをあまり取ろうとしない審判の基準、そして昔ながらのロングボールを駆使する格下チームの存在といった要素である。そもそもイングランドサッカーは、昔からフィジカルの強さに重きを置いてきた。テクニックを何より尊ぶアプローチとは、根本的な発想自体が異なっていたのである。

だがグアルディオラは、このような条件を承知の上でシティを率いることを決断。プレミアリーグという名の新天地で、ポゼッションサッカーを次のレベルに進化させようと試みた。

■ 現代に復活した逆のピラミッド

グアルディオラはマンチェスター・シティの監督に就任するやいなや、非常に独創的な戦術システムを導入している。バルセロナとバイエルンを率いていた頃と同じように、中盤の抑え役を1人だけにする方法を好んだのである。これはミッドフィールドの中央に2人の選手を配置するという、シティの伝統的なアプローチと異なっていた。

そのキーマンとなったのは、ブラジル代表の守備的ミッドフィルダー、フェルナンジーニョだった。

もともとフェルナンジーニョは、ボックス・トゥ・ボックス型のミッドフィルダーだったが、より守備的に試合をコントロールしていく役割を担うようになり、ヤヤ・トゥーレとコンビを組んでいた。

だが彼はグアルディオラの監督就任によって、1人で中盤の抑え役を務めるようになる。これに伴い、トゥーレは居場所を失っていった。

一方グアルディオラは、ケヴィン・デ・ブライネとダビド・シルバをフェルナンジーニョの前方に並べ、「8番」（セントラルミッドフィルダー）として起用するという大胆な策も採った。

従来、デ・ブライネとシルバは、もっと攻撃的な役割を担う選手だと見なされていた。基本的にはいずれも「10番」タイプであり、必要とあらばワイドに大きく開いたポジションでプレーしつつ、内側に流れてくることもできる選手だと考えられていた。

その意味ではデ・ブライネであるとシルバであるとを問わず、いずれかを後方に下げて起用するということ自体、かなり勇気のいる決断になるはずだった。

本来「8番」の選手は、守備陣と攻撃陣をつなぐ役割もこなさなければならないし、「10番」の選手よりもかなり運動量が求められてくる。ましてやシルバやデ・ブライネのようなタイプにこの役割を授けようとするなら、額に汗して精力的に走り回るハードワーカーとコンビを組ませるのが定石になる。

ところがグアルディオラは、デ・ブライネとシルバの両方を中盤に組み込み、その背後をフェルナンジーニョにガードをさせる方式を採った。結果、2017／18シーズンのシティでは、プレミアリーグ史上、もっともテクニックに秀でたトリオが形成されることになった。

しかもデ・ブライネとシルバは、巧みに連動しながらすぐに新しい役割をこなしてみせた。とりわけチャンピオンズリーグのプレーオフ、ステアウア・ブカレスト戦では圧巻のプレーを展開している。この試合はアグエロがハットトリックを達成。二度のPKをはずしたにもかかわらず、シティが5－0で相手を一蹴した試合として印象深い。デ・ブライネとシルバはパスを交換しながら中盤を走り続け、ゲームを動かし続けた。

「これは（今までと）違う役割なんだ」。デ・ブライネは、自分が担った新たな役割について解説している。「監督は独自の戦術を使っている。僕は10番としてじゃなくて、どこにでも動き回る『自由な8番』としてプレーしたんだ」

以前にシティがタイトルを獲得した際には、ワイドに開いたプレーメイカー、シルバとサミ・ナスリが内側に流れてくることによってチャンスが作り出されていた。

だがグアルディオラは、シルバとデ・ブライネを中央に固定する一方、ワイドに開いたポジションには純粋なウインガーを配置している。しかも彼らは大抵の場合、利き足と同じサイド、つまり「順足」の位置についた。右サイドにはラヒーム・スターリングを、左側には新加入のレロイ・サネがおもに配置されている。彼らはタッチライン沿いに張り続けることによって「幅」を確保し、敵のフォーバックを横方向に間延びさせる役割を請け負っていた。これはグアルディオラがバルセロナ時代、ワイドな位置に開いた攻撃的選手に求めていたのと同じプレーである。

両サイドにウインガーがいれば、敵のセンターバックとサイドバックの間には必然的にギャップが生まれる。そこにデ・ブライネとシルバが、フォワードと絡みながら飛び込んでいくというのが、シティの攻撃パターンになっていた。

結果、グアルディオラ指揮下の新生シティでは、サネ、シルバ、アグエロ、デ・ブライネ、そしてスターリングという5人が攻撃陣の1列目に並ぶ形が頻繁に見られた。ピッチ全体に配置された選手の位置に着目するなら、シティの試合では1世紀ほど前、イングランドのサッカー界で幅広く採用されていた逆型のピラミッドに似た陣形が蘇ったのである。

とはいえ「ファイブトップ」のようなシェイプには、相応の危険も伴う。抑え役のミッドフィルダーであるフェルナンジーニョにかかる負担が、当然のように大きくなってしまう。

しかしグアルディオラは、バイエルン・ミュンヘン時代と同じような方法でこの問題に対処した。サイドバックを内側に絞らせ、中盤における守備をサポートさせたのである。

ちなみにバイエルンでは、若い頃はいずれもミッドフィルダーで、間違いなく世界トップクラスのサイドバックに成長したフィリップ・ラームとダヴィド・アラバを起用している。シティではテクニックの面で見劣りし、いずれも30代を超えていたガエル・クリシー、バカリ・サニャ、パブロ・サバレタに、新たなノウハウを教えることになった。

この方式は2016／17シーズンの開幕戦、サンダーランドに2-1で勝利を飾った一戦では特に顕著に見られた。右のサイドバックであるサニャと、逆サイドのクリシーは内側に移動し、守備的ミッドフィルダーのフェルナンジーニョと中盤のトリオを形成したのである。

しかもフェルナンジーニョは後方に下がり、2人のセンターバックの中間に当たるようなポジション取りをしたため、シティはフォーバックをベースにしながら、実質的にはスリーバックに近いような布陣にも変化していった。

フェルナンジーニョはサイドをケアすることもできたため、ディフェンスラインはフォーバックからツーバック、あるいは独特なスリーバックへと自在に変化している。このスリーバックもまた、数十年前のアーセナルのフォーメーションを彷彿とさせるものだとして大きな話題を呼んでいる。

■ラディカルな選手起用

グアルディオラの独特な方針は、選手を獲得する際にも発揮されている。

必ずしも守備の堅さが売り物ではないディフェンダーも、エヴァートンからわざわざ招き寄せられたのである。それがジョン・ストーンズだった。

ストーンズは、ボールを持った際にはすばらしいプレーを披露するものの、守備でしばしばミスを犯す選手としても知られていた。ところがグアルディオラは、ストーンズをセンターバックに起用。さらにはストーンズのパートナーとして、アレクサンダル・コラロヴまで抜擢している。コラロヴは本来、非常に攻撃的なプレーをする左サイドバックで、11番のユニフォームが欲しいと言い張ったことさえあるような選手だった。

ストーンズとコラロヴが起用されたのは、オーソドックスな守備の能力ではなく、パスをつないでいく能力が買われたからに他ならない。このような差配には、フィジカルの強さではなくテクニックを重視するスタンスが端的に表れていた。

ただし守備陣に関してもっとも注目すべきは、シティでもイングランド代表においても正ゴールキーパーを務めてきたジョー・ハートを、すぐに放出したことだろう。

ちなみにハートはそれまでの数シーズン、苦しみ続けていた。ベーシックなゴールキーピングのレベルが落ちていたからである。事実、ハートはＥＵＲＯ２０１６でイングランドがアイスランドに１－２で敗れた際にも、致命的なファンブルを1回犯していた。だがグアルディオラがもっぱら問題視していたのは、ボールフィードのスキルの乏しさだった。

「最初に話をした時、彼は僕に不安を感じていると言ってきたよ」。ハートは語っている。「僕は彼と握手したし、プロとして正直な意見だと言ったけれど、指摘されるのは嫌だった」

結局ハートはプレミアリーグの他のクラブに移ることもできず、イタリアのトリノにローン契約で移籍するという決断を余儀なくされる。トリノは長い歴史を誇る古豪だったが、２０１５／１６シーズンはセリエＡを12位で終えたばかりだった。

ハートはイングランド代表でも、不動のレギュラーとなっていた。それだけにトリノへ向かったのは衝撃的だったが、このような人選もまた、グアルディオラがイングランドサッカーに革命を起こしつつある最初の兆候となった。

■ゴールキーパーを巡る誤算

ハートの代わりに招かれたのは、クラウディオ・ブラボだった。

ブラボは過去数シーズン、バルセロナでまずまずの実績を残していた。最大の特徴はスウィーパー・キーパー的なプレースタイルであり、バルセロナにはおもに卓越したフィード能力を買われて招かれていた。またブラボは、ディフェンスラインを高く設定するチリ代表でも、印象に残るプレーでアピールしている。ちなみにチリ代表を一時期率いていたのは、あのマルセロ・ビエルサである。

結果、ブラボはグアルディオラのシティにとっても理想的な人材だと目されたが、彼は身長が183センチしかなく、プレミアリーグでもっとも背の低いゴールキーパーの1人にもなっていた。

しかもブラボは考え得る限り、もっとも厳しい試合においてプレミアリーグにデビューする。オールド・トラフォードでおこなわれた、マンチェスター・ダービーである。

たしかにブラボは、モダンなゴールキーピングを完璧に実践してみせた。

まずシティがパス交換から攻撃を組み立てていく際には、ペナルティエリアから大きく前に出て、3人目のセンターバックのようなポジション取りをしている。またボールを持った際にも存在感を発揮。ケヴィン・デ・ブライネが先制点を記録した際には、ビルドアップの起点にもなっていた。

しかしブラボは大きなミスを犯し、ゴールキーパーとしての根本的な欠点も露呈している。

まずウェイン・ルーニーがフリーキックから放ったハイボールを処理しようとした際には、ボールをイブラヒモヴィッチの前に落とし、アクロバティックなボレーシュートを決められている。

さらに、ペナルティエリアにジェシー・リンガードが侵入してくると、パスコースを消そうと無謀に突進し、楽々とイブラヒモヴィッチにボールをつながれてしまう。幸い、イブラヒモヴィッチがボールを蹴り損ねたため、命拾いをする格好になった。

ブラボのミスはこれ以降も続く。ペナルティエリアでストーンズからバックパスを受けた際には、目の前にいたアンデル・エレーラをドリブルでかわそうとしたものの、ボールを持ち出し過ぎたためにルーニーに詰め寄られ、両足タックルで必死に防がざるを得なくなる。

これはきわめて悪質なタックルだった。ブラボがフィールドプレーヤーだったならば、確実にPKが与えられていただろう。ちなみにルーニーは意趣返しをしている。ブラボがコラロヴに横パスを出した後に、不要なレイトタックルを見舞ったのだった。

結局ブラボは、自らのスキルを発揮するというよりも、まるでスウィーパー・キーパーのパロディのようなプレーに終始してしまった。

たしかにボールを持った時には、何度かきらりと光るものを見せる場面もあったものの、ゴールを不用意に離れたところで相手に捕まる傾向があったし、足下でボールを処理する際にもミスを犯している。何より、ゴールをしっかり守るという基本的な役割をこなしきれていなかった。

ただしチームが2-1で勝利を収めたこともあり、グアルディオラは満足気な様子を見せていた。

「今日のブラボのプレーは、これまで見てきた中で一番いいものの1つだった」。グアルディオラはこんな発言までしている。「僕はキーパーにもプレーに絡んでほしい。ゴールが決まった後も彼はプレーし続けた。これは僕にとってきわめて大切だ」

グアルディオラは、ゴールキーパーがポゼッションサッカーの起点になることの大切さを説いていた。サッカーの戦術を一変させたバックパスのルール変更からすでに24年が経っていたが、シティ以外のチームでも、ゴールキーパーが足下でボールをさばいていく大切さは強調され続けていた。とりわけグアルディオラは、さらに斬新な発想でゴールキーパーを活用しようとしたのである。

■破綻し始めたグアルディオラの目論見

2016／17シーズン、グアルディオラは開幕から6連勝を飾り、幸先のいいスタートを切っている。ところがシーズンが深まり、リーグ戦が冬に差し掛かるとチームは徐々に失速。特に12月初めから1月中旬までは、8戦して4回も敗北を味わった。

アントニオ・コンテ率いるチェルシーには1－3で逆転負けを喫し、レスター戦は2－4で力負けする。リヴァプールには0－1で振り切られ、最後はエヴァートンに0－4で完敗するという有様だった

古い世代の評論家たちは、イングランドサッカー界で厳しい冬を乗り切るには、何を置いてもフィジカルの強さと逞しさが必要だと主張していたが、まさにその手の懐疑論を裏付けるような形になった。

たしかに一番の難所を乗り越えると、シティは復調していく。1月中旬以降はチェルシーに一度敗れたのみで、最終的にはプレミアリーグを3位で終えている。

だがグアルディオラは、現実と妥協することも余儀なくされた。シティがグアルディオラを受け入れたように、グアルディオラ本人もシティの状況を受け入れ、自らが掲げるビジョンと擦り合わせをおこなわなければならなくなった。

わかりやすい例としては、ゴールキーパーの人選があげられる。

グアルディオラはジョー・ハートを放出してまでクラウディオ・ブラボを招いたものの、彼はゴールを守るというごくごく初歩的なプレーを全うできないこともあった。たとえば1月には6本枠内シュートを打たれて、そのまま6点を奪われる場面も見られた。たしかに足下の技術は一流でも、ミスの多さはもはや無視できないレベルになっていたのである。結果、シティでは控えのゴールキーパーだったウィリー・カバジェロが、徐々に先発に起用されるようになる。

ディフェンダーも然り。

グアルディオラが導入した「偽のサイドバック」(サイドバックが中央に絞り、中盤のサポート役に回る方法)は大きな注目を集めたし、シーズン序盤には機能したこともある。また夏の移籍期間には、後方からゲームを組み立てていくスタイルを定着させるため、ジョン・ストーンズも獲得されている。

だがシティのサイドバックはベテラン揃いで、基本的にはテクニカルな選手たちではなかった。結果、実際の試合では、よりオーソドックスなポジション取りをするようになっていく。

これに合わせて、センターバックの組み合わせも見直された。

当初、グアルディオラはストーンズとコラロヴを起用して周囲を驚かせたが、最終的にはフィジカルが強く、よりアグレッシブなプレーができるヴィンセント・コンパニとニコラス・オタメンディがレギュラーの座に返り咲いている。

軌道修正は中盤にも及んでいる。

もともとグアルディオラは、フェルナンジーニョを4-3-3の守備的ミッドフィルダーに起用し、その前方にデ・ブライネとダビド・シルバを配置する形を取っていた。

ところが途中からは、フェルナンジーニョ1人に守備のスクリーンを張らせることをやめ、ヤヤ・トゥーレと4-2-3-1の中盤でタッグを組ませた。このような陣形の変化は、当然のようにも前方にも影響を与える。デ・ブライネは新たに与えられた役割をひとまず封印し、ワイドに開いた攻撃的ミッドフィルダーとしてしばしばプレーするようになった。

結果、シーズンが終わる頃には、シティの戦術的なメカニズムと先発11人の顔触れは、ペレグリーニがチームを率いた前シーズンのものと、きわめて似通ったものになってしまっていた。

たしかにグアルディオラ体制の1シーズン目、チームの勝ち点は66ポイントから78ポイントへと増えている。だがタイトルを獲得できない状況は、何ら変わっていなかった。また優勝チームに水をあけられるのも以前と同様だった。2015／16シーズンは、レスター・シティが81ポイントを獲得して、歴史的な偉業を達成している。2016／17シーズンには、チェルシーが93ポイントに勝ち点を伸ばしたため、シティは2シーズン連続で、首位から12ポイントも引き離される格好になった。

■ ペップの前に立ちはだかった壁

かくして浮かび上がったのが、本当にシティは生まれ変わったのかという新たな疑問だった。

そもそもグアルディオラが目指したのは、シティを本当の強豪チームに変貌させることだった。シティは2012年と2014年、プレミアリーグをすでに制していたが、どちらの場合も圧倒的な強さを発揮して優勝を決めたわけではなかったからである。

むしろシティは、トップクラブの中では少し存在感が希薄だったし、戦術的なナイーブさを露呈することもあった。基本的なプレースタイルそのものが、選手個々の能力に依存しており、チームとして完成の域に達していたとは言いがたい。このような状況を変えるために招かれた人物こそ、グアルディオラであるはずだった。

ドライな見方をすれば、この時点ではグアルディオラを招いた効果は、さほど現れていなかったと言えるだろう。イングランドのサッカーに対応するのは、彼のような監督にとっても容易ではなかったのである。

2016／17シーズンのシティは、見事なプレーも披露したものの、エヴァートンやサウサンプトン、ミドルズブラにホームゲームで1‐1の引き分けに持ち込まれるなど、勝負弱さも露呈している。とりわけ最悪の内容となったのは、先にあげた12月のレスター・シティ戦と、エヴァートン戦だった。これらの2試合は、グアルディオラが目指すテクニカルなサッカーそのものが、プレミアリーグに適していないような印象さえ与えている。

デ・ブライネは、グアルディオラが直面していた壁を説明している。

「ペップが一番驚いているのは、いまだに多くのチームがロングボールを使ってくることなんだ。彼は(試合の前に)対戦相手がまともなサッカーをしてくるだろうと予想することもある。他のチームを相手にした時と同じようにね。

でも実際に僕たちと試合をする時には、プレーの仕方を変えてくるんだ。彼は時々、そのことに悩んでいるはずだよ」

ある意味では、このような状況は避けられなかったとも言える。

彼がストーンズとコラロフをセンターバックに据え、ブラボをゴールキーパーで起用したのは、守備の局面における力強さや高さではなく、ボールをつないでいくことを優先したからに他ならない。

だが皮肉なことに、その先進的なスタイル故にこそ、対戦相手は「ルート・ワン」――ダイレクトにゴールを狙う放り込みサッカーを駆使する傾向が強くなったのである。

ペップは中盤における潰し合いや、セカンドボールを巡る攻防の激しさにも衝撃を受けたという。ロングボール同様、これもまた「サンデーリーグ（日曜日のアマチュアサッカー）」に通底するような、イングランド独特の発想である。

「自分たちのミスも減らさなければならないが、イングランドのサッカーでは、セカンドボールをコントロールすることも大きなテーマになっている。これができなければ、生き残っていけないんだ」

ちなみにグアルディオラは、12月のアーセナル戦の前にも似たような発言をしている。ティエリ・アンリとの会話では、こんな逸話も紹介している。

「僕はミュンヘンでシャビ・アロンソとも話をしたけど、彼は『セカンドボール、とにかくセカンドボールに対応すべきだ！』と言っていた。でも実際にはセカンドボールだけじゃなくて、3番目のこぼれ球、4番目のこぼれ球も対応しなければならない。

以前の僕は、そんなことを重視したことがなかった。バルセロナやスペインでは、選手たちは多かれ少なかれ洗練されたプレーを目指すからね……でもここでは、すべてのチームがそう言うサッカーをする。たぶん例外は、チェルシーだけだと思う。アントニオ（コンテ）が本当にいいサッカーをしているし、選手たちに（パスをつないで）ビルドアップをさせている。

他のチームの選手は、もっと上背があって逞しいし、フィジカルなサッカーをしてくる。僕たちは、それに慣れるところから始めていかなければならない」

事実、アーセナル戦に臨む際には、グアルディオラはセカンドボール対策に重点的に取り組み、3日間で2時間半を費やすことになった。アーセナルはプレミアリーグにおいては、シティに続いてもっともテクニカルなサッカーを志向するチームだとされていた。そのようなチームとの試合に臨む場合にすら、グアルディオラは対応を練らざるを得なかったのである。

■刷新されたチーム

だが監督就任1シーズン目の経験を通して、グアルディオラはしっかりと教訓を得ている。また2シーズン目を迎えるのに先立ち、重要な戦力補強もおこなった。

まずサイドバックは完全に入れ替えられた。サニャ、サバレタ、クリシー、コラロヴ全員がチームを去り、右サイドにはカイル・ウォーカー、左サイドにはバンジャマン・メンディ、そしてどちらでもプレーできるブラジル人のディフェンダー、ダニーロが迎えられる。

ウォーカーは3人の中で一番の注目株だったが、狭く絞ったサイドバックの役割もこなすようになる。「彼は、僕があまり慣れていない役割を求めているんだ」。ウォーカーはグアルディオラの独特な戦術について証言している。「サイドバックの使い方に対応するために、僕は（これまでとは）違うやり方でプレーすることもある」

一方、バンジャマン・メンディは1シーズン目の大半を怪我に悩まされたため、グアルディオラは復調したファビアン・デルフを、左サイドバックに起用するようになる。デルフはミッドフィルダーからコンバートされた選手だったが、新たなポジションにうまく対応。やはりオーバーラップを狙うのではなく、ミッドフィールドに絞り込んでいく方式を踏襲している。

さらにシティは新たなゴールキーパーとして、ブラジル人のエデルソンを獲得している。彼はブラボのような足下の技術と、伝統的なフィジカルの強さを併せ持つタイプだった。

中盤では、ポルトガル人のミッドフィルダー、ベルナルド・シルヴァがモナコから招かれた。彼は実質的にスペイン人のウインガー、ヘスス・ナバスとノリートに取って代わったため、自身が好むセントラルミッドフィルダーとしてではなく、右のウイング／サイドでプレーするケースが増えていく。

新たな戦力を手にしたグアルディオラは、2017／18シーズンが開幕した時点では、3‐5‐2のシステムも実験している。これはブラジルの若手であるガブリエル・ジェズスと、セルヒオ・アグエロを同時に起用するための方策だった。だがシティは、関係者をうならせるようなプレーを展開できたわけではなかった。

むろん第4節ではリヴァプールに5‐0で圧勝を収めたが、これは前半にマネがレッドカードを受け、相手が10人になった影響も大きい。

むしろシティが真の意味で圧倒的なパフォーマンスを見せたのは、グアルディオラがシステムを4‐3‐3に戻してからだった。現にリヴァプールに大勝して勢いに乗ったチームは、ワトフォードには6‐0、クリスタルパレスは5‐0、そしてストーク・シティには7‐2で大勝していくことになる。

■チェルシーとのリベンジマッチ

一連の勝利の中で、シティがもっとも実力を発揮したのは9月30日、アウェーでチェルシーに1‐0で競り勝った一戦だった。

前シーズンにおこなわれた一度目の直接対決では、チェルシーがシティに3‐1で勝利し、イングランド国内における最強チームとしての立場を揺るぎないものにしている。その意味で2016／17シーズンの最初の対決は、リベンジマッチとしての意味合いも持っていた。

グアルディオラは、今回はチェルシー戦に特化した戦い方をせず、自らの基本戦術を貫き通している。ちなみにコンテは、スタンフォード・ブリッジで指揮を執る2シーズン目、システムをわずかに変更し、3‐4‐3ではなく3‐5‐2を採用していた。これはストライカーとセントラルミッドフィルダーがそれぞれ1人ずつ増える代わりに、ワイドに張った選手が減ることを意味する。

グアルディオラは、この盲点を巧みに突いた。

ウインガーのサネとスターリングを高い位置でワイドに張らせることによって、敵のウイングバックであるセサル・アスピリクエタとマルコス・アロンソを牽制。相手のシステムを「ファイブバック」に変質させつつ、配下の選手たちがタッチライン沿いを攻め上がれるようにしたのである。

通常、このような状況になった場合には、サイドバックがオーバーラップを担当する。だがグアルディオラは攻撃参加を促す代わりに、守備のサポートに当たらせるという方針を貫いた。

結果、右サイドのウォーカーは内側にシフトし、ストーンズやオタメンディとともに3人目のセンターバックとしてプレー。一方、左サイドバックのファビアン・デルフは、フェルナンジーニョの隣に位置して、シャトルランを繰り返す。こうしてシティは5人のメンバーから成る、固い守備のブロックを形成した。

これを受けて躍動したのが、デ・ブライネとシルバである。

チーム内でもっともクリエイティブな才能に恵まれていた2人は、スターリングとサネがチェルシーのウイングバックを封じ込めることによって作り出したスペースで、存分に存在感を発揮している。

4-3-3を独特に解釈することにより、グアルディオラはウインガーではなく、チーム内でもっともクリエイティブなプレーができる2人の選手に、戦術的なエアポケットを攻略させたのである。

特にデ・ブライネは、右サイドで試合を牛耳ってみせた。

もともと彼はジョゼ・モウリーニョが監督だった頃に、才能を認められなかった苦い経験がある。その点でチェルシー戦は、デ・ブライネにとっても一種のリベンジマッチとしての性格を持っていた。

そのデ・ブライネをチェックする役割を担ったのが、中盤の左サイドに起用されたセスク・ファブレガ

Guardiola's 100-point Man City in 2017/18

マンチェスター・シティ ◉ 2017/18 シーズン

グアルディオラはプレミアリーグでも独自の思想を貫き続ける。シルバとデ・ブライネが「8番」的な役割を担って縦方向に上下しながら、両SBは「偽のSB」として中盤をサポート。試合中にはフェルナンジーニョがDFラインに下がり、W-Mシステムに近い陣形になることもあった

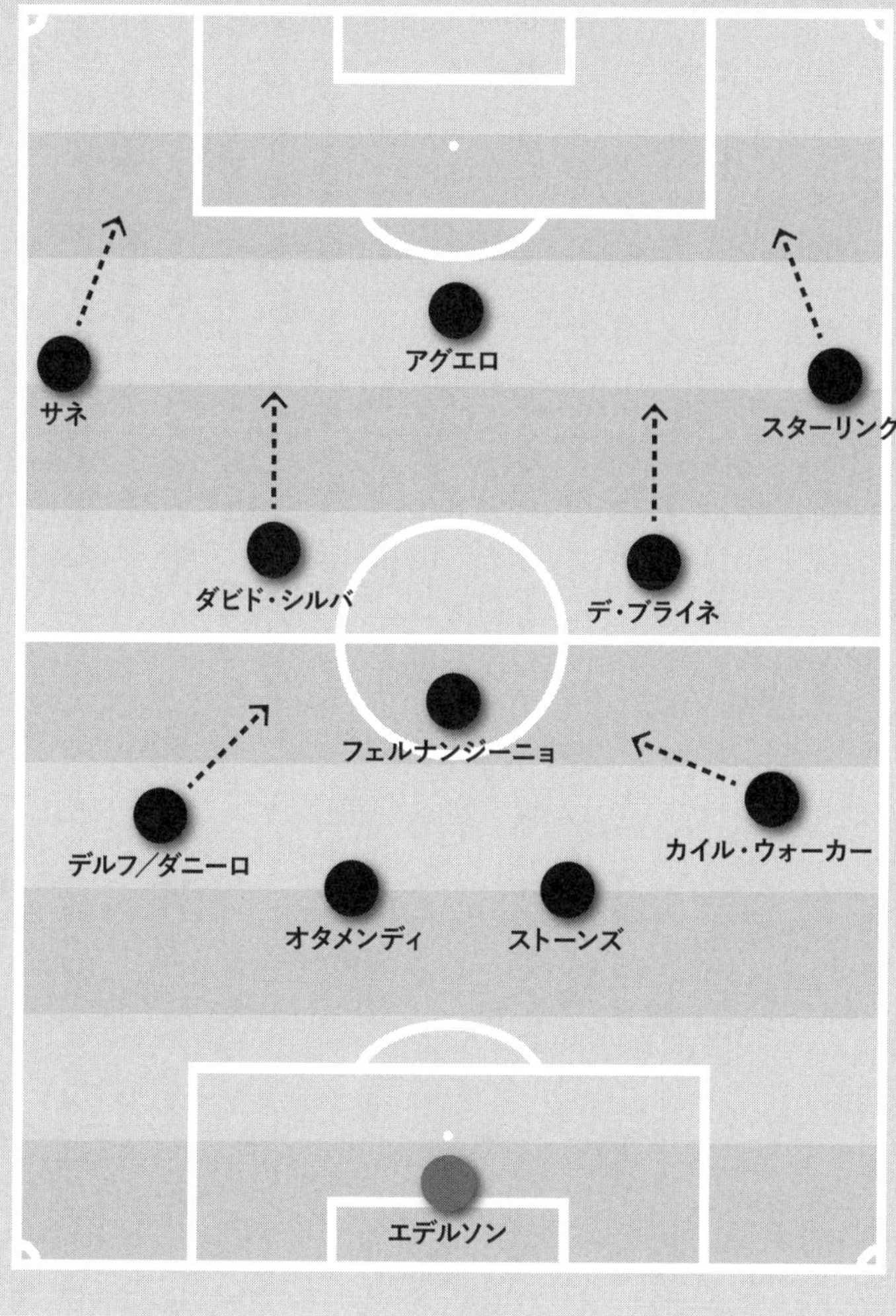

スだった。だがファブレガスは相手を抑え込もうとしてサイドに流れ、たびたび本来のポジションから引きずり出されてしまう。

これを見たコンテは、ファブレガスでは対応できないと判断し、より守備的にゲームをコントロールできるティエムエ・バカヨコを送り出す。

にもかかわらず、デ・ブライネはゲームを支配し続けた。カウンターに移った際には一気に前線に駆け上がり、ワンツーパスを経由しながらカーブのかかったクロスを供給している。このようなプレースタイルは、「自由に動き回る8番」という自身のトレードマークにもなっていく。

結局、デ・ブライネは自らの手で勝負にケリをつけた。

67分、それまでワイドのポジションに開いてプレーしていたデ・ブライネは、突然インサイドに切れ込む。そしてガブリエル・ジェズスとパスを交換してから、利き足ではない左足でロングレンジのシュートを叩き込んだ。

戦術戦に勝利したのは前シーズン、プレミアリーグにスリーバック革命をもたらしたコンテではなく、さらに斬新な発想で、ポゼッションサッカーを進化させようと試みるグアルディオラだった。

ただし興味深いことに、コンテが前シーズンに採用した3‐4‐3と、グアルディオラが駆使した4‐3‐3には、ある種の共通点があった。どちらのチームも、フォーバックを使う相手に対しては5人の攻撃陣で数的優位を作り出す一方、守備ではピッチの中央を5人の選手で固める方法を採っていたからである。

もちろんその「原理」は同じではない。

たとえばチェルシーの場合は、ウイングバックを起用しながら前線に5人を並べたのに対して、シティはセントラルミッドフィルダーのデ・ブライネとシルバが攻撃に加わることで、第1列の選手を5枚に増やしている。

またチェルシーでは、アザールなどがインサイドフォワードとして機能したが、シティではデ・ブライネとシルバが「自由な8番」として攻撃に厚みを加えている。

守備も然り。チェルシーはミッドフィルダーを活用して、ウイングバックのカバーリングをさせたのに対して、シティはサイドバックを内側に絞らせて、中盤のスクリーンを補強している。

かくしてコンテとグアルディオラは、まったく異なる発想とプロセスを経て2‐3‐5／3‐2‐5の陣形を作り出そうと試みることになった。

■放り込みサッカーさえものにした選手たち

2017／18シーズンのシティを語る際、チェルシー戦以上に重要な試合をあげるのは難しい。グアルディオラはコンテとの直接対決でリベンジを果たしただけでなく、開幕からの20試合で19勝を記録するなど、実質的にはクリスマスまでの時点で優勝を確定していたからである。

むろん、それ以降も見事なパフォーマンスを披露した試合は何度かあったが、シティは同時に泥臭い方法で勝てる集団にも成長したことを証明していく。

たとえばマンチェスター・ユナイテッドを、オールド・トラフォードにおいて2‐1で破った試合では、どちらの得点もセットプレーを起点にもたらされている。

この結果、シティはモウリーニョ率いるライバルに、11ポイント差をつけることになった。試合後にモウリーニョは、優勝の芽はおそらく消えただろうと語っている。

こうしてシティの優勝がほぼ確実なものとなったため、以降はライバルチームではなく、メディアが挑戦状を突き付けることになった。シティは無敗優勝を飾るのか、チャンピオンズリーグを含めて四冠を達成できるのか、勝ち点の新記録を樹立できるのかといった類のものである。

ちなみに最初の2つの目標は、同じチームによって阻まれている。それがユルゲン・クロップ率いるリヴァプールだった。

まず1月にアンフィールドでおこなわれた試合では、リヴァプールが4‐3と競り勝ち、プレミアリーグの無敗優勝を阻止する。さらに4月にはチャンピオンズリーグの準決勝で、合計スコア5‐1でシティに圧勝している。リヴァプールは試合開始直後から、猛烈な勢いでプレッシングを展開してくる。このスタイルは、パスをつないでいこうとするシティの選手たちを悩ませ続けた。

とはいえ攻撃の方法論に関して述べれば、シティはパスサッカーにだけ頼っていたわけではない。むしろ2017／18シーズンには、ゴールキーパーのエデルソンがサネやアグエロ、スターリングにたびたび球足の長いゴールキックを入れるという、驚くべきシーンが見られている。

これはグアルディオラが考え出したオプションの1つであり、ゴールキックはオフサイドにならないという事実に目をつけたものだった。

まず敵のフォワードがシティのセンターバックにプレッシャーをかけようとしても、ロングボールを放り込まれれば、相手の守備陣はより深い位置で構えなければならなくなる。結果、対戦チームの陣形は縦方向に間延びし、中盤にスペースが生まれてしまう。そこでパスサッカーを展開していくというのが、グアルディオラの発想だった。言葉を換えれば、シティはロングボールを蹴り込むことによって、逆にポゼッションサッカーを展開できるようにしたのである。

しかもロングボールは、直接ゴールを狙うという点でも威力を発揮している。

現にリーグカップの決勝でアーセナルを3‐0で降した際には、ロングボールから先制点が生まれている。カップ戦で起用されるようになったゴールキーパーのブラボは、アグエロが敵のオフサイドポジションの後方にいるのを察知。得点の匂いを嗅ぎつけて、すぐさまロングボールを前方に放り込む。アグエロはオフサイドラインまで戻る手間さえかけずに、そのまま前方の位置をキープし続けた。アーセナルのディフェンダー、シュコドラン・ムスタフィが慌てて戻ってくるが、ボールは頭上を越えていく。アグエロは難なくゴールに迫るとボールを浮かせ、ペトル・ツェフを抜いたのである。これはまさに典型的な「ルート・ワン」、放り込みサッカーからもたらされたゴールだった。

■驚異的なアシストランキング

とはいえロングボールからの展開は、オプションの1つに過ぎない。グアルディオラはあくまでも、ポゼッションサッカーにこだわり続けた。

事実、シティの選手たちはイングランドのトップリーグ史上、最高の平均ボール支配率（66・5％）と最高のパス成功率（89％）の両方を記録している。

5人のフォワードが、ディフェンスラインの裏で連動した時には、まさに圧巻の攻撃が見られた。しかも彼らには、ゴール前で得点を狙えるポジションを確保しながら、さらに1本余分にパスをつないでキーパーをかわし、味方が流し込めば済むだけの状況を作りたがるという、すばらしい「癖」もあった。

ほとんどの場合、シティの攻撃はデ・ブライネかシルバが、敵のラインの間にスルーパスを出すことからスタートしている。

パスを受け取ったサネやスターリングが、ゴールエリア内でサイドパスを出してチャンスを作ることもあれば、アグエロがファーポストでゴールネットを揺らすこともあった。アグエロはあまりビルドアップに貢献しなかったため、一時的にシティのメインストライカーとしての座を奪われたかに思われたが、グアルディオラの下でさらにオールラウンダーに成長。チーム内の得点王ランキングを再びリードするようになっていった。

シティの攻撃陣がいかに精度の高いコンビプレーを繰り広げたかは、別の驚くべきデータからもうかがえる。

２０１７／１８シーズンのプレミアリーグにおいて、アシストランキングの上位４人に名を連ねたのは、すべてシティの選手だったのである。内訳はデ・ブライネが16回、サネが15回、シルバとスターリングがそれぞれ11回となっている。

シルバのアシスト数が少ない印象を受けるが、これは個人的な事情によるものだった。シーズン中、シルバは息子のマテオが予定よりも数週間早く生まれたため、頻繁にスペインに戻ることを余儀なくされている。これがなければ、アシスト数はさらに増えていたはずだ。

しかもシルバは、シーズンを通してフル出場できなかったにもかかわらず、シティに移籍してからもっともコンスタントに結果を残している。彼は独特なプレースタイルを通じて、プレミアリーグにもっとも大きな影響を与えた選手の1人として、さらに注目されるようにもなった。

一方、そのシルバとコンビを組んだデ・ブライネは、ずば抜けた存在感を発揮している。

たしかにPFAの年間最優秀選手賞は、リヴァプールのモハメド・サラーに奪われている。サラーはプレミアリーグ1シーズン目で、いきなり得点王にも輝いたことが評価された形になった。

とはいえデ・ブライネのパスのクオリティは、まさに圧巻だった。

彼が得意とするのは、ファブレガスが出すようなスルーパスと、ベッカム風のクロスをかけ合わせたようなボールを、右インサイドハーフのポジションから入れるプレーだった。またデ・ブライネは、カーブのかかった対角線上のパスを、ピンポイントでサネに供給することもできた。

この典型例となったのが、バーンリーに3-0で勝利を収めた一戦でゴールをお膳立てしたシーンである。敵の右サイドバックのマシュー・ロートンは、デ・ブライネのパスコースを正確に予想していたが、インターセプトに失敗している。またデ・ブライネのパスを受けて走り込む、サネのスピードにも付いていけなかった。

■優勝以上の目標設定

2017／18シーズンのプレミアリーグでは、シティが優勝するかどうかではなく、いつ優勝するのかという話題が、延々と論じられるようになる。

そのような中で盛んに取り沙汰されるようになったのが4月初旬、エティハド・スタジアムでおこなわれるマンチェスター・ユナイテッド戦でタイトルを確定し、最短優勝記録を更新するシナリオだった。

これは歴史的な勝利を飾るには、理想的な状況だった。ユナイテッドはプレミアリーグでも2位につけていただけでなく、物理的な意味でもっとも身近なライバルチームだったからである。

実際の試合経過も、途中までは思惑どおりの展開になる。シティはヴィンセント・コンパニとイルカイ・ギュンドアンのゴールによって前半を2-0でリードする。プレーの内容を考えれば、さらに多くのゴールを決めることもできるはずだった。

ところが後半、チームは突如として崩れてしまう。

50分過ぎ、攻撃に参加したポール・ボグバに立て続けにシュートを決められて同点とされると、その約15分後には、フリーキックの場面でコンパニがクリス・スモーリングを捕まえ損ね、逆転勝利を許す形となった。

ジョゼ・モウリーニョがお祭りムードに水を差したため、シティはさほど劇的ではない形で、優勝決定の瞬間を迎えることになった。ユナイテッドがホームでウェスト・ブロムに敗れ、自動的にタイトルが確定したのである。

ちなみにグアルディオラは、優勝が決まった瞬間にはテレビ中継さえ見ていなかった。ユナイテッドの試合がおこなわれている間、彼はゴルフに興じていた。これは26年前、アストン・ヴィラがポイントを落として、ユナイテッドの初のプレミアリーグ制覇が決まった際、アレックス・ファーガソンがゴルフしていたエピソードを彷彿とさせる。

とはいえグアルディオラは、その後も手綱を緩めなかった。

プレミアリーグの記録を塗り替えようと、選手を焚《た》きつけたのである。

ミーティングの席上では、最多勝ち点、最多勝利、最多ゴール数、最多得失点差、そして2位との最多勝ち点差といった目標が大きなスクリーンに映し出され、あとどれだけ記録を伸ばせば更新できるかが説明されている。

「歴史的なチームになるために、新しい記録を達成するんだ」。グアルディオラは選手に熱っぽく語りかけている。「チャンスは君たちが握っている」シーズン終盤、シティのトレーニングラウンドでは、記録更新を意識させるための張り紙まで掲示されたという。

様々な記録の中で、最大の目標に設定されたのは勝ち点だった。2004／05シーズン、モウリーニョのチェルシーは勝ち点95を記録したが、これを更新することがターゲットに据えられたのである。

シティは残り2節の時点でブライトンに3‐1で勝利し、勝ち点を97にまで伸ばす。これでチェルシーが持っていた記録を塗り替えたが、記録はそこで頭打ちになるかと思われた。アウェーでおこなわれた最終戦のサウサンプトン戦は、アディショナルタイムに入っても0‐0の膠着状態が続いていた。

ところがそこから劇的なドラマが起きる。

まずデ・ブライネが深く下がり、敵のディフェンスラインを越えるロングボールを供給する。ヘスス・ナバスは裏に抜けてボールに追い付くと、ループシュートでゴールキーパーをかわしてみせた。

2011／12シーズン、シティは最終節の94分にゴールを決め、初のプレミアリーグ制覇を果たしている。まさにこの時と同じように94分に得点をもぎ取り、プレミアリーグでの勝ち点を100の大台に乗せたのだった。

この瞬間、シティの選手やスタッフはピッチ上に繰り出し、まさに優勝が決まったかのように感情を爆発させた。マンチェスター・ユナイテッド戦では味わえなかった喜びを、ついに噛みしめることができたのである。

「100ポイントだ！」。グアルディオラは思わず大声を発している。「まだ信じられないよ。100ポイントだ。しかもプレミアリーグでだ！」

一方、コンパニはドレッシングルームに戻ると「センチュリオン！（古代ローマの100人隊長）」と叫んだ。シティの他の選手たちは、サポーターが口にした合唱を真似て「100ポイント、100ポイント、グアルディオラのサッカーをするマン・シティ」と口ずさみ続ける。

シティは勝ち点差の記録を更新しただけでなく、幾多の記録を塗り替えた。シーズン最多勝（32）、最多ゴール数（106）、最多得失点差（＋79）、そして2位との最多勝ち点差（19ポイント）である。

「僕たちはイングランドサッカーの歴史の中で、最高のチームだなんてことを言うつもりはない。それは事実じゃないからね」。グアルディオラは謙虚に語りつつも、こう付け加えるのを忘れなかった。「でも記録とデータに関しては、僕たちが一番だった。それは事実だよ」

2日後、グアルディオラは契約延長にサインし、2021年までマンチェスターの地に留まることを明らかにした。

グアルディオラの下、シティはついに勝ち点を大台に乗せるような、最強チームに成長を遂げた。そして今後もプレミアリーグを席巻し続けていくという野望を、高らかに宣言したのである。

第27章

ワールドカップ後に起きた変化

（田邉雅之）

神々の黄昏

2018／19シーズン、プレミアリーグの戦術はさらなる進化を見せている。もともと2015年の秋から2016年の夏にかけ、ユルゲン・クロップ、アントニオ・コンテ、そしてペップ・グアルディオラが続々とブリテン島に上陸した時点で、プレミアリーグでは世界各国の名将が一堂に会する状況が生まれていた。

これは戦術の多様化にもつながる。サッカー哲学に関しても、ゲーゲンプレス（クロップ）、ポゼッション（グアルディオラ）、スリーバック（コンテ）という新たな要素が追加された。

ところが2018／19シーズンには、トップクラブにおいて監督交代に伴うさらなる変化が起きている。最初の発火点となったのはロンドンだった。

まずアーセナルを22年間率いてきたアーセン・ヴェンゲルがついに退任。パリ・サンジェルマンを率いていたスペイン人監督、ウナイ・エメリが着任した。

これは2つの意味で実にシンボリックだった。

まずヴェンゲルはアレックス・ファーガソンが勇退した後、古典的な「マネージャー」――監督が先発メンバーの選考や戦術の立案だけではなく、チームの運営や移籍市場における補強にまで深く関わる、イングランド独特のスタイルを体現する最後の人物となっていた。ちなみにイングランド型マネージャーに代わる存在が、監督人事まで含めてチームの強化を担当する「ジェネラル・マネージャー」である。

彼らがいかに孤高の存在になっていたかは、かつてあれだけいがみ合っていた両者が、2010年代半ば頃からさかんにエールを送るようになっていたことからもうかがえる。ファーガソンなどはイベントに出席した際、こんなふうに述べたことさえある。

「これほど長く監督をやっているのは、アーセン（ヴェンゲル）と私だけだ。われわれ2人は一緒に馬に跨がり、夕日に向かって走り去っていくべきだろう」

そもそもイングランドサッカー界において、独特なマネージメントスタイルを確立したのは、1930年代にアーセナルの黄金時代を築き上げたハーバート・チャップマンだった。

チャップマンはスタジアム内に時計や夜間照明を設置したり、試合で対戦するチームのユニフォームの色を分けたり、試合に一緒に入場させるといった、今日のサッカー界で常識になっている枠組みを作った「近代化の父」である。またチャップマンは、世界に先駆けてスリーバック（W-Mシステム）を採用した人物としても知られる。試合の運営方法やスリーバックという戦術は、もちろん今日のサッカー界でも存続している。だが2018年は、チャップマンから受け継がれてきたマネージメントスタイルに、1つの終止符が打たれる年となった。

ヴェンゲルの勇退は、クラブの戦術やプレースタイル、サッカー哲学にも影響を及ぼした。

むろん本書で明かされているように、ヴェンゲルはいわゆる戦術家タイプではなかった。むしろ彼の最大の特徴は、選手の秘められた才能を見抜き、コンビネーションプレーを自由に育んでいけるような環境を与え、コンディショニングに関して科学的なアプローチを導入した点にある。また2017／18シーズンには、自ら禁を破ってスリーバックの採用に踏み切り、サポーターやサッカー関係者を仰天させている。

だがヴェンゲル配下のアーセナルにおいては、フォーバックを軸にしたポゼッションサッカーが一種のアイデンティティにさえなっていた。

ところが後任のエメリは、戦術に対するこだわりの強さでも、具体的なアプローチという点でも、ヴェンゲルとかなりスタンスを異にしていた。彼は従来のアーセナルに欠落しがちだった戦術的ディシプリンをより徹底させつつ、プレッシングを導入しようと試みた。

これはエメリのキャリアにも深く関係している。

もともとエメリは30代前半にラ・リーガの3部に所属していたクラブにおいて指導者として歩み出した人物で、ビッグクラブ相手に金星を飾ったり、スモールクラブを巧みに昇格させたりして注目を浴びるようになった。この手腕はバレンシア監督時代に磨かれ、セビージャ時代に大きく開花。チームをUEFAヨーロッパリーグ三連覇という歴史的な偉業に導いている。かくしてエメリは2016年にリーグ・アンの強豪クラブ、PSGの指揮を委ねられるまでになった。

しかしエメリは期待に応えられなかった。

国内リーグでは就任1年目、モナコの後塵を拝して国内リーグ五連覇に失敗したばかりか、チャンピオンズリーグでは2年続けて決勝トーナメント1回戦で姿を消している。結果、豊潤なオイルマネーを武器にスーパースターをかき集め、欧州サッカー界の盟主に躍り出ることを目論む首脳陣から、わずか2年で事実上の三行半を突きつけられた。

エメリはアーセナルで仕切り直しを図る格好になったわけだが、監督としてもっとも問われているのは、ビッグクラブを率いていけるだけの力量の持ち主か否かという点だろう。

むろん彼が一流の監督であることは間違いない。現にヨーロッパリーグではアーセナルを決勝にまで導き、勝負強さを改めて印象付けた。だがそこで力尽き、チェルシーに1‐4で敗れている。また、格下のクラブを率いて番狂わせを演じていく際に必要なスキルと、ビッグクラブを切り盛りして、長丁場のリーグ戦でトロフィーを獲得していくのに求められる資質が異なるのも事実である。

戦術的に述べるなら、やはりメスト・エジルのような10番タイプの選手をいかに使いこなしていくかが焦点になる。組織プレーやプレッシングを重視するなら、エジルを起用し続けていくのはきわめて難しい。だがドイツ代表でも10番を務めた逸材は、ボールを持てば1人で試合の流れを変えることができる。エジルの処遇はエメリという指導者の器だけでなく、ポスト・ヴェンゲル時代における、アーセナルの方向性を占う指標になるのではないか。

■チェルシーで起きた変化

そのエメリと、熾烈《しれつ》なチャンピオンズリーグ出場権争いを繰り広げているのが、チェルシーに招かれた新監督、マウリツィオ・サッリである。

2016年に監督に就任したアントニオ・コンテは、シーズン途中からスリーバックを駆使してプレミアリーグを制覇。イングランドサッカーの戦術史そのものに、巨大なインパクトを与えたことは指摘したとおりである。

だがコンテは2016／17シーズン終了後に、フォワードのディエゴ・コスタの放出に踏み切る。さらに翌2017／18シーズンには、スリーバックの要となったダヴィド・ルイスとも徐々に反りが合わなくなるなど、チーム内に不安材料を抱えていく。

これに輪をかけたのが、クラブ側の補強方針だった。

チェルシーは移籍市場で大盤振る舞いをするクラブという印象が強いが、これはロマン・アブラモヴィッチがオーナーに就任した当初の動向に負う部分が大きい。

むしろ近年は積極的な補強をおこなってきたとは言いがたいため、現場を取り仕切る監督が不満を覚えるケースがたびたび起きてきた。コンテの場合などは、なまじ1シーズン目で優勝を実現してしまったために、クラブ側は余計に財布の紐を緩めようとしなかったとされる。

結果、コンテは厳格な指導方針に選手が反発し始めたことと、選手補強が思うに任せなかったことが響き、プレミアリーグでは5位に後退し、チャンピオンズリーグの出場権も喪失。わずか2シーズン指揮を執っただけで、チェルシーを離れることになった。

かくしてナポリから迎えられたのが、マウリツィオ・サッリだった。

戦術的に見た場合、サッリの最大の特徴は4－3－3をベースに、ポゼッションとハイプレスを両立させようとする独特なアプローチにある。

サッリはナポリ時代からこの方法論を踏襲。2015／16シーズンのセリエAでは、王者ユヴェントスを一時リードして注目を集めたし、通称「サッリ・ボール（サッリ流サッカー）」は、プレミアリーグでも大きなインパクトを与えている。とりわけ2018／19シーズンの序盤は12節まで8勝4分けの無敗で乗り切るなど台風の目となった。

サッリの導入した戦術がいかに革新的だったかは、試合のデータにも表れている。

たとえばプレミアリーグの個人別パスの成功本数では、チェルシーは上位十傑に4人の選手を送り込んでいる。とりわけ目を引くのは、ランキングのトップに立つ守備的ミッドフィルダー、イタリア代表にも名を連ねるジョルジーニョの存在感の大きさだ。サッリがナポリから招いた愛弟子は、2位のフィルジル・ファン・ダイク（リヴァプール）に100本近い差を付けた（シーズン終了時点）。

だが「サッリ・ボール」は、時間の経過とともに効力を失ってきた。

その理由は、やはりジョルジーニョに関連している。

今シーズンのチェルシーは、ジョルジーニョが中盤でボールをキープして相手を引きつけつつ、そこから縦方向にパスを供給し、アザールら前線のアタッカーを走らせていく手法をとっていた。ジョルジーニョがプレミアリーグのパスランキングで首位に立ち、第6節のウェストハム戦では、1試合あたりのパス本数の記録（180本）を塗り替えた所以だ。

とはいえ、ライバルチームも当然のように対策を練る。

事実、11月24日におこなわれたアウェーのトッテナム戦では、敵将のマウリシオ・ポチェッティーノが、ジョルジーニョを徹底的にマンマークするように指示。チェルシーはビルドアップに苦しむようになり、1－3で敗れている。

この敗戦はチェルシーの無敗記録を断っただけでなく、シーズンの流れも大きく変えることになった。以降、サッリ率いる選手たちはウルヴァーハンプトン、レスター、アーセナル、ボーンマスといった相手にも苦杯をなめたばかりか、2月におこなわれたアウェーのマンチェスター・シティ戦では0－6の完敗まで喫してしまう。

これに伴いプレミアリーグで6位に後退すると、チェルシーはプレミアリーグの台風の目になるどころか、チーム内に暗雲が漂い始める。サッリの解任論が唱えられ、ジネディーヌ・ジダンなどの名前が取り沙汰されるようにもなった。

■サッリ・ボールが内包する危機

だが、これはある意味では予想されたことでもあった。

まず原理的に考えれば、高い位置でプレッシングをかけながら、同時に細かなパスワークを駆使してボール支配率を高めていくというのは容易な作業ではない。

そもそも前方に行けば行くほど、ピッチ上からは時間と空間が奪われていくし、対戦相手も当然のように守備の網をかけてくる。プレッシングとボール支配率が、ある種のトレードオフの関係にあることは、サウサンプトン時代のポチェッティーノ絡みで触れたとおりである。たしかにグアルディオラなどは、プレッシングとボール支配率を両立するという曲芸をやってのけているが、それを実現させるまでには彼ほどの監督でさえも相応の時間を要した。

また「サッリ・ボール」は、チーム運営やゲームマネージメントという点でも不安要素を孕《はら》みやすい。プレッシングをかけつつ細かなパスワークでボール支配率を高めていくには、精密機械のようなコンビネーションと、個々の選手の正確なポジショニング、そしてオートマティズムが必要になる。

だが精密機械は、そのメカニズムの精緻さ故に故障が生じやすい。ピッチ上で自分たちの「型」に相手をはめられなくなった場合には、ゲームプランそのものが崩壊してしまう危険性も出てくる。事実、サッリ率いるチェルシーは、先程述べたマンチェスター・シティ戦に臨む前にも、ボーンマスに0-4で負けたかと思えば、ハダースフィールド・タウンに5-0で勝つといったように、極端に出入りの激しい試合をするようになっていた。

このようなスコアは、ゲームの流れをコントロールする術を持たないことを物語る。

もちろん試合に勝って勝ち点3を取れれば越したことはない。だがそれが適わない場合には引き分けでよしとしなければいけないし、負けるにしても3点差ではなく2点差、2点差よりは1点差で負けたほうがはるかにいい。サッリが優勝を狙うのであれば、格下相手に確実に勝利を収める方法と、勝てない場合の「ダメージ・リミテーション」を学ぶ必要がある。

さらに述べれば、あまりにも緻密なサッカーは反発も招くことになる。成績が落ちるに連れて選手の間から聞こえてきたのは、「あまりにも戦術的な戦い方をし過ぎる」という不満の声だった。これもチームの「スウィート・スポット」が極端に狭いことを物語る。サッリは様々なシチュエーションに対応できる、懐の深さを身につけていかなければならない。

チェルシーというクラブ自体も然り。

アブラモヴィッチがオーナーに就任して以来、チェルシーはプレミアリーグのトップクラブの中で、もっとも頻繁に監督の首をすげ替えるチームとなってきた。優勝しても満足せず、攻撃的なサッカーをするカルチャーを植え付けようとしてきたからだ。

だが監督を頻繁に交代してきたのでは、有機的なカルチャーなど育まれるはずもない。少なくともサッリに関しては辛抱強く、使い続けてやってもいいのではないか。彼は最終的にチームをプレミアリーグで3位に導いたし、ヨーロッパリーグの決勝でもアーセナルに大勝している。歴代監督の中で、もっとも意欲的なサッカーを試みた1人であるのは事実なのだから。

■マンチェスター・ユナイテッドを襲った激震

2018／19シーズン、チェルシー、アーセナルとともに監督交代で話題になったもう1つのビッグクラブがあった。かつて両チームと覇を競ったマンチェスター・ユナイテッドである。

ただしユナイテッドを取り巻く状況はかなり異なる。ユナイテッドの場合は、シーズン中の成績不振による監督交代が起きているからだ。しかもその対象になったのは、かつての「スペシャル・ワン」、ジョゼ・モウリーニョだった。

本来モウリーニョは、近年の成績不振と混迷に終止符を打つ切り札として招かれた。

アレックス・ファーガソンの勇退以降、ユナイテッドはデイヴィッド・モイーズ、ルイ・ファン・ハールといった監督を招いてきたが、そのいずれもが結果を出すことができなかった。

まずモイーズは、エヴァートンのようなスモールクラブを率いてきた際には、プレミアリーグ屈指の難敵を作り上げ、ビッグクラブ相手にしばしば番狂わせを演じてきた。しかしユナイテッドのようなビッグクラブには、不向きの監督だったことを露呈させてしまう。

彼はユナイテッドに名を連ねているようなスター選手や、プレーメイカーを活用したことが一度もなかった。このためチームを預けられても、クロスを雨あられと放り込むようなサッカーを展開することしかできず、成績は低迷していく。1995年以来、初めてチャンピオンズリーグの出場権を取り逃したばかりか、プレミアリーグ時代になってからの最少勝ち点、ウェスト・ブロム やニューカッスルに数十年ぶりにホームで敗れるという不名誉な記録を塗り替えた末に、1シーズンを待たずしてチームを追われている。

やがてユナイテッドでは、ライアン・ギグスが暫定監督を務めた後、ワールドカップでオランダ代表を準決勝まで導いたばかりのルイ・ファン・ハールに白羽の矢が立てられる。ファン・ハールはアヤックスやバルセロナ時代、ボール支配を軸にした攻撃的サッカーを追求した人物で、かつてはファーガソンが一目を置いた監督でもあった。

ところがファン・ハールは、オランダ代表と同じようにスリーバックの導入を画策。徒《いたずら》に混乱を招いたばかりか、守備の弱体化をもたらしてしまう。シーズン途中からはフォーバックに戻し、よりオーソドックスなスタイルで戦おうとしたものの、一度狂ったメカニズムを戻すことはできなかった。オランダサッカーの流儀に則って選手たちをワイドに張らせ、組織的にプレーさせようとした意図は理解できる。だがポジションを守ろうとする意識が強くなり過ぎたために、流動的な攻撃を展開できなくなった。

さらに監督就任以来の歯に衣着せぬ物言いと、主力選手を次々と放出したことが祟り、結局は3年契約の途中で監督を解任されることになった。

かくしてモウリーニョには大きな期待が寄せられたが、彼も結果を出したとは言いがたい。

監督就任1シーズン目の2016／17シーズンは、リーグカップとヨーロッパリーグを制したもののプレミアリーグでは6位に終わり、チャンピオンズリーグの出場権を取り逃す。グアルディオラ率いるマンチェスター・シティに、5節を残して優勝を決められるという屈辱も味わった。

負の連鎖は2シーズン目も変わらず、3シーズン目にはさらに悪化する。スタートダッシュして巻き返しを図るどころか、チームはいきなり躓き、6位から8位の順位が定位置となっていく。そして12月には、ついにクラブがしびれを切らして三行半を突きつける形になった。

■スペシャル・ワンが乗り越えられなかった壁

モウリーニョともあろう監督が、なぜチームの再建に失敗したのか。

わかりやすい理由はいくつかある。モウリーニョはポルト時代から、一貫して堅い守備をベースにしたカウンターサッカーを展開してきた。ユナイテッドでも守備の強化は急務だったが、クラブ意中のセンターバックを獲得することができずに終わっている。またモウリーニョは、モイーズとファン・ハール体制で狂ってしまったメカニズムを修正するのにも手を焼いた。これはどんな監督にとっても楽な作業ではない。

その点では同情すべき面も多々あるが、補強の失敗だけに不振の原因を求めるのは適切ではないだろう。仮にセンターバックの補強が叶わなかったにせよ、ゴールキーパーにはダビド・デヘアが名を連ねているし、セルビア代表の守備的ミッドフィルダーで、チェルシーでもキーマンの1人となっていたネマニャ・マティッチも獲得していたからだ。

むしろ、モウリーニョ指揮下のユナイテッドが不振を極めた要因は別のところにある。

まずモウリーニョはファン・ハール同様、攻撃的なサッカーのフォーマットを最後まで確立できなかった。

ユナイテッドは攻撃陣にベルギー代表のロメル・ルカク、スペイン代表のファアン・マタ、イングランド代表のマーカス・ラッシュフォード、そしてフランス代表のアントニー・マルシャルなど、多彩な人材を擁しているにもかかわらず、連動して相手を崩していく場面はあまり見られなかった。むしろフォワードの選手が単独で突破を試み、あえなく相手につぶされる場面が目立っている。9月29日にアウェーでウェストハムに敗れ、再びプレミアリーグで10位にまで後退した試合などは典型だったと言える。

モウリーニョが人材を有効活用できなかったことをもっとも端的に示すのは、ポール・ポグバを巡る一件だろう。ポグバはユヴェントス時代から、驚異的な身体能力とダイナミックにゴールを狙っていくプレースタイルで注目されていた選手だった。

ところがモウリーニョは、自由な攻撃参加を許さず、むしろ守備の役割を全うさせようとしたために、ポグバは強く反発。幾度となく退団をほのめかすまでになっている。

だがそれ以上に問題なのは、モウリーニョが守備においても有効な戦術を提示できなかったことだろう。仮に攻撃が振るわなくとも、守備が確実に機能すれば勝ち点を積み重ねていくことができる。そもそもモウリーニョは、守備の堅さを武器に戦っていた監督だった。

ところが2017／18シーズンの前半、モウリーニョが指揮を執った17試合では、失点を0に抑えたケースが二度しかなかった。しかもそのうち1つは、クリスタルパレスとのスコアレスドローである。

モウリーニョ指揮下のユナイテッドは、前線からプレッシングを展開するのではなく、深く引いて守る傾向が強かった。かといってセンターバックには不安を抱えているし、中盤のどこで守備のスクリーンを張るかという方針も徹底されていなかったため、試合では不必要に深い位置までずるずると後退していく場面が目立った。

この問題は、攻撃陣を活性化できなかったことと裏腹の関係にある。

近年のサッカー界では、２０１０年代序盤にポゼッションサッカーが席巻した後は、カウンターをベースにした戦術へと急激に針が振れている。

ただし新たな流れの中で重視されたのは、かつてのように自陣まで深く引いて守備を固める手法ではない。むしろユルゲン・クロップやペップ・グアルディオラが実践してみせたように、前から積極的にプレスをかけ、一気に反撃に転じていく発想だった。

これは失点を抑えるだけでなく、効果的にゴールを狙うという意味でもきわめて理にかなっている。たとえばマンチェスター・シティのダビド・シルバなどは、グアルディオラのアプローチを次のように評している。

「他の監督は試合を守備と攻撃に分けて考える。でもペップは（両方の要素を分けず）ピッチ全体にフォーカスしていくんだ」

ところがモウリーニョは、守備と攻撃を分けて考える昔ながらのアプローチに固執したし、ゴール前にバスを停める発想から脱しきれなかった。これはユナイテッドの攻撃を活性化できなかっただけでなく、ひいてはチームの生命線たるべき守備にもマイナスの影響を及ぼした。

日々、進化し続けるサッカーの戦術は、指導者に対して自らの発想をアップデートし続けることを求める。かつてユナイテッドを率いたアレックス・ファーガソンは、監督生活の晩年になっても常に新たな戦術思想を取り入れようとした人物だったが、チームの再建を託されたモウリーニョは同じ発想ができなかった。彼自身は、カウンターサッカーが復権する新たな流れを形成した、キーマンの1人であるにもかかわらずだ。ある意味、この違いこそがファーガソンとモウリーニョの明暗を分けたのである。

■スールシャールが吹き込む新風

モウリーニョを巡る顚末は、戦術進化の凄まじさと、勝負の世界の厳しさを改めて教えている。だがユナイテッドにとっては吉と出た。

モウリーニョの解任後には、ファーガソン時代に三冠を達成した主力メンバーの1人である、オレ・グンナー・スールシャールが招かれる。スールシャールは母国ノルウェーのモルデFKを率いていたが、着任するやいなやチームの雰囲気は一変。重苦しい空気が一掃されただけでなく、ユナイテッドはピッチ上でも見違えるように活き活きとプレーするようになった。

スールシャールが初めて指揮を執ったカーディフ戦では、シーズン最多となるゴールを奪って5－1で快勝しただけでなく、以降、これまたシーズン初となる6連勝をプレミアリーグで記録。一時期はチャンピオンズリーグ出場など望むべくもなかったが、アーセナルやチェルシーに肉薄し、熾烈な4位争いを繰り広げるまでになった。

結果、スールシャールは指導者としても「スーパーサブ」として活躍したわけだが、彼は決して複雑なことをしたわけではない。むしろスールシャールがおこなったのは、原点に立ち返るというシンプルな作業だった。

1つ目は、個々の選手が持つポテンシャルを素直に活かすことである。とりわけポグバなどは、スールシャールが着任すると同時に、水を得た魚のように存在感を発揮するようになった。2018／19シーズンの前半、モウリーニョの指揮下ではPKによるゴールを含めて3ゴールしか決めていなかったにもかかわらず、わずか2ヶ月弱で8ゴールを奪っている。

またスールシャールが指揮を執り始めたのを境に、ユナイテッドの試合ではディフェンスラインから中盤へ、そして中盤から攻撃陣へと、縦方向のパスが出されるケースが目に見えて増えている。これもまた攻撃陣の活性化につながった。

選手の素材を活かしつつ、積極的に前を向いてプレーをする。これは戦術云々というより、ごくごく初歩的なノウハウに過ぎない。だがこの当たり前の要素が、戦術にこだわり過ぎるモウリーニョの下では見られなかったのである。

またOBであるスールシャールがチームに戻り、現場で指揮を執り始めたことは、ユナイテッドというクラブそのものにとっても画期的な出来事になった。語弊を恐れず言えば、ファーガソンでさえも成し遂げなかったことだと言っていい。

もともとユナイテッドは、イングランドのクラブチームの中でもっとも多く指導者を輩出してきたクラブだった。短期間、チームに名を連ねた選手まで含めれば、ファーガソンの下からは30名以上の監督が巣立っていった。これらの人物の中には、ファーガソン時代のユナイテッドで顔役となった選手たちも含まれるが、指導者として確固たる実績を残した人物は1人もいない。スティーヴ・ブルースやマーク・ヒューズは数年おきに必ず他のクラブに招かれるが、さして実績を残せぬまま退くことを繰り返してきたし、ポール・インスやロイ・キーンなどは、現場からも遠ざかってしまった。

またユナイテッドでは、ファーガソンが絶対的存在として座していたため、OBがチームのコーチングスタッフに名を連ねるような環境も育まれなかった。唯一の例外となったのはデイヴィッド・モイーズが解任された後に、ギグスを軸にかつての「92年組」が一瞬揃ったときだけだった。

これは、ユナイテッドだけの問題ではない。

たとえばヴェンゲルも優れた人材を育て上げることに関しては卓越した手腕を持っていたし、サポーターの間からは、パトリック・ヴィエラやデニス・ベルカンプ、マルク・オーフェルマルスなどをコーチングスタッフに加えていくべきだとする声が強かった。ところがヴェンゲルも二の足を踏んだため、現在のヨーロッパサッカー界では、ユナイテッドでもアーセナルでもなく、アヤックスがもっとも理想に近い形で運営をおこなう形になっている。

その意味でもスールシャールが、監督としてチームに戻ってきた意義は大きい。リヴァプールのスティーヴン・ジェラード（現レンジャーズ監督）や、チェルシーのフランク・ランパード（現ダービー・カウンティ監督）など、クラブのOBがチームを率いるという、新たな流れがイングランドのサッカー界で生まれるきっかけになる可能性を秘めている。

■相互に影響を及ぼし合う戦術家たち

これら3チームの上位でシーズンを終えたのが、リヴァプール、マンチェスター・シティ、トッテナムである。3チームが近年、採用してきた戦術については本書の後編で詳述されているので繰り返さないが、2018／19シーズンには、各チームを率いる3人の監督、すなわちクロップ、グアルディオラ、ポチェッティーノの戦術的な化学反応がさらに加速している。

たとえばペップは「ポジショナルプレー（選手に的確なポジショニングを徹底させることにより、数的優位を確保するだけでなく、パス交換や守備におけるカバーリングを最適化する）」というコンセプトをさらに精緻化。一方のクロップは、フィルミーノ、サラー、マネを軸に、ゲーゲンプレスに磨きをかけている。猛烈な勢いでプレスをかけて、一気にゴールを狙っていくプレースタイルからは、「ストーミング（嵐のように猛烈な攻撃）」という単語さえ生まれた。

両者はブンデスリーガ時代、バイエルンとドルトムントをそれぞれ率いてきた時から名勝負を繰り広げてきたし、クロップはきわめて稀な「ペップキラー」としても名を馳せてきた。

事実、2017／18シーズンには、クロップがプレミアリーグでもチャンピオンズリーグにおいても、グアルディオラに土をつける格好になったが、逆に2018／19シーズンには、クロップの率いるリヴァプールがシーズン途中からプレミアリーグをリードし、グアルディオラのマンチェスター・シティが肉薄する形になった。両チームの優勝争いは最終節にまでもつれ込んだが、結局はシティが賜杯を獲得。プレミアリーグで10年ぶりに連覇を果たしたチームとなった。逆にリヴァプールは1敗しか喫していないにもかかわらず、勝ち点差でわずかに1ポイント届かず、またもや涙を呑んだ。

戦術的に見るならば、2人の戦いはピッチ上で展開される、チェスの如きものになっている。片やグアルディオラが、パスコースやスペースという「線」と「空間」をつないで試合をコントロールしようとすれば、クロップは「面」の圧力で一気に押しつぶそうとする。熾烈な首位争いを通して、両者は互いに刺激を与えながら戦術を進化させ続けた。

一方、2018／19シーズンのチャンピオンズリーグで、そのグアルディオラの前に立ちはだかったのが、トッテナムのポチェッティーノである。

とりわけシティのホームでおこなわれたセカンドレグは、4‐3の派手な打ち合いになった。

試合終了直前にはシティが得点して5‐3に持ち込み、合計スコアで勝ち進むかに思われた瞬間、ビデオ判定によってゴールが取り消されるという一幕もあった。

この判定自体は物議を醸したが、トッテナムの勝利は素直に讃えられるべきだろう。ポチェッティーノはハリー・ケインなどの主力を欠いていたにもかかわらず、グアルディオラを打ち破った格好になったからだ。トッテナムが存在感を示したことは、プレミアリーグの戦術進化を活性化させる意味でも大きい。

さらにリヴァプールとトッテナムは、共に劇的な形でチャンピオンズリーグの決勝に駒を進めた。バルセロナと対戦したリヴァプールは、アウェーでおこなわれたファーストレグを0‐3で落としながら、アンフィールドで4‐0で完勝するという奇跡を演じている。一方のトッテナムは、ホームで開催された初戦でアヤックスに0‐1と敗れたものの、2戦目では90分過ぎに追加点をあげて3‐2で振り切ってみせた。マドリードでおこなわれた頂上対決では、リヴァプールが2‐0でトッテナムに勝利。14年ぶり、クラブ史上通算6回目となる欧州制覇を果たしている。

■イングランド代表が置かれていた惨状

これら3チーム、トッテナムとマンチェスター・シティ、リヴァプールなどはイングランド代表を復活させる上でも多大な影響を及ぼしている。

そもそも近年のイングランド代表は、長らく不振を極めていた。

2000年代にはデイヴィッド・ベッカムやジェラード、ランパード、リオ・ファーディナンドなどの黄金世代を擁して、半世紀ぶりのワールドカップ優勝が待望されたものの、期待はずれに終わってきたことは、すでに本書で紹介されたとおりである。EURO2008では本戦出場さえ叶わなかった。

この傾向は2010年代に入るとさらに悪化する。

ロイ・ホジソン率いるチームは、ウクライナとポーランドで共催されたEURO2012では、化石時代のような放り込みサッカーに回帰したと酷評される。２０１４年のワールドカップ・ブラジル大会では、グループリーグを最下位で終えて早々と姿を消し、２年後のＥＵＲＯ２０１６では、決勝トーナメント１回戦で小国アイスランドに惨敗している。

むろん、ホジソンの非だけをあげつらうのは公平を欠く。

イングランドサッカー界では、プレミアリーグが設立されたのを機に、リルシャルに設けられていた、ＦＡ主催のユースアカデミーが廃止。各クラブに若手の育成が託されたものの、さしたる結果を出せていなかった。

それと同様に深刻になったのは、指導者の不在である。プレミアリーグに各国の監督が集まるようになった結果、国産の指導者はさらに経験を積む機会が失われる。それどころか、イングランドのサッカー界では、ＵＥＦＡのライセンスを獲得した指導者の数自体が、ドイツやイタリア、スペインなど比べて数分の一になるという惨状に見舞われていた。

結果、ホジソンが退任した後は、数少ない国産の指導者だということで、かつてボルトンなどを率いたサム・アラダイスが招かれる。ところがアラダイスは、タブロイド紙の囮取材にまんまと引っ掛かり、就任直後に辞任してしまう。この瞬間に、イングランド代表はどん底まで落ちた。

■ パンドラの箱から登場した青年監督

ところが結果的に見るならば、これがイングランド代表復活の出発点になった。

アラダイスの辞任を受けて、代表監督にはギャレス・サウスゲートが就任する。もともとサウスゲートは現役時代、ミドルズブラなどでプレーしていた選手で、イングランド代表でもディフェンダーなどをこなした経験を持っていた。

またミドルズブラ時代には、当時、チームを率いていたスティーヴ・マクラーレンが代表監督に就任したのをきっかけに選手と監督を兼任するようになり、イングランドではきわめて少ない国産の指導者となっていた。

アラダイスからチームを受け継いだサウスゲートは、ワールドカップの欧州地区予選では従来の方法論を踏襲し、当初はフォーバックをベースに戦っていく。

ところが２０１７年３月、ミュンヘンでおこなわれたドイツとのテストマッチでは突如としてスリーバックのテストに踏み切る。これで好感触を得ると、ワールドカップロシア大会に向けて新たなシステムを正式に採用した。一方では、選手起用に関しても大鉈を振るっている。正ゴールキーパーとして長らく代表を支えてきたジョー・ハートを外し、エヴァートンのジョーダン・ピックフォードを起用するなど、一気にチームの若返りを図った。

こうしてロシア大会に臨んだイングランド代表は基本戦術だけでなく、選手の顔ぶれにおいても、数年前までとは似ても似つかぬものとなった。

だがもっとも異なっていたのは実際の成績だった。

大会開幕前、イングランドが勝ち進むことなど誰一人予想していなかった。当のイングランドのサポーターも含めてである。

だが蓋を開けてみれば、イングランドはグループリーグを2位で突破し、決勝トーナメントでは１９９０年、イタリア大会以来となる準決勝にまで駒を進める。

最後は延長戦の末にクロアチアに１‐２で敗れたとはいえ、途中までは試合をリードするなど、１９６６年の母国大会以来の決勝進出を果たすかにさえ思われた。

これを支えたのが、スリーバックへの戦術変更と若手の起用だったことは指摘するまでもない。

もともとサウスゲートがスリーバックを採用したのは、２０１６／１７シーズンのプレミアリーグにおいて、スリーバック旋風が吹き荒れたことを踏まえてのものだった。

しかもサウスゲートは各クラブを盛んに視察に訪れ、様々な監督にアドバイスを求めている。結果、イングランド代表はマンチェスター・シティのように後方で丁寧にビルドアップしつつ、攻撃の際にはトッテナムのように大胆な攻撃を展開、さらにマンチェスター・ユナイテッドやリヴァプール、アーセナルなどの選手を組み合わせていくという、ハイブリッド型のチームに生まれ変わった。

これは画期的な出来事だった。従来のイングランド代表では、各クラブが採用している戦術が代表での戦い方に反映されないというのが懸案になっていたからである。

それと同時にサウスゲートは、独自の味付けも凝らしている。それがセットプレーの場面における独自のフォーマットだった。イングランドは大会期間中、実に12得点中9得点をフリーキックやコーナーキックを起点に奪ったが、セットプレーの際には、ペナルティエリア内で選手が縦方向に並び、ボールが放り込まれると同時に一気に動き出すというパターンを幾度となく披露した。敵のマーカーをブロックしつつ、他の選手は相手をおびき出し、最後はフリーになった選手にゴールを狙わせるためである。

サウスゲートにヒントを与えたのは、アメリカのＮＢＡやＮＦＬだった。ＮＢＡやＮＦＬではゴール下の狭いエリアや、「スクリメージ・ライン（ボールを挟んで、両軍の攻撃陣と守備陣が対峙する領域）」で、スペースを作り出すための戦術が磨き上げられてきた。サウスゲートは同じ発想を、サッカーの世界に初めて持ち込んだのである。これはサッカーの戦術史全体においても、画期的な出来事だった。ペナルティエリア内をかくも有効活用した指導者は、かつて存在しない。サウスゲートは、ピッチ上に残された最後の「聖域」に着目したとも言えるからだ。

またサウスゲートはアメリカに新たなアイディアを輸入する一方、国内の下部リーグも参考にしている。イングランドの4部リーグに所属していたリンカーン・シティは、すでに似たようなアプローチを持ち込み、FAカップなどで大番狂わせを演じていた。

サウスゲートが成功を収めた要因としては、選手起用も指摘しなければならない。

基本フォーメーションを変え、ベテラン選手に新たなプレースタイルやセットプレーの細かなトリックを教え込むというのは、容易な作業ではない。だがサウスゲートはU‐21の代表監督を務めていたこともあり、若手の特徴や能力、気性を熟知していた。

また公平に見るなら、サウスゲートは明らかに運にも恵まれた。

そもそも40歳半ばにして代表監督に抜擢されたのは、ホジソンが退任し、後任となったアラダイスがスキャンダルで足をすくわれたからに他ならない。また戦術においても選手起用の面でも改革が断行できたのは、チームが不振を極め、ファンやメディアでさえもそっぽを向いていたからだった。さもなければ改革など、絵に描いた餅に終わっていただろう。

サウスゲートは、まさにイングランド代表がどん底まで落ちたからこそ登場した監督であり、パンドラの箱から最後に出てきた「救い」の如き存在になった。

■ 世界に浸透していくイングランドサッカー

ロシア大会は、イングランド代表の時ならぬ活躍を抜きにしても興味深い大会となった。

大会では番狂わせが相次いだし、スペイン、ブラジル、アルゼンチン、ポルトガルといった優勝候補がいずれもベスト4にすら残れなかった。ドイツなどはなんとグループリーグで姿を消している。また戦術的に見るならば、セットプレーとゴール前を固めてカウンターを狙うスタイルが、かつてないほど猛威を振るう大会となった。

たしかに自陣深くまで引いて速攻を狙う戦い方は、代表チームが会する国際大会ならではものだろう。セットプレー同様、カウンターアタックに磨きをかけることは、小国が番狂わせを狙う上できわめて大きな武器となる。

だがロシア大会で浮かび上がった新たなトレンドは、実はプレミアリーグで起きている戦術進化とも無縁ではない。

たとえばフランス代表は、1998年の母国大会以来となる優勝を飾ったが、個々の選手が本来のポジションにとらわれずにゲームに絡んでいく場面が幾度となく見られた。大会のスターになった若手フォワード、キリアン・ムバッペは、ワイドのミッドフィルダーとしてプレーしながらゴールを奪ったし、守備でも献身的にプレーしている。また同じフランス代表では、ラファエル・ヴァランやベンジャマン・パヴァールといった守備的な選手がオープンプレーからゴールを決め、攻撃にアクセントを加えていた。

これはベルギーのセンターバック、ヴァンサン・コンパニなども同様である。コンパニはゴール前まで攻め上がり、なんとバックヒールでシュートを狙うプレーまで披露した。ベルギー代表においては、センターフォワードのロメル・ルカクも異彩を放った。ルカクは190センチ台の身長と90キロを超える体躯の持ち主だが、ポストプレーだけを担当していたわけではない。むしろ巨体に似合わぬスピードと、細かな足下のテクニックを存分に発揮している。

このような事実は、プレミアリーグで顕著になっていたオールラウンダー化が、さらに進んでいることを示している。ベルギー代表などは、その大半がプレミアリーグでプレーするスター選手から構成されていた。

カウンターアタック自体のスピードが上がったことも、プレミアリーグにおける現象と符合する。

もともとイングランドサッカーは、ヨーロッパ諸国の中でもっともゲームのテンポが速く、目まぐるしく攻守が入れ替わり、選手の運動量が豊富なことで知られていた。プレミアリーグが隆盛を極め、綺羅星の如き選手が集まるようになった結果、イングランドサッカーの特徴はひそかに世界各国へ伝播していったのである。

またイングランドのサッカーは、戦術進化そのものの方向性にも大きな影響を及ぼしている。たとえばグアルディオラが追求してきたポゼッションサッカーや、クロップが掲げるゲーゲンプレスあるいはポチェッティーノのプレッシングは、各監督がプレミアリーグに主戦場を移したことによって明らかに進化した。

その理由は改めて繰り返すまでもない。基本的なメカニズムやコンセプトに変わりはなくとも、同じプレーをさらに速いスピード、さらに激しい攻防の中で再現していこうとすれば、より精度の高いプレーやポジショニング、はるかに研ぎすまれた判断力が必要になる。

かつてのプレミアリーグは、海外から輸入された監督や選手が新たなアイディアを導入し、イングランドサッカーのレベルを高めていく舞台に過ぎなかった。

だが今やプレミアリーグは、サッカー界でもっとも高度な戦術実験が繰り広げられ、他の国々にじわじわと影響を及ぼし、戦術進化をリードする存在にさえなりつつある。チャンピオンズリーグばかりか、ヨーロッパリーグでもイングランド勢同士が決勝に駒を進めたのはきわめて象徴的だ。

その基盤となっているのが、かつては前時代性の象徴とされたイングランドサッカーの特徴――スピードの速さやフィジカルの強さを尊ぶ文化的土壌だというのは、まさに歴史の大きなアイロニーだと言えるのではないか。

補章

日本人選手とプレミアリーグ（田邉雅之）

サッカー界における日本とイングランドの関係は意外に古い。

あまり知られていないが、もともと天皇杯が1921年に開始されたのは、FA（イングランド・サッカー協会）からトロフィーが贈られたことを嚆矢《こうし》としている。

また1980年、欧州と南米の優勝チームが世界一を競う「インターコンチネンタル・カップ」が「トヨタカップ」と改称され、中立国の日本において一発勝負で雌雄を決するようになってからは、イングランドのクラブチームが毎年のように来日するようになった。

当時はイングランドサッカーがヨーロッパで権勢を誇っていたこともあり、第1回大会からは、ノッティンガム・フォレスト、リヴァプール、アストン・ヴィラと、イングランドのクラブチームが3年連続で国立霞ヶ丘陸上競技場に登場している。

その意味でもイングランドサッカーは、日本のサッカーファンにとって必ずしも縁遠い存在だったわけではない。かつてはクリスタル・パレスにサッカー留学をした幸野健一のように、単独でサッカーの母国に渡る人間もいた。

だが日本人サッカー選手の挑戦が本格化するのは、やはり1993年にJリーグが開幕してからだった。

その時期は、大別して3つに分けることができる。

第1期は、Jリーグ開幕からワールドカップ日韓大会開催前までである。

この間には西澤明訓（ボルトン）、川口能活（ポーツマス）、稲本潤一（アーセナル）といった選手が渡英している。

まず西澤は2001年、スペインのエスパニョールからボルトンに移籍するものの、かつての所属先であったセレッソ大阪がJ2に降格したのを聞きつけ、古巣を救うべく帰国を決断。ボルトンには半年間所属したに留まっている。

川口能活は同じ2001年、当時2部リーグに所属していたポーツマスに移籍している。積極果敢なプレースタイルで、日本人ゴールキーパーが放り込みサッカーにもしっかり対応できることをアピールしたが、チームが新たなキーパーを獲得したことなどもあり、2年後にはデンマークのクラブチームに活路を求めた。

そんな中、いぶし銀の如き存在感を放ったのが稲本である。

稲本は2001年に、ガンバ大阪からアーセナルにローン契約で移籍。出場機会には恵まれなかったものの、2002年のワールドカップではベルギー戦やロシア戦でゴールを決め、イングランドでの武者修行が無駄ではなかったことを証明している。稲本がベルギー戦でゴールを奪った直後、イングランドのタブロイド紙が、なぜあれほどの選手をヴェンゲルは起用しないのかという記事を掲載したことは今も記憶に新しい。

その後、稲本は出場機会を求めてフラムに移籍する。故障や骨折を乗り越えて、ウェスト・ブロムウィッチ・アルビオンやカーディフ・シティでも2006／07シーズンの途中までプレーし続けた。

ワールドカップ日韓大会以降、日本人選手の欧州挑戦は加速する。

新たな流れを受けて、プレミアリーグにも戸田和幸（2003年、トッテナム）、中田英寿（2005年、ボルトン）などが挑戦している。

この間には、三都主アレサンドロがチャールトン・アスレティックと契約を結ぶ寸前までいきながら、労働許可証が発行されずに移籍を断念するという出来事も起きた。さらに2006年1月には小笠原満男がウェストハムの練習に参加したが、移籍には至っていない。小笠原は代わりにワールドカップドイツ大会終了後、セリエAに所属するメッシーナへの期限付き移籍を選んだ。

むしろ日韓大会以降、イングランドサッカー絡みでもっとも存在感をアピールしたのは、中村俊輔だった。中村はセリエAのレジーナで3年間プレーし、さらには2005年のコンフェデレーションズカップでも活躍。その後スコットランドのセルティックに招かれている。

とりわけ2006/07シーズン、チャンピオンズリーグのグループリーグにおいて、マンチェスター・ユナイテッドと対戦した際には、名手ファン・デル・サールから2試合連続でフリーキックからゴールを奪って、決勝トーナメント進出に貢献。イングランドのサッカー関係者に強烈な印象を残した。

2010年のワールドカップブラジル大会前後から、日本人の渡英は再び活性化していく。まずゴールキーパーの林彰洋は2009年秋に、イングランド2部のプリマス・アーガイルに移籍している。川口に続き、イングランドでプレーした2人目のキーパーとなった。

翌年には阿部勇樹が、やはり当時2部に所属していたレスター・シティで新天地に求めている。当時のレスターは、スヴェン＝ゴラン・エリクソンを監督に迎えるなど、意欲的な補強をおこなっていたが、阿部は攻守にわたる献身的なプレーでレギュラーの座を確保。約1年半の間に50試合以上に出場し、現地ファンの高い評価を受けた。

一方、多くの出場機会にこそ恵まれなかったものの、天性のスピードを活かしてキラリと光るものを見せたのが宮市亮である。

宮市亮は2010年末、アーセナルと契約を結んでいる。就労ビザが下りなかったために一時期フェイエノールトにローン契約で移籍したが、2011年には晴れてビザを獲得しアーセナルに復帰。国内のカップ戦で、デビューを飾っている。

宮市はその後もたびたび怪我に悩まされたし、ボルトンやウィガンへのローン移籍も経験したものの、2013シーズンにアーセナルに復帰を果たす。リーグカップでチェルシーと対戦した際には、スピードを活かして守備陣を抜き去り、強烈なインパクトを与えた。だが翌年、またもや怪我のために長期離脱をし、オランダリーグにもう一度ローン契約で移籍する。以降、イングランドでプレーすることはなかった。

同じように運に恵まれなかったのが李忠成である。

李は2012年1月、当時2部に所属していたサウサンプトンに移籍し、移籍から1ヶ月後にはゴールも決めている。しかし3月に大怪我を負い、戦線離脱を余儀なくされた。

さらに李は翌シーズン、監督交代の煽りを受けて、出場機会を失ってしまう。一度Jリーグに復帰した後に、2013年にはサウサンプトンに再び移籍したが、半年でチームを去る形になっている。

だがこの頃、ついにプレミアリーグに大きなインパクトを与える選手が登場した。香川真司である。

香川はユルゲン・クロップ率いるドルトムントでも新世代の10番として注目を集めていたが、これにアレックス・ファーガソンが目をつけた。

香川は2012／13シーズン前からチームに合流し、デビュー戦となったアウェーのエヴァートン戦でいきなり存在感を発揮する。得点こそ奪えなかったものの、味方とパスをやり取りしながら、ゴール前のスモールスペースにあえて侵入し、巧みにチャンスメイクをおこなうスタイルで相手の度肝を抜いている。当時の香川は、マンチェスター・シティのダビド・シルバとよく比較されていたが、自分の持ち味を思う存分アピールした。

また香川は守備においても、それまでのユナイテッドにはなかった要素を持ち込んでいる。ハードなタックルこそおこなわないものの、敵のボールホルダーのパスコースを防ぎつつ効果的にプレッシャーをかけて、タッチラインにボールを出させる芸当も披露した。

香川は加入前から大きな注目を集めていたが、デビュー戦でのプレーはまさにチーム関係者の期待に応えるものだった。

香川は第2節のフラム戦では初ゴールも決め、オールド・トラフォードの観客からやんやの喝采を浴びている。この試合でいかにチーム全体に影響を及ぼしたかは、途中から出場したロビン・ファン・ペルシが、嬉々として10番の役割をこなしたことからもうかがえる。ファン・ペルシは点取り屋の印象が強いが、本来は10番タイプの選手だった。香川のプレースタイルは、ファン・ペルシのクリエイティビティも刺激したのは間違いない。

ところが香川にとっては、ファン・ペルシの存在がある種の仇にもなった。

もともとファーガソンは攻撃陣を梃子入れすべく、香川とファン・ペルシを一気に獲得したわけだが、ファン・ペルシは単独でもゴールを決めることができる。このためユナイテッドでは、香川を軸に緻密な攻撃を組み立てていくというよりも、ファン・ペルシの得点力に依存するケースが増えていった。

香川にとっては、ファーガソンの戦術実験も逆風になった。

ファーガソンは香川とファン・ペルシ、ウェイン・ルーニー、さらにはストライカーのハビエル・エルナンデスなどを様々な形で組み合わせていたが、シーズン途中から中盤をダイヤモンド型に組んだ4-4-2にも手を出す。しかも香川はサイドで起用されたこともあったために守備の負担が増えたし、タックルなどもこなさざるを得なくなる。このような状況の中、チャンピオンズリーグのブラガ戦では負傷した後も無理を押してプレーし続けた結果、膝に故障を抱えてしまう。

香川は年末にかけて復帰し、3月にはプレミアリーグの試合でハットトリックも決めて健在ぶりを証明する。

ところがシーズン終了後には、チームを激震が見舞う。香川を招いたファーガソンが監督を勇退し、デイヴィッド・モイーズが就任したのである。モイーズはユナイテッドの面々を使いこなすことができず、シーズン終了を待たずして解任される。ただし香川も出場機会を失い、自身の選手キャリアにおいて初めて無得点のままシーズンを終えた。

モイーズの後にルイ・ファン・ハールが監督に就任すると、香川はさらなる苦境に追い込まれる。ファン・ハールは香川にチャンスらしいチャンスを与えぬまま、エルナンデスなどとともに冷遇。記者会見の場でも、２軍選手扱いした。

これで香川の気持ちは、ぷつりと切れた。本人はファン・ハールの下で状況が変わることを期待していたとされるが、８月には古巣のドルトムントに復帰する。こうして香川は2シーズンプレーしただけで、イングランドを離れることになった。

香川の前に立ちはだかったのはユナイテッドの混乱であり、イングランド独特のフィジカルの壁だったと言える。だが日本人選手の中にはこの過酷な条件を乗り越える選手も出てくる。

その１人目が吉田麻也である。

吉田麻也は香川がユナイテッドに加入したのと同じ２０１２年の夏に、オランダのＶＶＶフェンローから、イングランド南部のサウサンプトンに移籍。やはり現地の記者の間で大きな話題となった。

たしかに吉田はオランダにおいて、屈強なフォワードとの対戦を経験済みだった。だがイングランドのサッカーは、他のどの国にもまして高さと強さが問われる。事実、アジア全体に枠を広げても、プレミアリーグで過去にディフェンダーとしてプレーした選手はきわめて少ない。日本人のセンターバックは、存在自体が衝撃的だった。

むろん吉田は加入直後の数年間、レギュラー争いに苦しんだ時期もあった。サウサンプトンでは目まぐるしく監督が代わったため、サイドバックとして起用されたこともある。

だが吉田はこのような経験を通して、持ち前のパスセンスと攻撃参加、そして何よりもチームの守備陣を支える逞しさを蓄えていく。このような吉田の変化は、日本代表におけるプレーにも反映されていった。

同時に注目すべきは、吉田がゲームキャプテンまで任されるようになったことだろう。ピッチ上で腕章を巻くというのは、イングランドでプレーするサッカー選手にとってこの上ない栄誉でもある。これは吉田がサウサンプトンの選手やチーム関係者はもとより、ファンの心もしっかりとつかんだ証しに他ならない。

吉田は2017年4月にはプレミアリーグにおいて、日本人選手史上初の100試合出場を記録している。守備はもとよりビルドアップにおける貢献や、組織的なカバーリングが重視されようになってきた戦術的ポジションにおいて、日本人選手の可能性を広げている。

フィジカルの壁を乗り越えた選手としては、岡崎慎司の名前もあげなければならない。

岡崎は2015年に、ブンデスリーガの1・FSVマインツ05から、レスター・シティへと移籍。クラウディオ・ラニエリ監督の下で、プレミアリーグ制覇という歴史的偉業を達成したメンバーとなる。

岡崎については本書でも言及しているが、レスターが躍進する過程において、彼が戦術的に果たした役割は一般に報道されているよりもはるかに大きい。

レスターにとって最大の武器となっていたのは、屈強な守備陣とジェイミー・ヴァーディーを軸としたカウンターアタックだった。ちなみに当時のレスターに関しては、「攻撃参加しないサイドバック」の存在が注目されたことさえある。

このようなサッカーをしていく際に鍵を握るのは、守備陣と最前線をつなぐ橋渡し役になる。いかに失点を防ぎ続けても、ゴールを狙うことができなければ試合には勝てないからだ。

そこで決定的に大きな役割を果たしたのが岡崎だった。

もともと岡崎は献身的なプレーをする選手として知られているが、レスターがカウンターに転じていく際には、ボディバランスの良さと戦術眼もフルに発揮。チームOBで、BBCの解説者を務めていたギャリー・リネカーは、こんなふうに岡崎のプレーを讃えている。

「オカザキはハーフターン（半身の姿勢）になりながらボールを受け、前線へ一気にフィードするのがうまい。あのプレーはレスターにとって欠かせない要素になっている」

岡崎はハードワーカーとしても高く評価された。

イングランドのベテラン記者の中には、日本にあのようなブルーカラータイプの選手がいるとは思わなかったと公言する者もいた。かつてレスターに所属していた阿部勇樹が残した良き伝統は、岡崎にもしっかりと受け継がれていたのである。

岡崎以降、イングランドでプレーした選手としては、岡崎と同じくマインツから移籍してきた武藤嘉紀があげられる。

武藤はFC東京でデビューした時から、左右の攻撃的ミッドフィルダーはもちろん、フォワードやチャンスメイク役もこなせる選手だった。チームプレーヤーで運動量も豊富なため、2018年にニューカッスルに移籍した際には、イングランドの古典的な4‐4‐2でも適応できるのではないかと目されていた。

武藤は第8節、初めて先発したマンチェスター・ユナイテッド戦で初ゴールを記録するなど、大一番での勝負強さとスター性も発揮している。

だが現在、ニューカッスルを率いているのは、自らが定めた戦術に事細かにこだわるラファエル・ベニテスである。ベニテスについては本書で詳述しているのでそちらを御覧いただきたいが、3‐4‐2‐1のフォーメーションを採用し、かつワントップや2列目の選手も固定しているため、武藤にはなかなか出場機会が回ってこないケースが多い。その意味で武藤にとっては、むしろイングランドサッカーというよりは、ベニテスの壁をいかに越えるかが焦点になっている。ポストプレーヤーをこなすのは無理でも、テクニックやスプリント、ピッチ上における適応能力、そして貪欲にゴールを狙っていく積極性に関しては折り紙付きだからだ。

一方、同時期にはイングランド7部に相当するリアザーヘッドFCというクラブに、かつてジュビロ磐田などで活躍した、カレン・ロバートも名を連ねている。ロバートは先頃、現役を引退し、日本でクラブチームの運営に関わることを発表している。その名はずばり、ローヴァーズ木更津である。現役引退後のキャリアという点では、同じくジュビロ磐田などで一時代を築いた藤田俊哉が、リーズ・ユナイテッドのフロントとして新境地を拓いたのも特筆に値する。

また女子サッカーにおいては、女子日本代表の永里優季が2013年から2年間にわたってチェルシーに所属。18試合に出場し、リーグ戦で5ゴールをあげている。永里はイングランドのサッカー界において、自らが持つ決定力の高さをアピールしただけでなく、日本のサッカーファンにイングランド女子サッカーの魅力を知らしめる役割も担った。

パイオニア的存在である川口能活などの世代から、一番の新顔である武藤嘉紀まで。サッカーの母国には、様々な日本人選手が名を連ねてきた。成績やたどった運命は明暗が分かれるが、いずれもがイングランドサッカーに憧れ、新天地で果敢な挑戦を試みてきた選手ばかりである。

プレミアリーグが右肩上がりの成長を続け、世界中からより多くの選手が集まるにつれ、彼の地で実力を証明しようとする日本人選手はさらに増えてくるだろう。

彼らがどんなインパクトを残すのか、そして岡崎慎司のように賜杯を手にする選手は再び現れるのか。心に日の丸を背負った、サムライたちの活躍に期待したい。

著者あとがき

プレミアリーグが設立から25周年を迎えたのは、英国の政治が数十年ぶりに激動を経験するのと時期を同じくした。

2016年6月、英国の有権者は国民投票において、なんとEU（欧州連合）離脱を支持したのである。これは単なる社会情勢の変化に留まらず、イングランドのサッカー界にも深刻な影響を及ぼす危険性があった。

そもそも1990年代後半に外国人選手が爆発的に増えたのは、ボスマン判決をきっかけとしたものだった。この一件によって、外国人選手に枠を課すのはEU協約に違反する行為だと判断され、イングランドサッカー界はすぐに大幅なルール改定が強いられている。

英国がEUから離脱すれば、サッカー界は外国人選手に関する枠を再び導入することが可能になる。

事実、わずか3ヶ月後には労働党の下院議員であるアンディ・バーナムが、この問題を取り上げている。

「ブレグジットは、イングランドサッカーがヨーロッパ側に課された制約から離脱し、スポーツの分野における移動の自由に関しても違う方針を採れることを意味するのだろうか？」

彼は疑問を提起している。

「（母国出身の選手を一定数、必ず出場させなければならないとする）割当枠を導入することを検討できないだろうか？　そうすればプレミアリーグは世界最高の才能を持った選手たちが遊ぶ校庭ではなくなるし、国内リーグで、より多くのイングランド人選手や母国出身者を育めるようになる。これは議論する価値のある問題だと思う……問題はどちらも両立させられるかという点だ。世界最高のリーグと、世界最高の代表チームは両立できるのだろうか？」

労働党のバーナムがきわめて保守的な提言をしたのは驚きだが、彼は非常に多くの外国人選手がいることが、プレミアリーグを発展させたという認識も持っていた。それがイングランド代表の成績に直結しなくてもである。

「世界最高の才能を持った選手が遊ぶ校庭」というフレーズはネガティブな意味で用いられているが、これはスカイが展開する広告コピーにも転用できる。シーズンが開幕する際、スカイは「新学期」というモチーフを用いるからだ。新学期が巡ってくるたびに外国からやってきた新たな人材が名を連ね、新たな戦術やシステム、プレースタイルが持ち込まれてサッカーが進化していく。それがプレミアリーグがたどってきた道程だった。

プレミアリーグの戦術進化を扱った本書では、様々な人物を論じてきた。だが英国出身のサッカー関係者で純粋に戦術的な革新をもたらしたのは、おそらく2名だけだろう。リオ・ファーディナンドと、ブレンダン・ロジャーズである。

ファーディナンドはセンターバックのプレースタイルを変えたし、ロジャーズはスウォンジーでポゼッションサッカーを試みた。

ただしファーディナンドは、イングランド代表監督だったケヴィン・キーガンから「もし彼がフランス人やブラジル人、オランダ人だったなら」、代表のキャップ数を獲得できる可能性はもっと増えていただろうと告げられている。一方のロジャーズは、スペインとオランダサッカーへの愛情を一貫して体現し続けた。これらの事実からもわかるように、プレミアリーグの戦術進化は、外国からの影響にほぼ全面的に依存し続けてきた。

2016年夏には、もう1つの重要な出来事も起きている。こちらは純粋にサッカーに関するものだ。EURO（欧州選手権）の開催である。

フランスで開催されたこの大会は、一般的には面白みに欠けていると見なされた。興味深い試合もきわめて少なければ、記憶に残るようなプレーもほとんどなかったからだ。

事実、大会を通じて予想以上の成績を収めたのは、珍しいシステムを採用した2チームだけだったと見ていいだろう。優勝したポルトガルは中盤をダイヤモンド型にしながら、純粋なセンターフォワードをまったく起用しなかったし、準決勝に進出したウェールズは3-4-2-1を駆使した。

だが、それ以外のチームは判で押したようなプレーをしていた。

大会後に『ホウェン・サタデイ・カムズ』誌が実施したアンケートによれば、読者の3分の2は「多くの試合が単調だった」と述べている。そもそも国際大会とは、様々なスタイルを持つ様々なチームが一堂に会する、異文化のパーティーであるべきはずだ。それを考えれば、多様性の欠如は実に嘆かわしい現象だった。人々が期待していたのはスペインのテクニックであり、イタリアの戦術的なディシプリンであり、ドイツの効率の良いプレーであり、イングランドのおかしな戦術だったはずだが、いずれのチームもがさして変わらない戦い方をしてしまった。

だがプレミアリーグの2016／17シーズンは、かつてないほどスタイルの多様性が見られたシーズンになった。たとえば2月初めの時点では、なんとプレミアリーグの上位9チームすべてが、9カ国からやってきた監督によって率いられていた。

イタリア（コンテ）、アルゼンチン（ポチェッティーノ）、スペイン（グァルディオラ）、フランス（ヴェンゲル）、ドイツ（クロップ）、ポルトガル（モウリーニョ）、オランダ（クーマン）、ウェールズ（ヒューズ）、クロアチア（ビリッチ）というのがその内訳である。また程度の違いこそあれ、これらの監督は出身国で受け継がれていたプレースタイルを反映していた。

その意味で2016／17シーズンのプレミアリーグは、EUROと同じか、おそらくはそれ以上に多様なスタイルが垣間見られたイベントとなった。

むろん、上位9チームを率いた監督の出身国リストには、とある国が含まれていない。それは当のイングランドだが、プレミアリーグはイングランド独特のアイデンティティも保持している。

たとえばペップ・グアルディオラは、プレミアリーグで「セカンドボール」がいまだに重視されていることにショックを受けた。これはイングランドサッカー独特のスタイルである。

とはいえ、ほとんどの選手はイングランド風のプレーをしていないし、監督たちも独自のスタイルを追求し続けているはずだ。しかもイングランド出身の選手や監督が占める割合は、かくも少なくなってきている。

にもかかわらず、何故にイングランド独自のスタイルは残り続けているのだろうか？

答えは選手や監督といったサッカー関係者ではなく、環境そのものにある。

プレミアリーグが始まって以来、これまでに開催された試合の数は1万に近づきつつあるが、あらゆる試合はイングランドかウェールズにおいておこなわれてきた。

これはきわめて重要だ。英国が持つ物理的な特徴は、サッカーに重要な影響を及ぼしてきた。

たとえばもっともわかりやすい例としては、天候があげられる。英国はヨーロッパのほとんどのサッカー大国よりも明らかに寒いため、速いペースでプレーすることが可能になる。

また英国は雨が多い。過去20～30年間にスタジアムは大きく改善されたとはいえ、ピッチがぬかるみやすいため、空中戦がどうしても多くなってしまう。

またイングランドの審判は、ヨーロッパのどの国よりもファウルを取らない傾向が見られる。イタリアでは、強烈なタックルを見舞った選手にカードを出さない審判が、「イングランド的な審判」とまで呼ばれるようになっている。

結果、イングランドのサッカー界では、天才肌の選手といえども、魔法のようなボールタッチを披露するのが難しくなってきた。逆に幅を利かせてきたのが、体躯にものを言わせてプレーする、粗削りなディフェンダーたちである。

ただし何よりも大きな影響を及ぼしてきたのは、サポーターだった。

イングランドのサッカーファンは、ヨーロッパ大陸側のサッカーファンが見向きもしないようなプレーを絶賛することで、イングランドサッカーのアイデンティティを形作ってきた。

たとえばイングランドのファンは、コーナーキックを獲得しただけで、どの国のファンよりも大喜びする。ペナルティエリアに、直接ボールを放り込むことができるからだ。観客席からは選手が強烈なタックルを見舞うたびに歓声が沸き上がり、大きくサイドチェンジしただけで万雷の喝采が送られる。

逆に、相手のディフェンスラインを巧みに突破するようなスルーパスが出されても、試合会場はさほど盛り上がらない。現代サッカーでは、サイドチェンジより縦パスのほうがはるかに有効であるにもかかわらずだ。

そしてイングランドの伝統的なフットボールグラウンド（サッカースタジアム）も、独特な雰囲気作りに大きく貢献してきた。外国からやってきた選手たちは、スタジアムの雰囲気が、対戦相手ばかりかホーム側の選手さえ萎縮させるような迫力や熱気に満ちているとしばしば指摘する。

■変わりゆくプレミアリーグと、変わらないイングランドサッカー

だがこれらの要素は、以前ほど大きな影響を及ぼさなくなるかもしれない。プレミアリーグは発足から四半世紀を過ぎたが、いずれは海外で試合を開催するだろうと目されているからだ。

1992年の創設以来、プレミアリーグは英国のスポーツファンの心をつかむべく、まずは国内において他のスポーツと鎬を削ってきた。次には世界中のサッカーファンにアピールすべく、他国のリーグと覇を競うようになった。今やイングランド発のサッカーはグローバルなレベルにおいて、様々な競技とファン獲得競争を繰り広げるまでになっている。

事実、プレミアリーグはアメリカのNFLとともに、世界でもっともメジャーなプロスポーツにまで成長している。アメリカ本国でも、急激に人気が高まってきた。ニューヨークなどの大都市にあるスポーツバーでは、NFLではなくEPL（イングランド・プレミアリーグ）の試合を観戦するファンでごった返している。

このような状況の中、アメリカのNFLはロンドン市内、おもにウェンブリーにおいて一連の試合をおこなうことにより、イングランドのサッカーファンを獲得しようとしてきた。

だがプレミアリーグ側は、いまだに海外に進出していないのが実情だ。言葉を換えれば、イングランドのクラブチームの前には、広大な市場が手つかずのまま残っている。

だがプレミアリーグの公式戦を1試合増やして、海外で「39試合目」をおこなうようになれば、2試合ずつ総当たり戦をおこなうという枠組みは崩れてしまう。

またプレミアリーグが持つ、独特な「イングランド的要素」も損なわれていくだろう。

まず開催場所が変われば、試合会場の天気も変わる。スタジアムも当然のように同じではなくなる。

近年のイングランドサッカー界では、スタジアムが近代化した結果、ファンとピッチの間隔がかなり広がってしまったという問題が指摘されていた。海外の試合会場では、その距離はさらに大きくなるはずだ。

このような物理的な変化は、試合の雰囲気自体にも影響を及ぼす。

むろん海外の試合会場にも、現地のイングランドサッカーファンが多数押し掛けるだろうが、伝統的なホームゲームのような一体感は得られなるし、合唱や声援が木霊し続けることもなくなるだろう。良くも悪くも、試合は騒々しいものではなくなってしまう。

このような状況をどう捉えるかは、きわめて難しい。

たしかにオールドファンは眉を顰《ひそ》めるだろうが、プレミアリーグの歴史とは、国際化の歴史でもあった。海外での試合開催は、一連のプロセスにおける次のステップに過ぎない。

またプレミアリーグは、世界規模で人気を博していくことによって、英国そのもののイメージアップに貢献したことも忘れてはならない。

2015年、英国の世論調査会社である「ポピュラス」は世界7カ国、ナイジェリア、カタール、インド、中国、タイ、インドネシア、アメリカ合衆国、そして香港でアンケートを実施。プレミアリーグはBBCや英国の著名な大学、ロイヤルファミリー、ポップミュージックといった要素を抑えて、英国絡みでもっとも人気のある「ブランド」であることを明らかにした。

「これらのマーケット全体では、回答者の84%がプレミアリーグは英国（UK）に対して、よりポジティブな気持ちを抱かせると答えている」。レポートにはこのようにある。「さらに述べれば、英国が必ずしも好きではなくとも、プレミアリーグは好きだという結論になる。プレミアリーグが得た高い人気は、英国という国家そのものに対する一般的な評価とは別物になっている……われわれのリサーチ結果は、UKがアピールしたいと望んでいるイメージ、すなわち『近代的』、『成功』、『エキサイティング』、『オープン』、

『受け入れやすさ』といった価値観を訴求していく上で、プレミアリーグがもっとも強力なPRツールになっていることを示唆している」

この事実は、冒頭で紹介したバーナムの発言にも深くかかわってくる。

ブレグジットによってプレミアリーグがEUと異なるルールを採用し、外国人選手の枠を導入したりすれば、きわめて大きな弊害が生じるだろう。そもそもイングランドサッカー界は、海外との結びつきを深めることで発展し、英国にとって最高のPRツールにもなったからだ。

たしかにプレミアリーグは、イングランドが作りだした発明品だが、今やその屋台骨を担っているのは海外からやってきた指導者であり、選手たちだ。プレミアリーグがイングランド的であるのは、試合が単純にイングランドでおこなわれているからに過ぎない。

これはイングランドの高級レストランが、世界各国の様々な料理を出しているのと似ている。伝統的なイングランド料理を出しているのは、クラシカルなイングリッシュ・パブになってしまった。

サッカーも然り。

英国式の放り込みサッカーは、もっぱら下部リーグのクラブが駆使する代物となってしまった。対照的にプレミアリーグのトップクラブは、外国の様々な国々からエキゾチックな食材を仕入れ、世界でもっとも多様性に満ちていて、エキサイティングで、予想のできないサッカーの祝宴を催している。

プレミアリーグという巨大な攪拌機《ミキサー》は、今日も目まぐるしく動き続けている。

謝辞

まず僕のエージェント、クリス・ウェルビーラヴに心からお礼を言いたい。

彼は２０１２年に本を書かないかと声をかけてくれたが、僕が実際に本を書く決意をしたのは４年後だった。辛抱強く待ってくれてとても助かったし、様々なアドバイスもかけがえのないものだった。

編集担当のジャック・フォッグは、最初の時点から関心を示してくれただけでなく、本を書き上げていく際にも非常に貴重な助言を与えてくれた。当初の予定より、５割も長い本を出版するというわがままを許してくれたのも彼だった。彼と一番大切な打ち合わせをしたのは金曜日の夜、場所はパブだった。このエピソードは、彼との共同作業がいかに楽しいものだったかを象徴していると思う。

最初の段階から情熱を注いでくれたオーランド・モーブレイ、精力的にプロモーションをしてくれたイザベル・プロジャーにも感謝を述べたい。マーク・ボランドは原稿をチェックする段階で重要な修正をおこなってくれたし、シメオン・グリーンウェイはすてきな表紙をデザインしてくれた。裏方で大切な仕事をしてくれた、ハーパーコリンズのすべての人にも感謝を述べたい。

カルロ・アンチェロッティは時間を割いて、チェルシーのシステムを説明してくれた。ダンカン・アレクサンダーは、僕のリクエストに応えるために、Ｏｐｔａ社のデータアーカイブをいつも調べてくれた。そしてジャック・ラングは翻訳を手伝ってくれた。メルシ！　ニック・エームズ、ニール・ベイカー、ルパート・ケイン、ジェイミー・カターリッジ、アンディ・エクスレイ、ダンカン・ハミルトン、マーク・ホームズ、タイムール・レイ、ベン・リトルトン、ジェームス・モゥ、アレックス・モッチ、マット・フィリップス、そしてオーウェン等々、なんらかの形で僕を助けくれた人に、すべてお礼を言いたい。ＢＢＣのセブン・エイジズ・オブ・ロックという番組は、構成を考えるヒントを与えてくれたし、クレア・バウチャーは、それ以外のすべてのヒントを与えてくれた。

エイミー・ローズ-マクマランは、ボスマン判決関連のリサーチとアドバイスをしてくれた。この本は長年に及ぶ彼女の研究が正しかったことを証明したし、彼女は前言を翻して、この本をすぐに読んでくれた。トム・ロスは３週間一緒にコロンビアを旅行している時に助言を与えてくれた。サッカーの話には、きっとうんざりしていただろうけど。

本書で引用した数多くの原稿を書いた人たち、1990年代のサッカーの試合をVHSに録画して、インターネットにアップしてくれた人たちにもお礼を言いたい。あえて名前は伏せたけれど、他の多くの人たちにもこの場を借りてお礼を言いたい。

2010年、僕を飲みに誘ってくれたフィリップ・オークレーとジョナサン・ウィルソンにも感謝したい。ショーン・イングル、ジャームス・マーティング、ギャリー・パーキンソン、オリ・プリジブルスキーは、僕にジャーナリストの経験や資格がまったくなかったのに雇ってくれた。僕は7年経った今も『ガーディアン』、ESPN、『フォー・フォー・ツー』に寄稿している。彼らの同僚と後輩たちにも感謝したい。

このような状況は、僕のウェブサイト、Zonal Marking（ZM）からすべてが始まっている。過去7年間、特にZMを立ち上げた頃に訪問してくれたすべての人に心から感謝したい。この手の分析にとても多くの人が興味を持っていることに、僕は今もうれしい驚きを感じている。

ステファニーには心の底から感謝を示したい。

彼女はサッカーの試合を見ながら、正しい先発メンバーを書くのを手伝ってくれただけでなく何が起きているのか鋭い洞察力で説明してくれた。ステファニーはZMを立ち上げるのに賛成してくれた唯一の人でもある。君が書店で働いていた頃、窓際に座って本を読んでいたのを僕は今も覚えている。この本も読んでくれるだろうか？

そして誰よりも、父と母の恩は忘れられない。

2人はサッカーにまったく興味がなかったのに、週末の寒い朝、ロンドン南西部にあるサッカー場のタッチライン沿いで、数えきれないほど一緒に時間を過ごしてくれた。僕が庭を泥だらけのゴールマウスに変えてしまうのも我慢してくれたし、バカンスの予定をセリエAの試合に合わせてくれたりもした。母は最近、僕が昔使っていた寝室を「パパのサッカー観戦ルーム」とまで呼ぶようになった。僕のミッションは完了したらしい。

そして最後は読者の皆さんに。この本を楽しんでもらえたなら、The Mixerというタイトルのポッドキャストも楽しんでもらえると思う。8部から構成されているプログラムは、iTunes、SoundCloud、そして他の一般チャンネルでも聞けるようになっている。

訳者あとがき

「でさ、おまえはどうすんの？　俺はこれからセリエAの他のクラブを取材するけど」

ユヴェントスの瀟洒なスタジアムを眺めながら、旧友のイタリア人ジャーナリストが声をかけてくる。

「ちょっとプレミアの取材に行くんだ」と言った瞬間、グレーがかった瞳にかすかな軽蔑の色が浮かぶ。

「あんな辺鄙《へんぴ》な国にまた行くのか！　物好きというか……悪い癖は直したほうがいいぞ。マジで」

若干のやっかみもあるとはいえ、彼の忠告は一面の真実も突いている。かれこれ20年以上もプレミアリーグの取材に携わってきたが、我ながらずいぶん因果な商売だと感じることはよくある。

現地に行けば必ずトラブルが起きるし、空は鉛色で雨ばかり。ホテルや食事もべらぼうに高い。本当に観る価値があったと思えるような試合など、1シーズンを通して5つか6つあればいいほうだ。

それでも僕は彼の地に住む人々とサッカー、音楽やビール、荒涼とした風景、そしてイングランドという国そのものをこよなく愛してきた。これは女性の好みと同じで理屈では説明できない。悪食と言われれば悪食だし、一種の「業」のようなものだろう。だからこそ本書を見た瞬間にも、自分が日本版を出さなければならないと勝手に思い込んでしまった。昨年出版した拙訳、『億万長者サッカークラブ』の原著を手に取ったときの状況によく似ている。

僕が本書にかくも惹かれた理由は、真っ当なロジックでも説明できる。

まずゲームを分析する際の視点や問題意識、戦術論における文脈的な解釈が自分の肌感覚に非常に近かった。サッカーの戦術解説書は星の数ほどあるけれど、心から共感できるものは決して多くない。本書で言及されている実例には、僕が現地のスタジアムで目のあたりにした試合も数多く含まれていた。

2つ目の理由は社会や歴史、政治の影響も言及されている点だ。サッカーは単なるスポーツではない。むしろ社会装置であり、文化的な「鏡」としての機能も持つ。ピッチ上で紡ぎだされる様々な物語は、時代精神を踏まえた上で初めて理解ができるし、人間ドラマも複雑に絡んでくる。

3つ目の理由としては、プレミアリーグに特化した体系的な戦術解説書が存在しなかったことがあげられる。日本国内はもとより、当のイングランドにおいてもである。しかも著者のマイケルとは旧知の仲だった。もともとマイケルは、ジョナサン・ウィルソンに憧れて戦術分析家を志した第2世代に当たる。僕はジョナサンを通してマイケルと知り合い、本書に着手したことも早い段階から知っていた。

とはいえ日本版の刊行にこぎつけるのは楽ではなかった。

本書は最終的に880ページ超、400字詰め原稿用紙で2000枚近くに及ぶ大著となった。これは一般的な書籍の3、4冊分に相当する。基本的な訳出は昨年12月の時点で終えていたが、大食い選手権に登場する巨大なチャーハンの如く、机の上に積まれたテキストは遅々として減らなかった。

しかも訳出が終わった後は、過去の映像資料をチェックする作業に追われたし、日本版に向けた追加の章や戦術図などの素材がすべて揃ったのは、5月の連休明けという状況になってしまった。

にもかかわらず出版することができたのは、多くの人が救いの手を差し伸べてくれたからである。

この出版企画は、木崎伸也氏が二見書房の小川郁也氏を紹介してくれたことがきっかけとなった。小川氏はクライフに関する解説書の決定版、木崎氏が若水大樹氏と共訳された『ヨハン・クライフ　サッカー論』を仕掛けた編集者で、サッカーに対する強い情熱と良書を嗅ぎつける嗅覚を持っている。小川氏の強い後押しがなければ。日本版は日の目を見なかった。また辛抱強く作業に傾注してくださっただけでなく、ゲラの入った巨大な紙袋を抱えて最寄り駅の改札口まで何度も駆けつけてくださった。木崎氏と小川氏には、心から御礼を申し上げたい。

5月以降は、茂野聡士氏と宮田文久氏を中心に、水野春彦氏や谷川良介氏が文章校正や事実関係のチェックなどを手伝ってくれた。この本が読むに堪えるものになっているとするなら、それは各氏が不眠不休で原稿を精読してくれたからに他ならない。

宮田氏は僕が『スポーツ・グラフィック・ナンバー』編集部にいた頃の同僚で、僕がもっとも信頼している編集者の一人である。最近はライターとしても独立し文化論や社会論、文芸批評などの分野でも健筆を揮われている。にもかかわらず、面倒な作業を快く引き受けてくださった。

茂野氏も然り。氏は日本の様々なサッカーメディアにおいて、実にクオリティの高い仕事を数多く手掛けられてきた。現在はナンバーウェブで編集者兼ライターとして活躍する一方、将棋に関する興味深い記事なども寄稿されているので、名前をお聞きになられた方も多いと思う。当然、宮田氏と同じように多忙を極めているが、知り合いのよしみで助けの手を差し伸べてくださった。

水野氏は学研時代、本書でも紹介されているヴィアリの書籍を手がけてくれた旧知の編集者であり、谷川氏はサッカーライターとして精力的に活動されている方である。各氏のさらなるご活躍を祈りつつ、最大限の感謝を申し上げたい。

また人名確認などの際には、英国在住の盟友である山中忍氏や、スウェーデン在住の小林雅乃氏、オランダ語が堪能な若水大樹氏にもご協力いただいた。併せて深く御礼を申し上げたい。

そしてもちろん、読者の皆さんの応援も忘れるわけはいかない。最近出版した『新GK論』同様、この書籍も告知が始まった時から、多くの方がツイッターなどで取り上げてくださった。出版のタイミングは2週間ほどずれたし、辞書のように分厚くて持ち運びが大変かもしれないが、楽しんでいただければ望外の喜びだ。日本版には、オリジナルの英国版にはないペップの章と戦術図も追加されている。たぶん世界でもっともお買い得な一冊だろう。

なお訳出の際には。日本語としての読みやすさと、文脈や内容のわかりやすさを最優先するために適宜手を加えている。また今シーズン（2018／19シーズン）を総括した27章と、日本人選手に関する補章は僕が執筆させていただいた。

ここからは個人的な謝辞を述べたい。井上伸一郎氏、浅間芳朗氏、鈴木文彦氏、稲川正和氏、ならびにナンバー本誌とナンバーウェブの諸兄姉に改めて御礼を申し上げます。『フットボール・ミュージック・イシュー』という音楽CDを監修した際、制作を手伝ってくれた文春デザイン部にも改めてお礼を言いたい。あのCDとこの本はまるで違うけど、イングランドサッカーへの個人的な思い入れが詰まっているという点で、僕にとっては同じ意味合いを持っている。

諸先輩や編集の方々、良き同僚にも御礼を申し上げたい。賀川浩氏、佐山一郎氏、山本浩氏、藤島大氏、幅允孝氏、実川元子氏、武智幸徳氏、潮智史氏、永川智子氏、田村修一氏、岩崎龍一氏、東本貢司氏、粕谷秀樹氏、西岡明彦氏、小宮良之氏、荻野洋一氏、寺野典子氏、二宮寿朗氏、ミムラユウスケ氏、細江克弥氏、矢内由美子氏、柳橋閑氏、内藤秀明氏、吉田憲生氏、森哲也氏、吉村洋人氏、中條基氏、小張智弘氏、二本柳陵介氏、黒田俊氏、印田友紀氏、坂本聡氏、松野敏史氏、大崎安芸路氏、杉山拓也氏、佐野美樹氏、岸本勉氏、スエイシナオヨシ氏。最近、HALF TIMEという意欲的なスポーツメディアを立ち上げた磯田裕介氏、山中雄介氏、杉山元輝氏の三氏にも謝意を表したい。

長年、僕を支えてきてくださった針生英一氏、菊地淳氏、田邉肇氏、田邉毅氏、根本まどか氏、太田昭二氏、永井守氏、岩渕健輔氏、山下泰延氏、江原一志氏、石田博之氏、石田佐代子氏、木村安宏氏、目黒健太郎氏、畠中みづき氏、前田文子氏、西本和照氏、西尾裕成氏、イヴィッツァ・オシム氏、ピエール・リトバルスキー氏、フローラン・ダバディ氏、ベン・メイブリー氏、ショーン・キャロル氏、マイケル・チャーチ氏や、イングランドの友人たちにも御礼を申し上げる。ブライアン・グランヴィル氏、ピーター・ロビンソン氏、サイモン・クーパー氏、ジョナサン・ウィルソン氏、エイミー・ローレンス氏、リチャード・ウィリアムズ氏、デイヴ・ハリソン氏、ダン・ハリソン氏、ロブ・ビーズリー氏。サイモン・マロック氏、マーク・オグデン氏、スティーヴ・ベイツ氏、ジェームス・モンタギュー氏、サイモン・オリヴェイラ氏、ピッパ・ハンコック氏。もちろん名をあげるべき方々は他にもたくさんいる。シェール、ドリス、ハッティ、ミジン、マイク、オリヴィア、コロもありがとう。君たちのサポートのおかげで、この本もなんとか仕上げることができた。

亡き父と母、酔狂な生き方を許してくれる妻と娘にも感謝しなければならない。

最後に本書を次の故人に捧げたい。梅本洋一氏、江坂寛氏、植田さやか氏、辻政子氏、永井陽之助先生、デイヴィッド・ミーク氏、トム・ティレル氏、そして菊地雄一郎氏。

デイヴィッドとトムは、サー・アレックスが監督になる前からマンチェスター・ユナイテッドに深く関わっていた人物で、イングランドの様々な監督やOB選手、チーム関係者を紹介してくれた恩人である。2人の痕跡は、クラブの歴史とオールド・トラフォードに刻まれている。菊地雄一郎氏は良き友であり、大のサッカーファンでもあった。

この本を肴にみんなでサッカー談議に花を咲かせてもらえたら、僕はすごくうれしい。君たちのところにはサー・ボビー・ロブソンやジョージ・ベスト、ボビー・ムーアだっているはずだから。

2019年6月

田邊雅之

【著者】**マイケル・コックス**　Michael Cox

イギリス生まれ。サッカージャーナリスト、解説者。2010年、サッカーの試合やチーム、戦術史を独自の視点で解説するウェブサイトZonal Marking を立ち上げる。当時のイギリスでは珍しかった戦術分析の専門家の一人として注目を集め、様々なメディアに寄稿を開始する。現在は『ガーディアン』や『インディペンデント』等の高級紙や、『ESPN』等で健筆を揮う傍ら、解説者としても精力的に活動。戦術分析で高名な先駆者、ジョナサン・ウィルソンに憧れてジャーナリストに転身した第二世代にあたり、本書が初めての著書になる。

【訳者】**田邊雅之**（たなべ・まさゆき）

新潟県生まれ。ノンフィクションライター。大学院で国際政治を専攻する傍ら、様々な媒体で活動。2000年から10年間、『Number』編集部でプレミアリーグ担当責任者を務める。主著に『ファーガソンの薫陶』（幻冬舎）、『すべてはスリーコードから始まった』（サンクチュアリ出版。取材・構成）、『中卒の組立工、NYの億万長者になる。』（KADOKAWA。同）、『戦術の教科書』（カンゼン。ジョナサン・ウィルソンと共著）等、主な訳書に『億万長者サッカークラブ』（カンゼン）等多数。政治経済から現代思想、大衆文化まで網羅する幅広い知識と深い洞察力、趣のある筆致で知られる。最新刊は『新GK論』（カンゼン）。

プレミアリーグ サッカー戦術進化論《せんじゅつしんかろん》

著　者　マイケル・コックス
訳　者　田邊雅之《たなべまさゆき》

発行所　株式会社 二見書房
〒101-8405
東京都千代田区神田三崎町2-18-11
堀内三崎町ビル
電話◎03(3515)2311［営業］
03(3515)2313［編集］
振替◎00170-4-2639

印刷所　株式会社 堀内印刷所
製本所　株式会社 村上製本所

ブックデザイン　河石真由美（有限会社CHIP）
DTP組版・図版　有限会社CHIP
素材提供　"Designed by Freepik"

落丁・乱丁本は送料小社負担にてお取替えします。
定価はカバーに表示してあります。

ISBN978-4-576-19082-2
http://www.futami.co.jp